安徽师范大学中国诗学研究中心学术专刊

安徽师范大学文学院高峰学科建设经费资助项目

唐诗选注评鉴（一）

刘学锴文集

第九卷

安徽师范大学出版社
ANHUI NORMAL UNIVERSITY PRESS

·芜湖·

图书在版编目(CIP)数据

唐诗选注评鉴:1—4册 / 刘学锴著 . —芜湖:安徽师范大学出版社,2020.12
(刘学锴文集;第九卷)
ISBN 978-7-5676-4977-4

Ⅰ.①唐… Ⅱ.①刘… Ⅲ.①唐诗–注释 Ⅳ.①I222.742

中国版本图书馆CIP数据核字(2020)第260204号

唐诗选注评鉴:1—4册

TANGSHI XUANZHU PINGJIAN

刘学锴◎著

责任编辑:辛新新　胡志立　王　贤
责任校对:吴　琼　祝凤霞
装帧设计:丁奕奕
责任印制:桑国磊
出版发行:安徽师范大学出版社
　　　　　芜湖市北京东路1号安徽师范大学赭山校区　　邮政编码:241000
网　　　址:http://www.ahnupress.com
发 行 部:0553-3883578　5910327　5910310(传真)
印　　刷:安徽新华印刷股份有限公司
版　　次:2020年12月第1版
印　　次:2020年12月第1次印刷
开　　本:700 mm×1000 mm　1/16
印　　张:189.5
字　　数:3301千字
书　　号:ISBN 978-7-5676-4977-4
定　　价:990.00元(全4册)

前　言

　　中国古典诗歌历经先秦汉魏六朝的长期发展所积累的艺术经验和诗歌本身向更高境界飞跃的内在驱动力，正好遇上了唐代这个在中国历史上最适宜于诗歌生存、发展、繁荣的时代生活土壤和艺术氛围，终于涌现了从四杰、沈宋、陈杜、刘张直至李商隐、杜牧、温庭筠这长达二百余年的层波叠浪式的诗国高潮。群星灿烂，蔚为奇观。诗和生活，在唐代是高度融合的。没有诗化的生活，没有最善于发现现实生活和心灵世界中诗美而又各具鲜明个性的诗人，就没有唐诗。正因为如此，唐诗不但无法复制，而且从整体上说也难以超越。它所独具的那种如乍脱笔砚的新鲜感和扑面而来的浓郁生活气息，也正源于它所植根的社会生态。从唐诗高潮初现之际直至今天，多达近千种的唐诗选本，证明了唐诗永恒的艺术魅力。

　　面对如此光辉灿烂的艺术瑰宝，不免令人稍感遗憾的是，新中国成立六十余年来，真正有影响的唐诗通代选本却只有两三种。与近三十余年来唐诗的整理、考订、研究成果相比，唐诗的普及工作除了《唐诗鉴赏辞典》曾产生过广泛影响外，无疑是滞后了。以致时至今日，各地出版社还在不断翻印孙洙的《唐诗三百首》这部从选目上看显然未能充分反映唐诗艺术成就的两个半世纪前的选本。

　　这部《唐诗选注评鉴》包含了选诗、校注、笺评、鉴赏四个部分。这个总体设计是基于如下的考虑：从选诗的数量和质量上较充分地体现唐诗的艺术成就，从整理的方式上为广大读者提供较为翔实的注释和丰富的资料，并为读者的鉴赏提供一些比较切实的参考。

1

选诗。总的原则是在注重思想内容的前提下，重视诗的艺术性和可读性。诗可以叙事、议论，但本质上是抒情的，而且在表现情感时应力求精练、富于含蕴。这是中国古代诗歌的显著特色和优良传统。含蓄蕴藉，对于中国诗歌来说，绝不仅仅是诸多风格之一种，而是必备的普遍性艺术品格。它与明快直截并不决然对立，相反，明快与含蓄的统一正是优秀唐诗的突出特点。诗歌在发展过程中必然会吸收其他文体的某些元素和优长，以适应创新的需要。但创新是否成功，则取决于化异体为本体，而不是为异体所化。是诗，就要有诗情、诗味，要有诗的情韵、意境和风神。这一切，又都源于诗人的敏锐诗心和善感心灵。在有真切丰富诗意感受和发现的前提下，诗可以挥洒而就；也可以"改罢自长吟"，以达到"毫发无遗憾"的境界。但如果缺乏诗心诗情而一味苦吟，那就只能写出"独行潭底影，数息树边身"这种"二句三年得"之作。孟郊、李贺和贾岛，都有苦吟的倾向，但孟、李毕竟有诗思和诗才，而贾岛则既乏才思，又硬要作诗，便只能以苦吟自赏自怜了。晚唐贾岛的追随者之众，不但证明不了贾岛的成功，反倒显示出唐诗的衰落。总之，有诗情诗味，是首要的选择原则和标准。不符合这个标准的，即便力大思雄如韩愈的那些刻意追求奇崛险怪之作，也只能屏弃不取，而侧重选他那些"在文从字顺中，自然雄厚博大"（赵翼语）而韵味不乏之作。此外，还必须重视广大读者的可接受性，首先选取那些深入浅出、雅俗共赏而又诗味浓郁的佳制。在这方面，孙洙选《唐诗三百首》的成功经验，值得充分重视并加以吸取。一个诗人刻意追求的艺术风格和境界，未必就是他真正擅长和艺术上真正成功之作。艺术创新是否成功，最终还是要取决于历代广大读者的品读实践，要通过历史的反复淘洗和检验。诗歌创作自有其康庄大道，唐诗更为诗歌创作提供了诗人与读者之间进行双向交流的良性互动经验。当诗歌离生活、离广大的读者群愈来愈远，成为少数人自我封闭的精神生活的自我表现时，诗也就走向了末路，只能以孤芳自赏自命了。唐诗的艺术成就和广远影响，或许可以在这方面给当代诗歌创作提供有益的启示。从可接受性这个方面考虑，这部选本便不可能与唐代诗歌史完全接轨同步，成为与其配套的唐代诗选教材。否则，专务险怪的卢仝，不选他的《月蚀诗》而选其清新明艳而富于情致的《有所思》，便显得有些故意与作者唱反调了。除以上两条基本标准外，诗在艺术上的完整性也是一条重要的取舍标准。尽管诗歌创作中有先得一联一句而后成篇的情形，诗歌评论中更盛行摘名联警句评点之风，但不论篇幅长短，一首诗是一个艺术整体。如果全篇仅有一联一句精警，其余均平庸馁弱，殊不相称，如严维的《酬刘员外见寄》、贾岛的《忆江上吴处士》，虽有"柳塘春水漫，花坞夕阳迟""秋风吹渭水，落叶满长安"这样的佳联，也不得不因此而加以删汰。根据以上三条标准，选入了约六百五十首唐五代诗，数量与马茂元先生的《唐诗选》、中国社科院文研所编选的《唐诗选》大体相当，而具体篇目则各有异同。总的来看，大家名家入选的篇目数量与他们的艺术成就和在诗歌史上的地位还是大体相当的。

校注。文字的校勘力求精简，只择重要异文出校，一般情况下也只据作为底本的清编《全唐诗》所标注的异文来改字，不具体罗列所据版本。一般词语的注释也力求简明。但涉及作诗背景、写作年代、作者归属等问题的考证，语典、事典的注释，则较一般的选本要详细一些，典故出处也多引原文。

笺评。这一部分搜集了历代对所选诗篇的疏解、评论，大体上以时代先后为序加以排列。由于所选多为历代选本所载的名篇，笺评数量较多，有些只能择要载录。这些疏解、评论不但可以为读者提供理解赏鉴方面的参考，而且将它们串联起来，就是一首诗的重要接受史料，这对有兴趣深入研读有关作品的读者来说，参考的价值自然更大一些。

鉴赏。每首诗最后都附有编选者的一篇鉴赏文章。在疏解诗意、再现诗境的同时对全诗的艺术风貌及特色进行一些品评。这部分内容虽亦每有撰写者的一得之见，但殊未敢自必。希望能对读者起到初步的引导作用。

每位诗人都有一篇小传。在文献记载和前人、今人考证成果的基础上，叙述其主要仕历。重要的诗人则对其创作特色和成就略加评介，并择要介绍其诗集的笺注本，以便读者参考。

　　撰写这部书，历时四载有余。年高力衰，又全凭手自录写，疏误在所难免。希望得到读者的指正。

刘学锴

2011 年 12 月 23 日

于安徽师范大学

中国诗学研究中心

总　目

1

第四册

目 录

王 维

岑 参

虞世南

虞世南（558—638），字伯施，越州余姚（今属浙江）人。少与兄世基受学于顾野王，为文祖述徐陵。又师沙门智永书，妙得其体。历仕陈、隋。曾为窦建德黄门侍郎，建德灭，李世民引为秦王府参军，转记室、掌文翰。太宗即位，转著作郎，兼弘文馆学士。贞观七年（633）转秘书监，封永兴县子。于为政得失每有规讽。太宗曾作宫体诗，世南以"体非雅正"谏阻之。太宗尝称世南有五绝：德行、忠直、博学、文辞、书翰。《全唐诗》编其诗为一卷，其中从军出塞及咏物之作，间有佳制。编《北堂书钞》一百六十卷，今存。

蝉

垂緌饮清露〔一〕，流响出疏桐〔二〕。
居高声自远，非是藉秋风。

校注

〔一〕緌（ruí），古代帽带的下垂部分。这里借指蝉长在口、腹下的针喙。《礼记·檀弓下》："范则冠而蝉有緌。"郑玄注："范，蜂也；蝉，蜩也。緌为蜩喙，长在腹下。"

〔二〕流响，传出的声响，指蝉鸣声。

笺评

钟惺曰：与骆丞"清畏人知"语（骆宾王《在狱咏蝉序》中语），各善言蝉之德。（《唐诗归》卷一）

谭元春曰：于清物当说得如此。（同上）

吴烶曰：此虞以蝉比己之清高，非藉人之吹嘘，赋而比也。（《唐诗选胜直解·五言绝句》）

虞
世
南

杨逢春曰：此前虚后实之格。首写蝉，次写蝉声，即含第三句意。三主句，四托笔。此借以自况身份之高，非藉吹嘘而著声誉。古人咏物，每有寄托。知着题诗亦非漫作也。（《唐诗偶评》卷五）

沈德潜曰：咏蝉者每咏其声，此独尊其品格。（《重订唐诗别裁集》卷十九）

余成教曰：虞伯施世南，太宗谓为当代名臣，人伦准的。又称其有五绝：德行、忠直、博学、文辞、书翰也。其《咏蝉》云："居高声自远，非是藉秋风。"隐然自况矣。（《石园诗话》卷一）

宋宗元曰：（后二句）占地步。（《网师园唐诗笺》卷十四）

李锳曰：咏物诗固须确切比物，尤贵遗貌得神。然必有命意寄托之处，方得诗人风旨……此诗三、四句品地甚高，隐然自写怀抱。（《诗法易简录》卷十三）

施补华曰：《三百篇》比兴为多，唐人犹得此意。同一咏蝉，虞世南"居高声自远，端不藉秋风"，是清华人语；骆宾王"露重飞难进，风多响易沉"，是患难人语；李商隐"本以高难饱，徒劳恨费声"，是牢骚人语。比兴不同如此。（《岘佣说诗》）

刘永济曰：三、四句借蝉抒怀，言果能立身高洁者，不待凭藉，自能名声远闻也。（《唐人绝句精华》）

 鉴赏

这首托物寓怀的小诗，系诗人仕隋时所作。根据隋、唐之际诗人主要仕历及创作活动在唐代者，兼收其入唐前之作的编选体例，故将此诗入选本编。首句表面上是写蝉的形状与食性（古人认为蝉生性高洁，栖高饮露，故说"饮清露"），实则处处含比兴象征。"垂绥"，犹"垂缨"，暗示显宦身份（古代常以冠缨指代贵宦）。这显贵的身份地位，在一般人心目中是和"清"相矛盾甚至不相容的。但在诗人笔下，却把它们统一在"垂绥饮清露"的形象中了。这"贵"与"清"的统一，正是为三、四两句作反铺垫，笔意颇为巧妙。次句写蝉声之远传。梧桐是高树，着一"疏"字，更见其枝干的高挺清疏，且与末句"秋风"相应。"流响"状蝉声传送，如水之长流不已。着一"出"字，将蝉声传送的意态形象化了，仿佛使人感到蝉声的响度与力度，有绘声之妙。这一句虽只写蝉声，但读者从中自可想见人格化了的蝉清华俊朗的高标逸韵。有了这一句对蝉声远传的生动描写，三、四两句的发挥才字字有根。

　　"居高声自远，非是藉秋风。"三、四两句是全篇比兴寄托的点眼。它是在上两句描写的基础上引发出来的诗化的议论。蝉声远传，一般人往往以为是借助于风的传送，诗人却别有会心，强调这是由于"居高"而自能致远。这里的"居高"并非指居于高位、地位贵显，而是兼首句之清、次句之高（指疏桐），指立身品格之清高。这种独特的感受蕴含一个真理、一种信念：立身品格高尚的人，并不需要某种外在的凭借（例如权势地位或有力者的帮助揄扬），自能声闻远播（这里巧妙地将蝉声之声与声闻之声自然联系起来，比兴手法运用得浑然无迹）。正像曹丕在《典论·论文》中所说的那样："不假良史之辞，不托飞驰之势，而声名自传于后。"这里突出强调的是人格本身之美的感召力、影响力。两句中的"自"字、"非"字，一正一反，相互呼应，表现出对人的内在品格的热情赞美和高度自信，体现出一种雍容不迫的风范气度。诗评家联系唐太宗对虞世南的赞誉，认为此诗隐然有以蝉自况的寓意，诚然如此。但诗的客观意义却超越了自寓，而给人以追求自身品格高尚完美的启示。

虞世南

3

魏　徵

魏徵（580—643），字玄成，馆陶（今属河北）人。少孤贫，有大志。好读书，尤属意纵横之说。隋大业末参加李密义军，密奇之而不能用。密败归唐，久不见知，乃自请安辑山东，后为窦建德所获，署起居舍人。建德败擒，徵复归唐。太子建成闻其名，引为洗马。建成败，太宗器之。贞观元年（627）擢拜谏议大夫，使安辑河北。三年，迁秘书监，参与朝政。七年进侍中，加左光禄大夫，封郑国公。十七年卒，谥文贞。徵以忠鲠名世，于太宗一朝政治多所建树匡正。主编《群书治要》及《隋书》。《全唐诗》编其诗为一卷，今存诗三十五首，多为郊庙乐章。下面所选的《述怀》，是初唐五言古诗中的杰出篇章。

唐诗选注评鉴（一）

述　怀〔一〕

中原初逐鹿，投笔事戎轩〔二〕。纵横计不就〔三〕，慷慨志犹存。杖策谒天子〔四〕，驱马出关门〔五〕。请缨系南粤〔六〕，凭轼下东藩〔七〕。郁纡陟高岫〔八〕，出没望平原〔九〕。古木鸣寒鸟，空山啼夜猿。既伤千里目〔一〇〕，还惊九折魂〔一一〕。岂不惮艰险，深怀国士恩〔一二〕。季布无二诺〔一三〕，侯嬴重一言〔一四〕。人生感意气，功名谁复论〔一五〕！

校注

〔一〕《全唐诗》题下注："一作《出关》。"据《旧唐书·魏徵传》，徵初从李密，密不能用，"及密败，徵随密来降（唐高祖），至京师，久不见知，自请安辑山东，乃授秘书丞，驱传至黎阳"。事在武德元年（618）十一月，见《通鉴》。

〔二〕《史记·淮阴侯列传》："秦失其鹿，天下共逐之。于是高材疾足者先得焉。"中原逐鹿，喻指隋末天下大乱，群雄并起，争夺天下的局面。戎轩，兵车。投笔事戎轩，即投笔从戎，用《后汉书·班超传》："（超）家贫，常为官佣书以供养。久劳苦，尝辍业投笔叹曰：'大丈夫无它志略，犹当效傅介子、张骞立功异域，以取封侯，安能久事笔砚间乎！'"后立功西域，封定远侯。此借指"大业末，武阳郡丞元宝藏举兵以应李密，召徵使典书记"之事。

〔三〕纵横，战国时著名策士苏秦游说山东六国联合抗秦，即所谓"合纵"之谋；张仪则游说六国奉事于秦，即所谓"连横"之谋。南与北合为纵，西与东合为横。魏徵"见天下渐乱，尤属意纵横之说……密每见宝藏之疏，未尝不称善。既闻徵所为，遽使召之。徵进十策以干密，虽奇之而不能用。及王世充攻密于洛口，徵说密长史郑颋曰：'魏公虽骤胜，而骁将锐卒死伤多矣；又军无府库，有功不赏，战士心惰。此二者难以应敌。未若深沟高垒，旷日持久，不过旬月，敌人粮尽，可不战而退。且东都食尽，世充计穷，意欲死战，可谓穷寇难与争锋，请慎勿与战。'颋曰：'此老生之常谈耳！'徵曰：'此乃奇谋深策，何谓常谈！'因拂衣而去"。此句即叙己献策不为李密所用之事。

〔四〕杖策，执马鞭、策马。天子，指唐高祖李渊。

〔五〕关门，指潼关门。

〔六〕《汉书·终军传》："南越与汉和亲，乃遣军使南越，说其王，欲使入朝，比内诸侯。军自请：'愿受长缨，必羁南越王而致之阙下。'"后果说服南越王归汉。缨，绳。系，捆缚。南粤，同"南越"。

〔七〕凭轼，靠在车前横木上。指乘车出使。《汉书·郦食其传》载，郦食其对汉高祖说："方今燕、赵已定，唯齐未下……臣请得奉明诏说齐王使为汉而称东藩。"高祖善之，使食其说齐王，果凭轼而下齐七十余城。以上二句借终军使南粤（越）、郦食其说齐王的典故指其"自请安辑山东"之事。时李密旧部"徐士勣（后改名李勣）据李密旧境，未有所属。魏徵随密至长安，乃自请安集山东。上以为秘书丞，乘传至黎阳，遗徐世勣书，劝之早降，世勣遂决计西向"（《通鉴·唐高祖纪·武德元年》）。

〔八〕郁纡，盘曲迂回貌。陟，登。岫，山峰。

〔九〕出没，时出时没。因山路曲折盘绕，故远望时平原时出时没。

〔一〇〕《楚辞·招魂》："目极千里兮伤春心。"经过隋末大战乱的破坏，此时诗人所经的中原地区人烟萧条，残破荒凉，故云"伤千里目"。

〔一一〕折，《全唐诗》校："一作逝。"或引《楚辞·九章·抽思》"惟郢路之辽远兮，魂一夕而九逝"之句，认为当作"逝"。按：此句上承"郁纤陟高岫"，下启"岂不惮艰险"，系指登山陟险而心惊，当作"折"。《汉书·王尊传》："上以尊为郿令，迁益州刺史。先是，琅邪王阳为益州刺史，行部至邛郲九折坂，叹曰：'奉先人遗体，奈何数乘此险！'后以病去。"后遂以"九折"形容山路之盘曲险峻。"惊九折魂"，即指因山路险峻而心惊。

〔一二〕国士，一国中才能最杰出的人才。国士恩，指君主以国士相待的恩遇。《战国策·赵策一》载智伯为赵襄子所灭，其门客豫让舍身行刺赵襄子以报答，曰："智伯以国士遇臣，臣故以国士报之。"

〔一三〕季布，汉初楚人，重然诺，守信义。《史记·季布栾布列传》："楚人谚曰：'得黄金百斤，不如得季布一诺。'"

〔一四〕侯嬴，战国时魏之隐士。信陵君闻其贤，带随从车马亲迎侯嬴，尊为上客。后信陵君有急，侯嬴献计荐朱亥，遂救赵，解邯郸之围。侯嬴则自杀以殉。事见《史记·魏公子列传》。重一言，犹重然诺。

〔一五〕意气，情谊、恩义。此指君主的知遇之恩。二句意谓，人生所应看重的是酬报君主的国士之恩，至于个人的功名又何足论呢。王维《夷门歌》"意气兼将身命酬"，即此句"感意气"之谓。《旧唐书·魏徵传》载，唐太宗使魏徵安辑河北，徵谓副使李桐客曰："主上既以国士见待，安可不以国士报之乎？"可见"报国士恩"是魏徵始终奉行的人生原则。

（笺）（评）

蒋春甫曰：起语参差胜人整。（《唐诗广选》卷一）

《唐诗训解》卷一：奉使之初，志存立功。故终为唐名臣。诗可见志，信矣。（题李攀龙辑、袁宏道校）

叶羲昂曰：此已具盛唐之骨，离却陈、隋滞靡，想见其人。（《唐诗直解》卷一）

钟惺曰："出没"二字，深得远望之神。"人生感意气，功名谁复论"，深味末语，可原魏徵不死建成之故。（《唐诗归》卷一）

唐汝询曰：此奉使出关，赋以见志也。言宇内未平，聊欲弃文就武，以取勋庸。计虽数挫而志不少衰。于是谒天子以求奉使，驱马出关以图终、郦之业。登历山原，入无人之境。目极千里，魂逝九折。斯时也，岂不惮此艰险乎？正为天子以国士遇我，我当全季布之诺，守侯嬴之信，以舒生平之意气耳，功名非所论也。（《唐诗解》卷一）

陆时雍曰：挺挺有烈士风。“古木鸣寒鸟，深山啼夜猿”，是初唐一等格力。（《唐诗镜》卷一）

周敬曰：高华秀丽，远驾六朝，真似朱霞半天。（《删补唐诗选脉笺释会通评林·初五古》）

吴烻曰：此因出关而述己之怀也。秦失其道，豪杰共起，如逐鹿然。故弃文就武，卒斩焉耆王广，定西域，封定远侯……幸得见唐王，如邓禹杖策北渡，见光武于邺。而今驱马出关，当如终军请缨，系南越于阙下，郦食其凭轼而说齐王称藩。此一段述出关之始事也……从高视下，山路曲折，故曰“出没”。鸟鸣古木，猿啼空山，皆助人离思者，故下便接穷千里之目，惊九折之魂也……此历险途而自叹也……登此山而不惮劳者，天子以国士遇我，而思有以报之也。……此段效二人而薄功名，以结述怀之意。按：玄成少有大志，从李密来京，未知名，自请安辑山东……此诗盖出关时作。（《唐诗选胜直解·五言古诗》）

徐增曰：此唐发始一篇古诗，笔力遒劲，词采英毅，领袖一代诗人。须看其步趋古人不苟处。共二十句，却是五解。今人每恃才逞学，一笔扫将去，无论不如古人，则气亦易竭。谙乎解数，则下笔自有分寸，便得造古人地位矣。（《而庵说唐诗》卷一）

沈德潜曰：此奉使出关而作也。“国士”句是主意。气骨高古，变从前纤靡之习。盛唐风格，发源于此。（《重订唐诗别裁集》卷一）

宋宗元曰：“纵横计不就，慷慨志犹存”，只二语总括由魏归唐事。“岂不惮艰险，深怀国士恩”，沉郁顿挫，格振神超。（《网师园唐诗笺》卷一）

翁方纲曰：对句一连五句，皆第二字仄，第四字平；又一连五句，皆第二字平，第四字仄。而却崚嶒之极，又谐和之极。读此一首，则上而六朝，下而三唐，正变源流，无法不备矣。岂其必于对句末用三平耶？愚故于唐人五言，特举此篇，以见法不可泥，乃真法耳。（《小石帆亭著录·五言诗平仄举隅》）

鉴赏

魏徵是中国历史上著名的政治家，但他这首作于唐代开国元年的《述怀》诗却为一代唐诗的新风树立了榜样，早在陈子昂倡导汉魏风骨之前，就写出了"骨气端翔，音情顿挫，光英朗练，有金石声"的杰出作品。

　　诗以叙事纪行写景为线索，以述怀为中心，大体上可分四层。"中原"四句，概述自己自隋末群雄纷起、逐鹿中原以来投笔从戎的经历，感慨才能计谋不被赏识，而慷慨之志犹存，自然逗引出下文。"杖策"四句，叙述归附唐朝，奉使出关，安辑山东之事，是"慷慨"之志犹存，"纵横"之计再展的具体表现，用终军、食其二典，既切"纵横"之计与主动请缨之意，又表现出对自己才能的高度自信。"郁纡"六句，叙写出关途中所见荒凉景象和所历艰难险阻，而以"既伤千里目，还惊九折魂"二语作一小束。"岂不"六句，紧承上文"艰险"，反折出自己的情志怀抱——感国士之恩而以身相报，并不看重个人的功名。诗的核心内容有两方面，即一开头的"慷慨志"和结尾处的"感意气"（亦即"怀国士恩"）。前者是指在中原逐鹿的时局中乘时奋起，收拾乱局，重建和平统一的国家，以实现自己的人生追求和价值；后者是指为了实现慷慨之志，必须得到君主的赏识和信任，即获得国士之遇，而"感意气"以报"国士恩"也就成了自己毕生信奉的人生原则。奉使出关，安辑山东，既是为了实现慷慨之志，也是为了酬报国士之恩。酬恩知己的观念体现在君臣关系上，带有一定的民主性。《孟子·离娄下》："孟子告齐宣王曰：'君之视臣如手足，则臣视君如腹心；君之视臣如犬马，则臣视君如国人；君之视臣如土芥，则臣视君如寇雠。"以国士遇，则"感意气"而以国士报，正是上述观念的体现。以上两方面，都表现出一个将要到来的壮盛健康的新时代士人新的精神风貌，正是这种慷慨之志和高昂"意气"，构成了这首诗刚健苍劲风骨的思想感情基础。

　　全篇语言朴素刚劲，叙述简括省净，写景纪行简约而富于表现力。"纵横"二句，叙事抒情融为一体，一反一正，顿挫生姿。"郁纡"四句，纪行写景中深寓对荒凉残破景象的感慨，其中含有收拾乱局重现太平的责任感。"出没望平原"句承上"郁纡陟高岫"，尤得行进在盘曲山路上登高望远之神。各层之间转接自然有序，三、四两层之间的转折则反托有力，显示出遒劲的笔力和深沉的感慨。无论是思想内容还是艺术风貌，这首诗都相当典型地显示了一个新的诗歌时代即将来临。

　　魏徵真正蒙受"国士恩"，是在唐太宗当政时期。但从这首诗中已可看出他日后为实现慷慨之志和感国士恩而将要进行的政治实践。"人生感意气，功名谁复论"，正可视为他的人生宣言。而人品与诗品的统一，则是这首诗表达的思想感情特别深厚沉挚的根源。

8

王 绩

　　王绩（589—644），字无功，号东皋子，绛州龙门（今山西河津）人。出身于"六代冠冕"的北朝士族，其三兄王通为隋末大儒。大业中，应孝悌廉洁举登高第，授秘书省正字。因不愿在朝，自请任外职，改六合县丞，因疏放简傲，耽于饮酒，屡被弹劾，自免去职。唐武德五年（622），以前官待诏门下省，日给酒三升。贞观初，托疾罢归。十一年，以家贫赴选，为太乐丞，未及二年复弃官还乡。十八年卒。绩好老、庄，追求纵心自适的生活境界，其诗多抒写隐居田园的生活情趣和朴野本色的自然风光，诗风真率自然，朴质清新。有《王无功文集》五卷本传世。

野　望 [一]

东皋薄暮望 [二]，徙倚欲何依 [三]。

树树皆秋色，山山唯落晖。

牧人驱犊返，猎马带禽归 [四]。

相顾无相识，长歌怀采薇 [五]。

校注

　　〔一〕野望，眺望原野。或谓此诗作于隋末社会动乱的年代。但尾联用"采薇"典，当作于隋亡唐建之后，参注〔五〕。

　　〔二〕东皋，在作者家乡河津，系其隐居躬耕之地。作者《自作墓志文并序》（《王无功文集》卷五）云："常耕东皋，号东皋子。"皋，河边地。又《答冯子华处士书》云："吾河渚间，元有先人故田十五六顷，河水四绕，东西趣岸各数百步。……用天之道，分地之利，耕耘麃蓑黍秋而已。"所谓"东皋"，当即指此。

　　〔三〕徙倚，徘徊，彷徨。

　　〔四〕禽，兼指鸟、兽等猎物。

　　〔五〕采薇，指隐居的高士。《史记·伯夷叔齐列传》："武王已平殷乱，

9

天下宗周。而伯夷、叔齐耻之，义不食周粟，隐于首阳山，采薇而食之。"这里用"采薇"典，仅取其隐逸高致，未必有"耻事新朝"之意。但既用此典，则诗作于易代之后，当是事实。或谓此句"采薇"系用《诗·召南·草虫》"陟彼南山，言采其薇。未见君子，我心伤悲"或《小雅·采薇》"采薇采薇，薇亦作止；曰归曰归，岁亦莫止。靡室靡家，玁狁之故；不遑启居，玁狁之故"，借以抒发苦闷。但诗中既无怀念君子或怀念故乡（当时作者身在家乡）之意，也看不出明显的苦闷情绪，且《诗经》中这两首诗的"采薇"也很少用作典故。故仍以解作怀想隐居高士为宜。吕才《王无功文集序》云："君河中先有渚田十数顷，颇称良沃，邻渚又有隐士仲长子光，服食养性。君重其贞洁，愿与相近，遂结庐河渚，纵意琴酒，庆吊礼绝，十有馀年。"怀采薇，也有可能包括仲长子光这类隐逸之士。

笺评

钟惺曰：浅而不薄。（《唐诗归》卷一）

唐汝询曰：按：无功当隋唐之际，晦迹逃名，寄情于酒，以高洁自居。此因野望而感隋之将亡，因以言志也。言方临高晚眺，徙倚徘徊，此身若靡所依泊，正以秋色斜阳，所见皆凋残之景，隋亡可立而须矣。视彼牧人猎骑，憀然奔趋，各事其事，谁为我之相识者？吾惟有长歌以怀采薇士耳。亡国之悲，见于言外，惟以采薇稍露本旨。（《唐诗解》卷三十一）

陆时雍曰：多于朴茂。（《唐诗镜》卷一）

《唐诗训解》：起句即破题。"秋色"补题不足，且生结意。"落晖"应"薄暮"，且生下"返""归"二句。何元朗曰：当武德之初，犹有陈、隋遗习，而无功能尽洗铅华，独存体质。又嗜酒诞放，脱落世事，故于情性最近。今观其诗，近而不浅，质而不俗，殊有魏晋之风。（卷三）

王夫之曰：首句直文身自远，天成风韵，不容浅人窃之。又：当其为景语，但为景语，故高。"树树皆秋色"，可云有比；"牧人""猎马"，亦可云有比乎？唯初唐诗必不许谢叠山、虞道园一流舞文弄律。少陵不然，诲淫诲盗。（《唐诗评选》卷三）

吴烶曰：命意在末句……不忘故隋也。（《唐诗选胜直解·五言律诗》）

黄生曰：尾联寓意格。前写野望之景，结处方露己意。三、四喻时值

唐诗选注评鉴（一）

衰晚，此天地闭、贤人隐之象也。故末寄怀采薇，盖欲追踪夷、齐之意，然含蓄深浑，不露线索。结法深厚。得此一结，便登唐人正果，非复陈、隋小乘禅矣。又曰：叠字句有二种，有实叠，有虚叠，此实叠也。（《唐诗矩·五言律诗一集》）

王

绩

王尧衢曰：前解写"望"，后解因景以抒情。王无功生于隋唐之际，号东皋子，沈于醉乡，而成其高蹈，故托兴采薇而以无相识致慨也。此诗格调最清，宜取以压卷。视此，则律中之起承转合了然矣。"东皋薄暮望，徙倚欲何依。"此为起句。首句以"东皋薄暮"写"望"之时候，点题面，立一诗之根。次句即写"望"之神情也。"望"必将身倚于一处，今云"徙倚"，是身子常移动不定，身不得自主，故又云"欲何依"。"树树皆秋色，山山唯落晖。"此为承，写"望"中之所见。树皆秋色，山尽落晖，则眺望便不能倚定在一处，承上"望""徙""倚""欲何依"六字也。"牧童驱犊返，猎马带禽归。"此句为转。转，盖为合句作地步，与承句不相连，而气又要贯。"牧"者"猎"者，俱"东皋""望"中之人。"返"与"归"，乃薄暮时事。牧牛有犊，猎马得禽，各事其事，正与下文"无相识"中人，略举一二也。"相顾无相识，长歌怀采薇。"此之谓合，谓与转句相合也。相顾者，两相回顾，乃面熟之人，而不相识其姓名踪迹。盖以徙倚东皋者，自成高尚，长歌而怀采薇之风，彼牧童猎子，又安能识予为何人哉！（《古唐诗合解》卷七）

叶羲曰：惟有隐耳。隋日式微，无功伤之而作，即诗人"北风""雨雪"意，然唐兴之兆见矣。（《唐诗意》）

吴乔曰：王绩《野望》诗，陈拾遗之前旌也。（《围炉诗话》卷二）

顾安曰：此立意诗。"薄暮望""欲何依"，主句也。下边"秋色""落晖""牧人""猎马"，俱是"薄暮望"之景。"皆"字、"唯"字、"返"字、"归"字，俱是"欲何依"之情。所以用"相顾"句一总顿住。末句说出自己胸襟也。又，此诗说"无依"情绪，直赶到第七句，若胸中稍有不干净处，便要自己露出。"长歌"一言，壁立万仞矣。或问此句可以为主句否，盖此句是胸中主见，不是诗中主句，所谓主中主也。（《唐律消夏录》卷一）

沈德潜曰：五言律，前此失严者多，应以此章为首。通首只"无相识"意。"怀采薇"，偶然兴寄古人也。说诗家谓感隋之将亡，毋乃穿凿。（《重订唐诗别裁集》卷九）

　　黄叔灿曰：《野望》，王绩隐于东皋。"欲何依"，言不欲他适也。"树树"一联，写望中景色有致。"牧人""猎马"，各自营为。本不相识，任其相顾，我自长歌。"怀采薇"，取义于我安适归意，与首相应。（《唐诗笺注》卷一）

　　王寿昌曰：何谓古？曰……近体则"东皋薄暮望……"……此等乃诗太羹玄酒之味，《咸》《英》《韶》《濩》之音，非世俗所能知者，但学者不可不本源于此。（《小清华园诗谈》卷上）

　　诗写东皋眺望所见所感。首句点题，"东皋"是诗人的耕隐之地，说明诗人一开头就是以隐者的眼光来眺望原野景物的。"薄暮"点时，这个特定的时间使全诗笼罩上一层迷蒙的色彩，并为下面三联的写景抒情设置了规定情境。次句抒感，"徙倚欲何依"，写出了一种徘徊彷徨、无所依托的心理状态，"欲何依"三字直贯尾联。

　　颔联写望中秋暮自然景色：树树尽染秋色，山山唯余落晖。这景象于阔远绚丽之中略带萧瑟清寂的情味，透露出诗人对秋天薄暮景色既流连称赏又稍感寂寞的心态。

　　腹联写望中秋天薄暮的人事活动。一写牧童驱犊而返，一写猎马带禽而归。虽写动态，表现的却是一种悠闲不迫、从容宁静的氛围。以上两联，在景物的远近、动静的映衬和构图设色上都颇见匠心，但读来却浑朴流畅，一气舒展，不露斧凿之痕。颔联"树树""山山"叠字置于句首，构成工整的对仗，更加强了流走的气势。尾联以"相顾无相识"遥应"徙倚欲何依"，以"长歌怀采薇"应上联"返""归"，点明诗人的精神归趋——对隐逸之士的怀想和对隐逸生活的向往。

　　从尾联用典看，这首诗当作于易代之后。联系首句"东皋"之语及王绩晚年归隐龙门的行迹，这首诗有可能作于晚年（贞观十三年至十八年间）。这时离唐朝建国已二十多年，唐朝的政治经济已出现兴盛景象。他对新兴的唐王朝是抱着欢迎肯定态度的，在《答冯子华处士书》中说："乱极治至，王途渐亨，天灾不行，年谷丰熟。贤人充其朝，农夫满于野。吾徒江海之士，击壤鼓腹，输太平之税耳。帝何力于我哉！"可见在新朝治世当一名自适其适的隐士，正是他晚年的人生追求。这首诗所描绘的秋暮乡野景物，充溢着一种和平宁静的田园牧歌情调和对隐逸高致的向往，正是诗人心情的写照。尽管由于"所嗟同志少，无处可忘言"（《春庄走笔》），有时不免感到孤寂。"徙倚欲何依""相顾无相识"等句，正流露了这种缺乏同道的惆怅。旧日有的诗评家横亘比兴寄托观念于胸，带着先入为主之见来感受、理解诗中所写之景、所抒之情，不免误解诗境、诗旨。王夫之对"浅人""穿凿"的批评，是有见地的。

《文献通考·经籍考》五十八引《周氏涉笔》云："旧传四声，自齐、梁至沈、宋，始定为唐律。然沈、宋体制，时带徐、庾，未若王绩穿裁锻炼，曲尽清元，真开迹唐诗也。如云'牧人驱犊返，猎马带禽归'……"从合律的要求看，王绩的这首《野望》远早于李峤、沈、宋的同类作品，称得上是唐人五律的开山之作。

秋夜喜遇王处士〔一〕

北场芸藿罢〔二〕，东皋刈黍归〔三〕。
相逢秋月满，更值夜萤飞。

 注

〔一〕王处士，五卷本《王无功文集》作"姚处士义"。生平均未详。处士，本指有才德而隐居不仕的士人，后泛指未做过官的士人。

〔二〕北场，北边的场圃。芸，通"耘"。藿，本指豆叶，此指豆株。芸藿，给种豆的地除草。

〔三〕刈，割。黍，一种谷物，籽实去皮后称黄米。

鉴 赏

前两句写农事活动后归来。平平叙述，自然成对，没有任何刻画渲染，平淡到几乎不见有诗。但正是在这种随意平和的语调与舒缓从容的节奏中，透露出诗人对耕隐田园生活的习惯和一片萧散自得、悠闲自适的情趣。王绩归隐的生活条件是相当优裕的。参加"芸藿""刈黍"一类劳动，在他不过是田园生活一种轻松愉快的点缀。这种生活所造成的和谐平衡的心境，正是下两句所描绘的"秋夜喜遇"情景的背景与条件。

"相逢秋月满，更值夜萤飞。"带着日间田间劳动后的轻微疲乏和快意安恬，怀着对归隐田园生活的欣然自适，两位乡居的老朋友在这宁静美好的秋夜不期而遇了。这是一个满月之夜。整个村庄和田野沉浸在一片明月的清辉之中，显得格外静谧。这里那里，又穿梭似的飞舞着星星点点的秋萤，织成一幅变幻不定的光的图案。它们的出现，给这宁静安闲的山村秋夜增添了流动的意致和欣然的生意，使它不致显得单调和冷寂。同时，这局部的流动变幻又反过来更衬出了整个秋夜山村的宁静安恬。这里，对两人相遇的场面没有作任何正面描写，也没有一笔正面表现"喜"字，但透过这幅由溶溶明月、点点流萤所组成的山村秋夜画图，借助"相逢""更值"这些感情色彩浓郁的词语的点染，诗人那种沉醉于眼前美好秋夜景色中的快意微醺，那种心境与环境契合无间的舒适安恬，以及共对如此良夜的两位朋友别有会心的微笑和得意忘言的情景，都已经鲜明地呈现在读者面前了。

这首小诗，虽写田园隐居生活，却表现了乡居秋夜特有的美和对这种美的心领神会，色调明朗，富于生活气息。王绩的诗，有真率自然、不假雕饰之长，但有时却过于率直质朴而缺乏意境和余韵，这首诗可以说创造了一种人与自然和谐相融的优美意境。从田园诗的发展历程看，陶诗重在写意，王维则着意创造情景交融的意境，王绩这首诗不妨看作王维田园诗的先声。我们从诗中还可看到陶诗的影子，但从整体上说，已经是属于未来诗歌时代的作品了。

上官仪

上官仪（约608—664），字游韶，陕州陕县（今河南三门峡市）人。贞观元年（627）登进士第，授弘文馆直学士，迁秘书郎。太宗每为文，遣仪视草。高宗即位，为秘书少监。龙朔二年（662），进西台侍郎、同东西台三品（宰相）。因建议高宗废武后，于麟德元年（664）被诬与梁王李忠谋逆，下狱死。仪为太宗、高宗朝重要宫廷诗人，曾总结六朝以来对仗方法，创"六对""八对"之说，对律诗的建立有促进作用。工五言，诗风绮错婉媚。人多效之，称"上官体"。有《上官仪集》三十卷，已佚。又曾撰《笔札华梁》。《全唐诗》编其诗为一卷，今人续有增补，见陈尚君《全唐诗补编》。

入朝洛堤步月〔一〕

脉脉广川流〔二〕，驱马历长洲〔三〕。
鹊飞山月曙，蝉噪野风秋。

〔一〕高宗、武后当政时期，朝廷常在东都洛阳。皇城南临洛水，城门外有天津桥。百官清晨入朝前须集桥下洛堤上等候。诗题谓入朝前沿洛堤骑马踏月而行。

〔二〕脉脉，形容水流绵长不断之状。广川，指洛水。

〔三〕长洲，此指洛堤。洲本指水中或水边陆地，此指水边铺筑的沙堤。

笺评

刘𫗧曰：高宗承贞观之后，天下无事。上官侍郎仪独持国政。尝凌晨入朝，巡洛水堤，步月徐辔，咏诗云："脉脉广川流，驱马历长洲。鹊飞山月曙，蝉噪野风秋。"音韵清亮。群公望之，犹神仙焉。（《隋唐嘉话》卷中）

胡应麟曰：上官仪"鹊飞山月曙，蝉噪野风秋"，音响清越，韵度飘扬，齐梁诸子，咸当敛衽。（《诗薮·外编·唐下》）

胡震亨曰：上官仪"鹊飞山月曙，蝉噪野风秋"，率尔出风致语，佳耳。张说"雁飞江月冷，猿啸野风秋"（《和尹懋秋夜游灉湖》），似有意学之。那得佳。欧公力拟温飞卿警联不及，亦同此。（《唐音癸签·评汇》）

钟惺曰："鹊飞山月曙"，森然。（《唐诗归》卷一）

李因培曰："鹊飞山月曙，蝉噪野风秋"，徐、庾遗响。（《唐诗观澜集》卷十四）

宋顾乐曰：景语神采，在王、裴上。写景沉着，格调亦雍容满足。（《唐人万首绝句选》评）

俞陛云曰：此早朝途中所作。"鹊飞""蝉噪"二句，写洛堤晓行，风景如画。诗句复清新而有神韵。昔张文潜举昌黎、柳州五言佳句，以韩之"清雨卷归旆"一联，柳之"门掩候虫秋"一联为压卷。上官之作，可方美韩、柳矣。（《诗境浅说》续编）

鉴赏

上官仪创"六对""八对"之说，对律诗建立有推动作用，但其所作应诏奉制诸诗，则大都典雅工致而乏情韵意境，这首小诗从题目看，很像是上朝途中即景吟成的作品。唯其仓兴而就，于不经意间随口道出，故能见诗人的风度神采。

早朝诗多形容宫廷庄严华贵气象，此诗独辟蹊径，专写赴朝途中所见晨景。且既不渲染宰相车马仪从之盛，又不描绘赴朝之急骤匆忙，而是与此相反，专写沿洛堤按辔徐行览眺景物的雍容闲暇。起二句一写洛水，一写洛堤。用"脉脉广川流"写洛水，见水流之从容平缓、悠长绵延，言外自有一种"水流心不竞"的意致。次句点出"驱马"而行，而曰"历长洲"，则其非扬鞭疾驰，而系按辔徐行，且历且览之情景可想。

妙在三、四句写景，景中见人。"鹊飞山月曙，蝉噪野风秋"，这两句写晨景，对仗工切，音韵浏亮，描写精细，本身就能构成相对完整的清迥意境。上句写景富于动态感和过程感：随着时间的推移，乌鹊从栖宿的树上飞起，山边的月亮清光渐隐，天色渐亮，曙光已显。下句则在清晨的秋蝉聒噪和野风吹拂中透出了秋晨的凉意。"曙"字、"秋"字都很富表现力，有鲜明的氛围感。但如孤立地看，不过是写景的名联而已。但一旦与"入朝洛堤步月"这个特定背景联系起来，就不难品味出诗人在步月按辔徐行的过程中那份从容闲暇的气度，顾盼自如的神情，和调动着一切感觉去欣赏秋晨美好景物的情致。这种气度、神情和情致，构成了这首早朝诗特有的清华高逸气韵。"望之犹神仙"的赞誉可能正是缘于此吧。

骆宾王

唐诗选注评鉴（一）

骆宾王（619—687）[一]，字观光，婺州义乌（今属浙江）人。七岁能诗。早年生活穷困。曾为道王（李元庆）府属官。后授奉礼郎，为东台详正学士。咸亨年间因事被谴，从军西域，后入蜀。其后返京，历任武功主簿、明堂主簿，调长安主簿，擢侍御史。因上书言事，被诬下狱。调露二年（680）八月遇赦获释。任临海丞。光宅元年（684），徐敬业起兵讨武则天，署宾王为艺文令，曾草《讨武曌檄》，兵败后逃亡，不知所之。有《骆临海集》十卷。清陈熙晋有《骆临海集笺注》。宾王长于七言歌行，五律、五绝亦有佳篇。

注释

〔一〕关于骆宾王的生卒年，说法不一，此采骆祥发说。

在狱咏蝉[一]

西陆蝉声唱[二]，南冠客思侵[三]。
那堪玄鬓影[四]，来对白头吟[五]？
露重飞难进，风多响易沉[六]。
无人信高洁[七]，谁为表予心！

校注

〔一〕诗约作于高宗调露元年（679）秋（或说作于调露二年，680）。诗前有序云："余禁所禁垣西，是法厅事也。有古槐数株焉。虽生意可知，同殷仲文之古树；而听讼斯在，即周召伯之甘棠。每至夕照低阴，秋蝉疏引，发声幽息，有切尝闻。岂人心异于曩时，将虫响悲于前听？嗟乎！声以动容，德以象贤。故洁其身也，禀君子达人之高行，蜕其皮也，有仙都羽化之灵姿。候时而来，顺阴阳之数；应节为变，审藏用之机。有目斯开，不以道昏而昧其视；有翼自薄，不以俗厚而易其真。吟乔树之微风，韵资天纵，饮高秋之坠露，清畏人知。仆失路艰虞，遭时徽缠。不哀伤而自怨，未摇落而先衰。闻蟪蛄之流声，悟平反之已奏；见螳螂之抱影，怯危机之未安。感而缀诗，贻诸知已。庶情沿物应，哀弱羽之飘零；道寄人知，悯余声之寂寞。非谓文墨，取代幽忧云尔。"其中对蝉的描写歌咏，可与诗互相发明、补充，并可窥见写作此诗的背景、动机和目的。

〔二〕西陆，指秋天。《文选·郭璞〈游仙诗〉》"蓐收清西陆"李善注引司马彪《续汉书》："日行北陆谓之冬，西陆（太阳运行在西方七宿的区域）谓之秋。"

〔三〕南冠，代指囚犯。《左传·成公九年》："晋侯观于军府，见钟仪，问之曰：'南冠而絷者，谁也？'有司对曰：'郑人所献楚囚也。'"骆宾王是南方人，故以"南冠"借指自己的囚犯身份，更为切合。客思，客中的情思。侵，侵袭。侵，一作"深"。

〔四〕玄鬓，指蝉。晋崔豹《古今注·杂注》："魏文帝宫人绝所宠者，有莫琼树……琼树乃制蝉鬓，缥缈如蝉翼，故曰蝉鬓。"因蝉鬓缥缈如蝉翼，蝉又通体黑色，故以"玄鬓影"代指蝉的身影。

〔五〕白头，诗人自指，这一年骆宾王已过六十，故云"白头"。吟，指蝉鸣。《白头吟》是汉乐府相和歌辞曲调名，这里仅借用其字面，"白头"与"吟"不相连。

〔六〕沉，指蝉声消失淹没在风声中。

〔七〕高洁，指蝉栖高饮露的品性，即诗序所谓"饮高秋之坠露"。

笺评

钟惺曰："信高洁"三字森挺，不肯自下。（《唐诗归》卷一）

唐汝询曰：此因闻蝉借以自况也。蝉知感秋，犹己之被系，真影相吊而声相和者也。露重风多，喻世道之艰险；难进易沉，慨己冤之不伸。斯时也，有信其高洁表其贞心者乎？亦终于湮没而已。（《唐诗解》卷三十一）

黄克缵曰：咏蝉诗描写最工，词甚雅正。（《全唐风雅》）

陆时雍曰：大家语。大略意象深而物态浅。（《唐诗镜》卷二）

徐祯卿曰：结语优柔，自是可怜。（《删补唐诗选脉笺释会通评林·初周珽曰：宾王此诗托蝉自鸣，衷情呜咽，读者每为三叹。又曰：次句映带"在狱"。三、四流水对，清利。五、六寓所思，深婉。尾"表"字，应上"侵"字，"心"字应"思"字，有情。咏物诗，此与《秋蝉》篇可称绝唱。（同上）

贺裳曰：中联云"露重飞难进，风多响易沉"，尤肖才人失路之悲，读之涕洟欲下。（《载酒园诗话又编·四杰》）

黄生曰：（首联）对起。顺因起。（次联）顺应。（腹联）顺因句。语兼比兴。（尾联）缩脉句。又曰：尾联总冒格。"飞难进"，喻情不能上达。"响易沉"，喻冤不能分雪。七句分明是无人信同蝉之高洁，却缩作五字，如昔人之缩地脉也。识得言外有"蝉"字，此诗方有收拾。序已将蝉赋尽，诗只带写己意，与诸咏物诗体格不同。又曰：起、结二句，有上因下者，谓之倒因；有下因上者，谓之顺因。（《唐诗矩·五言律诗一集》）

宋长白曰：骆义乌诗："西陆蝉声唱"，"唱"字稍稚已。（《柳亭诗话》）

史流芳曰：首句"咏蝉"，次句"在狱"。下句句说蝉，句句说自己。（《固说》）

吴昌祺曰："鬓影"虽借蝉而用"对"字，则"鬓"承"客思"，"吟"承"蝉声"也。（《删订唐诗解》）

顾安曰：五、六有多少进退维谷之意，不独说蝉，所以结句便可直说。（《唐律消夏录》）

陈德公曰：三、四现成恰好，转觉增凄。第二"客思侵"三字凑韵，信阳多犯此流弊。（《闻鹤轩初盛唐近体读本》引）

卢麰、王溥曰："客思侵"固似凑韵，但以对起，犹可掩拙，若复散行，更成率易，此又不可不知。（同上）

李白山曰：结承五、六缴足，更为醒快。（同上引）

范大士曰：诗有寄托，故不第以咏物擅长。（《历代诗发》）

施补华曰：《三百篇》比兴为多，唐人犹得此意。同一咏蝉，虞世南"居高声自远，端不藉秋风"，是清华人语；骆宾王"露重飞难进，风多响易沉"，是患难人语；李商隐"本以高难饱，徒劳恨费声"，是牢骚人语。比兴不同如此。（《岘佣说诗》）

俞陛云曰：起句言狱中闻蝉，题之本位也。三、四句由蝉说到己身，层次井然。而"玄鬓""白头",于句法流转中,兼工琢句。五句言蝉因露重而沾翅难飞,犹己之以谗深而含冤莫白。六句言蝉因风多而响易沉,犹己之以毁积而辞不达。末二句慨然说明借蝉喻己之意。此诗取譬最为明切。大凡咏物诗,或见物兴感,或借物自况,《诗经》兴、赋、比三体中之比体也。咏物用典能贴切固佳,能用典切题而兼有意则尤佳。(《诗境浅说》甲编)

鉴赏

这是一首工于比兴寄托的咏物名篇,也是一曲忧愤深广的人生悲歌。

调露元年(679)秋,担任侍御史的骆宾王由于屡次上书讽谏政事,触犯了当权的武则天,被诬在长安主簿任上犯贪赃罪,下御史台狱。监狱西面,有古槐数株,上有秋蝉悲鸣,引起他对自身品行遭际的联想和对人生社会的悲慨,写下这首托物寓怀、抒发幽愤的诗篇。

首联闻蝉兴感,正点题面。蝉到了秋天,生命力趋于衰竭,鸣声听来特别凄切。这对于一个身处异乡而又失去自由的系囚,感情上不用说就是强烈的触动。"客思"在这里便不单指羁愁乡思,而且包含身系囹圄的身世沉沦之感和穷途抑塞之悲。"侵"字带有渐进的意味,显示出在闻蝉的过程中,幽愤的"客思"不断浸润扩大、渗透深入,透露出这种难堪的"客思"是怎样地侵扰、咬啮着诗人痛苦的灵魂。这一联以工整的对仗起,"西陆""南冠"又分别用典,显得典重深沉,这和诗人闻蝉而兴悲的感情状态是一致的。

颔联就"客思侵"进一步抒写不堪忍受寒蝉悲鸣的沉重悲苦心情。两句用流水对,语意一贯。意思是说,哪能经受得住这玄黑缥缈的秋蝉身影,对着我这忧愤深广的白头幽囚曼声哀鸣呢!"那堪"二字直贯全联,突出了感情的强度。"玄鬓"与"白头"分切秋蝉与自己,对偶工妙,不但见诗人的巧思,而且给人以鲜明的视觉形象,展现出置身囹圄的白头诗人面对高树秋蝉,形影相吊,不胜哀怨忧愤的情景。这就把蝉和人进一步绾合起来,为后幅以蝉喻人创造了条件。

诗人在哀怨凄切的蝉声中听到了自己的心声,也在秋蝉身上进一步发现了自己。因此腹联便由前幅的闻蝉兴感自然过渡到以蝉自喻。这一联专从秋蝉和它所处环境的关系着笔。"露重""风多",正切秋令,象喻环境的恶劣和世路的艰险。"飞难进""响易沉"，象喻政治上难以进展，呼号又不为人所闻。整个社会环境，就像浓露沉沉、寒风凄凄，充满阴冷气氛的世界，到处都有沉重的压力和艰险的阻力，自己则正如秋蝉弱羽，欲飞而不能进；哀音微响，欲诉而声寂响沉。这一联不只是抒写了一个囚徒蒙受冤诬、有翅难飞、有口难诉的痛苦处境和心情，而且熔铸了诗人长期以来备受压抑、历尽坎坷的人生体验，从而在更广阔的范围上概括了封建社会中备受压抑的下层文人的共同遭际与感受，具有较高的典型性。两句紧切节物，纯用比体，寄慨遥深，而无晦涩之弊，是比兴寄托的上品。

尾联紧承第六句，由"响易沉"生发。蝉栖息高树，古人认为它餐风饮露，故历来被视为高洁之士的化身。但风多响沉，微弱的声音既不为人所闻，自己"高洁"的品格也就无人相信与理解。茫茫人世，又有谁为自己表白心迹呢？这一联虽仍关合着蝉来说，但直接抒情的意味更浓，感情也更沉痛愤激。全诗就在这感情的高潮中收束，留下一片沉冤莫辩、无人理解的痛苦呼号的余音，在读者耳际萦回荡漾。

从构思看，这首诗通篇不离物与我、蝉与人的关系。但前幅是因蝉兴感，物我分咏，着重抒写闻蝉引起的主观感受。后幅则借蝉自喻，物我合一。写蝉的环境、遭遇和感情，也就是写自己。原先引起思绪的外物——蝉，已经在不知不觉当中转化为诗人自身的象征。尾联仿佛专从诗人着笔，但"高洁"之语，仍紧密关合蝉的特征。因此全联不妨看作人格化的"蝉"的自我抒情。只不过诗人的感情发展到这里，已经强烈到几乎要冲破比兴的外壳而诉之以直接抒情的程度了。全诗在托物寓怀的过程中，蝉与人既密切相关，又有分有合，有各种不同的结合方式，这就在统一中显出多样和变化来。

清末施补华关于咏蝉诗的一段评论，指出了不同地位、遭遇和气质的诗人在各自的咏蝉诗中所表现出来的不同个性，其中涉及寄兴与取象的关系问题，值得深入探讨。

22

于易水送人〔一〕

此地别燕丹，壮士发冲冠〔二〕。
昔时人已没，今日水犹寒〔三〕。

校注

〔一〕易水，在今河北省西部，源于易县境，东流入涞水（今南拒马河）。战国时燕太子丹派遣刺客荆轲入秦刺秦王，在此饯别。参下注。诗人在其旧地送别友人作此诗。

〔二〕《史记·刺客列传》载，燕太子丹派遣荆轲入秦，出发时，"太子及宾客知其事者，皆白衣冠以送之。至易水之上，既祖（祭路神），取道，高渐离击筑，荆轲和而歌，为变徵之声，士皆垂泪涕泣。又前而歌曰：'风萧萧兮易水寒，壮士一去兮不复还！'复为羽声慷慨，士皆瞋目，发尽上指冠。于是荆轲就车而去，终已不顾。"壮士，指荆轲、高渐离，也包括送行的壮烈之士。

〔三〕水犹寒，谓今日于此送人时，似乎感到眼前的易水仍然带有一股寒意。

笺评

吴逸一曰：只就地摹写，不添一意，而气概横绝。（《唐诗正声》卷十八吴评）

胡应麟曰：骆宾王"昔时人已没，今日水犹寒"，初唐绝句精巧，犹是六朝馀习，然调不甚古，初学慎之。（《诗薮·内编·近体下·绝句》）

唐汝询曰：此因临易水，而想古人亦尝送别于此。今其人虽没，其水犹寒。安知今之人不能为古也？侠气凛然，见于言外。（《唐诗解》卷二十一）

叶羲昂曰：似无味，然未尝不佳。（《唐诗直解》卷六）

《唐诗训解》：并不说到自身，如此已足。（卷六）

吴烶曰：此临易水送别，以道其侠烈之意，兼励所送之人也。（《唐诗选胜直解·五言绝句》）

毛先舒曰：临海《易水送别》，借轲、丹事，用一"别"字映出题面，馀作凭吊，而神理已足。二十字中而游刃如此，何等高笔！（《诗辩坻》卷三）

徐增曰：此二句（指前二句）是叙易水之出处，后二句作感慨。昔时丹与轲及白衣冠宾客，无一在者矣。吾辈今日复于此送别，觉水寒犹如昨

日也。虽然，何作此变徵声？盖宾王意欲结死士以图劫刺，与丹略同。寓意深远，人卒未知也。（《而庵说唐诗》卷七）

王尧衢曰：宾王盖有慕于荆轲，而为之感慨如此。（《古唐诗合解》卷四）

宋宗元曰：（后二句）黯然。（《网师园唐诗笺》卷十四）

宋顾乐曰："此地"二字有无限凭吊意。因地生意，并不说到自身，如此已足。（《唐人万首绝句选》评）

俞陛云曰：易水送荆卿歌，"风萧萧兮易水寒，壮士一去兮不复还"，寥寥十五字，而千载下如闻悲壮之声。咏易水者，当不能外此意。此诗一气挥洒，而重在"水犹寒"三字，见人虽没，而英风壮采，凛烈如生。一见易水寒声，至今日犹闻呜咽。怀古苍凉，劲气直达，高格也。（《诗境浅说》续编）

 鉴赏

这首只有二十个字的小诗，初读可能会感到它只是袭用故典，平直无余味。但细加品味，却越来越感到它蕴蓄丰富、感慨深沉，具有一股悲壮激越之气和苍劲雄直的风格。而这，主要缘于典故的妙用，以及诗人的气质与典故、与现境的结合。

前两句撇开题中"送人"之意，从眼前的"易水"生发诗思。遥想千载之前，"此地别燕丹，壮士发冲冠"的情景。粗粗一看，也可能会觉得这十个字只是对《史记·刺客列传》那一段易水饯别场景描写的简化。但由于千百年来，荆轲刺秦王的故事，广泛流传，深入人心，司马迁这段倾注了浓烈感情、极具氛围感的精彩文字更是文士极熟悉的。因此，一读到"此地别燕丹"这五个字，脑际浮现的便是那壮怀激烈、悲歌慷慨、视死如归的悲壮场景，甚至还包括穿着白衣冠送荆轲的太子和宾客。而次句所选取的"壮士发冲冠"的细节，又正突出地表现了行者与送者的愤激不平和壮烈之情。因此，虽一句叙事，一句绘景，却包蕴丰富，浓缩了易水饯别之前发生的一系列情事。从"壮士发冲冠"这个特写镜头，甚至可以联想到刺秦决策过程中一系列令人扼腕的情事。

三、四两句，以"昔时"二字总括上文，与"今日"对举，即景生情，抒发感慨。"昔时人已没"，诗人面对千古长流的易水，不由得感慨过去在这里演出过悲壮激越送行场面的壮士贤君，如今早已不见踪影，一种怀古的惆怅流注于字里行间。下句"今日水犹寒"却一笔勒转，由眼前寒波荡漾的易水又思接千载。这一句，特别是"水犹寒"三字，是全诗之眼，它把诗人的无穷感慨都凝聚起来，具有丰富的蕴含和隽永的情味，能引发读者多方面的联想。

"今日水犹寒"，首先让读者联想到的自然是千载前的易水悲歌、慷慨壮别的历史场景。"风萧萧兮易水寒，壮士一去兮不复还！"这首可能是中国文学史上篇幅最短的诗歌，却以其高度凝练的语言创造出极富悲壮激越气氛的意境，凸现出以荆轲为代表的侠义之士反抗残暴、急人之难、义无反顾、视死如归的壮烈情怀，以及送别现场那种凝重悲凉，充满肃杀森寒之气的环境气氛。"今日水犹寒"带给我们的正是这种千载犹存的浓烈的历史现场感。

它还让读者联想到，历史上的"壮士"虽已一去不复返，但他们的抗暴精神、牺牲精神和侠肝义胆、英风浩气却永世长存。眼前这仍然寒波荡漾的易水似乎已经融入了他们的精神品格，成为他们永世长存的精神的象征。因此，这句诗又蕴含了对荆轲精神的深情缅怀和礼赞。

更进一步品味，还可以联想到诗人这次于易水送别与千载之前那场壮别的联系。这首诗的具体创作背景，包括所送之人的具体情况，虽已难以考索，但这并不妨碍我们根据诗中用典以及诗人的强烈主观感受，对现实中的这场壮别作出合理的想象。在"初唐四杰"中，骆宾王是最富于侠士精神气质的。他一生的经历，包括最后追随徐敬业讨武则天，都充满了侠义之气。而侠客扶危济困、重然诺、重义气的精神品质在荆轲身上无疑表现得最为突出。这次所送的友人，如果不是侠士式的人物，诗人在下笔时很可能不会联想到历史上荆轲易水壮别之事。因此，"今日水犹寒"的感受中，或许还包含有历史与现实的联想，含有对所送者的企望、激励之意。

在军登城楼〔一〕

城上风威冷，江中水气寒〔二〕。
戎衣何日定〔三〕，歌舞入长安〔四〕。

〔一〕武后光宅元年（684），骆宾王与徐敬业于广陵（今江苏扬州市）共谋起义讨武，敬业署宾王为艺文令。在军，即指在徐敬业军幕。城楼，指润州（今江苏镇江市）城楼。敬业于是年九月起兵后，率军渡江攻陷润州。此诗系攻陷润州后登城楼所作。

〔二〕江，指长江。润州北临长江。

〔三〕《尚书·武成》："一戎衣，天下大定。"孔传："衣，服也。一着戎服而灭纣。"戎衣何日定，即一着戎衣起事讨武，何日能天下大定，大功告成。

〔四〕歌舞入长安，谓载歌载舞，在欢庆胜利的气氛中进入京城长安。

唐汝询曰：按：宾王与徐敬业起兵扬州讨武氏，州城临江，故叙景如此而冀其成功。然乏中流激（当作"击"）楫意，竟以败亡。（《唐诗解》卷二十一）

吴烻曰：徐敬业起兵，正秋风肃杀，故曰"风威冷"。冬日水面有气，故曰"水气寒"。"戎衣定""入长安"，歌舞以庆太平也。惜哉不取魏思温之策，直取洛阳，卒至败亡耳。（《唐诗选胜直解·五言绝句》）

徐增曰：李敬业同宾王在扬州时作也。扬州临江，登城楼则见水。"风威冷"，是言军容严整，杀气凛然。"水气寒"，是言敌人丧胆也。"戎衣何日定"，以敬业孤军而当武周全盛之力，非一着戎衣之可定。"歌舞入长安"，是冀功之成也。言外见臣子当枕戈待旦，激厉以图之，到得戎衣定之日，方可歌舞，不可便去放逸，以旦夕为乐也。有讽敬业意。（《而庵说唐诗》卷六）

黄叔灿曰：只看"歌舞"句，而在军中之苦均从反面托出矣。五字何等气魄！（《唐诗笺注》卷七）

鉴赏

参加徐敬业反对武则天统治的起义，是骆宾王一生中最重要的政治活动，也是他多年来坎坷困顿经历和郁郁不得志的思想感情所导致的结果。史载："徐敬业乱，署宾王为府属，为敬业传檄天下，斥武后罪。"（《新唐书·文艺传》）这首作于军中的五绝，写于光宅元年（684）秋冬间攻陷润州之后，与《讨武曌檄》大体同时。

前两句紧扣题目写军中登城楼所见所感。时值秋冬之交，登上高耸的城楼，但感寒风凛冽，一股肃杀之气迎面扑来，给人以"风头如刀面如割"之感。但这里的"风威冷"，并不只是表达诗人登楼之际对凛冽寒风的强烈触觉感受和对军中艰苦生活的渲染，而是同时兼有象喻意味。点睛处就在那个"威"字。古人向有以秋风荡涤肃清衰朽象喻正义之师荡涤污垢、肃清腐朽的习惯。因此这里的"风威冷"就带有象喻义军军威雄壮、号令森严、所向披靡的意味。润州北临长江，秋冬之际的江面上，常浮起白蒙蒙的水汽；加以气候寒凉，寒风刺骨，更加强了"水气寒"的感受。这一句同样在写实中兼有象外之致，关键则在句末那个"寒"字。它使人很容易联想起荆轲入秦、易水壮别、慷慨悲歌"风萧萧兮易水寒，壮士一去兮不复还"的场景气氛。不仅暗寓诗人当下的心情也像当年的荆轲一样，誓灭武周，而且透露出一种义无反顾的决心和气概。诗人可能是活用故典，也可能是因为熟悉《易水歌》于不经意中用了这个"寒"字。但至少在潜意识中，它和"风萧萧兮易水寒"的联系是存在的，也是读者可以体味到的。

三、四两句是对胜利的期盼和展望，仍紧扣"在军登城楼"来写，不过所写的已是心中所盼，与一、二两句之间有神思的飞越。第三句用了《尚书·武成》中的一个典故："一戎衣，天下大定。"诗人用这个典故，显然含有历史与现实的类比之意，即将徐敬业起兵反对武则天统治比作当年的武王伐纣，是反对暴虐政治的正义之师。而"歌舞入长安"则正是"天下大定"的形象化，洋溢着喜庆胜利的气息。它和第三句的"何日"相应，淋漓尽致地抒发了对胜利前景的热切期盼和展望。

五言绝句，由于篇幅短小，较难描绘壮阔的场景，表现壮盛的气势。骆宾王的两首五绝却都写得感情真挚浓烈，意境壮阔雄浑，声调悲壮激越。虽用典故却如同己出，一气直下而又富于含蕴。同时又体现出骆宾王富于侠义精神的独特个性和风采。从艺术角度看，已是相当成熟的唐音。

卢照邻

卢照邻（约634—686，或说635—689），字昇之，号幽忧子，幽州范阳（今河北涿州）人。少从曹宪、王义方习文字音韵训诂之学及经史。初授邓王府典签，曾宦游淮南，奉使益州及庭州。高宗龙朔年间任新都尉。后离蜀入洛。咸亨三年（672）染风疾，后入太白山养疾，服药饵不精中毒，遂成痼疾，转徙东龙门山。垂拱元年（685）移寓阳翟具茨山。后因不堪疾病折磨，自沉颍水。有《幽忧子集》。《全唐诗》编其诗为二卷，与骆宾王俱以长篇歌行著称。今人任国绪编有《卢照邻集编年笺注》。

长安古意〔一〕

长安大道连狭斜〔二〕，青牛白马七香车〔三〕。玉辇纵横过主第〔四〕，金鞭络绎向侯家〔五〕。龙衔宝盖承朝日〔六〕，凤吐流苏带晚霞〔七〕。百丈游丝争绕树〔八〕，一群娇鸟共啼花。啼花戏蝶千门侧〔九〕，碧树银台万种色〔一〇〕。复道交窗作合欢〔一一〕，双阙连甍垂凤翼〔一二〕。梁家画阁天中起〔一三〕，汉帝金茎云外直〔一四〕。楼前相望不相知，陌上相逢讵相识〔一五〕。借问吹箫向紫烟〔一六〕，曾经学舞度芳年。得成比目何辞死〔一七〕，愿作鸳鸯不羡仙。比目鸳鸯真可羡，双去双来君不见。生憎帐额绣孤鸾〔一八〕，好取门帘贴双燕〔一九〕。双燕双飞绕画梁，罗帏翠被郁金香〔二〇〕。片片行云着蝉鬓〔二一〕，纤纤初月上鸦黄〔二二〕。鸦黄粉白车中出，含娇含态情非一。妖童宝马铁连钱〔二三〕，娼妇盘龙金屈膝〔二四〕。御史府中乌夜啼〔二五〕，廷尉门前雀欲栖〔二六〕。隐隐朱城临玉道，遥遥翠幰没金堤〔二七〕。挟弹飞鹰杜陵北〔二八〕，探丸借客渭桥西〔二九〕。俱邀侠客芙蓉剑〔三〇〕，共宿娼家桃李蹊〔三一〕。娼家日暮紫罗裙，清歌一啭口氛氲〔三二〕。北堂夜夜人如月〔三三〕，南陌朝朝骑似云〔三四〕。南陌北堂连北里〔三五〕，五剧三条控三市〔三六〕。弱柳青槐拂地垂〔三七〕，佳气红尘暗天起。汉代金吾千骑来〔三八〕，翡翠屠苏鹦鹉杯〔三九〕。罗襦宝带为君解〔四〇〕，燕歌赵舞为君开〔四一〕。别有豪华称将相，转日回天不相让〔四二〕。意气由来排灌夫〔四三〕，专权判不容萧相〔四四〕。专权意气本豪雄，青虬紫燕坐春风〔四五〕。自言歌舞长千载，自谓骄奢凌五公〔四六〕。节物风光不相待〔四七〕，桑田碧海须臾改〔四八〕。昔时金阶白玉堂，即今唯见青松在。寂寂寥寥扬子居〔四九〕，年年岁岁一床书〔五〇〕。独有南山桂花发〔五一〕，飞来飞去袭人裾〔五二〕。

校注

〔一〕古意，拟古、托古。长安古意，指托咏汉代长安的繁华豪奢景象以反映现实生活。

〔二〕狭斜，小巷。

〔三〕七香车，用多种香木制成或用多种香料涂饰的车，泛指华美的车。曹操《与太尉杨彪书》："今赠足下……画轮四望通幰七香车一乘，青㹀牛二头。"梁简文帝《乌栖曲》："青牛丹毂七香车。"

〔四〕玉辇，皇帝所乘的车。纵横，气势盛貌。主第，公主家。《史记·佞幸列传》："李延年，中山人也……平阳公主言延年女弟善舞，上见，心说之。"《汉书·卫青霍去病列传》："青有……姊子夫，子夫自平阳公主家得幸武帝。"玉辇过主第，当用汉武帝过平阳公主家，得幸李夫人、卫子夫之事。或说玉辇泛指贵人所乘之车，疑非，下"龙衔宝盖"句可证。

〔五〕络绎，连续不断。

〔六〕龙，此指玉辇上支撑车盖的雕作龙形的支柱，故曰"衔宝盖"。宝盖，华美的车盖，伞形车篷。

〔七〕凤，指车盖上的立凤。流苏，一种用彩色羽毛或丝线等制成的穗状垂饰，常饰于车或帷帐之上。立凤嘴端悬挂流苏，故说"凤吐流苏"。或说，凤指凤头形状的钩子，用来挂车上的流苏。

〔八〕游丝，虫类所吐飘扬在空中的细丝。

〔九〕千门，指宫门。《史记·孝武本纪》："于是作建章宫，度为千门万户。"

〔一〇〕银台，传说中王母所居处。《文选·张衡〈思玄赋〉》："聘王母于银台兮，羞玉芝以疗饥。"注："银台，王母所居。"此指宫中华美的楼台。唐代大明宫中有银台门。

〔一一〕复道，宫中楼阁间架空的通道。《史记·秦始皇本纪》："秦每破诸侯，写放其宫室，作之咸阳北阪上，南临渭，自雍门以东至泾、渭，殿屋复道周阁相属。"《汉书·高帝纪》："上居南宫，从复道上见诸将往往耦语。"如淳曰："上下有道，故谓之复。"交窗，用木条上下交叉而成的窗户，即俗所称花格子窗。《说文·片部》："牖，穿壁以木为交窗也。"作合欢，指窗户上雕刻成合欢花的图案。

〔一二〕双阙，汉未央宫有东阙、北阙。甍，屋脊。汉建章宫圆阙上有金凤。《史记·孝武本纪》："其东则凤阙，高二十余丈。"司马贞索隐引《三辅故事》："北有圆阙，高二十丈，上有铜凤皇，故曰凤阙也。""垂凤翼"或指此。或云，指双阙屋脊相连，其状如凤翼之垂。

〔一三〕梁家，指贵戚之家。东汉顺帝时外戚梁冀在洛阳大起第舍，连房洞户，柱壁雕镂，台阁周通。天中起，形容其高矗半空。

〔一四〕汉帝金茎，指汉武帝于建章宫所立铜柱。柱高二十丈，上有仙人掌、承露盘。班固《西都赋》："抗仙掌以承露，擢双立之金茎。"李善注："金茎，铜柱也。"

〔一五〕陌上，路上，街道上。长安城中有八街、九陌，见《三辅黄图》。讵，岂。

〔一六〕吹箫向紫烟，用萧史、弄玉成仙故事。《列仙传·萧史》："萧史，秦穆公时人也。善吹箫，能致孔雀、白鹤于庭。穆公有女，字弄玉，好之。公遂以女妻焉……公为作凤台，夫妇止其上。"数年后，皆随凤凰飞去。紫烟，紫色瑞云，指天上仙界。郭璞《游仙诗》："赤松临上游，驾鸿乘紫烟。"

〔一七〕比目，鱼名。旧传此鱼仅一目，须两鱼始可游动，后常用以喻男女亲密相爱。《尔雅·释地》："东方有比目鱼焉，不比不行，其名谓之鲽。"

〔一八〕生憎，最厌恶。帐额，帐檐，挂在帐子上端的装饰。孤鸾，单只的鸾鸟，易触动孤居独栖的愁绪，故云"生憎"。

〔一九〕好取，喜欢选用。双燕，象征双飞双宿的美满爱情。

〔二〇〕郁金香，香草名。《艺文类聚》卷八十一引左芬《郁金颂》："伊此奇草，名曰郁金，越自殊域，厥趁来寻。芬香酷烈，悦目欣心。"句意谓

30

罗帏翠被用郁金香熏过，芳香馥郁。

〔二一〕行云，形容女子的鬓发如同流动的云彩。蝉鬓，一种将两鬓梳得薄如蝉翼的发式，参见骆宾王《在狱咏蝉》注〔四〕。

〔二二〕初月上鸦黄，指女子的额黄妆形如新月。六朝至唐，妇女用黄粉涂饰额间，称额黄妆。鸦黄，嫩黄色。梁简文帝《美女篇》："约黄能效月，裁金巧作星。"

〔二三〕妖童，指豪贵之家的美少年童仆，多指娈童。汉仲长统《昌言·理乱》："妖童美妾，填乎绮室。"因其常随主人出游，故云"宝马铁连钱"。铁连钱，铁青色有连钱形斑纹的马，即所谓"连钱骢"。

〔二四〕娼妇，即倡女，指豪贵人家的歌妓舞女。盘龙金屈膝，指歌舞妓乘坐的车门上有雕成盘龙形状的铜铰链。屈膝，同"屈戌"，合页，即铰链，以二金属片相连，以转动门、窗、屏风等。

〔二五〕《汉书·朱博传》："（御史）府中列柏树，常有野乌数千栖宿其上，朝去暮来，号曰'朝夕乌'。"汉代御史台掌纠弹官吏。

〔二六〕廷尉，掌执法的朝廷官吏。《史记·汲郑列传》："始翟公为廷尉，宾客阗门；及废，门外可设雀罗。"以上两句用"乌夜啼""雀欲栖"形容执掌弹劾和执法的朝廷官府门前冷落荒寂景象，或有隐讽朝廷豪贵气焰甚炽，法纪松弛之意。

〔二七〕朱城，宫城、长安城。《文选·张协〈咏史〉》："朱轩曜金城，供帐临长衢。"刘良注："朱城，长安城。"联系"临玉道"，此处"朱城"似指王者所居的宫城。玉道，皇城中的街道。翠幰，张着翠色帷幔的妇女所乘的车。金堤，坚固的石堤。

〔二八〕挟弹，挟带弹弓。《西京杂记》卷四："韩嫣好弹，常以金为丸，所失者日有千馀。长安为之语曰：'苦饥寒，逐金丸。'京师儿童，每逢嫣出弹，辄随之，望丸之所落，辄拾之。"又："长安五陵人，以柘木为弹，真珠为丸，以弹鸟雀。""茂陵少年李亨，好驰骏狗，逐狡兽，或以鹰鹘逐雉兔。"挟弹飞鹰，指贵游子弟以挟弹打鸟雀、放猎鹰猎禽兽为乐。杜陵，在长安东南，汉宣帝陵墓所在。

〔二九〕《汉书·酷吏传·尹赏》："长安中奸猾浸多，同里少年群辈杀吏，受赇报仇，相与探丸为弹，得赤丸者斫武吏，白者主治丧。"此以"探丸借客"指游侠替人杀人报仇。借，助。《汉书·朱云传》："少时通轻侠，借客报仇。"渭桥，汉、唐时长安渭水上有三座桥，即东渭桥、中渭桥、西渭桥。

〔三〇〕邀，求请。芙蓉剑，宝剑的美称。《吴越春秋》："越王允常聘欧冶子作名剑五枚，一曰纯钧……秦客薛烛善相剑，王取纯钧相之，薛烛矍然望之曰：'沉沉如芙蓉始生于湖，观其文，如列星之行；观其光，如水之溢塘。'"（《艺文类聚》卷六十引）

〔三一〕《史记·李将军列传》："谚曰：桃李不言，下自成蹊。"蹊，路径。此以"桃李蹊"借指娼楼妓馆，犹花街柳巷，且形容"寻芳"者之多。

〔三二〕口氛氲，形容发声歌唱时口香馥郁萦绕。

〔三三〕北堂，此指娼家楼馆的厅堂。人如月，形容人满，与上"桃李蹊"，下"骑似云"相应。

〔三四〕南陌，指娼楼外的街道。

〔三五〕北里，即唐代长安之平康里，为妓女聚居之区。

〔三六〕五剧，指数条道路纵横交错的繁华街市。三条，三面相通的道路。班固《西都赋》："极三条之广路。"《尔雅·释宫》："剧旁。"郭璞注："今南阳冠军乐乡，数道交错，俗呼之为五剧乡。""五剧""三条"字本此。三市，泛指长安繁华的商业区。语本左思《魏都赋》："廓三市而开廛。"唐代长安有东、西二市。这里的"三市"与"五剧三条"均非实指。

〔三七〕青槐，唐长安街道上遍栽槐树，时有"槐花黄，举子忙"之俗谚。又有"青槐夹御道"（王昌龄《少年行》）的诗句。

〔三八〕金吾，汉代有执金吾，掌京城治安。唐亦有左、右金吾卫将军，统禁军。

〔三九〕翡翠屠苏，指绿色的屠苏酒。鹦鹉杯，用鹦鹉螺做成的酒杯。此承上句，谓禁军成群结队至娼家饮酒作乐。

〔四〇〕罗襦，丝罗短袄。《史记·滑稽列传》："日暮酒阑，合尊促坐，男女同席，履舄交错……罗襦襟解，微闻芗泽。"此句化用其意，谓饮酒尽欢。

〔四一〕古代燕赵地区多产能歌善舞的妓人，故云"燕歌赵舞"。开，启。

〔四二〕转日回天，极言其权势之大、气焰之盛。"日""天"有象喻皇帝之意。不相让，互不相让。

〔四三〕排，排挤，排斥。灌夫，汉武帝时人，以勇武闻名。与魏其侯窦婴相结，与丞相武安侯田蚡为敌，后被族诛。事见《史记·魏其武安侯列传》。灌夫曾使酒骂座，此言"意气由来排灌夫"，是极言其气焰之盛。

〔四四〕判，割舍决断之词，此处犹"决""断"。萧相，汉初丞相萧何，汉高祖认为他在诸兴汉功臣中功劳最高。此言"豪华称将相"者，其专权的程度甚至连萧何这样功高盖世的丞相也不能相容。黄生谓萧相指萧望之，见笺评。

〔四五〕青虬，青色的无角龙，此代指骏马。屈原《涉江》有"驾青虬兮骖白螭"之句。紫燕，骏马名。传说汉文帝"自代还，有良马九匹，皆天下之骏马也……一名紫燕骝"。见《西京杂记》卷二。坐春风，指在春风中驾马飞驰。

〔四六〕五公，指朝廷权贵。《文选·班固〈西都赋〉》："冠盖如云，七相五公。"李善注谓"五公"指张汤、杜周、萧望之、冯奉世、史丹。

〔四七〕节物，节候风物。

〔四八〕《神仙传》："麻姑谓王方平曰：'接侍以来，已见东海三为桑田。'"句意极言世事变化之快。

〔四九〕扬子，指西汉扬雄。《汉书·扬雄传》："雄少而好学……清静亡为少耆欲，不汲汲于富贵，不戚戚于贫贱……哀帝时，丁傅、董贤用事，诸附离之者或起家至二千石。时雄方草《太玄》，有以自守，泊如也。"左思《咏史》之四："寂寂扬子宅，门无卿相舆。寥寥空宇中，所讲在玄虚……悠悠百世后，英名擅八区。"此处以淡泊名利、不慕荣华的扬雄自况。

〔五〇〕床，几案。一床书，指隐居读书、著述的生活。庾信《寒园即目》："隐士一床书。"

〔五一〕南山，指长安城南的终南山。《楚辞·招隐士》："桂树丛生兮山之幽。"故以"桂花发"形容隐者的幽洁芬芳环境。唐代终南山多隐者。

〔五二〕裾，衣襟。

⑱⑲

顾璘曰：此篇铺叙长安帝都繁华，宫室之美，人物之盛，极于将相而止。然而盛衰相代，唯子云安贫乐道，乃久垂令名耳。但词意浮艳，骨力较轻，所以为初唐之音也。（《批点唐音》卷一）

胡应麟曰：照邻《古意》……词藻富者，故当易至。然须寻其本色，乃佳。（《诗薮·内编·古体下·七言》）

杨慎曰：无名氏《水调歌》："千年一遇圣明朝，愿对君王舞细腰。乍可当熊任生死，谁能伴凤上云霄。"此诗借宫词以讽。卢照邻诗："得成比目何辞死，愿作鸳鸯不羡仙。"……妙得此意也。（《升庵诗话·无名氏〈水调歌〉》）

《唐诗训解》：语有来历，非学问之力不及此。（卷二）

叶羲昂曰：语有根据，足征胸中武库。"主第""侯家"，一篇讽刺纲领。每段转落，有蛛丝马迹之妙。"双去双来"一联，突出意表。说尽豪华，未只将数语打叠，何等手眼！读至此，热肠令人顿冷。一结大见神韵。（《唐诗直解》卷二）

唐汝询曰：此刺公主、列侯之豪横也。不敢显言当世，故托于古以发之。言长安本大道而与狭斜连，以此朝廷虽尊严而为奸邪据。彼乘此绮丽之车马而出入者，莫非主第、侯家也。论其辇舆宫室，则借拟于天子；歌舞娱游，则乐比于仙人。既为人情所倾慕矣，而其冶容娇态，真足以炫耀一时。是以上下淫荒，官事浸废，以至御府啼乌、廷门栖雀也。凭此贵人，又喜交接侠客，邀之共宿娼家，而因与护卫之臣投欢杯酒，则是外有奸党之依，内有近臣之援，权兼将相，赍排大臣，自谓若此则可以永保富贵矣。然岁不我留，时变叵测，向之第宅，转眼丘墟。孰若扬雄之以寂寥自守，对床书而挹南山之芳桂哉！然则，照邻之落魄，可以子云自慰矣。此篇对偶虽工，骨力未劲。终是六朝残渣，非初唐健笔。"游丝""娇鸟"句，乃模写春景，蒋注以为比，谬矣。通篇俱赋侯家事，而曰"双阙""金茎"者，记其僭也。高宗、武后时，公主极横，此诗盖与主家有隙而作。观"吹箫"四句，可见贵人恶孤而喜双，故曰"生憎帐额绣孤鸾"也。（《唐诗解》卷十九）

陆时雍曰：玮丽中不乏风华，当在骆宾王《帝京篇》上。（《唐诗镜》卷二）

周敬曰：通篇格局雄远，句法奇古，一结更饶神韵。盖当武后朝，淫乱骄奢，风化败坏极矣。照邻是诗一篇刺体，曲折尽情，转诵间令人起惩时痛世之想。（《删补唐诗选脉笺释会通评林·初七古》）

周珽曰：此诗如游丝布云，袅袅万丈，不知为烟为絮。（同上）

许学夷曰：七言古……卢如"玉辇纵横过主第，金鞭络绎向侯家。龙衔宝盖承朝日，凤吐流苏带晚霞""片片行云着蝉鬓，纤纤初月上鸦黄""妖童宝马铁连钱，娼妇盘龙金屈膝""隐隐朱城临御道，遥遥翠幰没金堤""俱邀侠客芙蓉剑，共宿娼家桃李蹊""北堂夜夜人如月，南陌朝朝骑似云"……偶丽极工，语皆富丽者也。又曰：王、卢、骆七言古，工巧处往往反伤拙俗……卢如"娼家日暮紫罗裙，清歌一啭口氤氲"，骆如"相怜相念倍相亲，一生一代一双人"，则尤为拙俗者也。（《诗源辩体》卷十二）

王夫之曰：是将西京诸赋改入七言者。但不废诗，则此必不废。然此篇似司马长卿，骆承《帝京篇》乃扬雄之下驷。赋心之别，灵蠢见矣。"自言""自谓"两句，颉颃通篇，却似单顶"别有豪华"一段，总别同异，互入一镜，心神笔力，独凌千古。结语合辙。（《唐诗评选》卷一）

贺裳曰：卢之音节颇类于杨。《长安古意》一篇，则杨所无。写豪狎之态，如"意气由来排灌夫"，尚不足奇；"专权判不容萧相"，虽萧无此事，俨然如见霍氏凌蔑车千秋，赵广汉突入丞相府召其夫人跪庭下。至摹写游冶，"北堂夜夜人如月，南陌朝朝骑似云"，亦为酷肖。自寄托曰："寂寂寥寥扬子居，年年岁岁一床书。独有南山桂花发，飞来飞去袭人裾。"不惟视《帝京篇》结语蕴藉，即高达夫"有才不肯学干谒"，亦逊其温柔敦厚也。（《载酒园诗话又编·四杰》）

黄生曰：此"萧相"，非指萧何，似言萧望之为前将军辅政。其本传自云："吾尝备位将相。"传又云：有司奏望之欲"排退许、史，专权擅朝"。当时专权擅朝者，实许、史辈，而讽有司奏望之云云，盖排陷望之，所谓"不容萧相"者，正指此事。"专权"自指许、史，与上句"意气"指田蚡一例。今乃以专权属萧相，而误以为萧何，又谓其"无此事"。如此解诗，不顾识者喷饭耶！（评《载酒园诗话》）

吴烶曰：通篇极写长安豪华之景象，如《两京》《三都》等赋同其富丽。独长篇古风末结必致慨于兴衰治乱，此诗人继《三百篇》兴比之体以寓讽刺之遗意也。（《唐诗选胜直解·七言长篇》）

沈德潜曰：长安大道，豪贵骄奢，狭邪艳冶，无所不有。自嬖宠而侠客，而金吾，而权臣，皆向娼家游宿，自谓可永保富贵矣。然转瞬沧桑，徒存墟墓，不如读书自守者之为得也。借言子云，聊以自况云尔。"梁家画阁中天起"，梁冀穷极土木。"汉帝金茎云外直"，汉武。"楼前相望不相知，陌上相逢讵相识"，不相知识，甚言其多。"纤纤初月上鸦黄"，额妆也。"御史台中乌夜啼，廷尉门前雀欲栖"，二句言执法之官不过而问，任游侠之人来往娼家也。"五剧三条控三市"，路交错谓剧。三条，三达之路；三市，九市之三也。"汉代金吾千骑来"，不止侠客，执金吾亦宿娼家矣。"别有豪华称将相"，又不止金吾矣。"即今惟见青松在"，以墓田言。"自谓骄奢凌五公"，五公，谓张汤、杜周、萧望之、冯奉世、史丹。（《增订唐诗别裁集》卷五）

袁枚曰：此刺公主、列侯之豪横也。不敢显言当时，托于古以发之。凡十二转韵。首八句从长安说起……二段二十四句，刺其奢侈。"游蜂戏蝶"（原文为"啼花戏蝶"）八句，言其车舆宫室，僭拟天子……"借问"八句，言其舞歌娱游，比于神仙……"双飞"八句，言其冶容娇态，足以炫耀一时……三段二十八句，言其荒淫。"御史"二句，言官事荒废。"隐隐"六句，言其结交侠客……"倡家"四句，言其共宿娼家。"南陌"八句，言其与护卫投欢……"别有"八句，言其援附近臣，权兼将相，自谓可以永保富贵也……末八句，言其失势之后，转眼丘墟，孰若扬雄之拥书自守，名芳万古哉！（《详注圈点诗学全书》卷三）按：此条基本上袭唐汝询之解，此书是否出于袁氏之手，可疑。

卢照邻的《长安古意》，是初唐七言歌行的代表作。它的内容，主要是铺叙渲染帝京长安的繁华和上层社会生活的豪奢。

诗分五段。第一段从开头到"陌上相逢讵相识"，共十六句，写长安街道、宫室、府邸之繁华壮丽。道路是城市的血脉和灵魂。有了四通八达的大道和密如蛛网的狭斜小巷，才有路上川流不息的车马行人，路旁的宫室府邸和树木花鸟，整座城市才活动起来、喧嚣起来，有了生气和生命。劈头一句"长安大道连狭斜"，正是写繁华都市的点睛之笔和绝妙开局。沿着京城的大道，次第展现出乘着"龙衔宝盖"的玉辇，驾着"凤吐流苏"的香车，出入于公主府邸、王侯第宅的皇帝、宫妃和显贵，出现了路边的高树、空中的游丝、树上的花鸟戏蝶，出现了千门万户、复道连甍的宫阙和高耸天半的贵戚楼台。这一切，构成了一幅从高处鸟瞰整个长安的全景。景物的特点是华美壮伟、热闹喧嚣、色彩艳丽，洋溢着春天的气息，体现出跃动的态势，仿佛可以闻见长安这座国际化大都市的脉动节奏和生命韵律。这一段的最后两句"楼前相望不知，陌上相逢讵相识"，是说在京城熙熙攘攘、川流不息的人群中，楼前所见、路上相逢的都是互不相识的人，既承上进一步突出渲染了长安的繁华热闹，又由"相知""相识"自然引出下一段对男女情爱的描写。

第二段从"借问吹箫向紫烟"到"娼妇盘龙金屈膝",写都市中一个特殊的社会阶层的生活和心绪,这就是王侯显贵府第中的歌妓舞女一类人物。由上一段总写全景过渡到写人物。她们曾经在王侯显贵的府第中学习音乐歌舞,度过芳年,但却俯仰随人,不能自主,因此特别向往"吹箫向紫烟"那样的幸福美满爱情。"得成比目何辞死,愿作鸳鸯不羡仙",便是她们的生活理想和执着追求。但她们的实际处境却与此相反,故只能陷于强烈的苦闷,憎帐额之孤鸾,羡双飞之燕子。虽着意妆饰,鸦黄粉白,含娇含笑,不过徒供贵显者玩赏。这一段写歌妓舞女,着色极浓,而人物的处境感情则苦闷抑郁。这和宫体诗中对此类人物的狎玩态度是不同的。同时,这段描写也反映了王侯显贵生活的一个侧面:奢淫佚乐。末二句"妖童""娼妇"的描写便是这种生活的展示。

第三段遥承篇首"长安大道",转写活跃在繁华都市中的另一类人物——游侠。游侠之风,盛于汉、唐。他们或与贵族少年挟弹飞鹰,恣意游猎;或探丸助客,替人报仇;或夜宿娼家,歌舞享乐。"北堂"四句,写出了繁华都市长安娼家之多,游人之盛。"侠以武犯禁",但这些游侠杀人于都市中的犯禁行动却没有受到维持治安的"金吾"的禁止和执行法律的御史、廷尉的制裁。这一段的开头和结尾,分别写到执法机关门庭的冷落和金吾千骑的共入娼家,可见游侠的犯禁违法行为在京城长安的横行无忌。

第四段用"别有豪华称将相"起笔,转写长安高层权贵人物的活动。这一段八句主要突出渲染他们"转日回天"的权势,彼此倾轧、互不相让的骄横意气,和征歌逐舞、尽情享乐的生活。结尾两句连用"自言""自谓"两个词语,明显点出诗人对他们的态度,并就势转入末段对他们的讽慨。

末段是全诗的归趋与结穴。八句分前后两层,前一层从世事沧桑、变化不常着眼,对"自言歌舞长千载,自谓骄奢凌五公"的"豪华称将相"者发出棒喝:昔日之黄金阶白玉堂,今天已成为青松森森的墓田,则豪华骄奢的生活又岂能长保!后一层端出另一种与之相对立的人物——淡泊名利、寂寥自守、潜心著述的扬雄,与争权夺利、相互排挤的豪奢将相形成鲜明对照,肯定前者,否定后者,表达诗人的人生价值观,结束全篇。诗末的扬雄,隐然有自况的意味。

这首诗的内容很可能受到左思《咏史》(其四)的启发。左诗云:"济济京城内,赫赫王侯居。冠盖荫四术,朱轮竟长衢。朝集金张馆,暮宿许史庐。南邻击钟磬,北里吹笙竽。寂寂扬子宅,门无卿相舆。寥寥空宇中,所

卢照邻

37

讲在玄虚。言论准宣尼，辞赋拟相如。悠悠百世后，英名擅八区。"与卢诗对照，显然可见二者之间的承传变化痕迹。左诗的前段八句，在卢诗中扩展成了前四段六十句，其中二、三两段的内容（写歌舞妓人和游侠的生活）是左诗中所没有的。第一段总写京城长安繁华景象也比左诗较为简括的叙写要丰富生动得多。即便卢诗中笔墨较简的第四段比起左诗的"朝集"四句，也要具体形象得多。这说明，卢诗虽有脱胎于左诗的痕迹，但并非对左诗的单纯展衍，而是有了许多新的内容。如果只着眼于卢诗的四、五两段，很可能会认为，卢诗与左诗，不但内容相似，对王侯权贵进行批判的主旨也是相同的。但实际上，这只是局部的相似，就整体而论，卢诗较之左诗，无论内容、写法和感情倾向，都有了崭新的变化，而这，正是卢诗所体现的时代气息和艺术价值所在。

诗的第一段总写长安城的雄伟壮丽和热闹繁华，感情基调是纵情放歌和热烈礼赞。无论是"百丈游丝争绕树，一群娇鸟共啼花。啼花戏蝶千门侧，碧树银台万种色"的艳丽春光，还是"复道交窗作合欢，双阙连甍垂凤翼。梁家画阁天中起，汉帝金茎云外直"的壮丽建筑，或是"玉辇纵横过主第，金鞭络绎向侯家。龙衔宝盖承朝日，凤吐流苏带晚霞"的热闹豪华景象，在诗人笔下，都流露出一种赞叹流连、惊奇欣羡的感情，充溢着青春的气息、生命的活力，节奏流畅而明快，色调明丽而丰富。

第二段写王侯显贵府第中歌妓舞女的生活与感情，对她们的外貌妆饰情态，是赞美欣羡；对她们的爱情追求和内心苦闷，则深表同情。像"得成比目何辞死，愿作鸳鸯不羡仙"这种表达强烈执着爱情追求的诗句，用在歌妓舞女身上，此前诗中罕见。从这里便不难看出诗人对她们的感情倾向。

写侠客的一段，由于首尾分别写到御史、廷尉府的冷落和金吾将士夜宿娼家，自含隐讽之意。但对侠客挟弹飞鹰、探丸借客、共宿娼家等行为的具体描写中，却同样流露出欣赏称羡之情。卢照邻本人就有过这种生活体验。他在《结客少年场行》《刘生》等诗中对游侠的描写，正可与此诗相参。诗人突出渲染的正是侠客的豪纵不羁和风流倜傥。

诗中真正明显具有讽慨色彩和批判意味的主要是对"豪华称将相"者的描写。这一段用"别有"二字领起，也可明显看出在诗人心目中，他们是与歌妓舞女、游侠不同的另一类人物，末段的批判便主要是针对他们而发的。

城市的繁荣和城市生活的丰富多彩，是唐代建国后逐渐走向繁荣昌盛的突出标志。初唐时期出现一批歌咏城市繁华的长篇歌行（如骆宾王的《帝京篇》《畴昔篇》，王勃的《临高台》，卢照邻的《行路难》和这篇《长安古意》），正是时代的产物。这些作品在歌咏城市繁华时，笔端也都充满了礼赞称羡的感情。像骆宾王的《帝京篇》，一开头就高唱"山河千里国，城阙九重门。不睹皇居壮，安知天子尊"，就是突出的例证。因此，不能因为末段对"豪华称将相"者的讽慨，而误认为全诗的基本倾向是对城市繁华生活的否定。"豪华称将相"者的相互倾轧和骄横奢侈，只是城市生活的一个局部和侧面，并不影响诗人对都市繁华的基本感情倾向。

正是基于这一基本感情倾向，决定了这首诗充溢着一股昂扬壮大的气势，表现出对生活的充沛激情。这种气势和激情，不仅体现在前三段对长安整体繁华风貌与对歌妓舞女、侠士剑客生活的描绘中，也体现在第四段对"豪华称将相"者带有批判色彩的描写中。对他们的专横骄奢、相互倾轧的描写固极张扬发露，对他们的批判否定同样遒健有力。"节物风光不相待，桑田碧海须臾改。昔时金阶白玉堂，即今唯见青松在"，这种从哲理和历史的高度进行的批判，既明快有力，又深刻彻底。而末段出现的用以抗衡权势者的扬雄形象，带着寂寞中的坚守、淡泊中的自信，在桂花芬芳的萦绕中潜心著述，更溢出一种高洁的人格之美的力量，结得极从容自在，又极饶神韵。

描绘繁华壮阔的都市风貌，从汉代以来，一直由大赋担任。大赋的层层铺陈渲染手法，适于表现都市宏大的格局、纷繁的生活。初唐描绘都市生活的长篇歌行正是吸收了大赋这种铺张扬厉的作风，不但较此前的诗歌极大地扩充了篇幅，而且在描写时也极尽铺陈渲染之能事。与此同时，又吸收了梁、陈以来骈赋的句式句法和表现手法，在骈偶、藻采、结构、用韵等方面受到它的明显影响。从而形成了一种规模宏大、气势纵横、辞采鲜丽、层层铺叙而又转折自如的具有崭新风貌的长篇歌行。卢照邻的这首《长安古意》，正是体现上述特征最为充分的代表性作品。篇末寓讽，本是汉赋的老传统，本篇在吸收这种传统写法时，摒弃理念和说教，用清新俊逸的诗歌语言，创造出人物与景物浑融一体的情韵意境，更是对传统的创新。

韦承庆

韦承庆（640—706），字延休，郑州阳武（今河南原阳）人（一说，京兆杜陵人）。弱冠举进士，补雍王府参军。累迁太子司议郎。调露初，出为乌程令。长安四年（704），拜凤阁侍郎、同凤阁鸾台平章事（宰相）。神龙元年（705），配流岭南。入为秘书员外少监，兼修国史。迁黄门侍郎，未拜卒。《全唐诗》录存其诗七首。

南中咏雁诗〔一〕

万里人南去，三春雁北飞〔二〕。
不知何岁月，得与尔同归〔三〕？

校注

〔一〕唐芮挺章编选的《国秀集》卷下录此诗，署为于季子作，题作《南行别弟》。而《文苑英华》卷三百二十八、《万首唐人绝句》卷十一、《唐诗纪事》卷九均录此诗为韦承庆作。佟培基《全唐诗重出误收考》第27—28页对此有详细考辨，认为"此诗实为韦承庆作，题应为《南中咏雁》，为其配流岭表见春雁北飞有感而作"，兹从之。

〔二〕三春，此指暮春三月。春，《全唐诗》校："一作秋。"非。

〔三〕尔，指北飞的大雁。

笺评

唐汝询曰：此思归不得，故羡雁之北飞。"尔"者，指雁而言。《品汇》作别弟诗，便如嚼蜡。（《唐诗解》卷二十一）

沈德潜曰：断句（绝句）以自然为宗，此种最是难到。（《重订唐诗别裁集》卷十九）

袁枚曰：思归不得之辞。（《详注圈点诗学全书》卷一）

杨逢春曰：首点南行，二即景生情，别弟意只就雁托出（按：杨氏《唐诗偶评》选此诗，题作《南行别弟》）。三、四因别而念归，情真语挚。想到同归无期，则此日之别，倍难为情。此是题后回绕之笔。（《唐诗偶评》卷五）

　　李锳曰：言外有归期无日之感，沈归愚云："不烦斤削，自是天籁。"（按：李锳引沈氏之评，未详所出。）（《诗法易简录》卷十三）

　　俞陛云曰：孤客远行，难乎为别，所别者况为同气（按：俞氏《诗境浅说》续编选此诗亦题作《南行别弟》）。此作不事研炼，清空如话，弥见天真。唐十龄女子诗："所嗟人与雁，不作一行飞。"皆蔼然至性之言也。（《诗境浅说》续编）

　　刘拜山曰：逐客南去，归鸿北飞，与杜审言"独怜京国人南窜，不似湘江水北流"，皆从"南""北"二字生发。不着气力，自然动人。（《千首唐人绝句》）

　　此南贬途中见南雁北飞而兴感，抒归期无日之悲慨。前二句以"人南去"与"雁北飞"对举。"万里"见去程之遥远，亦透归程之迢递；"三春"见雁归之有定期，以衬起下文。后二句承上"北飞"，触动自身的遭遇处境，想到自己万里投荒，到达贬所尚不知何日；抵达以后置身南方瘴疠之乡更不知能否禁受，而蒙恩放还之日尤难逆料，故归期无日之悲感油然而生。妙在并不直抒此意，而是即景兴感，脱口而出，托雁寄意，用发问的口吻说道：不知道何年何月，能和你一起飞返故乡！语气亲切，表达委婉，既表露北归的渴望，更暗透希望之渺茫杳远，"不知""得与"，互相呼应，将上述感情表现得既明朗又含蓄。

　　初唐诗人中有不少都有过被贬窜荒远的经历。他们抒写贬谪途中或贬所的经历感受的诗，大都情感真切，有较强感染力，形成一个贬谪诗人群和贬谪诗系列。和王、杨、卢、骆将诗歌题材由宫廷台阁移向市井和江山塞漠是一种明显的开拓相类似，这些贬谪诗人的贬谪诗在内容和艺术上也都有创新，构成由初唐诗向盛唐诗过渡的一个链条。

　　初唐贬谪诗因诗人个性、艺术构思与表现手法的多样而呈现不同的风貌。此诗的特点是在质朴平淡的抒写中寓深挚的感情。虽触景生慨，假雁寄意，却毫无运用技巧的痕迹，浑朴自然，明白如话，达到了深入与浅出的和谐统一。虽抒悲感，却不为酸楚凄苦之音，而是仍显出一种雍容平和的气度。

杜审言

杜审言（约645—708），字必简。祖籍襄阳；父迁居巩县（今河南巩义）。高宗咸亨元年（670）登进士第，任隰城尉，迁江阴尉，转洛阳丞。武后圣历元年（698），坐事贬吉州司户参军，后免官归洛阳。武后召见，拜著作佐郎，迁膳部员外郎。神龙元年（705），因与张易之等交往，流峰州。二年召还，授国子监主簿，加修文馆直学士。景龙二年（708）卒。少与李峤、崔融、苏味道齐名，时称"文章四友"。《新唐书·艺文志》著录《杜审言集》十卷，已佚。《全唐诗》编其诗为一卷。长于五律，与沈、宋等对五律的建立有贡献。五排、七律、七绝亦有佳作。

和晋陵陆丞早春游望〔一〕

独有宦游人〔二〕，偏惊物候新〔三〕。
云霞出海曙〔四〕，梅柳渡江春〔五〕。
淑气催黄鸟〔六〕，晴光转绿蘋〔七〕。
忽闻歌古调〔八〕，归思欲沾巾〔九〕。

校注

〔一〕晋陵，唐常州县名（今江苏常州市）。陆丞，晋陵县丞陆某。游望，游赏眺望景物。此诗一作韦应物诗。傅璇琮《唐代诗人丛考·杜审言考》谓杜有《重九日宴江阴》诗，中有"高兴要长寿，卑栖隔近臣"之句，可见其曾在江阴任职。晋陵、江阴都是毗陵郡（即常州）的属县。《和晋陵陆丞早春游望》诗正是在江阴任职时，和同郡僚友、任晋陵丞的陆某唱和之作。时间当在永昌元年（689）前后。（然其所撰《唐才子传校笺·杜审言》又云此诗确为韦作，然未说明依据。）姜光斗引《能改斋漫录》《诗人玉屑》《苕溪渔隐丛话》谓此诗系韦应物佚诗，顾陶《唐诗类选》有之，并谓此诗

43

系于韦晚年任苏州刺史时宴邻郡晋陵丞所作。按：《文苑英华》卷二百四十一、《咸淳毗陵志》卷二十二均作杜，今仍属杜。

〔二〕宦游人，外出做官的人。当兼包均属"宦游人"的陆丞与诗人自己在内。

〔三〕物候，因季节气候不同而呈现出不同的自然景观与现象。

〔四〕句意谓清晨海上的云霞升起，呈现绚丽的曙色。

〔五〕句意谓一过了长江，梅柳的枝头就显现出春色。时值早春，而晋陵在江南，故云。

〔六〕淑气，和暖的春气。黄鸟，指黄莺。

〔七〕转，转动。苹，水草名，又称四叶菜、田字草。多年生草本植物，生浅水中，叶有长柄，柄端有四片小叶呈田字形。夏秋开小白花。转绿苹，指春天的阳光在苹叶上转动，似乎将苹叶的绿色染深了。江淹《咏美人春游》："江南二月春，东风转绿苹。"

〔八〕歌古调，指陆丞吟诵自己的《早春游望》诗。

〔九〕归思，思归故乡的感情。

笺评

刘辰翁曰：起得怅恨。又曰：（"云霞"）两句复自浩然。（《唐诗品汇》卷五十七引）

方回曰：律诗初变，大率中四句言景，尾句乃以情缴之。起句为题目。审言于少陵为祖，至是始千变万化云。起句喝咄响亮。（《瀛奎律髓》卷十）

杨慎曰：杜审言《早春游望》诗，《唐诗三体》选为第一首是也。首句"独有宦游人"，第七句"忽闻歌古调"，妙在"独有""忽闻"四虚字。《文选》殷仲文"独有清秋日"，审言祖之，盖虽二字，亦不苟也。诸家言子美无一字无来处，其祖家法也。（《升庵诗话·杜审言诗》）

胡应麟曰：初唐五言律，"独有宦游人"第一。又曰：五言则"行止皆无地""独有宦游人"……极高华雄整。（《诗薮·内编》卷四）

郭濬曰：四句俱说景，腰字俱活眼。格不甚高，起独有力。（《增定评注唐诗正声》卷六）

《唐诗训解》："独有""偏惊""忽闻"是机括。中四句应"物候"，末二句应"宦游"。（卷二）按：《唐诗选参评》引此前九字为蒋一葵评。后十三字与李维桢评同。

程元初曰：五、六句喻朝廷恩泽遍及也。末二句有感慨己独不遇意。又曰："独有""偏惊"是呼唤字。此篇以"物候"二字为一篇之要领，中四句皆发明"物候"之事。（《初唐风绪笺》）

李维桢曰：中两联照应"物候"，结二句照应"宦游"。又曰：律诗题有所指，其诗皆赋；题无所指，然后假物以兴。此题皆无所指，遣兴漫成。（《唐诗隽》）

钟惺曰：烂熟诗，色味不陈。（"独有"二句）此真好起，不得与"银烛吐青烟，金樽对绮筵"等起法例看。（《唐诗归》卷二）

唐汝询曰：杜、陆俱宦游，感春特甚，故以"独有"发端。中二联叙早春之景。"古调"指丞相（按：题内"丞"字一作"丞相"，"相"字衍）所作之诗。归思沾巾，见己怀之难堪也。"出""渡""催""转"，沈约所谓"蜂腰"，然不足为诗病。若以虚字解"曙""春"便不复成语。（《唐诗解》卷三十一）

陆时雍曰：三、四如精金百炼。"云霞出海曙，梅柳渡江春"，"曙""春"一字一句，古人琢意之妙。起结意思冲盈。（《唐诗镜》卷三）

周敬曰："独""偏""忽""惊""闻""欲"等虚字，机括甚圆妙。（《删补唐诗选脉笺释会通评林·初五律》）

王夫之曰：意起笔起，意止笔止，真自苏、李得来，不更问津建安。看他一结，却有无限《过秦论》"仁义不施，而攻守之势异也"。结构如此。俗笔于此必数百千言。（《唐诗评选》卷三）

冯班曰：方君（指方回）不知律诗首联是破题，何也？又曰：真名作。次联做"游望"二字，无刻画痕。（《瀛奎律髓汇评》引）

徐增曰："偏"字见于此，最亲切……"惊"字领一首之神。（《而庵说唐诗》）

吴焯曰：起从人事入景，在题前一层立论。"独有""偏惊"，起得沉着。伤感宦游不能即归，故易惊新。"云霞""梅柳"皆春和之景。"黄鸟""绿蘋"得春光之先。如此佳时，等闲抛逝，况闻歌伤感，宁不动离情而泪下乎！"归思"二字，应转首联。（《唐诗选胜直解·五言律诗》）

盛传敏曰：总在起句得力，胸前眼前有无数触景兴怀处，所以睹物候而惊心，转而算到宦游之故……起语意在笔先，中二联具文见意，不言惊

而可惊在其中矣。结语挽到和陆丞相意。（《碛砂唐诗纂释》）

黄生曰：（"独有"二字）唤法。（首联）流水起。（颔联）分疏句。（"淑气"）承四。（腹联）实眼句。承三。（"忽闻"句）点明和意。又曰：尾联点题格。起调甚高而响。一、二唤起中二联。云霞是出海之曙色，梅柳乃渡江之春气，名"分疏句"。前写早春之景，结处点明和诗意，见陆有作而己和之。唐人和诗，必发明此意，不然，则与己一人独作何异？句中单字为眼，眼有虚实之别，此名实眼句。（《唐诗摘抄》卷一）

朱之荆曰：首联写自己，暗包陆丞，盖同是宦游人也。"物候新"，暗点早春，喝起中二联在一"惊"字。中二联写早春，中四字皆"惊"也。绾和诗作结。"归思"应"游"字。"独有""偏惊""忽闻"是机括。（《增订唐诗摘抄》）

吴昌祺曰：昔人称此起法，然终不如《望月有怀》。（《删订唐诗解》）

史流芳曰："宦游人"指陆丞相。"物候新"说早春。中四句皆是早春。"黄鸟""绿蘋"，早春时尚未有，特以"淑气""晴光""催"之"转"之耳。（《固说》）

王尧衢曰：前解陆丞相早春游望，后解写"和"意。而以"惊"字为诗眼，起结意相应。中间"出""渡""催""转"四字，似属蜂腰，以诗好，自不觉。"独有宦游人，偏惊物候新。"陆丞相有《早春游望》之作，而老杜和之，故先从陆丞相说起。丞相宦游归晋陵，惊早春之物候一新，故有游望之作。"独"字，见此外无人。"偏惊"，见于心最切。宦游人内，便隐带自己矣。"云霞出海曙，梅柳渡江春。"承上"物候"说"早春"。"云霞""梅柳"是物，"曙"与"春"是候也。日从海升，云霞在曙光中映出，是日之早也。梅柳先从江南得春气，而后渡到江北之梅柳，是时之早也。此种景，俱游望时见之。"淑气催黄鸟，晴光转绿蘋。"此转出早春已过，却是老杜和此诗时，已过了早春矣。黄鸟之声，为春气所催而出；绿蘋之叶，为春光所转而生。江淹诗云："江南二月春，东风转绿蘋。""忽闻歌古调，归思欲沾巾。"此以闻诗遥和而动归思为合。"古调"，指丞相原唱。早春已过而忽闻之，是丞相得归晋陵，以遂早春之游望，我因不得归而负此春光，故至于归思之泪欲沾巾也。丞相惊早春，老杜惊春晚，同一惊也。（《古唐诗合解》卷七）

何焯曰：《月令》季春萍始生，言物候相催之速也。（《唐三体诗》评）

顾安曰：中四句说"物候"。偏是四句合写，具见本领。"出海""渡江"，便想到故乡矣。岑嘉州诗"春风触处到，忆得故园时"，即是此意。但此二句深厚不觉耳。（《唐律消夏录》卷一）

沈德潜曰：末二句陆丞之诗，言陆怀归，并动己之归思也。（《重订唐诗别裁集》卷九）

屈复曰：中四句合写"物候"二字，颠倒变化，可学其法。"物候新"，居家者不觉，独宦游人偏要惊心。三、四写物候，到处皆新。五、六写物候，新得迅速，具文见意。不言"惊"而惊在语中。结扣陆丞，以"归思"应"宦游"，以"欲沾巾"应"偏惊"。（《唐诗成法》卷一）

纪昀曰：起句警拔，入手即撇过一层，擒题乃紧，知此自无通套之病，不但取调之响也。末收"和"字亦密。（《瀛奎律髓刊误》）

袁枚曰：言与陆俱宦游，而己之伤春独甚，故以"独有"发端。中二联早春之景。"古调"指丞相诗。"归思""沾巾"，言己怀之难堪也。此二首五律起句之可法者。（《诗学全书》卷一）

黄叔灿曰：起二句奇特。"云霞"一联，承上"偏惊"二字。"出海曙""渡江春"，奇绝，非人思议所及。"淑气"一联，尤妙在"催"字"转"字，少陵诗炼字常祖此家法。"歌古调"谓陆丞相诗，并触拨早春乡愁也。（《唐诗笺注》卷一）

李锳曰：首尾回应法。"归思"回应首句"宦游"，绾结完整。（《诗法易简录》）

谭宗曰："忽闻"字下得突绽，使末句精神透出。此诗起结老成警洁，中间调高思丽。（《近体秋阳》卷一）

冒春荣曰：中二联或写景，或叙事，或述意，三者以虚实分之……然景有大小、远近、全略之分，若无分别，亦难称作手。如"云霞出海曙，梅柳渡江春。淑气催黄鸟，晴光转绿蘋"（杜审言），一大景，一小景也。（《葚原诗说》卷一）

余成教曰："云霞出海曙，梅柳渡江春"……较之少陵，固齐偘小伯，有以开桓公之先声。（《石园诗话》）

俞陛云曰：首二句言与友皆在客中逢春，非在故乡，故因物候而惊心也。中四句赋"早春游望"四字。"云霞"句写早之景，"梅柳"句写春之景。五、六句，一写在陆而闻者，因春至而时鸟变新；一写在水而见者，因春至而渚蘋出水。一年容易，又值春光。正乡心撩乱之际，况闻陆丞之歌诗，声音感人，不觉归思沾巾矣。此诗为游览之体，实为当时景物。而中四句"出"字、"渡"字、"催"字、"转"字，用字之妙，可谓诗眼。春光由江南而江北，用"渡"字尤精确。（《诗境浅说》甲编）

吴挚甫曰：起句惊矫不群。（《唐宋诗举要》卷三引）

吴汝纶曰：（"云霞"二句）华妙。（同上引）

高步瀛曰：此等诗当玩其兴象超妙处。（同上）

 鉴 赏

　　此诗的结构章法，炼字琢句的特点，历代评家言之甚详，但对诗人的思想感情和诗的主旨，不免时有错会。关键在于过分看重尾联的应酬语（所谓"闻歌古调"而"归思沾巾"），而忽略了首联的"新"字和颔、腹两联在景物描写中所透露出来的真实感受，以致诗在艺术上兴象超妙之处也因品鉴上的本末倒置而被忽视了。

　　晋陵陆丞早春时节与诗人一起外出观赏景物，陆某先写了一首《早春游望》诗，诗人从而属和。从杜审言的和诗看，陆的原唱中应有惊物候而慨宦游思故乡的意思。故和诗的首联就点出彼此"宦游人"的身份和"惊物候"的共同感受。首句用"独有"发端，次句用"偏惊"承接，作进一步强调，起势突兀奇矫，用笔甚重，与律诗起首常作一般性的叙述交代、点明题目者明显有别。但评家多将"偏惊"之"惊"理解为"惊心"，其实诗人明明说"偏惊物候新"，这个最关键的"新"字却被忽略了。诗人的原意是，只有外出宦游的人，才特别对物候的新变感到惊奇。这里强调的是宦游者对异乡物候的变化的敏锐感和新鲜感。一个久在家乡的人，因为对它的一切（包括四时物候的变化）过于熟悉，往往习而不察。而身处陌生的异乡，对当地的一切都感到新鲜，对四季物候的变化，特别是冬去春来，大地换上一片新绿的变化尤感新鲜。因此，这"新"字中又自然蕴含了对早春景物的鲜妍明丽的感受，而"惊"字也不单是惊奇，而且有惊喜的意味了。总之，这一联抒写的是宦游者对异乡物候新变的独特人生体验。因为它起得突兀，又富于包蕴，故耐人吟味。

　　颔、腹两联，紧扣"早春游望"写物候之"新"。颔联写远望中的江南早春物候之"新"。"云霞"句写早春清晨的景物。清晨太阳升起之际，海天相接之处，云蒸霞蔚，一片光明灿烂、鲜丽夺目的曙色。这景观似乎不独属于早春，但却最适合于早春。一年之计在于春，一日之计在于晨，这霞光璀璨的曙色就像是为江南早春定下了一个最美好的开端，也标志着与彤云密布、阴霾灰暗的冬天告别。如果说出句是自西向东遥望，那么对句便是自北向南遥望（至少在意念中是这样）。晋陵地处江南，地气和暖，梅柳得春气之先，已自或开花或抽条，呈现出明显的早春气息了。为什么说"渡江春"？中国的物候景观，自北向南，长城内外、秦岭黄河南北、长江南北，是三道明显的分界线。早春时节，当江北的梅柳还笼罩着几许萧瑟的寒意时，江南的梅柳已经吐艳显黄了。这里正不自觉透露了诗人以北方人的视角来观赏江南早春景物的特点。这一联的"曙"字、"春"字，都是表时间、季候的名词，但用在这里，却明显具有形容词和动词的功能和意味，我们从中不但可以看到灿烂缤纷的曙色和梅花的鲜丽、杨柳的鹅黄，而且仿佛可以感到那曙色和春光正在逐步加深加浓地行进，具有一种动态感。

　　腹联由颔联的远望之景转为近景。上句写触觉感受，下句写视觉感受。上句写树上，下句写水中。但又非全为实写早春景物，而是糅进了想象的成分，是面对早春物候时的一种展望。黄鸟即黄鹂，一般要到仲春季候才开始鸣啭（《礼记·月令》谓仲春之月"仓庚鸣"，仓庚即黄鹂）；蘋草则季春三月始生。但在诗人的感受中，那早春时节和煦的"淑气"却像是在催促黄鹂放声鸣啭，而温暖的"晴光"也在刚露头的蘋叶上转动荡漾，像是促使它的颜色变得更绿。上下两句分别用了一个"催"字、一个"转"字，透露出春的气息越来越浓，春的脚步越来越快的讯息。它既是对江南早春的写实，又是对更美春色的期待向往。

　　以上两联，围绕"物候新"，对江南早春物候景色的清新妍丽、充满生机活力作了非常真切生动的描绘，并对它的发展趋势充满了美好的展望。其中流露的感情是喜悦欣赏，而非悲伤叹息；是惊异惊喜，而非触目惊心。说上述景物可能触发乡思，是合乎情理的；但说它们都蕴含着诗人的惊心感受，则过于勉强，也不符合一般读者的实际感受。

　　诗是和陆丞的《早春游望》的，结联自然不能脱离原唱而任意抒写，于是有"忽闻歌古调，归思欲沾巾"的回应，并呼应首句的"宦游人"三字。用"忽闻"二字提起全联，正透露在此之前诗人在游望早春景物时心情是愉悦的。由于听到陆丞吟咏其充满乡思的高古之作，不禁触动自己这个"宦游人"的"虽信美而非吾土兮"的"归思"，以致泪下欲沾巾了。由于带有酬应的意味，故用语轻描淡写，并不显得沉重着力。初唐律诗结联，亦每多此种顺手作结的类型。

这首诗不乏细意经营与锤炼追琢，但整体风貌却是明秀高华，浑然一体，具有盛唐诗气象的。特别是"云霞出海曙，梅柳渡江春"一联，和王湾的"海日生残夜，江春入旧年"一样，相当典型地显示了盛唐诗风气象高华超妙的特征。甚至可以说，它们都象征式地预示着一个新的诗歌高潮的到来。

春日京中有怀

今年游寓独游秦〔一〕，愁思看春不当春〔二〕。
上林苑里花徒发〔三〕，细柳营前叶漫新〔四〕。
公子南桥应尽兴〔五〕，将军西第几留宾〔六〕。
寄语洛城风日道〔七〕，明年春色倍还人〔八〕。

校注

〔一〕游寓，旅游寄居外地。秦，此指长安，即题内"京中"。

〔二〕不当，不当作，不看作。

〔三〕上林苑，秦旧苑，汉武帝时重新扩建，周围三百里，离宫七十所。旧址在今西安市西及周至、户县界。

〔四〕汉文帝时大将周亚夫屯兵细柳，称"细柳营"，见《史记·绛侯世家》。地在今咸阳市西南。漫，和上句"徒"都是"空自"的意思。

〔五〕南桥，指天津桥，在唐东都洛阳皇城正南的洛水上。故址在今洛阳市旧城西南。

〔六〕将军西第，东汉梁冀封大将军，大起第舍于洛阳城西。马融曾作《大将军西第颂》，见《后汉书·梁冀传》及《马融传》。此联"公子"专指，"将军"则泛指。"公子"系作者所怀对象。几，几多次。"留宾"用西汉郑当时"常置驿马长安诸郊，请谢宾客，夜以继日"之事。

〔七〕寄语的对象是"洛城风日"。风日，犹风光。道，说。

〔八〕倍，加倍。还人，归还给游寓的人（诗人自己）。诗人家居巩县，在洛阳附近。

钟惺曰：何尝无趣？（"愁思看春不当春"）比"妄向春光啼""今年花鸟作边愁"皆妙些，只在"不当春"三字。又曰：七言律结法如此灵活者，可救滞滥之苦。（《唐诗归》卷二）

谭元春曰："不悟春"是痴语，妙！"不当春"是聪明语，妙！（"寄语洛城风日道，明年春色倍还人"）要"风日"补他"春色"，横甚，然皆从"不当春"生出。（同上）

金圣叹曰：当时初有律诗，人都未知云何。看他为头先出好手，盘空发起异样才思，浩浩落落，平开二解。前解曰：今年不当春。三、四承之，便不别换笔，只一直写曰：花亦不当花，柳亦不当柳。盖二句十四字，并更不出"不当春"之三字也。于是遂为一代律诗前解之定式。呜呼，岂不伟哉！后解曰：明年倍还春。五、六先之，亦更不远出笔，只就势起曰：南桥公子今虽尽兴，西第将军已自留宾。然我今不与，便都不算，一齐寄语都要重还。一直读之，分明只如一句说话。于是又遂为律诗后解之定式。斯真卓尔罩代之奇事也。后来文孙工部，无数沉郁顿挫，乃更未尝出此。索解人未遇，我谁与正之！（《贯华堂选批唐才子诗》卷一）

王夫之曰：全自乐府歌行夺胎而出天迥。（《唐诗评选》卷四）

黄生曰：（"愁思"句）本句叠字。（"上林"二句）地名点缀。（"公子"二句）虚眼句。（"寄语"句）叮咛见意。（"明年"句）痴语见意。又曰：此前后两截格。前段言所游之地，后段言所怀之地。前段见地在前，后段见地在后。章法如此。初唐出语有极细嫩者，此实未脱陈、隋口吻，但其格律一变，故不复以纤巧见疵。（《唐诗摘抄》卷三）

朱之荆曰：秦，西京；洛，东京。此在西京而怀东京也。"不当春"三字，直捷老到。三、四言己之不当春，五、六即借人之当春者以影之。第八句，缴转一、二。首尾失黏。（《增订唐诗摘抄》）

赵臣瑗曰：此是有唐第一位诗人，此是初唐第一首律诗。学者当如何着眼？看其以"春日"为题，却劈空将"不当春"三字立柱，便是不为题缚。其所以"不当春"者何也？"游寓独游秦"也。中二联，皆极为"不当春"之意。言彼自为春而我未尝赏识，吾未尝追陪也，只是"不当"而已矣。"不当"云者，非我负春，春方负我也。然洛城风日，何堪寄语，明年春色，岂真倍还。亦故作此纡回之笔，以抒其淡荡之思耳。真是分外生情，遂乃烟波无际。又曰：今人作律诗，多着意于中间四句，此大谬不然者也。第一最要起得好，起处得力，下面便全不费力矣。第一又要结得好。结处生动，则上面亦自然灵动矣。细阅此诗，当自知之。（《山满楼笺注唐诗七言律》卷一）

沈德潜曰：造语新异，以后人熟诵不觉耳。（《重订唐诗别裁集》卷十二）

屈复曰："今年独"起下"不当春"。"徒""漫"承"愁思"。"应""几"承"独"字。虽分人、物，皆写"不当春"也。末言今年秦地春色已"不当春"矣，明年洛城当加倍还我耳。以"洛城"映"秦"，以"倍还人"映"不当春"，以"寄语"结"有怀"。妙思奇语，迥非常境。通篇已臻精致。次联开后人熟滑之端。（《唐诗成法》卷一）

冒春荣曰：律用平仄，固有定体，亦时有变体……杜审言《春日京中有怀》……第三句及结联失黏格。（《葚原诗说》卷二）

王寿昌曰：七律发端倍难于五言，如杜员外"今年游寓独游秦，愁思看春不当春"之奥折……尚可备脱胎换骨之用。然但宜顺其势，不宜仿其意。又：结句贵有味外之味、弦外之音……杜员外之"寄语洛城风日道，明年春色倍还人"……是皆一唱而三叹，慷慨有馀音者。（《小清华园诗谈》卷下）

方东树曰：《春日京中有怀》，京中，秦也。通身命脉在"有怀"二字。首句点题面，次句破题意。"有怀"，故"不当春"也。以下四句，切"春"，切"京中"，而各以一字作眼，以见"不当春"之意。曰"徒"曰"漫"曰"应"曰"几"，皆题眼也。而收句始结明之。文律如此之细，虽太史公、韩退之作文，不过如此。乃知子美冠绝古今，本于家学有素也。李义山辈不足知此。（《昭昧詹言》卷十五）

鉴赏

题曰"春日京中有怀"，所怀者即第七句之"公子"。当此春日，己"独游秦"，而友人则远在洛阳，秦树嵩云，彼此相隔，不得共享春光，故己"愁思看春不当春"，觉上林苑里、细柳营前之繁花、绿柳亦"徒发""漫新"而已，深慨满目春光之虚度而无心玩赏。遥想友人值此春日，天津桥南，应尽兴游玩；将军府中，当亦被作为宾客而数度留宿，己则不得参与其间。唯有寄语洛阳春日风光，明年当加倍偿还，以与友人共赏也。此一篇之大意。旧解于腹联之意多误会，全未顾及题内"有怀"二字及首句"独"字，五句"应"字，六句"几"字所指之对象。要而言之，此春日独游秦中，怀洛阳之友人，慨今年之无心赏春，盼明年之共享洛阳春光也。诗意本极单纯，妙处全在字里行间充溢之诗趣，尤以第二句"看春不当春"与末联"寄语洛城风日"，望其明年加倍偿还，语奇意新，富于幽默情趣。全诗风格清新爽利，一气直下，略无滞碍，语言通俗明快，间用俗语俗字（"看春不当春""道""倍还人"），增添了诗的轻爽灵动之致和幽默情趣。王夫之谓此诗"全自乐府歌行夺胎"，洵为具眼之评，虽云"愁思"，然实不过寻常怀念友人之轻愁，故整首诗的基调仍显得相当轻松从容。

此早期尚未定型之七律，故在格律上间有失黏之处，但也没有律诗定型以后出现的种种清规戒律。不但音律上拘禁不严，风格上也不像日后诗评家对七律提出的或高华典雅、或遒健刚劲等模式化要求。自由抒写、不拘一格，方能自成一格。

渡湘江〔一〕

迟日园林悲昔游〔二〕，今春花鸟作边愁〔三〕。
独怜京国人南窜〔四〕，不似湘江水北流〔五〕。

校注

〔一〕湘江，即湘水。源出广西兴安县南海阳山。东北流经湖南全境，入洞庭湖。诗为神龙元年（705）春贬峰州（今越南北部）途中渡湘江时所作。

〔二〕迟日，指春天。《诗·豳风·七月》："春日迟迟，采蘩祁祁。"迟迟，阳光温暖、光线充足的样子。园林悲昔游，谓昔日与朋友同僚的京城园林胜游如今都成了悲伤的回忆。

〔三〕作，兴起。谓今春的花鸟都成了触发边愁的景物。边愁，此指贬谪边荒的愁绪。

〔四〕京国人南窜，指自己从京城长安被贬窜到南方边远之地。据《旧唐书·张行成传》附《张易之张昌宗传》载，此次坐附二张贬窜的朝臣有房

53

融、崔神庆、崔融、李峤、宋之问、沈佺期、杜审言、阎朝隐等数十人。后贬窜诸臣多于神龙二年（706）北归，并授新职，杜审言亦于同时被召还。

〔五〕自己南窜，而湘水北流，故云"不似"。

胡应麟曰：初唐七言初变梁、陈，音律未谐，韵度尚乏。惟杜审言《渡湘江》《赠苏绾》二首，结皆作对，而工致天然、风味可掬。（《诗薮·内编·近体下·绝句》）

谭元春曰：（"今春花鸟作边愁"）"作"字妙。（《唐诗归》卷二）

蒋仲舒曰：末二句与王勃《蜀中九日》作意相似，配偶处不对而对，对而不对，佳。（敖英《唐诗绝句类选》卷二引）

唐汝询曰：初唐七绝之冠。（《汇编唐诗十集·己集》）又曰：此贬峰州，道涉湘江而作也。以湘为旧游之地，故感昔而悲，边愁则触物而生，是因花鸟而作也。北人南窜，欲返无时，惟觉湘流之可羡耳。（《唐诗解》卷二十五）

周敬曰：陈、隋靡丽极矣，必简翻尽陈调，如"迟日园林"一章，练神修意，另出手眼，遂令光景一新。（《删补唐诗选脉笺释会通评林·初七绝》）

黄生曰：两对，系绝前后四句体。若语绝而意不绝，率成半律之讥，惟后对作流水，则无此病。（《唐诗摘抄》卷四）

沈德潜曰：北人南窜，欲返无时，惟湘流向北为可羡也。（《重订唐诗别裁集》卷十九）

黄叔灿曰：玩通首，意有两层：上二句悲异时，下二句悲异地。（《唐诗笺注》卷八）

冒春荣曰：押韵对起，如杜审言"迟日园林悲昔游，今春花鸟作边愁。独怜京国人南窜，不似湘江水北流"。（《葚原诗说》卷三）

宋宗元曰：厥孙一饭不忘君，所谓有开必先也。（《网师园唐诗笺》卷十五）

富寿荪曰：以昔日园林之游反起下文，愈觉今日京国南窜之可悲，愈觉湘江北流之可羡。"今春花鸟作边愁"，精妙深婉，殆即为杜甫《春望》"感时花溅泪，恨别鸟惊心"所本。（《千首唐人绝句》）

首句陡起。昔日朋辈僚友春日游赏京城园林，本是赏心乐事；而今远窜南荒，昔日胜游，均成遥不可及的幻梦，途中忆及，不觉增悲，故曰"迟日园林悲昔游"。着"迟日"二字，愈显在明媚灿烂的春日阳光下"昔游"之欢愉，亦愈显今日窜逐南荒途中踽踽独行之可悲。"悲"中含忆，亦含昔与今之对比。内涵丰富，语言凝练。

次句明标"今春"，上应"迟日"，与"昔游"作对照。"花鸟"系今日贬窜途中所见所闻者，亦昔日长安园林胜游所观所赏者。"花鸟作边愁"，用语奇妙。花鸟本愉情赏心之物，而"今春"因人之南窜，转成触景生悲之物。"作"字正传达出同一"花鸟"在不同境遇下一正一反、迥然相异的助欢添愁效果。湘江离峰州贬所尚远，而"边愁"已兴，可见诗人身虽未至贬所，但迁谪炎荒边远的愁绪已无时不郁积于胸，一遇相关景物，即沛然而兴，难以抑止了。

三、四两句紧扣"湘江"，即景抒慨。谓我今远离京城长安，贬逐南荒，不知何时方达海隅之峰州贬所，更不知何时方能北返京国。目睹汩汩北去之湘江，对照孑然南行的自身，不禁深羡湘江之北流，益增自身南贬之悲慨。两句以"人"与"水"、"南"与"北"作鲜明对比；以"独怜"唤起，抒孑然南窜之悲、自怜自叹之意，以"不似"承接，点明人不如水之慨，愈行愈远之悲，言外自含归期无日的嗟叹。

初唐七绝多散起对结。前后均对者每流于单调板滞，缺乏情韵风调。此诗虽起、结均对，却"对而不对，不对而对"。后二句又用流水对，读来别有一种流利自然而隽永的情味。感情虽悲愁，却不作竭蹶之声，而是显得比较平和从容，含蓄耐味。

苏味道

苏味道（648—705），赵州栾城（今属河北）人。少与乡人李峤俱以文辞知名，时人谓之"苏李"。弱冠举进士。延载元年（694）为相，翌年贬集州刺史。圣历元年（698），复任宰相。长安四年（704）贬坊州刺史。进益州长史。神龙初，以附张易之贬郿州刺史。复为益州长史，未行而卒。苏前后数居相位，处事每模棱两可，时人号为"苏模棱"。文集已佚。《全唐诗》编其诗为一卷。

正月十五夜〔一〕

火树银花合〔二〕，星桥铁锁开〔三〕。
暗尘随马去〔四〕，明月逐人来。
游妓皆秾李〔五〕，行歌尽落梅〔六〕。
金吾不禁夜〔七〕，玉漏莫相催〔八〕。

校注

〔一〕正月十五，唐代为上元节，有观灯的节俗。后称元宵节。元夕观灯，最迟在隋代已然。参下注。

〔二〕火树，指有分枝的大型灯架，其形如树，故称。隋炀帝《正月十五日于通衢建灯夜升南楼》："灯树千光照，花焰七枝开。"五代王仁裕《开元天宝遗事·百枝灯树》："韩国夫人置百枝灯树，高八十尺，竖之高山上，元夜点之，百里皆见，光明夺月色也。"由于这种高大缀有分枝的大型灯架上面点燃了许多灯火，分置于通衢或高山上，故远望时如见火树银花，四处开放，光辉灿烂，连成一片灯的海洋，故云"火树银花合"。或谓"火树"指树上缀有灯火，疑非。

〔三〕星桥，本指传说中天上银河的鹊桥，这里指东都洛阳跨洛水而建的天津桥。隋炀帝迁都洛阳，以洛水贯都，有天汉津梁气象，因建此桥，名曰天津桥。高宗、武后时朝廷常在东都洛阳。用"星桥"指天津桥，兼状桥上繁灯闪烁如星汉灿烂。桥入夜上锁，禁止通行。元夕不禁夜，故说"铁锁开"。或说"星桥"本指李冰开蜀江建桥七座，上应七星，世称七星桥。此处借指长安护城河上的桥。

〔四〕暗尘，指夜间车马人流扬起的飞尘，因在夜间闪烁灯火照映下，得以窥见，故曰"暗尘"。

〔五〕游妓，指元夕出游观赏灯火及表演歌舞的歌妓舞女。秾李，形容其盛妆华服，艳若桃李。《诗·召南·何彼秾矣》："何彼秾矣，华如桃李。"秾，浓艳美盛。

〔六〕行歌，边走边唱。《晏子春秋·杂上十二》："梁丘据左操瑟，右挈竽，行歌而出。"落梅，即《梅花落》，古笛曲名。汉乐府《横吹曲》有《梅花落》。唐《大角曲》有《大梅花》《小梅花》。骆宾王《代女道士王灵妃赠道士李荣》："鹦鹉杯中浮竹叶，凤凰琴里落梅花。"李白《司马将军歌》："羌笛横吹阿亸回，向月楼中吹落梅。"又《与史郎中钦听黄鹤楼中吹笛》："黄鹤楼中吹玉笛，江城五月落梅花。"所指均《梅花落》曲。

〔七〕金吾，负责皇帝大臣禁卫、仪仗及巡查京城治安的武职官员。汉代有执金吾，唐代有金吾卫将军。此指负责京城治安的禁卫军吏。禁夜，夜间禁止通行。据《大唐新语》记载，元夕"金吾弛禁"，参下笺评引。

〔八〕玉漏，古代计时器，即铜壶滴漏。此当指根据漏壶所计时刻报晓的更鼓声。

⊙笺⊙评

刘肃曰：神龙之际，京城正月望日，盛饰灯影之会。金吾弛禁，特许夜行。贵游戚属，及下隶工贾，无不夜游。车马骈阗，人不得顾。王主之家，马上作乐以相夸竞。文士皆赋诗一章，以纪其事。作者数百人，惟中书侍郎苏味道、吏部员外郎郭利贞、殿中侍御史崔液三人为绝唱。味道诗曰（略）。利贞曰："九陌连灯影，千门度月华。倾路出宝骑，匝路转香车。烂漫唯愁晓，周旋不问家。更逢清管发，处处落梅花。"液曰："今年春色胜常年，此夜风光正可怜。鸂雀楼前新月满，凤凰台上宝灯燃。"文多不尽载。（《大唐新语·文章》）

方回曰：味道武后时人，诗律已如此健快。古今元宵诗少，五言好者殆无出此篇矣。（《瀛奎律髓》卷十六）

杨慎曰：苏味道诗"星桥铁锁开"，本陈张正见诗"天路横秋水，星桥转夜流"之句。（《升庵诗话·星桥》）

程元初曰：唐朝正月十五夜，许三夜游行，其寺观街巷灯明若昼，山棚高百余尺。此诗寥寥数言，曲尽当时侈靡习尚，刺意见于言外。（《初唐风绪笺》）

陆时雍曰：纤秾恰中。（《唐诗镜》卷二）

王夫之曰：起承转收，一法也。试取初、盛唐律验之，谁必株守此法者？……如"火树银花合"，浑然一气……陋人之法，乌足展骐骥之足哉！（《姜斋诗话》卷下）

吴烶曰：此作前后四联紧对，最为工致。首言灯火之艳，赋而比也。次言街市之盛。三言挟妓征歌，游观之乐。末言弛禁停催之恩。极写太平盛事。元宵诗少有过此者。（《唐诗选胜直解·五言律诗》）

冯舒曰：真正盛唐。《品汇》所分，谬也。（《瀛奎律髓汇评》引）

冯班曰：次联妙。（同上引）

纪昀曰：三、四自然有味，确是元夜真景，不可易之他处。夜游得神处尤在出句，出句得神处尤在"暗"字。冯云："禁"字别本作"惜"，"惜"妙于"禁"。然金吾掌禁夜，不掌惜夜，以此为妙，其僻更甚于江西。（同上引）

许印芳曰：八句皆对，唐律多如此。（同上引）

屈复曰：此诗人传诵已久，他作莫及者。元夜情景，包括已尽。笔致流动。天下游人，今古同情。结句遂成绝调。（《唐诗成法》卷一）

陈德公曰：三、四故是爽笔。"秋李""落梅"工切，便极见妍姿。结句得"金""玉"字相对，弥足增致。他处金玉缋黄、藻丽堆垛者，又复无致。此所须辨矣。（卢䎒、王溥选辑《闻鹤轩初盛唐近体读本》卷一引）

范大士曰：三、四疏宕。（《历代诗发》）

李锳曰：七、八句就题收结法。（《诗法易简录》）

58

鉴赏

据《大唐新语·文章》所载，此诗作于神龙之际（705—707）。但神龙元年（705）苏味道已卒，且其时身处蜀地，当非。或为苏圣历年间迁凤阁侍郎（即中书侍郎）、同凤阁鸾台三品时所作。

唐代的上元节，视《大唐新语》及唐代其他诗文的描述，颇有点狂欢节的味道。其主要活动虽是观灯，但上自贵戚，下至工贾，倾城出动，车马骈阗，人流涌动，这种全民参与的狂欢则是上元灯节更突出的特征。抓住了全民狂欢、月下观灯作乐、彻夜达旦的特点，才真正抓住了"正月十五夜"的灵魂，体现出元夕特有的气氛。

首联不作任何一般性的叙述交代，直接切入元夕最精彩的场景——观灯。用"火树银花"形容高大而分枝众多的灯树上挂满了各式的花灯，光华璀璨，如银色的花朵缀满枝头，可谓极其形象贴切、生动传神。这种感受，只有站在远处、高处鸟瞰时才会有。因而在写灯的光华璀璨时也暗透了"观"字，写出了观灯者那种目眩神摇的感受。句末的"合"字则更精练而传神地写出了通衢大道或高处空地上处处火树银花，灯影连成了一片。不仅进一步写出了满城灯之多、灯之闹，而且传达出观者面对四望如一的灯的海洋时那种惊奇赞叹的感情。

次句"星桥铁锁开"，既是渲染桥上灯影闪烁、如同天上的繁星点点，使人联想起天上的"星桥"，从而有人间宛如天上的感觉；又点明了元夕弛禁，让所有的人尽情玩赏欢乐的节俗。这一点很重要。由于"铁锁开"而不禁夜，才会有下两联人山人海、车马骈阗、行歌奏曲的热闹场景。

颔联写元夕车马游人之盛。由于车马交驰、游人杂沓，扬起了道路上的阵阵尘土。在平常的夜间，即使有尘土飞扬，人也是看不见的。但元夕之夜，由于月光灯影的照耀，却分明可见随着车马的飞驰而去，后面便扬起一阵飞尘，这就是所谓"暗尘随马去"。本不可见的"暗尘"因"正月十五夜"的月光灯影而见，这正是对元夕的传神描写。着一"去"字，写出了马的奔驰和尘土飞扬而去的态势。纪昀说此句得神处在一"暗"字，固极有见。其实，"去"字也同样精彩，从中仿佛可见车马飞驰时卷起的气流，下句专写人的活动，却不忘交代元夕的特点。由于是望月，所以满月的清光映照着东都城的每一个角落。游人熙熙攘攘，摩顶接踵，月亮的光辉始终与人相随。由此"明月"还可进一步想象灯月交辉的热闹场景。

腹联于熙熙攘攘的人群中专挑出一类人来写，这就是"游妓"。她们可能是王公贵戚之家的歌舞妓人，为了相互夸示而让她们出来表演助兴的，她们自己也可借此观赏元夕灯月交辉、人流如织的热闹景象。总之，既是观赏者，又是元夕的一道亮丽风景。两句一句写她们的美貌，一句写她们的技艺。单有火树银花的灯影和众多的游人车马，还不足以充分显示元夕京城的热闹繁华，必须再加上美貌如花的歌妓和彻夜笙歌，才是声色光华交相辉映，极喧阗热闹之能事。

以上六句从元夕灯火璀璨到车马游人之盛，再到游妓歌舞之喧，写元夕的繁华热闹，可谓淋漓尽致。尾联若再作类似的描写，不免单调平衍；虚作赞叹，也不免敷衍落套。诗人别开生面，转从游人的心理方面落笔，借游人流连忘返之情、惜夜将尽之意，将"正月十五夜"在人们心中留下的强烈感受和美好印象添上更精彩的一笔。"金吾不禁夜"，遥应首联"铁锁开"。既不禁夜，自可彻夜狂欢，但长夜终有尽时，故又生怕这热闹的场景消逝，所以说"玉漏莫相催"，希望时间永远停留在灯光辉煌、明月高照、狂欢作乐的元夜。这一结，为终将逝去的元夜留下了悠然不尽的余味，于流连忘返中流露出对元夜的无限赞赏。

这首诗四联均用工整的对仗，语言华美精练，但全诗却丝毫没有堆砌板滞之弊，而是流丽自然、一气浑成。它相当典型地反映了大唐帝国繁荣昌盛时期大都市的繁华热闹和生意活力，反映了时代的承平气象。"火树银花不夜天"至今成为形容元宵佳节热闹景象和承平气象的诗句，它的典型性于此可见一斑。

王 勃

王勃（650—676），字子安，绛州龙门（今山西河津）人。王通之孙，王绩之侄孙。幼聪敏博学。九岁读颜师古注《汉书》，撰《指瑕》十卷。十五岁上书右相刘祥道，指陈国政，被目为神童，表荐于朝。乾封元年（666）应幽素科登第，授朝散郎。后为沛王（即章怀太子李贤）府修撰，总章二年（669）因撰《檄英王鸡》为高宗所恶，逐出沛王府。同年游巴蜀。后任虢州参军，因匿杀犯罪官奴获罪，遇赦革职。其父福畤亦受累贬交趾令。上元二年（675），渡海赴交趾省亲；次年，归途溺水卒。王勃与杨炯、卢照邻、骆宾王齐名，并称"初唐四杰"，其文学成就主要指其骈文。杨炯曾辑其遗文，编为《王勃集》二十卷，已佚。清蒋翊撰有《王子安集注》。《全唐诗》编其诗为二卷。七言歌行、五律、五绝均有佳作。

送杜少府之任蜀川 [一]

城阙辅三秦 [二]，风烟望五津 [三]。
与君离别意，同是宦游人。
海内存知己，天涯若比邻 [四]。
无为在岐路 [五]，儿女共沾巾 [六]。

校注

〔一〕题首"送"字《全唐诗》原无，据《文苑英华》卷二百六十六补。少府，唐人对县尉的尊称。杜少府，名不详。之任，赴任。川，《全唐诗》原作州，校："一作川。"此从而改之。蜀州系唐剑南道州名，武后垂拱二年（686）始分益州四县设置（州治在今四川崇州市），见《旧唐书·地理志四》。置蜀州时王勃已下世十年，当以作"川"为是。蜀川，泛指蜀地。

〔二〕城阙，借指京城长安。阙是宫门两侧的高台，台上有楼观。三秦，秦亡以后，项羽三分关中地区，封秦降将章邯为雍王、司马欣为塞王、董翳为翟王，合称三秦，见《史记·秦始皇本纪》。此泛指关中一带畿辅地区。

句意谓宫阙壮丽的京城长安以三秦地区为拱卫。

〔三〕风烟，风尘烟雾迷蒙的景象。五津，岷江自灌县到犍为一段共有五个渡口，即白华津、万里津、江首津、涉头津、江南津，合称五津。

〔四〕比邻，近邻。这一联化用曹植《赠白马王彪》"丈夫志四海，万里犹比邻。恩爱苟不亏，在远分日亲"。

〔五〕岐路，指离别时分手的岔路口。岐，通"歧"。

〔六〕儿女，青年男女。

（笺）（评）

顾璘曰：多少叹息，不见愁语。又曰：读《送卢主簿》并《白下驿》及此诗，乃知初唐所以盛，晚唐所以衰。（《批点唐音》）

胡应麟曰：唐初五言律唯王勃"送送多穷路""城阙辅三秦"等作，终篇不着景物，而兴象婉然，气骨苍然，实首启盛、中妙境。（《诗薮·内编·近体·五律》）

王稚登曰：后四句虽离远而情若对面，故不欲如儿女子之态。（《唐诗选参评》）

程元初曰：事理发挥，慷慨丈夫意气相。仗剑于樽酒之间，著鞭于功名之会，唯知以宴安败名为戒，夫岂歔欷流涕，恋恋作儿女子态邪！（《初唐风绪笺》）

李维桢曰：丈夫昂昂态，显然口头。（《唐诗隽》）

钟惺曰：此等作，取其气宽而不碎，有律成之始也。其工拙自不必论。然诗文有创有修，不可靠定此一派，不复求变也。"与君离别意，同是宦游人"，浑成不熟。（《唐诗归》卷一）

谭元春曰：（"海内"二句）袭者可厌，此处未尝不佳。（同上）

唐汝询曰：蜀州虽有五津之隔，而实为三秦之辅。故我望彼之风烟而惜别。且同为宦游，非睽离也。苟知己道在，虽远实亲，岂可临岐而效儿女之沾巾乎！（《唐诗解》卷三十一）

陆时雍曰：此是高调。读之不觉其高，以气厚故。（《唐诗镜》卷一）

徐中行曰：不落色相铅华，诗遂以气骨胜。（《删补唐诗选脉笺释会通评林·初五律》引）

周珽曰：首联分尔我所历。次联谓各为宦游，故而有离别，含结语意。

三联接上语来，见友谊形交不若神交。苟知己道在，虽远亦亲。结正寓丈夫期许，当自有雄心异树，不必以离合为念。（同上）

郭濬曰：苍然率然，多少感慨。说无为愁，我始欲愁。（《增定评注唐诗正声》卷）

吴烶曰：首二句从蜀地兴起，于题面有情……道义之交，非寻常送别比也。（《唐诗选胜直解·五言律诗》）

黄生曰：（首联）对起。（额联）倒因对。（腹联）流水对。前后两截格。前半是离别本怀，后半强作达语。王他作尚多秀出者，然音调苦不谐。不谐则非律矣。前二句实，后六句悉虚，恐笔力不继，则易疏弱，此体固不足多尚。（《唐诗矩·五言律诗一集》）

叶羲曰：慰安其情，开广其意，可作正《小雅》。（《唐诗意》）

徐增曰："城阙"指长安；"辅三秦"，三秦为京之辅。（《而庵说唐诗》）

宋长白曰：初唐则如杨师道"芳草无行迹，空山飞落花"，王勃"与君离别意，同是宦游人"……皆融贯入神，毫无朕迹，禅家所谓着盐水中，饮水方知盐味者，唯在触类旁通焉耳。（《柳亭诗话》）

史流芳曰："五津"破"蜀州"字，起句形次句耳。结二句一洗俗径。妙在五、六句，说到"不沾巾"处，方可接去。一、二对，三、四不对；五、六对，七、八不对，另一格也。"岐"字折角。（《固说》）

王尧衢曰：此等诗气格浑成，不以景物取妍，真初唐之风骨。前解言别，后解言不必伤心也。"城阙辅三秦，风烟望五津"，此以地名起。"城阙"指长安，以三秦为之辅……因王勃在京，故首言"城阙"；因杜少府之蜀，故次言"五津"。言秦蜀虽远，而风烟实相望也。"与君离别意，同是宦游人"，此以送别意承。言我之在京，君之仕蜀，此番离别，意非不殷，然同作宦游，各为王事，君不得不去京之蜀，我不得赴蜀从君也。"海内存知己，天涯若比邻"，此以丈夫胸襟磊落作转。海内虽广，有知己在，则天涯犹比邻也。二句虽对，而意实相属。"无为在岐路，儿女共沾巾"，此以离别不必姑息为合。"无为"二字，接上贯下八字，言分岐之路，在此揖别，无为洒泪沾巾，共作儿女子情态。盖以我与君迹虽远离，而情若对面者也。（《古唐诗合解》卷七）

陈婉俊曰：赠别不作悲酸语，魄力自异。（《唐诗三百首补注》）

姚鼐曰：（腹联）用陈思《赠白马王彪》诗意，实自浑转。（《唐宋诗

王
勃

63

黄叔灿曰：言蜀与三秦犹为畿辅近地，"五津"指杜所之之地。以下言同是宦游，踪迹难定，天涯分散，惟存知己之心而已。临岐分手，无为效儿女沾巾也。语极豪俊，不是寻常送别语。（《唐诗笺注》卷一）

胡本渊曰：前四句言宦游中作别。后四句翻出达见，语意迥不犹人，洒脱超诣，初唐风格。（《唐诗近体》卷一）

陈德公曰：通首质序，未免起率易之嫌。顾尔时开拓此境，声情婉上，正是绝尘处。陈伯玉之近调，高达夫之先驱也。五、六直作腐语，气旺笔婉，不同学究。结强言耳，黯然之意弥复神伤。（《闻鹤轩初盛唐近体读本》卷一）

范大士曰：后四句虽旷达，意实酸辛。（《历代诗发》）

吴汝纶曰：起句严整，以散调承之。（"海内"句）凭空挺起，是大家笔力。（《唐宋诗举要》卷四引）

吴闿生曰：（首联）壮阔精整。（同上引）

俞陛云曰：首句言所居之地，次言送友所往之处，先将本题叙明。以下六句，皆送友之词，一气贯注，如娓娓清谈，极行云流水之妙。大凡作律诗，忌支节横断。唐人律诗，无不气脉流通，此诗尤显。作七律亦然。后半言得一知己，则千里同心，何须伤别。推进一层，不作寻常离别语。故三、四句言送别而况同是宦游，极堪伤感，正以反逼下文，乃开合顿挫之法也。（《诗境浅说》甲编）

鉴赏

　　此诗历来被视为送别五律中的佳篇，主要不是由于其诗律的精严，而是由于其气象的阔大与情感的真挚，为黯然伤魂的送别开拓出富于时代精神的新境界。

　　首联以精严的对仗起，分别点明送别之地与友人所往之地。用"城阙"指代京城长安，使读者宛见长安宫阙巍峨壮伟的景象，复以"辅三秦"描绘长安的地理形势，仿佛登高望远，广阔的三秦大地紧紧拱卫着长安的壮丽宫阙，境界阔远，气势宏伟。次句用一"望"字，勾画出长安与蜀川之间，万里风烟、混茫相接的景象，不仅视界更为广远，而且画出了诗人翘首遥望友人将要赴任之地的神情，不言送而惜别之意已寓含在这"望"字当中。这壮阔的境界和气势为全诗所抒的壮别之情奠定了基调。

接下来一联，正面写离别之意，却以散句叙写。"与君离别意"明点，"同是宦游人"虚承。两句之间似接非接，别有一种隽永的情味。可以有多种理解体味。一是说我与君的离别之意是相同的，这是因为彼此都是宦游之身。我离家至长安宦游，君离京至蜀川宦游，彼此都是离家别友，故离别时的情感彼此都能体会。二是说既同奉王事而历宦各地，则分别本属常事，但不必为此而惆怅伤感。再进一步，则正如任华在《送宗判官归滑台序》一开头所宣称的："大丈夫其谁不有四方志？则仆与宗衮，二年之间，合而离，离而会，经途所亘，凡三万里，何以言之？"则这种为实现四方志的离别，也可以说是一种壮别。从情之相通，到别本常事，再到志在四海的壮别，这几层意思都可以包蕴在这两句摇曳有致的抒情中。其中最后一层意蕴，直接引出了腹联。起联雄阔精整，次联散缓从容，蕴蓄隽永，诗情显得顿宕有致。

腹联承上宦游离别之意转出壮别主旨："海内存知己，天涯若比邻。"海内即四海之内，指全中国。四海之大，天涯之远，有一知己，则虽万里遥隔，亦如同比邻。这一联又改用工整的对仗，将极大与极小、极远与极近压缩在十个字当中，以突出强调这看似极小的唯一"知己"在极大极远的空间中所占的分量，从而显示长安、蜀川，虽遥隔数千里，但情意志向相投的朋友却可以使"万里"化为"比邻"。这两句系化用曹植诗句，但曹植在艰危险恶的环境下发此壮语，总不免有些强作旷达以安慰宽解的味道，难以掩盖骨子里的伤感；而在王勃诗中，却是时代精神感染下少年人充满自信和豪情壮采的自然流露。而且将曹诗的四句变为两句，也显得更为概括精练。它像是议论，像是格言，却又渗透了真挚浓郁的诗情，具有强烈的感发力。写到这里，"无为在歧路，儿女共沾巾"两句，便如水到渠成，自然流出了。结尾虽不着力，却收得合情合理，干脆利落，恰到好处。

其实，王勃的送别诗并不都是抒写这种壮别情怀的。他的另一首《别薛华》的诗便写得相当凄苦悲凉："送送多穷路，遑遑独问津。悲凉千里道，凄断百年身。心事同飘泊，生涯共苦辛。无论去与住，俱是梦中人。"与本诗对照，仿佛出自两手。从情感的真挚，表现的自然来说，二诗有其一致性。但从表现昂扬的时代精神，体现唐音的高华雄浑气象来说，本诗无疑更有代表性。

王
勃

山 中〔一〕

长江悲已滞〔二〕，万里念将归〔三〕。
况属高风晚〔四〕，山山黄叶飞。

校注

〔一〕高步瀛《唐宋诗举要》云："此疑咸亨二年寓巴蜀时作（见《春思赋》），故有'长江悲已滞'之句。"按：王勃总章二年（669）五月游蜀，至咸亨二年（671）夏犹在梓州。然是年九月已回长安，有《为霍王祭徐王文》，可证此诗当非咸亨二年秋深时（诗有"高风晚"及"山山黄叶飞"语，时已深秋）作于巴蜀，而系此前一年，即咸亨元年秋闰九月时在蜀中作。其《别人四首》之一云："久客逢馀闰，他乡别故人。自然堪下泪，谁忍望征尘！"之四云："霜华净天末，雾色笼江际。客子常畏人，何为久留滞？"此组诗即作于咸亨元年闰九月，其中第四首内容与此诗相近，当同时作。

〔二〕滞，滞留不动，指自己久滞巴蜀。

〔三〕宋玉《九辩》："悲哉秋之为气也，萧瑟兮草木摇落而变衰。憭栗兮若在远行，登山临水兮送将归。"念将归，思将归，盼望将归。

〔四〕高风，秋风。秋天天高气爽，故称秋风为高风。张协《七命》："高风送秋。"梁元帝《纂要》："（秋）风曰商风、素风、凄风、高风、凛风、激风、悲风。"

笺评

顾璘曰："况属"字有情。（郭濬《增定评注唐诗正声》卷十引）

唐汝询曰：此言迫于思归，故江流虽疾，犹恨其滞，况当风起叶飞之时乎！（《唐诗解》卷二十一）

黄叔灿曰：上二句悲路遥，下二句伤时晚。分两层写，更觉萦纡，黯然魂断。（《唐诗笺注》卷七）

宋宗元曰：（后二句）邈然。（《网师园唐诗笺》卷十四）

宋顾乐曰：寄兴高远，情景俱足。（《唐人万首绝句选》评）

吴昌祺曰："滞"者，行踪滞于江上也。（《删订唐诗解》卷十一）

刘拜山曰：久客念归，况逢暮秋！后半以景色烘染羁思，运笔极空灵有致。（《千首唐人绝句》）

 鉴赏

王勃

　　题曰"山中"，当是诗人游巴蜀期间居住之地，也是写这首诗时览眺的立足点。细味诗中"长江""万里""高风""山山"等语，宛然可见诗人登山临水览眺的立足点，对理解全诗的意境很有帮助。

　　首句"长江悲已滞"，是说登高望远，但见万里长江，浩荡东流，不禁联想起自己久客异乡、滞留巴蜀的处境而悲从中来。在这里，长江既是眼前景，又是引起诗人滞留异乡悲感的触媒，起着"兴"的作用。长江之浩荡东流，与诗人的滞留不归正形成鲜明对比，故触景而生悲，不妨说"长江悲已滞"正是杜甫《登高》"不尽长江滚滚来"与"万里悲秋长作客"两句内容的浓缩。或有解此句"滞"字为长江水之滞者，恐非。《别人四首》之四中的"雾色笼江际"及"客子常畏人，何为久留滞"可以类证这句的"滞"定指客子（即诗人自己）的久滞他乡。

　　次句"万里念将归"承上"已滞"，进一步转出思归之念。意思是说，身处万里之外的巴蜀，盼望着何时能够归去。"将归"的字面从宋玉《九辩》中来，是个现成的词语。"念将归"就是"念归""盼归"。这一句与上句构成工整的对仗。"长江"与"万里"突出了空间的广远悬隔，归路的重阻悠长，加重了"悲"的分量、"念"的强度，也突出了"滞"的难堪与"归"的难度。两句既紧相承接，也相互补充。

　　第三句用"况属"二字重笔勾勒，贯通三、四两句，承上"悲""念"之情，转进一层。"况属"是"何况又正遇上"的意思，万里作客，滞留难归，本已使人生出悲感，更何况又正当深秋季节，登高远望，但见山山黄叶，在劲厉秋风的吹送下，漫山飞舞、纷纷飘零，久滞难归的客子目睹此景，感情就更难堪了。前两句说"悲"说"念"，主观抒情的色彩比较显著，这两句却只用"况属"虚提，以景结情，蕴含的感情更加浓郁强烈，也更含蓄耐味。那漫山飘舞的黄叶，既可使诗人联想起游子飘零天涯的身世境遇，也可以联想起时间的流逝、生命的无常。这对多才早慧却只因写了一篇游戏文章就遭到皇帝斥逐的诗人来说，自是触绪多端，悲慨难已。诗写到这里，实际上已经超出了久滞思归的内容，而扩展为对人生命运的悲慨。但却蕴而不发，任人自领。这首只有四句二十个字的小诗，感情的含量并不小。

与《送杜少府之任蜀川》以豪语写壮别不同，这首诗抒写的是久滞思归、时间流逝、生命无常的悲感。但诗给人的感受却不是沉重的压抑和悲叹，而是境界阔远，气象高华，虽悲慨多端而不失遒劲悲壮的风骨。从这方面看，它又是典型的唐音。而前幅侧重抒情、情中含景，后幅以景结情、景中含情的写法，又使全篇呈现出情景浑融的特色。

熟悉宋玉《九辩》的读者从这首诗的用语、意象和意境上，很容易看到它们之间的承传关系。在构思取境时，诗人无疑受到了《九辩》一开头几句的影响。但《九辩》虽有一连串对萧瑟秋景的描写，整体上仍以强烈的主观抒情为主，这和本篇情景浑融，特别是后幅以景结情、含蓄蕴藉有明显区别。且《九辩》写景，多铺排渲染，而五绝篇幅极狭，只能用简练的笔墨作画龙点睛式的描绘。这一点也有明显不同。从中可以看出诗人根据特定的诗歌体式，对前人的诗材、诗艺、诗境作了自己的改造与创造。

杨 炯

杨炯（650—694），华州华阴（今属陕西）人。幼聪敏博学。显庆四年（659）举神童，待制弘文馆。上元三年（676）应制举及第，补校书郎。永淳元年（682），薛元超表荐炯为詹事司直、充崇玄馆学士。垂拱元年（685），因其族弟参与徐敬业起事，左迁梓州司法参军。天授元年（690），奉诏回洛，直习艺馆。同年或次年出为盈川令，卒于任。有《盈川集》十卷行世，《全唐诗》编其诗为一卷。诗以五言律体为主。

从军行〔一〕

烽火照西京〔二〕，心中自不平。
牙璋辞凤阙〔三〕，铁骑绕龙城〔四〕。
雪暗凋旗画〔五〕，风多杂鼓声。
宁为百夫长〔六〕，胜作一书生。

校注

〔一〕《从军行》，汉乐府相和歌辞平调曲旧题。《乐府解题》曰："《从军行》皆军旅苦辛之辞。"

〔二〕烽火，边防报递警急军情的烟火。《墨子·号令》："昼则举烽，夜则举火。"《史记·周本纪》："有寇至，则举烽火。"自边境至内地，沿路作高台，上置桔皋，头上有柴草笼，寇至则燃以告警。根据军情的紧急程度，增减烽火炬数。二炬以上传至京城。西京，指长安。

〔三〕牙璋，古代发兵、调兵的符信，分两块，分别置于朝廷与主将手中，发兵时两相嵌合以为凭信。凤阙，指皇帝宫阙。

〔四〕龙城，匈奴大会祭天之处。《汉书·匈奴传上》："岁正月，诸长小会单于庭，祠。五月，大会龙城，祭其先、天地、鬼神。"此指境外强敌的首府。

〔五〕凋，指颜色凋暗，失去鲜明的色彩。

69

〔六〕百夫长，统领百人的低级军官。《书·牧誓》：“千夫长，百夫长。”孔颖达疏：“百人为卒，卒长皆上士。”

蒋仲舒曰：三、四实而不拙，五、六虚而不浮。（李攀龙辑、凌宏宪辑评《唐诗广选》卷三引）

唐汝询曰：此盈川抱才不偶而寄愤于从军也。边有警备，举火内向，见之而起不平之感者耳。以朝廷尊宠武臣，使穷兵深入。虽未免有风雪之苦，而有茅土之封，是百夫之长胜吾辈矣。按武氏欲立威匈奴，命将北伐，此非谓是耶？（《唐诗解》卷三十一）

陆时雍曰：浑厚。字字铢两悉称。首尾圆满，殆无馀憾。（《唐诗镜》卷一）

王夫之曰：裁乐府作律，以自意起止，泯合入化。（《唐诗评选》卷三）

贺裳曰：杨盈川诗不能高，气殊苍厚。“宁为百夫长，胜作一书生”，是愤语，激而成壮。（《载酒园诗话又编》）

叶羲曰：此诗有《秦风·无衣》意。（《唐诗意》）

沈德潜曰：此泛言用武效力，胜于一经自守。唐汝询谓朝廷尊宠武臣，而盈川抱才不遇，故尔心中不平，亦近于凿。（《重订唐诗别裁集》卷九）

屈复曰：一、二总起。三、四从大处写其宠赫。五、六从小处写其热闹，方逼出“宁为”“胜作”来。起陡健，结亦宜尔，但结句浅直耳。（《唐诗成法》卷一）

黄叔灿曰：边氛未靖，心怀不平，急欲报主。“牙璋”一联，谓佩牙璋而远辞凤阙，领铁骑而直赴龙城也。“雪暗”一联，见塞上景色之惨。结以“宁为百夫长，胜作一书生”，仍是报主情殷，托起“不平”二字。写从军，亦生色。（《唐诗笺注》卷一）

卢𪩘、王溥曰：语丽声鸿，允矣，唐初之杰。三、四着色，初唐本分。五、六较有作手，而音亦仍亮。一结放笔岸然，是大家。（《闻鹤轩初盛唐近体读本》卷一）

鉴赏

题曰《从军行》，虽系沿袭乐府旧题，却与诗的内容完全切合。诗中的抒情主人公是一位投笔从戎、跟随"牙璋辞凤阙"的主将出征匈奴（借指当时北方外敌）的书生，是"从军"而非"领军"出征。明确这一点，才不至于引起对诗意的误解。否则，既说"牙璋辞凤阙"，又说"宁为百夫长"，就不免自相矛盾。

首联起势陡健。边境上告警的烽火，已经传递到首都长安，抒情主人公的内心充满了愤激不平。这"不平"是因外敌侵扰而起，而非如有的评家所说，是因抱才不遇所致。上句着一"照"字，突出渲染了军情的紧急，报警的烽火似乎把整个长安城都照亮了。下句着一"自"字，显示这种因外敌屡屡入侵而引起的愤激不平早就蕴积于胸，此时又因"烽火照西京"的紧急局势而激发。这种"不平"之气，正是投笔从戎、奋勇杀敌行动的思想感情基础。

"牙璋辞凤阙，铁骑绕龙城"，次联写主将受命出征，精锐的骑兵迅即围困了匈奴的首府龙城。这一联对仗精严工整，色彩鲜明浓烈，节奏明快跳跃，渲染出唐军盛壮的军威和所向披靡的气势。两句所写的情事，在时间上应有相当大的间隔，却将它们压缩到一联当中，其间的许多行军、战斗过程全被省略，目的是为了突出唐军一往无前、风驰电掣的气势，"凤阙"与"龙城"之间，仿佛可以朝发而夕至。辞采华美，音调浏亮，境界壮阔。虽未即写到战事的结局，而胜券在握的前景在见。

腹联紧承"铁骑绕龙城"，本应正面写战斗，但五律篇幅有限，只用一联正面实写难度很大，作者避实就虚，侧面虚写，着意渲染战斗气氛。上句写大雪纷飞，天色黯淡，军旗原本鲜明的彩画变得模糊不清；下句写风势迅猛，风声频频呼啸，与战鼓声混成一片。风雪交加的严寒，突出了战斗的艰苦；而黯淡的天色、军旗上模糊的彩画、与风声交杂的鼓声，又暗示了战斗的激烈。而这一切，又正是为了反衬将士的英勇无畏和壮烈情怀。前人评这一联"虚而不浮"，堪称具眼。

尾联是抒情主人公的内心独白，也是亲历战斗的从戎书生的激情慷慨的宣言。初、盛唐诗人每以立功边塞、慷慨报国为荣，向无中、晚唐诗人"不见年年辽海上，文章何处哭秋风"之慨。唐汝询之解，显属错会。这个结尾，质直爽朗，豪壮有力。

杨 炯

71

这首五律，起势突兀。中间两联，对仗精严而节奏明快，呈跃动的态势。结联雄直有力。全篇匀称，无一懈笔，在初唐五律中自属佳作。

乔知之

乔知之（？—697），同州冯翊（今陕西大荔）人。武后垂拱二年（686）官左补阙。刘敬同北征同罗、仆固，诏知之摄侍御史，监护其军。迁左司郎中。有婢窈娘善歌舞，为武承嗣所夺。知之怨惜，作《绿珠篇》以寄情，窈娘感愤自尽。承嗣讽酷吏罗织知之罪名杀之，《通鉴》载其事于神功元年（697）。《新唐书·艺文志》著录《乔知之集》二十卷，已佚。《全唐诗》录存其诗十八首。

绿珠篇〔一〕

石家金谷重新声〔二〕，明珠十斛买娉婷〔三〕。此日可怜君自许〔四〕，此时可喜得人情〔五〕。君家闺阁不曾难〔六〕，常将歌舞借人看〔七〕。意气雄豪非分理〔八〕，骄矜势力横相干〔九〕。辞君去君终不忍〔一〇〕，徒劳掩袂伤铅粉〔一一〕。百年离别在高楼〔一二〕，一旦红颜为君尽〔一三〕！

校 注

〔一〕《晋书·石崇传》："崇有妓曰绿珠，美而艳，善吹笛。孙秀使人求之。崇时在金谷别馆，方登凉台，临清流，妇人侍侧。使者以告。崇尽出其婢数十人以示之，皆蕴兰麝，被罗縠，曰：'在所择。'使者曰：'君侯服御丽则丽矣，然本受命指索绿珠，不识孰是？'崇勃然曰：'绿珠吾所爱，不可得也。'使者曰：'君侯博古通今，察远照迩，愿加三思。'崇曰：'不然。'使者出而又反，崇竟不许。秀怒，乃劝（赵王）伦诛崇、建（欧阳建）。崇、建亦潜知其计，乃与黄门郎潘岳阳劝淮南王允、齐王同以图伦、秀。秀觉之，遂矫诏收崇及潘岳、欧阳建等。崇正宴于楼上，介士到门。崇谓绿珠曰：'我今为尔得罪。'绿珠泣曰：'当效死于官前。'因自投于楼下而死……崇母见妻子无少长皆被害，死者十五人。"唐张鷟《朝野佥载》卷二："周补

73

阙乔知之有婢碧玉，姝艳能歌舞，有文华。知之时幸，为之不婚。伪魏王武承嗣暂借教姬人妆梳，纳之。更不放还知之。知之乃作《绿珠怨》以寄之……碧玉读诗，饮泪不食。三日，投井而死。承嗣撩出尸，于裙带上得诗，大怒，乃讽罗织人告之。遂斩知之于南市，破家籍没。”此事又载于刘𫘪《隋唐嘉话》卷下、孟棨《本事诗·情感》，内容略同，而《本事诗》载婢之名为窈娘，末云：“时载初元年（690）三月也。四月下狱，八月死。”《通鉴考异》云：“《唐历》：‘天授元年（690）十月诛乔知之。’《新·本纪》：‘八月壬戌，杀右司郎中乔知之。’卢藏用《陈氏别传》、赵儋《陈子昂旌德碑》皆云：‘契丹以营州叛，建安郡王武攸宜亲总戎律，特诏右补阙乔知之及公参谋帷幕。及军罢，以父年老，表乞归侍。’攸宜讨契丹在万岁通天元年（696）。明年平契丹，子昂集有《西还至散关答乔补阙》诗云：‘昔君事戎马，余得奉戎旃。携手同沙塞，关河缅幽燕。叹此南归日，犹闻北戍边。’则军未罢也……此时知之在边。盖承嗣先衔之，至此乃杀之耳。”《通鉴》载知之被族诛事在武后神功元年（697）。按：绿珠事与窈娘事颇相类，故乔知之借《绿珠篇》以寄意。武承嗣夺窈娘及乔知之作《绿珠篇》当在载初元年三月，是年九月武则天即帝位，改国号为周，改元天授。窈娘之死亦在同年。而知之为酷吏罗织罪名遭族诛，当如《通鉴考异》所考，在神功元年。

〔二〕石家金谷，指石崇在洛阳西北金谷涧所筑的园馆。崇曾作《金谷诗序》记其事。重新声，言其喜爱歌舞，爱好新创作和流行的音乐、歌曲。

〔三〕《太平御览》卷一百八十九引《岭表录》：“绿珠井在白州双角山下。昔梁氏之女有容貌，石季伦（石崇字）为交趾使，以真珠三斛买之。”娉婷，姿态美好貌。此借指美人（绿珠）。

〔四〕此日，《本事诗》作“昔日”。可怜，可爱。君，《朝野佥载》作“偏”。

〔五〕此时，与上句“此日”均指绿珠初入金谷园之时。可喜，《朝野佥载》《本事诗》均作“歌舞”。得人情，指得到石崇的喜爱。

〔六〕难，《朝野佥载》作“观”，《全唐诗》校：“一作关。”不曾难，谓不曾难入，与下句“借人看”相应。

〔七〕常，《朝野佥载》《本事诗》均作“好”。

〔八〕意气，《本事诗》作“富贵”。分理，名分与事理。《旧唐书·温造传》：“事有小而关分理者，不可失也。分理一失，乱由之生。”非分理，无视名分事理。

〔九〕矜，《本事诗》作“奢”。骄矜，骄横自负。骄矜势力，指孙秀，借指现实中的武承嗣。

〔一〇〕辞，《本事诗》作"别"。

〔一一〕掩袂，用衣袖掩面而泣。铅，《本事诗》作"红"。

〔一二〕别，《朝野佥载》作"恨"。

〔一三〕一旦红颜，《朝野佥载》作"一代容颜"。

笺评

钟惺曰：初唐诗题用"篇"字，如《帝京篇》《明河篇》等作，其诗无不板样，独此诗妙绝。人不可以无情。又曰：石季伦之与绿珠，不独有情，自是侠性男子所为，所以得堕楼之报。以此心施之君臣、朋友，决不作负心人。持此用众，秦穆食马，楚王绝缨，得人死力，皆是此一副心肠。（"此日可怜君自许"）"君自许"三字，爱惜之甚。（"此时可喜得人情"）"得人情"三字，尽婢媵之妙。（"君家闺阁不曾难"）"不曾难"三字，真闺阁中温细语气。（"常将歌舞借人看"）"歌舞借人看"，自是快事，然"招客亦须择人"，武后此语，何可不熟读。（"意气雄豪非分理，骄矜势力横相干"）写恶人，恨之，亦笑之也。（《唐诗归》卷一）

谭元春曰：（"常将歌舞借人看"）似追悔见客语。（"意气雄豪非分理，骄矜势力横相干"）风流扫地，温柔无乡矣。（"百年离别在高楼"）如此说堕楼，尤觉伤情。（"一代红颜为君尽"）"一代红颜"，妙于自负。合七字读之，不好色者亦短气矣。（同上）

贺裳曰：（"石家"四句）起甚急遽。（"君家"四句）叙其切直。（"辞君"四句）语甚决绝。盖胸中悲愤填膺，无暇为温柔之音矣。尝思徐生之"无复嫦娥影，空留明月辉"，即崔郊"从此萧郎是路人"，皆哀婉而不甚激烈……身不能负人，亦不能忍人负之。绿珠命篇，固以卫尉自拟，直邀之死，期以身殉也。又曰：钟惺曰："'歌舞借人看'，自是快事，然'招客亦须择人'，武后之语，何可不熟读。"余意既借人看，承嗣之焰，岂可复拒！与安昌侯仅以卮酒赐彭宣事不同也。"情知点污投泥玉，犹自经营买笑金"，梦得复抱此恨。唐时乃有此恶俗。（《载酒园诗话又编·乔知之》）

吴乔曰：乔知之《绿珠篇》，有作绝句三首者（按：《万首唐人绝句》分此诗为三首七绝）。观其正意在末二句，是七古体，必非作三绝句也。

75

（《围炉诗话》卷二）

王闿运曰："君家闺阁不曾难"，措词得体，自悔之词。"百年离别在高楼，一代红颜为君尽"，"一代"，即一生也。钟伯敬乃以为自负之词，犹盖世也，亦可自豪。（《手批唐诗选》卷七）

鉴赏

绿珠坠楼，以身殉情的悲剧故事，反映了像她这样色艺双绝的女子在统治集团的内部矛盾斗争中和邪恶横暴势力压迫下成为牺牲品的命运，也表现了她们面对强暴势力，忠于爱情以身相殉的贞烈品格和反抗精神，历来为文人所称誉歌咏。但乔知之这首以绿珠坠楼事件为题材的七言歌行，却并非单纯的吟咏史事之作，而是由于诗人自己的爱婢窈娘也同样遭到了与绿珠相似的命运。窈娘以及由窈娘之死引发的乔知之本人被构陷的悲剧，可以说就是绿珠、石崇事件的唐代版。怀着对权贵势力强取豪夺的强烈怨愤，诗人托古寓今，写下这首《绿珠篇》。全诗以第一人称的口吻来叙事抒情，别具一种哀愤交织、如泣如诉的特点，具有强烈的艺术感染力。

诗分三节，每四句一节，意随韵转。

前四句叙自己入金谷园，得到石崇宠爱的情事。像石崇这样的巨富，出于对声伎的爱好，"明珠十斛买娉婷"本是常事；但在这里，着意表现的并非其一掷千金的豪举，而是石崇对自己的重视和赏爱。"此日可怜君自许"是说石崇对自己可爱姿容及才艺的称许，"此时可喜得人情"是说自己为获得石崇的感情而深感欣喜。两句分别从不同角度表现了男女双方对爱情遇合的热烈感情。复沓的句式加强了感情的表达。君怜我而我亦感君，正是日后以身相殉的感情基础。

中间四句叙写权豪势力横加压迫，强取豪夺。先说石崇对自己闺中的声伎并不秘藏，常将歌妓舞女的才艺展示给外人观赏。而这，正成了致祸的直接根由，招致了"骄矜势力"的横加干求索要。这里用"意气雄豪""骄矜势力""非分理""横相干"等一系列感情色彩强烈的词语，揭示出权豪势力的骄矜自得、专横无理、气焰熏天的丑恶凶暴面目。表面上指孙秀，实际上指当权的武承嗣，字里行间，充满了强烈的怨愤之情。

最后四句，写绿珠不忍辞石崇而去，决心以身相殉。"辞君"是指向石崇告别，"去君"指离石崇而去，两用"君"字，如面对石崇哀愤呼告。接

76

着用"终不忍"一笔兜转，展示出内心万难割舍的深情。尽管不忍离去，却又无法违抗，只能空自掩面饮泣，泪湿铅粉而已。去既不忍，留亦无法，只有以身相殉。末二句是绿珠坠楼前的内心独白，是誓死忠于爱情、反抗强暴的宣示。"百年离别"，即死别、永别。人生百年，即使最相爱的情侣之间，也终有离别之时，但这离别却因横暴势力的"相干"不得不"在高楼"演出这极惨烈的一幕，却是惊心动魄的悲剧。既然不能百年相守，只能"一旦红颜为君尽"，用死来表明对所爱者的忠贞，对横暴势力的反抗了。"百年"与"一旦"鲜明对照，将誓死相殉的感情表现得更加强烈。这个结尾，是全诗感情的结穴和高度凝聚，沉痛愤激，直截决绝，具有震撼人心的悲剧力量。

在封建社会中，权豪势力强取豪夺民女之事固然屡见不鲜，但即使是像石崇这样富可敌国并有官职的人士，面对孙秀这种倚仗当权者势力的邪恶者，也无法挽救所爱宠妓和自身的命运，却显得特别突出。绿珠的悲剧在数百年后的重演，正说明这一悲剧的典型性。诗人用这首诗来表现前后相继的绿珠、窈娘的命运，表达自己对孙秀、武承嗣这类权势者的强烈怨愤，在古与今的融合上，可谓浑化无迹。诗人将这首诗寄给已被武承嗣强夺的窈娘，是为了表达对历史上及现实中的绿珠、窈娘们的同情痛惜和对权势者的怨恨愤激，未必有希望窈娘殉情之意。但他没有料到，有着与绿珠相似命运的窈娘，也同样具有绿珠式的反抗精神和刚烈品格，读诗之后亦投井而死。这从另一方面显示了诗的感染力，特别是它的悲剧结尾。

刘希夷

唐诗选注评鉴（一）

刘希夷（651—约679），一名庭芝（或云字庭芝），汝州（今属河南）人。少有文华。上元二年（675）登进士第。善为从军闺情之词，词旨悲苦，不为时所重。后孙翌编选《正声集》，以希夷为集中之最，由是稍为世人所称。年未及三十，即为人所害，或云其舅宋之问害之，未必可信。《新唐书·艺文志》著录《刘希夷集》十卷、《刘希夷诗集》四卷，均佚。《全唐诗》编其诗为一卷，今人续有增补。

公子行〔一〕

天津桥下阳春水〔二〕，天津桥上繁华子〔三〕。马声回合青云外〔四〕，人影动摇绿波里〔五〕。绿波荡漾玉为砂，青云离披锦作霞〔六〕。可怜杨柳伤心树，可怜桃李断肠花。此日遨游邀美女，此时歌舞入娼家。娼家美女郁金香〔七〕，飞来飞去公子傍。的的珠帘白日映〔八〕，娥娥玉颜红粉妆〔九〕。花际徘徊双蛱蝶，池边顾步两鸳鸯〔一〇〕。倾国倾城汉武帝〔一一〕，为云为雨楚襄王〔一二〕。古来容光人所羡，况复今日遥相见。愿作轻罗著细腰〔一三〕，愿为明镜分娇面〔一四〕。与君相向转相亲〔一五〕，与君双栖共一身〔一六〕。愿作贞松千岁古，谁论芳槿一朝新〔一七〕。百年同谢西山日〔一八〕，千秋万古北邙尘〔一九〕。

校注

78

〔一〕《乐府诗集·新乐府辞一》载录此首。郭茂倩云："凡乐府歌辞……有有辞无声者，若后人之所述作，未必尽被于金石是也。新乐府者，皆唐世之新歌也。以其辞实乐府，而未尝被于声，故曰新乐府也。"《公子行》以刘希夷此篇冠首，其后顾况、陈羽、韩琮、聂夷中、于鹄、雍陶、张祜、孟宾于等续有制作，均写豪门公子之游冶奢华生活。

〔二〕天津桥，在唐东都洛阳皇城正南门外洛水上，系浮桥。始建于隋炀帝大业年间。阳春水，犹春水绿波。

〔三〕繁华子，容饰华丽的少年。《文选·阮籍〈咏怀〉》："昔日繁华子，安陵与龙阳。"吕延济注："繁华，喻人美盛，如春华之繁。"

〔四〕回合，缭绕、环绕。

〔五〕动摇，《乐府诗集》作"摇漾"。

〔六〕荡漾，《乐府诗集》作"清迥"。玉为砂，形容岸砂之洁白。离披，摇荡。

〔七〕郁金香，多年生草本植物，百合科。鳞茎，叶阔披针形。春季开花，杯状大而美丽，有黄、白、红、紫红诸色，主要供观赏。此喻指娼家女子的纷繁美丽。

〔八〕的的，明亮貌。

〔九〕娥娥，美好貌。《古诗十九首》之二："娥娥红粉妆，纤纤出素手。"

〔一〇〕顾步，行步自顾。《西京杂记》卷四引汉路乔如《鹤赋》："宛修颈而顾步，啄沙碛而相欢。"

〔一一〕《汉书·外戚传上·李夫人》："延年侍上（指汉武帝）起舞，歌曰：'北方有佳人，绝世而独立。一顾倾人城，再顾倾人国。宁不知倾城与倾国，佳人难再得。'上叹息曰：'善。世岂有此人乎？'平阳主因言延年有女弟，上乃召见之，实妙丽善舞，由是得幸。"

〔一二〕《文选·宋玉〈高唐赋序〉》："昔者楚襄王与宋玉游于云梦之台，望高唐之馆，其上独有云气……王问玉曰：'此何气也？'玉对曰：'所谓朝云者也。'王曰：'何为朝云？'玉曰：'昔者先王尝游高唐，怠而昼寝，梦见一妇人曰：妾巫山之女也，为高唐之客。闻君游高唐，愿荐枕席。王因幸之。去而辞曰：妾在巫山之阳，高丘之阻，旦为朝云，暮为行雨，朝朝暮暮，阳台之下。'"又《神女赋序》："楚襄王与宋玉游于云梦之浦，使玉赋高唐之事。其夜王寝，果梦与神女遇。其状甚丽。"以上二句，谓娼家女子像汉武帝之李夫人、楚襄王梦遇的巫山神女那样倾国倾城、美丽动人。

〔一三〕轻罗，指罗带。著，紧贴。

〔一四〕分，显，显现。

〔一五〕相向，相对。转，更加。

〔一六〕共一身，成为一体。

刘希夷

79

〔一七〕谁论，有谁顾及、有谁考虑。槿，木槿花，朝开暮萎，故曰"芳槿一朝新"。

〔一八〕同谢西山日，犹同归老死。西山为日没之处，喻人年老归于死地。

〔一九〕北邙，山名，在洛阳东北。汉、魏以来，王侯公卿多葬于此。此泛指墓地。

谢榛曰：秦嘉妻徐淑曰："身非形影，何得同而不离？"阳方曰："唯愿长无别，合形作一身。"张籍曰："我今与子非一身，安得死生不相弃？"何仲默曰："与君非一身，安得不离别？"与希夷"与君"一联同出一律。（《唐诗广选》卷二引）

钟惺曰：（"可怜"四句）较卢、骆诸人作，此可免丑态。两"可怜"及"此日""此时"叠用，便是急口熟调。（"公子傍"）三字有情。（"愿作"二句）情中妙语，然从陶公《闲情赋》语讨出。（《唐诗归》卷二）

谭元春曰：（"人影动摇绿波里"）此语似自评其诗。（同上）

唐汝询曰：此讥公子之荒于色也。言公子乘春出游，骑从鲜明，景物灿烂，因感花柳而念切倡家。于是邀美女而留宿焉。斯时也，日映珠帘，明妆如玉，得公子而成蛱蝶鸳鸯之嘉耦矣。因思汉武慕倾城之容、楚襄有为云之梦，皆未亲睹而倾心羡之。今我既见此人，可不亲密之哉！愿为轻罗、明镜以相依耳。是以恩情日厚，永好相期，生同游，死同穴，北邙西日，义无独存，约誓之言也。（《唐诗解》卷十一）

陆时雍曰："愿作"二语是简《闲情》之隽。（《唐诗镜》卷三）

郭濬曰：通篇气格条畅，描得侠情淋漓，而感慨亦倍。（《增定评注唐诗正声》卷四）

周敬曰："倾国倾城""为云为雨"一联，天然偶语。（《删补唐诗选脉笺释会通评林·初七古》）

《唐诗训解》："与君相向转相亲"，遂转到伤心处。（卷二）

王夫之曰：忽从"杨柳""桃李"带出"伤心""断肠"四字，乍看亦是等闲，通首关生全从此出，脉行肉里，神寄影中，巧参化工，非复有笔墨之气。（《唐诗评选》卷一）

吴烶曰：（"天津桥下阳春水"至"可怜桃李断肠花"）此一段从公子出游作起。首二句生出次二句，又生出五六句。度桥而有马声，人影绿波照出。人影、青云，掩映雕鞍，游春行乐经行之景，紧将"花""柳"接上。杨柳赠离别，故曰"伤心"；桃李易飘树，故曰"断肠"。抚时增感，皆可怜也。总是兴起之词。（"此日邀游邀美女"至"娥娥玉颜红粉妆"）此一段写公子好色之事。初见美女，香艳飞扬，朱帘白日，尽掩映之妙；玉颜红粉，极天冶之容。（"花际徘徊双蛱蝶"至"况复今日遥相见"）四句比也。……言古帝王亦爱之如此。"况复""相见"，有不可轻弃之意。下文便接写许多昵爱处。（"愿作轻罗著细腰"至"千秋万古北邙尘"）前四句极写现前狎昵情况、形影相依之意。愿祝长生，永有此乐。忽然念及芳容易谢，西山日落，有生死不忍背盟者。写公子荒淫无度处，字字入神。愚按：公子，当是指恃宠骄恣之人，作此行以讥之也。故通篇极言得志行乐。而末一句，点出宠衰爱弛，败兴之语。（《唐诗选胜直解·七言古诗》）

毛先舒曰：希夷《公子行》，风流跌宕，有飘云回雪之致。（《诗辩坻》卷三）

徐增曰："马声回合青云外，人影动摇绿波里"，写得活现。"可怜杨柳伤心树，可怜桃李断肠花"，皆反用。"古来容光人所羡，况复今日遥相见"，此二句是为峰峦特起，神采焕发。且以起下，妙于无痕。（《而庵说唐诗》卷三）

沈德潜曰：公子惑于声色，而娼家以诳语答之，犹所云同生同死也。绝不说破其诳，令人于言外思之。队仗工丽，上下蝉联，此初唐七古体，少陵所云"劣于汉魏近风骚"也。明代何景明谓此得风人之正，而以少陵之沉雄顿挫为变体，因作《明月篇》以拟之。王渔洋《论诗绝句》云："接连风人明月篇，何郎妙悟本从天。王杨卢骆当时体，莫逐刀圭误后贤。"得此论而初、盛之诗品乃定。（《重订唐诗别裁集》卷五）

李锳曰：此亦初唐体也。初唐声调原本齐、梁。观此诗益见初唐人皆然。（《诗法易简录》卷七）

这是一首青春和爱情的颂歌。通篇贯注着对美好春色和坚贞爱情的陶醉流连和热情歌颂。诗人的感情倾向非常鲜明突出。评家所谓"写公子荒淫无度""公子惑于声色，而娼家以诡语答之""讥公子之荒于色"，完全是从比兴讽刺的儒家诗学观念出发，带着主观成见来感受理解作品的结果，不但与作品的实际内容、倾向、主旨不符，也跟绝大多数人的实际阅读感受不符。

题为《公子行》，诗的主人公就是一位容饰华丽的年轻公子。开头四句，写公子春日骑马遨游于天津桥边。天津桥是洛阳的中心地段、繁华地区，李白诗说"新人非旧人，年年桥上游。鸡鸣海色动，谒帝罗公侯。月落西上阳，馀辉半城楼。衣冠照云日，朝下散皇州。鞍马如飞龙，黄金络马头"，可见其繁华热闹情景。时值春日，桥下绿波荡漾，桥上游人熙攘。用"阳春水"来形容桥下春水绿波，造语新奇，仿佛这天津桥下的水也散发出浓郁的春天气息。而用"繁华子"来指称公子，则意在渲染其容饰的华丽和对繁盛华美春色的浓厚游赏兴致。桥下绿波荡漾，使得映照在水中的桥上人影也随之晃动摇漾，而桥上路上，马蹄声杂沓，响传四方，似乎连青云之上都缭绕着它的回响。这四句将天津桥一带的热闹繁华情景描绘、渲染得有声有色，"马声"二句，尤有空外传响、镜中水月的妙趣，既富远神，亦饶画意。

五、六两句，就"绿波"与"青云"进一步描绘春色的绚丽。清澈见底的绿水，底部铺满了白玉似的砂粒，越发显出河水的莹洁透明，青云摇荡，映衬着锦缎般绚丽的红霞。两句一写水中，一写天上，色彩鲜明，相互映衬，极具华彩与诗情。

七、八两句，仍写春色之美，却从绿波红霞转到在春风中开放摇漾的桃李与杨柳这几种最能标志春色的事物上来。两句叠用两个"可怜"，又连用"伤心""断肠"等词语，似乎是以同情惋惜的口吻吟咏它们之令人"伤心""断肠"。实则这里的"可怜"乃是"可爱"之意，而所谓"伤心""断肠"则是形容美好的杨柳、桃李，使人春心摇荡，令人销魂之意。两句抒情色彩浓烈，可以窥见抒情诗的主人公面对美好春色时难以自持的赞叹赏爱之情。而"杨柳""桃李"又暗暗关合着柔美艳丽的女子，这就自然引出下文对娼家美女的追寻。

82

"此日"四句，写公子遨游观赏春景时，路遇美女，共入娼家。女子清歌曼舞，极游冶之欢。写女子之艳丽，用春天开放的诸色杂陈的郁金香来形容，可谓新颖，不仅显其色，更兼透其香。而写女子曼妙的舞姿，用"飞来飞去公子傍"来形容，更是别出心裁。舞姿之飘逸与顾盼之多情兼而有之。

"的的"六句，写公子与所爱的娼家女子尽情欢乐的情景。明亮的珠帘在白日的映照下闪烁生辉，室内则是美丽的红粉玉颜佳丽，洋溢着新婚的欢乐气氛。花丛上的双双蛱蝶，流连起舞，池边的对对鸳鸯，徘徊相顾。这既是写院内景物，更是对两情相悦的象喻。"倾国"二句，既是写女子之美貌如汉武帝之李夫人和楚襄王梦遇的巫山神女，具有倾城倾国之姿和缥缈如梦之致，又是称羡公子得遇此佳人仙姝无异于汉武、楚襄之幸运，双方兼绾，两意兼顾，虽用典故，而对偶工丽，妙语天成。"古来"二句，承"汉武""楚襄"，进一步强调今日之遇的不易，既然自古以来美丽女子的容颜光彩即为人所艳羡，则今日有缘相见，自当缔结良缘，成为佳偶。

　　"愿作"以下八句，是双方表达爱情的热烈与忠贞的誓言，也是全篇的高潮与收束。"愿作"二句，仿陶潜《闲情赋》笔法，写公子对所爱女子的缱绻情意，却不像赋那样多方铺陈渲染。上句化用陶赋"愿在裳而为带，束窈窕之纤身"之意，而以一语概括。用一"轻"字，见轻怜体贴之意；用一"著"字，而"束窈窕之纤身"之意已包含在内。下句纯为诗人之独创，设想新颖，造语亦奇。"分"字有显露、显现之意，此处兼含"分得"之意，庆幸、希冀之意兼而有之。

　　"与君"二句，则是女子口吻。同样是表达爱情的热烈与恋人的亲密，却用"相向转相亲"与"双栖共一身"来形容。前者见双方彼此相对时心灵的感应与交流，从此前的"遥相见"到此处的"相向"，其中有时间的渐进，也有感情的进展。后者则是热恋中的女子与对方化为一体的热烈表白。两句均以"与君"开头，见情之切、情之殷。

　　如果说前面四句是男女双方各作热烈表白，那么最后四句则是双方共表忠贞不渝的爱情誓言：要像贞刚的松树那样，千年不改岁寒不凋的本性，绝不像朝开暮萎的槿花一样，只有一朝之鲜艳。不仅此时此日相亲相爱，而且要百年相守，白头到老，虽不同生，却求同死。用"百年同谢西山日"来比喻"死则同时"的意蕴，既形象，又新颖，而且带有一种坦然乃至欣然面对的乐观态度。"千秋万古北邙尘"，则更进一步，即使死后同化为北邙山的尘土，也始终不离不弃，长相厮守，就像贾宝玉的情痴之语"咱们一起化灰"一样。言情至此，可谓惊天地而泣鬼神了。

　　从叙事的角度看，这首三十句的歌行大体上可以分为三节，即公子春日遨游观赏景物；入娼家得遇所爱女子，结为佳偶；表达双方对爱情的热烈和忠贞。每节之间，各有一些勾连过渡的诗句，如"此日遨游邀美女，此时歌舞入娼家"二句，"古来容光人所羡，况复今日遥相见"二句，使全篇更加流畅自然，浑然一体。假如我们在阅读时摒除公子豪家荒淫纵欲、娼家虚情假意一类先入为主的成见，也不因后人的《公子行》多带讽意而连类以及，只从阅读的真实感受出发，那么就会感到这首诗在表达爱情的热烈、忠贞这一点上，并不比其他同类佳作逊色。特别是结尾两句，更是词意俱新，掷地作金石声。闻一多将刘希夷、张若虚的这类作品称为"宫体诗的自赎"，是极精到的评论。刘肃《大唐新语·文章》云："刘希夷……少有文华，好为宫体，词旨悲苦，不为时所重……后孙翌撰《正声集》，以希夷为集中之最。由是稍为时人所称。"说明像《公子行》这类诗，在当时人眼里，是梁、陈宫体之流亚。从题材本身看，它确与宫体之多写男女情爱，特别是公子娼家之间的情事相似，但从所表达的感情看，却已变色相的观赏为精神的追求、心灵的沟通，变轻俏戏谑为严肃真挚，有了本质的变化。《公子行》中热烈忠贞的爱情表白，与卢照邻《长安古意》中"得成比目何辞死，愿作鸳鸯不羡仙"，虽同其热烈，而《公子行》却显得更为真挚深刻。

如果说，卢、骆的长篇歌行更多地受到汉代大赋铺陈扬厉写法的影响，那么刘希夷以及稍后的张若虚的七言歌行，则更多地接受了六朝抒情小赋的影响，具有浓郁的抒情色彩。它的气魄格局虽不像卢、骆的长篇歌行那样宏大，但却更富于诗的韵味，体现出七言歌行由向大赋靠近回归于诗的本色的趋势。至于"队仗工丽，上下蝉联"这种"初唐七古体"，正如"流水对结"的"初唐七绝诗"一样，虽均属初唐体格，在敷色设彩上也带有明显的"六朝锦色"，但对于它所要表达的内容和感情来说，又自有其适应性，运用在短篇七言歌行中，尤其显得宛转流丽，"有飘云回雪之致"（毛先舒评）。

代悲白头翁〔一〕

洛阳城东桃李花，飞来飞去落谁家。幽闺女儿惜颜色〔二〕，坐见落花长叹息〔三〕。今年花落颜色改〔四〕，明年花开复谁在。已见松柏摧为薪〔五〕，更闻桑田变成海〔六〕。古人无复洛城东〔七〕，今人还对落花风〔八〕。年年岁岁花相似，岁岁年年人不同。寄言全盛红颜子〔九〕，应怜半死白头翁。此翁白头真可怜，伊昔红颜美少年〔一○〕。公子王孙芳树下，清歌妙舞落花前。光禄池台开锦绣〔一一〕，将军楼阁画神仙〔一二〕。一朝卧病无相识，三春行乐在谁边〔一三〕。宛转蛾眉能几时〔一四〕，须臾鹤发乱成丝〔一五〕。但看古来歌舞地，唯有黄昏鸟雀悲〔一六〕。

校注

〔一〕此首一作宋之问诗，题为《有所思》。前半段（至"岁岁年年人不同"）又作贾曾诗。佟培基《全唐诗重出误收考》云："此诗在历代所传刻中甚为纷纭。《文粹》一八作宋之问，《才调》七载十句作贾曾。但《搜玉》、《英华》二〇七、《乐府》四一、《纪事》一三作刘希夷诗。《大唐新语》八、《刘宾客嘉话录》、《本事诗》、《韵语阳秋》、《临汉隐居诗话》皆以为希夷诗，并间载其本事。据《大唐新语》云，此诗最早载孙翌《正声集》。孙翌开元间官监察御史，曾与徐坚同修《初学记》，与刘希夷、宋之问时代甚近，是有力之证据。"按：佟考是，兹从之。《大唐新语·文章》云："刘希夷……尝为《白头翁咏》曰：'今年花落颜色改，明年花开复谁在？'既而自悔曰：'我此诗似谶，与石崇'白首同所归'何异也！'乃更作一句云：'年年岁岁花相似，岁岁年年人不同。'既而叹曰：'此句复似向谶矣。然死生有命，岂复由此！'乃两存之。诗成未周，为奸所杀。或云宋之问害之。"《本事诗·徵咎》则只云"果以来春之初下世"，未及为奸人所杀事。韦绚《刘宾客嘉话录》云："刘希夷诗曰：'年年岁岁花相似，岁岁年年人不同。'其舅宋之问苦爱此两句，知其未示人，恳乞，许而不与。之问怒，以土袋压杀之。宋生不得其死，天报之也。"傅璇琮主编《唐才子传校笺·宋之问》引宋魏泰《临汉隐居诗话》云："吾观之问集中尽有好句，而希夷之句殊无可采，不知何至压杀乃夺之，直狂死也！"对此事表示怀疑。傅氏又指出："宋之问诗中未有涉及希夷处。之问是否为其舅父，亦甚可疑。以《才子传》所言上元二年、年二十五登进士第言之，希夷生年为六五一年，之问生年虽不可确知，但大约在六五一至六五六年之间……宋盖与刘同岁，或略小于刘。"以证此事不足信，亦是。然此类传说亦反映出希夷此诗在当时诗坛上广为流传，受人称赏的情况。汉乐府相和歌辞楚调曲有《白头吟》。《西京杂记》曰："（司马）相如将聘茂陵人女为妾，卓文君作《白头吟》以自绝，相如乃止。"《乐府解题》云："若宋鲍照'直如朱丝绳'、陈张正见'平生怀直道'……皆自伤清直芬馥，而遭铄金玷玉之谤，君恩以薄。"希夷此首，内容意旨与上述均不相同。实为唐人之新乐府。

〔二〕惜，《全唐诗》原作"好"，据《搜玉小集》改。

〔三〕坐见，《搜玉小集》作"行逢"。

〔四〕颜色改，兼指花与人而言。

〔五〕薪，柴。《古诗十九首》之十四："古墓犁为田，松柏摧为薪。"

〔六〕参见卢照邻《长安古意》注〔四八〕。

〔七〕南朝梁范云与何逊联句诗云："洛阳城东西，长作经时别。昔去雪如花，今来花似雪。"此句"古人"或与此诗有关。

〔八〕落花风，风中的落花。

〔九〕全盛红颜子，即下文之"红颜美少年"。全盛、红颜，均言其正值青春年少。

〔一〇〕伊昔，即昔日。"伊"系发语词。

〔一一〕光禄，光禄卿，唐内府九卿之一，从三品，为光禄寺长官，专管皇室祭品、膳食及招待酒宴之官。开锦绣，指池台前开遍锦绣般的繁花。或解为排开锦绣般丰盛的宴席，亦通。

〔一二〕画神仙，形容其楼阁装饰绘画之华美。或指其楼阁中美人如画中之仙女。

〔一三〕谁边，何处。

〔一四〕宛转蛾眉，形容女子眉毛细长曲折。

〔一五〕鹤发，白发。

〔一六〕悲，《文苑英华》作"飞"。

葛立方曰：《西京杂记》载司马相如将聘茂陵人女为妾，卓文君作《白头吟》以自绝，相如乃止。《乐府诗集》谓《白头吟》者，疾人以新间旧，不能至白首，故以为名……至刘希夷作《白头吟》乃云："寄言全盛红颜子，须怜半死白头翁。此翁头白真可怜，伊昔红颜美少年。"则是言男为女所弃而作，与文君《白头吟》之意异矣。（《韵语阳秋》卷六）

钟惺曰：希夷自有绝才绝情，妙舌妙笔。《公子行》《代悲白头翁》本非其佳处，而俗人专取之，掩其诸作，古人精神不见于世矣。（《唐诗归》

卷三）

《唐诗训解》：（"古人无复洛城东"四句）半雅半俗，正佳。（卷二）

唐汝询曰：此忧生之诗，为少年淫荒者戒也。首以花落兴容颜之易凋，次以薪、海比人事之数变。已又感慨落花，悲人生少壮忽而衰老，随时迁换，岁岁不同，少年岂可恃此红颜忽彼老翁哉！此翁亦尝年少，而与公子王孙游于华屋之下矣。今一卧病，而向来行乐尽成空华。然则今之宛转蛾眉者，能免鹤发纷然乎！倘不悟予言，而以荣华为可恃，则请观古来歌舞地，鸟雀之外，更馀何物！吁！世之溺意纷华者，可惕然者矣。（《唐诗解》卷十一）

陆时雍曰：初唐七言古风，拘挛缠束，有气不舒，有意不展。又皆一切支应语，何尝披胸豁胆，一伸眉目于人前耶？文家四六，余尝号之"文奴"，如刘希夷《公子行》等篇，谓之"诗奴"亦可。昔传宋之问爱《代悲白头翁》篇，害希夷而窃为己有，则亦枉杀此人矣。读其诗知其为轻薄人。（《唐诗镜》卷三）

王夫之曰：唯"长叹息"三字，顺出一篇，幻生一白头翁，闯入不觉，局阵岂浅人所测邪？一直中露本色风光，即此是七言渊系。后来排撰虚实，横立情景，如游子以他乡为丘垄，忘其本矣。（《唐诗评选》卷一）

吴烶曰：（"洛阳城东桃李花"至"更闻桑田变成海"）首段以花比人，言少壮易老，容颜易衰，松柏耐久而摧为薪，桑田陆地而变为海，则人生少壮更不足恃矣。（"古人无复洛城东"至"应怜半死白头翁"）次段言洛城如故而人皆更换，徒对风前叹息而已。"寄言"，是点醒少年语；"应怜"，有转眼白头意。（"此翁头白真可怜"至"三春行乐在谁边"）"此翁"二句，即接上"寄言"二句，言老翁亦从红颜而来，其全盛时，所交者皆贵戚子弟，其池台则如汉光禄勋王根之富丽，楼阁亦如汉大将军梁冀之雕镂。一朝瓦解，乐地何存，故当念此老翁也。（"宛转蛾眉能几时"至"唯有黄昏鸟雀悲"）"宛转"二句收转，言不但白头而已，从来歌舞之地，尽成荆榛瓦砾，鸟雀悲哀于昏野，良可叹也。此亦讽人不可恃权凌人，一旦权去势衰，亦为人所废弃耳。（《唐诗选胜直解·七言古诗》）

毛先舒曰：《白头翁》一意纡回，波折入妙。佳处更从老说到少年虚写一段。（《诗辩坻》卷三）

沈德潜曰：少年每轻视老翁。因言老翁当少年时，亦尝与公子王孙游

冶。一朝奄忽，尽付空虚。今之少年，能免衰老乎！末又宕开作结。（《重订唐诗别裁集》卷五）

宋宗元曰：老翁即少年之前车。追叙冶游，可悲处正在此。（《网师园唐诗笺》卷四）

管世铭曰：刘希夷《代悲白头翁》、张若虚《春江花月夜》，何尝非一时杰作。然奏十篇以上，得不厌而思去乎？非开、宝诸公，岂识七言中有如许境界。何大复未之思也。（《读雪山房唐诗序例·七古凡例》）

赵翼曰："年年岁岁花相似，岁岁年年人不同"，此刘希夷诗，无甚奇警，乃宋之问乞之不得，至以计杀之，何也？盖此等句，人人意中所有，却未有人道过，一经说出，便人人如其意之所欲出，而易于流播，遂足传当时而名后世。（《瓯北诗话·摘句》）

罗宗强曰：这里他写了花开花落，年年如此，沧海桑田，虽人世变易，而年年岁岁花相似。今日之衰老者，昔日也曾有过青春年少；今日之青春年少，来日也终将衰老，这是不可移易的道理。他分明是说，代代如此，世世如此，何必叹息，何必悲伤！……所以不论是骆宾王、卢照邻，还是王勃、刘希夷，在写这类主题时，虽然感喟人生的短促，但是却没有低沉的情调，而是流动着一种浓烈壮大的感情，有一种开阔的胸襟，壮大的气概。这些都说明，这个时期的一部分诗人，他们的感情天地，已经隐约反映出唐朝强盛的气象来了。他们的情思，已经不再回旋于个人生活狭窄的天地里，而是纵览历史，笼括宇宙，回旋于沧海桑田、变易不息的历史长河中，不是为个人的悲欢离合而缠绵悱恻，而是在开阔得多的范围内，思索人生哲理。这正是至此已经很强大的唐代社会的地主阶级知识分子精神风貌的一个重要侧面。（《唐诗小史》第28—29页）

鉴赏

这首诗郭茂倩《乐府诗集》卷四十一《相和歌辞·楚调曲》载之，题为《白头吟》，置于古辞、南朝鲍照、张正见同题乐府之后。然古辞及唐代李白、张籍之作，内容均与女子被男子所弃有关，即《西京杂记》所谓"相如将聘茂陵人女为妾，卓文君作《白头吟》以自绝"之本事；而鲍、张及唐虞世南等人之作，则"自伤清直芬馥，而遭铄金玷玉之谤，君恩以薄"。希夷此作，与上述诸作内容意蕴均毫不相关。葛立方谓此系"言男为女所弃而作"，更显属对诗意的误解乃至曲解。颇疑此诗乃即事名篇的新乐府辞，其内容为代"白头翁"抒发人生盛衰变化无常的悲慨，与乐府古题《白头吟》无涉，题不当作《白头吟》，而当作《代悲白头翁》。

诗在构思上的突出特点，是通过双重对比映衬来表现青春易逝、红颜易老的人生感慨。一是通过自然界的花开花落与人事变化的对比映衬，二是通过"红颜美少年"与"半死白头翁"的对比映衬，最后归结为"宛转蛾眉能几时，须臾鹤发乱成丝"的叹惜悲慨。两重对比映衬，构成了诗的前后两大段落。

开头四句，从洛阳城东的桃李花纷纷飘飞零落，引出幽闺女儿的叹息。"惜颜色"语意双关，既指惋惜落花的颜色转瞬即改，也指惋惜自己青春容颜的转瞬即逝。"坐见落花长叹息"一句中正包含着由落花而自身的联想。

"今年"四句，就花与人进一步展开对比。说今年落花时节，青春容颜已经开始凋衰改变；明年花开时节，又不知道有谁还在。言外花落尚有再开之时，而青春容颜则一去不返，是人之青春易逝更甚于花。说"花开复谁在"，则不仅红颜凋衰，生命亦随之消逝。这仿佛过于感伤，但却深刻地表露了对青春易逝、人生倏忽的悲慨。"已见"二句，是以自然界的沧桑变化来进一步衬托人生的短暂。比起自然界来，人生本就短暂，既然自然界的变化都如此巨大（桑田变为碧海，松柏成为枯薪），则人生之短暂自更不必说，"已见""更闻"，蝉联而下，闻见之间，悲慨更深。

"古人"四句，乃就"古"与"今"、"花"与"人"进一步展开对比。说洛阳城东看花的古人（可能隐用范云与何逊联句"洛阳城东西，长作经时别。昔去雪如花，今来花似雪"的典故）早已不在，今天洛阳城东的人仍然面对风飘落花的情景而兴慨无穷。在古与今的联想和对映中，诗人发出这样的感慨："年年岁岁花相似，岁岁年年人不同。"自然界的春色亘古常在，每年春天花开花落，情景相似，而每一年面对花开花落景象的人却并不相同。青春的凋衰，生命的凋谢，每时每刻都在发生。这是由古与今、花与人、自然与人生的对比中感悟到的人生哲理。这感悟在哲学家眼里不免太疏浅，甚至可以批评它不大科学（今年花已非去年花，虽貌似而实异。刘希夷用"相似"来描述，还是有分寸的），但作为诗的语言，确如赵翼所说，"人人意中所有，却未有人道过，一经说出，便人人如其意之所欲出"，具有普遍性和典型性。特别是由于它不用抽象的哲理语言，而是用诗性的充满抒情色彩的语言，利用"年年岁岁"和"岁岁年年"的词语颠倒，"花相似"和"人不同"的鲜明对照，构成明白流畅、巧妙自然的对仗，达到了诗情与哲理、深入与浅出、雅与俗的和谐统一。这在诗歌中是一种很高的艺术境界。写到这里，感慨的内容已由一开头的"幽闺女儿"面对落花感慨红颜易衰、青春易逝，扩展到普泛性的人生感慨。"古人""今人""人不同"中的"人"已经不再单指青春少女，而是兼包泛指所有的人。

"寄言"二句，束上起下，是全诗的转关，前、后段的过渡。点醒今日的"全盛红颜子""应怜半死白头翁"，自然也就点醒了题目。

"此翁"二句，是对"应怜"的回答。为什么应该怜悯"半死白头翁"呢？原因就在于今日的白头翁，就是昔日的红颜美少年；而今日的红颜美少年，也就是将来的半死白头翁。每一个人的人生都是由"红颜美少年"到"半死白头翁"的自然过程。这一对比映衬，深化了青春易逝、人生易老的主题。以下四句，便具体描叙今日的白头翁在"伊昔红颜美少年"时代无限风光的生活：与公子王孙宴饮于芳树之下，观赏清歌妙舞于落花之前。或在光禄府第，筵开锦绣；或在将军楼阁，舞若神仙。风流俊赏，华美高贵，极行乐之能事。

"一朝"二句，一笔兜转，揭出其一日年衰卧病，再无相识；三春行乐，知向谁边。少年时的尽欢极乐，愈加反衬出今日白发满头时的冷落凄凉。

"宛转"二句，是对全诗以上内容的总结，上句写女，下句写男。"宛转蛾眉"的青春少女时代转瞬即逝，"全盛红颜"的风流少年须臾之间白发如丝。"但看"二句，由人生易老、青春易逝进一步引发对社会人事盛衰不常的感慨：试看古来歌舞繁华、追欢逐乐之地，如今唯有黄昏时鸟雀悲鸣于断壁颓垣之上而已。这个结尾，扩展了诗的内涵意蕴，将人生的盛衰与社会的盛衰自然地浑成一片，余波荡漾，饶有远韵。

诗虽有些伤感，但透露出来的感情是对青春的珍爱流连，对人生的热爱与执着。有两种不同性质和情调的人生盛衰不常的感慨。一种是动乱时代人命朝不保夕的情况下产生的人生无常之慨，像《古诗十九首》中所抒写的"四顾何茫茫，东风摇百草。所遇无故物，焉得不速老""古墓犁为田，松柏摧为薪""白杨多悲风，萧萧愁杀人""人生寄一世，奄忽如飘尘"一类万绪悲凉的人生感慨。另一种是初唐时期在一系列歌行体诗中抒发的人生和社会的盛衰不常之慨。这是一种经历了隋朝的全盛和迅速覆亡，又经历了贞观年间的盛世之后，所产生的一种盛衰不常的担忧和预感。就像诗中幽闺女儿和红颜少年，他们正当盛年，却担心青春的消逝，人生的短暂，繁华的消歇。

90

因此诗中流露的真实感情，不是对生活的悲观，而是对青春的珍爱流连，对人生的热爱执着。正是这种感情，构成了初唐这类抒写人生感慨的歌行体诗特有的时代风采。

刘希夷

宋之问

宋之问（约656—712），一名少连，字延清，虢州弘农（今河南灵宝）人。高宗上元二年（675）登进士第。武后天授元年（690），与杨炯同为宫中习艺馆学士。万岁登封元年（696）任洛州参军。圣历二年（699），武后命男宠张昌宗领衔修《三教珠英》，之问与沈佺期均与修。中宗神龙元年（705），因谄附张易之、昌宗兄弟贬泷州（今广东罗定）司户，次年遇赦北归，授鸿胪主簿。复依附武三思、太平公主，迁户部员外郎。景龙二年（708）充修文馆直学士，迁考功员外郎，知景龙三年贡举。其年秋，因附安乐公主，为太平公主所嫉，贬越州长史，睿宗景云元年（710），流放钦州（今属广西）。玄宗先天元年（712），赐死于桂州（今广西桂林）。有《宋之问集》十卷，已佚。与同时齐名的沈佺期对五律的定型与艺术上的成熟有重要贡献。并创作了一批合律的七律和五言排律，推进了它们的发展。《全唐诗》编其诗为三卷。

寒食还陆浑别业〔一〕

洛阳城里花如雪〔二〕，陆浑山中今始发。
旦别河桥杨柳风〔三〕，夕卧伊川桃李月〔四〕。
伊川桃李正芳新，寒食山中酒复春〔五〕。
野老不知尧舜力，酣歌一曲太平人〔六〕。

校注

〔一〕一本题内无"还"字。《唐文粹》卷十五录此题内有"还"字。陆浑，山名。《元和郡县图志·河南府》：伊阙县："陆浑山，俗名方山，在县西五十里。"陆浑别业，宋之问在陆浑的别业，亦称陆浑山庄，在伊水之滨。之问父宋令文晚年曾隐居嵩山、陆浑，此陆浑别业或为其父旧宅改建。武后天授元年（690），之问为宫中习艺馆学士，后因病归陆浑。视诗之首二句，或作于因病归陆浑时。寒食，见注〔五〕。

〔二〕暗用范云与何逊联句诗，参见刘希夷《代悲白头翁》注〔七〕引。花如雪，指繁花飘落如雪。

〔三〕河桥，或谓此指河南府孟县西南、孟津东北黄河上之浮桥。但自洛阳还陆浑别业，不当经过此桥。此句"河桥"当泛指洛阳城中跨洛水所建的桥。杨柳风，犹杨柳春风，或春风吹拂杨柳的景象。

〔四〕伊川，即伊水，流经陆浑。宋之问《温泉庄（即陆浑山庄）卧病答杨七炯》云："伊洛何悠漫，川原信重复。"《水经注·伊水》："伊水又东北迳伏睹岭，左纳焦涧水，水西出鹿蹄山，东流迳孤山南，其山介立丰上，单秀孤峙，故世谓之方山。"方山即陆浑山。桃李月，桃李开放的月夜，或月色映照桃李花的景象。

〔五〕寒食，节令名。在清明前一日或二日。《荆楚岁时记》："去冬节一百五日，即有疾风甚雨，谓之寒食。禁火三日，造饧大麦粥。"酒复春，谓新酿的春酒正熟。唐代酒常以"春"为名，如剑南之烧春。

〔六〕野老，乡野的老人，此处当包括诗人在内。《论衡·艺增》："传曰：有年五十击壤于路者。观者曰：'大哉，尧德乎？'击壤者曰：'吾日出而作，日入而息，凿井而饮，耕田而食，尧何等力！'"皇甫谧《帝王世纪》所引歌辞末句作"帝何力于我哉！"事又见《太平御览》卷五百七十二引《逸士传》。

笺评

唐汝询曰：此山居燕饮之诗，言城中花落如雪，而此地始开者，山深故耳。于是别河桥而归卧伊川，则桃李含英，春酒方熟。熙游圣化之中，酣饮而歌《击壤》之曲，非太平何以能此！其开元致治之时乎？（《唐诗解》卷十一）

周珽曰：此篇语意转折，亦初唐七古佳调。（《删补唐诗选脉笺释会通评林·初七古》）

唐陈彝曰：次两句趣极。（同上引）

唐孟庄曰："春"字说酒好。末二句辞则佳矣，时恐未然。（同上引）

吴烶曰：此赋陆浑山庄之景。城中气暖，故花如雪；山中气寒，故花迟发。河桥、伊川，俱伊阙地。言梅花如雪而继之柳放桃舒。正值清明，春酿已熟，可以卧月赏花，其乐陶然矣。虽古《击壤》之歌曰："日出而作，日入而息，耕田而食，凿井而饮，帝力何有于我！"何以异之。此见太平之世，无所营求，醉歌于圣化之中也。（《唐诗选胜直解·七言古诗》）

鉴赏

此初唐短篇七古中风调极佳之作，而历代评家、选家少有加以注意者。起二句紧扣题目，谓值此寒食清明节候，洛阳城中已是繁英飘荡、缤纷如雪，而陆浑山中则花始绽放。其意并不在说明城中与山中气候景物之异，而是表现诗人追随春天的脚步，从城里转向山中寻觅春光的浓厚兴趣，和对春天由洛阳转至山中这一发现的诗意感受。白居易《大林寺桃花》云："人间四月芳菲尽，山寺桃花始盛开。长恨春归无觅处，不知转入此中来。"对照此诗首二句，可见宋之问早在白氏之先就感受并发现了春之转移这一诗材诗境，只不过白氏明白挑出自己的诗意感悟，近乎宋诗的表现理趣；而宋之问的这两句诗则仅客观展示这一现象，而将自己的感受含蓄于诗中而已。"今始发"，则山中春光方兴未艾，正可尽情享受，开启下文。

三、四两句紧扣题内"还"字，写自己清晨从洛阳出发，晚上已在陆浑别业。这点意思如果直白道出，则根本不成其为诗。诗人不说"早发洛阳""夕至陆浑"，而说"旦别河桥""夕卧伊川"，这一"别"一"卧"，不仅表达了对洛阳春光的留恋，而且透出了卧赏山庄春夜美景的惬意与喜悦。将洛阳与陆浑改成"河桥"与"伊川"，也使干巴巴的地名有了具体可感的形象和诗意。尤为出色的是在"旦别河桥"与"夕卧伊川"之下分别缀以"杨柳风"和"桃李月"这两个全新的组合意象，不仅生动地展示了洛阳繁花飘雪之后"春风杨柳万千条"的暮春景象和陆浑山中月映桃李正芬芳的景象；而且由于用"杨柳"来形容"风"，用"桃李"来形容"月"，读者仿佛能闻到这"风"中飘送的杨柳的气息，这"月"下散发的桃李的芳香，造语新颖，意象优美。上下两句，对仗工整，又一气呵成，显得特别流丽圆转。两句诗就像是两幅情调意境很美的图画，完全可以用它们来作为两幅画的题目。音调的婉转流畅、圆转自如也同样非常突出。可以说兼有诗境美、绘画美和音乐美。虽不像"桃李春风一杯酒，江湖夜雨十年灯"那样凝练概括，但自有一种天然的风韵和流走的意致。

第五句用顶针格，重复上句"伊川桃李"，以突出陆浑山中春色正浓，蝉联中有流走之势。第六句点明"寒食"节令，应上"桃李正芳新"，并渲染春酒又正新熟。不但春色迷人，而且春酒醉人，花香之外更兼酒香。一"正"一"复"，相互勾连呼应，传达出一种顾盼神飞的神情意态。

七、八两句，以陆浑山中风物之美、生活之惬作收。"野老"指当地居民，也可兼包诗人自己。谓处此山中人无异于尧舜太平盛世的百姓，当酣歌一曲，终老此地。这个结尾，不无歌咏升平的意味。但话说得很艺术，很富诗情，并不是硬贴上去的颂圣尾巴，与全诗的内容风格也比较统一。武后统治时期，统治集团内部尽管矛盾斗争不断，但社会安定，经济繁荣，诗人所歌咏的"太平"，并非纯粹的粉饰之词。

全篇的突出特点是风调的自然流美。清新流丽的语言，一气流走的格调，圆转如珠的韵律，和贯串全诗的浓郁的春天气息，达到了和谐的统一。

题大庾岭北驿〔一〕

阳月南飞雁〔二〕，传闻至此回〔三〕。
我行殊未已，何日复归来。
江静潮初落，林昏瘴不开〔四〕。
明朝望乡处〔五〕，应见陇头梅〔六〕。

校注

〔一〕大庾岭，五岭之一，在今江西大余（原作庾）县南、广东南雄县北。汉伐南越，有神将庾胜筑城于此，故称。诗系中宗神龙元年（705）十月贬泷州途中经大庾岭北的驿站时所作。

〔二〕阳月，农历十月的别称。《尔雅·释天》："十月为阳。"董仲舒《雨雹对》："十月，阴虽用事，而阴不孤立。此月纯阴，疑于无阳，故谓之阳月。"又见《诗·小雅·采薇》郑玄笺。

〔三〕传说北雁南飞不过五岭，故云。《唐会要》卷二十八"大历二年，岭南节度使徐浩奏：'十一月二十五日，当管怀集县，阳雁来，乞编入史。'从之。"注云："先是，五岭之外，翔雁不到。浩以阳为君德，雁随阳者，臣归君之象也。"雁南飞过五岭，被当作祥瑞申报，可证其稀见。

〔四〕瘴，瘴气。指南方山林间湿热散发能致病之气。唐刘恂《岭表录异》卷上："岭表山川，盘郁结聚，不易疏泄，故多岚雾作瘴。人感之，多病腹胀成蛊。"

〔五〕望乡处，指大庾岭头。作者《度大庾岭》云："度岭方辞国，停轺一望家。"北人赴岭南，往往在大庾岭头回望家乡。

〔六〕陇头梅，据《荆州记》载，"陆凯与范晔交善，自江南寄梅花一枝，诣长安与晔，兼赠诗曰：'折花逢驿使，寄与陇头人。江南无所有，聊赠一枝春。'""陇头梅"当用此典，指大庾岭上可以折以寄赠远方友人的梅花。古时大庾岭上多植梅，故又称梅岭。或谓"陇头"指岭上高处，即岭头，恐非。如言岭头，不妨直说。"陇头梅"自陆凯寄梅作诗以来，已成熟典。诗人用"陇头梅"，或有所寓感。

笺评

邢昉曰：凄咽欲绝。（《唐风定》卷十六）

吴乔曰：景同语异，情亦因之而殊。宋之问《大庾岭》云："明朝望乡处，应见岭头梅。"贾岛云："无端更渡桑干水，却望并州是故乡。"景、意本同，而宋觉优游，词为之也。然岛句比之问反为醒目，诗之所以日趋于薄也。（《围炉诗话》卷一）

沈德潜曰："陇头"疑是"岭头"。（《重订唐诗别裁集》卷九）

范大士曰：韵致悠然。（《历代诗发》）

姚鼐曰：沉亮凄婉。（《五七言今体诗钞》卷一）

鉴赏

对于唐代流贬岭南的诗人骚客来说，大庾岭不但是一条地理上的分界线，更是一条心理上的分界线。它隔开了中原与蛮荒、故乡和异域，跨过岭头，就像走向了魑魅魍魉之乡和茫茫不归之路。这种心理体验或预期，使不少流贬的诗人创作了一系列以过岭为题材的优秀贬谪诗。宋之问诗集中，以大庾岭为题的诗就有三首。除本篇和另一首五律《题大庾岭》外，还有一首五古《早发大庾岭》，可见过岭前后其思绪的纷繁起伏。这一首是路经大庾岭北面的驿站时的题诗。

前两联从"南飞雁"起兴,以"雁""我"对举抒慨,四句一意贯串。深秋是北雁南飞的季节,一路飞近五岭时,已是"阳月"季候。宋之问是年二月从洛阳踏上南贬的道路,途经蕲州黄梅、洪州,再溯赣水南行,到大庾岭,时间正好到了"应见陇头梅"的十月。南飞雁与南贬的诗人在行程上的这种巧合,自然是诗人触景兴慨、借雁抒感的一个原因。但诗人却把这种由景物触发的感慨写得既曲折层递又自然动人:"传闻"雁南飞不过五岭,到了大庾岭北这一带就开始折回;而自己则贬程尚"殊未已","归来"更不知"何日"。四句三层:一层是南飞雁至此而回而我尚在贬途;二层是贬所泷州尚远,贬谪的路程尚长;三层是北归之期更不知何年何月。层层递进,一气旋折,"至此回"和"殊未已"的对照,以及"何日复归来"的茫然,将人不如雁之归有定期,不能掌握自己命运的悲慨深切地表达出来。这两联音律上符合五律的要求,但却全用散句,连通常对仗的颔联也是如此。这正是为了自由抒写这种既层递曲折又一气贯串的感情的需要。与此相应,语言也明白晓畅而富于含蕴,读来倍感真切隽永,情味丰厚。

腹联由颔联的直接抒情转为写景。大庾岭北麓一带,已是赣江支流贡水的上游,海潮自然是从未抵达过的,所谓"潮初落"只是对贡水上游江边平静无波的一种形容。这句在景物描写中透露出来的情思似乎由前两联的悲慨激切趋向平静,但下句"林昏瘴不开"却又透露出诗人面对即将跨入南方瘴疬地区的山林雾瘴时那种黯淡迷茫、畏怯不前的心理。这一弛一张、一开一合之间,将诗人瞬间抑扬起伏的情思很好地表达了出来,是融情于景、情景交融的佳联。

尾联紧扣题目,想象明朝登上大庾岭头,遥望中原故乡时,当会见到岭上的梅花。大庾岭又称梅岭,山上多梅,旧传"大庾岭上梅,南枝落,北枝开",以见岭南北气候之异。过岭时正值十月,写到梅花,自是题内应有之意。但这里不说"岭头梅"而说"陇头梅",显然是通过用典而有所寓慨。折梅花托驿使遥寄北方的友人这一典故中的主要情节,常被用作表达友情的象征。诗人在"应见陇头梅"的预想中应当包含了这层寓意。此次遭贬的,不仅有诗人的好友沈佺期,而且还有许多与诗人过从甚密的同僚,如崔融、李峤、杜审言、阎朝隐、王无竞、韦元旦、苏味道等人。然则,遥望故乡,故乡既杳不可见,折梅寄远,友人亦与己同样贬窜退荒。乡思友情,均杳不可寄。诗写到这里,黯然而收,留下不尽的余思让读者想象体味。这一结,含蓄而有神味,比起"应见岭头梅"之简单交代岭上多梅这一事实,了无余韵来，不啻天壤之别。

渡汉江 [一]

岭外音书断，经冬复历春 [二]。
近乡情更怯，不敢问来人。

校注

〔一〕汉江，即汉水。神龙二年（706）夏，宋之问在泷州贬所奉恩旨北归，有《初承恩旨言放归舟》五律云："一朝承恩泽，万里别荒陬。去国云南滞，还乡水北流。泪迎今日喜，梦还昨宵愁。自向归魂说，炎荒不可留。"（见《诗渊》第1498页）《旧唐书·宋之问传》谓其从泷州"逃还"（《新唐书》本传同），不确。据陶敏《沈佺期宋之问集校注》附《沈佺期宋之问简谱》，之问自泷州遇赦北归，"当自泷州江入西江，溯西江、漓江，取道湘江、汉水北归陆浑"。此诗系途经襄阳南的汉江时渡水后作。李频集中亦收此诗，但李频生平经历无至岭南之迹，且此诗已见于皎然《诗式》，故当为宋之问作无疑。

〔二〕之问神龙元年冬抵达泷州贬所，二年五月在贬所作《则天皇后挽歌》。故在贬所"经冬复历春"。约六月盛夏从泷州启程北归。

笺评

钟惺曰：实历苦境，皆以反说，意又深一层。（《唐诗归》卷三）
唐汝询曰：此亦逃归时作。隔岁无书，近乡正宜问信。今云"不敢问"者，思之之深，忧喜交集，若有所畏耳。（《唐诗解》卷二十一）
陆时雍曰：实历语。（《唐诗镜》卷五）
黄周星曰：真切之极。人人有此情，不能为此语。（《唐诗快》卷十四）
王尧衢曰："岭外音书断，经冬复历春。"之问坐交通张易之，贬泷州参军，逃归洛阳。故其在岭外时，经年隔岁，音书断绝也。"近乡情更怯，不敢问来人。"及逃归已近乡里，而中情抱怯，见来人而不敢问，盖忧思交集之时，转多疑畏耳。"更怯"，"更"字妙。今人久客还乡，临到家觉心中恍惚，亦复如是。（《古唐诗合解》卷四）

朱之荆曰："怯"字写得真情出。（《增订唐诗摘抄》卷六）

沈德潜曰：即老杜"反畏消息来，寸心亦何有"意。（《重订唐诗别裁集》卷十九）

黄叔灿曰：按《唐书》，之问坐附张易之，左迁泷州参军，未几逃还，匿于洛阳。此诗当作于是时，故云"近乡情更怯，不敢问来人"。然久客之情，确是如此。"情更怯"跟"音书断"来。（《唐诗笺注》卷七）

杨逢春曰：首二是题前蓄势之法，即为"怯"字伏根。三、四方落到"渡汉江"，写得满腹疑团，不喜而惧，道得真切。（《唐诗偶评》卷五）

李锳曰："不敢问来人"，用反笔写出苦况，与少陵"反畏消息来"同一情事。（《诗法易简录》卷十三）

李慈铭曰：真情苦语，难得道出。（《唐人万首绝句选》卷一批语）

施补华曰：五绝中能言情，与岑嘉州"马上相逢无纸笔"同妙。（《岘佣说诗》）

鉴赏

唐诗中有不少抒写久别还乡之情的优秀诗篇，宋之问的这首《渡汉江》之所以脍炙人口，在于它写出了在特殊经历背景下一种近似违反常态却又十分真实且具有一定普遍性的心态。

前两句追叙贬居岭南的情况。贬斥南荒，本就够悲苦的了，何况又和家人音讯隔绝，彼此未卜存亡，更何况又是在这种情况下经冬历春，挨过漫长的时间。诗人没有平列空间的悬隔、音书的断绝、时间的久远这三层意思，而是依次层递，逐步加以展示。这就强化和加深了贬居遐荒期间孤孑、苦闷的感情，以及对家乡亲人的思念和担忧。"断"字、"复"字，似不着力，却很富表现力。诗人贬居遐荒时那种与世隔绝的处境，失去任何精神慰藉的生活情景，以及度日如年、难以忍受的精神痛苦，都历历在目，鲜明可触。这两句平平叙起，从容承接，没有什么惊人之笔，往往容易为读者轻易放过，其实它在全篇中的地位和作用很重要。有了这个特殊背景，下两句出色而独特的抒情才字字有根。

99

　　宋之问的家乡在弘农，家居陆浑，离诗中所渡的汉江其实还有相当长一段距离。所谓"近乡"，只是从心理习惯而言。按照常情，这两句似乎应该写成"近乡情更切，急欲问来人"。但诗人笔下所写的却完全出乎常情："近乡情更怯，不敢问来人。"仔细寻味，又觉得只有这样写，才符合前两句所展示的"规定情境"。诗人贬居岭外，又长时间接不到家人的任何音讯，与家人联系断绝，既日夜思念亲人，又时刻担心家人的命运，怕他们由于自己而遭牵累或遭到其他难以预料的变故。"音书断"的时间越长，这种思念与担心也越向两极发展，形成既切盼音书，又害怕音书突至带来坏消息的矛盾心理状态。这种矛盾心理，在由贬所北归的路上，特别是渡过汉江，接近家乡之后，有了进一步的戏剧性发展。原先的担心、忧虑和模糊的不祥预感，此刻似乎马上就会被路上遇到的某个熟人所证实，成为活生生的残酷现实；而长期以来梦寐以求的与家人团聚的愿望则立即会被无情的现实所粉碎。因此，通常情况下的"情更切"，变成了特殊情况下的"情更怯"；"急欲问"也就变成了"不敢问"。这是在"岭外音书断，经冬复历春"这种特殊背景下矛盾心理发展的必然。透过"情更怯"和"不敢问"，可以强烈感受到诗人此刻既渴望知道家人情况，又害怕知道的矛盾心理，以及强自抑制急切愿望的精神痛苦。这种抒写，是非常真切独特、富于情致和耐人吟味的。

　　宋之问这次被远贬泷州，是因为媚附武则天的男宠张易之。从传统的道德观念看，他的被贬并不令人同情。但读这首诗的人，却往往产生感情上的某种共鸣。其中一个重要原因，是诗人在叙写经历、抒写感情时，已经舍弃了一切与自己的特殊被贬原因有关的个人经历，所表现的仅仅是一个长期客居遥远的异乡、久无家人音讯的旅人，在归途行近家乡时产生的一种特殊心理状态。这种舍弃了被贬原因的个人经历本身，就具有一定的普遍性和典型性。评家往往将杜甫《述怀》中的诗句"自寄一封书，今已十月后。反畏消息来，寸心亦何有"和这首诗作类比。这正说明，两位在政治品质、道德品质上不属于同一层次的诗人，在长期与家人失去联系的"音书断"状况下都会产生类似的"畏""怯"心理状态，也都会用类似的语气来表达。这也正证明了宋之问这首诗的典型性。

沈佺期

沈佺期（约656—约716），字云卿，相州内黄（今属河南）人。上元二年（675）登进士第。任协律郎。圣历二年（699），与修《三教珠英》。长安元年（701）迁考功员外郎，知二年贡举。三年迁给事中。四年春，坐考功任上受贿事下狱。神龙元年（705）春，复因附张易之长流驩州（今越南荣市）。景龙元年（707）遇赦北归。授起居郎。二年加修文馆学士。景云二年（711），迁中书舍人，历太府少卿、太子少詹事。约开元四年（716）卒。有《沈佺期集》十卷，已佚。今人陶敏有《沈佺期宋之问集校注）。《新唐书·文艺传》："魏建安后迄江左，诗律屡变，至沈约、庾信，以音韵相婉附，属对精密。及之问、沈佺期，又加靡丽，回忌声病，约句准篇，如锦绣成文，学者宗之，号为'沈宋'。"五律、七律均有佳作。

入少密溪〔一〕

云峰苔壁绕溪斜〔二〕，江路香风夹岸花。树密不言通鸟道〔三〕，鸡鸣始觉有人家。人家更在深岩口，涧水周流宅前后。游鱼瞥瞥双钓童〔四〕，伐木丁丁一樵叟〔五〕。自言避喧非避秦〔六〕，薜衣耕凿帝尧人〔七〕。相留且待鸡黍熟〔八〕，夕卧深山萝月春〔九〕。

校注

〔一〕题内"少"字，《文苑英华》卷一百六十六作"小"。少密溪，所在未详。视诗中所写景物，似在南方。

〔二〕云峰，云雾缭绕的山峰。苔壁，长着绿色苔藓的溪边岩壁。

〔三〕不言，有不料意。宋之问《桂阳三日述怀诗》："愚谓嬉游长似昔，不言流寓欻成今。"此处与下句"方觉"相对，犹不见。鸟道，险峻狭窄的山路。

〔四〕瞥瞥，暂现貌。形容游鱼一会儿闪现，一会儿消逝，犹柳宗元《至小丘西小石潭记》谓游鱼"往来翕忽"。

〔五〕《诗·小雅·伐木》："伐木丁丁。"丁丁（zhēng），伐木声。

〔六〕避秦，指避世乱。陶渊明《桃花源记》："自云先世避秦时乱，率妻子邑人来此绝境，不复出焉，遂与外人间隔。问今是何世，乃不知有汉，无论魏、晋。"句意谓樵叟自言居住此地非避世乱，而为避开人世的喧闹。

〔七〕薜衣，以薜萝为衣。隐者之服。语本《楚辞·九歌·山鬼》："披薜荔兮带女萝。"薜萝，即薜荔（木莲）与女萝（菟丝子）。后常以薜萝、薜衣指隐者之服。张乔《送陆处士》："若向仙岩住，还应著薜萝。"耕凿帝尧人，耕田而食、凿井而饮的太平盛世的百姓。《太平御览》卷八十引《帝王世纪》："尧时天下大和，百姓无事，有八十老人击壤于道，观者叹曰：'大哉，帝之德也。'老人曰：'吾日出而作，日入而息，凿井而饮，耕田而食，帝何力于我哉！'"参见宋之问《寒食还陆浑别业》注〔六〕。

〔八〕《论语·微子》："子路从而后，遇丈人以杖荷蓧……止子路宿，杀鸡为黍而食焉……明日，子路行以告，子曰：'隐者也。'"

（笺）（评）

宋宗元曰：只就本题作结，言下悠然有馀味。（《网师园唐诗笺》卷四）

（鉴）（赏）

此诗除明初大型唐诗选本《唐诗品汇》及宋宗元《网师园唐诗笺》曾选入外，迄今少有评家、选家加以注意。但在初唐七言歌行中，此与宋之问《寒食还陆浑别业》均为短篇佳制。

诗从制题到内容，颇似一篇诗体《桃花源记》，当然是唐代版的《桃花源记》。起二句点题，画出少密溪曲折缭绕，两岸花开烂漫，香气馥郁，云峰苔壁绕溪矗立、缘溪而斜的情景。显示出其地之幽深、景之佳胜，造语亦清新流丽，富于情致，饶有画意，给人以亲临其境之感。"江路香风夹岸花"一句，先是江中舟行闻香风阵阵，然后始见两岸山花烂漫，鲜艳夺目，造语既新奇明秀，描写亦次第井然。

三、四两句，进一步写地之幽深。两岸山高林密，似无通道，忽于深山密林中传出鸡鸣声，方知此处有人家。写"人家"的发现曲折有致，亦见此

"人家"之地处幽僻。二句颇似陆游"山重水复疑无路,柳暗花明又一村",其中流动着诗意发现的喜悦。以上四句,约略相当于《桃花源记》中渔人缘溪行至发现桃花源一段。而陶文中"忽逢桃花林,夹岸数百步,中无杂树,芳草鲜美,落英缤纷"的出色描写,在沈诗中则以"江路香风夹岸花"一语概括写出。

五、六两句,承"人家"写村居环境之幽胜。村中人家就在深岩谷口,依山傍水而居,家家户户屋前宅后涧水环绕。这种建筑设计正是自然与人工的巧妙结合,至今仍可在一些古民居中见到。二句宛若天然画图,诗人的赏爱之情亦溢于言表。

七、八两句,从村居环境过渡到写居人,只似不经意地点出了"双钓童"与"一樵叟",却传出了山村幽静悠闲的神韵。上句写水,于"游鱼瞥瞥"中见水之清澈,物之自在;下句写山,于"伐木丁丁"声中愈见山之幽深静寂。

九、十两句承上"樵叟",写樵叟自言居住此地是为了避开俗世的喧闹,而非如桃花源中人是为了避世乱,这是对所处时代的一种巧妙点醒,也是一种巧妙颂扬。"薜衣耕凿"点明隐者身份。"耕凿"出自《击壤歌》"凿井而饮,耕田而食",但这里强调的不是"帝何力于我",而是做一个太平盛世的隐者。

末二句写主人留客,以鸡黍盛情款待,入夜则酣卧深山,在春月映照烟萝的恬静优美环境中恬然入梦。"夕卧深山萝月春"一句,以凝练的语言创造出幽静的意境,余韵悠然。

与宋之问的《寒食还陆浑别业》对照着读,可以明显感到二诗在韵律的流丽圆转、语言的清新爽利、格调的明秀天然和意境的优美和谐等方面,都有相近之处。但宋诗于叙事写景的同时更侧重于抒情;而沈诗则有较多的叙事成分,于叙事中突出山村之深幽与景物之幽胜、环境之优美。比起初唐一些长篇歌行之铺张渲染,有时不免冗漫芜累来,沈、宋这两首短篇歌行在内容和艺术上似乎更能显示诗的优美和精纯。

沈佺期

103

杂诗四首（其四）[一]

闻道黄龙戍[二],频年不解兵[三]。

可怜闺里月，长照汉家营。

少妇今春意，良人昨夜情〔四〕。

谁能将旗鼓〔五〕，一为取龙城〔六〕！

校注

〔一〕《文选·王粲〈杂诗〉》李善注："杂者，不拘流例，遇物即言，故云'杂'也。"沈佺期的四首杂诗，内容均写闺中少妇思念远方的丈夫的感情。

〔二〕闻道，听说。黄龙戍，唐代东北要塞。《水经注·大辽水》："白龙水又北迳黄龙城东。《十三州志》曰：辽东属国都尉治昌辽道，有黄龙亭者也。"古城在今辽宁朝阳市。当时属营州。沈佺期《古意呈乔补阙知之》云："白狼河北音书断，丹凤城南秋夜长。"营州即在白狼河北。或说"黄龙戍"即黄龙冈，在今辽宁开原市西北，非。龙戍，《全唐诗》校："一作花塞。"

〔三〕频年，连年。解兵，撤兵，停止战事。

〔四〕良人，妻子称丈夫。"今春""昨夜"，对举互文，实即"今春昨夜"。与上一联"闺里月""汉家营"相应。或谓"今春"即"年年"，"昨夜"即"夜夜"，亦通。

〔五〕将，率领。旗鼓，军旗和战鼓，借指军队。

〔六〕龙城，古城名。《水经注·大辽水》："白龙水又东北迳龙山西。燕慕容皝以柳城之北、龙山之南福地也，使阳裕筑龙城，改柳城为龙城县。"地在今辽宁朝阳市。

笺评

张延登曰：古今绝响，太白"长安一片月"准此。（《沈诗评》卷二）

钟惺曰："可怜闺里月，长照汉家营。"二语娇怨之甚。又曰：壮语懒调。（《唐诗归》卷三）

陆时雍曰："可怜闺里月，长照汉家营。"恨不与俱。"谁能将旗鼓，一为取龙城。"此其结想欲狂矣。"为"者为谁，语何殷喟。（《唐诗镜》卷四）

蒋一葵曰：轻轻说来，转更沉着。（《删补唐诗选脉笺释会通评林·初唐五律》引）

周珽曰：此托戍妇词以致讽意也。言兵祸连结，久戍无归。夫营可到者，唯有月色，则将心随月，乃戍妇无聊之思。曰"可怜"，曰"长在"，已自不胜欲恨。至"今春意""昨夜情"，见两地各有莫诉幽衷。说者谓"语晦而浅"，不知作诗之妙，正以似深非深，似浅非浅，有可解不可解之趣也。结想到凯旋之能，则教觅封侯之悔，又在言表。（同上）

王夫之曰：五、六分承三、四顺下，得之康乐，何开阖承转之有？结语平甚，故或谓之"懈"。然宁懈勿淫，初唐人家法不紊，乃以持数百年之穷。（《唐诗评选》卷三）

黄生曰：（"可怜"二句）走马对。（"少妇"二句）句中藏字。（"谁能"二句）流水结。全篇直叙格。三、四即景见情，最是唐人神境。五怀春，六梦远。然"怀"字"梦"字不说出，名句中藏字法。凡起结二句，直下不对者，名"流水起""流水结"。三、四一气直走不停，名"走马对"。结处即私情以见公义，最柔最婉。"边将皆承主恩泽，无人解道取凉州"，非不慷慨激烈，然温柔敦厚之意微矣。（《唐诗摘抄》卷一）

朱之荆曰：结联与起联相应，局法甚紧。（《增订唐诗摘抄》）

顾安曰：五、六就本句看，极是平常；就通首看，则无限不可说之话尽缩在此两句内，初唐人微妙至此。其"卢家少妇"亦是此法，而用意尤觉深婉。又〔增〕曰：五、六句极平常，妙不说尽。"其新孔嘉，其旧如之何？"千古闺情绝唱也，何必艳词为！又曰：昔年闺里月，两人何等绮昵；今在汉家营，一人何等悲凉……怨女旷夫，苦情如此，圣王读之，当必有悯恻于心者，其于《三百篇》也，夫何远之有！（《唐律消夏录》卷二）

王寿昌曰：何为超然？曰……沈云卿之"闻道黄龙戍……"等作是也。（《小清华园诗谈》卷上）

高步瀛曰：（三、四）凄婉。一气转折，而风格自高，此初唐不可及处。（《唐宋诗举要》卷三）

 鉴赏

诗以"杂诗"为题，始于建安文人，是一种即事即物抒情言怀之作。沈佺期的《杂诗四首》，均为思妇怀念远方征人之作。四首均从思妇角度着笔，第二首季候为秋天，其余三首均为春天。

首联凌空起势。"闻道"贴闺中少妇说。二句意谓：听说东北边境黄龙城那边，烽火不熄，已经连年没有撤兵休战了。这是全诗叙事的总冒，也是诗中抒写的思妇怀远之情的总背景和总根源。正由于"频年不解兵"，故造成思妇、征人的长期分离和双方的无尽思念，也由此产生对战争早日胜利的渴望。"频年"二字，用笔颇重，其中自含对战争长期延续不已的怨思。

颔联借"月"写分隔两地的思妇与征人的相思。说"闺里月""长在汉家营"，似乎无理，但这却是典型的诗的语言。它的突出特点是富于启发性和蕴含的丰富性，可以引发多方面的诗意联想。闺中之月，在和平年代，本应双照妻子和丈夫，见证共同的幸福生活；而在东北边塞频年战争的情况下，这闺中之月，却分照远隔两地的夫妇，"长在汉家营"了。这层意思，是借月之分照，写夫妻之分离。月光似水，是思妇缠绵柔情的象征，相思怨别之情的象征；说"闺里月""长在汉家营"，也可以想象成思妇的缠绵之情长期地萦回缭绕于远戍边塞的丈夫身边。这层意思，是借月抒写妻子对丈夫的深情思念。人虽分隔两地，而月则普照四方，"闺里"和"汉营"，妻子和丈夫都可共对明月，遥寄相思。同一轮明月，既是双方分隔的写照，又是彼此沟通的桥梁，更是双方思念之情的寄托。如此丰富多重的蕴含，都可以包含在这十个字当中。"可怜"二字，既像是女子的自怜自惜、自怨自艾，又像是诗人对思妇的细意体贴和同情关切，尤具神味。

与一般律诗腹联往往转出新意新境不同，这首诗的五、六两句却是顺承颔联的"闺里月"与"汉家营"的。颔联以景为主，景中寓情；腹联则以情为主，情中有景（今春、昨夜）。妙在只淡淡着笔，虚点"今春意"与"昨夜情"，而彼此情意的具体内容则不着一字，任凭读者自领，笔意特别空灵虚括。彼此长期远隔的怅恨，对对方处境的悬念与忧虑，相思而不得相见的怨思与无奈，都可包蕴在这虚涵浑括的"今春意"和"昨夜情"当中。"今春""昨夜"互文，点明季节在春天，时间在月夜，不必注解，亦不必深解。视"频年不解兵"句，则"今春""昨夜"固不妨连类而及，联想到"年年""夜夜"。

颔、腹两联，用笔轻柔，用语含蓄，似复非复，似怨非怨，特具回环往复、缠绵委婉的情致。

尾联是全诗的结穴。少妇的无限情思到最后都化为热切的期盼："谁能将旗鼓，一为取龙城！"这和李白《子夜吴歌·秋歌》的结尾"何日平胡虏，良人罢远征"一样，都集中表达了闺中思妇热切盼望早日结束战争，重过和平团聚生活的愿望；所不同的是，沈诗的结尾还包含了希望朝廷任用"将旗鼓"的良将，迅速破敌安边的感情。"谁能""一为"，前后呼应，急切之情溢于言表。情虽急切，而辞则温婉，反映出初唐时期百姓对朝廷在边境进行的战争总体上仍持支持的态度。

　　诗的内容并不复杂，但诗人却把这常见的思妇怀想远戍征夫的题材写得很富情致和韵味，体现了单纯与丰富、明朗与含蓄的统一。其中音律的和谐舒缓、宛转圆润起了很重要的作用。吟诵之际，自有一种唱叹有情的韵味流注于字里行间。许多内容平常的唐诗之所以耐读，音情的隽永是一个重要因素。

夜宿七盘岭〔一〕

独游千里外，高卧七盘西。
晓月临窗近〔二〕，天河入户低〔三〕。
芳春平仲绿〔四〕，清夜子规啼〔五〕。
浮客空留听〔六〕，褒城闻曙鸡〔七〕。

校注

　　〔一〕七盘岭，在四川广元市东北与陕西宁强的交界处，上有七盘关，因其岭曲折盘旋，故名，系川、陕间通道的重要关隘。岑参《醴泉东溪送程皓元镜微入蜀》："蜀郡路漫漫，梁州过七盘。"诗当作于入蜀途中，具体年月未详。

　　〔二〕晓，《全唐诗》校："一作山。"窗，《国秀集》作"床"。

　　〔三〕天河，即银河。天将破晓时银河西斜低垂，故曰"入户低"。

　　〔四〕平仲，银杏的别名。《文选·左思〈吴都赋〉》："平仲桾梃，松梓古度。"刘逵注引刘成曰："平仲之木，实白如银。"

　　〔五〕子规，即杜鹃鸟。相传为战国末年蜀王杜宇（号望帝）之魂所化。事见常璩《华阳国志·蜀志》。《文选·左思〈吴都赋〉》"鸟生杜宇之魂"

李善注引《蜀记》："蜀人闻子规鸟鸣，皆曰望帝也。"子规鸟鸣声凄切，有如"不如归去"，故又常引发思乡之情。

〔六〕浮客，犹游客。因上文已有"游"字，避复而改。谢惠连《西陵遇风献康乐》："眷眷浮客心。"留，久。

〔七〕褒城，唐梁州属县，在今陕西勉（沔）县东北。《史记·封禅书》："（秦）文公获若石云，于陈仓北阪城祠之。其神……来也常以夜，光辉若流星，从东南来集于祠城，则若雄鸡，其声殷云，野鸡夜雊。以一牢祠，命曰陈宝。"七盘岭在唐褒城县西南，故曰"褒城闻曙鸡"。陈仓亦在入蜀途中，诗人于清晨闻曙鸡时可能联想到陈仓宝鸡的传说。

笺评

张延登曰：花馆流波，赏心娱目。（《沈诗评》卷二）

胡应麟曰：初唐五言律，杜审言《早春游望》……沈佺期《宿七盘》……皆气象冠冕，句格鸿丽。（《诗薮·内编》卷四）

李维桢曰：中有高峻处。"山月""天河"联，自是逼真。（《唐诗隽》）

唐汝询曰：此流岭南时作。言虽独游异域，爱此奇山，而高卧其侧。月近河低，状岭之高也。殊方之木，他国之禽，足令人悲。于是因听此鸟，不觉鸣鸡之催晓耳。（《唐诗解》卷三十二）又曰："平仲"对"子规"，亦巧。（《删补唐诗选脉笺释会通评林·初五律》引）

周启琦曰：结悲怆。（同上引）

吴山民曰：次联峻爽。三联景语，有情。结自伤勿追。（同上引）

周珽曰：此流岭南时所作。次联咏独宿孤寂之景。（同上）

郭濬曰："山月"二语不但是高，从"独游"来，更觉幽。山有子规，下说"曙鸡"，便少力矣。（《增定评注唐诗正声》）

邢昉曰：右丞之先驱。（《唐风定》）

吴昌祺曰：若听"子规"，则"平仲"句空；若听"曙鸡"，则听、闻复见，皆未全稳。（《删订唐诗解》）

王尧衢曰：前解宿岭，后解旅情。"独游千里外，高卧七盘西。"起句写题面。此时因流岭南，故独游远道，卧此奇山……"山月临窗近，天河入户低。"此承宿岭之高，山高而见月之近而河之低也。"芳春平仲绿，清夜子规啼。"此以异方之木与鸟作转……子规，一名杜鹃，蜀鸟也。当春而绿平仲，入夜而啼子规。他乡景物，只令人悲耳。"浮客空留听，褒城闻曙鸡。"此以宿夜将晓为合。言我为行客，空于清夜留此而听杜鹃，旅愁不寐，不觉已闻褒城催晓之鸡也。浮，行也。（《古唐诗合解》卷七）

谭宗曰：此诗高灏，而抑复纵逸不羁，落落彼开、宝作家风味，其庶几此肇乎？（《近体秋阳》卷一）

朱之荆曰：起句一提，便有无限情绪，至末方应转。（《闲园诗钞》）

黄生曰：（首联）对起。（次联）折腰句。（尾联）错综句。全篇直叙格。浮客空此留听子规，不觉已闻褒城鸡唱，"空"字便写出一夜不寐也。七、八紧粘五、六，此篇法之一。亦有单粘六句者，不入正格，如此结及"翻译如曾见"结是也。又曰：平仲，木名；子规，鸟名。却俱是人名。琢对甚工，句法又极现成，所以为佳。（《唐诗矩》五言律诗一集）

沈德潜曰："听"与"闻"复。结处每不用力，为昭容所抑，亦由乎此。（《重订唐诗别裁集》卷九）

范大士曰：风调在本体中为高唱。（《历代诗发》）

宋宗元曰：（三、四句）的是岭上暮景。（《网师园唐诗笺》卷七）

冒春荣曰：写景之句，以工致为妙品，真境为神品，淡远为逸品。如"芳春平仲绿，清夜子规啼"……皆逸品也。（《葚原诗说》卷一）

吴瑞荣曰：情多、兴远、语丽，三善备。（《唐诗笺要》）

陈德公曰：三、四隽出。后半欲启襄阳。（《闻鹤轩初盛唐近体读本》卷二引）

卢麰曰：子规啼于平仲，五、六流走，咏之连下。（同上）

王寿昌曰：何谓"清"？曰：如……沈云卿之"独游千里外，高卧七盘西。山月临窗近，天河入户低。芳春平仲绿，清夜子规啼。浮客空留听，褒城闻曙鸡"……是也。（《小清华园诗谈》卷上）

叶蓁曰：虽有行役之劳，而有景物自娱，尚是正风。（《唐诗意》）

鉴赏

诗为入蜀途中所作。作者另有《过蜀龙门》（龙门在今四川广元市北）五古，有句云："我行当季月，烟景共春融。"写景节候与此诗同属暮春，当为同一次旅游途次所作。前人或谓此诗系贬岭南时作，非。贬岭南当取道

沈
佺
期

109

襄、荆，不经蜀道，诗亦无贬谪意。

首联雄直峻拔、起势高远、富于气势。"独游""高卧"四字，一篇之主。"千里外"指蜀地。全篇所写的就是蜀游途中夜宿七盘岭头时所见、所闻、所感。由于"独游"，虽不免有孤寂之感、思乡之情，但也可能独享旅游途中的新奇和喜悦。不说"夜宿"而曰"高卧"，不仅是为了突出在高峰之巅夜宿时特殊的视听感受，而且透露出诗人的淋漓兴会。这一联笔墨省净，声韵嘹亮，大气磅礴，为全诗定下壮阔爽朗的基调。

颔联承"高卧"，写夜宿七盘岭上高卧时所见景象。在平地上望月，即使是拂晓时分西斜入户的月亮，由于有远处景物作衬，也不大可能有"临窗近"的感觉；只有身处高峰之巅，斜月紧贴着近处的山峰，加以空气清澄，纤尘不染，透过窗户即可见山峰和峰顶的月亮，这才会有月亮好像紧挨着窗户的感觉。同样，平地上看银河，即使是拂晓前西斜垂地的银河，也不可能"入户低"。只有在高山之上，低垂西斜的银河才好像显得比窗户都低，高卧床上即可见到它的身影。"晓月"之"近"，"天河"之"低"，正反衬出了山峰的高峻。联系"高卧"二字，还不难想见这是诗人惬意地躺在床上观赏景物时所见到的景象。这两句不但写景真切传神，而且境界清迥壮阔，流露出对高卧岭头所见奇壮景象的新鲜感、喜悦感，是五律中著名的警联。

腹联仍写夜宿岭头所遇景物，上句写所见（其中包含对日间所见景象的记忆），下句写所闻。平仲、子规，都是带有深山和蜀地特征的景物，七盘岭正当秦、蜀分界，提到子规，也就意味着进入了蜀地。两句淡淡着笔，似乎不带明显的感情色彩，但自有一种对异乡景物的新鲜感在字里行间流注，下句又隐隐透出一丝"独游"者的孤寂凄清感。冒春荣谓此联写景"淡远"，赞其为"逸品"，是深得此联神味的。它表面上不像颔联那样警拔，却更隽永耐味。

尾联紧承第六句，仍从听觉角度着笔。"浮客"应上"独游"。"空留听"三字，承上启下，暗示诗人清夜卧听子规啼鸣，久久未曾安睡，恍惚间又闻襄城晨鸡报晓之声。盖因"高卧"七盘岭上，始得远闻襄城鸡鸣。这当然带有夸张渲染和想象的成分。至此，"独游""高卧"双结，首尾相应，结构缜密。

这首写行旅的五律，集中抒写独游者夜宿高峰之上新奇而孤清的感受。前幅高远警拔，富于气势；后幅清迥孤寂，富于远韵。不同的境界体现出"独游"者多方面的感受与情思。而对旅途景物的新奇感、新鲜感则贯注全诗。

古意呈乔补阙知之〔一〕

沈
佺
期

卢家少妇郁金堂〔二〕，海燕双栖玳瑁梁〔三〕。
九月寒砧催木叶〔四〕，十年征戍忆辽阳〔五〕。
白狼河北音书断〔六〕，丹凤城南秋夜长〔七〕。
谁谓含愁独不见〔八〕，更教明月照流黄〔九〕。

校注

〔一〕《珠英学士集》敦煌遗书残卷题作《古意》。《乐府诗集》卷七十五《杂曲歌辞》题作《独不见》，引《乐府广题》曰："《独不见》，伤思而不得见也。"补阙，唐代谏官名。《新唐书·百官志二》："武后垂拱元年，置补阙、拾遗，左、右各二员。"补阙从七品上，掌供奉讽谏。乔知之于武后垂拱二年丙戌（686）曾任左补阙，见陈子昂《观荆玉篇序》。诗当作于此前后。乔知之生平，见乔知之小传。古意，拟古、仿古，指拟古乐府《独不见》以抒思妇怀念征人而不得见之意。

〔二〕梁武帝萧衍《河中之水歌》："河中之水向东流，洛阳女儿名莫愁。莫愁十三能织绮，十四采桑南陌头。十五嫁为卢家妇，十六生儿名阿侯。卢家兰室桂为梁，中有郁金苏合香。"此以"卢家少妇"借指女主人公，即征戍者的妻子。郁金，香草名，姜科多年生草本植物，有块茎及纺锤状肉质块根。古人用作香料。郁金堂，指用郁金香草块茎或块根碾碎和泥涂壁的厅堂。此借指女主人公芳香华美的居室。堂，一作香。

〔三〕海燕，即越燕，古人认为它产于南方，须越海而至，故名。玳瑁，海产动物，似龟，甲光滑有文采，可作装饰。玳瑁梁，对画梁的美称。

〔四〕砧，捣衣石。

〔五〕汉代辽东郡有辽阳县，故城在今辽宁辽阳市梁水、浑河交会处。

〔六〕白狼河，即白狼水，今辽宁大凌河。《水经注·大辽水》："辽水右会白狼水，水出右北平白狼县东南。"白狼河北，指唐营州一带。

〔七〕丹凤城，指长安城。杜甫《夜》诗"银汉遥应接凤城"仇注引赵

111

次公曰："秦穆公女吹箫，凤降其城，因号丹凤城。其后言京城曰凤城。"或曰长安大明宫正南门为丹凤门，故称长安城为丹凤城。白狼河北，丹凤城南，分指丈夫征戍之地与女主人公所居之地。陶敏《沈佺期宋之问简谱》谓诗中"丹凤城"并非实指长安。乔知之在洛阳为官，沈诗亦于洛阳作。

〔八〕谓，《才调集》作"知"，一作"为"。谁谓，即谁知、谁料。含愁独不见，谓少妇思念远戍辽阳的丈夫，脉脉含愁而不能相见。

〔九〕更教，《才调集》作"使妾"。照，《才调集》作"对"。流黄，黄紫杂色的绢。汉乐府《相逢行》："大妇织罗绮，中妇织流黄。"此处"流黄"可理解为少妇的衣裳，也可理解为帷帐或织机上的织物。

笺评

杨慎曰：宋严沧浪取崔颢《黄鹤楼》诗为唐人七言律第一。近日何仲默、薛君采取沈佺期"卢家少妇郁金堂"一首为第一。二诗未易优劣。或以问予。予曰："崔诗赋体多，沈诗比兴多。以画家法论之，沈诗披麻皴，崔诗大斧劈皴也。"（《升庵诗话·黄鹤楼诗》）

黄家鼎曰：起得古，绝异莫愁情绪。（《邹邻庵重订李于鳞唐诗选》卷五。李攀龙选，蒋一葵笺释，黄家鼎重定）

王世贞曰：何仲默取沈云卿《独不见》，严沧浪取崔司勋《黄鹤楼》为七律压卷。二诗固其胜，百尺无枝，亭亭独上，在厥体中要不得为第一也。沈末句是齐梁乐府语，崔起法是盛唐歌行语。如织宫锦间一尺绣，锦则锦矣，如全幅何？老杜集中，吾独爱"风急天高"一章，结亦微弱。"玉露凋伤""老去悲秋"，首尾匀称，而斤两不足。"昆明池水"，秾丽沉切，惜多平调，金石之声微乖耳。然竟当于四章求之。（《艺苑卮言》卷四）

《唐诗训解》：起千古骊珠，用意用字都妙。（卷五）

郝敬曰：化近体为古意，风韵淹雅，而略少意趣。近体不主意而主风韵，故冠冕初唐不可易也。（《批选唐诗》卷二）

胡应麟曰："卢家少妇"，体格风神，良称独步。惜颔联偏枯，结非本色。又曰："卢家少妇郁金堂，海燕双栖玳瑁梁""谁谓含愁独不见，更教明月照流黄"，同乐府语也，同一人诗也，然起句千古骊珠，结语几成蛇足，何也？学者打彻此关，则青龙疏抄可尽火矣。（《诗薮·内编·近体

112

中·七言》）

胡震亨曰：沈诗篇题原名《独不见》，一结翻题取巧，六朝乐府变声，非律诗正格也。不应借材取冠兹体。（《唐音癸签·评汇六》）

许学夷曰：古人为诗不惮改削，故多可传。杜子美有"新诗改罢自长吟"，韦端己有"卧对南山改旧诗"之句是也。尝观唐人诸选，字有不同，字有增损，正由前后审削不一故耳。如沈佺期"卢家少妇郁金堂"，《搜玉集》较今本但"少妇"作"小妇"，"音书"作"军书"；《才调集》则"卢家少妇"作"织锦少妇"，"白狼"作"白驹"，"谁谓"作"谁知"，"更教"作"使妾"，不但工拙不侔，其乖调竟似梁、陈然。《才调集》系唐末人选而犹未从改本者，盖彼但见初本，未见改本故也。（《诗源辩体》卷十三）

郭濬曰：此诗比兴多，用古绝不堆垛。（《增定评注唐诗正声》卷八）

陆时雍曰：高古浑厚，绝不似唐人所为。三、四迥出常度，结更雄厚深沉。（《唐诗镜》卷四）

钱光绣曰：语语从古调淘洗，作律诗看佳，作乐府看亦佳。（《删补唐诗选脉笺释会通评林·初七律》引）

周珽曰：深情老笔，此十年梨花枪也。（同上）

周启琦曰：含几许微情远思。（同上引）

陈继儒曰：云卿初变律体，如此篇虽未变乐府馀调，而落笔圆转灵通，要是腹角出龟龙，牙缝具出赤绿者。（同上引）

唐汝询曰：此为戍妇之词，而以"卢家妇"起兴，言彼夫妇交欢，居处华适，如雕梁之燕，得自双栖。而我则寒砧惊摇落之时，辽阳当久戍之后，风景凄其，块然独处，其视莫愁之情绪若何？因言音书寥绝，在夫之存亡未知；而秋夜方长，在己之离情独结。此果为谁而含愁？今所怀之人独不见，而皎然明月照此罗帏，使我更难为情耳。（《唐诗解》卷三十九）

邢昉曰："起语千古骊珠，结语几成蛇足"，此论吾不谓然。六朝乐府，行以唐律，瑰玮精工，无可指摘。（《唐风定》卷十六）

张延登曰：翩若游龙，迅如惊鹄。（《沈诗评》）

王夫之曰：从起入颔，羚羊挂角；从颔入腹，独茧抽丝。第七句狮吼雪山，龙含秋水。合成旖旎，韶采惊人。古今推为绝唱，当不诬。其所以如大辩才人，说古今事理，未有豫立之机，而鸿轩一致。人但歆歆于其珠玉。（《唐诗评选》卷四）

钱谦益曰："卢家少妇"之章，高棅硬改末二句，差排作律。(《有学集》)（按：《唐诗品汇》末二句作"谁为含愁独不见，更教明月照流黄"。）

冯班曰：此歌行也。此是乐府，不可作律诗。此诗被《品汇》改坏。(《虞山二冯先生才调集阅本》)

贺裳曰：长律至沈而工，较杜、宋实为严整。然唯"卢家少妇"篇，首尾温丽，馀亦中联警耳。结语多平熟，易开人浅率一路。若从此入手，恐不高。(《载酒园诗话又编·沈佺期》)

吴乔曰：唐初卢、骆所作，有声病者是齐梁体；李、杜诸公不用声病者，乃是古调。如沈佺期"卢家少妇"，体同律诗，则唐乐府亦用律诗也。又曰：律诗有二体，如沈佺期《古意》云："卢家少妇郁金堂，海燕双栖玳瑁梁"，以双栖起兴也。"九月寒砧催木叶"，言当寄衣之时也；"十年征戍忆辽阳"，出题意也。"白狼河北音书断"，足上文征戍之意；"丹凤城南秋夜长"，足上文"忆辽阳"之意。"谁为含情独不见，更教明月照流黄"，完上文寄衣之意。题虽曰乐府《古意》，而实《捣衣曲》之类。八句如钩锁连环，不用起承转合一定之法者也。(《围炉诗话》卷二)

黄生曰：(首句)兴起。彼。(次句)反语相映，比也。(三句)已。衬景。(五句)应四句。(六句)应三句。与起二句反照。(七、八句)怨及无情，情益难堪。全篇直叙，双燕栖而人独宿，此"反映法"。古诗多以夫妇比君臣，此风人之旨也。故集题作《古意赠乔补阙知之》，必沈时在下僚，呈此以道意者。凡唐人诗，作妇人语者，当作是观。"香"，一作"堂"，非。此诗本用梁武帝"卢家兰室桂为梁，中有郁金苏合香"二语之意，如卢照邻云"双燕双飞绕画梁，罗帏翠被郁金香"，刘庭芝云"倡家美女郁金香，飞来飞去公子傍"，并出于此，竟押"郁金香"三字自老，后人易为"堂"字，适见其陋。"谁为"，犹谁念也。愁人见月，倍增愁思，故怨及无情，若有人指使而然。(《唐诗摘抄》卷三)

毛奇龄曰：沈詹事《古意》《文苑英华》及本集题下皆有"赠补阙乔知之"六字。因詹事仕则天朝，适乔知之作补阙，其妾为武承嗣夺去，补阙后思之，故作此以慰其决绝之意。言比之征夫戍妇，无如何也。故结云"谁谓"，言不料其至此也。后补阙竟以此事致死，此行文一大关系者。自选本删题下六字，遂昧此意久矣。故张南士云："詹事《古意》，即《三百》遗制，内极其哀痛，外极其艳丽。"前人如何仲默、杨用修辈皆称此

诗为三唐第一，然俱不得其解。盲子观场，稚儿读《论语》，不知何以亦妄评如此。（《西河诗话》）

王尧衢曰：此戍妇之词。前解以"卢家少妇"起兴，形己之独处凄凉。后解以"忆辽阳""忆"字作转，而以"含愁"不得见为合。"卢家少妇"，以少妇起兴……"郁金香"……此言卢家富贵气象。"海燕双栖"，少妇既富贵，又如海燕双栖，何等欢适。"玳瑁梁"，又写他富贵。"九月寒砧"，九月乃授衣时候，而闻寒砧之声，独动愁肠，盖不如卢家少妇远矣。"催木叶"，因寒则木落。"十年征戍"，夫婿远戍，乃至十年之久，其又不如双栖之海燕矣。曹植诗："君行逾十年，贱妾常孤栖。""忆辽阳"，此句是倒装文法，此三字是一篇之主。"白狼河北"，此便从辽阳落想。"白狼河"不远，加以"北"字便远矣。"音书"，此根"忆"字，忆其人而不得见，则忆音书。"断"，"断"字可怜。夫之存亡，未可知矣。"丹凤城南"，戍妇不必都住长安城，加以"南"字，便活泼矣。"秋夜"，正是怀人时候，此字与"九月"句应。"长"，"长"字凄绝，离情更甚。"谁为含愁"，音书已断，秋夜方长，此合愁也。此果为谁而然乎？含愁而得见，幸甚矣。"独不见"，独此所忆之人而不得见。"更教"二字加一倍法，正与"谁为"字、"独"字紧对。"明月"合"秋夜"。"照流黄"，流黄是屏帷之颜色，月色照之，更为凄绝。（《古唐诗合解》卷九）

胡以梅曰：此赋征夫久戍、思妇闺情也。（《唐诗贯珠串释》）

赵臣瑗曰：此诗见赏于李于鳞，见弃于金圣叹。予细观之，后六句与起二句绝不相蒙。中二联又自相承接，似于律不合。然其格调，高古绝伦，不忍弃也。或谓是戍妇思夫之曲，果尔，则首联不应说得如此繁华，且其呈乔补阙也殊无谓。此当是先生配流岭表时，托言以干乔公，望其援手何疑，"卢家少妇"，直指补阙，所谓"南国佳人号莫愁"者也。其所托处，则不外画堂仙掖，何等风华。"海燕双栖"，明明以夫妇之和谐，喻君臣之际会，诚艳之也，诚仰之也。下遂突然告诉出自家苦况，言当此清风戒寒之时，砧声动而木叶将下矣，亦知有目断天涯，望美人而不见者乎！好音杳杳，玉漏迢迢，其又何以消此寂寞也。乔公乎，乔公乎，有不爱四壁之馀明，以容此扫室布席之人也者，非子之望而谁望耶？（《山满楼笺注唐诗七言律》卷一）

毛张健曰：仍本六朝艳体，而托兴深婉，得风人之旨，故为佳什。若王、李诸公必以此为七律第一首，则吾又不得其解也。（《唐体馀编》

谭宗曰：纯乎古作，安得不高？《凤凰台》《黄鹤楼》，要彼命篇实有不同尔。即以体气论，吾未见能过此也。（《近体秋阳》卷五）

乔亿曰：七言律诗有古意更难。气格之古，无过沈云卿之《龙池篇》、崔颢之《黄鹤楼》、老杜之"城尖径仄"诸篇。词意之古，无过沈云卿之"卢家少妇"一者。然效杜拗体者多，"卢家少妇"无嗣响矣。（《剑溪说诗》卷下）

屈复曰：此代为征戍之妇而言也。有谓唐一代以此诗第一者。果好。若为一代第一，则不敢知。（《唐诗成法》）

沈德潜曰：以"卢家少妇"起兴，言夫妇相守如雕梁之燕也。下就分离言。（《重订唐诗别裁集》卷十三）又曰：云卿《独不见》一章，骨高气高，色泽情韵俱高。视中唐"莺啼燕语报新年"诗，味薄语纤，床分上下。（《说诗晬语》卷上）

袁枚曰：此为戍妇之词，而以"卢家少妇"起兴。首二言彼夫妇交欢，如梁燕双栖……三、四风景凄其，块然独居……五、六音书断绝，秋夜更长……末二言"含愁"对"月"，使我更难为情耳。（《详注圈点诗学全书》卷三）

黄叔灿曰：首句借"卢家少妇"以拟闺情也。"海燕双栖"，托物情以拟人事。"九月寒砧"，寄衣急矣；"十年征戍"，忆远无期。"白狼河"，夫戍之所；"丹凤城"，妇居之地。伤信音之隔绝，悲独夜之凄凉。"谁为"句，谓我之含愁谁诉，夫独不之见乎？如此情怀，明月偏照流黄，机上织锦未成，悲何以任耶！（《唐诗笺注》卷四）

宋宗元曰：（三、四句）悲壮浑成，应推绝唱。（《网师园唐诗笺》卷十）

姚鼐曰：初唐诸君，正以能变六朝为佳。至"卢家少妇"一章，高振唐音，远包古韵，此是神到之作，当取冠一朝矣。（《五七言今体诗钞·序目》）

方东树曰：此诗只首句是作者本义，安身立命正脉。盖本为荡妇室思之作，而以卢家少妇实之，则令人迷。如《古诗》以西北高楼实杞梁妻一样笔意。本以燕之双栖兴少妇独居，却以"郁金堂""玳瑁梁"等字攒成异彩，五色并驰，令人目眩。此得齐、梁之秘而加神妙者。三、四不过叙流年时景，而措语沉着重稳。五、六句分写行者、居者，匀配完足，复以

"白狼""丹凤"攒染设色。收拓开一步，正是跌进一步。曲折圆转，如弹丸脱手。远包齐梁，高振唐音。崔颢、太白所不能为，何况其馀。庶几右丞《出塞》，足以近之。持较杨慎《关山月》，则一起一收，说尽无味，中四句太多太滞，肥笨不能通灵。"分弓"二句不上题，似猜谜。再取右丞、工部《樱桃》较何大复《鲋鱼》，皆可见明之诗人不如唐远甚。（《昭昧詹言》卷十五）

胡本渊曰：精细严整中血脉流贯，元气浑然。以此入乐府，真不可多得之作。（《唐诗近体》卷三）

张世炜曰：崔赋体多，沈比兴多……余意诗无定品，兴会所至，自能动人。然须才、法两尽。崔诗才气胜，沈诗法律胜。以三唐人诗而必以孰为第一，何异旗亭甲乙耶！（《唐七律隽》）

王寿昌曰：何谓"高"？曰：近体则……沈云卿之"卢家少妇郁金堂……"。（《小清华园诗谈》卷上）

潘德舆曰：严沧浪谓崔郎中《黄鹤楼》诗为唐人七律第一，何仲默、薛君采则谓沈云卿"卢家少妇"诗为第一。人决之杨升庵，升庵两可之。愚谓沈诗纯是乐府，崔诗特参古调，皆非律诗之正。必取压卷，唯老杜"风急天高"一篇，气体浑雄，剪裁老到，此为弁冕无疑耳。（《养一斋诗话》卷八）

曹锡彤曰：乔知之奉使北军，有婢曰窈娘，美且善歌。而久别，故以闺意呈之。（《唐诗析类集训》）

王闿运曰：常语，以色韵佳。（《手批唐诗选》卷十二）

俞陛云曰：诗从古乐府脱化。首句曰生子华贵，深居兰室，在郁金苏合香中。次句言于归后倡随，若栖梁之双燕。三、四用逆挽句法，征人辽海，荏苒十年。况木叶秋深，西风砧杵，寒衣待寄，益增离索之思。五句盼雁书而不到，承上"征戍"而言；六句感鱼钥之宵长，承上"九月"而言。收处曰独处含愁，更堪明月凄清，来照流黄机上，且有只容明月照我幽居之意，与"春风不相识，何事入罗帏"同其贞静也。（《诗境浅说》丙编）

题称"古意呈乔补阙知之"，古意指拟古乐府《独不见》。《乐府诗集》

卷上十五《独不见》古辞载梁柳恽之作，末二句云："奉帚长信宫，谁知独不见。"亦于篇末点出题意，与沈佺期此诗末联点出"谁谓含愁独不见"同一结法。故《乐府诗集》题为《独不见》是符合诗意的，沈诗题"古意"即拟古乐府《独不见》也可得到证实。陈子昂武后垂拱二年（686）四月曾从左补阙乔知之北征同罗、仆固，知之直至垂拱四年犹戍北边，此诗既为呈乔知之之作，又有"九月"字，则诗或当作于垂拱元年九月，其时知之或已在朝廷任左补阙。呈诗于知之，盖友朋间诗歌酬赠，不必有其他寓意。

这虽是一首拟古乐府《独不见》之作，又是一首完全合律的七言律诗（第七句"独"字，王水照认为是以入作平，见《百家唐宋诗新话》第29页）。撇开宋、明、清三代诗评家关于唐人七律孰为第一的争论不论，就诗歌本身看，称得上是一首优秀之作。

起联化用梁武帝《河中之水歌》，以"卢家少妇"借指诗中女主人公——一位丈夫长期远戍不归的思妇。用"郁金堂""玳瑁梁"形容其居处的华美，用"海燕双栖"反衬她独居华屋的孤寂。古乐府写女主人公，常用夸张渲染的笔墨和秾艳华丽的辞藻，此诗既为仿古乐府之作，又直接化用《河中之水歌》，自不能不袭用此类手法，不必因此而怀疑其不类戍妇，从而误将"卢家少妇"理解为与女主人公境遇不同的人物。实际上，居处越是写得华美，辞藻越是艳丽，反倒越突出了其处境的孤寂。这种写法，与后来温庭筠的词每以华艳的色彩写女子的居处、服饰，以反衬其离别相思之情，颇为相似。

颔联揭出正意，点明全诗的季候背景与人事背景。"十年征戍忆辽阳"是全篇主句，诗就是写一位丈夫远戍辽阳十年未归的思妇在"九月寒砧催木叶"的季节环境中的情思。这一联不仅对仗工整自然，音律爽朗浏亮，语言圆转流丽，而且有丰富的蕴含。"寒砧催木叶"，似无理而真实，写出了深秋季节，在凄清而透出寒意的砧杵声中，枯黄的树叶纷纷坠落的萧瑟凄其景象，仿佛是砧杵声在不断地催送落叶一样。言外自含思妇对整个凄寒萧瑟的环境视听浑然一体的感受，透露出对年华消逝、生命凋衰的伤感，而凄清而紧急的砧杵声也好像与思妇凄寒孤寂的心声相应相和。这是一层。同时，"九月授衣"，寒秋季节，正是家家户户给远戍的征人制送寒衣的时节，听到清亮急促的砧杵之声，便自然想到远戍边地的征人，因此下句接以"十年征戍忆辽阳"便十分自然。在这里，"寒砧"声又成了触发戍妇思念远人的情思的外物和触媒。上句写景，景中含情；下句叙事，事中有"忆"。"十年"句高度概括。"忆"字当中蕴含了长期以来对远戍丈夫的深长思念、无限牵挂和忧虑不安，以及年年盼归又岁岁落空的怅恨，更包含了对自身空房独守、凄清寂寞处境的哀伤和年华在长期的寂寥等待中暗自消逝的悲感。种种千回百转的情思，统包于一个无所不包的"忆"字当中，可谓以单纯寓丰富的典型。

腹联承颔联作进一步的抒写和渲染，在回环往复中有递进与深化。出句承"十年征戍忆辽阳"，点明远戍白狼河北的丈夫音书断绝，生死存亡未卜，这就在"十年"长别的痛苦思念等待中更增添了百年永别的担心。"断"字中交织着焦急、疑虑、不安乃至茫然无措的感伤情绪。对句承"九月寒砧催木叶"，谓值此深秋寒夜，京城城南的戍妇倍感秋宵之漫长。"长"字中透露出永夜不眠、辗转反侧的漫长时间过程中无尽的思念、忧虑和哀伤。夜之长正透出思之长、悲之长。

写到这里，"卢家少妇"的种种深长思念和痛苦已得到充分的表现，第七句乃用"含愁独不见"五字作一总束，说明以上六句所写的都是身居华堂的"卢家少妇"含愁思念远人而独不得见的情思。句首用"谁谓"提起，兼含始料未及、无人理解之意，自怨自叹之情。第八句以"更教"二字与"谁谓"相呼应，推进一层，说本已因长期独居含愁不寐，更何况又见明月映照流黄制成的帷帐，益增空帷独守的哀伤。团圆明月，本是夫妇团聚的象征，如今明月依旧，却空照清冷的床帷，触景伤怀，情更难堪。末句与篇首"海燕双栖"亦适成对照，正反相形，首尾相应。

这首诗所抒写的思妇怀念远戍征人的感情是深挚而哀伤的，但全诗并不给人低沉绝望之感，在深长的思念中有对生活的执着和对和平的渴望。诗气象高华，境界阔大，体现出向盛唐诗过渡的风貌特征。

沈
佺
期

郭 震

郭震（656—713），字元振，魏州贵乡（今河北大名东）人。年十八举进士，为通泉县尉。武后召见，进《宝剑篇》，授右武卫铠曹参军。大足元年（701），授凉州都督、陇右诸军州大使。中宗神龙年间，授安西大都护。睿宗景云二年（711），进同中书门下三品。先天元年（712），任朔方军大总管，次年复召为兵部尚书、同中书门下三品。以平太平公主功，封代国公。玄宗讲武骊山，以军容不整流新州，起为饶州司马，道病卒。《全唐诗》编其诗为卷。

古剑篇〔一〕

君不见昆吾铁冶飞炎烟〔二〕，红光紫气俱赫然〔三〕。良工锻炼凡几年〔四〕，铸得宝剑名龙泉〔五〕。龙泉颜色如霜雪，良工咨嗟叹奇绝〔六〕。琉璃玉匣吐莲花〔七〕，错镂金环映明月〔八〕。正逢天下无风尘〔九〕，幸得周防君子身〔一〇〕。精光黯黯青蛇色〔一一〕，文章片片绿龟鳞〔一二〕。非直结交游侠子〔一三〕，亦曾亲近英雄人。何言中路遭弃捐〔一四〕，零落漂沦古狱边〔一五〕。虽复尘埋无所用，犹能夜夜气冲天〔一六〕。

校注

〔一〕题一作《古剑歌》，见张说所撰《兵部尚书代国公赠少保郭公行状》；一作《宝剑篇》，见《新唐书·郭元振传》。

〔二〕昆吾，传说中山名。《山海经·中山经》："昆吾之山，其上多赤铜。"郭璞注："此山出名铜，色赤如火。以之作刃，切玉如割泥也。"铁冶，炼铁之所。

〔三〕红光紫气，指剑在冶炼铸造过程中放射出的光焰烟气，特指宝剑冶炼中放射的精光宝气。赫然，光彩鲜明貌。

〔四〕良工，指铸剑的优秀工匠，此指干将、莫邪。

〔五〕龙泉，宝剑名。王充《论衡·率性》："棠谿鱼肠之属，龙泉太阿之辈，其本铤山中之恒铁也。"又名龙渊。《战国策·韩策一》："邓师、宛冯、龙渊、太阿，皆陆断马牛，水击鹄雁，当敌即斩坚。"《越绝书·越绝外传》："欧冶子、干将凿茨山，泄其溪，取铁英，作铁剑三枚，一曰龙渊，二曰太阿，三曰工布。"又《太平御览》卷三百四十三引《列异志》载，楚人干将、莫邪夫妇为楚王铸雌雄二剑，三年乃成。干将以误期自料必死，乃留雄剑嘱其妻：若生男，告以剑所在。干将果被杀，其子长，得客之助舍身为父复仇。

〔六〕咨嗟，赞叹称美之声。

〔七〕《西京杂记》卷一："高祖斩白蛇剑，剑上有七采珠、九华玉以为饰，杂厕五色琉璃为剑匣。剑在室中，光景犹照于外。"吐莲花，指剑光如莲花。见《初学记》卷二十二引《吴越春秋》。或谓"莲花"指环状的剑柄头上涂饰的金花。但如指此，似不应曰"吐莲花"。

〔八〕错镂金环，指剑柄剑环上错彩镂金。

〔九〕风尘，指战乱。

〔一〇〕周防，周密防护。

〔一一〕青蛇色，指剑光闪耀，如青蛇蜿蜒游动。

〔一二〕文章，指宝剑上的花纹。龟鳞，状剑上如龟甲形的花纹。据《吴越春秋·阖闾内传》，干将、莫邪夫妇为吴王铸阴阳剑，阳曰干将，阴曰莫邪，"阳作龟文，阴作漫理"。

〔一三〕非直，不仅。结交，指为游侠之士所赏爱，与下句"亲近"义略同。

〔一四〕何言，犹岂料。

〔一五〕《晋书·张华传》："初，吴之未灭也，斗、牛之间常有紫气……及吴平之后，紫气愈明。华闻豫章人雷焕妙达纬象，乃要焕宿……焕曰：'宝剑之气，上彻于天耳。'……华大喜。即补焕为丰城令。焕到县，掘狱屋基，入地四丈馀，得一石函，光气非常，中有双剑，并刻题，一曰龙泉，一曰太阿。其夕，斗、牛间气不复见矣。"漂沦古狱边，即指宝剑被尘埋于狱屋基地下。

〔一六〕夜夜气冲天，谓宝剑之精气上彻于天。参详上注。

郭
震

121

笺评

钟惺曰：（"良工咨嗟叹奇绝"）自作自叹，异甚。然真赏人实有此境。（"琉璃"四句）不是此数语，便落粗恶一道。（"非直"二句）善为古剑讲价。（"虽复"二句）不恶。然再粗不得矣，慎之。（《唐诗归》卷四）

谭元春曰：（"正逢"二句）将宝剑说得忠孝节义了。（同上）

唐汝询曰：体裁无爽，终是浅调。直可动武瞾耳，真好文主恐未易动。（《唐诗汇编十集》）

程元初曰：元振诗每多讽刺，有合风骚。此篇之自负如此，无愧于其言矣。（《唐诗绪笺》）

胡应麟曰：唐人歌行烜赫者，郭元振《宝剑篇》、宋之问《龙门行》《明河篇》、李峤《汾阴行》、元稹《连昌词》、白居易《长恨歌》《琵琶行》、卢仝《月蚀》、李贺《高轩》，并惊绝一时。（《诗薮》）

周容曰：郭代公以《宝剑篇》发迹，至今若有生气，读之一粗豪之调耳。然对英主，正是沈细不得。英雄事业中人，非可以风雅正则论也。（《春酒堂诗话》）

贺裳曰：《宝剑篇》英气逼人，自是磊落丈夫本色。独其乐府诗，又何凄艳动人也！谁谓儿女情长，则英雄气短乎？（《载酒园诗话又编·郭元振》）

吴乔曰：郭元振《古剑篇》、宋之问《明河篇》，正意皆在末四句。（《围炉诗话》卷二）

沈德潜曰：杜诗云："高咏《宝剑篇》，神交付冥漠。"谓此诗也。（《重订唐诗别裁集》卷五）

宋宗元曰："正逢天下无风尘，幸得周防君子身。"身分俱到。（《网师园唐诗笺》卷四）

管世铭曰：郭代公《宝剑篇》与薛少保《陕郊》五言诗，均为子美服膺，见于本集。（《读雪山房唐诗序例·七古凡例》）

王闿运曰："正逢天下无风尘，幸得周防君子身。"以不祥器说得吉祥，是生新出奇法。又："何言中路遭弃捐"，英雄乃肯弃捐邪？此讳言死后漂沦耳，造语未圆。（《手批唐诗选》卷七）

鉴赏

这首诗著称当时，与郭震的一段际遇有密切关系。张说《兵部尚书代国公赠少保郭公行状》云："授梓州通泉尉。至县，落拓不拘小节。尝铸钱，掠良人财，以济四方，海内同声合气，有至千万者。则天闻其名，驿征引见，语至夜，甚奇之。问蜀川之迹，对而不隐。令录旧文，乃上《古剑歌》……则天览而佳之，令写数十本，遍赐学士李峤、阎朝隐等，遂授右武卫胄曹，右控鹤内供奉，寻迁奉宸监丞。"这段记载，既显示出武后对人才的重视，也表现出郭震对自己才能的自负。上《古剑歌》于武后，无异于对自己杰出才能和目前境遇的最好宣传，是一种诗的自荐。从这里也可以窥见诗歌在唐人政治生活中的重要作用。

诗分四段。首四句咏宝剑的冶炼铸造过程，突出强调其原料出自"昆吾"，材质优异。又久经"良工锻炼"，在冶铸过程中即已"红光紫气俱赫然"，表现出特异的精气光彩。以此比喻自己既有卓异不凡的材质，又经反复锻炼陶冶，已经熔铸成宝贵的人才——像名贵的龙泉宝剑那样珍奇的宝物。

接下来四句，描绘渲染宝剑的颜色、装饰和光彩。"颜色如霜雪"，状其寒气逼人，锋利无比；"琉璃玉匣""错镂金环"状其装饰之华美珍奇，"吐莲花""映明月"状其光彩照人，用以比喻自己的品质才华之美与精神气质之美。中间插入"良工咨嗟叹奇绝"一句，暗示自己的品质才华早已得到铸才识才者的高度赞赏，虽似旁笔，却含深意，言外自含对一切不识和弃置奇才者的慨叹。

"正逢"六句，形容宝剑的"精光"和文采，比喻自己的精神品格和文采才华。并以宝剑适逢"无风尘"的盛世，虽未能报国杀敌，施展平生本领，却坚守自己的节操品格，或"周防君子身"，或"结交游侠子"，或"亲近英雄人"，所结交亲近的都是正直义烈之士。写到这里，剑与人已浑为一体。

最后四句，是全篇点眼。以宝剑中路遭弃、尘埋地下比喻自己沉沦不遇、零落漂沦的遭际处境。尽管目前"尘埋无所用"，却"犹能夜夜气冲天"。结语既吐露宣泄了内心的愤郁不平之气，又说明自己的才能品质和精神气质终不可掩，定有被发现、被重用的一天。

这首诗通篇以宝剑自喻，激荡着一股雄豪英发和磊落不平之气，其中蕴含了对自己精神品格、才能文采的高度自信。虽处"尘埋无所用"之境遇，却表现出"天生我材必有用"的信念。诗虽通篇设喻，却喻义鲜明，毫无晦涩之弊。直截明快，道劲雄放，反映出作者的豪侠性格和磊落之气。虽不像诗人之诗那样富于文采和意境，却自显英雄本色。诗如其人，千载之下，犹感"英气逼人"。

张敬忠

张敬忠，京兆（今陕西西安市）人。生卒年未详。中宗时任监察御史。神龙三年（707），入朔方军总管张仁亶幕，分判军事。后历任司勋郎中、吏部郎中，迁兵部侍郎。开元七年（719）任平卢节度使；十一年为河西节度使。后历任益州长史、剑南节度使、河南尹、太常卿。《全唐诗》录存其诗二首。

边　词〔一〕

五原春色旧来迟〔二〕，二月垂杨未挂丝。
即今河畔冰开日〔三〕，便是长安花落时〔四〕。

校注

〔一〕边词，犹边塞之作，边塞的歌咏。据首句"五原"，此诗当为张敬忠在朔方军幕期间所作。

〔二〕五原，秦设九原郡，汉武帝改置五原郡，有五原县，见《汉书·地理志》。地在今内蒙古自治区五原县。张仁亶任朔方军总管时为防突厥而修筑的三受降城之一西受降城，就在五原西北。旧来，从来。

〔三〕河，指黄河。

〔四〕花落时，指暮春时。作诗时在暮春三月。

笺评

敖英曰：人多说边境之苦，而此诗想到长安，思更深苦。（《唐诗绝句类选》卷二）

钟惺曰：只叙事物，许多感情。《三百篇·草虫》等诗之法也。（《唐诗归》卷四）

谭元春曰：风土诗。（同上）

《唐诗训解》：说得苦寒出。又曰：通篇皆模写"春色迟"三字，以见边地之苦寒。（卷七）

陆时雍曰：自可断肠。（《唐诗镜》卷七）

周敬曰：彼此相形，专以意胜，说得出。（《删补唐诗选脉笺释会通评林·初七绝》）

黄生曰：情在景中。只一意，用"今""旧"二字，翻作两层。只说边地苦寒，而征人之不堪自见。（《唐诗摘抄》卷四）

徐增曰：此诗不用深巧，只将"春色迟"三字写大意，而边地之苦自见，尚不失盛唐步武。（《而庵说唐诗》卷十）

沈德潜曰：不须用意。（《重订唐诗别裁集》卷十九）

黄叔灿曰：二月无杨，春深水泮然，则尚何花事之可言。边城苦寒，却分两层形容。首二句是先言气候之无异于长安，曰"旧来"、曰"即今"两层，却以上层托出下层。（《唐诗笺注》卷八）

宋宗元曰：深情含蓄。（《网师园唐诗笺》卷十五）

王一士曰：写景最灵活，可救塞滞之弊。（刘文蔚辑注《唐诗合选详解》引）

俞陛云曰：凡作边词者，每言塞外春迟，而各人诗笔不同。此诗言时已二月，而柳条未泄春光。迨长河冰解，长安已处处飞花。极言气候之不齐，语颇质直。若王之涣诗："羌笛何须怨杨柳，春光不度玉门关。"推为绝调，传遍旗亭。吴兆骞诗："马后桃花马前雪，出关争得不回头。"为《秋笳集》中第一。此二诗皆言绝域春寒，情调并美，突过前人。然张诗自有初唐质朴之气。（《诗境浅说》续编）

刘永济曰：此边词而不言边塞之苦，但用对比手法，将"河畔"与"长安"两两相形，而意在言外，且语意和平，可想见唐初国力之盛。（《唐人绝句精华》）

北方边塞气候寒冷，虽同一节令而自然景色与内地迥异。这是客观事实。面对同一客观事实，不同时代、不同思想感情的诗人在歌咏它时，却会呈现出完全不同的艺术风貌。张敬忠的这首《边词》，便是写边地气候景物很有特色的作品。

首句明点边地春迟。五原地处塞外，北临大漠，气候严寒，风物荒凉，春色姗姗来迟。着"旧来"二字，不但见此地的荒寒自古迄今如斯，且表明诗人对此早有所闻，思想感情上对此也早有所准备。这一句是全篇总冒，以下三句都是从不同角度对此地春色之迟进行具体描绘。它起得从容而安详，为全诗定下了总的感情基调。

"二月垂杨未挂丝"。仲春二月，内地已是桃红柳绿，春光烂漫，这里却连垂杨都尚未吐叶挂丝。柳色向来是春光的标志，诗人们总是首先在柳色中发现春意，发现春天的脚步和身影。抓住"二月垂杨未挂丝"这个典型景象，便非常简括而形象地显示出边地春迟的特征。令人宛见在无边荒漠中，几株垂柳在凛冽的寒风中摇曳着光秃秃的空枝，看不到一点绿色的荒寒景象。这一句虽未提到长安，但诗人意中自有长安二月的景象作为参照，这从"未"字上可以体味出来。

三、四两句仍紧扣"春迟"写边地景物，却将第二句中潜在的参照移至明处，通过五原与长安不同景象的对照，来突出渲染北边的春迟。第二句与三、四句之间，有一个时间差距。第二句所写的并非眼前景，而是对"五原春色旧来迟"的一种形象化表述，或者是对五原"二月"景象的追叙。第三句所写的才是边地的眼前景，故用"即今"提起。河畔冰开、长安花落，暗示时令已值暮春。在荒寒的北边，到这时河冰刚刚解冻，春天的脚步虽已隐约可闻，春天的身影、春天的色彩却仍然未能望见。而遥想皇都长安，这时已是姹紫嫣红开过，春事阑珊了。这个对比，前实后虚，不仅进一步突出了边地春迟，而且寓含了戍守荒寒边地的将士对帝京长安的深情怀念。

面对五原春迟、北边荒寒的景象，诗人心中唤起的并不是沉重的叹息，也不是身处荒寒边塞的凄凉。这里是荒寒的，但荒寒中又具有辽阔和壮美（黄河冰开之景，至今仍显得极为壮观）；这里是孤寂的，但孤寂中又透露出边地的宁静和平，没有刀光剑影、烽火烟尘。这里的春天尽管来得特别迟，但春天毕竟要来临。"河畔冰开"，带来的是对春天的展望，而不是"莫言塞北无春到，纵有春来何处知"（李益《度破讷沙》）这样沉重的叹息。刘永济说："此边词而不言边塞之苦，但用对比手法，将'河畔'与'长安'两两相形，而意在言外，且语意和平，可想见唐初国力之盛。"这是深得诗味的精到评论。沈德潜评道："不须用意。"说的也是此诗于不经意中见诗人气度和时代风神的特点。如果将它与王之涣的《凉州词》对照起来读，便不难发现它们的声息相通之处：尽管都写到了边地的荒寒，但表露的却是对这种

张敬忠

127

景象坦然面对、泰然自若的态度。在这一点上,《边词》可以说是开盛唐风气之先的。

　　这首七绝散起对结,结联又用一意贯串,似对非对的流水对,是典型的"初唐标格"。这种格式,对表现深沉凝重的感情可能有一定困难,但却特别适合表现安恬愉悦、明朗乐观的感情。诗的风调清爽流利,意致自然流动,音调和婉安恬,与它所表现的感情和谐统一。让人感到,诗人是用一种坦然的态度对待面对"春色旧来迟"和"二月垂杨未挂丝"的景象。特别是三、四两句,在"河畔冰开日"和"长安花落时"之前,分别用"即今""便是"这样轻松流易的词语勾连呼应,构成了一种顾盼自如、风流自赏的风神格调,而"河畔冰开"与"长安花落"的同时异地异景并置,又扫描式地展现了大唐帝国版图的辽阔,一种泱泱大国的雍容气度流注于字里行间。这一切,构成了这首诗特有的风神。"治世之音安以乐"(《毛诗序》),这首诗也许可以作为一个典型的例证。

陈子昂

陈子昂（659—700），字伯玉，梓州射洪（今属四川）人。弱冠以豪侠闻。文明元年（684）登进士第，献书阙下，武后奇其才，授麟台正字。垂拱二年（686），随左补阙乔知之北征同罗、仆固。永昌元年（689），迁右卫胄曹参军。天授二年（691），因服继母丧解官归蜀。延载元年（694）服阕，授右拾遗。不久被构陷"缘逆党"下狱，经年获释。万岁通天元年（696），从建安王武攸宜北征契丹，参谋军事，因谏议触怒攸宜，降为军曹。圣历元年（698）以父老解职归侍，栖居山林。后为县令段简罗织罪名下狱。久视元年（700）忧愤而卒。有《陈伯玉文集》十卷传世。《全唐诗》编其诗为二卷。陈子昂为唐代诗文革新先驱，其《与东方左史虬修竹篇序》高倡"汉魏风骨""风雅""兴寄"，指斥齐梁以来的绮丽诗风，并以自己的创作实践上述主张，为唐诗的健康发展开辟了道路。五古、五律均有佳作。

感遇诗三十八首（其二）〔一〕

兰若生春夏〔二〕，芊蔚何青青〔三〕。
幽独空林色〔四〕，朱蕤冒紫茎〔五〕。
迟迟白日晚〔六〕，袅袅秋风生〔七〕。
岁华尽摇落〔八〕，芳意竟何成〔九〕！

校 注

〔一〕感遇，对所遭遇的事物情况抒发感慨看法。陈子昂的《感遇诗》三十八首，内容或抒写身世遭遇、理想抱负；或讽慨朝政，指斥时弊；或发表对天道、人生、历史人事的看法，非一时一地之作。性质类似阮籍《咏怀》八十二首，历来被视为其代表作。

〔二〕兰若，兰草和杜若。兰指泽兰，多年生草本植物，秋季开白花，全身有香气。《楚辞·离骚》："扈江蓠与辟芷兮，纫秋兰以为佩。"杜若，多年生草本植物，叶广披针形，味辛香，夏日开白花。《楚辞·九歌·湘君》：“采芳洲兮杜若。”从“朱蕤”句看，似为开红花者。

〔三〕芊蔚，草木茂盛貌。

〔四〕幽独，静寂孤独。《楚辞·九章·涉江》：“哀吾生之无乐兮，幽独处乎山中。”《九章·悲回风》：“兰茝幽而独芳。”空林，杳无人迹的树林。张协《杂诗》之六：“咆虎响穷山，鸣鹤聒空林。”

〔五〕蕤（ruí），指花。王粲《初征赋》：“春风穆其和畅兮，庶卉焕以敷蕤。”朱蕤，红花。句意谓红花开放在紫茎上面。

〔六〕迟迟，阳光温暖、光线充足的样子。

〔七〕袅袅，柔弱细长貌。《楚辞·九歌·湘夫人》：“袅袅兮秋风，洞庭波兮木叶下。”

〔八〕岁华，指一年一枯荣的草木。摇落，凋零。《楚辞·九辨》：“悲哉秋之为气也，萧瑟兮草木摇落而变衰。”

〔九〕芳意，指兰若开花的情意。

笺评

刘辰翁曰：又以芳草为不足也。（《唐诗品汇》卷三引）

顾璘曰：叹君子失时而无成也。（《删补唐诗选脉笺释会通评林·初五古》引）

唐陈彝曰：“空”字不泛，下“尽”“竟”字迫。（同上引）

唐汝询曰：此志在登庸忧时暮也。言兰若当春夏之时，郁然茂盛，虽居幽独，而其花茎之美，足使群葩失色，所谓“空林色”也。若于此时不为人所知，则迟日晚而秋风来，随众凋落而无成矣。以比己抱美才而处山泽，若不以盛年用世，至于衰老，将安及哉！（《唐诗解》卷一）又曰：仅存汉、魏口气。（《汇编唐诗十集》）

程元初曰：诗欲气高而不怒，怒则失于风流。此诗气高而不怒。（《唐诗绪笺》）

王尧衢曰：此感志之无成也……言兰若自春而夏，郁然茂盛，幽而独芳，秀出空林之色。虽有朱蕤紫茎，至于白日既晚，秋风复生，则随岁华之凋落，而芳意迄于无成矣。人之淹留迟暮，负才不遇，亦犹芳兰之摇落于空谷也。（《古唐诗合解》卷一）

王闿运曰：自王绩、卢照邻已变陈、隋体矣，伯玉乃纯模古而轻逸，

无拙笔。(《手批唐诗选》卷一)

陈子昂《感遇诗》三十八首中,有不少感怀身世之作。这一首纯用比兴之体,是实践其"兴寄"主张的代表性作品。

自屈原《离骚》等作开启以香草喻志士高洁幽芳品格的比兴象征传统以来,历代均有制作。但通篇托咏香草以寄寓诗人遭际情怀而艺术上成功之作并不多。这首诗在这类作品中,是写得比较精练含蓄而富于韵味的。

开头两句以咏叹的笔调起势,点明歌咏的主体——兰草和杜若,交代它们生长繁茂的季节,用"芊蔚何青青"来形况其绿叶离披、葱郁繁茂、富于生命力的景象。"何"字充满赞叹之情。

三、四两句,进而写兰若敷荣开花的美好身姿。"幽独空林色",是说它们寂寞地开放在幽深空无人迹的树林中,"色"指花色。解者或将"空"字理解为"使群葩失色"之意,未免错会。这句的"幽"字、"空"字都是为了突出渲染"独"字,强调兰草、杜若独处于深山幽谷空林之中,是全篇的着意之处。"朱蕤冒紫茎"句中的"朱""紫"用以补足上句句末的"色"字。这句写花开之鲜艳,"冒"字既写红花挺立于紫茎之上的情状,也传出其活力与精神。这两句既有赞,也有叹。"幽独""空林"之语,已透露出幽芳无赏的意蕴。

五、六两句,写时序变迁。"迟迟白日晚",是说时已晚暮,明亮温暖的阳光已变为一片黯淡的暮色;"袅袅秋风生",是说时令已经到秋风萧瑟的季节。日暮加上秋风,黯淡的色调和萧瑟的情调交并,"兰若"的命运不问可知。

七、八两句,写草木凋零,芳意无成,揭示出兰若的悲剧命运和全篇主意。"岁华"句泛指百卉凋零,"芳意"句专指兰若。既然在秋风萧瑟的大环境中,一切"岁华"尽皆摇落,则兰若的凋零自在所难免。"芳意"二字历来评家皆语焉不详,其实它正是表达全篇主旨的关键字眼。"芳意"指兰若繁茂开花的情意,亦即花开见赏的情意。大自然中的草木,岁岁荣枯,是自然规律,花开并不求人赏,花落亦不企人怜。但这首诗中人格化了的"兰若",则是有花开见赏的"芳意"的。"芳意竟何成"是慨叹像自己这样品格高洁、才能出众的志士寂处于"幽独"之境,不为时所赏、老死山林、抱负成空的悲剧命运。写到这里，全篇的兴寄之意便得到了既明快又含蓄的表达。

　　作为一首托物寓怀诗，它对所咏之物不作细致的描绘刻画，只就所寓托的内容对物的相应特征作大体勾画与形容。诗中对兰若的正面描写，实际上只有"芊蔚何青青"与"朱蕤冒紫茎"两句，其余均为对兰若生长季节与所处环境的描述。正面描写虽简，却既绘形又传神，在勾画出其繁茂葱郁、绿叶离披、朱蕤紫茎的外形的同时，传达出其内在的芳洁与活力。而这又正与其所处的环境、所遭的命运构成鲜明对照，因此便突出表现了其高洁芬芳而幽独不见赏的悲剧命运。诗中着意渲染的是一种惋惜、遗憾而又无奈的情绪，这和诗中贯串始终的咏叹情调正相一致。其中像"何"字及"迟迟""袅袅""尽""竟"等字，都带有强烈的咏叹意味。一般的托物寓志诗，由于用以象征的意象多为传统习用的事物，所寓之志又多为某种固定的志向抱负，常有理胜于情的干枯抽象之弊，这首诗却自始至终融贯着浓郁的抒情气氛，使人感到诗人与其所咏之物浑融一体。感情虽强烈，但表现方式却并不剑拔弩张，而是在深情咏叹中仍具一份优游不迫的情致。评家赞其"气高而不怒"，是精当之评。

感遇诗三十八首（其三）

> 苍苍丁零塞〔一〕，今古缅荒途〔二〕。
> 亭堠何摧兀〔三〕，暴骨无全躯〔四〕。
> 黄沙幕南起〔五〕，白日隐西隅。
> 汉甲三十万，曾以事匈奴〔六〕。
> 但见沙场死，谁怜塞上孤〔七〕！

校注

　　〔一〕苍苍，青苍的颜色。丁零，古种族名，汉时为匈奴属国，游牧于北部和西北部广大地区。《史记·匈奴列传》："后北服浑庾、屈射、丁零、鬲昆、薪犁之国。"张守节正义："已上五国在匈奴北。"司马贞索隐引《魏略》："丁零在康居北，去匈奴庭接习水七千里。"丁零塞，丁零人所居的边塞地区。丁零，后称铁勒，又称回纥。垂拱二年（686），陈子昂从左补阙乔知之北征同罗、仆固，曾到过古丁零塞一带。

〔二〕缅，邈远。句意谓丁零塞一带从古迄今一直是路途遥远的荒漠之地。

〔三〕亭堠（hòu），边境上用以瞭望和监视敌情的岗亭、土堡。摧兀，高耸貌。

〔四〕暴骨，暴露在原野上的骸骨。

〔五〕幕，通"漠"。幕南，指今蒙古大沙漠以南地区。

〔六〕汉甲，汉兵。事，有事于。事匈奴，从事对匈奴的战争。《史记·高祖本纪》："七年，匈奴攻韩王信马邑，信因与同谋反太原。白土曼丘臣、王黄立故赵将赵利为王以反，高祖自往击之。会天寒，士卒堕指者十二三，遂至平城。匈奴围我平城，七日而后罢去。"又《匈奴列传》："是时汉初定中国，徙韩王信于代，都马邑。匈奴大攻围马邑，韩王信降匈奴。匈奴得信，因引兵南逾句注，攻太原，至晋阳下，高帝自将兵往击之。会冬大寒雨雪，卒之堕指者十二三，于是冒顿详（佯）败走，诱汉兵。汉兵逐击冒顿，冒顿匿其精兵，见其羸弱。于是汉悉兵，多步兵，三十二万，北逐之。高帝先至平城，步兵未尽到。冒顿纵精兵四十万骑围高帝于白登，七日，汉兵中外不得相救饷。"后用陈平之计，方解白登之围。此为汉高祖七年亲率军三十二万讨伐匈奴被困之事。又《史记·韩长孺列传》，武帝元光元年，御史大夫韩安国为护军将军，统率汉兵三十余万击匈奴，无功而罢。

〔七〕塞上孤，指北方边塞地区因匈奴杀戮而造成的遗孤。

陈沆曰：《汉书》注："丁零，胡之别种也。"《通鉴》：万岁通天元年，遣曹仁师、张元遇等二十八将击契丹，子昂上书谏之，即此所谓"汉甲三十万""暴骨无全躯"也。"但见沙场死，谁怜塞上孤"，谓边备不修，将帅非人，以致斯患。（《诗比兴笺》卷三）

此诗历代选家、评家少有加以注意者，可能认为它仅仅是一般的咏古之

133

作。子昂垂拱二年（686）随乔知之北征同罗、仆固，曾至古丁零塞一带，亲历边塞荒凉景象，或谓此诗即作于此次出塞时。但此次战事规模不大，正史中均未加以记载。陈沆《诗比兴笺》联系万岁通天元年（696）遣曹仁师、张元遇等二十八将击契丹，全军覆没事以解"汉甲三十万""暴骨无全躯"等句，颇有见。据《通鉴》，万岁通天元年五月，营州契丹松漠都督李尽忠、归诚刺史孙万荣举兵反，攻陷营州。遣左鹰扬卫将军曹仁师、右金吾卫大将军张玄遇、左威卫大将军李多祚、司农少卿麻仁节等二十八将讨之。七月，以春官尚书梁王武三思为榆关道安抚大使率师东征。八月，曹仁师等与契丹战于硖石谷，唐兵大败。"将卒死者填山谷，鲜有脱者"。九月，又以建安王武攸宜为右武威卫大将军，充清边道行军大总管，以讨契丹。子昂参谋军幕，从军出征。则"汉甲三十万""暴骨无全躯"之事实乃不久前刚发生之唐军惨败之事，故沉痛如许。诗实系借汉喻唐、讽慨时事之作，与《感遇诗》中"丁亥岁云暮""圣人不利己"等作性质相类，非泛泛咏古之作。至于古丁零塞远在漠北，而讨契丹之战争则在东北，此乃托古讽时之作的惯例，不必拘泥。

开头两句，大处落墨，描绘出丁零塞一带苍茫遥远、辽阔荒凉的景象。"苍苍"二字，写遥望中的丁零塞呈青苍之色，色调黯淡，与全诗情调相应。"缅"字既可指时间之久远，与"今古"相关；也可指空间的阔远，与"苍苍""荒途"相应。"荒途"二字，点明诗中所写系诗人在接近丁零塞时所见所感。而"今古"二字，更蕴含诗人在目击丁零塞一带苍茫阔远景象时，神思由古及今的跨越，透露出此诗借古慨今、以汉喻唐的构思。

三、四两句，描绘"荒途"中所见战争的遗迹。在广漠无际的荒野上，一座孤峙耸立的亭堠显得分外突出，而随处可见的死人骸骨纵横狼藉，则更令人触目惊心。"无全躯"三字着意说明这是战争中牺牲的战士身首异处、肢体不全的骸骨。两句相互映衬，透露出这一带曾经发生过多次残酷的战争和惨重的牺牲。语调沉重，感情沉痛。

五、六两句，转写远望所见漠南黄沙弥漫，白日隐没于西边天空中的黯淡凄惨景象，目的是以自然环境之恶劣来突出渲染战争之艰苦，为七、八两句造势。也使人联想到"日暮沙漠陲，战声烟尘里"的惨烈战斗情景。

"汉甲"二句，是全篇中叙事的主句。它兼包今古，表面上写汉朝与匈奴的战争，实际上寓指诗人亲历的唐王朝与契丹的战争。

最后两句，是全篇点眼。"但见沙场死"，应上"暴骨无全躯"，是说战场上直接牺牲的战士一般人都会注意到并给予同情；"谁怜塞上孤"，是说边塞地区在胡人的侵凌杀戮下，造成了无数遗孤，又有谁来怜悯呢？而无论是直接死于战争，或因胡人入侵而遭到杀戮的边民，他们的悲剧命运都和朝廷没有任用良将守边密切相关。《感遇》之三十七说："籍籍天骄子，猖狂已复来。塞垣无名将，亭堠空崔嵬。咄嗟吾何叹，边人涂草莱。"两相参较，显见"谁怜塞上孤"正是胡人入侵，"边人涂草莱"的结果；而"塞垣无名将"则正是造成这种现象的直接原因。二诗内容大体相近，而一则直叙，一则借古喻今。后者由于沟通今古，内涵更为深广而具普遍意义。

感遇诗三十八首（其十一）

吾爱鬼谷子[一]，青溪无垢氛[二]。囊括经世道[三]，遗身在白云。七雄方龙斗[四]，天下久无君[五]。浮荣不足贵[六]，遵养晦时文[七]。舒可弥宇宙，卷之不盈分[八]。岂徒山木寿[九]，空与麋鹿群[一〇]！

校注

〔一〕鬼谷子，战国时楚人，因曾隐于鬼谷（今河南开封东南），故以为号。长于养性持身及纵横捭阖之术。战国时著名纵横家苏秦、张仪俱曾师事之，见《史记·苏秦列传》及《张仪列传》。今传《鬼谷子》三卷，研究者认为系后人伪托。

〔二〕青溪，指鬼谷子隐居之处。郭璞《游仙诗》（其二）："青溪千余仞，中有一道士。云生梁栋间，风出窗户里。借问此何谁？云是鬼谷子。"青溪，山名。庾仲雅《荆州记》："临沮县有青溪山，山东有泉，泉侧有道士精舍。郭景纯尝作临沮县，故《游仙诗》嗟青溪之美。"垢氛，污浊的气氛。谢灵运《述祖德诗》："兼抱济物性，而不缨垢氛。"

〔三〕经世道，治理国事的方略。

〔四〕七雄，指战国时七个强国秦、楚、齐、燕、赵、魏、韩。《汉书·叙传上》："于是七雄虓阚，分裂诸夏，龙战而虎争。"

〔五〕久，《全唐诗》校："一作乱。"战国时东周久已衰微，故云"天下

陈子昂

135

久无君"。

〔六〕浮荣，虚荣。《论语·述而》："不义而富且贵，于我如浮云。"

〔七〕《诗·周颂·酌》："於铄王师，遵养时晦。"遵养时晦，谓顺应时势积蓄力量以待时机。晦时文，谓隐藏文采以待时。

〔八〕《淮南子·原道训》："夫道者，覆天载地，廓四方，柝八极，高不可际，深不可测……舒之幠于六合，卷之不盈于一握。"

〔九〕《庄子·山木》："庄子行于山中，见大木，枝叶盛茂。伐木者止其旁而不取也。问其故，曰：'无所可用。'庄子曰：'此木以不材得终其天年。'"

〔一〇〕刘峻《广绝交论》："是以耿介之士，疾其若斯，裂裳裹足，弃之长骛，独立高山之顶，欢与麋鹿同群，皦皦然绝其氛浊，诚耻之也，诚畏之也。"《金楼子·兴王》："伯夷、叔齐饿于首阳，依麋鹿以为群。"与麋鹿为群，指隐居避世，过优游无拘束的淡泊生活。

笺 评

刘辰翁曰：其诗多言世外，此又以鬼谷自负，非无能者。（《唐诗品汇》卷三引）

周明辅曰：观此可见子昂作用。"岂徒""空有"四字有力。（《增定评注唐诗正声》引）

唐汝询曰：此慕鬼谷子之为人而咏其事，言处绝尘之地，而抱经世之道，以世乱不可为，故遗荣晦迹，卷而怀之耳。岂若山木之以不材而寿哉！虽与麋鹿与群，实非其志也。（《唐诗解》卷一）

沈德潜曰：言隐居而抱经世之道，以世乱不可为，故卷而怀之，非与麋鹿同群者等也。"囊括经世道，遗身在白云"，有体有用，尽此十字。（《重订唐诗别裁集》卷一）

宋宗元曰："囊括经世道，遗身在白云"，借以自况，占地特高。（末四句）何等理致，何等身分。（《网师园唐诗笺》卷一）

陈沆曰：子昂少志经世，中年不遇，乃志归隐，故云"天下乱无君""遵养晦时文"，冀俟王室中兴而复出也。子昂乞归，在圣历元年，庐陵王复立为太子之日。盖见唐室兴复有渐，己志稍慰，始归养也。惜不久寻卒，不逮开元之世耳。（《诗比兴笺》卷三）

此诗借咏鬼谷子以寓自己虽迹似遗世独立，实深怀经世之志，隐居盖以待时也。鬼谷子本纵横家之祖，以鬼谷子自况，正表明其志在经世。此诗陈沆以为当作于圣历元年（698）以父老乞归，栖居山林之时，可备一说。但实际上或作于武则天如意元年（692）秋居梓州守继母制时。天授二年（691）冬，子昂丁继母忧，解官归梓州。翌年秋，有《秋夜卧病呈晖上人》，又有《酬晖上人秋夜山亭有赠》，后诗尾联云："多谢忘机人，尘忧未能整。"尘忧，尘俗的忧念，实即此诗所云的"经世"之情。

开头两句，以赞叹起，点明鬼谷子隐居山林，所居青溪远离尘垢，了无垢氛，勾画出一个高洁幽静的环境，映衬出其人高远绝俗的精神风貌。

三、四两句，笔锋一转，揭示出其志虽在经世济时，而身却处白云缭绕的山中。"囊括"二字，意类"怀抱"，却具有较"怀抱"远为阔远壮大的气势和力量。两句一放一收，一转一跌，极有笔意。它所构成的矛盾，为读者设置了悬念。

"七雄"四句，是对"囊括"二句所蕴含的悬疑的回答。由于"七雄方龙斗，天下久无君"，处于纷攘争斗不已的乱世，故"遗身在白云"，不贵浮荣虚名；由于"囊括经世道"，志在经世济时，故虽弃浮荣于不顾，却仍积蓄力量等待时机。

"舒可"二句，是对"囊括"二句的进一步发挥。意谓自己和鬼谷子一样，深怀治世之志与藏身之道。时势适宜，则出而仕，可以覆庇天下，兼济万民；时势不宜，则卷而怀之，可庇一身。盖极言进退卷舒之自如，与时进退之自得，流露出对自己处世之道的自赏与自信。

末二语是对自己迹似隐逸避世，志在经世兼济的人生观的宣示。山木以不材无用而得享天年，麋鹿因在山林得以优游遂性，但自己对这种人生并不认同。"岂徒""空与"四字，开合相应，说明自己绝非那种追求个人的安逸而碌碌终生的人，而是要将怀抱的经世之道加以实践，广被国家与苍生的积极进取者。

这首诗在歌咏鬼谷子，塑造其遗身白云、志在经世的形象的同时，展现了诗人自己的志向抱负与精神风貌。所咏之人与诗人自身的形象融合无间，浑化无迹。用短短的十二句诗，同时展示所咏人物与诗人自身形象，其艺术上驾轻就熟的功力值得重视。诗寓意明朗，风格明快，完全改变了阮籍《咏怀》旨意隐晦的风貌，在继承传统的基础上有明显的新变。《感遇诗》三十八首中也有少数风格比较隐晦的诗。就诗歌的新变而论，或许应该更重视这一类诗，因为它们更能体现时代精神、唐诗风貌和诗人的积极用世精神。

燕昭王〔一〕

南登碣石馆〔二〕，遥望黄金台〔三〕。
丘陵尽乔木，昭王安在哉！
霸图怅已矣〔四〕，驱马复归来。

校注

〔一〕本篇是组诗《蓟丘览古赠卢居士藏用七首》中的第二首，组诗题下有序云："丁酉（武后万岁通天二年，697），吾北征，出自蓟门，历观燕之旧都，其城池霸迹已芜没矣。乃慨然仰叹，忆昔乐生、邹子诸贤之游盛矣。因登蓟丘，作七诗以志之，寄终南卢处士。亦有轩辕之遗迹也。"卢藏用《陈子昂别传》云："属契丹以营州叛，建安郡王（武）攸宜亲总戎律，台阁英妙，皆署在军麾。特敕子昂参谋帷幕。军次渔阳，前军王孝杰等相次陷没，三军震慑。子昂进谏……建安方求斗士，以子昂素是书生，谢而不纳。子昂体弱多疾，感激忠义，尝欲奋身以答国士。自以官在近侍，又参预军谋，不可见危而惜身苟容。他日，又进谏，言甚切至，建安谢绝之，乃署以军曹。子昂知不合，因钳默下列，但兼掌书记而已。因登蓟北楼，感昔乐生、燕昭之事，赋诗数首。"所赋之诗即《蓟丘览古赠卢居士藏用七首》。七首诗为《轩辕台》《燕昭王》《乐生（毅）》《燕太子》《田光先生》《邹衍》《郭隗》。燕昭王，战国时燕国著名的贤君，公元前312年被立为王，其时燕国国势日蹙，为齐所侵凌。昭王卑身厚币，招纳贤士，师事郭隗，士争相赴之，乐毅自魏往，邹衍自齐往，剧辛自赵往，终于破齐，导致燕国中兴。事见《战国策·燕策一》《史记·燕召公世家》。

〔二〕馆，《全唐诗》原作"坂"，据《四部丛刊》本改。碣石馆，即碣石宫。《史记·孟子荀卿列传》："（邹衍）如燕，昭王拥彗（拿着扫帚）先

138

驱，请列弟子之座而受业，筑碣石宫，身亲往师之。"碣石馆故址在今天津蓟县。

〔三〕黄金台，传"燕昭王置千金于台上，以延天下之士"（《文选·鲍照〈代放歌行〉》李善注引《上谷郡图经》）。旧址或云在今河北易县东南。

〔四〕霸图，指燕昭王争霸七雄的雄图。

（笺）（评）

郭濬曰：直写其胸中眼中，用阮（按：指阮籍《咏怀诗》之三十一："驾言发魏都，南向望吹台。箫管有遗音，梁王安在哉！战士食糟糠，贤者处蒿莱。歌舞曲未终，秦兵已复来。夹林非吾有，朱宫生尘埃。军败华阳下，身竟为土灰。"）不露痕迹。（《增定评注唐诗正声》卷一）

《唐诗训解》：士不遇主，古有同恨。（卷一）

唐汝询曰：此慨士无礼贤之主而怀古人焉。言燕昭筑馆起台以礼贤者，今其遗迹尚在也。而四顾唯乔木森然，斯人不复作矣。彼其霸图既泯没，而我特为惆怅，走马重游者，岂非深慕其人之风采邪！意谓世有燕昭，则吾未必为不遇也。（《唐诗解》卷一）

周珽曰：帷灯匣剑，令读者自想有得。（《删补唐诗选脉笺释会通评林·初五古》）

施闰章曰：潘尼"协心毗圣世，毕力赞康哉"，谢朓"耳目暂无扰，怀古信悠哉"，沈约"洞房殊未晓，清光信悠哉"，陈子昂"丘陵尽乔木，昭王安在哉"……略可，馀未免有心学步。沈、宋风韵气概，已胜潘、谢，至于鳞"登高作赋大夫哉"，殆不成语。（《蠖斋诗话·用哉字》）

王尧衢曰：陈伯玉初年不遇，故寄慨于能礼贤之燕昭。燕昭王筑碣石馆，居骓衍，师事之。馆在幽州蓟县西。黄金台在易州易水东南，昭王置千金于台上，以延天下之士。今登碣石而望金台，非昭王之遗迹哉！乃所见丘陵尽长乔木，而昭王安在也？霸图消歇，怅无复存，惟驱马空归已耳。噫！微斯人，吾谁与归？又：钟伯敬曰：初唐至陈子昂，始觉诗中有一世界，无论一洗偏安之陋，并开创草昧之意，亦无有之矣。（《古唐诗合解》卷一）

沈德潜曰：言外见无人延国士也。（《重订唐诗别裁集》卷一）

宋宗元曰：（末二句）好士者不作，悠然言外。（《网师园唐诗笺》

卷一）

蒋一梅曰：多少感慨。（佚名《唐诗选评》引）

陈沆曰：思中兴也。（《诗比兴笺》卷三）

登览怀古之作要有思想艺术品位，关键在于诗中是否寄寓了诗人有深切体验的现实感慨和人生感慨。如泛泛咏古，或所抒之感无切实感受，便常沦为怀古陈套。

陈子昂是一个喜言王霸大略，以国士自命的士人。当年高宗灵驾将西归，子昂献书阙下，武后览其书而壮之，"召见金华殿，因言王霸大略，君臣明道，拜麟台正字"（赵儋《陈公旌德碑》）。应该说在他初入仕途时，是得到过最高统治者赏识的。此后武则天曾多次召见，问以政事，他也屡次上书论政，指斥时弊。但武则天对他的才能并不深知，加以他"言多切直"，故并不为统治者所信用。这次从军北征，屡次进谏，又遭主帅武攸宜的拒绝和打击，从而更加深了怀才不遇之感。这首诗就是在这种深远的背景下写成的。如果只注意到从军北征期间的遭遇，就有可能对诗中所抒写的怀才不遇之感的内涵作狭隘化的理解。

开头两句以"南登""遥望"点醒《蓟丘览古》的总题目，以"碣石馆""黄金台"关合本题《燕昭王》。作为战国时代燕国的著名贤君，他的中兴事业就是从筑黄金台、建碣石馆，广泛延揽、尊礼贤才开始的。拈出"碣石馆""黄金台"，对燕昭王重视人才的追缅礼赞之情，以及对那个重视人才的时代的向往之情自然寓含其中。"黄金台"在易县，离诗人所登的蓟县碣石馆旧址较远，故须"遥望"，二字中即寓有不胜向往追缅之情。

三、四两句，突然兜转，由遥望时思接千载、神驰天外回到现境："丘陵尽乔木，昭王安在哉！"无论是脚下的碣石馆故址，还是远处的黄金台旧址，都已杳然不见，眼前只见一片起伏的丘陵山冈上长满了乔木，而贤君燕昭王却早已不在了。这是写望中实景，但实中寓虚，其中深寓着时无重才的明君的现实感慨。武攸宜虽是武氏宗族，但只不过是北征契丹的临时军事统帅，子昂为武攸宜所沮抑，虽有报国无门之慨，但这里说"昭王安在哉"，显然是暗寓现实中没有燕昭王这样礼遇并重用人才的贤君，因而实际上抒发了对当时最高统治者的深深失望。任用武攸宜这样不懂军事的宗族亲贵为统帅，当然也和昭王之知人善任、用乐毅而破齐形成历史与现实的巨大反差，从而加深时无燕昭的强烈感慨。诗歌一般少用之乎者也一类虚词，以免过于散文化，冲淡诗的韵味，但这里的"哉"字置于"昭王安在"的反问、感慨之下，却恰到好处地表达了强烈而深沉的历史感慨与现实感慨。

"霸图怅已矣，驱马复归来。"五、六两句，承上"昭王安在哉"，慨叹昔日燕国因昭王礼遇重用贤才而致中兴的霸业雄图已经成为历史陈迹，而今日的燕昭又不可复遇。惆怅之余，只能黯然驱马而归。这两句是交代这次登览的结束，更是感慨现实中君臣际遇的渺茫。"霸图怅已矣"，虽是说燕昭之霸业已成陈迹，也关合着自己的王霸大略无所施展的怅恨和理想抱负的落空，二者妙合无间，浑然无迹。

这首只有短短六句的五古，写得风格高古苍浑，在深沉强烈的感慨中寓有刚劲豪壮之气，俯仰古今之情，开合顿挫之姿，是实践其高倡风骨主张的优秀之作。评家谓其"用阮不露痕迹"，指出其构思与用语有承继阮籍《咏怀》之处而不露袭用之痕，自有其依据；但从表现的思想感情看，陈诗显然体现出特有的时代色彩，体现一代新人对"天生我材必有用"的时代的憧憬与呼唤。而这，正是阮诗所无的。

登幽州台歌〔一〕

前不见古人，后不见来者〔二〕。
念天地之悠悠〔三〕，独怆然而涕下〔四〕。

⓪ 校 注

　〔一〕幽州台，即蓟北楼，故址在今北京市西南。卢藏用《陈子昂别传》云："（子昂）因登蓟北楼，感昔乐生、燕昭之事，赋诗数首（按：指《蓟丘览古七首》），乃怆然流涕而歌曰……"所歌即此首。可以看出，此诗是《蓟丘览古七首》所抒发的感情的深化和升华。此诗与《蓟丘览古七首》均作于万岁通天二年（697）。

　〔二〕来者，指将来的人。《楚辞·远游》："惟天地之无穷兮，哀人生之长勤。往者余弗及兮，来者吾不闻。"

〔三〕悠悠，久远貌。

〔四〕怆然，悲伤貌。

（笺）（评）

杨慎曰：其辞简直，有汉、魏之风。（《升庵诗话》卷六）

钟惺曰：两"不见"，好眼！"念天地之悠悠"，好胸中！（《唐诗归》卷二）

谭元春曰："独怆然而涕下"，至人实有此事，不是荒唐。（同上）

王夫之曰：子昂以亢爽凌人，乃其怀来，气不充体，则亦酸寒中壮夫耳。徒此融泄初终，以神行而不以机牵，摇荡古今，岂但其大言之赫赫哉！（《唐诗评选》卷一）

黄周星曰：胸中自有万古，眼底更无一人。古今诗人多矣，从未有道及此者。（《唐诗快》卷二）

沈德潜曰：余于登高时，每有今古茫茫之感，古人已先言之。（《重订唐诗别裁集》卷五）

宋长白曰：阮步兵登广武城，叹曰："时无英雄，遂使竖子成名！"眼界胸襟，令人捉摸不定。陈拾遗会得此意，《登幽州台》曰："前不见古人，后不见来者。念天地之悠悠，独怆然而涕下。"假如陈、阮邂逅路岐，不知是哭是笑。（《柳亭诗话》卷十五）

陈沆曰：先朝之盛时，既不及见；将来之太平，又恐难期。不自我先，不自我后，此千古遭乱之君子之所共伤也。不然，茫茫之感，悠悠之期，何人不可用，何处不可题，岂知子昂《幽州》之歌，即阮公广武之叹哉！（《诗比兴笺》卷三）

罗宗强曰：这短短二十字的一首诗，实在是他整个精神风貌的集中反映，是他整个感情世界的集中表现。而且，就其中蕴含着的巨大的感情力量而言，实在是他的时代积聚的感情力量和行将到来的盛唐社会的精神风貌的先兆奇异结合的产物。说它是他的时代积聚的感情力量的产物，是因为它不仅表现了不遇的悲怆，且在这悲怆的内里，蕴藏着壮伟情怀。这是唐代立国近八十年之后，政治上和经济上的繁荣强大在精神风貌上的反映。说它反映了行将到来的盛唐社会的精神风貌的先兆，是说其中蕴含着的得风气之先的伟大的孤独感，证明着他的抱负，他的自信，他的襟怀，走在了他的同代人的前面……《登幽州台歌》一出，六朝绮靡诗风的余迹便一扫而光了。诗人的眼光，已经完全从生活琐事中挣脱出来，投向宇宙与人生。浓烈壮大的感情基调，慷慨悲歌，苍凉浑茫，便作为盛唐风骨的序曲出现了。（《唐诗小史》第38～39页）

（鉴）（赏）

　　子昂此诗，作于武后万岁通天二年（697）随武攸宜北征契丹期间。因屡谏攸宜受沮抑，钳默下列，心情抑郁，登蓟北楼，感燕昭、乐毅之事而作《蓟丘览古七首》，而后泫然流涕而作此歌。可见，从军北征、报国无门、不被信任、反受沮抑，是创作这首诗的直接动因。而对最高统治者武后由感知遇而深感失望则是更深层的原因。而《蓟丘览古七首》，则可视为《登幽州台歌》的创作准备和典型化过程中的重要环节。

　　"前不见古人，后不见来者"，开头两句，劈头突起，凌空而来，极具天矫飞举的气势。登上高耸孤峙在华北平原上的蓟北楼，放眼四望，但见平野苍茫辽阔，遥接远山天际，一片苍莽无垠，带有某种原始洪荒色彩。这种空阔旷远的空间境界往往容易引发登临者对久远的时间境界的联想。因此，诗人很自然地由登高目极千里而思接古今。"前不见古人"，这里所说的"古人"，根据幽州台这个特定的地点，根据他的《蓟丘览古七首》，应该是指战国时代燕国的昭王、乐毅、郭隗这些明君贤才。遥想一千多年前，燕昭王礼贤下士，多方延揽并重用贤才良将，终于振兴燕国，创立了威震一时的霸业。而今，这些在当时演出过威武雄壮活剧和君臣际遇佳话的古人均已随历史的脚步远去，长眠地下，化为尘土，所以说"前不见古人"。"后不见来者"，与上一句相对应，指的是将来出现的明君贤才际遇，共创伟业宏图的情景。诗人缅怀追慕燕昭王时代君臣际遇的情景，但却杳然不可复见；诗人遥想并相信将来也肯定会出现这种局面，但自己却赶不上。两个"不见"，抒发了诗人深怀雄图大略、理想抱负，却生不逢时的强烈深沉悲慨。《蓟丘览古·郭隗》说："逢时独为贵，历代非无才。隗君亦何幸，遂起黄金台。"他艳羡郭隗之幸而逢时，正是由于自己之不幸而生不逢时。

143

　　"念天地之悠悠"，这是由两个"不见"引发出来的意念活动。悠悠，既可指时间的久远，也可指空间的广远。一个人置身于苍莽无垠的原野之上，"前不见古人，后不见来者"，自然会感到宇宙的广袤无际和时间的无始无终，从而感到个人的渺小和个体生命的短暂。以如此短暂而渺小的个体生命面对无限的时空，既见不到以往的贤君才士风云际会的理想时代，又赶不上将来出现君臣际遇、可以施展抱负的繁荣盛世，一个人孤零零地站在蓟北楼上，心中不免油然而生难以抑止的孤独寂寞之感。"念"字中正蕴含着诗人面对广远的时空，内心百感交集的强烈思绪。正是在这种情绪的催化下，诗人不禁"独怆然而涕下"。这个"独"字，不仅显示了诗人是独自一人登蓟北楼而有上述思想感情和意念活动，而且透露出自己的生不逢时、怀才不遇之慨，以及由此而生的种种对人生对宇宙的思索与感慨，都只能独自郁积于胸中，得不到任何理解和同情。

古往今来，抒写生不逢时、怀才不遇之感，抒写世无知音之慨的文学作品汗牛充栋，但像陈子昂这首《登幽州台歌》这样，将个人的遭际放在如此广袤悠远的时空背景下来表现，确实称得上是前无古人，后乏来者。尤其值得注意的是，由于诗人并未明言"古人""来者"的具体含义，以及"念"的具体内容，"怆然涕下"的多种原因，诗的意境便显得非常虚泛。它在客观上所具有的含义，便不止是上面所揭示的生不逢时、怀才不遇、世无知音之慨，而是展现了一个有着远大理想抱负、站在时代前列的先驱者俯仰今古、放眼宇宙时所产生的孤独寂寞感，是得时代风气之先，向往并热切地呼唤着时代高潮到来而高潮尚未到来时的孤独寂寞感。由于诗人不仅缅怀过去，而且放眼未来，因此他的所有感情意念活动中都包含着极大的用世热情，引导人们想得更广更远，更积极奋发地对待短暂的人生。陈子昂不但在政治上有超前的思想理念，有"忧济在元元"的人本情怀，在文学上更是自觉倡导革新的先行者。从"文章道弊五百年矣"的感慨中可以看出他那种高远的历史感和以革新为己任的责任感。只有深刻了解陈子昂的全部政治文学活动的超前性，才能深刻理解这首诗中所抒发的前驱者的孤独寂寞感。

在艺术上，这首诗也极具独创性。它采取的是大背景、大概括、大写意的手法。虽是一首登览怀古之作，却既无《燕昭王》诗中"南登碣石馆，遥望黄金台"式的叙事，也无"丘陵尽乔木"式的绘景，而是目极天地，思接千古，在广袤悠远的时空背景下纯粹、直接抒情，极富抒情的广度、深度和力度。诗中虽无一字正面写景，但透过两个"不见"，却仿佛置身于北国广漠苍莽、空旷寂寥的原野；虽无一字正面描绘诗人自己的具体形象，但透过所抒之情，特别是两个"不见"，一个"独"，一个"怆然"，却仿佛可见诗人那胸怀广阔、心事浩茫、特立独行而又孤独苦闷、忧伤彷徨的形象。这种

144

纯粹抒情而景寓情中、人在境中的写法，在整个中国诗史上，是非常独特的。诗的句式参差不齐，采用散文句式句法和多用虚字，完全打破起承转合的常规，一气直下，虽短章而极具苍莽雄浑之致。就形式而论，完全称得上是古代的自由诗了。

酬晖上人秋夜山亭有赠〔一〕

皎皎白林秋〔二〕，微微翠山静〔三〕。
禅居感物变，独坐开轩屏〔四〕。
风泉夜声杂，月露宵光冷〔五〕。
多谢忘机人〔六〕，尘忧未能整〔七〕。

校注

〔一〕武则天天授二年辛卯（691）冬，陈子昂因丁继母忧，解官归梓州。在服丧期间，与当地僧人晖上人常有诗歌唱酬。此诗作于如意元年（692）秋，系酬晖上人之原唱《独坐山亭》赠诗。戴叔伦诗集中有《晖上人独坐亭》诗，当即晖上人之原唱《独坐山亭》误入者。诗云："萧条心境外，兀坐独参禅。萝月明盘石，松风落涧泉。性空长入定，心悟自通玄。去住浑无迹，青山谢世缘。"陈子昂之五律《酬晖上人秋夜独坐山亭有赠》韵脚与晖上人原唱全同。而此首之用韵虽与原唱不同，诗意则与原唱相对应，当是另一首和作。

〔二〕白林，联系句首"皎皎"二字，当指皎洁的秋月映照在树林上，使树林似乎蒙上了银白色。晖上人诗也提到"萝月"。

〔三〕微微，隐约貌。沈约《刘真人东山还》："连峰竟无已，积翠远微微。"或谓指"幽静貌"，恐非。晖上人诗亦有"青山"字。

〔四〕禅居，犹寺居。轩，窗户。阮籍《咏怀》之十九："开轩临四野，登高望所思。"晖上人诗有"参禅"字、"兀坐"字，与此诗"独坐"字亦相应。

〔五〕宵光，指秋夜的月光露色。陈诗"风泉""月露"，与晖上人诗"萝月""松风""涧泉"相应。

〔六〕谢，惭、愧。《文选·颜延之〈赠王太常〉》："属美谢繁翰，遥怀具短札。"李善注："谢，犹惭也。"忘机，消除机巧之心，甘于淡泊，与世无争。忘机人，指晖上人。晖上人诗有"性空长入定""青山谢世缘"等句，即所谓"忘机"。

〔七〕尘忧，世俗的忧念。"尘忧"即"忘机"的反面。整，整理、整治，有消除之意。由于未能达到晖上人所说的"性空长入定，心悟自通玄"及"谢世缘"的境界，故云"多谢忘机人，尘忧未能整"，是从反面回应晖上人诗意。

笺评

方回曰：盛唐人诗，多以起句十字为题目。中二联写景咏物。结句十字撇开，却说别意。此一大机括也。（《瀛奎律髓》卷四十七）

钟惺曰：（"风泉"二句）景中禅，似右丞。（《唐诗归》卷二）

谭元春曰：（"多谢"句）"多谢"，妙。（同上）

唐汝询曰：通篇高古，俱是《文选》中来。（《汇编唐诗十集·壬集一》）

冯舒曰：首二句出题，千古常规也。大历后结句必紧收，已前则不必，而自妙贴、自开创。（《瀛奎律髓汇评》引）

冯班曰：律诗起句谓之破题，方君何以不知？（同上引）

纪昀曰：大概如此（按：指方回之评）。亦有不尽然者。又曰：初谐声律，明而未融。以存诗体之源流则可，以为定式则不可。（同上引）

无名氏曰：一般景物入初唐之手，便尔高迥，此时代之别也。（同上引）

王寿昌曰：诗之天然成韵者……陈拾遗之"风泉夜声杂，月露宵光冷"。（《小清华园诗谈》卷下）

王闿运曰：躁人能为幽语。（《手批唐诗选》卷一）

鉴赏

陈子昂是一位"立言指意，在王霸大略而已"（卢藏用《陈子昂别传》）的志士，关注国事民生的积极用世情怀贯穿他的一生。即使因守继母丧罢职闲居，与方外之友交游唱酬时，他的这种用世忧世情怀仍会自然流露出来。

开头两句写秋夜山亭近观远望所见景物：皎洁的月光笼罩在亭外的山林上，使树林反射出一片皓白的光色。远处逶迤起伏的翠山在月色映照下，显现出隐约朦胧的剪影。这景象，于安闲静谧中透出一丝秋天的凉意和寂寞孤独感。两句句末的"秋"字、"静"字正是透露这种细微感受的句眼。

三、四两句写秋夜山亭独坐有感。"独坐"句是对一、二句写景的补充交代。正因为独坐山亭开窗敞屏近观远望，故有上两句所见景物。"禅居"句是对独坐时所感的概括叙写。"感物变"三字，意蕴虚涵浑括，举凡因时令季节的变化所引起的景物的变化，以及由此联想起的年华易逝、功业未建之感，乃至对时事政局变化的感受等，都可包含其中。秋天是草木凋衰摇落的季节，"岁华尽摇落，芳意竟何成"之慨自然是"感物变"的重要内容。妙在只虚点而不加说明，给读者留下充分想象与联想的余地。前四句按自然顺序，应是先有"独坐开轩屏"的行动，而后有近观远望所见"皎皎白林秋，微微翠山静"的景色，有"禅居感物变"的感慨。将它们调整重组，便显得不平直，而且一开头便引导读者进入诗的境界。

五、六两句，续写山亭独坐时的视听感受。山深夜静，山风之声与涧泉之声相杂，分不清孰为风声，孰为泉声；而夜深山空，月亮的清光和露珠的亮光又使独坐的诗人感到有一股寒冷之气正在向自己侵袭渗透。这两句表面上似乎是单纯写景，但随着时间由初夜至深夜，景色有了变化，人的主观感受也较一、二两句更加突出，更加不平静。两句句末的"杂"字、"冷"字正是句眼。前者透露了诗人心情纷繁杂乱，难以平静；后者透露了诗人心境的凄冷寂寥。

无论是"禅居感物变"，或是感到"夜声"之"杂"，"宵光"之"冷"，都显示出诗人虽身处方外之境，面对山中静夜之境，但心境却始终不能平静。那种对现实生活、社会政治、人生理想的关切与热情始终不能释然。因此七、八两句就自然转出了对晖上人所抒写的"忘机"之意，"谢世缘"之情的不同态度。"多谢忘机人，尘忧未能整。"说"多谢"，说"未能"，话说得非常委婉，表达的态度却相当明确，实际上表明了自己执着于现实人生的处世态度和忧念国事民生的情怀。和某些虚与委蛇、纯粹应酬的唱酬之作不同，诗人并不讳言自己与晖上人感情态度的异趋。正是这种真情表白，使这首诗获得了真实的生命，也使诗的形象与个性凸现出来了。

幽静的秋夜山林景色与诗人不平静的心绪相互映衬，是这首诗构思取境的突出特点。环境的幽静更加衬托出了诗人不平静的心绪；而诗人不平静的心绪又使他对周围景物的感受，带上了明显的主观色彩。二者相反相成，使诗人的心绪心境表现得更加突出了。

度荆门望楚〔一〕

遥遥去巫峡〔二〕，望望下章台〔三〕。
巴国山川尽〔四〕，荆门烟雾开。
城分苍野外〔五〕，树断白云隈〔六〕。
今日狂歌客〔七〕，谁知入楚来。

校注

〔一〕荆门，山名，在今湖北宜都市西北。《水经注·江水》："江水又东，历荆门、虎牙之间。荆门在南，上合下开，暗彻山南；有门象虎牙在北，石壁色红，间有白文，类牙形。并以物象受名。此二山，楚之西塞也。"唐高宗调露元年（679），陈子昂自蜀入京游太学。由长江出峡，途经荆门时作此诗。

〔二〕去，离开。巫峡，长江三峡之一，西起今重庆市巫山县大溪，东至今湖北巴东县官渡口。《水经注·江水》："其间首尾百六十里，谓之巫峡，盖因山为名也。"

〔三〕望望，眺望貌。下，指船乘江流而下。诗人此行乘船抵达江陵后，即改为陆行北向，经乐乡、襄阳而入京。章台，即章华台，楚国离宫别馆，故址相传有四处，其中距荆门不远，为此次入京路途所经者，当为今湖北荆州市沙市区之章华台，即豫章台，后人附会为楚灵王所建者。

〔四〕巴国，即古巴子国，古代巴族人所建的国。周初封为子国，秦以巴国地置巴郡，地在今重庆市东部及湖北西部巴东一带。此处"巴国"泛指东蜀之地。

〔五〕城，当指荆门山附近的宜都城。分，显露、呈现。苍野，青苍色的原野。

〔六〕断，尽。隈，边。两句写船过荆门之后眼前豁然开朗的感觉：城邑显露于青苍色的原野之上，树林一直延伸到白云缭绕的天边。

〔七〕狂歌客，诗人自指。《论语·微子》："楚狂接舆歌而过孔子曰：'凤兮凤兮，何德之衰！往者不可谏，来者犹可追。已而已而，今之从政者殆而！'"此处仅用"楚狂"的字面，以与下句"入楚"相应。荆门为楚之西塞，船过荆门，即已入楚地，故下句云"入楚来"。

笺评

方回曰：陈拾遗子昂，唐之始祖也。不但《感遇诗》三十八首为古体之祖，其律诗亦近体之祖也。《白帝》《岘山》二首极佳，已入怀古类。今揭此一诗（指《度荆门望楚》）为诸选之冠。陈子昂、杜审言、宋之问、沈佺期俱同时，而皆精于律诗。孟浩然、李白、王维、贾至、高适、岑参与杜甫同时，而律诗不出则已，出则亦足以与杜甫相上下。唐诗一时之盛，有如此十一人，伟哉！（《瀛奎律髓》卷一）

唐汝询曰：此篇乃伯玉自蜀入楚，而自序其道路之景。因言楚有狂歌之士，不自意其入楚，毋乃与接舆同。（《唐诗解》卷三十一）

徐用吾曰：平淡中亦有一种清味。（《精选唐诗分类评释绳尺》）

胡应麟曰：子昂"野戍荒野断，深山古木平""城分苍野外，树断白云限"等句，平淡简远，王、孟二家之祖。（《诗薮·内编》卷四）

邢昉曰：每于结句情深，酷似摩诘。（《唐风定》）

王夫之曰：平大苍直，正字之以变古者。然蕴藉自在，未入促露。一结巧句雅成。（《唐诗评选》卷三）

叶羲曰：虽适异国，有喜甚得所意。当是正风。（《唐诗意》）

冯舒曰：如此出题，如此贴题，后人高不到此。（《瀛奎律髓汇评》引）

冯班曰：如此方是"度荆门望楚"，一团元气成文。（同上引）

陆贻典曰：蒋西谷云："首句是'度荆门'，二句是'望楚'。"然"遥遥"二字即带"望"字，"下"字回顾"度"字，古人法律之细如此。落句挽合"度"字有力。（同上引）

查慎行曰：初唐人新创格律，即陈、杜、沈、宋，亦未能出奇尽变，不过情景相生，取其工稳而已。（同上引）

纪昀曰：连用四地名不觉堆垛，得力在以"度"字"望"字分出次第，使境界有虚有实，有远有近，故虽排而不板。五、六写足"望"字。以上六句写得山川形势满眼，已伏"狂歌"之根。结二句用"狂歌"逼出

"楚"字，用笔变化。再一挨叙正点，则通体板滞矣。（同上引）

无名氏曰：峻整遒劲，看去仍生动，此不可及。（同上引）

黄生曰：七、八谁知今日狂歌客反入楚来，以上五字套入下五字之中，谓之套装句。翻用接舆事，谓之翻案见奇。以古人自比，谓之自占地步。起联总冒。中二联写景，分一详一略。（《唐诗矩·五言律诗一集》）

吴修坞曰：首联顺点题面，次联足上。三联"望"字正面。末借"楚狂"完题，言楚有狂歌之人，今狂歌者反入楚也。二字拆开，运化得妙。（《唐诗续评》卷一）又曰：（首联）对起。（次联）流水对。（同上）

顾安曰："遥遥""望望"，行役者实有此苦。"尽"字、"开"字，行役者实有此喜。"城分""树断"，行役者实有此景。"今日""谁知"，行役者实有此快活。"狂歌客"三字添得恰好。（《唐律消夏录》卷一）

沈德潜曰：序自蜀入楚道路。结言楚有狂歌之士，今反狂歌入楚也。（《重订唐诗别裁集》卷九）

黄叔灿曰：言从巫峡而下，路过章台，尽巴国之地而始达荆门。"城分"二句，见已到荆门，地势广阔，树色已断。回望巴国，唯有白云而已。盖峡中隐天蔽日，至荆门而始开敞，诗故有"荆门烟雾开"句也。"谁知入楚来"，欣喜之词。（《唐诗笺注》卷一）

陈德公曰：体节高浑，独辟成家。初唐气雾扫尽矣。又曰：三、四分画地界，甚苍亮。五承四，六承三，居然可寻。结是使事出新法。（卢麰、王溥《闻鹤轩初盛唐近体读本》卷一）

鉴赏

这首五律是青年陈子昂初离巴蜀，准备踏上广阔的人生新天地时的诗作。它是一首纪行写景诗，更是一首抒情诗。诗人的情感，就渗透在纪行写景之中。正是诗人那种昂扬奔放、明朗喜悦，对前途充满新鲜感和乐观展望的感情，使这首诗具有一种鲜活的生命力，一种青春的气息，体现出唐诗趋于繁荣昌盛时期特有的风貌。

题中的"荆门"，是楚之西塞，亦即巴蜀与荆楚的分界。对于初次离开生活了二十年的故乡，踏上新的人生旅程的年青诗人来说，"度荆门"无形中具有某种象征色彩，即象征着将走向更广阔的人生天地。诗中洋溢着的新鲜感、舒展感和喜悦感，正应从诗人的人生分界这个关节点上去理解。

首联写"度荆门"时的回顾与前瞻。舟行至荆门时，离巫峡已有数百里之遥，故说"遥遥去巫峡"；向下游望去，传说中的楚国章华台就在远方，故说"望望下章台"。两句句首"遥遥""望望"两组叠字，写出了舟行过程中离巫峡越来越远，想象中的章华台越来越近的感受。"巫峡"属巴，"章华"属楚，"荆门"正是巴蜀与荆楚的天然分界。如果说，"遥遥"与"去"透露了对故乡的依恋，那么，"望望"与"下"则表现了对前途景物天地的向往憧憬。

次联分承飞一、二两句。"巴国山川尽"，度过荆门，生活了二十年的故乡巴蜀的奇山秀水就此告别。这句不仅是对地理分界的一种说明，更是概写此行所历的巴蜀山川，包括雄奇险峻的三峡在内，"尽"字中同样透露出与巴蜀山川告别的依依之情。"荆门烟雾开"，船未到荆门时，远望两山对峙，但见烟雾缭绕，看不清前路；船过荆门，则烟消雾散，眼前豁然开朗，展现出一片广阔的新天地。"开"字正传神地表达出"度荆门"后心胸豁然的那份舒展感和兴奋感。而这种豁然开朗的舒展感又和此前舟行三峡七百里中，"两岸连山，略无阙处，重崖叠嶂，隐天蔽日"的险峻逼仄感正形成鲜明对照，"开"字的精切不移于此可见。

腹联承"开"字正面描绘"望楚"。"城分苍野外"，是写望中较近处的城邑——宜都。荆门已过，江上云消雾散，坐落在广阔青苍原野上的城市便清楚地显现在眼前，给旅人一种新鲜感，而"城"以广阔的"苍野"——江汉平原作衬，又给人一种无限寥廓的感受。"树断白云隈"，则将视线引向更远处，越过城邑，是一排排葱葱郁郁的树林，一直延伸到白云缭绕的天边。"断"字明写视线之断，而因"白云隈"三字反见视线之远接天际。这两句着意表现视野之广远，是对第四句"荆门烟雾开"后所见境界的充分展示，"开"字虚点，此联则大笔濡染，气势恢弘。

尾联是对"度荆门望楚"全部感受的集中表现："今日狂歌客，谁知入楚来。"古有楚狂接舆，歌而过孔子；今有狂歌入楚之客，歌而过荆门。但"今日狂歌客"却显非昔日对现实不满的楚狂，而是对前途充满了美好憧憬的"狂歌"之"客"。"狂"字是对初次离乡"入楚"，走向人生广阔新天地的诗人欣喜欲"狂"的感情的集中揭示。诗写到这里，感情发展到高潮，诗也在"谁知入楚来"的逸兴飞扬、顾盼自得中结束。一结可谓淋漓尽致，神情飞越，颇有"仰天大笑出门去，我辈岂是蓬蒿人"的味道。用楚狂接舆歌凤典，单取其字面，且将"狂""歌""楚"三字巧妙地分置两句，表达与原典完全不同的感情。如此用典，可谓出神入化，巧手天成。知道其中用典的读者倍感其神妙浑化，不知道此处用典的读者也完全可以领会其神情风采，这正是唐诗雅俗共赏的一个范例。

无独有偶，四十多年后的开元十二年（724），大诗人李白沿着前辈诗人陈子昂走过的路线，由蜀中沿长江出峡，到荆门时，也写了一首著名的五律《渡荆门送别》，其前幅云："渡远荆门外，来从楚国游。山随平野尽，江入大荒流。"其中所展示的开阔广远境界和所蕴含的开朗舒展感受与陈诗可谓神合。蜀地为四塞之国，虽号称天府之国，却因地理形势之故，相对封闭。因此志向远大的诗人沿江出峡，进入荆楚之地，当浩阔的山川天地展现在面前时，每有一种新鲜兴奋、舒展解放之感。陈子昂与李白，不但同为蜀人，志向个性也有神似之处。因此这两首辞乡出峡度荆门望楚的诗便同样具有上述感受。这种感受，也从侧面反映了时代的精神面貌。

晚次乐乡县〔一〕

故乡杳无际〔二〕，日暮且孤征〔三〕。
川原迷旧国〔四〕，道路入边城〔五〕。
野戍荒烟断〔六〕，深山古木平〔七〕。
如何此时恨，噭噭夜猿鸣〔八〕。

校注

〔一〕次，旅途中住宿。乐乡县，唐襄州属县，故城在今湖北荆门市北。此诗亦调露元年（679）自蜀入京途中作，在《度荆门望楚》诗稍后，系陆行。

〔二〕故乡，指梓州射洪。杳，渺远。无际，不见边际，盖极形其远。

〔三〕孤征，独自征行。

〔四〕迷，迷茫不辨。旧国，指乐乡县城。《元和郡县图志·山南道·襄州乐乡县》："本春秋时鄀国之城，在今县北三十七里鄀国故城是也。在汉为若县地，晋安帝于此置乐乡县，属武宁郡。隋大业三年改属竟陵郡，皇朝改属襄州。"因其建置历史久远，故称"旧国"。

〔五〕边城，荒远的城邑，亦同指乐乡县城。

〔六〕戍，驻兵防守的城堡。野戍，指荒废的城堡。唐代军事区划有戍。宋王溥《唐会要·州县分望道》："凡天下军有四十，府有六百三十四，镇有四百五十，戍五百九十，守捉有三十五。"戍荒无人驻守，故曰"荒烟断"。庾信《至老子庙应诏》："野戍荒烟起。"

〔七〕古木平，古树成片成林，远望不辨高低。

〔八〕嗷（jiào）嗷，猿啼声。沈约《石塘濑听猿》："嗷嗷猿夜鸣。"两句意一贯，谓奈何值此旅途中思乡之情正浓时，又闻猿之悲啼呢。

陈
子
昂

（笺）（评）

方回曰：盛唐律，诗体浑大，格高语壮。晚唐下细工夫，作小结裹，所以异也。学者详之。又曰：起两句言题，中四句言景，末两句摆开言意，盛唐诗多如此。全篇雄浑整齐，有古味。（《瀛奎律髓》卷十五、卷三十九）

顾璘曰：无句法，无字眼，天然之妙。（《批点唐音》）

王稚登曰：当此境才有此语。（《唐诗选》参评）

谭元春曰："古木平"便奇。若云山平、路平，则不成语景。（《唐诗归》卷二）

唐汝询曰：按，伯玉尝为武攸宜参军，从征契丹，此在道而怀乡也。言故乡既远，杳然无有涯际矣。而我之孤征未已。且川原所经，皆非旧国；道路所入，特边城耳。戍无烟火，山唯古木，荒凉可知。于是因哀猿而兴叹曰：奈何此时复有此声耶！是益吾之恨也。故乡、旧国，语若重叠，细味之当自有别。"迷"者，非行而迷失也。川原日益，念旧国所经，若迷耳。（《唐诗解》卷三十一）又曰：通篇纯雅，无字可摘，独"古木平"三字自经语化出，更见精炼。（《汇编唐诗十集·甲集》）

陆时雍曰：古澹。（《唐诗镜》卷三）

郭濬曰：五、六二句融浑。第七句亦一转法。（《增定评注唐诗正声》）

153

徐充曰：诗格以为应起体，谓赋诗命意，全在起句为主，次句便相应接，脉络贯串，气宇浑成，无馊钉互易之病。今取此体，第一句应在第四句，皆出天然之妙，所以为盛唐法也。（《删补唐诗选脉笺释会通评林·

周敬曰：子昂《次乐乡》《度荆门》二诗，古淡雅远，超绝古今。（同上）

周珽曰：通篇布格造语自然，工巧雅致，若不经思索而得者。（同上）

冯舒曰：黄（庭坚）、陈（师道）梦不到此。（《瀛奎律髓汇评》引）

查慎行曰："故乡""旧国"犯重。唐初律诗不甚检点，以后讲究渐精细，乃免此病。（同上引）

王尧衢曰：前解写题面，后解言晚次之情。中二联造语天然，而仄起亦复高古。"故乡杳无际，日暮且孤征。"起句言题。陈伯玉尝从武攸宜征契丹，在道怀乡，因言故乡杳远茫无涯际。当此日暮，而我之孤征未已，是"晚次乐乡县"题也。"川原迷旧国，道路入边城。"三句承首句，四句承二句。言此所经川原，皆非旧国，行之若迷。而所行道路，将入于边城耳。"野戍荒烟断，深山古木平。"转句言晚景之荒凉，以伏"恨"字。野戍荒凉，烟火断绝；深山穷僻，林木云平。此时孤征之客，眼见此景，不觉牵愁带恨矣。"如何此时恨，嗷嗷夜猿鸣。"合句却复摆开，作一转法。言此时之恨，固已不堪，如何复有夜猿之声，嗷嗷哀鸣，以添吾恨！此"夜猿"合"深山"句。起句"日暮"，此以"夜"结。（《古唐诗合解》卷七）

黄生曰：全篇直叙格。五、六写景平淡而极天然之趣，后来王、孟之祖也。七句用"如何"振起，章法警动。次乐乡则去故乡益远，此时未免有恨，如何更有夜猿嗷嗷，增我断肠乎！"如何"二字略断，以下五字续之，"此时恨"三字另读，谓之断续句。（《唐诗矩·五言律诗一集》）

叶羲曰：自述旅情。此诗气骨苍古。（《唐诗意》）

纪昀曰：此种诗当于神骨气脉之间，得其雄厚之味。若逐句排看，即不得其佳处。如但摹其声调，亦落空腔。"野戍"句同《岘山怀古》，唯第四字少异，亦未免自套。（《瀛奎律髓汇评》引）

许印芳曰：（纪评）论诗工拙，能见其大，足破流俗猥琐之谈。右诗虚谷选入"暮夜类"，又入"旅况类"，诗重出而评语不同。"暮夜类"评是合看法。至逐句拆看，起联点题，峭拔而有神。三承首句，"迷"字应"杳"字。四承次句，"入"字应"征"字。五、六承"边城"说，"深山"句景真语新。如此拆开细讲，方见句法、字法，以及起伏照应诸法。而章法之妙，因此可见。气体神骨，亦不落空矣。凡古人好文字，大者含元气，小者入无间，合看大处见好，拆看细处亦见好，方是真正妙手。若不耐入细，便是粗材，本领必多欠缺处。推之为人行事，无不皆然。后人学诗，果能如古人细针密缕，丝丝入扣，必有自出精神，逼肖古人处，断不至徒摹声调，堕落空腔。凡学盛唐而落空腔者，由于自矜，眼大如箕，而不能心细如发也。兹特于纪批外更进一解，以示后学。又按虚谷分类选诗，每类有序，语多浅陋。晓岚唯取"怀古""着题""论诗"诸序。"怀古"序尤佳。此诗前两联不相粘，今不可学。（同上引）

吴昌祺曰：疑此为还乡之作。盖至襄阳望蜀也。久不归，故曰"迷"。蜀为南徼，故曰"边城"。若从征契丹，与襄阳何与？（《删订唐诗解》）

沈德潜曰：前此风格初成，精华未备。子昂崛起，坚光奥响，遂开少陵之先。方虚谷云：不但《感遇》为古调之祖，其律诗亦近体之祖也。（《重订唐诗别裁集》卷九）

范大士曰：下字坚老。（《历代诗发》）

黄叔灿曰：诗忆故乡，故有"川原迷旧国，道路入边城"之语。"野戍""古木"，皆边城景色。触目结恨，何忍闻猿，故有落句。（《唐诗笺注》卷一）

顾安曰：将行役之苦说得一层深似一层，至第七句一齐顿住，跌起结句，究竟此苦仍说不了。故乡杳然矣，日暮矣，且孤征矣，迷旧国矣，入边城矣，野戍荒烟亦断矣，深山古木且平矣，此时之恨无可如何矣，而夜猿又嗷嗷鸣矣。又〔增补〕读原评是诚然矣，第末句似当云：而独复嗷嗷哀鸣，暮情旅思尚何言哉！如是方得此结之意。（《唐律消夏录》卷一）

吴瑞荣曰："古木平"隽语。（《唐诗笺要》）

卢麰曰：拔起自杰。中联是其高浑正调。结欲稍开，亦复琅琅在耳。徐中崖曰：三、四亦是分承一、二。"此时恨"系根上，六复作开展，笔更矫岸。（《闻鹤轩初盛唐近体读本》卷一）

王寿昌曰：唐人有诗虽佳而不免有病，初学不可不知者，如……陈子昂《晚次乐乡县》之前解……皆失粘。唐初诗律未严，是以诸家之作，时有出入，虽非病而亦不得不以为病。又：以句求韵而尚妥适者……陈拾遗之"野戍荒烟断，深山古木平"。（《小清华园诗谈》卷下）

此诗题内之"乐乡"，显指今湖北荆门市北之唐襄州乐乡县，而非汉高祖过赵，求乐毅后人，得其孙敖，封于乐乡（地在今河北清苑县境）之"乐乡"。故唐汝询谓诗作于从武攸宜北征契丹时，显误。且既随军出征，何曰"孤征"？河北清苑一带，为大平原，何来"深山"？此盖泥解"边城"所致。又，题内"次"字，系谓作诗的当晚准备在乐乡县城投宿，非谓诗中所写系次宿时所见之景。"日暮且孤征"一句为全篇主句，通篇所写的为自暮至夜征途中所见、所闻、所思、所感。而途中思乡则为一篇主意。诗为子昂初离故乡入京道中作，征途上思念故乡自是常情，李白《渡荆门送别》亦云"仍怜故乡水，万里送行舟"。

　　起联即揭出全篇抒情（思乡）叙事（日暮独自征行）主意。首句起势峭拔高远，写途中回望蜀中故乡，杳远无际，传出引领遥望、茫然不见故乡的空廓失落感。次句写日暮时分，尚独在征途匆匆赶路。日暮时的苍茫黯淡天色，本易触动乡愁旅思，何况又是孤身一人仆仆于道途之中，更增添了羁旅的孤寂感。"且"字透露出已倦于行旅，但仍不得不继续赶路的无奈。用笔轻而感情的分量颇重。下句五字，"日暮""且""孤征"，层层转进，而出语自然不着力。

　　颔联承"孤征"，写日暮征途上所见所感。"旧国"固可指故乡，但此处自指建置悠久的乐乡县城。否则首句已言"故乡杳无际"，此处复说故乡的川原迷失不见，不免犯复。"川原"犹言河川原野。异乡的川原山水，一切都是陌生的，暮色苍茫之中，独自征行，但见川原重复，而准备投宿的乐乡县城竟杳不知何处，故说"川原迷旧国"，透露的正是一种日暮异乡征途中那种找不着目的地的迷茫感和孤独感。下句"道路入边城"补足上句，说眼下走的这条道路正是通向荒远的"边城"——乐乡县城的。上句"迷旧国"，写迷茫感，下句"入边城"，写确定感，一反一正，写出旅人疑而后定的心理。说"入边城"，是指已入乐乡县的地界，而非指已进入乐乡县城，否则腹联与尾联就无法解释。这一句正点题内"乐乡县"，但题目的"次"字在整首诗中都只是将来时而非现在时或完成时。汉语的词无时态标志，往往容易引起误解。

　　腹联续写"孤征"途中所见暮景。出句写原野上的屯兵戍守的城堡，由于久已荒废，上面已看不到烟雾升腾缭绕。"断"是"绝"的意思，也是

"无"的意思。此句写出原野上荒凉苍茫的景象。对句写道路旁的深山上，古木郁郁葱葱，但在一片苍茫暮色的笼罩下，却似平林一片，浑然不辨高低，即所谓"平林漠漠烟如织"。这"平"字写出了暮色苍茫中遥望深山古木特有的感觉，用字新隽而精切。

尾联承第六句"深山"，写"孤征"途中闻深山猿鸣时的感受。"如何"二字提起，直贯二句。"此时恨"三字总束以上六句所抒写的孤征途中的乡思羁愁，末句推进一层作收，谓本已怀着乡思别恨，更奈何又听到深山中传来的啼猿的哀响呢。猿声也是最易触动旅人的乡愁的，所谓"猿鸣三声泪沾裳"。日暮、孤征、陌生的川原、旧邑、边城、荒凉的野戍、苍茫暮色中的深山古木、猿猴哀鸣，层层转进，至此旅愁乡思，已难以禁受，故云"如何此时恨，嗷嗷猿夜鸣"。末句点"夜"，则时间已由"暮"而至"夜"，然"孤征"未已，人尚在途中。

这首诗通过旅途见闻抒写思乡之情。通篇以"孤征"途中自暮入夜的时间推移为线索，描绘所见所闻的一系列富于特征的景象，构成具有浓郁乡愁旅思色彩的氛围，使人有亲历其境的真切感。迤逦写来，并不用力，而气体高浑。

陈子昂

送魏大从军〔一〕

匈奴犹未灭〔二〕，魏绛复从戎〔三〕。
怅别三河道〔四〕，言追六郡雄〔五〕。
雁山横代北〔六〕，狐塞接云中〔七〕。
勿使燕然上〔八〕，独有汉臣功〔九〕。

⟨校⟩⟨注⟩

〔一〕魏大，名未详，排行第一，故称。

〔二〕匈奴，游牧民族，汉代常侵扰汉之北边。此借指突厥。《史记·卫将军骠骑列传》："天子治第，令骠骑（指骠骑将军霍去病）视之，对曰：'匈奴未灭，无以家为也。'由此上益重爱之。"

〔三〕魏绛，春秋时晋国大夫。晋悼公时，山戎无终子请和，绛因言和

157

戎五利，晋侯乃使绛与诸戎盟。晋无戎患，国势日振。八年之中，九合诸侯，复兴霸业。事见《左传·襄公四年》。从戎，从军。魏绛从戎，借指魏大从军。

〔四〕三河，汉代称河内（今河南黄河以北地区）、河东（今山西南部地区）、河南（今河南黄河以南地区）三郡为"三河"。《史记·货殖列传》："昔唐人都河东，殷人都河内，周人都河南。夫三河，在天下之中，若鼎足，王者所更居也。"

〔五〕追，追攀。六郡，指汉代陇西、天水、安定、北地、上郡、西河六郡。《汉书·地理志下》："天水、陇西，山多林木，民以板为室屋。及安定、北地、上郡、西河，皆迫近戎狄，修习战备，高上气力，以射猎为先……汉兴，六郡良家子选给羽林、期门，以材力为官，名将多出焉。"《汉书·赵充国传》："始为骑士，以六郡良家子善骑射，补羽林。"此以六郡良家子出身的名将比魏大，说他可以追攀汉代六郡豪雄之士。

〔六〕雁山，即雁门山，山上有雁门关，是北方边塞的著名关隘。在今山西代县北。

〔七〕狐塞，即飞狐塞，又称飞狐口。在今河北涞源县北。接，接连。云中，秦、汉郡名。唐代云中郡治在今山西大同市。

〔八〕燕然，山名，即今蒙古国境内之杭爱山。东汉永元元年（89），车骑将军窦宪率军出塞，大破北匈奴。登燕然山，刻石勒功，纪汉威德。事见《后汉书·窦宪传》。

〔九〕汉臣，指窦宪。《全唐诗》此句原作"唯留汉将功"，据《文苑英华》卷三百所录改。

笺评

方回曰：刊本以"狐塞"为"孤塞"，予为改定。唐之方盛，律诗皆务雄浑。尾句虽拗平仄，以前六句未用意立论，只说行色形势，末乃勉励之，此一体也。（《瀛奎律髓》卷二十四）

杨慎曰：意调过人。（《删补唐诗选脉笺释会通评林·初五律》引）

唐汝询曰：此勉魏大树勋也。言因虏未灭，而君有此行。今自三河而往，当追古人之以六郡称雄者，盖指充国也。苟既出雁、狐之塞，便宜勒石燕然，毋使汉将独擅千秋之名也。高宗云："罔俾阿衡，专美有商。"此

盖用其语意。(《唐诗解》卷三十一)

许学夷曰："勿使燕然上，独有汉臣功。"一作"唯留汉将功"，疑后人改以入律，选唐诗者姑从之。(《诗源辩体》)

吴山民曰：首句"犹"字起下"复"字。次句用事妥。(《删补唐诗选脉笺释会通评林·初五律》引)

周珽曰：首借魏绛比魏之远征。次欲魏继踵充国，矢志谋国。后望魏并美窦宪，树勋远夷。"雁山""狐塞"，纪其所历……总之，勉魏大建奇勋也。(同上)

冯舒曰：二首结一例。(《瀛奎律髓汇评》引)

吴昌祺曰：(魏)绛本和戎，而曰"从戎"，借用其姓也。(《删订唐诗解》)

沈德潜曰：绛本和戎，今曰"从戎"，此活用之法。一结雄浑。(《重订唐诗别裁集》卷九)

纪昀曰：陈、隋彫华，渐成饾饤，其极也反而雄浑。盛唐雄浑，渐成肤廓，其极也一变而新美，再变而平易，三变为恢奇幽僻，四变而绮靡，皆不得不然之势，而又各有其佳处，故皆能自传。元人但逐晚唐，是为不识其本，故降而愈靡。明人高语盛唐，是为不知其变，故袭而为套。学者知雄浑为正宗，而复知专尚雄浑之流弊，则庶几矣。次句借姓，开小巧法门。又曰：得(方回)此评，乃知今本"唯留汉将功"乃后人改本。(《瀛奎律髓汇评》引)

朱之荆曰：首句补题。此一句提出，下文便如破竹矣。次句正点题。次联接出"送"字。三联实写其地，唤起"燕然"字。结收转前半。(《闲园诗抄》)

陈德公曰：五、六自然雄句，不假怒张。陈律纯以音格标胜，绝不刻画，索之无异，上口便觉其高。于鳞尚格取音，故选诗无遗美。又曰：陈诗虽胜在音格，然生气跃然，中饶骨力，故能诣极浅。夫袭其皮毛，虚杅直率之敝，所必不免。(《闻鹤轩初盛唐近体读本》卷一引)

许印芳曰：晓岚此论，指点学者最为亲切，其要旨在"知变"二字，学者当细参。末句不粘，今不可学。(《瀛奎律髓汇评》引)

159

此送人赴北边征戍之五律，通体雄健高浑，一气直下，音节浏亮，初盛唐边塞五律中最常见之格调，从中可窥见初盛唐诗坛的审美趣向。后来高、岑边塞五律，颇多此种，高适之作，尤近此诗。从中亦可见陈诗对盛唐边塞诗的影响。

首联点题内"魏大从军"。首句用语典，次句用事典。魏绛本以和戎绥边著称于史，今"复从戎"，盖因匈奴未灭，边境不宁之故。前因后果，突出战争之正义自卫性质，"犹""复"二字见意。"复"字见为国从戎之壮举已非一次。以姓作拟，固小巧家数，但反用和戎之典，则有创意。

次联正面写送别。出句点别地。"三河"虽是一个集合性的地理名词，但读者心中自可唤起对三河少年、英雄才俊的联想；对句赞其此行可以追攀汉之赵充国。一从空间着眼，一从时间着眼。言外见今日三河道上壮别之魏大，即昔日屡败匈奴、威震北边之名将赵充国一类人物。"言追"之"言"，当指魏大的豪言壮语。上句"怅"字虽略露分别时的惆怅，下句随即以"雄"字挽转，溢出一股豪壮气概。

腹联承"送"字，遥想魏大从军途中所历的雄关险塞，以渲染其豪情壮怀。雁门山横亘于代北之地，其上有雄峻的雁门关。一"横"字突现出雁门山形势的险要和成为北方天然屏障的态势。飞狐塞则与云中郡遥相连接，同样突出了这一险要关塞对边地州郡的捍卫作用。而"接云中"的字面又给人以飞跃的高峻入云的壮伟联想。这一联连用四地名，而无堆垛之弊，关键在中间嵌入的两个形象感、动态感很强，气势豪壮健举，却又自然不着力的"横"字、"接"字。境界壮阔，声调高亢，确是自然雄句。

尾联以祈望魏大立功边塞，建立功勋作结，勿使燕然山上，独有汉臣窦宪之名，应转首句及第四句。语言雄直，气魄宏大，为全诗作了富于时代气息的收束。

诗的感染力其实主要不在音律格调，而在通篇贯注着一种昂扬健举的气势。这种贯注全诗的气势是诗人充沛激情的自然流露，它构成了全诗的灵魂。离开这种内在的感情和气势，专摹其音律格调，自不免流于肤廓。

魏大从军所往之地，或谓系东北边塞之契丹与唐军交战之地，恐非。腹联连用雁山、代北、狐塞、云中四地名，均在今山西北部一带，则征战之对象当为北方之突厥，如征契丹，当出榆关，上述四地均非途中所历。

唐诗选注评鉴（一）

春夜别友人二首（其一）〔一〕

银烛吐青烟〔二〕，金樽对绮筵〔三〕。
离堂思琴瑟〔四〕，别路绕山川。
明月隐高树，长河没晓天〔五〕。
悠悠洛阳道〔六〕，此会在何年？

陈子昂

校注

〔一〕卢藏用《陈子昂别传》："年二十一，始东入咸京，游太学……以进士对策高第。属唐高宗大帝崩于洛阳宫，灵驾将西归，子昂乃献书阙下。"此题第一首有"悠悠洛阳道"之语，第二首有"愿上大臣书"之语，当为睿宗文明元年甲申（即武后光宅元年，684）在洛阳准备献书阙下时。友人，姓名未详。按：赵贞固本年二十七岁，来游洛阳，与陈子昂等交游，调蕲州宜禄尉，见子昂《昭夷子赵氏碣铭》。第二首又有"紫塞白云断"之句，似与"蕲州"相合，则友人或者可能指赵贞固。

〔二〕银烛，白色的蜡烛。

〔三〕绮筵，华美的筵席。

〔四〕《诗·小雅·鹿鸣》："我有嘉宾，鼓瑟鼓琴。"本指宴席上有嘉宾在座，奏起琴瑟以助兴。此句意谓离别的厅堂上奏起琴瑟，引动离别之悲。思，悲也。或谓"琴瑟"指友人，似非。

〔五〕长河，指银河。

〔六〕道，《全唐诗》校："一作去。"

笺评

161

顾璘曰：富丽，有味。（《批点唐音》）

王稚登曰：起语奇拔，后来岑参多用此。（《唐诗选》参评）

蒋一葵曰：五、六语佳，第"明月""长河"似秋夜，不见春景。（同上）

程元初曰：诗有论体写状、寄物方形者，如此三、四句是也。唐人又

有赠别诗云:"离情弦上怨,别曲雁边嘶。"亦是此体。(《初唐风绪笺》)

徐用吾曰:此篇托物自喻,结语优柔可怜。(《唐诗分类绳尺》)

李维桢曰:读此诗有"春气满林香"。又曰:造语极佳。(《唐诗隽》)

郭濬曰:蒋仲舒(一葵)以"明月"一联似秋夜,不知"隐"字内已有春在。或以八腰字皆仄为病,若将平声换去"隐"字,有何意味!(《增定评注唐诗正声》)

田艺蘅曰:八腰字皆仄声,不觉其病,然亦当戒。(陈继儒重校《唐诗选》)

唐汝询曰:此伯玉将之洛阳,饮饯于友人而作也。言彼张灯设席,丰盛如此,故我思其堂之所有,念别路之间关,未怨遽去也。于是月沉河没,天将旦矣。从此入洛,当以何年而续此会乎!(《唐诗解》卷三十一)

陆时雍曰:气满。老而劲。"明月""长河",于秋时尤胜。(《唐诗镜》卷三)

周珽曰:说者病"明月""长河"如秋夜语,若令昭明见之,不同天朗气清之议乎!然通篇华美超越,纤瑕岂能掩巨瑜。(《删补唐诗选脉笺释会通评林·初五律》)

王夫之曰:雄大中饶有幽细,无此则一笨伯。又曰:结宁弱而不滥,风范固存。(《唐诗评选》卷三)

毛奇龄曰:前辈雅词,后人酌用无尽,未有如淮南"王孙""春草"语,沾润既多,愈出而不厌者也。王元长《饯谢文学离夜》诗云:"离轩思黄鸟。"唐陈伯玉诗:"离堂思琴瑟"……俱本于此。(《诗辩坻》卷三)

吴烶曰:全篇赋送别之情景。烛以膏为之,色如银也。金樽绮筵,言席之盛也。如鼓琴瑟离堂,则思山川险阻,别路多绕,对明月,望长河,未忍别也。驱马悠悠,良会无期,曲尽别友情况。(《唐诗选胜直解·五言律诗》)

王尧衢曰:前解是夜宴,后解是临别,而情思周挚见乎词矣……"银烛吐青烟,金尊对绮筵。"起句写别筵。子昂将之洛阳别友,而饯席之丰美如此。古诗有"银烛",谓银有精光如烛也。今倒用之。银烛吐烟,切春夜酌金尊以送别也。"离堂思琴瑟,别路绕山川。"此以别情承上,云如此华筵,设于离堂之上,我从别后思堂中之琴瑟,绕异路之山川,其悽恻何如哉!故宁坐终宵,而不忍遽别也。"明月隐高树,长河没晓天。"转笔云：我今竟终宵欢聚矣，起视明月隐于高树，长河没于晓天，则是天将旦矣。谢朓诗云："离堂华烛尽，别幌清琴哀。"殆此时之情思与？"悠悠洛阳去，此会在何年？"合句云：天既晓，我当行而入洛，但悠悠岁月，不知再会何年。此时此夜，真有难为情者。（《古唐诗合解》卷七）

陈子昂

黄生曰：（首二句）对起。（末二句）缩脉句，背面对。全篇直叙格，拈着便起兴，体极佳。声含凄怨曰"思"。谢朓："高琴时以思。"唐人"思深应带别""月思关山笛""鸟思江村路""边月思胡笳""黄鸟思参差""边风思鼙鼓""夜久孤琴思""啼春猿鸟思"。明月已隐高树，长河又没晓天，别思之急可知，用"已""又"二字分背、面，谓背面对。使不知此对法，未有不以"隐""没"二字为重复者矣。用"此会"二字缩住，起处写景方有着落。此题有二首，"春"字在第二首见。昔人病其五、六不切春景，此管窥之论也。八句云：重为此会在何年？（《唐诗矩·五言律诗一集》）

屈复曰：五、六是秋夜，非春夜，断不可学。若易"明月""长河"作"柳月""华星"，庶可耳。六句句法皆同，此亦初唐陈、隋旧习，盛唐不然。（《唐诗成法》卷一）

顾安曰：清晨送别，乃于隔夜设席饮至天明。此等诗，在射洪最为不经意之作，而后人独推之，何也？此诗不用主句，看他层次照应之法。又：射洪识见高超，笔力雄迈，胸中若不屑作诗，即一切法若不屑用，故读者一时难寻其端倪。及详绎之，则纵横变化之中，仍不失规矩准绳之妙，此文章中之《国策》《史记》也。唐人清旷一派，俱本乎此。（《唐律消夏录》卷一）

朱之荆曰："银烛"暗破"夜"字，"金樽"字补"钱"字。"离堂"二句写"别"字。"明月"二句，夜中兼有别况。七、八破所去之地，八拖出后会。（《闲园诗抄》）

吴瑞荣曰：折腰体。八句苦无变化，今人为之，便多指摘矣。（《唐诗笺要》）

陈德公曰：第四极作意语，亦乃苍然。"吐""隐""没"，字眼俱高。（《闻鹤轩初盛唐近体读本》引）

卢麰曰：第四乃豫道征途阅历，是空际设想语。五、六由昏达旦，启行在即。结黯然神伤，凄其欲绝。（同上）

姚鼐曰：从小谢《离夜》一首脱化来。（《今体诗抄》）（按：谢朓

163

《离夜诗》云："玉绳隐高树，斜汉耿层台。离堂华烛尽，别幌清琴哀。翻潮尚知恨，客思眇难裁。山川不可尽，况乃故人杯。"）

王寿昌曰：诗之可宽者，如前所论王勃"披荆寻石磴"之字意重沓，陈子昂"银烛吐青烟"之八腰字皆仄。（《小清华园诗谈》卷下）

鉴赏

此春夜送别友人之作，送别之地在洛阳，非友人送别自己前往洛阳。之所以误解诗意，主要原因在于误据"悠悠洛阳去"之异文而致。

首联撇开有关送别的具体背景情事，不作任何交代，直入本题，描绘别筵场景：银白色的蜡烛静悄悄地吐着青烟，盛满酒的金樽默默地对着华美的筵席。烛吐青烟，是将烧尽时的情景，说明夜宴已经持续了很长一段时间。樽中虽然酒满，肴馔虽仍丰盛，但主客双方却再也提不起兴致，只能让金樽空对绮席。"吐""对"二字，将主客默默相对、依依惜别的情景隐隐透露出来。别筵的华美丰盛成为离情的反衬，虽不正面言别，而别情已蕴含其中。

颔联正面写别筵离情。出句就别筵奏乐渲染气氛：摆设离席的厅堂上奏起了琴瑟，音调悲凄哀伤，更增添了彼此的离思别绪。这是就别筵现境抒写离情。对句则遥想朋友去路，迢递曲折，山川重叠，道路就缭绕着重重叠叠的山川逶迤而去。这是就想象中友人的去路抒写离情。一"绕"字不仅写出别路的迢递盘绕和山川的阻隔重深，而且写出了诗人神驰天外，追踪友人去路的情思之缭绕悠长。两句一实一虚，其间有场景的更换与神思的跳跃，读来倍感韵味的深长。

腹联撇开别筵，转写破晓时分的景物。明月西斜沉落，隐没于高树之中，银河西移垂地，隐没在破晓的天色之中。两句暗示这场别筵，自夜达晓，一直在进行着。随着月没河落，分手的时刻终于到来了。虽似一组空镜头，却流动着主客双方即将作别时浓郁的惜别情思。这就自然引出尾联的惆怅与慨叹来：

"悠悠洛阳道，此会在何年？"朋友就要沿着这条悠长的洛阳大道策马而去，一别之后，再有此会，又不知要到何年。怅此别之依依，叹后会之难期，语浅而情深。

和陈子昂的古诗风格每多质朴刚健不同，这首五律写得绮丽而缠绵。特别是首联，设色鲜妍秾丽，颇带六朝锦色。其他几联，也在流丽工致中寓有缠绵的情思与隽永的情韵。这说明，陈子昂并非一味追求质朴高古，他同样能为绮语、为情语。不过这种绮丽缠绵由于有真挚的感情作基础，故仍有气骨，而不落于纤巧。诗写得毫不着力，有一气呵成之感，这也正是其优秀五律的共同特点，显示出其艺术的功力。

陈子昂

张若虚

张若虚,生卒年未详。扬州人。曾任兖州兵曹。中宗神龙间(705—707),与贺知章、贺朝、万齐融、包融、邢巨等吴越之士,以文词俊秀名扬京师。玄宗开元初,又与贺知章、张旭、包融并称"吴中四士"。今存诗二首。

春江花月夜〔一〕

春江潮水连海平〔二〕,海上明月共潮生〔三〕。滟滟随波千万里〔四〕,何处春江无月明。江流宛转绕芳甸〔五〕,月照花林皆似霰〔六〕。空里流霜不觉飞〔七〕,汀上白沙看不见〔八〕。江天一色无纤尘,皎皎空中孤月轮。江畔何人初见月,江月何年初照人。人生代代无穷已,江月年年只相似〔九〕。不知江月待何人,但见长江送流水。白云一片去悠悠,青枫浦上不胜愁〔一〇〕。谁家今夜扁舟子〔一一〕,何处相思明月楼〔一二〕。可怜楼上月裴回〔一三〕,应照离人妆镜台〔一四〕。玉户帘中卷不去〔一五〕,捣衣砧上拂还来〔一六〕。此时相望不相闻〔一七〕,愿逐月华流照君〔一八〕。鸿雁长飞光不度〔一九〕,鱼龙潜跃水成文〔二〇〕。昨夜闲潭梦落花〔二一〕,可怜春半不还家。江水流春去欲尽〔二二〕,江潭落月复西斜。斜月沉沉藏海雾〔二三〕,碣石潇湘无限路〔二四〕。不知乘月几人归,落月摇情满江树〔二五〕。

校注

〔一〕《春江花月夜》,乐府清商曲辞吴声歌曲名。《乐府诗集》卷四十七录隋炀帝《春江花月夜二首》,均五言四句,解题引《唐书·乐志》曰:"《春江花月夜》《玉树后庭花》《堂堂》,并陈后主所作。后主常与宫中女学士及朝臣相和为诗,太常令何胥又善于文咏,采其尤艳丽者,以为此曲。"

可见其原为宫廷艳曲。《乐府诗集》于隋炀帝之作外，又录隋诸葛颖、唐张子容、张若虚、温庭筠同题之作共五首。内容除咏春江花月夜之景外，或兼及爱情、离思，唯温作系讽隋炀帝荒淫佚游，蹈亡陈覆辙。

〔二〕春江，指春天的长江。春天长江涨水，夜间涨潮，江面宽阔，与海相接，江海齐平，故云"春江潮水连海平"。张若虚是扬州人，唐代长江入海口距扬州较现在要近，诗中所描绘的当是诗人在他家乡扬州附近所望见的景象。

〔三〕月之盈亏与潮之涨落存在自然的联系，从诗中"皎皎空中孤月轮"之句看，本篇所写当为满月之夜的景象。故月轮初上，潮水随之上涨，即所谓"海上明月共潮生"。《太平御览》卷四引《抱朴子》："月之精生水，是以月盛而潮涛大。"

〔四〕滟滟，水波荡漾闪光的样子。此处实指月亮照映在浩阔的江面上反射出来的荡漾的波光。

〔五〕宛转，曲折缭绕。芳甸，长满香花芳草的江边郊野。谢朓《晚登三山还望京邑》："杂英满芳甸。"

〔六〕花林，繁花似锦的树林。霰，雪珠。

〔七〕月色洁白如霜，而光波流动，故称"流霜"。这里将月光想象成空中流动的霜华，但又感觉不到它在飘飞，故曰"空里流霜不觉飞"。

〔八〕汀，江边的沙洲。如霜的月光笼罩着沙洲，使汀上的白沙也看不见了。以上两句均写月色的皎洁。

〔九〕只，《乐府诗集》作"望"。

〔一○〕青枫浦，湖南浏阳浏水有青枫浦，又名双枫浦。杜甫《双枫浦》："辍棹青枫浦，双枫旧已摧。"此处系泛指长满青枫的水口。《楚辞·招魂》有"湛湛江水兮上有枫，目极千里兮伤春心"之句，《楚辞·九歌·河伯》有"送美人兮南浦"之句，此处化用其意，以"青枫浦上不胜愁"暗点思妇伤离。上句"白云一片去悠悠"则象征游子如白云飘荡远去。

〔一一〕扁（piān）舟子，指乘一叶小舟远去的游子。

〔一二〕相思明月楼，指在明月映照下的楼上的思妇。曹植《七哀诗》："明月照高楼，流光正徘徊。上有愁思妇，悲叹有馀哀。"句意本此。

〔一三〕可怜，可爱。月裴回，同"月徘徊"，月光流动的样子。

〔一四〕离人，指思妇。

〔一五〕句意谓月光透过玉窗珠帘，照进闺室，引动思妇的离愁，故希望它不要透帘入室，但却无法卷之而去。

〔一六〕捣衣砧，捣衣用的砧石。古时衣服常用纨素一类织物制作，质地比较硬挺，须先置砧石上用木杵反复舂捣，使之柔软，方可裁缝制作。句意谓月光照在捣衣砧上，勾起思妇对远方游子的思念，想拂之使去却拂而还来。古有捣衣裁缝寄远的习俗。

〔一七〕相闻，相见。句意谓思妇与游子虽可隔遥天对明月而彼此相望，却不能相见。

〔一八〕逐，追随。月华，月亮的光波。句意谓希望能追随月光的流动照见思念的远人。

〔一九〕句意谓鸿雁虽能飞越万里长空，却不能超越月光照及的范围。

〔二〇〕句意谓月光照射进深水，使深藏水底的鱼龙也感受到光照，跃动起来，形成层层的水纹。古有鱼、雁寄书的传说，这两句暗含对方所在遥远，鱼、雁亦难传书之意。

〔二一〕闲潭，平静寂寥的深潭。

〔二二〕江水流春，承上"闲潭落花"，谓江水漂送着落花，像是把春天都流送尽了。

〔二三〕海雾，从海上升腾而起弥漫笼罩一切的迷雾。沉沉，深貌，形容雾之深密。句意谓西斜的月亮已经隐没在海上升起的深浓迷雾中。

〔二四〕碣石，山名，在今河北昌黎县北。潇湘，即今湖南境内的潇水和湘水。一北一南，相隔遥远，故说"无限路"。

〔二五〕摇情，摇曳牵引思妇的离情别绪。句意谓江边的树林上荡漾着落月的光，在牵引着思妇的离情。或可径解为：落月的光洒满了江边的树林，像是摇曳着它那袅袅不尽的情思。

笺评

胡应麟曰：张若虚《春江花月夜》，流畅宛转，出刘希夷《白头翁》上，而世代不可考。详其体制，初唐无疑。（《诗薮·内编》卷三）

《唐诗训解》："江流宛转绕芳甸"，迂回曲折。"江畔何人初见月，江月何年初照人"，"人""月"二字，错综成文。"白云一片去悠悠……"，转入闺思，言愈委婉轻妙，极得旨趣。"昨夜闲潭梦落花……"，触物惊心，无非伤别。（卷二）

唐汝询曰：此望月而思家也。言月明而当春水方盛之时，随波万里，无所不照。霜流沙白，状其光也。因言月之照人，莫辨其始，人有变更，月常皎洁，我不知为谁而输光乎，所见唯江流不返耳。又睹孤云之飞，又想今夕有乘扁舟为客者，有登楼而伤别者，己与室家是也。遂叙闺中怅望之情，久客思家之意，因落月而念归路之遥，恨不能乘月而归，徒对此江树而含情也。（《唐诗解》卷十一）

钟惺曰：浅浅说去，节节相生，使人伤感，未免有情，自不能读，读不能厌。又曰：将"春江花月夜"五字炼成一片奇光，分合不得。真化工手。又曰："春江潮水连海平"，便像潮水。"江流宛转绕芳甸，月照花林皆似霰"，入"花"轻妙不觉，后更不说"花"，止带"昨夜闲潭梦落花"一语，妙在下一"梦"字，又似不实说，觉通篇"春""江""月""夜"四字中，字字是花。"空里流霜不觉飞"，静幻。"江畔何人初见月，江月何年初照人"，问得幻想迭见。"昨夜闲潭梦落花"，入此大妙。"江水流春去欲尽"，深。"落月摇情满江树"，"摇"字、"满"字，幻而动，读之目不能瞬。（《唐诗归》卷六）

谭元春曰："春江花月夜"，字字有情、有想、有故。（同上）

陆时雍曰：微情渺思，多以悬感见奇。（《唐诗镜》卷九）

周珽曰：语语就题面字翻弄，接笋合缝，铢两皆称。（《删补唐诗选脉笺释会通评林·盛七古》）

黄家鼎曰：五色分光，合成一片奇锦。不是补天手，未免有痕迹。（同上引）

汪道昆曰："白云一片"数语，此等光景非若虚笔力写不到，别有一种奇思。（同上引）

王夫之曰：句句翻新，千条一缕，以动古今人心脾，灵愚共感，其自然独绝处，则在顺手积去，宛尔成章，令浅人言格局、言提唱、言关锁者，总无下口分在。（《唐诗评选》卷一）

毛先舒曰：张若虚"春江潮水"篇，不着粉泽，自有腴姿，而缠绵蕴藉，一意萦纡，调法出没，令人不测，殆化工之笔哉！（《诗辩坻》卷三）

贺裳曰：《春江花月夜》，其为名篇不待言。细观风度格调，则刘希夷《捣衣》诸篇类也。此诚盛唐中之初唐。且若虚与贺季真同时齐名，遽分初、盛，编者殊草草。吾读书至贺秘书，真若云开山出，境界一新。毋宁置张于初，置贺于盛耳。（《载酒园诗话又编·张若虚》）

张若虚

169

吴乔曰：《春江花月夜》，正意只在"不知乘月几人归"。（《围炉诗话》卷二）

宋长白曰：唐人有《春江花月夜》一题，同时张若虚、张子容皆赋之。若虚凡二百五十二言，子容仅三十言，长短各极其妙，增减一字不得，读此可悟相体裁衣之法。（《柳亭诗话》卷十五）

吴烶曰：（"春江潮水连海平"至"汀上白沙看不见"）此篇是在春江之上，见月以寄怀也。虚虚笼"春江"字、"月"字。"明月共潮生"，言月至十五日潮满，月亦望也，波光万里。"似霰""流霜""白沙"，皆形容月夜之景。（"江天一色无纤尘"至"但见长江送流水"），次段见人与月有相关处。何人见月，何年照人，若无心对月，便等闲抛却，唯见江流而已。（"白云一片去悠悠"至"捣衣砧上拂还来"）此段见离别之苦。"谁家""何处""可怜""应照"，俱推开说。凡有离别者，无论舟中、楼上，同见此月，即同有此愁。"玉户帘中""捣衣砧上"，月光所照，皆足助人愁也。（"此时相望不相闻"至"鱼龙潜跃水成文"）此段见月明如水，河光如练，相思之怀，徒寄之想望、逐流光而已。鸿雁有翼而不能度，鱼龙潜跃而在水中，以眼前所见为比也。（"昨夜闲潭梦落花"至"落月摇情满江树"）此段方打入思归意。前只写江月，至此点出"花"字、"春半"字、"欲尽"字，以见抚时伤感之意。"月西斜""藏海雾"，照应题面"夜"字。"碣石"……"潇湘"……其间相去路遥。"不知乘月"句又推开，在"无限路"内之人，因己念及人，想亦同此未得归之心也。月将沉，而摇摇无定之情，若满江上之树，而树之摇动，又圆月照见也。通篇淡淡描摹春江花月之景，末着"落月摇情满江树"一句，有许多寄慨，无限深情，一篇俱振。（《唐诗选胜直解·七言古诗》）

徐增曰：首八句使人火热，此处八句（指"江天"八句）又使人冰冷。然不冰冷则不见火热，此才子弄笔跌宕处，不可不知也。"昨夜闲潭梦落花"此下八句是结。前首八句是起，起用出生法，将春、江、花、月逐字吐出；结用清归法，又将春、江、花、月逐字收拾。此句不与上连，而意则从上滚下。此诗如连环锁子骨，节节相生，绵绵不断，使读者眼光正射不得，斜射不得，无处寻其端绪。春、江、花、月、夜五个字，各各照顾有情。诗真艳诗，才真艳才也。（《而庵说唐诗》卷四）

王尧衢曰：此篇是逐解转韵法，凡九解。前二解是起，后二解是收。起则渐渐吐题，结则渐渐结束。中五解是腹。虽其词有连有不连，而意则相生。至于题目五字，环转交错，各自生趣。"春"字四见，"江"字十二见，"花"字只二见，"月"字十五见，"夜"字亦只二见。于"江"，则用海、潮、波、流、汀、沙、浦、潭、潇湘、碣石等以为陪。于"月"，则用天、空、霰、霜、云、楼、妆台、帘、砧、鱼雁、海雾等以为映。于代代无穷、乘月望月之人之内，摘出扁舟游子、楼上离人两种，以描情事。"楼上"宜"月"，"扁舟"在"江"，此两种人，于春江花月夜最独关情。故知情文相生，各各呈艳，光怪陆离，不可端倪，真奇制也。"春江潮水连海平，海上明月共潮生。滟滟随波千万里，何处春江无月明。"首出"春江"二字，次出"月"字，便承二句以启"花"字。江水下海，海潮入江，春江水涨，故用海潮以见水大。潮来潮去，江竟与海平矣。且海潮应月而生，故即海带潮以出"月"字。滟滟，水月光也。随波者，月也。曰"千万里"，曰"何处无"，见水月之远，两不相离，正承上"连海""共潮"也。"江流宛转绕芳甸，月照花林皆似霰。空里流霜不觉飞，汀上白沙看不见。"一句将江流带起"花"字之影，一句将月伴出"花"字，二句描月夜。总上共八句，春、江、花、月，逐字吐出，而"夜"字在内矣。"江"字下添"流"字，正接上"滟滟随波"句意。"宛转绕"，正其"流"之有情也。"芳甸"，有花之处，谢朓诗："杂英满芳甸。"江流宛转绕之，盖又无处非花林矣。于是以月伴花，曰"月照花林皆似霰"者，从夜见水月花光交杂，如雨雪之杂下也。又以"霰"字生出"霜"字。曰"流霜"，月光照处，如霜之流，以其是春夜不寒，故又不觉霜飞也。江畔浅处有沙之地曰沙汀，既有水月花光相为映射，则汀上之白沙看不见矣。"江天一色无纤尘，皎皎空中孤月轮。江畔何人初见月，江月何年初照人。"此下将人情事，暂放春、花，单言江、月，而逼出"人"字，以春花有见有不见，而月则无人不见也。"江"字下又用"天""空"两字，便见月所从出，古今所由代谢，人生其间，真觉茫茫无际。"无纤尘"，乃见是"空"。皎皎月轮，独照万古，故见是"孤"。自天地初分，即有此月此江，又谁知是哪一个人始初见月，哪一夜月始初照人。人有死生，世有今古，而月则常常如此。这个根底，有何人能穷究得出。下二句交互言之，无限感叹。以下便承此意畅发。"人生代代无穷已，江月年年望相似。不知江月待何人，但见长江送流水。"承上将人、月关情处一叹，而仍转到"江""流水"。此"水"字，从首句"潮水"来。人之生死，代谢无穷；月之圆缺，年年无异。人知人之望月如此，不知月之照人何如。盖月无

张若虚

171

情，情生于望月者耳。月照何人既不可知，但见江水汤汤，日夜流而不返，则是江流又一无情之物也。"白云一片去悠悠，青枫浦上不胜愁。谁家今夜扁舟子，何处相思明月楼。"此以"江""云"生起愁来，又暗出"夜"字，转过明月，以言客思闺情，伏下文之本也。"白云"只有"一片"，而又去得"悠悠"，又是一无情之物也。因上文有"无纤尘"三字，故此云"一片"，已不免秽涬太清。"去悠悠"，去之不定，有似游子。青枫浦上，视此流云，自伤流荡，所以"不胜愁"也。青枫，江上多枫，枫叶青，又关着"春"字。扁舟子，是游子也；楼上人，是怀游子者也。今夜扁舟中不知是谁家之子，又安知思此游子者之闺人，住在何处楼哉！"可怜楼上月徘徊，应照离人妆镜台。玉户帘中卷不去，捣衣砧上拂还来。"此从月下言闺情，从扁舟子意中想出。"可怜"是客子意中可怜也。"离人"，客子谓其妇也。"应"是遥度之词。"徘徊"，楼上之月不去也。反照"白云"之"去"。月在楼照离人，断无不照镜台。下二句描徘徊不去之月光也。帘卷得去，月卷不去；捣衣砧上，只疑是霜，然拂拭亦不能去。视此月光之不去，反形游子之不来。客子料离人在楼，必定多愁，故先冠以"可怜"二字。"此时相望不相闻，愿逐月华流照君。鸿雁长飞光不度，鱼龙潜跃水成文。"此时客子离人，同时望月，而音信不相闻问。以下便放开客子，单说楼上离人。楼上人想月之光华照到夫君身上，愿随月华流照到夫君之前。复又转语曰：月华安可逐也。即如能飞者鸿雁，雁飞在月光中，此处月光鸿雁不能带去，故曰"不度"。又想浦上之月，鱼龙或可带来，谁知鱼龙深潜水底，并月光亦照不着，从月下视去，不过成水面波纹而已。然则"逐月""流照"岂不诬哉！"昨夜闲潭梦落花，可怜春半不还家。江水流春去欲尽，江潭落月复西斜。"此下八句作结，将春、江、花、月、夜五字逐字收拾。"昨夜"是望月之夜，已成"昨"矣。乃转"夜"而言"月"，从月而想起夜间之梦。闲潭，犹闺中之幽闭；落花，犹美人之迟暮。由思起梦，因梦生怜，此"可怜"是闺人心事。昨夜恰梦落花，此时却是春半。还家犹不负春，乃春半不还，渐渐而至于春之欲尽。此江流不歇，此春日难留，是江水把春来流尽者。春既欲尽，只有江潭之月，犹赖徘徊。乃复又西斜欲落矣。春、江、花、月，全然辜负了。"斜月沉沉藏海雾，碣石潇湘无限路。不知乘月几人归，落月摇情满江树。"此将春、江、花、月一齐抹倒，而单结了"情"字。可见月可落、春可尽、花可无，而情不可得而没也。月斜而至沉于海雾，月全无有也。

此篇首以"海潮"起，故并"海"字结。碣石，海旁之山；潇湘，连江之水。从江溯海，其路无限。江安可尽耶？春去矣，月落矣，而人又不归。乘月无人，即有有谁知得，故曰"不知乘月几人归"，并归结"人"字。"落月"，则夜又尽；"满江树"，则花又无了。馀情袅袅，摇情于春江夜月之中。望海天之渺渺，感今古之茫茫，伤离别而相思，视流光而如梦。千端万绪，总在此"情"字内动摇无已。将全首诗情一总归结于其下，添不得一字，而又馀韵无穷，此古诗之所难于结也。（《古唐诗合解》卷三）

沈德潜曰：前半见人有变易，月明常在，江流不必待人，唯江流与月同无尽也。后半写思妇怅望之情，曲折三致，题中五字安放自然，犹是王杨卢骆之体。（《重订唐诗别裁集》卷五）

范大士曰：层层灵活，如剥蕉心，全不觉字句牵合重复。（《历代诗发》卷二十二）

管世铭曰：张若虚《春江花月夜》，何尝非一时杰作，然奏十篇以上，得不厌而思去乎？非开、宝诸公，岂识七言中有如许境界，何大复未之思也。（《读雪山房唐诗序例·七古凡例》）

王寿昌曰：结句贵有味外之味，弦外之音……张若虚之"不知乘月几人归，落月摇情满江树"……是皆一唱三叹，慷慨有馀音者。（《小清华园诗谈》卷上）

王闿运曰："江畔何人初见月，江月何年初照人"，奇想。"可怜楼上月徘徊，应照离人妆镜台。玉户帘中卷不去，捣衣砧上拂还来"，亦奇想也。接入春江，浩渺幽深，就便从花说到月，又说到江，意境幽曲。碣石则太远矣，是诗人不谙考据语，我则无此。（《手批唐诗选》卷七）又曰：张若虚《春江》篇，直用《西洲》格调，孤篇横绝，竟为大家。李贺、李商隐泯其鲜润，宋词元诗尽其支流，宫体之巨澜也。（《湘绮楼论唐诗》）

陈兆奎曰：《春江花月夜》，萧、杨父子时作之，然皆短篇写兴，即席口占。至若虚乃扩为长歌，浓不伤纤，局调俱雅。前幅不过以拨换字面生情耳。自"闲潭梦落花"一折，便缥缈幽远。王维《桃源行》，似从此滥觞。（《王志》卷二《论唐诗诸家源流》）

闻一多曰：在这种诗面前，一切赞叹是饶舌，几乎是亵渎。（"江畔"六句）（表现了）更复绝的宇宙意识，一个更深沉更寥寂的境界，在神奇的永恒面前，作者只有错愕，没有憧憬，没有悲伤……对每一个问题，他得到的仿佛是更神秘的更渊默的微笑。他更迷惘了，然而也满足了。

张若虚

173

（"白云"以下一段）这里一番神秘而又亲切的、如梦境的晤谈，有的是强烈的宇宙意识，被宇宙意识升华过的纯洁的爱情，又由爱情辐射出来的同情心……这是诗中的诗，顶峰上的顶峰。（《唐诗杂论·宫体诗的自赎》）

李泽厚曰：这首诗是有憧憬和悲伤的，但它是一种少年时代的憧憬和悲伤……所以，尽管悲伤，仍然轻快；虽然叹息，总是轻盈……永恒的江山，无边的风月，给这些诗人们的，是一种少年式的人生哲理和夹着悲伤、怅惘的激励和欢愉。闻一多形容的"神秘""迷惘""宇宙意识"等等，其实就是这种审美心理和艺术意境。（《美的历程》第七章"盛唐之音"）

罗宗强曰：这首诗以清新自然的语言，婉转的音调，表现感情浓烈、韵味无穷的诗境。浓烈的感情氛围，深刻的人生哲理的思索，全融化在轻新的、如梦一般明净的美的春江月色里。这首诗的最大成就正在这里，它创造了完美的诗的意境。它的出现，说明唐代诗人们对诗歌意境的创造已经走向成熟。盛唐诗人们那种兴象玲珑的诗，那种炉火纯青的意境创造就要自然而然地到来了。（《唐诗小史》第41页）

这首诗从长期的被冷落，到被发现，直到被誉为"孤篇横绝""诗中的诗"，经历了一个曲折的过程。这一名篇接受史上罕见的典型现象，程千帆先生在《张若虚〈春江花月夜〉的被理解与被误解》这篇论文中作了精辟详尽的论析，读者可以自行研读。

诗每四句一转韵，形成九个小节，构成内容上的一个小单元。这九个小节又可并为三个段落。

第一段八句紧扣题目，描绘春江花月夜的美好景色。起首两句写春江水涨、海潮涌动、江海相连齐平的浩渺景象和一轮圆月涌现于海潮之上，仿佛与其共生的壮阔境界。视野广阔，大处落墨，既富气势，却又自然从容，毫无着力之迹。接下来两句，写极目骋望，月光的光波照映在浩阔的江面上，随波上下，闪耀动荡。在诗人的想象中，这月光与潮水的波光相映射的景象将随着月亮的升高与照临，直至千里万里，哪一处春江没有月亮的清辉呢？由于在骋望中织进了想象的成分，眼前的实景与想象中的虚景交融，境界便更加阔远，使诗人自然用咏叹的笔调来抒写对万里长江月明图景的礼赞。以上四句，不妨看作全诗的一个总冒，由月升潮涌、江海相接、波光动荡的实景到"何处春江无月明"的虚景、全景，写出了月亮给万里春江带来的阔远之美。

五、六两句，就江、月写"花"。宛转曲折的江流，绕过长满各种香花嫩草的傍江郊野，使江流也染上了春天芬芳的气息；而皎洁的月光照射在江边的花树上，使枝头的繁花像是挂满了无数晶莹透明的雪珠。如果说，上句是写"花"的芬芳浸染了长江，下句便是写月的皎洁给花带来了玲珑剔透的奇异之美。江、月、花互相作用，传达出无边的春色。

七、八两句，借天宇、汀沙极形月色的皎洁。上句以霜华形况月色，下句以白沙衬染月色，着意处在"不觉飞""看不见"，传达出澄澈的月色所造成的视觉错觉和奇妙景象。以上四句，承"何处春江无月明"，写明月映照花树、空中、汀沙，显现了清光笼罩下一片皎洁透明的世界。

以上八句是全篇的第一段，写明月从初升到逐渐升高时的春江夜景，写得很有层次，从海到江，又循江而芳甸，而花林，而汀洲，而月则始终笼罩照临这一切之上。在具体描写时，又处处不离"江"字，处处注意点出"春"的特征，写出"花"的芬芳和色彩。

第二段八句便由"何处春江无月明"的美好夜色进一步写对"月"引起的遐想。"江天"二句，承上分写芳甸、花林、空里、汀上的基础上总提一笔，说从江面到天空，都是一色的透明莹澈，没有丝毫微尘，在辽阔的天宇上，只高悬着一轮光辉皎洁的圆月，以突出月光的明净与月夜的皎洁，然后便由"孤月轮"逗起下文。由于整个世界是一色透明，这高悬中天的一轮孤月便特别引人注目和启人遐想。没有这两句，前面对春江花月夜的描写和后面对望月引发的遐思的抒发就容易脱节。写长篇歌行，这种转关过渡之处是否连接处理得好，关系到全篇能否成为一个艺术整体，很能见作者的艺术功力。

"江畔何人初见月，江月何年初照人。"月亮亘古长存，人类绵延不绝。诗人由如此美好的春江花月之夜，联想到无限的时空、无限的生命，思绪由广阔的空间进入无限悠远的时间，自然而然地引发出宇宙与人生的永恒思绪，提出这近乎天真而又带有神秘色彩的问题：在这永恒的宇宙时间长河中，是谁在这江边头一个见到"皎皎空中孤月轮"的呢？而皎洁的月亮又是在哪一年开始映照着这世上的哪一个人的呢？这两个问题原是一个，不过从

张若虚

175

不同角度提出来而已。这问题颇带有宇宙意识和哲理色彩，但如果真以为诗人在这美好的春江花月之夜生发出探讨宇宙、人生的科学兴趣，那不免大煞风景，也大减诗情。诗人只是出于好奇，出于一种诗意的遐想，而不是对宇宙与人生的哲学思考。他原不指望回答，也无须作答（在当时的历史条件下也无法作答），诗人更感兴趣的是这种带有哲理意味和悠远想象的问题本身所带来的诗趣。

"人生代代无穷已，江月年年只相似。不知江月待何人，但见长江送流水。"这四句从意蕴上自然紧承"江畔"两句，从"江""月"与"人生"的关系着笔，却撇开问题，而抒发感慨。或以为这四句是感慨人生短暂，而宇宙无穷，自然永恒。其实，诗人的意思正与此相反。前两句的意思是说，人生一代一代地往下传，永远没有穷尽；江月也年年岁岁，总是像现在这样，将皎洁的清辉洒向人间。一个是"无穷已"，一个是"只相似"。作为宇宙中每一个具体的个体（包括人在内），都是有生有灭，有始有终的；但作为整体，则人类与自然都是永恒的。因此每一个时代的人，都可以充分享受春江花月夜之美，这正是以"代代无穷已"的"人生"，去面对如此美好的永恒不变的"江月"，何尝有人生短暂的虚无感伤气息！这里所蕴含的正是对人生、自然的永恒的憬悟与喜悦。"不知"二句，说月亮年年岁岁都像现在这样，默默无言地照临着人间，好像有意在等待着什么人，但又不知道它究竟在等待谁，眼前只见空阔浩渺的长江在不停地送着流水。如果说上句是自然对人的永恒期待，那么下句就是人对永恒的自然、永恒的时间之流的一种神往。

这一段八句，写皓月中天时所产生的关于江月与人生的遐想和感触。无论是用提问题的方式或是用抒发感慨的方式，诗人所要表达的主要意思都是自然和人生的永恒，以及对这种永恒的诗意遐想和哲理憬悟。

接下来一大段，诗人又由对无限时空、永恒人生的遐想，回到眼前皎洁明丽的春江月夜之境，想象在如此美好的夜晚中思妇对游子的深情思念。共五小节二十句，每四句构成一个小的意义单元。

176

"白云"四句，是这一大段的总冒。"白云一片去悠悠"，从写景的角度说，是遥承上段首句"江天一色无纤尘"；从写意的角度说，则是以白云一片的悠悠远去兴起并象征游子的远去（汉魏古诗中常以浮云的意象象喻游子远离故乡）。"青枫浦上不胜愁"则暗示伤离的思妇愁绪满怀，以致在双方离别之处——青枫浦上也似乎笼罩着一层难以禁受的愁绪。"谁家"二句，即以"扁舟子"和"明月楼"点明游子和思妇的两地相思。说"谁家""何处",故作不定之词,说明今夜明月之下、春江之上,怀着离愁的游子思妇并不止一家一处。以下便撇开游子,专从思妇方面着笔。

"可怜"四句,承上"相思明月楼",想象今夜明月楼中的思妇,在流动徘徊的月光映照下触物生感、挥之不去的离思。妆镜台、玉户帘、捣衣砧这一切闺室内外的事物,无一不引发她的单栖独宿、怀念远人的愁绪,故不觉而欲避开它的撩拨,但却"卷不去""拂还来",离思无法排遣消解。而"可怜""应"则表现了诗人对思妇的深情体贴。

"此时"四句,续写思妇由"望月"思念远人而产生的痴想。由于相望相思而不能相见,思妇想象自己能追逐无处不在的月亮的光波,飘荡流动,映照着远在异乡的游子。这想象,新奇浪漫而又充满柔情的依恋。曹植《七哀诗》有"愿为西南风,长逝入君怀"的期盼,张诗师其意而不袭其语,而意境更加优美。然而"逐月华"而"流照君",毕竟是不可能实现的痴想。女子于是自然想到托鱼雁传书,以表达自己的相思。然而,仰望长空,鸿雁尽管一直飞翔,却难以度越月光照临的范围;俯视江水,鱼龙深潜水底,跃动而形成水面的波纹。暗示鱼雁也难以把音书传到游子的身边。

"昨夜"四句,由昨夜的梦境联及目前的孤寂处境,抒写春尽月落的怅惘。用"闲潭"渲染寂寥的气氛,用"落花"象喻春天的消逝,透露女子的芳华将逝之感。春去花落,而游子犹不还家。眼看着江水漂送落花,整个春天就要消逝了,而江潭上的一轮落月,此时也已西斜。"江水流春"包含两重含义,一是承上江潭落花,说江水漂送着不断凋零的花朵,也漂送着春天的离去;二是说江水流逝,正如时间的流逝,在不知不觉中送走了春天。这两层含义都关合着美好景物和青春年华的消逝,而落月之西斜则又标示这美好的春江花月之夜也即将消逝,从而更加深了怅惘的情绪。

"斜月"四句,写斜月将落,深藏海雾,而游子思妇,仍然南北遥隔,未能团聚。遥想今夜,不知有几位游子乘月归来,只见落月的光洒满江树,在牵引着思妇袅袅不尽的情思。这四句写月落夜尽,仍紧扣游子思妇的暌离着笔。"不知"句故作摇曳之词,以"乘月"而归的他人反托游子的不归,末句以景寓情,尤有远韵。

《春江花月夜》原是陈代宫体诗的题目,原作虽佚,但从《新唐书·乐志》的记载中可以窥见它和《玉树后庭花》一样,是浮艳淫靡之音。隋炀帝继作的两首,有"汉水逢游女,湘川值两妃"之句,用郑交甫遇二妃的故

张若虚

实，也明显是宫廷艳诗，隋诸葛颖之作虽是单纯写景之作，但和张若虚同时的张子容所作的两篇，仍蹈袭隋炀余风，而有"分明石潭里，宜照浣纱人（指西施）""交甫怜瑶珮，仙妃难重期"等语，不脱陈隋旧习。但到张若虚手里，却对这一乐府旧题进行了彻底的改造。诗中所写的人物，从宫廷艳诗的常见主角交甫二妃变成了普通的游子思妇，所表现的感情也由艳情变成了离情，与此相应，语言风格也由艳丽华靡变为清新明丽。人物的平民化、内容的抒情化、感情的纯净化和语言的清丽化，使这首沿用陈隋旧题的乐府彻底洗清了宫体诗的淫靡华艳，而呈现出崭新的风姿面目。从这个意义上说，它不仅是"宫体诗的自赎"，更是对宫体诗的彻底改革。

不仅如此，张若虚的《春江花月夜》还是对初唐以来一系列七言歌行在思想境界上的一种提升。初唐的七言歌行中的名篇，从卢照邻的《长安古意》到骆宾王的《帝京篇》，从刘希夷的《公子行》到《代悲白头翁》，尽管内容有别，风格不同，但都毫无例外地贯串着人生无常的感慨，刘希夷的《代悲白头翁》尤为典型：

今年花落颜色改，明年花开复谁在……年年岁岁花相似，岁岁年年人不同……宛转蛾眉能几时，须臾鹤发乱如丝。

尽管诗中也表现了对青春的珍爱流连和对人生的热爱与执着，但毕竟对人生的无常充满了强烈的感伤。而在张若虚的《春江花月夜》中，却不再是徒然叹息自然永恒、人生短暂，而是说"人生代代无穷已，江月年年只相似"。在这里，"人生"已不再是指每一个具体的个体生命，而是指代代相传、永无穷尽的整体生命过程。这就从根本上超越了对个体生命有限的悲慨，而转化为对世代相续的大人生的肯定和礼赞。一个是"代代无穷已"，一个是"年年只相似"，正好是以永恒对永恒，使每一代人都能充分享受这"春江花月夜"之美。超越了个体自我之后，带来的正是对人生的积极肯定，是对个体生命有限人生的更加珍惜。在这个思想基础上来写游子思妇的分离和思妇的离情，就分外显示出对青春的珍惜、对爱情的忠贞、对团圆的渴望、对人生的执着。尽管有思念和怅惘，却始终充满对美好生活的向往与期待，就连那落月的光洒满的江树，也摇漾着缠绵不尽的情思。这种深挚的思念和深情的期待中闪烁着人性美和人情美的光辉，能纯净人的灵魂。这样的诗，不但是纯美的，而且是纯诗的，更是纯情的。

《春江花月夜》是一首篇幅较长的七言歌行，题目本身又包含了五个写景抒情元素，因此，如何进行整体的艺术构思，就成为这首诗艺术上成败的一个重要因素。清代评家选家对诗人如何在起、结处逐步吐出并收拾春、江、花、月、夜作过很中肯的分析，王尧衢的解说尤为细致，可以参看。但诗人对这五个写景抒情元素，并非等量齐观，使之在诗中平分秋色，更没有采取铺写分叙的平列方式，而是有主有次。在五者之中，"夜"是一个总的时间背景，在这首诗中，它是和月出到月落相终始的，因此，在写月的同时也就写出了夜色夜景，无须另作专门描写，诗中只出现两次"夜"字（今夜、昨夜），均为时间概念，而非对夜的具体描写，就是明证。"春"与"花"虽一为季节概念，一为具体景物，但二者有密切关联，写"花"自然体现出"春"的特征，标"春"则自可包含"花"在内。春的明媚妍丽，花的娇柔明艳，对"春江花月夜"的整体意境构成与游子思妇的情思的表达自然起着重要的作用，但相对于"江""月"而言，毕竟是次要的。五者之中，"江"是景物附丽、人物活动的场所，也是情思触发与寄托的载体；而"月"则自始至终，照临于一切景物、人物之上，同样是情思触发与寄托的载体。故在五者之中，"江"与"月"是主要的（"江"字十二见，"月"字十五见，亦可说明这一点）。但在"江""月"二者之中，"月"的地位与作用又显得更为突出。从写景的角度说，"春江花月夜"之所以美，之所以能显现出它特有的美，关键就在于有那一轮明亮。没有月，春、江、花、夜，就只是各自孤立的景物，连不成一个整体；没有月，春、江、花也就隐没在沉沉黑夜之中，根本无法显示它们的美。相反，抓住了月光，也就抓住了一切，"何处春江无月明""月照花林皆似霰"。月无所不在，诗人的笔，可以随着这一轮明月而随意流动转移，与"春"结合，与"江"结合，与"花"结合，构成春江花月夜的完整艺术画面。从抒情的角度说，抓住了月这个中心，就可以在写景的基础上展开对宇宙与人生的美丽遐想，可以联系到和这个春江花月之夜一样迷人的离人思妇的生活感情，使情、景、思交融在一起，构成一个多层次的和谐统一的艺术境界。诗人在以月为中心进行描绘和抒情时，又安排了一条时间的线索——从月随潮生到孤悬中天再到月沉海雾，顺着这条时间线索，将全篇分成三个不同的段落，描绘丽景、抒发遐思、抒写离情，而月则始终成为贯串一切的主要元素和载体。总之，诗人的高明处，就在于抓住了春江花月夜的中心和灵魂——一轮明月。

　　《春江花月夜》所展示的美感类型，从主导方面看，明显属于柔静和谐

张若虚

的优美范畴。无论是春的明媚妍丽、江的悠长深永、花的娇柔明艳、月的轻柔皎洁，还是夜的宁静和平，单就题目本身给人的暗示与联想，就足以构成一种柔静恬美的优美意境，但诗人却没有单纯地写静美柔美，而是在柔静恬美的基调中融入了一系列不同的乃至对立的因素，而且将它们很自然地融合为一个和谐的艺术整体，从而使诗的意境更丰富多彩，更深邃隽永。具体地说，有以下几个方面。

一是在柔静恬美的春江花月夜的景物描写中融入壮美浩阔的成分。诗一开始就展现出春江潮涌、江海相接的浩渺景象和一轮圆月涌现于海潮之上的壮阔境界。紧接着，又描绘出明月的清光随着涨潮的波涛涌进江来，照射着千里万里的广阔画面。在下面的一系列描写中，也时见这种壮美浩阔之境，像"江天一色无纤尘"，像"不知江月待何人，但见长江送流水"，像"谁家今夜扁舟子，何处相思明月楼""鸿雁长飞光不度""碣石潇湘无限路"，所展示的都不是眼前那一小块狭窄的天地，而是天南地北，万里江山。因而它虽写离情而并不给人以沉重的忧伤之感。而这种壮美浩阔的成分，是和整个柔静恬美的春江花月夜景组合在一起的，是和离人思妇的似水柔情组合在一起的，并没有破坏全诗柔静恬美的基调，而是使它变得更加丰富，更加吸引人。

二是在清丽的景物描绘中织入带有哲理性的诗意遐想。这首诗对春江花月夜的景物描绘，清新明丽，不纤不秾，极为出色。但如果只有这样的描绘，诗就不免显得清而浅。它的一个突出优点，就是在春江花月夜的景物描写的基础上，生发出一段关于江月与人生的带有哲理意味的抒情。正是这段抒情，使整首诗的意境深化了。这样的诗给人带来的，就不单纯是感官的愉悦，也不单纯是感情的慰帖，而是同时在思想上使人得到一种憬悟，一种启迪。但这种带有哲理意味的诗意遐想，又并非纯理性的哲学思考，而是由"江天一色无纤尘，皎皎空中孤月轮"的眼前景所自然引发的，又完全不离眼前景的极富诗的韵味的遐想，因此它既不脱离春江花月夜的描绘，又是对前一段景物描写的深化和升华。而且使后一段关于离人思妇的描写也带上了珍重人生的意味。诗之所以清而不浅，丽而不浮，深邃隽永，正是由于其中织入了与景相对相济的哲理性情思。

三是在宁静和谐的氛围中透露出淡淡的哀愁和轻微的怅惘。美好的春江花月之夜的整个氛围，是宁静和谐的。但这种宁静和谐并不是绝对的静谧与安闲，而是仍然有扁舟外出的游子和明月楼中怀念远人的思妇，有碣石潇湘、南北远隔的相思，有芳华将逝的哀愁与怅惘。生活是美的，和平宁静的，但并不是没有缺憾。而这种缺憾又并不妨碍对整个生活的肯定。恰恰是由于存在这种缺憾，才引发了对更加美好的生活的展望和追求。"不知乘月几人归，落月摇情满江树"，就在春尽月落更阑之际，思妇的柔情仍然在等待、召唤着游子的乘月归来。不妨说，这种淡淡的哀愁与轻微的怅惘，正是对更加美好的生活向往、追求的一种表现形式。

　　唐诗在艺术上的高度成熟，一个突出的标志，就是创造出情景浑融的艺术意境。这在短篇（如五七言律绝或七言短古）中比较容易达到，但在长篇歌行中，却很难实现。因为篇幅既长，便于铺陈，极易陷于发扬蹈厉、淋漓尽致，而忽略情景浑融意境的创造和隽永韵味的表达。张若虚的这首《春江花月夜》正是在长篇的形式中创造了丽景、深情、哲思相互交融的高度和谐的意境，从而标志着一个高度成熟的诗歌新时期的到来。在这个意义上，它在唐诗发展史上的标志性地位便非常明显而突出了。

张
若
虚

贺知章

贺知章（659—约744），字季真，自号四明狂客，越州永兴（今浙江杭州市萧山区）人，早年移居山阴（今浙江绍兴）。武后证圣元年（695）登进士第，授国子四门博士，迁太常博士。开元九年（721）为秘书少监。开元十一年，因宰相兼丽正院修书使张说之荐，入书院，与撰《六典》《文纂》，转太常少卿。十三年，迁礼部侍郎，加集贤院学士，又充皇太子侍读。翌年改工部侍郎。二十年为秘书监、集贤院学士。二十六年，李亨立为皇太子，迁太子宾客。天宝二年（743）冬，因病上表请归乡里，玄宗诏许，赐镜湖剡川一曲。三载正月启程，玄宗亲赐诗赠行，太子以下百官饯送并赋诗。归镜湖后不久病逝。知章性放旷，善谈笑，嗜酒，杜甫称其为饮中八仙之首。又善草、隶。擅长七绝。《全唐诗》录存其诗一卷。

咏 柳〔一〕

碧玉妆成一树高〔二〕，万条垂下绿丝绦〔三〕。
不知细叶谁裁出，二月春风似剪刀。

〔一〕《全唐诗》校："一作《柳枝词》。"

〔二〕碧玉，形容仲春杨柳的颜色碧绿而光润。说"碧玉妆成"，无形中将柳树比作亭亭玉立的年轻女子。南朝吴声歌曲有《碧玉歌》，碧玉为年方二八的小家女。这里用"碧玉"的字面，虽未必有意用典，却能引发读者这方面的联想。

〔三〕绦（tāo），丝带，喻柳枝。

笺评

钟惺曰：（三、四二句）奇露语，开却中、晚。（《唐诗归》卷五）

陆时雍曰：春风如刀，即柳叶如彩，此其为风味之佳。(《唐诗镜》卷八)

黄周星曰：尖巧语，却非由雕琢而得。(《唐诗快》卷十五)

黄叔灿曰：赋物入妙，语意温柔。曰"裁出""似剪刀"，工甚。(《唐诗笺注》卷八)

刘拜山曰："不知"二句，语意新奇，生机盎然，咏春柳入妙。(《千首唐人绝句》)

这是一首巧为形似之言、别无寓托的咏物诗。它之所以流传众口，不仅由于设喻的新颖巧妙，而且在于通过新警生动的比喻显示了盎然的春意和诗人对仲春景物的独特诗意感受。

首句是对仲春杨柳的整体描写。早春的杨柳，鹅黄嫩绿；到仲春季节，已转为碧绿，用"碧玉"来形容，不仅显示出它的颜色，而且写出了它的润泽。说"碧玉妆成一树高"，无形中将一树翠绿的杨柳比成一位新妆初就、亭亭玉立的年青女子。而因《碧玉歌》与"碧玉"在字面上的关合，又自然容易引发"碧玉小家女""碧玉破瓜时"一类联想，使"碧玉妆成"的意蕴更为丰富而具吸引力。

次句写仲春杨柳的枝条。这里又将千万条纷披下垂的柳枝（诗人所写的当是垂柳）比作女子衣裳上垂拂的绿丝带。说"万条"虽是渲染夸张之词，但也透露出诗人眼中的柳并非单株独树，而是一片翠绿的柳林，这才能充分展现春天的繁茂和生机，以与三、四句相应。"垂"字要和末句的"春风"联系起来体味，它不是静止不动的下垂，而是带有动感的"垂拂"，从中可以想象万千条柳枝随风飘拂的轻盈飘逸的身姿。

一、二句由整体的柳树写到局部的柳枝，三、四句又进而由柳枝写到柳叶，观察的步骤和描写的次序显然。这两句仍是一个比喻，但由于这个比喻包含了极为新奇巧妙的联想和想象，写得又极为明快而生动，因而显得特别新警而隽永，富于诗情、诗趣和诗韵。面对千枝万条上碧绿的细叶（初春柳枝初发时只有嫩芽而无细叶，暮春则柳叶舒展，柳阴浓密，堆烟笼雾。"细叶"正切仲春的柳叶），诗人不由得惊异于造化的神奇而发出"不知细叶谁裁出"这极富诗趣的设问，紧接着又异想天开，端出了问题的答案——"二月春风似剪刀"。这是一个从未有人用过的比喻。春风是无形的，似乎与日

183

常的用物剪刀根本挂不上钩。但春风温煦，化育万物，春天的一切花草树木的滋生繁茂都与温煦的春风化育密切相关。正是这个总体的感受与柳叶纤细整齐如同巧手裁剪而出的形象启发了诗人的想象，从而创造出了"二月春风似剪刀"这一极新颖奇警而又生动贴切，富于独创性、启示性的比喻。它不仅充分表现了大自然神奇的创造力，展现了盎然的春意和活泼的生机，也洋溢着诗人对春天、对大自然的神奇美好的热爱。仲春杨柳的形象、方兴未艾的春天景象以及诗人自身的审美情趣，通过这个比喻，都生动地展现出来了。自从贺知章创造出这一新警工巧、含意隽永的比喻以后，诗人们运用类似比喻的便层出不穷，花样翻新。从杜甫的"焉得并州快剪刀，剪取吴淞半江水"，到李贺的"欲剪湘中一尺天，吴娥莫道吴刀涩"，再到温庭筠的"江风吹巧剪霞绡"，都不难看出贺知章这一巧喻和用字的影响。造语过于尖新，易流于纤巧，但贺知章这首诗的"裁"字、"剪"字却无此弊，原因就在于新巧的比喻中有丰富的蕴含和隽永的诗味、活泼的诗趣。透过它，读者可以感受到一个方兴未艾的春天。

回乡偶书二首（其一）〔一〕

少小离乡老大回〔二〕，乡音难改鬓毛衰〔三〕。
儿童相见不相识，笑问客从何处来〔四〕。

校注

〔一〕贺知章天宝三载（744）正月启程还乡，于是年二月抵达越州山阴，《回乡偶书》第二首有"春风不改旧时波"之句可证。此二首即初抵山阴时所作。

〔二〕诗人三十七岁登进士第之前已离开家乡，到回乡时年八十六，离乡时间最少五十个年头。曰"少小离乡"，则离乡时间当更早于已入壮年的三十七岁时。乡，《万首唐人绝句》作"家"。

〔三〕衰（cuī），稀疏脱落。难，《唐诗品汇》作"无"。

〔四〕笑，《全唐诗》校："一作借，一作却。"

范晞文曰：卢象《还家》诗云"小弟更孩幼，归来不相识。"贺知章云："儿童相见不相识，笑问客从何处来。"语益换而益佳，善脱胎者宜参之。近时严坦叔《还家》诗，亦有"旧时巷陌浑忘记，却问新移来住人"。颇得知章之遗意。（《对床夜语》卷三）

刘辰翁曰：说透人情之的。（《唐诗品汇》卷四十六引）

唐汝询曰：鬓毛摧，貌非昔也；儿童不相识，人非昔也。模写久客之感，最为真切。（《唐诗解》卷二十五）

钟惺曰：（"儿童"二句）似太白。（《唐诗归》卷五）

谢榛曰：凡字有两音，各见一韵。如……贺知章《回乡偶书》云："少小离乡老大回，乡音无改鬓毛衰。"此灰韵"衰"字，以为支韵"衰"字误矣。（《四溟诗话》卷三）

王尧衢曰：此作一气浑成，不假雕琢，兴之偶至，举笔疾书者。"少小离家老大回"，便见得是久客。"乡音无改鬓毛摧"，音虽犹昔而貌已非昔也。"儿童相见不相识，笑问客从何处来。"二句转、合，分拆不开。（《古唐诗合解》卷五）

宋宗元曰：情景宛然，纯乎天籁。（《网师园唐诗笺》卷十五）

刘宏煦、李德举曰：人皆知气象开展、音节宏亮为盛唐，不知盛唐中有如此淡瘦一种，却未尝不是高调。（《唐诗真趣篇》）

刘仲肩曰：朴实语，无限感慨。（同上引）

富寿荪曰：写眼前事，一往任笔，轻松活泼，情趣盎然。而无穷感慨，即寓其中。此境在唐人七绝中殊不多见。（《千首唐人绝句》）

一个青年时代就离家远游的人，在历经半个多世纪的人事沧桑之后，于垂暮之年终于回到自己既熟悉又陌生的故乡，遇到一个意料之外的戏剧性场景，不禁引发无穷的人生感慨。他把这场景写成一首小诗，这就是被评家誉为"纯乎天籁"的贺知章《回乡偶书》的第一首。偶书，偶有所遇而即事（或即景）抒感。

首句平平叙起。"少小"与"老大"之间，横跨着半个多世纪的悠悠岁

贺知章

185

月，包含着无数人生经历和体验。这在诗中，是一大片未曾正面显示的空白。正是这片空白，成为全诗叙事抒情状景的总根。这是读这首诗时首先应当注意的。

第二句款款承接。"乡音难改"与"鬓毛衰"，对举成文，相互映衬，非常富于蕴涵。一个人从小学会的乡音，固然不易改变，但这里与"少小离乡老大回"相联系，与"鬓毛衰"相映衬的"乡音难改"，却含蓄地显示了客子难以消磨的思乡之情和他身上难以改变的乡风乡俗。"乡音"在这里同时也意味着保存在自己身上的故乡的一切印迹。尽管"乡音难改"，当自己终于回到故乡时，却已鬓发稀疏，皤然白首了。对比之下，又有无穷感慨。这一句的"乡音难改"承上句"少小离乡"，"鬓毛衰"承上句"老大回"，两句句内又各自对应，句子结构整齐对称，读来意致顺畅，有一种自然流走的风调之美。

三、四两句紧承"回"字，集中笔墨，描绘出一个极富生活情趣和戏剧性的场景。当诗人怀着亲切而激动的心情走向故乡的时候，一群天真活泼的孩子围拢过来，他们怀着好奇的心情，用陌生的眼光打量着这位鬓发稀疏的老爷爷，其中大胆一点的便上前笑着发问："老爷爷，您这是从哪里来的呀？"这个看来极平常，却是从实际生活中提炼出来的典型场景，以其突出的戏剧性和丰厚的感情内涵给读者以丰富的联想和隽永的回味。说它带有戏剧性，不仅是由于它描绘了一个生动风趣的有人物、有对话的活动场景，而且因为其中透露出当事者的巨大心理反差和现实场景反差。久离故乡的人，对故乡的变化往往只是在理性上有抽象的推测，在感性上则相当模糊。当他突然看到一群素不相识的孩子成为故乡的新主人，而从小生长在这里的自己在他们眼中反倒成为不相识的远方来客，原来记忆中十分熟悉的故乡好像一下子变得有些陌生了。想象中的故乡与现实的故乡之间这种意想不到的区别，特别是从旧主人变为新客人的意外冲击，构成了巨大的心理反差，使诗人在这一刹那间产生了一种茫然惘然的失落感。不仅如此，这里还有一系列现实场景的反差：八十六岁高龄的老翁，面对着幼小的儿童，中间隔了几代人，这老少相对的反差，不能不引起诗人的恍如隔世之感。而"春风不改旧时波"的门前镜湖，依稀仿佛的房舍道路，同完全陌生的儿童之间的对照，更使诗人产生一种如梦如幻的恍惚感。这一切心理反差、现实场景反差所引发的既亲切又陌生，既真切又恍惚，既欣慰又失落的心态，确实把久客还乡的人丰富复杂的感受生动地展现了出来。但所有这一切，都不是诉之直接抒情，而是只推出一个戏剧性场景，让读者自己去涵泳体味，因此又显得非常精练含蓄、隽永耐味。

如果再深一层体味，还可以发现在上述丰富复杂的感情深处，蕴含着一种更具普遍性的人生感慨。人们总是在对照中才强烈感受到自然的永恒和人世的沧桑。"儿童相见不相识，笑问客从何处来"，这老与少的对照，正显示了几十年来故乡人事变化的巨大。山川风物依稀如昔，人却换了几代，前者仍然熟悉，后者完全陌生。对照之下，自不免产生"人事有代谢，往来成古今"的感慨。第二首就把这种蕴含在具体戏剧性场景中的人生感慨直接挑明了，即一方面是门前镜湖，"春风不改旧时波"，一方面是"近来人事半销磨"。但这首诗中蕴含的人生感慨，却并不给人以沉重的伤感，相反地，倒是洋溢着一种轻松幽默的生活情趣。诗中所描绘的这个场景，其中所透露的并不是"所遇无故物，焉得不速老"这种沉重的悲叹，也不是"访旧半为鬼，惊呼热中肠"这种强烈的惊呼，而是一种对人事代谢的达观态度。诗人好像怀着浓厚的兴趣，注视着眼前这生动的一幕。"笑问客从何处来"的"笑"字，不仅生动地表现了儿童天真中稍带顽皮的情态，而且从侧面显示了诗人也同样面带微笑面对儿童的围观与发问。诗人对自己离乡多年归来后竟然成为故乡的"客"人这一事实，固然感到有些意外和茫然，产生过一时的陌生感、失落感和沧桑感。但诗的整个基调是轻松愉悦的，流露出对眼前这一幕戏剧性场景耐人寻味的幽默。这表明八十六岁的老诗人的心境并不颓唐，面对天真而好奇的一群儿童，他自己的童心似乎也在复苏。这正是这首诗更加内在的感情本质，也是它成为纯粹的盛唐之音的一个根本标志。贺知章旷达诙谐的性格，在这首诗中也显露出来了。诗人生活在承平昌盛的时代，仕途一直比较顺利，声名烜赫，受到皇帝的尊宠。辞官还乡时，更受到隆重的礼遇。这样一种时世身世、性格气质，使得这首寓含着人生感慨的诗，不但不显得沉重悲怆，反而有一种轻松幽默的情趣。不妨说，戏剧性的场景与幽默情趣，与带有普遍性的人生感慨的融合，正是这首诗主要的审美特征。

范晞文说此诗的三、四两句脱胎于卢象《还家》诗，卢象与王维同时，年辈晚于贺知章，说贺诗脱胎于卢诗，显然不符合事实。但贺诗优于卢诗，则很明显。卢诗只是客观地叙写情况，看不出诗人的感情反应。贺诗则在用白描手法描绘戏剧性场景的时候，笔端充满感情，言外寓含无限感慨。前者言尽意止，后者意余言外。卢诗朴直拙涩，贺诗则富于摇曳流美的风致。这说明，即使是相近的生活素材，在具有不同艺术素养的诗人笔下，其审美价值与效果也会有很大差距。

　　一个从生活中提炼出来的典型性场景或情节可以说是艺术上的一种新发现。自从贺知章创造出这一典型场景以后，诗歌中便经常会出现类似的构思与场景。像首句提及的卢象诗和杜甫诗（"访旧"二句），像李益的《喜见外弟又言别》："问姓惊初见，称名忆旧容。"司空曙的《云阳馆与韩绅宿别》："乍见翻疑梦，相悲各问年。"但它们中的多数寓含的人事沧桑之感，已经染上了浓重的时代乱离的悲凉色彩，与贺知章诗中流露的幽默情趣已是两个不同时期的精神风貌了。

　　盛唐七绝一般兴象玲珑，意境浑融，较少写日常生活情事，即使写也往往带有浪漫色彩。这首诗却以日常生活中的情景作为主要内容，而且把人物对话也写进诗中。在七言绝句史上，写人物对话，这首诗可能是首创。它使绝句增加了浓郁的生活情趣。由于诗人选取的这个场景本身具有典型性，因此它并不流于琐细浅率，而是实中寓虚，在具体的场景描写中寓有普遍性的人生感慨。中唐以后，七言绝句中写日常生活情事的越来越多，但意境往往比较实，与这首诗实中寓虚的写法便不大相同了。

张　说

张说（667—731），字道济，一字说之。祖籍河东，十四岁丧父后迁居洛阳。武则天天授元年（690）应贤良方正举，对策第一，授太子校书。后两度使蜀。万岁通天元年（696）从武攸宜讨契丹，为管记。累迁凤阁舍人。长安三年（703）坐忤旨流配钦州。神龙元年（705）召还，授兵部员外郎，历工部、兵部侍郎，兼修文馆学士。睿宗景云二年（711）同中书门下平章事，监修国史。因排斥太平公主一党，坚请太子监国，罢相。玄宗即位，拜中书令，封燕国公。因与姚崇不合，贬相州刺史。开元三年（715），再贬岳州刺史。六年，任幽州都督。九年入朝为兵部尚书，同中书门下三品。十一年正除中书令、右丞相。十三年充集贤殿书院学士，知院事。十四年致仕。十七年复为右丞相，知集贤院事，迁左丞相。十八年十二月二十八日卒，谥文贞。一生历仕四朝，“掌文学之任凡三十年”，朝廷重要文诰，多出其手，对玄宗开元年间文化政策的制定起过重要作用。重视奖掖后辈，对盛唐文学的发展亦有积极影响。工诗善文，长于碑志。有《张说之集》三十卷，有宋蜀刻本传世。《全唐诗》编其诗为五卷。

邺都引〔一〕

君不见魏武草创争天禄〔二〕，群雄睚眦相驰逐〔三〕。昼携壮士破坚阵，夜接词人赋华屋〔四〕。都邑缭绕西山阳，桑榆汗漫漳河曲〔五〕。城郭为虚人代改〔六〕，但有西园明月在〔七〕。邺旁高冢多贵臣，峨眉曼睩共灰尘〔八〕。试上铜台歌舞处〔九〕，唯有秋风愁杀人。

校注

〔一〕邺都，三国时曹操为魏王，定都于邺，旧址在今河北临漳县。邺都周二十余里，北临漳水。城西北隅列峙金虎、铜雀、冰井三台。引，古代乐府命题之一。唐人乐府以引为题者，有沿用乐府古题者，亦有根据诗的内容自立新题者，本篇属于后者。宋郭茂倩《乐府诗集》卷九十一新乐府辞乐府杂题收入此首。诗当作于开元二年（714）贬相州刺史期间，据末句，当作于是年秋。

〔二〕魏武，指魏武帝曹操，武帝系死后谥号。建安十八年（213），操封魏王，都邺。草创，创建鼎足三分的霸业。天禄，天赐的福禄。《尚书·大禹谟》："四海困穷，天禄永终。"后多指帝王之位。

〔三〕群雄，指东汉末割据一方互相争斗并吞的诸侯，如袁绍、袁术、孙坚及后来的孙权、刘备等。睚眦（yá zì），怒目而视。相驰逐，相互争斗追逐。

〔四〕接，偕，与……一起。词人，指文士。时著名文士如王粲、陈琳、阮瑀等均在曹操军幕。赋华屋，在华美的房屋中吟诗作赋。

〔五〕都邑，指邺都的城邑。汗漫，漫无边际貌。形容平衍的土地上桑榆连成一片，看不到边。

〔六〕虚，同"墟"，废墟。人代，人世，朝代。

〔七〕西园，即铜雀园，曹操所建，在文昌殿西，故称。曹操父子与邺中文士常宴游于此，吟咏诗歌。曹植《公讌诗》："清夜游西园，飞盖相追随。明月澄清影，列宿正参差。"西园明月，当年照临西园的明月。

〔八〕曤眹，形容女子目光明丽动人。《全唐诗》校："一作曼眹。"语本《楚辞·招魂》："蛾眉曼睩，目腾光些。"

〔九〕铜台，即铜雀台。建安十五年（210）冬曹操所建，置大铜雀于楼顶，故名。晋陆翙《邺中记》："铜雀台高一十丈，有屋一百二十间。"铜雀台是曹操晚年歌舞娱乐之所，其遗令中尚要求歌舞伎人每月朝十五，在帐前歌舞以供其灵魂娱乐。

笺评

《唐诗训解》：苏（轼）曰："（操）固一世之雄也，而今安在哉！"即此意。（卷二）

郭濬曰：无甚深意，却自悲感。（《增定评注唐诗正声》卷四）

唐汝询曰：邺者，操所都也。想其创业之始，群雄并驰，彼独能奄有中原者，以才兼文武，而英俊为之用耳。是以都邑渐广，桑榆荟郁，民物盛矣。至于今城阙为墟，人代尽易，唯有明月为西园故物，可胜慨乎！又见邺旁高冢，想贵臣宫妾，亦皆灰灭。况铜台为歌舞之地，而但闻悲风萧

唐诗选注评鉴（一）

条之声，能不令人愁叹乎！（《唐诗解》卷十一）

周珽曰：创业之初，声势极其雄盛；改世之日，眺听不堪萧条。夫开国承统，何代无之？抚邺都而想见其奸雄之处，即老瞒有知，亦应有弑夺之悔矣。此诗从群雄争逐，壮士词人，说到贵臣蛾眉，同归灰尘，思致岂不深沉！似笑似悲，似詈似吊耶？（《删补唐诗选脉笺释会通评林》卷十五）

沈德潜曰：声调渐响，去王杨卢骆体远矣。"草创"二字，居然史笔。"昼携壮士"二句，叙得简老。（《重订唐诗别裁集》卷五）

管世铭曰：张燕公《邺都引》："昼携壮士破坚阵，夜接词人赋华屋。"王（维）、岑（参）而下，均不能为此言。（《读雪山房唐诗序例·七古凡例》）

王闿运曰："昼携壮士破坚阵，夜接词人赋华屋"，太宗足以当之，我亦能之而未肯为，曾、胡皆未逮也。又："城郭为墟人代改，但有西园明月在"，不及"分香"事，亦颇避熟。（《手批唐诗选》卷七）

鉴赏

在由初唐到盛唐的七言歌行发展史上，张说的《邺都引》是一首带有标志性的杰出作品，显示出由繁富婉畅向简练浑括、骨格老苍、气韵沉雄转变的趋势。

邺城作为魏都，与一代枭雄曹操的业绩事功紧密相连（曹丕代汉而立正式称帝后，将都城迁往洛阳），因此诗一开头就从魏武乘时崛起，与群雄角逐，争夺天下起势。"君不见"虽为乐府套语，但用在篇首，当头喝起，不仅起着提示读者注意的作用，而且带有强烈的咏叹意味，为全诗定下一个抒情唱叹的基调。"草创争天禄"五字，是对曹操一生创建魏国基业，争夺天下的事功的高度概括。"草创"二字，尤见创业之艰难，沈德潜赞其"居然史笔"，正道出诗人对魏武开国奠基业绩的赞颂之情。"群雄睚眦相驰逐"，是对"争天禄"的具体化，也是对其时代背景的展示。曹操一生，"挟天子以令诸侯"，平吕布，征张绣，破袁绍，平乌桓，征刘表，平荆州，终于统一中原，创建与吴、蜀鼎足三分的霸业，为此后西晋统一全中国奠定坚实基础。用"睚眦相驰逐"形容群雄虎视眈眈、逐鹿中原的态势，不仅进一步突出了其"草创"事业之艰难，而且反衬出其削平群雄、统一中原的决心与

191

气概。

三、四两句，分咏曹操的文才武略，文事武功。曹操素以唯才是举著称，他的麾下，文士众多，猛将云集。从建安以来，多方罗致文人，至建安十五年（210），邺下文士数将百计，王粲、刘桢、陈琳、阮瑀、应玚、徐幹、吴质等尤为之最。"昼携壮士破坚阵"，概述其统率军队征服强敌、所向披靡的业绩和威势；"夜接词人赋华屋"，概述其偕同文士吟诗作赋的风流雅事。这种于戎马倥偬的激烈战斗中横槊赋诗的生活贯串了他的大半生，使他成为中国历史上少见的文武全才型的统治者。诗人将他的文事武功、文才武略高度概括于"昼携""夜接"的活动中，给人的印象便分外鲜明突出。曹操一生的军事、文学活动，足可写一部大书，初唐卢、骆等人如遇到这种题目，势必运用赋法，尽情铺排渲染，而诗人却将其凝练为两个形象的场景，确实是以少概多、以一当十的范例，表现出高度的艺术概括力。而于"昼携壮士破坚阵"的金戈铁马紧张激烈战斗后紧接"夜接词人赋华屋"的场景，更凸显出其从容闲暇的气度和儒雅风流的气质。

"都邑"二句，紧承"草创"功成，正面描写邺都的繁华富盛，用的却仍然是极简劲的笔墨。"都邑缭绕西山阳"，写都邑之广；"桑榆汗漫漳河曲"，写田畴之盛。前者见邺都缭绕西山之阳逶迤分布的形势，后者见庄稼树木繁茂葱郁、农桑生产繁荣丰饶的局面。均如三、四二句，以形象的描绘代替枯燥的叙述。二句直似一篇压缩了的《魏都赋》。

以上六句，以省净简括的笔墨写出魏武草创霸业的文才武略和邺都的繁荣富盛，七、八两句，急转直下，从历史的回顾转到眼前的现实景象，从怀古转到慨今。"城郭为虚人代改"，一笔跨越了这五百年。眼前的邺都旧址，已是城郭丘墟，满目荒凉，朝代更替，人事沧桑。当年活动在这里的英雄豪杰、文士才人，以及热闹的街市、豪华的建筑均已荡然不存，只有当年曾经照临飞盖追逐的西园的一轮明月，如今还在照临荒城。"但有西园明月在"，正透露生前的一切繁华景象，都已被历史的风雨所涤荡湮没。

九、十两句，在"城郭为虚"的基础上选取"邺旁高冢"来抒发感慨。邺城郊外，高冢累累，其中埋葬的大都是魏国的贵臣，当年他们位居将相，意气凌厉，生活豪奢，而现在均已化为尘土。不但如此，连当年围绕着这些贵臣清歌曼舞的绝代佳人也都长眠地下。上句是即目所见，下句是即景想象，前实后虚，以实引虚，而"富贵荣华能几时"的感慨已得到有力的表达。

末二句于"城郭为虚"中专就与曹操关系密切的铜雀台抒慨作收。今日登临铜雀荒台旧址之上，旧日的清歌曼舞、豪华繁盛均成陈迹，唯有萧瑟的秋风，阵阵袭来，令人悲凉不尽，愁绪满怀。这个结尾，借景抒情，感慨深沉，韵味悠长。

初唐歌行中抒写盛衰不常、繁华倏忽、人生短暂、青春易逝之感，是一个屡见不鲜的主题。这首凭吊邺都古城的登览怀古诗，追怀昔日魏武创建霸业的英雄气概和文才武略，邺都的繁华富盛，感慨今日城郭为墟、繁华消歇，铜台歌舞，唯余秋风萧瑟，在思想内容和主题上并没有多少新警之处。但它在艺术表现上，却化赋体的铺排渲染为诗歌的唱叹抒情，化繁富尽致为简练概括，化叙述议论为形象描写，化婉转流丽为苍劲道健，从而使七言歌行朝着更加精练概括的方向发展。即以与它同属过渡性的作品李峤《汾阴行》而论，李诗后段十二句抒"富贵荣华能几时"之慨虽淋漓尽致，感慨深沉，但前段极力铺排西京全盛时汾阴祭祠的盛况，却不免沿袭卢、骆长篇歌行用赋法铺叙渲染的故伎，虽步骤井然，却仍有繁芜之弊。较之张说此篇，艺术概括力显然较弱。

张
说

幽州夜饮〔一〕

凉风吹夜雨，萧瑟动寒林。

正有高堂宴，能忘迟暮心〔二〕？

军中宜剑舞〔三〕，塞上重笳音〔四〕。

不作边城将，谁知恩遇深？

校注

〔一〕幽州，唐河北道州名，治所在今北京市西南。唐玄宗开元六年至七年（718—719），张说任幽州都督、河北节度使。诗约作于六年秋冬间。

〔二〕迟暮心，屈原《离骚》有"惟草木之零落兮，恐美人之迟暮"，"老冉冉其将至兮，恐修名之不立"等句。"迟暮心"当指年已迟暮而功业未建、修名不立之慨。时张说年过五十。又曹操《步出夏门行·龟虽寿》有"烈士暮年，壮心不已"之句，"迟暮心"或亦兼含此意。

〔三〕《史记·项羽本纪》："（项）庄……曰：'君王与沛公饮，军中无以为乐，请以剑舞。'""军中剑舞"语本此。此处"剑舞"或指当时流行之剑器舞。详参后杜甫《观公孙大娘弟子舞剑器行并序》。

〔四〕笳，指胡笳。《文选·李陵〈答苏武书〉》："凉秋九月，塞外草衰。夜不能寐，侧耳远听。胡笳互动，牧马悲鸣。吟啸成群，边声四起。"

笺 评

蒋一葵曰：本非乐意，而殊无愁语。（《唐诗训解》卷三）

王穉登曰：俱切"夜饮"。（《唐诗选》参评）

蒋仲舒曰：浅显处最圆活。（《唐诗广选》）

唐汝询曰：此有不乐居边意。言因夜而命酒高堂，是自适也。然不能忘迟暮之心，已又舞剑吹笳，极军中之乐。而曰：不作边将，安知天子宠遇乎？自宽之词也。（《唐诗解》卷三十二）

钟惺曰：倒说恩遇，妙，妙！远臣不可不知此语。（《唐诗归》卷四）

周敬曰：三、四深妙。结句雄厚。（《删补唐诗选脉笺释会通评林》卷二十八）

周珽曰：玄宗迁说为幽州都督，此诗盖有激烈图报意。因雨中夜宴而动迟暮之悲，末复自励，谓舞剑吹笳，极军中之乐，皆由主上宠渥所致，可不知所报答也，正不忘迟暮处。唐解谓"有不乐居边意"，末乃"自宽之词"，恐说淡了。（同上）

郭濬曰："深"，妙。（《增定评注唐诗正声》）

王夫之曰：一气顺净。（《唐诗评选》卷三）

徐增曰：此燕公出为幽州都督不得志而作也。幽州乃边庭极苦之处……说上说下，总是一个不乐幽州。世称燕公诗为大手笔（按：当指其制诰之文），吾嫌其尖刻。此诗毕竟非忠厚和平之什，不免狭小汉家矣。（《而庵说唐诗》卷十三）

吴昌祺曰：燕公诗清而健，去"四友"之堆砌矣。（《删订唐诗解》）

黄生曰：尾联寓意格。说为幽州都督，不得志，故有此诗。高堂夜宴，宜若可乐，而终不能忘迟暮之悲，意盖可见。"剑舞""笳音"，军中之乐止此，岂京师内地清歌妙舞可同日而语乎？意不无怨望。盖立言贵乎忠厚，本风人之遗旨。（《唐诗矩·五言律诗一集》）

王尧衢曰：前解写幽州夜饮，后解因夜饮而自伤身在边城也。“凉风吹夜雨，萧瑟动寒林。”从幽州夜起。公时为幽州都督，幽州地寒，何况是夜。又且凉风吹雨，分外凄冷。其萧瑟之况，摇动寒林，心中有无限感慨。“正有高堂宴，能忘迟暮心。”此以夜饮承。言当此风雨萧条之夜，正幸有高堂宴饮，暂忘此迟暮之感也。是虽饮亦不成欢。“军中宜剑舞，塞上重笳音。”此以边城事作转。言军中宜于剑舞，非剑则不相宜；塞上重于笳音，非塞则笳亦不重耳。“不作边城将，谁知恩遇深。”此以感恩作反结。言舞剑闻笳，边城将才有此境。我如不作边城将，当此苦况，谁知昔日在朝恩遇之深。总因心中不乐幽州，故以昔时恩遇，反形出边城今日之苦也。（《古唐诗合解》卷七）

沈德潜曰：此种诗，后唯老杜有之。远臣宜作是想。（《重订唐诗别裁集》卷九）又曰：收束或放开一步，或宕出远神，或本位收住。张燕公“不作边城将，谁知恩遇深”，就夜饮收住也。（《说诗晬语》卷上）

屈复曰：一、二景中有情，故四得插入。五、六写其雄壮，正见悲凉，与一、二对看。结与四对看，自知用意所在。（《唐诗成法》卷一）

顾安曰：边塞之地、迟暮之年、风雨之夜，如此苦境，强说恩遇，其心伪矣。“正有”、“能忘”、“宜”字、“重”字、“不作”、“谁知”，只在虚字上用力。要说是“恩遇”，却究竟拗不过“边塞”“迟暮”“风雨”六字。诗可以观，岂不信哉！（《唐律消夏录》卷二）

吴瑞荣曰：末联浅语极深，远臣须如此。（《唐诗笺要》）

陈德公曰：前如一气直笔，五、六稍一顿，结以浑厚语意振之，遂不淡率。（《闻鹤轩唐诗近体读本》卷二引）

卢麰曰：满腔萧瑟之感，“剑舞”“笳音”，亦见止此或堪自遣耳。结故缴言边城不如内臣之恩遇，章法最有开拓。（同上）

姚鼐曰：托意深婉。（《五七言今体诗钞》卷一）

冒春荣曰：唐人佳句，二联为多，起次之，结联又次之，可见结之难工也。其法有于结句见诗意者，有点明题字者，有放开一步，或宕出远神，或就本位收住者。有寓意者，有补缴者。张说“不作边城将，谁知恩遇深”，就题上“夜饮”作收也。（《葚原诗说》卷一）

王寿昌曰：何谓格调？曰：如张燕公之……《幽州夜饮》。（《小清华园诗谈》卷上）

此诗自明代唐汝询以来，一直受到误解。以为张说"有不乐居边意"，诗"非忠厚和平之什"，谓末联乃"自宽之词"，或谓"恩遇"指"昔日恩遇"或"内臣恩遇"，甚至谓"如此苦境，强说恩遇，其心伪矣"。虽周珽、沈德潜等少数评家持正面评价，但不为人所注意。实则此诗颇见诗人之襟怀品格，诗亦沉雄悲壮，骨气端翔，洵为盛唐正音。

《旧唐书·张说传》云："始玄宗在东宫，说已蒙礼遇。及太平用事，储位颇危，说独排其党，请太子监国，深谋密画，竟清内难，遂为开元宗臣。前后三秉大政，掌文学之任凡三十年。"开元元年（713）虽因与姚崇不叶（姚、张之矛盾，或因出于个人私见）而贬相州，继又贬岳州三年。但开元四年末姚崇罢相后不久，于翌年二月即迁荆州大都督府长史，被重新起用。六年二月又迁右羽林将军、幽州都督、河北节度使，被委以安定东北边境之重任。故无论从玄宗与张说的总体、长期关系来看，或贬官后被重新起用委以重任来看，诗中所称"恩遇深"，当是出于真实感情，而非门面语，更非伪饰之言。说在幽州，"一年而财用肃给，二年而蓄聚饶羡，军声武备，百倍于往时矣"，"自受命处此，声振殊俗，终公之代，不敢近边"（孙逖《唐故幽州都督河北节度使燕国文贞公遗爱颂并序》），亦颇著业绩，可见他确实是将幽州之重任作为玄宗的"恩遇"而黾勉从事的。

诗的首联点明环境节候，渲染"幽州夜饮"的氛围。时值深秋初冬，凉风吹送夜雨，萧瑟的寒风冷雨掠过树林，发出一阵阵带着寒意的声响。这景象萧瑟凄清而阔大峭劲，显示出北方边地秋冬雨夜的特有氛围，为"夜饮"营造了一个适宜的环境。这一联写法颇似谢朓的名诗《观朝雨》的起联"朔风吹飞雨，萧条江上来"，起得超忽挺拔，但谢诗是清晨坐观江上朝雨飞洒，张诗是夜间聆听寒雨吹林，前者主要诉诸视觉，后者主要诉诸听觉，而"萧条""萧瑟""寒林"中又兼含触觉和人的心理感受。其均工于发端，善于营造环境气氛亦同。

颔联明点"夜饮"，正面抒写宴饮时的心境。"正有"紧承首联，表明是在这种环境氛围中举行"高堂宴"，"能忘"强调虽高堂盛宴，又岂能因此而"忘返暮心"？"迟暮"自与首联的"凉风""萧瑟""寒林"所标志的季节时令已近岁暮有关，但"迟暮心"的内涵却并非消极慨叹年华迟暮。"迟暮"之语，显用屈原《离骚》"唯草木之零落兮，恐美人之迟暮"及"老冉冉之将至今，恐修名之不立"之意，其精神是积极的，渴望建功立业，树立美名。张说早年于玄宗为太子时即蒙礼遇，后又因安储靖难大功，于开元元年（713）即任中书令。方将辅佐玄宗成就鸿业，遂己宏图，不料外贬四年之久。作此诗时，方得玄宗重新委以安边重任，而已年过五十，故常怀年届迟暮，功业未建、修名未立之心。联系曹操"烈士暮年，壮心不已"的著名诗句，则"迟暮心"中当兼包此意。他的另一首《巡边在河北作》说："沙场碛路何为尔，重气轻生知许国。人生在世能几时，壮年征戍发如丝。会待安边报明主，作颂封山也未迟。"正可为"迟暮心"所包含的感年华之迟暮，慨功业之未建，恐修名之不立，望安边以报明主等内涵作一注脚。因此这一联实际上是表明自己虽高堂夜宴，却不忘以迟暮之年报效君国、安边靖塞之意。"能忘"二字，正强调此"心"之无时或忘。既非消极悲叹年华迟暮，更非怨望远居边塞苦寒之地。

腹联写夜宴时歌舞奏乐，系夜饮之现境，非泛泛叙写议论。"军中""塞上"贴"幽州"，"剑舞""笳音"则又切"军中""塞上"。总之是体现北方边塞军中宴饮的特点，渲染雄武刚健之气与悲壮慷慨之情。曰"宜"、曰"重"，正显示虽高堂夜饮而不忘尚武精神与边境警备之意。

尾联突出全篇主意："不作边城将，谁知恩遇深？"意思是说，如果不是身为边城主将，身系边境的安危，又有谁能真正理解、深切感受君主的恩遇之深呢？这是诗人从守边的实际生活中切实感受到其责任之重大以后得出的结论。从上引孙逖所撰《唐故幽州都督河北节度使燕国文贞公遗爱颂并序》所记述的张说在幽州都督任上的显著业绩看，他对自己的"迟暮心"——抓紧垂暮之年的宝贵时间建功立业的烈士壮心，是认真地践行的，对玄宗的"恩遇"之"深"也是用实际业绩作了酬报的。这一联思想感情的深刻性还在于：在人们的习惯认识中，总以为在君主左右，在朝廷当权才是深受恩遇，而在边塞艰苦之地任职，即使担当像幽州都督这样的重任，则往往被看成不受重视，甚至产生弃置边地的怨望。张说正是通过自己亲历边城的实践，才真正体会到"作边城将"对安边保民卫国的重要性，也才真正感受到君主的"恩遇"之"深"。这里正蕴含着以国事为己任的人生价值观和以艰苦的戍边生活为荣的荣辱观，这才是全诗的核心和灵魂。有此一结，诗意诗境才得到了升华。而这种基于实践的深刻感悟又是用一种深婉和平的语调道出的，使人倍感其感情的深挚厚重。历代的文学作品（尤其是诗歌）中，凡言及君主恩遇者，大多言不由衷甚至似颂实讽，诸葛亮的《出师表》和张说的这首诗可算得上是少见的例外。

深渡驿〔一〕

旅泊青山夜，荒庭白露秋。
洞房悬月影〔二〕，高枕听江流〔三〕。
猿响寒岩树，萤飞古驿楼〔四〕。
他乡对摇落〔五〕，并觉起离忧〔六〕。

校注

〔一〕深渡驿，在唐江南东道歙州（今安徽歙县）之东新安江北岸，系由歙州至睦州（今浙江建德）水路通道上的古老驿站，今犹存深渡镇。具体写作年代未详。

〔二〕洞房，深邃的内室，指驿站的卧室。《楚辞·招魂》："姱容修态，絙洞房些。"

〔三〕江流，指新安江。

〔四〕古驿楼，指深渡驿的驿楼。

〔五〕《楚辞·九辩》："悲哉秋之为气也，萧瑟兮草木摇落而变衰。"摇落，指秋深草木枯黄凋落的萧瑟景象。

〔六〕并，更。离忧，离乡的忧愁。

笺评

吴玕曰：张说有《深渡驿》诗云："洞房悬月影，高枕听江流。"杜子美用其意，见于《客夜》篇云："入帘残月影，高枕远江声。"（《优古堂诗话》）

胡应麟曰：燕国如《岳州燕别》《深渡驿》……皆冲远有味，而格调严整，未离沈、宋诸公。至浩然乃纵横自得。（《诗薮·内编·近体上·五言》）

陆时雍曰：三、四语气清高，非追琢可拟。（《唐诗镜》卷七）

198

唐诗选注评鉴（一）

吴烶曰：题面无"宿"字。首二句补夜宿之意，以下均从首句生出，见古驿之荒凉也。"洞"，深也。月色到户，江声到枕，而又闻猿啸，见萤飞，种种动人离愁，心绪宁不摇落而生忧思乎！（《唐诗选胜直解·五言律诗》）

顾安曰：旅愁展转，一夜无眠，看见"月影"，又看见"萤飞"；听得"江流"，又听得"猿响"；既在"他乡"，更逢"摇落"，并成一片，来搅"离忧"也。又曰：昌黎云："欢愉之词难工，穷苦之言易好。"燕公亦就其易，吾不信也。（《唐律消夏录》）

屈复曰："悬""听"二字犹有痕迹，而杜之"卷帘残月影，高枕远江声"远矣。（《唐诗成法》卷一）

黄叔灿曰：上六句何尝不是写离忧，结语却以"他乡对摇落"句钩勒，觉离忧意在言外，似通首皆言摇落。意分两层，妙。（《唐诗笺注》卷一）

陈德公曰：高警不浮，唐人正调，绝未容易。"洞""高"二字，于"悬""听"有情，知非泛着。通首重"秋"字，故有第七。前六莫非感触，结二缴束，"并"字最有力。（《闻鹤轩初盛唐近体读本》卷二引）

卢麰曰：五、六出句更胜，着"响"字是字法，若近人便着"啸"字矣。"寒猿""古驿"皆现成字，"寒"与"猿响"有情，"古"与"萤飞"有情，叠字亦极不苟。（同上）

王寿昌曰：诗之天然成韵者，如……张燕公之"洞房悬月影，高枕听江流"……（《小清华园诗谈》卷上）

鉴赏

　　此诗写秋夜旅宿依山傍水的江南古驿，颇富情致与韵味。首联点出秋夜旅宿古驿。题称"深渡驿"，首句曰"旅泊"、曰"青山"，故知此驿系依山傍水而建。次句"白露"明点秋令，见景物之萧瑟；"荒庭"明点"驿"字，见水驿之古老荒寂。起二句从容有致，已将诗中山、水、秋、夜、驿五要素囊括无遗，"旅泊"二字更贯串全诗，遥启末句"离忧"之主意。"白露秋"三字，似复而非复，不仅点时令，且透出夜深白露滋生之凉意和旅泊古驿的诗人心绪的凄冷。

　　颔联写诗人夜卧内室目睹月色、耳听江声的情景。卧床而见秋月悬于天空，暗示夜深月斜。着一"影"字，凸现出月色之淡，月轮之孤，而旅人孤子无伴之感亦曲曲传出。"高枕"而卧听"江流"，则不但清晰可闻新安江水流淌的声响，且仿佛可见江流的身影，其中有诗人的想象，写夜闻江声之神韵入微，而旅泊者永夜不寐的情景亦如在目前。"悬""听"二字虽稍显用力之痕，但仍隽永有味，非刻意雕琢语，不能用后出而富远神的杜句来贬低原创的张句。

腹联写夜宿古驿闻清猿之啼，见流萤之飞的凄清荒寂情景。驿旁有青山，故有"猿响"，亦见山之幽深，"寒岩树"系出之想象；驿楼萤飞，见驿之荒寂。点出"古"字，为驿楼的悠久历史文化色彩作了渲染，引发读者的遥想。

以上两联，均一诉诸视觉，一诉诸听觉，既写出深渡驿之荒凉冷落，亦暗透旅宿古驿的诗人永夜不寐的孤寂凄清情怀，意境幽寂而饶有诗情画意。其中虽有旅愁，也蕴含着对这种古驿秋夜幽寂境界的诗意感受。

尾联总收。点明异乡秋夜旅宿逢此萧条冷落之境，更增离乡之忧愁这一主旨。出句遥应首句，对前六句所抒写的情景作一总束；对句紧承上句，"他乡"而"对摇落"的层叠递进和重笔勾勒，用"并觉"再作强调，揭出"起离忧"的主旨，倍感表达感情的强度。不过，全诗的感情内涵，并非"离忧"二字所可包括，如前所述，其中自含有对江南依山傍水古驿秋夜旅宿时所发现的幽寂境界的诗意感受。这是前人诗中尚未成功表现过的境界。

张九龄

张九龄（678—740），字子寿，韶州曲江（今广东韶关）人。长安二年
（702）擢进士第。后又登材堪经邦科、道侔伊吕科，授左拾遗。开元六年
（718）迁左补阙，历礼部员外郎、司勋员外郎。十年张说为相，擢九龄为中
书舍人内供奉。十四年改太常少卿。十五年，出为洪州刺史。十八年转桂州
刺史，翌年入为秘书少监，转工部侍郎兼知制诰。迁中书侍郎。开元二十一
年十二月，以本官同中书门下平章事。明年迁中书令。二十三年封始兴县
伯。二十四年为李林甫所毁，罢相。翌年贬荆州长史。二十八年春告病南
归，五月卒。九龄为开元时期最后一位贤相，其被谗去职成为治乱的分水
岭。为张说之后的文坛领袖，喜提携奖掖后进文士。有《曲江集》二十卷传
世。《全唐诗》编其诗为三卷。

感遇十二首（其一）[一]

兰叶春葳蕤[二]，桂华秋皎洁[三]。
欣欣此生意，自尔为佳节[四]。
谁知林栖者[五]，闻风坐相悦[六]。
草木有本心[七]，何求美人折[八]？

校注

〔一〕《感遇十二首》，作于张九龄罢相后贬官荆州长史期间，系远绍阮
籍《咏怀》、近承陈子昂《感遇》的咏怀之作，多借咏物寓托自身的品格心
志及遭际感受。亦有直抒者。

〔二〕兰，指泽兰或兰草。葳蕤（wēi ruí），草木枝叶纷披繁茂貌。

〔三〕桂华，即桂花。

〔四〕自尔，自然。二句意谓春兰秋桂因其自身欣然的生意，自然成为
春秋佳节的标志。

〔五〕林栖者，指隐居山林的高士。

201

〔六〕闻风，风中传送来春兰秋桂的芬芳。坐，因而。

〔七〕本心，本性，此指兰桂本就具有的芬芳皎洁的美质。

〔八〕美人，理想中的人物。此喻指君主。

 笺 评

胡震亨曰：张九龄诗："兰蕊春葳蕤，桂花秋皎洁。"段成式云："桂花三月生，黄而不白。曲江云'桂花秋皎洁'，妄矣。"按《图经》："桂有三种：菌桂、牡桂及单名桂。"宾、宜、韶、钦诸州，种类亦各不同。有二月、四月生花，全类茱萸者；亦有八、九月生花者。今东南桂皆然。其花色黄、白之外，亦有丹者。段成式安得据所见，遂谓曲江为妄乎？（《唐音癸签·诂笺五》）

钟惺曰：平平至理，非透悟不能写出。（《唐诗归》卷五）

谭元春曰：冰铁老人见透世故，乃有此感。（同上）

周敬曰：曲江公诗雅正沉郁，言多造道，体合风骚。五古直追汉、魏深厚处。（《删补唐诗选脉笺释会通评林》卷二）

程元初曰：诗欲气高而不怒，怒则失于风流。此诗气高而不怒。（《唐诗绪笺》）

邢昉曰：透骨语出之和平。（《唐风定》）

王尧衢曰：此寄志幽栖，无用世之意也。言兰叶则盛于春，桂花则荣于秋，物性顺时，欣欣自有生意。彼何求于人，亦自尔为佳节耳。安所望于林栖者之闻风而相悦乎？故知草木亦有本心，不以无人而不芳。美人即不折取，未尝不高其佳节也。《楚辞》多以美人比君。"坐"字内有一种高贵意。（《古唐诗合解》卷一）

沈德潜曰："草木有本心，何求美人折。"想见君子立品，即昌黎"不采而佩，于兰何伤"意。（《重订唐诗别裁集》卷一）

方东树曰：言物各有时，人能识此意，则安命乐天。兴而比收，所谓"运命唯所遇"。（《昭昧詹言》卷七）

陈沆曰：君子自修之初志也。《楚辞》："不吾知其亦已兮，苟余情其信芳。"韩愈《猗兰操》："不采而佩，于兰何伤？"士不为遇主而修行，故亦不因捐废而陨获。（《诗比兴笺》卷三）

王闿运曰：有万物得所之意。（《手批唐诗选》卷一）

张九龄《感遇十二首》的首篇，展示的是一种内在自足的人格美和对这种人格美的自赏。

　　起二句拈出春兰、秋桂这两种具有幽洁芬芳美质的事物作为贯穿全篇的象征性意象。不取春兰秋菊这一更早的并称意象而取春兰秋桂，是因为兰、菊虽可象征幽洁，但菊在芬芳的美质上远逊于桂花，从中可见诗人在选择象征意象时考虑的细致，并与下文"闻风"相应。于兰曰"叶"，而用"葳蕤"状其绿叶纷披、茂密繁盛，见其欣然的生意；于桂曰"华"，而用"皎洁"状其幽洁的品性。虽各有侧重，而又同具芳香的美质。二句互文兼融，见春兰秋桂，葳蕤皎洁，既饶生意，又芳香幽洁。兰花幽雅高洁，迥异于桃李等的俗艳，用"皎洁"来形容同样切合。而秋桂绿叶繁茂光润，用"葳蕤"形容其欣然生意亦复精切。

　　三、四句承上"葳蕤""皎洁"，赞美春兰秋桂既同具欣然生意与幽芳美质，故自然而然地成为春秋佳节的典型标志。"自尔"二字，强调的意味虽很明显，出语却从容自在，表明其擅美于春秋佳节完全取决于其内在的生命力和美质，不必假借任何外在的力量。

　　五、六两句，用"谁知"两字掭转，谓春兰秋桂虽自具生意与美质而无须求助于外力、求赏于他人，但那些栖隐于山林的高士却因风传送其幽洁的芳香而深相慕悦。"谁知"二字中，寓含有对兰桂的赞叹自赏意味，说明兰桂虽不求人知赏，却因其芬芳幽洁的美质而得到高士的追慕赏爱。

　　七、八两句，是全篇寓意的集中表现。"本心"，指本性，就兰、桂而言，即指其自身的生意与芬芳幽洁美质。"美人"，或以为即指上文"相悦"的"林栖者"。但古代作为比兴象征的"美人"意象，实常指君主。诗人对于"林栖者"的慕悦兰桂，并无任何贬抑排斥之意，相反地还因林栖者的相悦流露出自赏之意，但对"美人"之赏爱攀折，却用了"何求"这种排斥、无求甚至不屑的口吻，故此处的"美人"仍以指君主为宜。春兰秋桂本性芳香幽洁，即便没有"美人"的赏爱，也丝毫无损于它那幽芳的本性，以比喻具有高洁品格的士人即使得不到君主的赏识，也不减其人格美的光辉。

　　封建时代的才士为了施展自己的才能，实现远大的抱负，总是希望得到君主的赏识知遇，并常常因此牺牲独立的人格。这是一种历史的悲剧。这首诗的春兰秋桂作为幽洁芬芳品格的象征性意象，突出强调人格美本身的生命力和道德、审美价值，认为即使得不到君主的赏识重用，也无损其品格的光辉与影响力。这是一种对自身人格的高度自信自赏，是独立人格意识的觉醒。

诗的思想意蕴相当深刻，但艺术表现却温厚和平，无怒张之态，无激厉之音，在平和从容的语调中透露的正是对独立自足的人格之美的自赏自信。

湖口望庐山瀑布泉〔一〕

万丈洪泉落，迢迢半紫氛〔二〕。
奔飞流杂树〔三〕，洒落出重云。
日照虹蜺似〔四〕，天清风雨闻。
灵山多秀色，空水共氤氲〔五〕。

校注

〔一〕湖口，指鄱阳湖口，唐属江州（治今江西九江市），于其地置湖口戍。诗约作于开元中赴洪州刺史任途中。
〔二〕紫氛，指天空。刘桢《赠从弟》之三："奋翅凌紫氛。"
〔三〕流，《全唐诗》校："一作下。"
〔四〕蜺，同"霓"，即副虹，雌霓。
〔五〕灵山，对山的美称。此指庐山，为佛教名山，故称。空水，指天空和瀑布水。谢灵运《登江中孤屿》："云日相辉映，空水共澄鲜。"氤氲，云烟迷茫弥漫貌。

笺评

204

钟惺曰："似"字幻甚、真甚。唯望瀑布，故"闻"字用得妙；若观瀑，则境近矣，又何必说"闻"字。（《唐诗归》卷五）
谭元春曰：瀑布诗此是绝唱矣，进此一想，则有可知不可言之妙。（同上）
唐汝询曰：泉自天半而落，飞洒乎杂树重云之间，状若虹霓，声若风雨，真奇观也。岂非山灵之秀，空水混合之处乎！（《唐诗解》卷三十二）

《唐诗广选》：（"奔飞"句）直欲逼真。

蒋一梅曰：摹揣最肖物。（《删补唐诗选脉笺释会通评林》卷二十八引）

周珽曰：结"空水"二字更奇，令人另豁眼缝。（同上）

王夫之曰：曲江自古诗好手，近体大有食梅衣葛之苦。唯此较郑重，他不足纪也。又："空水"句不以色取瀑布，自然瀑布。（《唐诗评选》卷三）

王尧衢曰：前解描写瀑布之落，后解则状其神秀也。"万丈红泉落，迢迢半紫氛。"起句写瀑布之远，切"望"字。万丈之泉，如在天半，故迢迢而望之，半皆紫氛。紫氛，天气也。谢灵运赋："托丹砂于红泉。"有丹砂处，则有红泉。（按：王氏首句作"红泉"，"红"字误。）"奔流下杂树，洒落出重云。"承上红泉之落，飞洒乎云树之间，而见其从高而落也。"日照虹霓似，天清风雨闻。"此写瀑布之状，日照之，则虹霓相似。天清本无风雨，而如闻风雨之声也。"灵山多秀色，空水共氤氲。"此以山灵故水秀为合，言瀑布之奇如此。祇以山灵之秀，得此空水澄鲜，共含元气之混濛而已。氤氲，天地混元之气也。（《古唐诗合解》卷七）

屈复曰："秋（按：当作海）风吹不断，江月照还明（按：当作空）"，自是仙笔，全无痕迹。曲江"天清"句雄浑，又"共氤氲"三字传神。（《唐诗成法》卷一）

沈德潜曰：任华爱太白瀑布诗，系"海风吹不断，江月照还空"二语，此诗正足相敌。（《重订唐诗别裁集》卷九）

黄叔灿曰：匡庐瀑布，天下奇观。此诗写状自好。中四句极刻画，第三联尤妙。（《唐诗笺注》卷一）

陈德公曰：通首生动有气势，结松率，然不忍刊。又曰："洪"一作"红"，可与"紫"字相映。然庐山瀑布作"洪"乃当，从"万丈"生；"迢迢"字从"洪"字生，"紫"取假对亦得。"似""闻"二字俱峭，"奔飞""洒落"亦乃排纵。（《闻鹤轩初盛唐近体读本》卷三引）

胡本渊曰：清思健笔，足与太白相敌。（《唐诗近体》）

俞陛云曰："日照虹霓似，天清风雨闻。"诗咏庐山瀑布，以健笔写奇景，有声有色，如在云屏九叠之前，与太白之"海风吹不断，江月照还空"同极工妙。张在日中观瀑，故言日光与水气相射发，五色宣明，如长虹之悬空际。李诗在月下观之，故言皓月与银练之光，浑成一白，荡入空明。二诗皆用"风"字，张诗状瀑声之壮，虽当晴霁，若风雨破空而来。

李诗状瀑势之劲，虽浩浩长风，仍凌虚直泻。诵此二诗，知"一条界破青山色"七字，未足尽瀑布之奇也。（《诗境浅说》乙编）

张九龄描绘庐山瀑布的诗有两首，另一首是五古《入庐山仰望瀑布水》，系进入庐山之后近观仰望瀑布，与本篇在湖口远眺瀑布，立足点与视角均有别。这一首写得气势宏伟雄健，传出了庐山瀑布的神采，艺术成就远超另首五古。而题内"望"字，则是感受理解全诗的关键。

起联写瀑布从高山半空中直泻而下的情状，是从湖口远望所见瀑布的全景镜头，也是诗人初见瀑布的突出印象。"万丈"状瀑布之长，"洪泉"状瀑布之壮，句末着"落"字，似不着力而自有雷霆万钧之势。"迢迢"有高、远二义，此取高义。"迢迢半紫氛"，状其如在半空中直泻而下的态势。"紫氛"虽前人诗语，此处用之，正与下"日照"句相呼应。二句起势雄健，取境高远，由于是遥望，方能摄其全体。

颔联承"洪泉落"，写万丈瀑布奔泻而下的过程中喷洒飞溅在杂树、层云上的情景。瀑布在两山之间，所经之处，杂树茂密，丛林葱郁，山间云雾重重，缭绕浮动，故有"流杂树""出重云"的视觉感受，这是借其他景物衬托瀑布直泻而下时冲决一切的气势与力量。

腹联转写瀑布的色彩和声响。瀑布本如素练，但在晴日阳光的照射下，却幻化出虹霓般七彩缤纷的颜色，绚丽瑰奇；天清气朗之时，本无风雨，但万丈洪泉直泻而下时发出的巨大声响，却使人有急风骤雨杂沓的听觉感受。在湖口远望庐山瀑布，是否真能听到它所发出的巨大声响，并不重要。关键是诗人从万丈洪泉直泻而下的气势中，仿佛听到了风狂雨骤般的杂沓声响。句末的"闻"字与上句的"似"字对举互文，本身就包含了"似闻"的意蕴。这是一种似真似幻的听觉感受，其传神处正在亦真亦幻之间。若认定"闻"字是几十里外清晰听到瀑布的巨响，反而拘泥而失语妙。

尾联总收，以"灵山"应题内"庐山"。"空水共氤氲"一语，将庐山上空云雾弥漫的情景，与瀑布倾泻如云气迷茫的情状浑为一体，以充分体现此灵山胜境之秀色美景。以赞叹作结，符合诗人的真切感受，收得自然妥帖，有"篇终接混茫"的意境。

此诗写庐山瀑布，由于是远望，故侧重表现其整体面貌与雄伟的气势力量，而不重细部描绘，"天清"句特具远神远韵。虽意境壮伟宏阔，仍透出闲远意态，与近观仰视时惊心动魄的感受仍自有别。

望月怀远〔一〕

张
九
龄

海上生明月，天涯共此时〔二〕。
情人怨遥夜〔三〕，竟夕起相思〔四〕。
灭烛怜光满〔五〕，披衣觉露滋〔六〕。
不堪盈手赠〔七〕，还寝梦佳期〔八〕。

校注

〔一〕怀远，怀念远方的人。所怀对象，不得而知。作者另一首五律《秋夕望月》云："清迥江城月，流光万里同。所思如梦里，相望在庭中。皎洁青苔露，萧条黄叶风。含情不得语，频使桂华空。"内容意蕴与本篇相近。诗中"所思"对象，或即本篇"怀远"对象。视"江城"语，似晚年贬荆州长史期间所作。则所怀之人未必是女子，可能另有托寓。

〔二〕天涯，天边，泛称远方。"共此时"，指海上生明月之时，远隔天涯的双方均共对此一轮明月而彼此思念。谢庄《月赋》："美人迈兮音尘阙，隔千里兮共明月。"此化用其语意。

〔三〕情人，多情的人，指有怀远之情的抒情主人公。遥夜，长夜。常指秋夜。《楚辞·九辩》："靓杪秋之遥夜兮，心缭悷而有哀。"

〔四〕竟夕，通宵、彻夜。

〔五〕怜，爱。

〔六〕滋，滋生、湿润，这里形容露浓。

〔七〕陆机《拟明月何皎皎》："照之有馀辉，揽之不盈手。""盈手赠"，将月光握持满手以赠远人。

〔八〕佳期，会合之期。

郭濬曰：清浑不着，又不佻薄，较杜审言《望月》更有馀味。又曰：第二句情无限，第五句着于看月。（《增定评注唐诗正声》卷六）

唐汝询曰：与《秋夕望月》诗并妙。彼篇响，此篇幽。（《删补唐诗选脉笺释会通评林》卷二十八引。按：《唐诗解》未选此篇。此或引自唐氏《汇编唐诗十集》）

钟惺曰：虚者难于厚，此及上作（指《初发曲江溪中》）得之，浑是一片元气，莫作轻松看。（"海上"二句）情无限。（"灭烛"句）深于看月。（《唐诗归》卷五）

陆时雍曰：起、结圆满。五、六语有姿态，几为踯躅彷徨。（《唐诗镜》卷八）

周珽曰：通篇全以骨力胜，即"灭烛""光满"四字，已尽月之神，比"露濯清辉苦，风飘素影寒"更饶奇想。用一"怜"字，便含下结意，可思不可言。（《删补唐诗选脉笺释会通评林》卷二十八）

黄生曰：全篇直叙格。一、二对，三、四反不对，宋人谓之偷春体，其名欠确，今谓之换柱对。后仿此。因怨遥夜，故起而望月，因感月之天涯相共，故复相思。又因月之不堪持赠，故复还寝以冀梦中相遇。语意极其曲折。陆机《拟明月何皎皎》云："揽之不盈手。""不堪盈手赠"，所思之不在目前也。然即使在目前，亦岂可持赠之物？至作梦，是极无据事，却又说得如此认真，可谓极幻之想，极痴之语矣。是知作诗而不具至情者，不可以为诗人；作诗而不带痴情者，亦不可以为诗人也。（《唐诗矩·五言律诗一集》）

沈德潜曰：（"海上"二句）情至语。（《重订唐诗别裁集》卷九）

屈复曰："共"字逗起"情人"，"怨"字逗起"相思"。五、六亦是人、月合写，而"怜""觉""滋""满"，大有痕迹。七、八仍是说月、说相思，不能超脱，不过捱次说出而已，较射洪、必简去天渊矣。（《唐诗成法》卷一）

黄叔灿曰：首二句领得妙。"情人"一联，先就远人怀念言之，少陵"今夜鄜州月"诗同此笔墨。"灭烛"一联，切自己说，跟"相思"二字转。落句言如此夜月，不能持赠，故欲与梦为期耳。（《唐诗笺注》卷一）

顾安曰："共"字逗起"情人"，"怨"字逗起"相思"。以下四句，皆

是摹写情人竟夕无聊景况，与射洪、必简作一样用意。（《唐律消夏录》）

按：屈复《唐诗成法》刊于乾隆八年（1743），顾安《唐律消夏录》刊于乾隆二十七年（1762），顾评前数语袭屈评，后数语则与屈评意异，似针对屈评而发。

陈德公曰：五、六生姿，极是作意。结意尤为婉曲。（《闻鹤轩初盛唐近体读本》引）

卢麰曰：三、四一意递下，又复紧承起二情绪。落句更与三、四相映。（同上）

姚鼐曰：是五律中《离骚》。（《五七言今体诗钞》）

王寿昌曰：近体如"海上生明月，天涯共此时"之清远……皆可法也。（《小清华园诗谈》）

高步瀛曰：（前四句）纯以神行。（《唐宋诗举要》卷四）

这首诗用轻淡的笔触描绘出一片清空阔远、深情绵邈的艺术意境，写得特别空灵蕴藉，富于情致和韵味。

起句大处落墨，展现出一轮皓月，涌现于东方海天相接之处的阔远境界。在安恬舒缓的语调中透露出对这种空明阔远境界的欣赏与神往，在朴素自然的语言中显现出一种静谧旷远的诗美。在唐诗的名句之林中，这可能是最自然淡远的一类。次句化用谢庄《月赋》"隔千里兮共明月"语意。上句写海月之生，已隐含"望"字；下句写天涯相共，更点醒"怀远"之情，但都只淡淡着笔，意蕴虚涵。"共此时"，既包含共对皓月、共此良时之意，又含有相隔天涯的双方在月下同时默默思念对方的意蕴。对照一下白居易的诗句："共看明月应垂泪，一夜乡心五处同。"可以明显看出白诗比较发露，而张诗比较蕴藉。前人称赞"海上"二句为"情至语"，可能正是着眼于它在淡语中蕴蓄的深情远韵。这一联"海上""天涯"，取境阔远，为全诗所抒写的深情远意提供了适宜的背景。

接下来一联，直接抒写月夜相思之情的悠长。秋夜本来就比较长，相思怀远的至情之人自然更感到它的漫长而对它产生怨意；但长夜不因多情人之怨而缩短，结果自然是多情人"竟夕"不眠，为相思所萦绕了。也不妨反过来说，正因为竟夕相思，夜不能寐，因此越发怨恨秋夜之漫长。诗歌语言往

209

往只直接描写事象、物象或心象，对这些现象间的逻辑联系、因果关系则不加说明，这反而使诗意更加蕴藉，可以从多角度体味。律诗的颔联一般多用比较工整的对句，这里特意采用两句一意贯串，类似散句的格式，显得特别自然流动，飘逸有致，和上一联的勾连也非常紧，读来只觉得前四句蝉联而下，神理一片，所谓"纯以神行"，正是指此。这一联明点"怨"和"相思"，但也只是虚提轻点，不作具体的描绘刻画，笔意仍很空灵蕴藉。

　　腹联承"竟夕起相思"，写从中宵到凌晨的过程中对月怀远的情景。出句写室内望月，说灭烛之后，但见明月的清辉洒满一室，更感到它的素洁明净，令人怜爱。这句似只写到赏月，实际上"怀远"之意已自然融合在"怜光满"的心理状态中。月色皎洁柔和，它那流动徘徊的清辉常常是触发思妇怀人之情的媒介，也是思妇缱绻柔情的外化或象征。作者《自君之出矣》说："思君如满月，夜夜减清辉。"即以月亮的清辉象喻怀着缱绻柔情的思妇。故这里将月光想象成对方的化身而感到满室清辉之可爱。对句写室外望月，说久立凝望，心驰神往，夜凉侵人，披衣御寒，这才发觉露水已经很浓，天也接近清晨了。妙在"披衣"的行动在前，"觉露滋"的感觉在后，暗示抒情主人公在伫立凝望中夜逐渐深了，露水也越来越浓，而却因望月怀远而浑然不觉，直至因夜凉披衣而方觉露已滋。这就不仅透露望之久，而且透露思之深，情之专注。这一联由室内而室外，写出了望月过程中时间的推移，并不露痕迹地写出了"竟夕起相思"而对月无眠的情景。前两联一气贯注，格调接近古诗；这一联改用工整的对偶，诗就显得顿挫有致，不致直泻而下。而在表现"怀远"之情方面，则更蕴藉不露。

　　末联又由室外凝望而"还寝"，由怀远不见而寻"梦"。由于深切怀念远人而又无法与之相见，面对皎洁的月光，情不自禁地产生将月光赠给远人，以寄满腔相思的情感。但月光无形无质，不能把握，因而不得不发出"不堪盈手赠"的叹息。无奈之下，只好再回到室内就寝，希望能在梦中实现与对方相会的美好愿望。"梦佳期"是"怀远"而不得见的结果，也是"怀远"之情的深化。这一联包含一系列感情的发展过程，但写得自然浑成，不露转折之痕。最后在失望与希望的交替中徐徐收住，尤其显得韵味深长。

　　月在诗中成为贯串始终的抒情线索。从开篇的海月初升，到对月相思怀远，再到灭烛怜光，望月露滋，以月赠远，最后辞月还寝，笔笔不离明月，写明月又笔笔不离相思怀远之情，但又笔笔都不重复。月在诗中，时而是双方联系的桥梁，时而是引起怀远之情的媒介，时而是对方缱绻柔情的象征，时而又是欲寄相思的凭借。同一明月，所引起的联想，所寄寓的情思各不相同，但又都显得那样自然妥帖。可谓变化多端，妙用无穷。全诗对怀远相思之情除第四句轻点之外，始终不作具体的正面描写，只通过"望月"侧面表现。这就使诗的整体风格显得特别空灵淡远、蕴藉有致。

张
九
龄

朱 斌

朱斌，生卒年及仕历均不详。据芮挺章天宝三载（744）所编选之《国秀集》卷下收其《登楼》诗（即历代传诵，题为王之涣《登鹳雀楼》诗者），目录称"处士朱斌"来看，至天宝三载尚未入仕。

登 楼 〔一〕

白日依山尽〔二〕，黄河入海流。
欲穷千里目〔三〕，更上一层楼。

校注

〔一〕《国秀集》卷下载此诗，题为《登楼》，朱斌作。而《文苑英华》卷三百一十二、司马光《温公续诗话》、《万首唐人绝句》、《唐诗纪事》卷二十六均作王之涣《登鹳雀楼》。佟培基《全唐诗重出误收考》云："但建中间李翰作《河中鹳雀楼集序》未言有之涣诗。范成大《吴郡志》二二谓朱佐日诗，云：'朱佐日，郡人。两登制科，代济其美。天后尝吟诗曰：白山依山尽……问是谁作，李峤对曰：御史朱佐日诗也。'注出自《翰林盛事》。《吴都文粹》卷六，宋王象之《舆地纪胜》五、《永乐大典》二三六八引《苏州府志》皆云朱佐日诗。按《千唐志斋藏志》九〇〇有朱佐日墓志，《大唐故（信）都郡武强县尉朱府君墓志》云：'佐日，会稽人也。'已与《吴郡志》所载之'郡人'不合。后云其年三十国子进士及第，居无何署信都郡武强县尉，以判选也。天宝十三载（754）七月终于睦仁里私第，春秋四十九，并云屈于黄绶，那么其平生仅官至县尉，与《吴郡志》所云'三为御史'又不合。墓志所载之朱佐日当生于705年，为中宗神龙元年，而天后武则天于此年十一月卒，则《吴郡志》所云'天后尝吟（其）诗'是决不可能之事，故颇疑《吴郡志》所引有误，或为另一朱佐日？《吴郡人物志》七又云此诗为朱佐时作。《新唐书》七四下《宰相世系表》四下有朱佐时，为隋睢阳太守朱操之七世孙，亦当为开元、天宝间人。但《国秀》纂成于此时，载作朱

212

斌诗，而朱佐日、朱佐时、王之涣皆同时人，故当依《国秀》作朱斌诗。陈尚君《全唐诗补遗六种札记》认为是朱斌作。另《社会科学战线》1982年4期刊林贞爱《登鹳雀楼非王之涣诗》，《学术月刊》1987年2期史佳《登鹳雀楼作者质疑》，《江西社会科学》1987年5期刊张军《登鹳雀楼作者考略》等文，皆可参考。"撰者按：朱佐日墓志言其年三十国子进士及第，居无何即署信都郡武强县尉。其进士及第之年当在开元二十二年（734），而天宝三载编就之《国秀集》犹称"处士朱斌"，故可决此朱斌与开元、天宝间之朱佐日或朱佐时并非一人，与《吴郡志》引《翰林盛事》所载武后时"两登制科，三为御史"之朱佐日更了不相关。芮挺章与朱斌、王之涣为同时代人，《国秀集》卷下兼选二人之诗而将《登楼》收于朱斌名下，当属可信，兹从之。《登楼》诗未言所登之楼名，自地理形势言之，所登当为河中府之鹳雀楼。陈尚君谓"司马光《温公续诗话》、沈括《梦溪笔谈》卷九又云鹳雀楼上有之涣、畅诸等诗，然李翰……仅云楼上有畅诸题诗，不及之涣……是宋时楼上之诗，为后人补题，非唐人原题"（《唐才子传校笺》卷五第85页），亦是。《大清一统志》："山西蒲州府：鹳雀楼在府城西南城上。旧志：旧楼在郡城西南，黄河中高阜处，时有鹳雀栖其上，故名。"鹳雀，一种水鸟。《诗·豳风·东山》："鹳鸣于垤。"陆玑疏："鹳，鹳雀也。似鸿而大，长颈赤喙，白身黑尾翅。"

〔二〕山，指中条山。

〔三〕穷，尽。

笺评

司马光曰：唐之中叶，文章特盛，其姓名湮没不传于世者甚众。如河中府鹳雀楼有王之涣、畅诸诗……王诗曰："白日依山尽，黄河入海流。欲穷千里目，更上一层楼。"二人者，皆当时贤士所不数，如后人擅诗名者，岂能及之哉！（《温公续诗话》）

胡仔曰：古今诗人，以诗名世者，或只一句，或只一联，或只一篇。虽其馀别有好诗，不专在此。然播传于后世，于人口者，终不出此矣，岂在多哉！如……"白日依山尽，黄河入海流。欲穷千里目，更上一层楼。"此王之涣也……凡此皆以一篇名世者。（《苕溪渔隐丛话·后集·楚汉魏六朝下》）

朱
斌

魏庆之曰：上联向背句法。（《删补唐诗选脉笺释会通评林·盛五绝》引）

胡应麟曰：对结者须意尽，如王之涣"欲穷千里目，更上一层楼"，高达夫"故乡今夜思千里，霜鬓明朝又一年"，添着一语不得乃可。（《诗薮·内编·近体下·绝句》）

唐汝询曰：日没河流之景，未足称奇。穷目之观，更在高处。（《唐诗解》卷二十三）

《唐诗选》：玉遮曰：不明说"高"字，已自极高。

《唐诗训解》：结语天成，非可意撰。

周敬曰：大豁眼界。（《删补唐诗选脉笺释会通评林·盛五绝》）

周珽曰：日从山尽，河向海流，亦称奇观矣。登望之意，犹为未足，其襟怀如何。"欲穷""更上"四字，有味，妙。（同上）

黄生曰：空阔称题。空阔中无所不有，故空阔而不疏寂。楼在河中府，要知诗中"山"字，指中条山而言，气势方宏阔，与下句"海"字相敌。（《唐诗摘抄》卷二）

朱之荆曰：两对工整却又流动。五言绝，允推此为第一首。（《增订唐诗摘抄》）

王尧衢曰："白日依山尽。"楼前所望者中条之山，其山高大，日为所遮，本未尽而若依山尽者，山高可知。"黄河入海流。"黄河苍茫，其势直下，如见其入于海者。二句皆从楼上望见，已尽目力所穷矣。"欲穷千里目。"此转语，犹以为目力未穷，不能见及千里外也。"更上一层楼。"若欲穷目力之胜，于此楼上再上得一层才好，此皆诗人题外深一层写作，设此虚想，非真有楼上楼尚未登也。此截中二联对法，却又做不得中联。（《古唐诗合解》卷四）

徐增曰：作诗最要眼界开阔。鹳雀楼，今在河中府，前瞻中条，下瞰大河，已极壮观。而之涣此诗，亦遂写煞。（《而庵说唐诗》）

黄培芳曰：对起顺叠收。上二句横说楼所见之大，下二句竖说楼所临之高。（《唐贤三昧集》评）

沈德潜曰：四语皆时，读去不嫌其排，骨高故也。（《重订唐诗别裁集》卷十九）

黄叔灿曰：通首写其地势之高，分作两层，虚实互见……上十字大境界已尽，下十字以虚笔托之。（《唐诗笺注》）

李锳曰：此诗首二句先切定鹳雀楼境界，后二句再写登楼，格力便高。后二句不言楼之高，而楼之高已极尽形容，且于写景之外更有未写之景在。此种格力，尤臻绝顶。（《诗法易简录》）

许印芳曰：五绝全对者，王之涣《登鹳雀楼》、司空曙《送卢秦卿》、柳宗元《江雪》、张祜《宫词》。数诗皆语平意侧，一气贯注。凡作排偶文字，解用此笔，自无板滞杂凑之病。（《诗法萃编》）

潘德舆曰：之涣"白日依山尽"一绝，市井儿童，皆知诵之，而至今斩然如新。（《养一斋诗话》卷九）

施补华曰：五言绝句，截五言律诗之半也。有截前四句者……有截后四句者……有截中四句者，如"白日依山尽，黄河入海流。欲穷千里目，更上一层楼"是也。（《岘佣说诗》）

俞陛云曰：前二句写山河胜概，雄伟阔远，兼而有之；后二句复馀劲穿甲。二十字中，有尺幅千里之势。同时畅当亦有《登鹳雀楼》五言诗云："迥临飞鸟上，高出世尘间。天势围平野，河流入断山。"二诗工力悉敌。但王诗赋实境在前二句，虚写在后二句，畅诗先虚写而后实赋，诗格异而诗意则同。以赋景论，畅之"平野""断山"二句，较王诗为工细。论虚写，则同咏楼之高迥，而王诗更上一层，尤有馀味。（《诗境浅说》续编）

刘拜山曰：前半写登临所见，气象宏阔，有咫尺万里之势。后半拓开一层作结，以传登高望远之神，既切鹳雀楼处势，又见作者胸襟。四句皆对，而一气流走，悠然不尽，实缘审意高也。（《千首唐人绝句》）

朱

斌

鉴赏

这首登览诗的出名，和它用最短小的篇幅描绘出雄伟阔远的山河胜景，体现出诗人高远的胸襟和蓬勃向上的精神风貌有密切关系。不妨说，它所表现的是一种特定时代环境中的典型情绪。

首句写登楼西眺所见白日沉山之景。这里特意选用"白日"，而不用"红日""夕阳""斜照"一类词语，是有讲究的。平原地区的落日，是贴近地平线缓缓落下去的，显得又大又红，用"红日"自然比较合适。而鹳雀楼在今晋陕交界处的黄土高原上，作为河中府西南黄河高阜上的高楼，面对的就是苍苍莽莽、绵延巍峨的中条山，因此落日是紧贴着山峰西沉的。这时的

215

太阳仍然是光明璀璨的"白日"，而不是贴近地平线的"红日"。这是从写实的角度来看。尤为重要的是从艺术意境和效果上来看，"白日"一词，因其光明璀璨的视觉印象，给人一种壮阔飞动之感，这和用"斜日""斜照""残照"之类的词语给人以衰飒凋残之感固然大异其趣，和作为落日的"红日"之带有苍茫感也有区别。整首诗的雄伟壮阔境界，正需要用"白日"来指称形容诗人所见到的落日，才显得意象、意境，一等相称。写落日，用了"依山尽"三字。"依"和"尽"乍读似感矛盾，细味则"依山尽"正体现出一个动态的时间过程，即一轮光明璀璨的白日从开始时贴近西边的峰峦，到渐次隐没半轮，直至最后沉下峰峦的全过程，而诗人站在鹳雀楼上，遥望西峰落日，目注神驰的情景也从中自然透出。这不仅是为落日本身的壮观所吸引，而且为落日映照下的山河壮观所吸引。左思《咏史》"皓天舒白日，灵景曜神州"，描绘的是日在中天照临神州（京城）的壮观；朱斌的"白日依山尽"则描绘了落日山河的壮观。二者各具胜场，而同为壮阔之境。

　　次句写楼下奔腾东泻的黄河。黄河在晋、陕黄土高原的峡谷间奔流的这一段，山高谷深，水流湍急，离鹳雀楼不远的壶口瀑布，落差巨大，洵为天下奇观。诗人站在楼上，视线由近而远，一直望到黄河隐入沉沉暮霭之中。和上句纯为实写不同，这一句写远望之景已经融入了想象的成分。"黄河入海流"固然是事实和常识，但从望远所见的景象而言，诗人目力所及的恐怕正如畅诸所写，是"河流入断山"。诗人在这里所写的，乃是黄河奔腾倾泻、一往无前、冲决一切的气势和力量所引起的想象，从中可以窥见诗人为黄河的雄伟气势、力量所深深吸引，强烈震撼的心灵。两句写登鹳雀楼骋望之景，舍弃了楼前一切琐细平常的事物（如烟树人家之类），全从大处着眼，大处落墨，只选取了日、山、河、海四种最能体现祖国山河壮伟阔远的事物，组成一幅落日山河的壮美图画。其中渗透着对祖国壮美山河的热爱和礼赞。

　　正由于第二句"黄河入海流"的描写中已经包含了想象的成分，其中已隐隐透露出所见之景虽阔远却未能穷尽千里的意蕴，因此便自然激发出三、四句更高远的展望："欲穷千里目，更上一层楼。"鹳雀楼高三层，从末句看，前两句所写之景有可能是在第二层上登览所见，当然也有可能是诗人已登上最高层，"更上一层楼"仅仅是一种愿望的表达。这不必拘泥。关键是通过这两句虚拟之词，表达了诗人在登览祖国壮伟阔远河山的审美愉悦激发下，产生的对饱览更加阔远境界的强烈向往和追求。这里自然可以引申出人生的哲理：要想看得更远，必须站得更高。但就诗人的本意来说，他只是要表达一种愿望，一种对更加高远境界的展望和精神追求，本质是抒情，而不是有意表现某种生活哲理。对比一下王安石的《登飞来峰》："不畏浮云遮望眼，只缘身在最高层。"便可发现王诗是有意借登高峰寄托人生哲理，而朱诗则是在写景抒情中自然寓含了人生哲理。前者是明确的比喻，后者则是寄托在有意无意之间的"兴"。其间的区别也正反映了唐诗与宋诗的区别。

这首诗的成功之处，既表现在前二句从大处落墨，用高度概括的手法描绘出雄伟阔远的大境界，更表现在以实托虚，使前两句所描绘的高远阔大境界成为后两句表现更加宏远壮伟境界和胸襟的有力衬托。"更上一层楼"后所见境界，不须更着一字，读者自可根据前两句所展示的境界想象得之，而以实托虚手法之所以运用得成功，又缘于前两句的描绘十分出色。

前代评家有不少注意到此诗用对起对结格式却不板滞的现象，指出这是由于"骨高"或气盛之故。这是很有见地的。读这首诗，可以明显感受到流注在字里行间的那股包举宇内、吞吐山河的磅礴气势，那种像黄河一样奔腾冲决、一泻千里的力量，特别是那种蓬勃向上、永不满足于眼前境界的高远精神追求。正是这种内在的气势、力量和精神，使全诗血脉贯注，浑然一体，不见排偶之迹。与此同时，第二句融入想象成分，使之成为第三句"欲穷千里目"的引线，前后幅之间密合贯通，毫无割裂之感。三、四句"欲穷""更上"又前呼后应，一气呵成，虽对而不觉其为对。这一切都增强了全诗的整体感。

诗中所表露的阔大胸襟气魄和对更高远境界的展望和追求，正是盛唐那样一个开放的蓬勃向上的时代精神的反映。从表现时代精神的直接和充分来说，这首诗很有代表性和典型性。

朱斌

王之涣

王之涣（688—742），字季凌，本家晋阳（今山西太原市西南），五世祖王隆之北魏时任绛郡（今山西新绛）太守，遂占籍绛郡。初任冀州衡水主簿，因遭诬构，拂衣去官，优游山水，足迹遍及黄河南北数千里，前后达十五年。开元二十年（732）前后，曾游寓蓟门（今北京），与高适交游。晚年出任文安县（今属河北）县尉，天宝元年（742）二月卒于官舍，年五十五。之涣"慷慨有大略，倜傥有异才。尝或歌从军，吟出塞……传乎乐章，布在人口"（靳能《唐故文安郡文安县尉太原王府君墓志铭并序》）。薛用弱《集异记》，载其与王昌龄、高适旗亭画壁故事，虽小说家言，亦反映其绝句在当时"传乎乐章，布在人口"的情况。《全唐诗》录存其诗六首，均为五、七言绝句。

凉州词〔一〕（其一）

黄河远上白云间〔二〕，一片孤城万仞山〔三〕。
羌笛何须怨杨柳〔四〕，春风不度玉门关〔五〕。

校注

〔一〕《凉州词》，宋郭茂倩《乐府诗集》卷七十九近代曲辞有《凉州歌》，解题引《乐苑》曰："《凉州》，宫调曲。开元中，西凉府都督郭知运进。"《新唐书·乐志》："天宝间乐曲，皆以边地为名，若《凉州》《伊州》《甘州》之类。"《凉州词》，即据凉州地方的曲调写的歌词。凉州，治今甘肃武威市。原题二首，本篇为第一首。《唐诗纪事》题作《出塞》，《文苑英华》题作《凉州》。

〔二〕芮挺章《国秀集》卷下选录王之涣《凉州词》二首，第一首前二句作"一片孤城万仞山，黄河直上白云间"。河，《集异记》《文苑英华》《万首唐人绝句》《唐诗纪事》并作"沙"。

〔三〕仞，古代长度单位，七尺（或云八尺）为一仞。

〔四〕羌笛，古代管乐器，长二尺四寸，三孔或四孔，因出于羌中，故名。用两根竹管并在一起，用丝线缠绕，留出直径约二厘米的筒孔，插上约四厘米长的竹制吹嘴，竖起吹奏。作为一种古老的单簧管气鸣乐器，羌笛已有两千多年历史，汉代已流行于今甘肃、四川等地，唐代则成为边塞常见的乐器。怨杨柳，指吹奏起哀怨的《折杨柳》曲。《折杨柳》为乐府鼓角横吹曲。北朝乐府《折杨柳枝》云："上马不捉鞭，反拗杨柳枝。下马吹横笛，愁杀行客儿。"南朝至唐，《折杨柳》多为征人思妇伤别之词。

〔五〕玉门关，汉武帝时置，因西域输入玉石时取道于此而得名。汉时为通往西域各地的门户。故址在今甘肃敦煌市西北小方盘城。风，《国秀集》作"光"，《唐诗纪事》同。度，《唐诗纪事》作"过"。《全唐诗》此句原作"春光不度玉门关"，据《集异记》所引改。

笺 评

薛用弱曰：开元中，诗人王昌龄、高适、王涣之齐名……一日天寒微雪，三诗人共诣旗亭，贳酒小饮……俄有妙妓四辈，寻续而至……昌龄等私相约曰："我辈各擅诗名，每不定其甲乙，今者可以密观诸伶所讴，若诗人歌辞之多者，则为优矣。"俄而一伶拊节而唱，乃曰："寒雨连江夜入吴，平明送客楚山孤。洛阳亲友如相问，一片冰心在玉壶。"昌龄则引手画壁曰："一绝句。"寻又一伶讴之曰："开箧泪沾臆，见君前日书。夜台何寂寞，犹是子云居。"适则引手画壁曰："一绝句。"寻又一伶讴曰："奉帚平明金殿开，强将团扇共徘徊。玉颜不及寒鸦色，犹带昭阳日影来。"昌龄则又引手画壁曰："二绝句。"涣之自以得名已久……因指诸妓之中最佳者曰："待此子所唱，如非我诗，吾即终身不敢与子争衡矣。脱是吾诗，子等当须列拜床下，奉吾为师。"因欢笑而俟之。须臾，次至双鬟发声，则曰："黄沙远上白云间，一片孤城万仞山。羌笛何须怨杨柳，春风不度玉门关。"涣之即揶歈二子曰："田舍郎，我岂妄哉！"因大谐笑……（《集异记》卷二）

《绝句衍义笺注》：此诗言恩泽不及于边塞，所谓君门远于万里也。（卷一）又作杨慎评，见《升庵诗话》，又作焦竑评。

杨慎曰：唐世乐府，多取当世名人之诗唱之，而音调名题各异……王之涣"黄河远上白云间"为《梁州歌》。（《升庵诗话·子美赠花卿》）

王世懋曰：于鳞选唐七言绝句，取王龙标"秦时明月汉时关"为第一，以语人，多不服。于鳞意止击节"秦时明月"四字耳。必欲压卷，还当于王翰"葡萄美酒夜光杯"、王之涣"黄河远上"二诗求之。（《艺圃撷馀》）

吴逸一曰：神气内敛，骨力全融，意沉而调丽，满目征人苦情，妙在含蓄不露。（《唐诗正声》评）

唐汝询曰：此状凉州之险恶也。河出昆仑，东流渐下，今西上视之，则远上云间矣。城在万山之中，犹为险僻，是真春光不到之地也。春不至则柳不生，羌笛何须怨之哉！王元美取此诗为绝句第一。（《唐诗解》卷二十七）又曰：一语不及征人，而征人之苦可想。（《汇编唐诗十集》）

陆时雍曰：此是怨调，思巧格老，跨绝人远矣。（《唐诗镜》卷十六）

《唐诗训解》：句奇、意奇。

魏庆之曰：《三百篇》之馀味，黯然犹存。（《删补唐诗选脉笺释会通评林》引）

孙鑛曰：释氏谓食蜂蜜中边甜，此唯"黄河远上"足当之。总看佳句，摘其落意，可解不可解间，亦佳，以当第一，无愧也。（《删补唐诗选脉笺释会通评林》引）

高仁立曰：此诗有齐梁之风。（同上引）

周敬曰：落句明以天道不与夷狄诛厌犹夏之心，隐然笔下。（同上）

周珽曰：何仲德为警策体，谓机警、超卓。又曰：笛有《梅花落》曲，李白诗则曰："黄鹤楼中吹玉笛，江城五月落梅花。"笛有《折杨柳》曲，王之涣诗则曰："羌笛何须怨杨柳，春光不度玉门关。"二诗均借笛曲以寄情，而李诗似怨吹笛扰乱客思，致五月有落梅之凄。王诗似怪笛空闻春光不到，无容可怨之处，思奇调绝，巧夺天工。（同上）

吴乔曰：《唐诗纪事》王之涣《凉州词》是"黄沙直上白云间"，仿本作"黄河远上白云间"，黄河去凉州千里，何得为景？且河岂可言"直上白云"耶？此类殊不少，何以取证，为尽改之。（《围炉诗话》卷三）

王士禛曰：考之开元、天宝已来，宫掖所传，梨园弟子所歌，旗亭所唱，边将所进，率多当时名士所为绝句尔。故王之涣"黄河远上"、王昌龄"昭阳日影"之句，至今艳称之。（《唐人万首绝句选·序》）

邢昉曰：字字雄浑，可与王翰《凉州》比美。（《唐风定》）

王尧衢曰："黄河远上白云间。"黄河源出昆仑，东流于边外之地，故从西望之，其渺远无际，如挂在白云间者，亦以见边地之空阔，所见唯黄河而已。"一片孤城万仞山。"城之孤而曰"一片"，见其小也。山既高削，林木必然稀少。上句"黄"字与"白"字应，下句"一"字与"万"字应，是各为自对。"羌笛何须怨杨柳。"笛在羌，故云羌笛。绝域而闻笛声之哀，必然有离别之感。而怨及杨柳，盖因笛曲有《折柳》，而人将别必折柳，故怨杨柳。今若为呼羌笛而劝之，何须怨柳，正以玉门关外柳不受怨也。"春风不度玉门关。"何以玉关外之杨柳不受人怨，盖杨柳须得春风吹荡而生。今春风不过玉门，则玉门关外安得有任怨之柳！玉关外之寒苦如此。（《古唐诗合解》卷五）

田雯曰："工夫转换之妙，全在第三句。若第三句用力，则末句易工。"沧溟之言韪矣。然实二十八字俱有关合，乃成一首。学者细玩"黄河远上"之篇，思过半矣。（《古欢堂集·论七言绝句》）

徐增曰：此诗只要说玉门关外之苦而苦见矣。风致绝人，真好诗。（《而庵说唐诗》）

黄生曰：（次句）数目点缀。（三、四句）倒叙。意馀言外。《集异记》"河"作"沙"，"光"作"风"，似胜。《折杨柳》，笛中曲名。怨，谓其声哀怨也。言春光不度玉门关，塞外本无杨柳，羌笛何须作此哀怨之声，使征人重增愁思乎？王龙标"更吹羌笛关山月，无那金闺万里愁"，李君虞"不知何处吹芦管，一夜征人尽望乡"，与此并同一意。然俱不及此作，以其含蓄深永，只用"何须"二字略略见意故耳。（《唐诗摘抄》卷四）

朱之荆曰：此状凉州之险恶也。"远上"二字下得奇险。"一片孤城万仞山"，春光之所不到也。春光不到，则无杨柳；不睹此春光杨柳，征人之愁犹未甚也。乃羌笛何须作《折杨柳》之曲，使闻者重增愁思乎？"何须"二字，若恨其曲之哀，正见征人之哀愈不可解。（《增订唐诗摘抄》）

田同之曰：王龙标、高达夫、王并州偕饮旗亭，伎歌三人绝句，至"黄河远上"篇，并州自赞，二公亦皆帖服。若今人则各不相下矣。何者？音外之音，味外之味，正自索解人不得也。（《西圃诗说》）

沈德潜曰：李沧溟推"秦时明月"为压卷，王凤洲推王翰"葡萄美酒"为压卷，本朝王阮亭则云："必求压卷，王维之《渭城》，李白之《白帝》，王昌龄之'奉帚平明'，王之涣之'黄河远上'，其庶几乎？而终唐之世，亦无出四章之右者矣。"沧溟、凤洲主气，阮亭主神，各自有见。愚谓李益之"回乐烽前"，刘禹锡之"山围故国"，杜牧之"烟笼寒水"，郑谷之

221

"扬子江头"，气象虽殊，亦堪接武。（《说诗晬语》卷上、《重订唐诗别裁集》卷十九）

薛雪曰：贺黄公极赞"儿家门前重重闭，春色何因入得来"，以为苦思激成快响。殊不知"羌笛何须怨杨柳，春风不度玉门关"，其苦思妙响，尤得风人之旨。（《一瓢诗话》）

黄培芳曰：此状凉州之险恶也。笛中有《折杨柳》曲，而春光已不到，尚何须作杨柳之怨乎！明说边境苦寒，阳和不至，措词宛委，深耐人思。（《唐贤三昧集笺注》卷中）

宋宗元曰：深情蕴藉。（《网师园唐诗笺》）

鲁九皋曰：而乐人所歌，又在诸名人绝句，如王之涣之《凉州词》、王维之《阳关三叠》，其尤著者。（《诗学源流考》）

李锳曰：诗韵格力，俱臻绝顶。不言君恩之不及，而托言春风之不度，立言尤为得体。（《诗法易简录》）

管世铭曰：摩诘、少伯、太白三家，鼎足而立，美不胜收。王之涣独以"黄河远上"一篇当之。彼不厌其多，此不愧其少，可谓拔戟自成一队。（《读雪山房唐诗序例·七绝凡例》）

詹去矜曰：诗家唯唐诗最严，如太白之《清平调》，君平《寒食》诗，二王《凉州词》《闺怨》，既已优伶习之，弦索和之，何必非乐府乎！（梁章钜《退庵随笔》引）

潘德舆曰：李于鳞论唐人七绝，以王龙标"秦时明月"为第一，人多不服。王敬美曰："于鳞击节'秦时明月'四字耳。"按：于鳞雅好饾饤字句为奇，故敬美用此刺之。然敬美首选"黄河远上""葡萄美酒"二诗，究之调高论正，仍以"秦时明月"一首为最，不得缘于鳞好奇，而抑此名构也。（《养一斋诗话》卷九）

施补华曰："秦时明月"一首、"黄河远上"一首、"天山雪后"一首、"回乐烽前"一首，皆边塞名作，意态绝健，音节高亮，情思悱恻，百读不厌也。（《岘佣说诗》）

俞陛云曰：此诗前二句之壮采，后二句之深情，宜其传遍旗亭，推为绝唱也。（《诗境浅说》续编）

叶景葵曰：诗句有一字沿讹为后人所忽略者，如《凉州词》"黄河远上白云间"，古今传诵之句也。前见北平图书馆新得铜活字本《万首唐人绝句》，"黄河"作"黄沙"，恍然有悟。后诵此诗，即疑"黄河"两字与下三句皆不贯串，此诗之佳处不知何在！若作"黄沙"，则第二句"万仞山"便有意义，而第二联亦字字皆有着落。第一联写出凉州荒寒萧索之象，实为第三句"怨"字埋根，于是此诗全体灵活矣。（《卷盦书跋》）

刘永济曰：此诗各本皆作"黄河远上"，唯计有功《唐诗纪事》作"黄沙直上"。按：玉门关在敦煌，离黄河流域甚远，作"河"非也。且首句写关外之景，但见无际黄沙直与白云相连，已令人生荒远之感，再加第二句写其空旷寥廓，愈觉难堪。乃于此等境界之中忽闻羌笛吹《折杨柳》曲，不能不有"春风不度玉门关"之怨词。（《唐人绝句精华》）

刘拜山曰：前半以黄沙孤城直写边塞荒凉，后半以春风杨柳暗逗征人归思。第三句故作宕开之笔，为末句造势，极尽吞吐之妙。（《千首唐人绝句》）

鉴赏

据著名唐史专家岑仲勉先生考证，"《全诗》三函高适四《和王七听玉门关吹笛》云：'胡人吹笛戍楼间，楼上萧条海月闲。借问落梅凡几曲，从风一度满关山。'押间、山二韵同之涣诗，余认为此王七即之涣"（《唐人行第录》第10页）。所考极是。据此，则王之涣原诗的题目当作《听玉门关吹笛》。入乐歌唱后，因其配合《凉州》曲歌唱，故改称《凉州词》。这和王维的《送元二使安西》，入乐后改称《渭城曲》，情况相类。据今人考证，王之涣家居十五年之前曾沿黄河西游出塞，其《听玉门关吹笛》当作于此期间（约当开元十年至十五年，722—727）。从《国秀集》收此诗已题作《凉州词》来看，此诗在王之涣在世时即已"传乎乐章，布在人口"。后世更一直受到选家、评家和读者的一致推崇。在流传过程中，产生了一些文字上的歧异，其中最重要的歧异是"黄河"一作"黄沙"，"远"一作"直"，及一、二两句次序互换。末句"风"一作"光"，则义近两通，关系不大。如果从恢复王诗原貌的角度来作文字校勘，除题目应作《听玉门关吹笛》外，诗的文字应为："一片孤城万仞山，黄沙直上白云间。羌笛何须怨杨柳，春光不度玉门关。"由于"沙""河"二字行草形近，极易淆误，而玉门关与黄河的最近距离至少有一千公里，如果原题是《听玉门关吹笛》，则诗中无论如何不应出现"黄河"。唐代经过河西走廊到玉门关甚至更远的西边的人很多，他们不可能没有起码的地理常识，以为在玉门关一带能看到"黄河直（远）

上白云间"的景象。而"黄沙直上白云间"则是玉门关附近地区常见的景象（即今之沙尘暴）。沙尘暴初起时，高空仍是白云，底下却是黄沙漫卷直上，故云"黄沙直上白云间"。沙尘暴刮得时间稍长，便是"平沙莽莽黄入天"，整个天地一片昏黄了。至于一、二两句的次序，从题目《听玉门关吹笛》看，似亦应首出"一片孤城万仞山"以应题内"玉门关"（"一片孤城"即指玉门关），这也是最早见到此诗的《国秀集》的次序。后来由于《国秀集》已误"沙"为"河"，有人感到"黄河直上白云间"不大符合实际，又改"直"为"远"，这和末句的改"光"为"风"，都发生在时代较后的明代，主要是出于艺术上的考虑。

如果上述推断大体近是，我们今天仍会觉得王之涣的原作是一首好诗（但感情内涵并不单纯是怨恨边塞的荒寒，更未必有托寓恩泽不及于边塞之意）。但如果换一个角度来考虑问题，即将优秀唐诗的流播过程中对原作的改动看成有广大同时代或不同时代读者（包括乐工伶人、听众、评家、选家）参与的再创作过程，那么今天广泛流传的《凉州词》的面貌正可以看成历代读者共同的创作成果。尽管它与王作原貌已有不同，但它本身已是一件独立的艺术作品。特别是入乐传唱以后，被冠以《凉州词》的题目，就使它的内容和原题《听玉门关吹笛》相比，有了更大的伸缩理解余地。因为所谓《凉州词》，只是指在入乐歌唱时用的是《凉州》曲，其歌词的内容并不一定与凉州直接有关，王翰的《凉州词》（葡萄美酒夜光杯）就是明显的例证。可以说，它就是歌咏西北边塞征戍生活、风土人情的，是西北边塞之歌的一种泛称。既然如此，"一片孤城"不必定指玉门关，在诗中出现黄河的形象也就不足为怪了。最初载录这首诗的《国秀集》，编于天宝三载（744），诗题已称《凉州词》，且已作"黄河直上白云间"。如果排除了《国秀集》在传抄刊刻过程中误"沙"为"河"的可能性，则在王之涣卒前，当这首诗"传乎乐章，布在人口"时，就已经用"黄河"替代了"黄沙"。这种有意或无意的改动，是否得到了作者本人的首肯，不好妄测，但从此诗以后（主要是明清两代）流传的情况看，读者和评家、选家是肯定并赞扬了这种改动的。尽管吴乔曾经提出过相反的意见，但并没有引起人们的注意。因此，我们今天不妨以历代流传的这个修改本王之涣《凉州词》作为典型案例，对它进行鉴赏和评说。

头一句描绘的是这样一种景象：逆着黄河的流向由下向上极望，但见它像一条黄色的飘带，向源头方向蜿蜒伸展，最后渐渐连接天际，融入白云中间。这样一种视角和景象，想象的成分可能更多于实地观察的成分。但从意境的创造和艺术欣赏的角度看，却描绘出了一种辽阔壮美、令人神远的境界。林庚先生曾经拿这句诗跟李白的名句"黄河之水天上来"作过这样的对比："说'黄河之水天上来'或'黄河远上白云间'，不过一个是远说到近，一个是近说到远，但却有着动静的不同。'黄河之水天上来'是结合着水势说，是动态；'黄河远上白云间'是作为一个画面来写的，是静态。'黄河之水天上来'因此带有强烈的奔流的感情，'黄河远上白云间'却近于一个明净的写生。"这段精辟的比较分析，揭示了以黄河为描写对象的这两个名句所给予人的不同审美感受。如果说李白的诗句渲染了黄河自上游高处奔腾倾泻而下的气势和诗人奔腾激荡的感情，表现了一种冲决动荡的雄奇之美，那么王之涣的诗句则描绘了黄河向上游蜿蜒伸展的闲远意态和源远流长的面貌。透过这个富于静态美的画面，可以想象整个西北高原的壮阔辽远和诗人心胸的阔大舒展。这种境界，在壮美之中又带有优美的成分。

第一句展示了黄河蜿蜒伸展的整个西北边塞广远壮阔的大背景，第二句就把笔墨收拢到一个比较具体的空间范围上来："一片孤城万仞山。"孤城是诗中戍边将士驻防之地。"孤城"而说"一片"，显示出这座孤零零地处于西北高原大漠中的小城荒凉萧索的景象。在这"一片孤城"之旁，则矗立着万仞的高山。"万仞山"与"一片孤城"相互映衬，一方面越加突出了孤城的孤单渺小；另一方面，由于它是边防将士的驻防之地，在"万仞山"的映衬下，又更显示出它在军事上的重要地位。因此，这孤城的意象，在读者心中唤起的，便不单纯是孤单与荒凉，而是戍边将士坚守军事要冲的责任感与使命感。

前两句以"黄河远上白云间"所显示的西北高原壮阔辽远的大背景和"万仞山"作为依傍的小背景，鲜明地突出了"孤城"在画面上的中心地位；后两句就进一步抒写戍边将士在这样一种环境中丰富复杂的感情。"杨柳"指《折杨柳》曲，曲词多写离情别绪，曲调凄凉哀怨。所谓"怨杨柳"，是说《折杨柳》的笛曲声凄凉哀怨，但同时它又有另一层双关的含义。《折杨柳》的曲子使人自然联想到杨柳和春色，但是眼前的西北边塞，尽管时令已到春天，却看不到柳丝吐绿。因此这凄怨的笛声仿佛又传达出对这荒寒萧瑟的边塞的怨思。李白《塞下曲》前半说："五月天山雪，无花只有寒。曲中闻折柳，春色未曾看。"抒写的正是这首诗中"怨杨柳"的后一层意蕴。这两层意蕴实际上都是表现西北边塞的荒寒萧索，只不过一层是说曲调本身的声情，一层是从曲调的名称产生的联想。

　　然而，诗人却在"怨杨柳"三字之上安了"何须"二字。何须，即何必。这个词语的意思相当活泛。它像是故作婉辞，自我宽解；又像是委婉地否定"怨"思。不管是哪一种意思，或者是兼有上两种意思，这"何须"二字都是一种提示和转折顿挫，目的是为了引出下一句，使它更引人注目，更富于含蕴，更具有摇曳不尽的情致风调。两句字面的意思是说，羌笛啊，你何必老是吹奏出凄凉哀怨的《折杨柳》曲调，好像埋怨边地没有春色，引动征人的怨思愁绪呢？要知道，春色是从来就不曾度越玉门关的啊！毫无疑问，这里突出了边地的荒寒，也包含着悠长的思乡之情，但感情并不单一。"何须"二字，最宜仔细玩味。它一方面含有边地本就荒寒，这是不可改变的自然界的严酷现实，虽怨亦无益的意思。说是"何须怨"，骨子里仍有一种难以消除宽解的怨思。这层意蕴，尽管表达得比较委婉，却并不难意会。另一方面，它又含有尽管荒寒萧索，春风不度，却无须怨、不必怨的意蕴。这后一层意蕴，就必须结合开元中期那个特定的时代，结合那个时代新的审美意识，结合全诗的意境，并与其他时期同类题材的诗进行比较，才能真正体会。

　　诗的前两句，描绘了一种既壮阔辽远，又荒寒萧索的境界。生活在这种环境中的戍边将士，既对自己的处境不无悲怨，又有一种守卫边疆的责任感和光荣感。这后一种更高层次上的感情，不但多少缓解了环境艰苦、生活单调和思念家乡亲人所引起的悲怨，而且将这种单纯的悲怨升华为一种纵然艰苦也要为国效力的悲壮情怀。正像前面所引李白《塞下曲》的后半所描写的那样："晓战随金鼓，宵眠抱玉鞍。愿将腰下剑，直为斩楼兰。""何须怨"的后一层意蕴的感情基础及内涵从这里正可以得到解释和印证。从审美的角度看，西北边地的自然景观，诚然荒寒，但这种带有原始形态的荒寒和它的壮阔苍莽正是天然而有机地结合在一起的，它本身就是构成西北边塞特有的壮美风光的重要因素。在唐代以前，边塞的荒寒在诗文中往往是作为一种令人畏惧的否定性形象出现的。只有到了唐代，特别是国力强盛、国威远扬的开元时期，这种雄阔中交织着荒寒的自然美才作为被歌咏和欣赏的对象大量出现在诗中。这反映出人们审美观念的更新。当荒寒辽阔跟审美主体勤劳国事的实践活动联系在一起，当戍边将士不但战胜了强敌，也克服了艰苦荒寒的自然环境带来的困难时，后者也就自然成为欣赏的对象，成为戍边将士悲壮精神境界的映衬，而折射出壮美的色彩。岑参的《碛中作》写道："走马西来欲到天，离家见月几回圆。今夜不知何处宿，平沙万里绝人烟。"这境界诚然荒寂，但同时又具有一种无限壮阔的美感。盛唐诗人不但将荒寒辽阔的边塞诗化了，而且把战争中的牺牲也诗化了："醉卧沙场君莫笑，古来征战几人回？"这神情口吻跟"羌笛何须怨杨柳，春风不度玉门关"何其神似！一个是"君莫笑"，一个是"何须怨"；一个是"古来征战几人回"，一个是"春风不度玉门关"，都是用豁达的态度面对荒寒艰苦或壮烈牺牲。这并不是故作豪爽，盛唐诗人往往就是用这种审美态度对待边塞的荒寒和牺牲的。只有真正理解盛唐时代和盛唐诗人的主流审美心态，才能真正理解《凉州词》这类诗。

如果我们在初、盛、中、晚四个时期各选一首同样写到边塞荒寒景象的七绝作为典型代表——张敬忠的《边词》、王之涣的《凉州词》、李益的《夜上受降城闻笛》、周朴的《塞上曲》，就会明显感到它们的情调、意境竟像经历了春、夏、秋、冬四季。这绝不是偶然的。王之涣的《凉州词》之所以成为盛唐之音的代表，就因为它不是单纯地描绘荒寒，而是在承认荒寒的同时豪爽地面对荒寒，用新的审美态度描绘出一个阔大悲壮的境界，奏出一曲气势雄浑的西北边塞之歌。而从"黄沙直上白云间"到"黄河远上白云间"的演变，是否也反映出在读者和评家的潜意识中，"黄河远上白云间"更能体现西北边塞的壮美，也更能显示盛唐之音的特质呢？

王　翰

唐诗选注评鉴（一）

　　王翰，字子羽，生卒年未详，并州晋阳（今山西太原市西南）人。少豪荡不羁。景云元年（710）登进士第。复举直言极谏科，调昌乐县尉。又举超拔群类科。开元四至八年（716—720），张嘉贞为并州长史，礼接甚厚。八年春，张说继任，礼翰益至。九年九月，张说入相，擢翰为秘书省正字，迁通事舍人、驾部员外郎。开元十四年，张说罢相。约十五年，翰出为仙州长史，汝州别驾。至郡，日聚英豪纵禽击鼓，恣为观赏。再贬道州司马，卒。有文集十卷，今佚。《全唐诗》编其诗为一卷。

凉州词二首（其一）〔一〕

　　葡萄美酒夜光杯〔二〕，欲饮琵琶马上催〔三〕。
　　醉卧沙场君莫笑，古来征战几人回？

校 注

　　〔一〕《凉州词》，参王之涣《凉州词》题注。原题二首，此选第一首。
　　〔二〕葡萄美酒，西域盛产葡萄，以之制成的美酒。《史记·大宛列传》："（大宛）去汉可万里，有蒲桃酒。"晋张华《博物志》卷五："西域有蒲桃酒，积年不败。彼俗云：可至十年饮之，醉弥月乃解。"庾信《燕歌行》："蒲桃一杯千日醉。"夜光杯，美玉所制的酒杯，因夜间发光，故名。《海内十洲记·凤麟洲》："周穆王时，西国献昆吾割玉刀，及夜光常满杯。刀长一尺，杯受三升。刀切玉如切泥，杯是白玉之精，光明夜照。"
　　〔三〕琵琶，原流行于波斯、阿拉伯等地的弹拨乐器，汉代由西域传入中国。《释名·释琵琶》："琵琶本出胡中，马上所鼓也。"《乐府杂录·琵琶》："始自乌孙公主造，马上弹之。"催，此指催人痛饮。酒宴上有管弦之乐伴奏，催促与宴的人尽兴饮酒。李白《襄阳歌》："车旁侧挂一壶酒，龙管凤笙行相催。"刘禹锡《洛中送韩七中丞之吴兴口号》："今朝无意诉离杯，何况清弦急管催。""催"均催饮之意。或云指催人出征，非。

敖英曰：语意远，乃得隽永。（《唐诗绝句类选》）

王世贞曰："可怜无定河边骨，犹是春闺梦里人"，用意工妙至此，可谓绝唱矣。惜为前二句所累，筋骨毕露，令人厌憎。"葡萄美酒"一绝，便是无瑕之璧。盛唐地位不凡乃尔。（《艺苑卮言》卷四）

唐汝询曰：此为戍客豪饮之词。言注美酒于玉杯之中，既将饮矣，而适有琵琶以侑觞，可不称快乎！于是语其同侪者曰：君无笑我之狂，观古来战士，生还者几人，而可不饮乎？（《唐诗解》卷二十五）

谭元春曰：唯其不易"回"，所以终日"醉卧"。（《唐诗归》卷五）

陆时雍曰：跌落。（《唐诗镜》卷八）

叶羲昂曰：悲慨在"醉卧"二字。（《唐诗直解》卷七）

朱之荆曰：诗意在末句，而以饮酒引之，沉痛语也。若以豪饮解之，则人人所知，非古人之意。（《增订唐诗摘抄》卷八）

徐增曰：此诗妙绝，无人不知，若非细细寻其金针，其妙亦不可得而见……先论顿挫。"葡萄美酒"一顿，"夜光杯"一顿，"欲饮"一顿，"琵琶马上催"一顿，"醉卧沙场"一顿，"君莫笑"一顿，凡六顿。"古来征战几人回"方挫去。凡顿处皆截，挫处皆连，顿多挫少，唐人得意乃在此。（《而庵说唐诗》卷十）

王尧衢曰：凡绝句不用对偶，俱是截起结法。"葡萄美酒"，大宛富人藏葡萄酒，故曰美酒，而必曰"葡萄"者，以其出自凉州也。且言美酒而殽馔之丰可见。此四字起为一顿。"夜光杯"……此言酒器。以夜光杯之美，而其他器皿可见。三字又为一顿。此起句见如此盛筵，不可不醉饮，而见催起身者之不堪也。"欲饮"又一顿，言主将尚未饮，而将士环立以待起身。"琵琶马上催"，将士不敢催促主将，只将琵琶在马上撩拨，以代将士之催，此又一顿。"醉卧沙场"，此特大为跌顿，说个尽情虚张之局，以取势而逼出末句也。夫欲饮而琵琶已催，岂是尽兴之时而至于醉，且大醉而卧沙场，若想到末句，则醉卧沙场殊未为丑也。"君莫笑"，主将潦倒，麾下定笑，今劝将士且莫笑我"醉卧"，却是有个不必笑的缘故。"古来征战几人回"，此便是"君莫笑"之故也。夫古来征战之处，白骨如麻，生还者能有几人？诸将士想到这个去处，方知"醉卧沙场"未为过也。已上六顿，此句为挫，须知此诗顿挫之妙。（《古唐诗合解》卷五）

沈德潜曰：故作豪饮之词，然悲感已极。杨仲弘论绝句，以第三句为主，而第四句发之，盛唐多与此合。（《重订唐诗别裁集》卷十九）

黄叔灿曰：琵琶，边塞之乐。"欲饮琵琶马上催"，言恋此而不欲舍。然沙场岂醉卧之乡，征战鲜生还之日，凄然心事，正欲借醉卧而忘，而又不得，悲哉！（《唐诗笺注》卷八）

宋宗元曰：（后二句）悲咽。（《网师园唐诗笺》卷十五）

李锳曰：意甚沉痛，而措语含蓄，斯为绝句正宗……"君莫笑"三字喝起末句，最有力。（《诗法易简录》卷十四）

宋顾乐曰：气格俱胜，盛唐绝作。（《唐人万首绝句选》评）

施补华曰：作悲伤语读便浅，作谐谑语读便妙。在学人领悟。（《岘佣说诗》）

俞陛云曰：诗言强胡压境，杖策从军。判决生死之锋，悬于顶上，何不及时为乐。檀柱拨《伊》《凉》之调，玉杯盛琥珀之光，拚取今宵沉醉，君莫笑其放浪形骸，战场高卧，但观白草萦骨，黄沙敛魂，能玉关生入者，古来有几人耶！唐人出塞诗，如归马营空，春闺梦断，已满纸哀音。此千百死中，始纵片时之乐，语尤沉痛。（《诗境浅说》续编）

富寿荪曰：前半写美酒琼杯，琵琶侑觞，着意渲染军中宴饮，以反跌下文。后半作转笔，悲慨而以豪旷语出之，弥觉沉郁苍凉，风致迥异。（《千首唐人绝句》）

此诗被评家誉为盛唐七绝的绝唱，赞为"无瑕之璧"。但对它的意蕴、情调，则大都理解为"悲慨""沉痛""故作豪饮之词，然悲感已极""凄然心事，正欲借醉卧而忘""千百死中，姑纵片时之乐"。盛唐边塞诗中，确实也有不少渲染战争的惨烈与牺牲，乃至明确反对黩武开边战争的，如"纷纷几万人，去者无全生""黄尘足今古，白骨乱蓬蒿"年年战骨埋荒外，空见葡萄入汉家""边庭流血成海水，武皇开边意未已""士卒涂草莽，将军空尔为"，等等。但王翰这首诗，却并不是渲染战争的残酷与牺牲，抒写征戍将士的沉痛悲愤之情的；而是一首豪放慷慨、痛快淋漓的浪漫醉歌与战歌。关键在于准确感受与把握全诗的感情基调。

一开始便是一个军中盛宴场景的特写：洁白晶莹、玲珑剔透的夜光玉杯中盛满了鲜红的葡萄美酒。这虽是宴席的一个局部，却具有典型性和启示性。透过它可以联想到肴馔的名贵丰盛，布置的华美豪奢，色彩的缤纷夺目，气氛的热烈欢快，乃至主客的显赫身份地位和人声鼎沸的热闹场景。岑参在《玉门关盖将军歌》中曾淋漓尽致地描绘将军夜间盛宴的场景："暖屋绣帘红地炉，织成壁衣花氍毹。灯前侍婢泻玉壶，金铛乱点野酡酥。紫绂金章左右趋，问著只是苍头奴。美人一双闲且都，朱唇翠眉映明胪（眼珠）。清歌一曲世所无，今日喜闻凤将雏。"歌行可作肆意铺叙渲染，绝句却只能选取具有典型性的一个局部来反映全貌，起到以一当十、画龙点睛的效果。葡萄美酒传说可以"千日醉"，这正为第三句"醉卧沙场"预作了铺垫。

第二句"欲饮琵琶马上催"，进一步用促柱繁弦、欢快热烈的琵琶演奏声，将军中宴饮迅速推向高潮。正在主客举杯欲饮的时刻，侑酒助兴的马上琵琶声奏出了急骤热烈的旋律，在催促参与盛宴的人们频频举杯，开怀畅饮。琵琶本系马上演奏之乐，今传唐三彩犹可见在马上演奏琵琶的陶俑雕塑。这里说"琵琶马上催"，可能透露出这军中盛宴就在营帐之外的宽广空地上举行，则场面之盛大、人数之众多、气氛之热烈更有如卢纶《和张仆射塞下曲》之四所描绘的"野幕敞琼筵，羌戎贺劳旋。醉和金甲舞，雷动鼓山川"了。句末的"催"字是个句眼。它不但透露了琵琶演奏节奏旋律的急骤、奔放、热烈，而且传出了整个宴饮场面的热烈欢快和喧哗热闹，连与宴者因鲜红的葡萄美酒与急骤奔放的琵琶旋律而变得兴奋激扬的心情律动也透露出来了。虽未正面写到醉，但这场景气氛已经酿造了与宴者的醉意。因此第三句便由对盛宴场景气氛的描写转到"醉"意豪情的抒写上来。

"醉卧沙场君莫笑，古来征战几人回？"这是为葡萄美酒和酒宴上的热烈欢快气氛所感染和陶醉的将士自然激发出来的豪情壮采。"醉卧沙场"自然是承前二句痛饮"葡萄美酒"而来，但在这里却已转化为"战死沙场"的同义语，这一点联系下句"征战几人回"自明。但它的口吻、它的情调，却不是对战死沙场的悲伤和沉痛无奈，而是透露出一种视死如"醉卧"长眠式的豁达、风趣和幽默，"君莫笑"三字正点醒了"醉卧沙场"四字中蕴含的感情内涵。如果诗人的感情是悲感沉痛，那干脆写成"战死沙场君莫悲"岂不更明白直截，何必故作旷达豪爽。但这样写，与前两句所描绘的热烈欢快气氛显然不合。这就反过来说明，"醉卧沙场君莫笑"决不是"战死沙场君莫悲"的谐谑化，而是对战死沙场的诗化和浪漫化表述。紧接着"古来征战几人回"这一句，就是进一步申述和补足"醉卧沙场君莫笑"的。"古来征战几人回"是一种客观事实和存在，这里自然有渲染乃至夸张，但问题的关键是诗人对它的感情反应或态度。在唐诗中，不同的时期、不同的诗人、不同的诗歌主题在展示这一事实时，感情与态度是不同的，不能以彼例此，更不能无视全诗的基调而孤立地理解。就这首诗来说，前两句的感情基调是热烈奔放的，第三句又突出表现了视战死沙场如"醉卧"长眠式的豪旷和风趣幽默，因而落句所展示的这个事实或现象便正好成了持这种态度的"理由"，它的语调口吻同样是轻松幽默的，透露出诗人正是以坦然的、豁达的态度来面对这种现象。

盛唐诗人对战争的艰苦和牺牲不是回避和无奈，而是勇敢和坦然地面对，这正是那个国力强盛、国威远扬、爱国感情得到充分发扬的时代的产物，是时代精神的体现，而将这种感情和精神发挥到极致的，就是对战争和牺牲的诗化和浪漫化。从全面反映历史真实的角度说，这种诗化或许有些片面。但从表现民族自豪感、自信心和时代主流精神方面看，这类诗的思想价值和美学价值却不容忽视。

前代评家之所以误解此诗，和孤立地强调末句有密切关系。其实，在这首诗中，给人印象最深刻最强烈的并不是末句所揭示的事实，而是第三句所表现的对战死沙场所持的那种诗化、浪漫化的感情态度，它才是全诗的主意和灵魂，而末句只是对第三句的一种说明和补充。必须将末句和全诗的基调，特别是第三句所表现的对牺牲的感情态度联系起来，才可能有真切的感受和理解。

王 湾

王湾，生卒年未详，洛阳（今属河南）人。先天二年（713）登进士第。开元初为荥阳主簿。开元五至九年（717—721），先后参与马怀素、元行冲所主持的校理群书、编撰《群书四部录》的工作，专司集部书的校理编目。后任河南府洛阳县尉。开元十七年，曾在朝任职，官职不详。此后行迹未详。湾词翰早著，为天下所称。往来吴、楚间，其《次北固山下》（一作《江南意》）"海日生残夜，江春入旧年"一联，张说为相时，手书题于政事堂，每示能文之士，以为楷式。《全唐诗》录存其诗十首。

次北固山下〔一〕

客路青山外，行舟绿水前〔二〕。
潮平两岸阔〔三〕，风正一帆悬〔四〕。
海日生残夜，江春入旧年〔五〕。
乡书何处达，归雁洛阳边〔六〕。

校注

〔一〕次，旅途上停宿。北固山，在今江苏镇江市东北，有南、中、北三峰，北峰三面临江，形势险要，故名"北固"。《国秀集》卷下选录此诗，题末有"作"字，诗之正文文字与此相同。而《河岳英灵集》卷下选录此诗，题作《江南意》，诗之正文文字与此有多处歧异，详见以下诸句校注。

〔二〕"客路"二句，《河岳英灵集》作"南国多新意，东行伺早天"。客路，即诗人继续乘舟东南行的水路，亦即江南一段的运河水路。青山，指北固山。行舟，指长江上正在行驶的船。绿水，指长江。此次诗人当是渡过长江后前往吴地，仍乘舟循江南运河前行。

〔三〕阔，《河岳英灵集》作"失"。

〔四〕一，《河岳英灵集》作"数"。

〔五〕残夜，指夜将尽时。旧年，旧的一年，指年将终时。二句谓海日

233

生于残夜将尽之际，江南的春意在旧年将终时就已潜入显现。

〔六〕"乡书"二句，《河岳英灵集》作"从来观气象，唯向此中偏"。王湾家居洛阳，故欲托归雁寄乡书至洛阳。

 笺 评

殷璠曰：湾词翰早著，为天下所称最者，不过一二。游吴中，作《江南意》诗云："海日生残夜，江春入旧年。"诗人以来，少有此句。张燕公手题政事堂，每示能文，令为楷式。（《河岳英灵集》卷下）

黄庭坚曰：唐人诗有曰"海日生残夜，江春入暮年"者，置"早"意于残晚中。（《苕溪渔隐丛话·前集·半山老人二》）

方回曰：唐人芮挺章天宝三载编次《国秀集》……题云《次北固山下作》，于王湾下注曰：洛阳尉。而天宝十一（按：当作二）载殷璠编次《河岳英灵集》……题曰《江南意》，诗亦不同……似不若《国秀》之浑全，兼殷璠语亦不成文理，可笑云。（《瀛奎律髓》卷十）

顾璘曰：（三、四句）工而易拟，（五、六句）淡而难求。（《批点唐音》）

胡应麟曰：盛唐句如"海日生残夜，江春入旧年"，中唐句如"风兼残雪起，河带断冰流"，晚唐句如"鸡声茅店月，人迹板桥霜"，皆形容景物，妙绝千古，而盛、中、晚界限斩然。故知文章关气运，非人力。（《诗薮·内编》卷四）

徐充曰：此篇写景寓怀，风韵洒落，佳作也。"生"字、"入"字淡而化，非浅浅可到。（《删补唐诗选脉笺释会通评林》卷二十九引）

程元初曰：此诗三、四形容宽大平直之象，五、六形容流行不息、新意无穷之象。（《盛唐风绪笺》）

李维桢曰：中"潮平"两联，浓淡相生，种种合律。（《唐诗隽》）

唐汝询曰：此泊舟北固而叙江中之景，因风气之异而起故园之思也。海上之日未旦而生，江南之春方冬而动，则与洛中异矣，故欲因归雁而附以书。（《唐诗解》卷三十七）

钟惺曰：（"海日"二句）真奇秀。（《唐诗归》卷六）

谭元春曰：（"海日"二句）不朽。（同上）

许学夷曰：尝观唐人诸选，字有不同，句有增损，正由前后窜削不一故耳……《国秀集》载王湾《次北固山下作》……《河岳英灵集》……题曰《江南意》，其工拙更为霄壤。若谓后人窜易，岂至并其题而易之耶？（《诗源辩体》卷十三）

陆时雍曰：王湾此诗，世赏已久，余阅之了无佳处。"潮平"二语，俚气殊甚。"海日生残夜"，略有景色；"江春入旧年"，此溷语耳。余且问旧年景象何似？今下此语，将谓意入感慨，语病突矣。且一切物色，何处不可云"入旧年"，此非一套语耶？张说手题此诗，示为楷式，缘说平生诗好华美，一见此作，便谓雅澹，其实非也。（《唐诗镜》卷九）

叶羲昂曰：皇甫子循曰：王湾《北固》之作，燕公揭以表署。才闻两语，已叹服于群众……美岂在多哉！中联真奇秀而不朽。（《唐诗直解》卷三）

邢昉曰：高奇与日月常新，非摹仿可得。（《唐风定》卷十三）

王夫之曰：的是江南风景，非特语似，抑亦神肖。又，此诗见《全唐诗话》，其传旧矣。《品汇》据别本作"客路青山外，行舟绿水前。潮平两岸阔，风正一帆悬。海日生残夜，江春入旧年。乡书何由达？归雁洛阳边"。不但蹇拙，失作者风旨，且路由青山，舟行绿水，是舟车两发，背道交驰矣。北固，江间一卷石耳，安所得青山之外有路邪？颔、腹二联取景和美，了无客路之感。"乡书""归雁"，其来无端，"洛阳边"三字，凑泊趁韵。此必俗笔妄为改窜，窃取少陵"戎马关山"、崔颢"日暮孤舟"之意，割裂补缀而成。乃不知杜诗"吴楚""乾坤"之句，早成悲响，崔作"历历""萋萋"之语，已寓远怀。其上有金者，其下有玉；其上有酒者，其下有食。故曰八风从律而不奸。今试以"河洲""黄鸟"起弃妇之怨，"谷蔌""下泉"兴好逑之乐，人项鸟膺，亦积惊之府矣。自当仍存原璧，损其粮莠，庶使依永和声，群分类聚耳。（《唐诗评选》卷三）

吴烶曰："客路"是目中所见，"行舟"则身在舟中矣。"潮平""风正"，江行快事也。日行地中，转东则五更鸡唱，是生于残夜也。江上逢春，则立春在腊月，是入旧年也。雁足传书，乡书可达，自慰之也。（《唐诗选胜直解·五言律诗》）

贺裳曰：王湾《北固山下》曰："潮平两岸阔，风正一帆悬。"或作"两岸失"，非是。凡波浪汹涌，则隔岸不见，波平岸始出耳。"阔"字正与"平"字相应。若使斜风，则帆欹侧不似悬矣。（《载酒园诗话·疑误》）

冯舒曰："失"字别致。(《瀛奎律髓汇评》卷十引)

冯班曰：腹联绝唱，北固山绝唱。(同上引)

查慎行曰：大历以后无此等气格矣。(同上引)

徐增曰：北固山在京口，临大江。王湾，洛阳人。残岁不得归，舟次其下，故作此诗。(《而庵说唐诗》)

黄生曰：("客路"二句)对起。("潮平"二句)呼应句。("海日"二句)倒装句。正意反挑。("乡书"句)倒叙。("归雁"句)倒剔句。尾联见意。五、六以"残夜"反挑"早"字，以"旧年"反挑"新"字，名"正意反挑法"。五、六奇秀不可言，当时主司榜之都堂，以为多士楷式，可称真赏音矣。"何处达"，言无处达也。洛阳正在归雁边，乡书却从何处达，深见思乡之情。顺看即不然，此唐人句调，粗心人未易识也。倒剔句，亦名错装句。(《唐诗摘抄》卷一)

朱之荆曰：此因风气之异而起故园之思也。首联写其地。三、四是行舟之景。五、六是住舟之景。七、八见当时情况。海上之日，未旦先生；江南之春，于冬先动，故五、六云云。(《增订唐诗摘抄》)

吴昌祺曰："多新意"不佳。结亦不相接。(《删订唐诗解》)

王谦曰：今细玩之，三、四洵"工而易拟"，五、六则"淡而难求"也。(《碛砂唐诗纂释》)

何焯曰：方(回)说"不若《国秀》之浑全"，非是。不惟名句，而亦治象。武、韦继乱，忽睹开元之政，四海皆目明气苏也。(《瀛奎律髓汇评》引)又曰：开元数纪重见太平，五、六气象非常。落句正言更不假寄书也。(《唐三体诗评》)

纪昀曰："潮平"二句最拙。"阔"一作"失"，然"失"字有斧凿痕，唐人不甚用此种字，归愚主之，未是。(《瀛奎律髓汇评》引)

沈德潜曰："两岸失"，言潮平而不见两岸也。别本作"两岸阔"，少味。江中日早，客冬立春，本寻常意，一经锤炼，便成奇绝，与少陵"无风云出塞，不夜月临关"一样笔墨。五、六语张燕公手书进士(当作政事)堂，以示楷式。(《重订唐诗别裁集》卷十)

范大士曰："海日"二语，烹炼之至。(《历代诗发》)

顾安曰：妙在是北人初至江南，处处从生眼看出新意，所以中间两联便成奇景妙语。后人将此题改作《次北固山下》，起、结全换，是何见解，可叹可叹！(《唐律消夏录》)

唐诗选注评鉴（一）

黄叔灿曰："潮平"一联，写得宏阔，非复寻常笔墨。至"海日"二句，更非思拟所及。日出则晓矣，偏说"残夜"；春到岁除矣，却说"旧年"，而确不可易。总妙在"生"字、"入"字上落想，炼句奇甚。玩此一联，更多伤感情思，故有落二句。"归雁洛阳边"，望其故乡也。（《唐诗笺注》卷一）

宋宗元曰：（"潮平两岸失"）"失"字炼。（《网师园唐诗笺》卷七）

黄培芳曰：力量酣足。（吴煊、胡棠《唐贤三昧集笺注》批）

陈德公曰：盖是侵晓行舟，复值岁前春旦，字字工刻，作语故极婉琢，足以脍炙一时。五、六"残夜""旧年"，字法作意不必言，著"海""江"二字更为增致。（《闻鹤轩初盛唐近体读本》卷三）

潘德舆曰：殷璠《河岳英灵集》选王湾《江南意》云（略）。芮挺章《国秀集》选王湾《次北固山下》云（略）。殷、芮皆唐人，何所传各异如此？愚按："两岸阔""阔"字不如"失"字之隽。而首、尾四句，当以芮选为正。殷选首、尾词意，殊欠老成，未免任意取携。（《养一斋诗话》卷八）

吴汝纶曰：（"海日"二句）精语妙绝。（《唐宋诗举要》卷四引）

鉴赏

王湾这首五律，不仅在当时就被当朝宰相兼文坛领袖张说手书题于政事堂示为楷式，且被文学史家推为盛唐气象的代表作。但围绕它的争论，也一直不断。争论的焦点，集中在两个问题上，一是异文问题，二是诗人的行程问题。由于这两点都直接牵涉对诗意的理解和品鉴，因此需要先作必要的考论说明。

先说异文问题。一般诗歌的异文，往往局限于个别字句文字上的歧异，而此诗的异文却是首、尾两联文字完全不同，题目亦迥异（此外，还有第三句句末"阔""失"之异）。更为特殊的是，这两种不同出处的异文竟是诗人生活的当代两个著名的选本《国秀集》及《河岳英灵集》所载。这一现象似可说明，王湾这首诗自张说手题于政事堂，在社会上广泛流传之后，出现了两个面貌殊异的版本。如果说流传时间较长的诗，有可能遭到后人的窜改，那么在当时流传的作品遭到如此大范围的窜改的可能性很小，因为这很容易为诗人本人及熟知此诗的同时人所发现，并加以否认与指责。无论是芮挺章

王湾

237

或殷璠，也都不可能在编选当代诗人作品时对原作进行肆意窜改。如果单从诗句文字的工拙来判断拙者非王湾原作，也不科学。比较合乎情理的推断是：这两种歧异很大的版本文字，其实均出于诗人之手，即其中一种是初稿本，另一种是修改后的定稿。从文字的工拙情况看，《河岳英灵集》所载的《江南意》应是初稿，而《国秀集》所收的《次北固山下作》应是修改后的定稿。至少在张说手书此诗于政事堂时应题为《江南意》，而首、尾两联应作"南国多新意，东行伺早天""从来观气象，唯向此中偏"，第二句应作"潮平两岸失"，可以看出，题意与首、尾两联的意思正相切合。说明此诗写作的原意，就是要抒写诗人对江南春意早早来到的诗意感受，末联出句的"气象"即体现春意的景象。"此中"即指江南。"偏"者，偏早也。在流传过程中，由于感到诗题未能明示作诗的具体地点，首、尾两联的文字又比较拙涩，与中间两联（特别是流传众口的腹联）不大相称，遂将它改为"客路青山外，行舟绿水前""乡书何处达，归雁洛阳边"，诗题也由原先的揭示题旨变为交代作诗地点，并将第三句原来较显雕琢之痕的"失"字改成比较自然的"阔"字。如果以上的推断大体符合实际，则可以得出这样一个结论：两种版本的文字反映的都是诗人所历所感的实际情况。它们共同透露的讯息是：一、写诗时诗人正泊舟停宿在北固山下。二、诗人离北固山后将循"客路"东行。三、诗的主要意蕴，是表达诗人对江南早春气息、气象的诗意感受。

再说诗题与诗人行程。诗题内的"次"字是旅途中住宿的意思。根据诗中所描绘的清晨景色，此诗当是头天晚上在北固山下泊舟住宿，清晨所见江上景象，并由此引起思乡之情。据《江南意》"东行"之语，诗人当继续向东行进。那么这"东行"究竟是循长江继续东下，还是沿运河东去呢？唐人赴江南地区，由扬州渡江至京口，往常州、无锡、苏州一带去的，一般均取舟行运河之路，而不由长江东下。故所谓"客路"实指运河水路。或有谓颔联所写景象系诗人乘舟在长江上所见，当非。因为题既云"次北固山下"，"东行"又系沿运河东去，则颔联当是清晨泊舟北固山下尚未启程时所见长江上潮平岸阔、风正帆悬的景象，次句的"行舟"与第四句的"帆"都是泊舟北固山下所望见的景象。按《河岳英灵集》殷璠评王湾诗云："湾词翰早著，为天下所称最者，不过一二。游吴中，作《江南意》诗云：'海日生残夜，江春入旧年。'"明确指出此诗系诗人游吴中时所作。湾之游吴中，有《晚春诣苏州敬赠武员外》一诗可证。据傅璇琮所考，此武员外系武平一，中宗时迁考功员外郎。玄宗立，贬苏州司功参军。诗中云"持此功曹掾，初离华省郎"，与武平一之仕履合，"平一既于玄宗初即位时贬苏州（功曹）参军，王湾又于先天元年（按：当为二年）登进士第，则其游江南及作《江南意》诗，当在进士登第后一两年内"（《唐才子传校笺·王湾》），《唐五代文学编年史》系此诗于开元二年（714）岁末。但开元二年六月，王湾已为高陵县簿尉（见《唐五代文学编年史》第508页），则诗亦可能作于开元元年岁末。据《晚春诣苏州敬赠武员外》"苏台忆季常，飞棹历江乡"之句，王湾此次系舟行诣苏州。故《江南意》之"东行"当即指此次吴中之游。岁末在北固山下，晚春舟行抵苏州，沿途当有逗留，时地亦合。故王湾此次行程，当是开元元（或二）年末由扬州渡江，次润州北固山下，复舟行沿运河东下，于晚春抵吴中。至于张说手书其诗于政事堂之事，当在其第二次为相（开元九年至十四年）期间。说第一次为相在景云二年（711）正月至十月，其时王湾尚未游吴中作此诗。第二次为相时，说之政坛兼文坛领袖身份始显，故有题诗示范之举。弄清上述与此诗写作有关的情况，对诗意方能有比较切实的理解。

"客路青山外，行舟绿水前。"起二句是舟次北固山下的前瞻与回顾。"客路"，指前面还要走的旅程，但不是陆上的道路，而是水路——江南运河。瞻望前路，运河缭绕逶迤于青山（指北固山）之外；回顾来路，行舟飞驶于绿水（指长江）之中。两句正透露出诗人所在的位置——北固山下的泊船中。两句音调流美，对仗工整，色彩鲜明，流注着诗人面对江南的青山绿水时轻松愉悦、流连称赏的感情。联系当时正处旧岁的隆冬，则这"青山""绿水"的景物便已体现出江南的春意之早。第二句的"行舟"并非诗人自己乘坐的船，而是长江江面上正在行驶的船。如果是指诗人所乘的船，当作"泊舟"。这首诗自始至终，诗人乘坐的船一直停泊在北固山下，并未解缆东行。

颔联承次句，写望中长江阔远之景。"潮平"句写清晨长江涨潮，潮水满盈，与岸齐平，只见江水与两岸连成一片，混茫无际，与天地相接，益发感到境界的阔远。"阔"原作"失"，"失"字虽然也生动真切，但一则稍显着意之痕，二则意蕴比较着实，不如"阔"字自然浑成，且更能给读者以想象的余地。"风正"句写望中所见长江上的船只。清晨船只稀少，"一帆"正是实情。由于风势正顺着船行的方向，故一帆高悬，正在破浪飞驶。这一句使望中长江景象于壮阔中更兼飞动之致。在如此浩阔的江面上，"一帆"高

239

悬，更映衬出水天阔远之境。而诗人目接此阔远壮伟之境时心旷神怡的感受亦曲曲传出。

腹联紧扣题内"次"字，写清晨泊舟北固山下所见海上日出之景和所感江南春早之意。润州唐代较现在更近海，清晨见海上日出本很平常；又因地处江南，地气早暖，虽尚在冬暮，却已感受到和煦春气萌动的气息，这也是由北而南的旅人突出的感受。但"海日生残夜，江春入旧年"却并不是对"海上之日未旦而生，江南之春方冬而动"的一般化表述，而是异常警切地表达了诗人对上述景象的全新诗意感受。关键就在于诗人在"海日"与"残夜"，"江春"与"旧年"这两组原本似乎对立的景象之间，分别用一"生"字、一"入"字加以连接，创造出全新的对立统一的诗境。使人突出地感受到，那光华璀璨的一轮海日，好像突然从残夜中涌现出来，光明代替黑暗，仿佛只是转瞬间发生的事；而那江南的和煦春意也好像等不及新年的到来，早早地进入了旧年（残冬）。这是一个长期生活在北方内地的人初次来到江南滨海地区，第一次看到海上日出、感到江南春早时非常新鲜奇异的诗意感受。内地远海地区，日出之前，天色已逐渐转亮，像近海地区那样，光明璀璨的日轮生于残夜的朦胧中的景象从未见过；而北方春迟，新年过后相当长一段时间，气候仍很寒冷，不见陌头柳色的情况也属司空见惯。而初到江南，虽值残冬岁暮，却已感到在湿润温煦的空气中有春天的暖意在萌动。"诗的本质就是发现，诗人永远要像婴儿一样，睁大了好奇的眼睛去看周围的世界，去发现世界的美。"（林庚）这"海日生残夜，江春入旧年"，就是王湾这位好奇而敏感的诗人第一次看到海上日出、感到江南春早时所获得的独特诗意发现。景象是平常的，早就存在的，但王湾的发现与艺术表现却是全新的。不仅富于诗美，而且寓含了哲理的意味，客观上展现了自然界中光明生于黑暗，春意寓于严冬，新事物孕育于旧事物之中的哲理。只不过唐人（特别是盛唐诗人）不习惯言理，不习惯将自己的感受化为明晰的哲理感悟和理趣，特意挑明给读者看；他们宁可将自己的感受融化在生动的形象与奇警的诗境当中，因此显得特别浑涵不露。"生"字"入"字，还将本来无生命的"海日""江春"拟人化了，使它们变成了有生命有灵性的事物，仿佛迫不及待地在残夜未明之时，残冬未尽之际就提前降临，进入于人间。这就使诗境在新警、深邃之余增添了一份生动的情致。

尾联是仰望寥廓高天，见归雁北飞而引动的乡思，希望托雁传书，带回洛阳。与前三联同为泊舟北固山下望中所见。而由江南景物气候与故乡的殊异而引发乡思，也显得很自然。虽抒乡思，但境界寥廓，仍与前三联相称。

整首诗给人的突出感受是，气象高华，境界阔远，声调浏亮，充满了对前景的乐观展望，相当典型地体现出盛唐诗歌的特征。

王
湾

张 旭

唐诗选注评鉴（一）

张旭，开元、天宝时期诗人，大书法家。生卒年未详。字伯高，行九，苏州吴（今江苏苏州）人。曾为常熟尉，金吾长史，故后世称"张长史"。狂放嗜酒，善草书。每醉后号呼狂走，索笔挥洒，甚至以头濡墨而书，既醒自视，以为神，不可复得，世呼"张颠"。曾观公孙大娘舞《剑器》而得其神，后世尊为"草圣"。杜甫《饮中八仙歌》将其与李白、贺知章等称为"饮中八仙"。唐文宗将李白歌诗、张旭草书、裴旻剑舞称为"三绝"。诗与贺知章、包融、张若虚齐名，称"吴中四士"。今存诗十首，七绝清逸隽永，堪称盛唐佳作。

山行留客〔一〕

山光物态弄春晖〔二〕，莫为轻阴便拟归〔三〕。
纵使晴明无雨色，入云深处亦沾衣。

（校）（注）

〔一〕题内"行"字，一作"中"。

〔二〕弄，显示、卖弄。

〔三〕轻阴，微阴。拟，打算。

（笺）（评）

唐汝询曰：响调未尝不佳。（《汇编唐诗十集》）

谭元春曰：极有趣谐练语。（《唐诗归》卷十三）

黄生曰：清明游山，白昼游湖，皆俗人行径，趣士定不尔尔。若留客，说天未必雨，见亦与客等矣。"入云深处亦沾衣"，非熟识游趣者不能道。（《唐诗摘抄》卷四）

宋顾乐曰：清词妙意，令人低徊不止。（《唐人万首绝句》评）

焦袁熹曰："纵使晴明无雨色"不工死句。(《此木轩论诗汇编》)

黄培芳曰:("纵使"句下)巧稳可诵。(《唐贤三昧集笺注》批)

刘宏熙、李德举曰:恐客未谙山中事,误认将雨也。"留"字意雅甚。身在山中,不见云也,湿气濛濛而已,结语信然。(《唐诗真趣编》)

俞陛云曰:诗就山中所见,举以告客。若谓君勿讶云气濛濛,天阴欲雨,急欲下山,此间纵晴霁,亦云气沾衣,长日与烟云为伴,非关山雨欲来。城市中人,所希见也。凡游名山者,每遇云气,咫尺外不辨途径,襟袖尽湿,知此诗写景之确。(《诗境浅说》续编)

刘永济曰:此诗末句,最能写出深山云雾溟濛景色。(《唐人绝句精华》)

富寿荪曰:首句"弄"字精妙传神,极状山中景物之可爱,以反起下文。"纵使"二句,与王维《山中》"山路元无雨,空翠湿人衣",写景相似,而出以摇曳之笔,便饶情致。(《千首唐人绝句》)

张旭

鉴赏

这首诗的题目叫作《山行留客》,诗写如何殷勤留客,自是题中应有之义,但诗的魅力却主要不在那份殷勤留客的情意上,而是通过"留客"的"理由"描绘出了深山之中幽深空蒙的境界和对这种境界的诗意陶醉。"留客"固然是直接的目的,但"留客"的目的却是邀他一起领略"入云深处"那种沁人心脾的诗境。这是读这首诗时首先要弄清的诗人的真正用意。否则,胶着在"留客"上,费力地去体味玩赏"留客"的辞令雅俗,不免买椟还珠了。

首句用概括的笔法描绘山中春天景物的美好动人。"山光物态"四字,总括山中景物的一切光色情态。"春晖"点明特定的季候,犹春天的光辉。其间着一"弄"字,境界顿出。"弄"字在这里有显示、显现甚至摆弄的意思。它把从寒冬腊月霜封雪冻中苏醒过来的山中一切景物的情态都写活了。举凡青翠欲滴的山色,含苞欲放的山花,啾啾鸣叫的山鸟,淙淙流淌的山泉,汇成一阕欢快的春天奏鸣曲,在春日光辉的映照下,向游人展示着春天的色彩、声响、气息。它们不但有生命,而且有灵性,仿佛在故意招引撩拨着山行的游人。因此,这一句虽然写得很概括,却因为这一关键性的"弄"字把全部景物激活了,也调动了读者的丰富想象。

243

次句便由山中春景之迷人顺势点出留客之意："莫为轻阴便拟归。"一、二句之间，隐含着时间的推移和天气阴晴的变化，不久前还是春晖映照，此刻却轻阴笼罩，这正是深山天气多变的特征。看到轻阴，客人担心山行遇雨湿衣，不免急着想回去。这自是游者之常情，但也每因这种常情失去了领略更美妙境界的机会和乐趣。这一句从题目"留客"来说，似是全篇主意。但实际上它在全诗中的作用只是一个过渡，一个由一般人都能领略欣赏的境界向另一更幽深美妙的境界过渡的桥梁。如果"留客"的"理由"仅仅停留在"山光物态弄春晖"的境界和水平上，诗意便不免显得平常而乏新趣，妙在由"轻阴"的话头转出三、四两句所展示的常人少所发现并领略的诗境。

"纵使晴明无雨色，入云深处亦沾衣。"表面上看，这两句好像只是申述、补足"莫为轻阴便拟归"的：即使是晴明无雨的天气，在云雾重重的深山也会沾湿衣裳，那么，"轻阴"的天气自然不必急着归去了。但这样的理解，却无形中将诗情诗趣全都破坏了。实际上，诗人的真实用意，是要通过这两句，展示云封雾锁的深山中更加幽深美妙的境界。由于山深林密，云雾缭绕，林间草上，露水盈盈，空气中到处布满了湿润的水汽，行走在山中，自然是"无雨"而"沾衣"了。这是一种使人整个身心都浸润在诗意的翠绿、水分和雨意中的境界，一种"轻阴便拟归"的常人难以领略的意境。在展示这一境界的同时，"留客"的殷勤情意也得到了更深一层的表现。这两句的意境与王维的《山中》"山路元无雨，空翠湿人衣"确实有些类似，但情调有别。张诗用"纵使""亦"这样开合相应、抑扬有致的语调来表述，不但显示出了一种疏朗灵动的意致，而且构成了一种顾盼自赏的风调，与王诗之意态闲婉、含蓄蕴藉可谓各具艺术个性。

桃花溪〔一〕

隐隐飞桥隔野烟〔二〕，石矶西畔问渔船〔三〕。
桃花尽日随流水，洞在清溪何处边〔四〕？

校注

〔一〕本篇及《山行留客》诗或以为系宋蔡襄所作，但亦有不同意见。

今仍暂系张旭名下。桃花溪，《方舆胜览》卷三十湖北路常德府桃源县："桃源山，在桃源县南三十里。《图经》云：'山下有桃川宫，西南一里即桃源洞，云是昔秦人避乱之地。有洞如门，巨石屏蔽，灵迹犹存。有水自中流出，涓涓不绝。'"或云此即陶渊明《桃花源记》所称"晋太元中，武陵人捕鱼为业，缘溪行，忘路之远近，忽逢桃花林，夹岸数百步，中无杂树，芳草鲜美，落英缤纷"之桃花溪。按：陶渊明所描绘之桃花源本即带有虚构色彩，张旭此诗所写之桃花溪是否即桃源县之桃溪洞流出之水，更未可定，亦不必泥。但此诗化用《桃花源记》之意境则极明显。

〔二〕飞桥，疑指建在溪上之石拱桥，拱桥呈半圆弧形，跨两岸，望之若飞，故云。

〔三〕石矶，水边突出的巨大岩石。

〔四〕陶渊明《桃花源记》于渔人缘溪行遇桃花林下又云："渔人甚异之，复前行，欲穷其林。林尽水源，便得一山，山有小口，仿佛若有光，便舍船从口入。"此即所谓桃源洞。

（笺）评

唐汝询曰：闲雅有致，初不见浅。（《汇编唐诗十集·辛集》）又曰：此因泛溪欲问桃源所在，见渔船而问之，落句问渔者之词也。"飞桥"，架木为之。"石矶"，坐以钓鱼平石也。"飞桥"着"隐隐"二字，便映得野烟意起。"石矶"着"渔船"二字，便接得"桃花"二句。起曰"尽日"，曰"何处"，殊有不解之故。按：太白《山中问答》诗"别有天地"四字，正是"何处边"一问转语。迷离得妙。（《唐诗解》卷二十七）

钟惺曰：境深，语不须深。（《唐诗归》卷十三）

黄生曰：长史不以诗名，然三绝（按：指《山行留客》《桃花溪》及五绝《清溪泛舟》）恬雅秀润，盛唐高手无以过也。高适赠张诗云："世上谩相识，此翁殊不然。"又："白发老闲事，青云在目前。"必高闲静退之士。今观数诗，其襟次可想矣。（《唐诗摘抄》卷四）

黄培芳曰：诗中有画。（《唐贤三昧集笺注》批）

孙洙曰：四句抵得一篇《桃花源记》。（《唐诗三百首》）

张旭

245

张旭生平足迹,是否到过今湖南常德(唐朗州武陵郡)一带,现已无从考证。从诗面看,诗人在桃花盛开、落英缤纷的春天,曾到过一条"桃花尽日随流水"的山溪边,联想起《桃花源记》中描绘的幽深美好境界,不禁为之神往,因而写下这首意境风调俱佳的小诗。

首句写望中远景。远处,有一座拱形的石桥横跨两岸,隐现于山野的蒙蒙烟雾云霭之中,着"飞""隔"二字,使远望中拱桥的身姿在烟笼雾罩中时隐时现,增添了扑朔迷离的色彩和流动飘逸的意致,使人感到它带有人间仙境的缥缈朦胧色彩。这就为第二句的"问渔船"和三、四两句的追寻向往酿造了气氛。写"桥"的目的,自然是为了引出桥下的溪和船,因此下句就由远而近,写到矶边的渔船。

"石矶西畔问渔船"。诗人来到溪边的石矶西畔,看到矶旁的渔舟和溪中漂荡的桃花,不由得联想起《桃花源记》中所描绘的美好境界,心想这或许就是现实中的桃花源吧。这就自然引出了"问渔船"的念头。"问"字不必过于拘泥着实,认定诗人真是向渔船上的渔夫发问,那样反失诗趣。因为诗人也许根本不是去刻意寻访陶渊明笔下的桃花源,只是偶触此境,有此诗意联想而已。所谓"问渔船",不过表明,见到矶头渔船、桃花流水,心中有恍若桃源仙境的疑问而已。这就更增添了一份是耶非耶的情致。

"桃花尽日随流水,洞在清溪何处边?"这两句的确是承上一句的"问"字而申说"问"的具体内容的。不过细味其神情口吻,与其说是问渔船上的渔夫,不如说是心中自问:眼前这一溪春水,尽日漂漾着嫣红的桃花,看来真有点像桃花源中流出的桃花溪,试问那桃源洞究竟在清溪尽头的何处呢?

诗写到这里,戛然而止。"洞"究竟在哪里,没有答案,也不必有答案。诗人要抒写的是由眼前"桃花尽日随流水"的景象而引起的诗意联想,以及对溪水上游云山深处更加幽美景物、境界的悠然神往。对于表现这种诗意联想和悠然神往来说,有问无答便是最好的答案,因为读者自会根据诗人的联想和暗示,根据《桃花源记》中对桃源的描绘作出一幅美妙的心画,而且在这种想象中得到心理上的满足和艺术上的陶醉。从这个意义上说,"四句抵得一篇《桃花源记》"的说法是有道理的。这"抵得"正是充分调动了读者想象力的结果,也是充分发挥了绝句优长的结果。王维的《桃源行》,由于是篇幅可以展衍的七言歌行,自然可以在叙写"渔舟逐水爱山春,两岸桃花夹古津。坐看红树不知远，行尽青溪不值人"的行程后对桃花源展开正面描绘；张旭的这首《桃花溪》七绝却不可能也没有必要这样做。以问语摇曳出之，以不答作答，以不写写之，是最好的选择。

"诗中有画"。这首诗确实饶有画意，它完全可以绘成一幅诗意画，特别是它的前幅，远处的拱形石桥隐现于缭绕的野烟之中，近处的石矶边停泊着一叶渔舟。溪水碧清，桃花漂漾，岸边伫立着凝望神往的诗人。但画毕竟不能代替诗。三、四两句所表现的诗意联想和对桃源胜境的悠然神往之情，便是画笔所难以充分表达的，而这，往往是诗作为抒写人的心灵的艺术之所长。

细味"尽日"二字，诗人也许只是始终伫立溪边、凝望神往而已，并不曾甚至未必具有乘船上溯桃花溪去寻幽探胜之意。他享受的或许只是这份诗意联想和神往带来的审美愉悦。

张
旭

张 潮

张潮，生卒年未详，润州曲阿（今江苏丹阳）人，玄宗时处士。殷璠汇集张潮、包融、储光羲、丁仙芝等十八位润州籍诗人之作为《丹阳集》，并评张潮诗云："委曲怨切，颇多悲凉。"（见《吟窗杂录》卷二十六引）李康成《玉台后集》、顾陶《唐诗类选》均选其诗《江风行》（忆妾深闺里。题一作《长干行》）。《全唐诗》录存其诗五首。

江南行

茨菰叶烂别西湾〔一〕，莲子花开犹未还〔二〕。
妾梦不离江水上〔三〕，人传郎在凤凰山〔四〕。

校注

〔一〕茨菰，即慈姑，植物名，可食用或药用。晋嵇含《南方草木状》卷上："绰菜夏生于池沼间。叶类茨菰，根如藕条。"茨菰叶烂，在秋末冬初季节。西湾，在扬州瓜洲镇附近。

〔二〕莲子花开，即莲花开放，时当六月。

〔三〕水上，《全唐诗》校："一作上水。"

〔四〕凤凰山，杭州有凤凰山。《舆地纪胜》卷一浙西路临安府山川："凤凰山，在城中。下瞰大江，直望海门，今大内（南宋宫城）在焉。郭璞《地记》：'天目山前两乳长，龙飞凤舞到钱塘。'"唐时是否已称"凤凰山"，待考。或云，凤凰山在江宁南门内，见《江宁府志》。

笺评

李梦阳曰：神思恍惚，词意宛曲，最得闺情。（《删补唐诗选脉笺释会通评林》引）

焦竑曰：曲折玲珑，写意宛然，当是绝唱。（同上引）

周启琦曰：乐府逸调，能令陆地生莲。（同上引）

唐汝询曰：此客游而代行人之词。言冬与郎别，历春夏而未还。念及渡江，无夕不梦，人乃传郎在凤凰山，何哉？西湾，与妻分别之地；凤凰，已所游之山也。适游此山而作是诗耳。（《唐诗解》卷二十七）

钟惺曰：要知"妾梦""人传"，总非实境才妙。（《唐诗归》卷十四）

《唐诗选》：玉遮曰：无限低回。

邢昉曰：风味乃绝体之隽，顾诋之非是。（《唐风定》）

黄生曰：茨菰、莲子并切水乡之物。"莲子花"三字，酷似妇女声口。因在江上分手，故梦不离此处，不知行人却在凤凰山也。沈休文"梦中不识路，何以慰相思"，此似化其意而用之。顾华玉以"浅俗"目之，予谓正恐不能浅，不能俗耳。浅到极处，俗到极处，便去《三百篇》不远。难与一切文士道也。（《唐诗摘抄》卷四）

贺裳曰："妾梦不离江水上，人传郎在凤凰山"，即《小雅》"赫赫南仲，薄伐西戎"意（按：《诗·小雅·出车》有"喓喓草虫，趯趯阜螽。未见君子，忧心忡忡；既见君子，我心则降。赫赫南仲，薄伐西戎"等语）。妙得风闻恍惚，惊疑不定之意。（《载酒园诗话》卷一）

徐增曰：题是《江南行》，诗都在水上寻取。西湾，江南之西湾也。茨姑、莲子，皆水中所生之物，时、景又于此上见。茨姑叶烂，大约在九十月间；莲子花开，则是五月尽矣。一别乃至如是之久。在水边送别，故妾梦不离于江水。"江上水"，妙极。装"水"字在下，则合（下）句"山"字不通风缝；若云"江水上"，则未免逗漏"山"字消息来，使人看去不警策，便是俗笔矣。夫妾梦不离江水，而郎却在凤凰山，梦得无错乎？别离在水，故梦在水，妾自不错；妾自梦水，郎自在山，郎亦不错，岂人传错乎？人错，尚不可信，盖妾梦来梦去，总不离于江上水，而郎不见从水上来，妾已疑郎不在水，故人遂有凤凰山之传。人虽如是传，而妾梦惯于江上水，则妾梦总不离于江上水也。"凤凰"二字，下得妙，还他一个着落。而凤凰山毕竟在何处耶？果真在凤凰山，而凤凰山不比西湾曾经别过之处，耳中虽有凤凰，眼内从无影子，妾梦要去，却从何路去？与梦江水何别？妾既闲着，由他梦去，郎少不得要归，妾亦少不得梦醒。待郎归问他，方知其在何处。然人已在家，妾亦不做梦矣，而又何必问其在外之去向哉！此诗纯是禅机，可当一部语录。篇中用字，人看去似较俗，而不知题是乐府，语须带质，质近于古，质与俗不可不辨审也。（《而庵说唐诗》

张潮

249

沈德潜曰：总以行踪无定言，在水在山，俱难实指。（《重订唐诗别裁集》卷二十）

黄叔灿曰：首句纪初别之时，次句感怀人之候。第三句通乎别后言之，第四句则总结归期之未定。缠绵曲至，却只如话。"凤凰山"又与"西湾"相映。（《唐诗笺注》）

宋宗元曰：是古乐府神理。（《网师园唐诗笺》）

李锳曰：三、四句即有梦也难寻觅之意，而语特微婉。"茨菰""莲子"纪时令，即就眼前景物写来，得风人之体。（《诗法易简录》）

刘宏煦、李德举曰：真情幻景，愈幻愈真。笔致跳脱之甚。（《唐诗真趣编》）

刘拜山曰：江干一别，魂梦犹索，意其远行，却在近处，所谓"常叹负情人，郎今果作诈"（《懊侬歌》）也。诗中标举两处地名，正要人从其相近悟入，布局巧妙如此。前人未加深究，未免辜负匠心。（《千首唐人绝句》）

张潮现存诗共五首（其中《江风行》"忆妾深闺里"一首，题又作《长干行》，或云李白作，或云李益作，当从李康成《玉台后集》、顾陶《唐诗类选》作张潮诗），均写江南水乡商人妇对远行丈夫的思念及女子采莲活动，富于民歌风味。本篇是其中最得古乐府神理的天籁式作品。

一、二两句写丈夫别家之久。去年"茨菰叶烂"的秋末冬初时节，与丈夫在"西湾"分别，到今年"莲子花开"的盛夏季候，丈夫仍然没有归家。自别至今，已历四季。"商人重利轻别离"，外面的世界又有许多诱惑（如诗人《襄阳行》所说的"君到襄阳莫回惑，大堤诸女儿，怜钱不怜德"），经年不归是常事，丢下妻子空房独守、日夜思念。"犹未还"三字中包含长期的思念、守候和想望。诗人《江风行》说："远方三千里，思君情未已。日暮情更长，空望去时水。孟夏麦始秀，江上多南风。商贾归欲尽，君今尚巴东。巴东有巫山，窈窕神女颜。常恐游此方，果然不知还。"一、二两句的空白处就包含了这一系列感情内容，古诗可以展衍抒写，绝句只能概括叙写，让读者自行寻味。写别离之久，拈出"茨菰叶烂"与"莲子花开"，最具民歌神理。"茨菰"入诗，已属创举，复言"叶烂"，更不避浅俗；不说"荷花"，而言"莲子花"，亦极具民间语言本色。这种土得似乎掉渣的语言，不仅显现出水乡的风物特征，且连人物的神情口吻也隐隐传出。朴素本真中自含隽永情味。

第三句因离别之久、思念之久而频频入梦。"妾梦不离江水上"，居住在江南水乡之地，双方离别在江边的"西湾"，江南的商人经商的地方又多为沿江的城市，来往的交通工具均为舟船，则"妾梦不离江水上"正是双方生活的真实反映。值得注意的是，这里只虚说泛称"不离江水上"，不具体说究竟在江边的哪座城市，正透露出商人到处漂泊、居无定所的特点，因而即使做梦，闪现在眼前的也只是一片茫茫的江水而已。

妙在第四句紧承"不离江水上"突作转折："人传郎在凤凰山。"这"凤凰山"究竟是实有的地名，还是随意虚构的山名，无关紧要。关键在于郎之所在与女主人公日之所思、夜之所梦完全背离，出乎她的意料。这一转折不仅进一步透露出商人的行踪飘忽不定，而且更深一层表现了女主人公的渺茫失落和相思怨望。

前三句由别离之久引出思念之殷、入梦之频，而第四句所说的"凤凰山"却是一个连梦也不曾梦见过的地方，即使想在梦中追寻也无法实现。"不离江水上"虽然虚泛，总不离江水，而"凤凰山"则远超她的生活经验，近乎虚无缥缈了。前人谓此化用沈约《别范安成》"梦中不识路，何以慰相思"诗意，虽未必自觉用此，但确可帮我们理解张诗末句的意蕴。连梦中都无从追踪郎之所在，则女主人公的感情连找一个虚幻的寄托都不可能了。句首的"人传"二字也很值得玩味。这说明"郎在凤凰山"乃是一个口耳相传的不确定的消息，然则据此去追踪郎之行踪，更属幻中之幻了。

全诗采用对起对结的格式，各句之间、前后幅之间，特别是对结之外，留有很大的空白。女主人公在听到"人传郎在凤凰山"之后的感情反应和心理活动，虽不着一字，却含蕴丰富，情味悠长，给读者留下广大的想象空间。诗的语言极朴素而本色，亦极隽永而耐味。"浅到极处，俗到极处，便去《三百篇》不远"，此评固有识，但关键还在浅俗之中蕴含着真挚深厚的生活内容和感情内容。

崔国辅

　　崔国辅，生卒年未详，吴郡（今江苏苏州）人。郡望清河。祖崔信明，以"枫落吴江冷"之句知名。开元十四年（726）登进士第，初授山阴尉。二十三年登牧宰科制举，授许昌令。开元末、天宝初迁左补阙、起居舍人，转礼部员外郎。天宝十载（751）任集贤院直学士。十一载坐与被赐死之权臣王𫟉为近亲，贬竟陵郡司马。约至德初，或曾为广州节度使何履光幕僚。殷璠《河岳英灵集》选录其诗十一首，谓"国辅诗婉娈清楚，深宜讽味。乐府数章，古人不能过也"。《全唐诗》载录其诗一卷，其中乐府占半数以上，尤长五绝。

从军行〔一〕

塞北胡霜下，营州索兵救〔二〕。
夜里偷道行〔三〕，将军马亦瘦。
刀光照塞月，阵色明如昼。
传闻贼满山，已共前锋斗〔四〕。

校注

〔一〕《从军行》，乐府相和歌辞平调曲旧题。

〔二〕营州，唐河北道州名，治所在柳城（今辽宁朝阳）。《新唐书·地理志三》："营州柳城郡，上都督府，本辽西郡。万岁通天元年为契丹所陷，圣历二年侨治渔阳。开元五年又还治柳城，天宝元年更名……县一：柳城。中。西北接奚，北接契丹。"索，求。

〔三〕偷道行，指驰援的唐军抄小路隐秘行军。

〔四〕贼，指胡兵。前锋，指驰援营州的唐军前锋部队。

贺裳曰：刘希夷"将军辟辕门，耿介当风立"，颇甚气岸。陶翰"日落沙尘昏，背河更一战"，尤为健决。刘结曰："献凯归京师，军容何翕习"，尽兴语也。陶结曰："东出咸阳门，哀哀泪如霰"，败兴语也。崔国辅《从军行》曰："塞北胡霜下，营州索兵救。夜里偷道行，将军马亦瘦。刀光照塞月，阵色明如昼。传闻贼满山，已共前锋斗"，一段踊跃之气，勃勃言下。观上官昭仪评沈、宋《晦日昆明》诗优劣，足定数诗高下。刘长卿曰："回首虏骑合，城下汉兵稀。白刃两相向，黄云愁不飞。手中无尺铁，徒欲穿重围。"亦妙于作不了语。其摹写悍勇，则神彩更在崔上。（《载酒园诗话》卷一）

崔国辅虽以工于五言小乐府著名，但他的这首《从军行》，在盛唐边塞诗中，称得上是别具一格之作。说它别具一格，首先是题材新颖。诗中描写的既非豪壮的出师征讨场景，也非激烈的战斗场面，而是一次在紧急情势下驰援部队夜间急行军的行动。这在盛唐边塞诗中比较少见。选择这样一个题材，有利于表现在危急艰苦的条件下将士的精神风貌。其次是风格凝练峻洁，善于渲染烘托危急的环境气氛，虽未正面写激烈的战斗，而其艰苦惨烈可想。和高、岑写边塞征战的七言歌行相比，显得更为内敛含蓄。

开头两句写塞北严霜密布，营州守军因情势危急求援。"胡霜下"本指塞北已到天寒霜浓的季候，反映环境之艰苦；但和下句"营州索兵救"联系起来，便无形中带有某种象喻色彩。正如李贺《雁门太守行》一开头写"黑云压城城欲摧"带有象征意味一样，这里的"塞北胡霜下"也使人由浓霜密布联想到胡兵大举进军围城的危急情势。只不过这种象喻色彩，未必是有意为之，而是在景物描写中自然透露出来的。如果把它看成是单纯的气候描写，与"营州索兵救"之间的关系就显得有些脱节。这种象喻色彩，可以意会，但不必过于坐实。营州"西北接奚，北接契丹"的特殊地理位置，使它成为唐朝在东北边疆的战略要地。无论是奚或契丹入侵，首要的目标就是围攻营州。仅在武后万岁通天元年（696）以来的二十余年中，营州就曾两度被契丹、奚所攻陷。"营州索兵救"，一句中连用"索""救"两个带有紧急

崔国辅

253

求救意味的动词，突出强调了营州陷于重围后形势的危急，从而为下面描写援军连夜间道驰援的行动提供了背景。

唐代的幽州节度使（治所在蓟县，今北京大兴），其主要任务就是监控、防备奚和契丹的入侵。按惯例，"营州索兵救"，首先驰援的便是幽州节度使统率的部队。从幽州到营州，有千里之遥。营州告急求援，必须日夜兼程急速行军，才能及时赶到。这里特意选取"夜里"行军的场景加以描写，目的自然是为了突出情势的危急。不仅是"夜里"行军，而且是"偷道"而行。"偷道"有两层涵义：一是抄近路，走少为人知的小道；二是秘密行军，所谓衔枚疾驰，目的则是快捷抵达营州前线而又不被敌人发觉。由于日夜兼程疾驰，加上夜间"偷道"而驰，山路崎岖难行，致使"将军马亦瘦"。"瘦"字用常得奇，富于表现力。"将军"指驰援的主将，其坐骑自属精悍的骏马，连这样的战马亦因长途间道、日夜兼程而在短时间内变得消瘦，则行军之艰难、士卒之疲乏均可想见。这两句用了有典型性的细节——"夜里偷道""将军马瘦"，前因后果，突出渲染了驰援将士不畏艰险、一往无前的精神。

五、六两句，是对这支驰援部队"刀光""阵色"的出色描写。虽是夜间行军，但关塞之上有明月高照，将士的身上佩带的刀发出寒光，与明月的光交相辉映，看上去仿佛是塞月被众多将士的刀光照亮了。这实际上是一种反客为主、反果为因的逆向夸张渲染，虽似反常，却借视觉上的错觉渲染出将士刀光剑影与塞月争辉的壮盛军威和气势力量。虽说是夜间行军，但训练有素的唐军却仍然保持着整齐的阵势，在月光映照下，阵色明亮如昼，显示出其整肃有序，疾而不乱。两句均用夸张渲染的手法，但语言简练，不事铺张，生动传神。

七、八两句是对驰援部队前锋与敌人围城部队交锋的侧面虚写，用"传闻"二字点明这是来自前头部队的消息。消息的内容，一点即止。"贼满山"，是对敌方人多势众的夸张形容，这正回应了开头"营州索兵救"的危急局势，表明这支千里昼夜兼程驰援的部队行动之迅捷、救援之及时。既传达出听到这来自前线的消息时将士的兴奋、激动和关切，又暗示即将到来的大部队决战的艰苦与惨烈。虽未明言战争的最后结果，但透过前面六句对增援部队神速而秘密的夜行军场景及壮盛军威阵势的描写，已经可以预测驰援大军必能通过勇敢果决的战斗给敌人以毁灭性打击。

这首诗的题材与中唐李贺的名作《雁门太守行》有些类似，但风格迥异。李诗用浓墨重彩渲染危急的气氛，惨烈的色调，沉重的感情和决死报国的决心，充满悲剧色彩；崔诗则以省净朴素的笔墨写驰援部队月夜间道行军的场景和壮盛阵势，虽情势危急但胜券在握。从中可以看出时代盛衰对边塞诗色调的影响。

小长干曲〔一〕

月暗送潮风〔二〕，相寻路不通〔三〕。
菱歌唱不彻〔四〕，知在此塘中。

校注

〔一〕《小长干曲》，乐府《杂曲歌辞》旧题，参见后崔颢《长干曲》注〔一〕。

〔二〕潮，《全唐诗》校："一作湖。"

〔三〕相寻，指男子寻找采菱的女子。两句写月色昏暗，送潮风起，舟行受阻不通。

〔四〕菱歌，采菱舟上传来的女子歌声。彻，止、终。《尔雅翼》："吴楚之风俗"，当菱熟时，士女子相与采之，故有采菱之歌以相和。

笺评

谭元春曰："唱不彻"比"只在此山中，云深不知处"深得多，而俗人只称彼，何也？（《唐诗归》卷十四）

黄叔灿曰：所谓"两处总牵情"也。（《唐诗笺注》）

吴瑞荣曰："唱不彻"，妙，比"只在此山中，云深不知处"，又是一般情致。（《唐诗笺要》）

刘拜山曰：形迹虽阻而声气犹通，与上首"相逢畏相失，并着木兰舟"同一深情。（《千首唐人绝句》）

255

崔国辅的五言四句小乐府现存二十一首，占其现存作品总数之半，其中又以写江南水乡青年男女劳动与爱情的最为出色。《小长干曲》是《长干曲》的别调，这首诗写一位青年男子对所爱女子的追寻。

　　首句写月暗风起。"送潮风"指由东向西推送晚潮入江的大风。这种大风，自然使湖面和池塘掀起波浪。由于刮风，天气阴沉，月亮显得暗淡朦胧，看不清周围景物。这句写月暗、写风浪，正是为下面三句描写的情景提供特定的环境与背景。

　　由于月色暗淡，风吹浪起，寻找所爱女子的青年男子既看不清塘中的景物，乘坐的小舟也因风阻而难以行进。"路不通"，正是"月暗"与"潮风"的结果，全篇中叙事仅此一句，却明白揭示了诗的主要内容，是诗的核心和主句。

　　就在青年男子因"相寻路不通"而彷徨踟蹰、茫然四顾之际，菱塘中的远处却传来女子悠扬婉转、不绝如缕的菱歌清唱之声。这歌声，是那样熟悉和亲切，一听而知它正是自己所追寻的女子所唱的歌声。"菱歌唱不彻"，水乡女子在劳动时唱歌，本就有以之传递爱情信息的意味，这位为青年男子所追寻的女子不绝如缕的菱歌清唱之声，显然也具有传情示爱的意味。但月色昏暗，菱塘中一片朦胧，故虽闻声而心驰神往，却不知对方究竟在塘的哪一隅，更不知如何乘舟前往与之相会。"知在此塘中"的"知"字，所暗示的正好是它的反面；虽明知对方就在此塘中，却月暗潮风路不通，歌传情通不知处。这一结，传出了含蓄隽永的情韵，摇漾出了一片秋水伊人式的朦胧诗境，将青年男子闻声神驰的情状，追寻不见的茫然和遗憾，和虽不见仍缠绕不已的追寻都生动地表现出来了，而男女双方虽阻隔而不见，却声传而心通的意蕴也自然包含其中。诗既具民歌的清新明快，又兼有文人诗的含蓄蕴藉，是二者的完美结合。

崔颢

崔颢（？—754），汴州（今河南开封市）人。开元十一年（723）登进
士第。开元年间，曾游江南。开元后期至天宝初，曾任职河东军幕。后任太
仆寺丞，累官司勋员外郎，后人称"崔司勋"。崔颢与王昌龄、高适、孟浩
然均为开元、天宝间文士知名者。除高适外名位均不达。（见《旧唐书·文
苑传·崔颢传》）芮挺章《国秀集》选其诗七首。殷璠《河岳英灵集》选其
诗十一首，并谓其"少年为诗，属意浮艳，多陷轻薄。晚节忽变常体，风骨
凛然。一窥塞垣，说尽戎旅"。《全唐诗》编其诗为一卷，共四十二首，边
塞、登览及仿江南民歌等作，均有佳制。七言歌行《江畔老人怨》《邯郸宫
人怨》为篇幅较长之叙事诗，亦开风气之先。

雁门胡人歌〔一〕

高山代郡东接燕〔二〕，雁门胡人家近边。
解放胡鹰逐塞鸟〔三〕，能将代马猎秋田〔四〕。
山头野火寒多烧〔五〕，雨里孤峰湿作烟〔六〕。
闻道辽西无斗战〔七〕，时时醉向酒家眠。

校注

〔一〕雁门，本山名，在今山西代县西北，山上有雁门关。唐置代州，
天宝元年（742）改为雁门郡。此处即以雁门代指代州雁门郡。这一带是胡、
汉杂居地区，诗中所写的雁门胡人，即居住在这一带的少数民族。开元后
期，杜佑之父杜希望任代州都督时，曾引崔颢至门下。本篇当即作于其时。

〔二〕高山，指雁门山，代郡，即代州雁门郡，辖雁门、五台、繁峙、
崞、唐林五县。燕，指古燕国之地，今河北省北部一带。

〔三〕解，懂、会。

〔四〕将，持、驾驭。代马，代郡一带出产的良马。《文选·曹植〈朔风
诗〉》："仰彼朔风，怀彼魏都。愿骋代马，倏忽北徂。"刘良注："代马，

257

胡马也。"猎秋田，在秋天的田野上驰猎。

〔五〕烧（shào），放火烧野草以肥田。此指野火的火光。

〔六〕雨，《全唐诗》校："一作雾。"

〔七〕辽西，古郡名。战国、秦、汉至北朝均有辽西郡，辖境在辽河以西，即今辽宁省西部及河北省东部一带地区。唐时这一带是东北边境，与奚、契丹经常交战的地区。

胡应麟曰：崔颢《雁门胡人歌》诗，全是律体，强作歌行；《黄鹤》实类短歌，乃称近体。（《诗薮·内编·古体下·七言》）

许学夷曰：崔颢七言有《雁门胡人歌》，声韵较《黄鹤》尤为合律。胡元瑞、冯元成俱谓《雁门》是律，是也。《唐音品汇》俱收入七言古者，盖以题下有"歌"字故耳。然太白《秋浦歌》（十七首）有五言律，《峨眉山月歌》乃七言绝也。崔诗《黄鹤》前四句诚为歌行语，而《雁门胡人歌》实当为唐人七律第一。又曰：七言律较五言为难。五言，盛唐概多入圣。七言，唯崔颢《雁门》《黄鹤》为诣极。高适、岑参、王维、李颀虽入圣而未优。又曰：沧浪《答吴景仙书》云："论诗用健字不得。"予谓：此论唐律和平之调则可。若沈佺期"卢家少妇"，崔颢《黄鹤》《雁门》，毕竟"圆健"二字足以当之。若高、岑五言，子美七言以古为律者，不待言矣。（《诗源辩体》卷十七）

贺裳曰：唐人最喜写勇悍之致。有竭力形容而妙者，王龙标之"邯郸饮来酒未消，城北原平掣皂雕。射杀空营两腾虎，回身却月佩弓弰"是也。有专叙萧条沦落而沉毅之概令人回翔不尽者，崔司勋之"闻道辽西无征战，时时醉向酒家眠"是也。觉摩诘"试拂铁衣如雪色，聊持宝剑动星文"，未免着色欠苍。（《载酒园诗话又编》）

管世铭曰：七言律诗出于乐府，故以沈云卿《龙池》《古意》冠篇。初唐之作，皆当以是求之，张燕公《舞马千秋万岁词》、崔司勋《雁门胡人歌》，尤显然乐府也。王摩诘"秦川一半夕阳开"，为乐府高调，见乐天集。（《读雪山房唐诗序例·七律凡例》）

黄培芳曰：（后四句）边境之状如见。（《唐贤三昧集笺注》批）

鉴赏

唐代边塞诗，写征战戍守生活和自然风光、报国豪情、思乡情绪者居多，写边境和平景象及风俗风情者较少，其中写少数民族生活习俗者尤少。崔颢这首《雁门胡人歌》，写代北一带胡、汉杂居地区胡人的生活习俗及风物风情，题材新颖，纯用白描，是一首别开生面的边塞诗。

开头两句点明雁门胡人家近边地，照应题目，这是常见的写法。值得注意的是，诗人将它放在一个更广袤的背景上来写，这就是劈头一句所展示的"高山代郡东接燕"。这个广阔的背景不仅凸显了雁门地区在军事上的重要地位，而且将读者的目光引向更辽阔的北边广大地区，篇末的"闻道辽西无斗战"，即与此遥相呼应。唐代边塞诗中的地理空间背景，往往不局限于某一具体地点，反映出其时人们胸襟视野的广阔。

三、四两句，正面写雁门胡人的生活习俗。这两句对偶虽工整，音律上却未尽合七律的平仄。上句说他们擅长放鹰猎鸟，下句写他们善于驾马驰猎，两句所写实为一事，意可互补。"猎秋田"，用语新颖。在中原和江南农耕地区，"秋田"是用牛来"耕"的；而在雁门近边之地，却是驰"马"而"猎"。这三个字正显示了游牧民族的生活习俗。当然，这是内地汉族人眼里的胡人生活习俗，这从句首的"解放""能将"的口吻中可以明显感受到。高适的《营州歌》也写到类似的情况，"营州少年厌原野，狐裘蒙茸猎城下。虏酒千钟不醉人，胡儿十岁能骑马"。感情都是在新奇中透出几分亲切。这从侧面反映出唐代胡、汉关系在平时是比较融洽的，也反映出唐人在民族关系上比较开放的心态。

五、六两句宕开写边地景色：远处的山头上，寒色弥漫，处处闪耀着野火的光亮；在蒙蒙细雨笼罩下，远处的孤峰似乎化成了一团湿润的烟雾。两句不但景色鲜明如画，而且体现出北方边地的地域特色。"雨里"句尤为新巧生动，设想新奇。这两句表面上看似乎有些离题，其实，这正是"雁门胡人"生活的自然环境，写景仍是为了写人，就像《敕勒歌》"天似穹庐，笼盖四野，天苍苍，野茫茫，风吹草低见牛羊"写敕勒川的自然风光是为了写敕勒人生活的摇篮和精神风貌一样。或谓第五句是写秋天将山上枯黄的草木烧掉，使鸟兽无处躲藏，是亦一解。但既云"野火"，似非有意焚烧以打猎。边地的荒山，既不耕种，也不放牧，故虽有寒烧野火，亦任其自烧自灭，正所以见边地之荒寒。

七、八两句，仍回到"雁门胡人"身上。唐代北方少数民族彪悍善骑射，无论将帅或士卒，每多边地胡人。若有战事，即随时征调入伍。唐代前期，辽西一带常发生与契丹及奚族的战争，雁门地区的胡人因其邻接燕地，当常被征召入伍。"闻道辽西无斗战，时时醉向酒家眠。"既无战事，又不事农耕，则除放鹰驰马射猎以维持生计外，便"时时醉向酒家眠"了。这两句画龙点睛式地勾画出了雁门胡人战时应征参战、平时驰猎醉酒的尚武生活特征和粗犷豪爽的精神风貌。

整首诗就像一幅以边地景物为背景的雁门胡人的生活素描。写得轻爽流利，自然浑融，体现出乐府民歌的风神。杜甫以前的七律，格律精工者数量不多，古体乐府与七律之间的界限并不很分明。有时题为"歌"而大体合律，有时认为是七律却又像古风。像这首诗，评家或有以为"全是律体"者，自有一定依据。但就整体艺术风貌而言，说它是乐府歌行可能更加符合实际，就像高适的不少七言歌行，虽有大量律句，却不能将它们归入七言排律一样。

黄鹤楼〔一〕

昔人已乘白云去〔二〕，此地空馀黄鹤楼。
黄鹤一去不复返，白云千载空悠悠〔三〕。
晴川历历汉阳树〔四〕，芳草萋萋鹦鹉洲〔五〕。
日暮乡关何处是？烟波江上使人愁。

校注

〔一〕黄鹤楼，故址在今湖北武汉市武昌蛇山黄鹄矶上。相传为三国吴黄武二年（223）初建。《南齐书·州郡志下·郢州》："镇夏口……城据黄鹄矶，世传仙人子安乘黄鹤过此上也。"《元和郡县图志·江南道三·鄂州》："州城本夏口城，吴黄武二年，城江夏以安屯戍地也。城西临大江，西南角因矶为楼，名黄鹤楼。"南朝齐、梁时黄鹤楼已闻名于世，唐时极盛。宋代黄鹤楼已成群体建筑，历代屡毁屡建。光绪十年（1884）毁于大火。新黄鹤楼于1985年在蛇山西端高观山西坡新址建成。陆游《入蜀记》卷五则云：

"黄鹤楼，旧传费祎飞升于此，后忽乘黄鹤来归，故以名楼。号为天下绝景。"

〔二〕昔人，指仙人子安（或费祎）。白云，《国秀集》《又玄集》《才调集》《文苑英华》《唐诗纪事》《唐诗鼓吹》《瀛奎律髓》《唐诗品汇》选录此诗并作"白云"，可证自唐天宝至明初所见崔颢此诗首句均同作"昔人已乘白云去"。按"白云"典出《庄子·天地》："乘彼白云，游于帝乡。"后因以"白云乡"为帝乡，"乘白云"为乘云登仙。作"黄鹤"者不知始于何时（按：《唐诗解》选此诗作"黄鹤"），或因费祎飞升于此而附会。《太平寰宇记》谓蜀费祎登仙，曾"乘黄鹤于此楼憩驾"。

〔三〕悠悠，飘荡貌。

〔四〕晴川，指阳光映照下的江边一带平川。历历，分明貌。汉阳，在武昌西面，隔江与黄鹤楼相望。

〔五〕萋萋，茂盛貌。《楚辞·招隐士》："王孙游兮不归，春草生兮萋萋。"鹦鹉洲，唐时在黄鹤楼东北长江中。东汉末名士祢衡曾作《鹦鹉赋》，相传后来在此被黄祖所杀害。《舆地纪胜·荆湖北路·鄂州》："鹦鹉洲旧自城南跨城西大江中，尾直黄鹤楼，黄祖杀祢衡处。衡尝作《鹦鹉赋》，故遇害之处得名。"鹦鹉洲后被江水冲没。

笺评

胡仔曰：《该闻录》云：唐崔颢题武昌黄鹤诗云……李太白负大名，尚曰："眼前有景道不得，崔颢题诗在上头。"欲拟之较胜负，乃作《金陵登凤凰台》诗。（《苕溪渔隐丛话·前集·李谪仙》，又见《类说》卷十九引）

严羽曰：有十四字句，崔颢"黄鹤一去不复返，白云千载空悠悠"，又太白"鹦鹉西飞陇山去，芳洲之树何青青"是也。（《沧浪诗话·诗体》）又曰：唐人七言律诗，当以崔颢《黄鹤楼》为第一。（《沧浪诗话·诗评》）

刘克庄曰：古人服善，太白过黄鹤楼，有"眼前有景道不得，崔颢题诗在上头"之句。至金陵，遂为《凤凰台》诗以拟之。今观二诗，真敌手棋也。若他人必次颢韵，或于诗版之旁别着语矣。（《后村诗话前集》卷一）

刘辰翁曰：但以滔滔莽莽，有疏荡之气，故称巧思。（《盛唐诗评》）

崔颢

261

方回曰：此诗前四句不拘对偶，气势雄大，李白读之，不敢再题此楼，乃去而赋《登金陵凤凰台》也。（《瀛奎律髓》卷四）

郝天挺曰：崔颢此诗，太白……欲拟之，以较胜负，乃作《金陵凤凰台》及《鹦鹉洲》诗以比之，真敌手也。然《鹦鹉洲》与颢诗格调相同，意亦相类。此诗前四句序楼之所由成，后四句寓感慨意。（《唐诗鼓吹注》卷四）

李东阳曰：古诗与律不同体，必各用其体乃为合格。然律犹可间出古意，古不可涉律。古涉律调，如谢灵运之"池塘生春草""红药当阶翻"，虽一时传诵，固已移于流俗而不自觉。若浩然"一杯还一曲，不觉夕阳沉"，杜子美"独树花发自分明，春渚日落梦相牵"，李太白"鹦鹉西飞陇山去，芳洲之树何青青"，崔颢"黄鹤一去不复返，白云千载空悠悠"，乃律间出古，要自不厌也。（《麓堂诗话》）

徐师曾曰：大明王鏊曰："唐人虽为律诗，犹以韵胜，不以钉饾为工。"如崔颢《黄鹤楼》诗"鹦鹉洲"对"汉阳树"，李太白"白鹭洲"对"青天外"，杜子美"江汉思归客"对"乾坤一腐儒"，气格超然，不为律所缚，固自有馀味也。后世取青媲白，区区以对偶为工，"鹦鹉洲"必对"鹁鸪堰"，"白鹭洲"必对"黄牛峡"，字虽切，而意味索然矣。（《文体明辨序说·论诗》）

杨慎曰：宋严沧浪取崔颢《黄鹤楼》诗为唐人七律第一，近日何仲默、薛君采取沈佺期"卢家少妇郁金堂"一首为第一。二诗未易优劣。或以问予，予曰："崔诗赋体多，沈诗比兴多，以画法论之，沈诗披麻皴，崔诗大斧劈皴也。（《升庵诗话·黄鹤楼》）

王世贞曰：何仲默取沈云卿《独不见》，严沧浪取崔司勋《黄鹤楼》为七言律压卷。二诗固甚胜，百尺无枝，亭亭独上。在厥体中，要不得为第一也。沈末句是齐、梁乐府语，崔起法是盛唐歌行语，如织官锦间一尺绣，锦则锦矣，如全幅何！（《艺苑卮言》卷四）

王世懋曰：崔郎中作《黄鹤楼》诗，青莲短气。后题凤凰台，古今目为勍敌，识者谓前六句不能当，结语深悲慷慨，差足胜耳。然余意更有不然，无论中二联不能及，即结语亦大有辨。言诗须道兴、比、赋，如"日暮乡关"，兴而赋也。"浮云""蔽日"，比而赋也。以此思之，"使人愁"三字虽同，孰为当乎？"日暮乡关""烟波江上"，本无指着，登临者自生愁耳，故曰："使人愁"，烟波使之愁也。"浮云""蔽日""长安不见"，逐客自应愁，宁须使之？青莲才情，标映万载，宁以予言重轻？尺有所短，寸有所长，窃以为此诗不逮，非一端也。如有罪我者，则不敢辞。（《艺圃撷馀》）

顾华玉曰：此诗太白常叹服，谓其一气浑成。（《唐诗合选》卷四）

郎瑛曰：古人不以饾饤为工，如"鹦鹉洲"对"汉阳树"，"白鹭洲"对"青天外"，超然不为律缚，此气昌而有馀意也。（《七修类稿》）

桂天祥曰：气格音调，千载独步。（《批点唐诗正声》）

胡应麟曰：崔颢《黄鹤》，歌行短章耳。太白生平不喜排偶，崔诗适与契合。严氏因之，世遂附和，又不若近推沈作为得也。又曰：崔颢《黄鹤楼》、李白《凤凰台》但略点题面，未尝题黄鹤、凤凰也……故古人之作，往往神韵超然，绝去斧凿。（《诗薮》）

胡震亨曰：今观崔诗自是歌行短章，律体之未成者。安得以太白尝效之，遂取压卷？（《唐音癸签·评汇六》）

顾璘曰：此篇太白所推服，想是一时登临，高兴流出，未必常有此作。前四句叙楼名之由，后四句叙感慨之情。起句豪迈，赋景且切实。（《批点唐音》）

唐汝询曰：此访古而思乡也。言昔人于此跨鹤，故是楼有黄鹤之名。然黄鹤无返期，唯白云长在而已。于是登楼远眺，则见汉阳之树遍于晴川，鹦鹉之洲尽为芳草，古人于此作赋者亦安在耶！怅望之极，因思乡关不可见，而江上之烟波，空使我触目而生愁也。（《唐诗解》卷四十）

谭元春曰：此诗妙在宽然有馀，无所不写。使他人以歌行为之，尤觉不舒。太白废笔，虚心可敬。而今犹云作《黄鹤楼》诗，耻心荡然矣。（《唐诗归》卷十二）

钟惺曰：此非初唐高手不能，读太白《凤凰台》作，自不当作《黄鹤楼》诗矣。又曰：（"芳草"句）清迥。

陆时雍曰：此诗气格高迥，浑若天成，第律家正体当不如是。以古体行律，在五言不可，何况七言！后人因太白所推，莫敢龃龉耳。（《唐诗镜》）

梁桥曰：此诗首二句先对，颔联却不对。然破题已先的对，如梅花偷春色而先开，谓之偷春格。（《冰川诗式》）

周弼曰：为前虚后实体。（《删补唐诗选脉笺释会通评林·盛七律》引）

徐献忠曰：李白极推《黄鹤楼》之作，然颢多大篇，实旷世高手。《黄

鹤》虽高，未足上列。（同上引）

李梦阳曰：一气浑成，净亮奇瑰，太白所以见屈。（同上引）

周敬曰：通篇疏越，煞处悲壮，奇妙天成。（同上）

田艺蘅曰：篇中凡叠十字，只以四十六字成章，尤妙。又曰：人但知李太白《凤凰台》出于《黄鹤楼》，不知崔颢又出于《龙池篇》也。若《鹦鹉洲》，又《凤凰台》之馀意耳。（同上引）

周珽曰：前四句叙楼名之由，何等流利鲜活；后四句寓感慨之思，何等清迥凄怆。盖黄鹤无返期，白云空在望，睹江树洲草，自不能不触目生愁。赋景摅情，不假斧凿痕，所以成千古脍炙。（同上）

许学夷曰：崔颢七言律有《黄鹤楼》，于唐人最为超越。太白尝作《凤凰台》《鹦鹉洲》以拟之，终不能及，故沧浪谓："唐人七言，当以崔颢《黄鹤楼》为第一。"而何仲默、薛君采取沈佺期"卢家少妇"，亦未甚确。王元美云："二诗固甚胜，百尺无枝，亭亭独上，在厥体中，要不得为第一。沈末句是齐梁乐府语，崔起法是盛唐歌行语，如织官锦间一尺绣，锦则锦矣，如全幅何！"愚按：沈末句虽乐府语，用之于律无害，但其语则终未畅耳。谓崔首句如盛唐歌行语，亦未为谬。胡元瑞谓："《黄鹤楼》、'郁金堂'，兴会诚越，而体裁未密；丰神圆美，而结撰非艰。"其不识痛痒至此（元瑞论律诗，于盛唐此境，往往失之）！李宾之云："律犹可间出古意，古不可涉律调，如崔颢'黄鹤一去不复返，白云千载空悠悠'，'乃律间出古，要自不厌'。顾华玉云：'此篇一气浑成，太白所以见屈，想是一时登临，高兴流出，未必常有此作。'"愚按：《黄鹤楼》，太白钦服于前，沧浪推尊于后。至国朝诸先辈，亦靡不称服。即元美不无异同，而亦有"百尺无枝，亭亭独上"之语。予每举以示人，辄无领解，至有"不得与众作并称"，又或谓"前半篇可作一绝句"。古今人识趣悬绝，抑至于此！于鳞居每恒诵沈佺期《龙池篇》。《龙池篇》虽《黄鹤》所自出，而调沉语重，神韵未扬，于鳞盖徒取其气格耳。又，浩然《洞庭》实用"云梦""岳阳"，崔颢《黄鹤》亦用"汉阳""鹦鹉"，此大景概所不可无者，非若后人有意必为之也。（《诗源辩体》卷十七）又曰：兴趣所到，形迹俱融，为唐人七言律第一。（同上卷三十五）

金圣叹曰：此即千载喧传所云《黄鹤楼》诗也。有本乃作"昔人已乘白云去"，大谬。不知此诗正以浩浩大笔，连写三"黄鹤"字为奇耳。且使昔人若乘白云，则此楼何故乃名黄鹤？此亦理之最浅显者。至于四之忽陪白云，正妙于有意无意，有谓无谓。若起手未写黄鹤，已先写一白云，白云出于何典耶？且白云既是昔人乘去，而至今尚见悠悠，世则岂有千载白云耶？不足当一噱已。作诗不多，乃能令太白公阁笔，此真笔墨林中大丈夫也……太白公评此诗，亦只说是"眼前有景道不得，崔颢题诗在上头"。夫以黄鹤楼前，江矶峻险，夏口高危，瞰临沔汉。应接要冲，其为景状，何止崔诗所云晴川芳草，日暮烟波而已。然而太白公乃不肯又道，竟遂颊首相让而去。此非为景已道尽，更无可道。原来景正不可得尽，却是已更道不得也。盖太白公实为崔所题者乃是律诗一篇，今日如欲更题，我务必亦要作律诗。公又自思律之为律，从来必是未题诗，先命意；已命意，忙审格；已审格，忙又争发笔。至于景之为景，不过命意、发笔、审格以后，备员在旁，静听使用而已。今我如欲命意，则崔命意既已举矣；如欲审格，则崔审格既已定矣；再如欲争发笔，则崔发笔既已空前空后，不顾他人矣。我纵满眼好景，可撰数十百联，徒自呕尽心血，端向何处入手？所以不觉倒身着地，从实吐露曰："有景道不得。"有景道不得者，犹言眼前可惜无数好景，已是一字更入不得律诗来也……一解看他妙于只得一句写楼，其外三句皆是写昔人。三句皆是写昔人，然则一心所想，只是想昔人双眼所望，只是望昔人，其实更无闲心管到此楼，闲眼抹到此楼也。试想他满胸是何等心期，通身是何等气概，几曾又有是非得失、荣辱兴衰等事，可以污其笔端。（一是写昔人，三是想昔人，四是望昔人，并不曾将楼挂到眉睫上。）凡古人有一言、一行、一句、一字足以独步一时、占踞千载者，须要信其莫不皆从读书养气中来。即如此一解诗，须要信其的的读书，是他读得《庄子·天道》篇："轮扁告桓公，古人之不可传者死矣，君之所读，乃古人之糟粕已夫！"他便随手改削，用得恰好。三、四便是他读得《史记·荆轲列传》易水一歌："风萧萧兮易水寒，壮士一去兮不复还。"他便随手倒转，又用得恰好也……前解自写昔人，后解自写今人，并不曾写到楼。此解又妙于更不牵连上文，只一意凭高望远，别吐自家怀抱。任凭后来读者自作如何会通，真为大家规模也。五、六只是翻跌"乡关何处是"五字，言此处历历是树，此处萋萋是洲，独有目断乡关，却是不知何处。他只于句上横安得"日暮"二字，便令前解四句二十八字，字字一齐摇动入来，此为绝奇之笔也。（《贯华堂选批唐才子诗》）

吴景旭曰：徐柏生谓："李白之拟《黄鹤楼》，正在《鹦鹉洲》一诗，而非止于《凤凰》之作。"蔡蒙斋因谓："《鹦鹉洲》诗，联联与崔诗格调同而语意亦相类，柏山善于读诗者。"余以《黄鹤楼》气格苍浑，莫可端倪。然起联对而颔联不对，此是偷春体。王弇洲议其大乖近体，而不知其本入体也。严沧浪取以压卷，乃所谓绝唱不可和。而《鹦鹉洲》风力犹逊，《凤凰台》全弱，何谓敌手棋邪？（《历代诗话·唐诗·黄鹤楼》）

邢昉曰：本歌行体也，作律更入神境。云卿《古意》犹涉锻炼，此最高矣。（《唐风定》）

王夫之曰：鹏飞象行，惊人以远大。竟从怀古起，是题楼诗，非登楼。一结自不如《凤凰台》，以意多碍气也。（《唐诗评选》）

周容曰：评赞者无过，随太白者为虚声耳。独喜谭友夏"宽然有馀"四字，不特尽崔诗之境，且可推之以悟诗道。非学问博大，性情深厚，则蓄缩羞赧，如牧竖咶席见诸将矣。（《春酒堂诗话》）

田同之曰：严沧浪"羚羊挂角，无迹可寻"，司空表圣"不着一字，尽得风流"之说，唯李太白"牛渚西江夜"，孟襄阳"挂席几千里"二首，与沈云卿《龙池》乐章、崔司勋《黄鹤楼》诗足以当之，所谓逸品是也。（《西圃诗说》）

吴昌祺曰：不古不律，亦古亦律，千秋绝唱，何独李唐？（《删订唐诗解》）

吴敬夫曰：吊古伤今，意到笔随之作。（《唐诗归折衷》）

毛奇龄曰：此律法之最变者。然系意兴所至，信笔抒写而得之。如神驹出水，任其蹀躞，无行步工拙。裁摩拟便恶劣矣。前人品此为唐律第一，或未必然。然安可有二也？（《唐七律选》）

冯舒曰：但有声病，即是律诗，且不拘平仄，何况对偶！（《瀛奎律髓汇评》引）

冯班曰：甚奇。上半有千里之势。又曰：起四句宕开，有万钧之势。又曰：气势阔宕。（《瀛奎律髓汇评》引，《虞山二冯先生才调集阅本》）

查慎行曰：此诗为后来七律之祖，取其气局开展。（《瀛奎律髓汇评》引）

纪昀曰：此诗不可及者，在意境宽然有馀，此评最是。又曰：偶而得之，便成绝调，然不可无一，不可有二。再一临摹，便成窠臼。（同上引）又曰：改首句"黄鹤"为"白云"，则三句"黄鹤"无根，饴山老人批《唐诗鼓吹》论之详矣。（同上引）

许印芳曰：饴山老人，赵秋谷也。前六句叠字皆不为复，唯末句"人"字与首句复。此篇乃变体律诗。前半是古诗体，以古笔为律诗，盛唐人有此格。中唐以后，格调渐卑，用此格者鲜矣。间有用者，气魄笔力又远不及盛唐。此风会使然，作者不能自主也。此诗前半虽属古体，却是古律参半。五律拗第一字第三字，七律拗第三字第五字，总名拗律。崔诗首联、次联上句皆用古调，下句皆配以拗调。古律相配，方合拗律体裁。前半古律参半，格调甚高。后半若遽接以平调，不能相称，是以三联仍配以拗调。律诗多用拗调，又参以古调，是为变体。作变体诗，须束归正格，变而不失其正，方合体裁，故尾联以平调作收。唐人变体律诗，古法如是。读者讲解未通，心目迷眩。有志师古，从何下手？兹特详细剖析，以示初学。若欲效法此诗，但当学其笔墨之奇纵，不可摹其词调之复叠。太白争胜，赋《凤凰台》《鹦鹉洲》二诗，未能自出机杼，反袭崔诗格调，东施效颦，贻笑大方，后学当以为戒矣。（同上引）又曰：二冯批《才调集》评此诗云："气势阔宕。"纪批云："二字确评，'宕'字尤妙。"愚谓虚谷求之形貌，评为雄大，"雄"者貌也，"大"者形也。以此学古人即成伪体。冯氏求之神意，评为阔宕。"阔"者意也，"宕"者神也。晓岚谓"宕字尤妙"，又归重神理一边。以此学古人，方是真诗。同一评诗数人，而有浅深、真伪之分，学者能明辨之，庶不为浅说所误耳。（同上引）

无名氏（甲）曰：此诗超迈奇崛，所谓时文中之古文。至太白《凤凰台》，近"时"而格不及；《鹦鹉洲》迈古而气不及，所以皆出其下。（同上引）

无名氏（乙）曰：叠写三"黄鹤"，接出"白云"始奇。予读之数十年，乃有定本。又曰：前六句神兴溢涌，结二语蕴含无穷，千秋第一绝唱。（同上引）

赵熙曰：特参古调。又曰：此诗万难嗣响。其妙则殷璠所谓"神来、气来、情来"者也。（同上引）

徐增曰：此诗称绝唱矣，然不可学也。字字针锋相凑，如此作转，方是名手。（《而庵说唐诗》）

吴烶曰：此诗全是赋体，前四句因登楼而生感。（《唐诗选胜直解》）

焦袁熹曰：诗家原无甚深意，只在说得心头口头忍不住的话，便是好诗。金圣叹极论首句"白云"二字之非，此亦一夫之私言，不必听也。（《此木轩唐五言律七言律诗选读本》）

赵臣瑗曰：妙在一曰"黄鹤"，再曰"黄鹤"，三曰"黄鹤"，令读者不嫌其复，不觉其烦，不讶其无谓。尤妙在一曰"黄鹤"，再曰"黄鹤"，三曰"黄鹤",而忽然接以"白云",令读者不嫌其突,不觉其生,不讶其无端。此何故耶?由其气足以充之,神足以运之而已矣,若论作法,则崔之妙在凌驾,李之妙在安顿,岂相碍乎?(《山满楼笺注唐诗七言律》)

《唐诗鼓吹评注》:首言昔人已乘黄鹤而去,江夏之地空馀其楼以传后世。自昔及今,黄鹤不返,白云空在。登此楼者,所见晴川远树,芳草长洲,历历萋萋,使人情不能已。故自日暮登临,乡关迷望,难见江上烟波微茫浩渺,令我愈生愁思耳。

何焯曰:此篇体势可与老杜《登岳阳楼》匹敌。(《唐三体诗评》)

朱之荆曰:前半一气直走,竟不作对,律之变体。五、六"川""洲"一类,上下互换成对(犄角对)。前半即吊古之意,凭空而下。"晴川历历""芳草萋萋",即从""白云""悠悠"生出。结从"汉阳树""鹦鹉洲"生出乡关,见作者身分;点破"江上",指明其地;又以"烟波"唤起"愁"字,以"愁"绾上前半。前半四句笔矫,中二句气和,结又健举,横插"烟波"二字点睛。雄浑傲岸,全以气胜,真如《国策》文字,而其法又极细密。(《增订唐诗摘抄》)

盛传敏、王谦曰:今细求之,一气浑成,律中带古,自不必言。即"晴川"二句,清迥绝伦,他再有作,皆不过眼前景矣。而且痕迹俱消,所以独步千古乎?(《碛砂唐诗》)

范大士曰:此如十九首古诗,乃太空元气,忽然逗入笔下,作者初不自知,观者叹为绝作,亦相赏于意言工拙之外耳。(《历代诗发》)

谭宗曰:浩高排空,怆浑绝世,此与太白《凤凰台》当同冠七言。唯太白不拘粘,唯心师之,不敢辄以程后学,不得不独推此作尔。(《近体秋阳》)

沈德潜曰:意得象先,纵笔所到,遂擅千古之奇。所谓"章法之妙,不见句法;句法之妙,不见字法者"也。(《说诗晬语》卷上)

屈复曰:格律脱洒,律调叶和。以青莲仙才,即时阁笔,已高绝千古。《凤凰台》诸作屡拟此篇,邯郸学步,并故步失之矣。《鹦鹉洲》前半神似,后半又谬以千里者,律调不叶也。在崔实本之《龙池篇》,而沈之字句虽本范云,调则自制。崔一拍便合,当是才性所近。盖以此为平商流利之调,而谪仙乃宫音也。(《唐诗成法》)

管世铭曰:崔颢《黄鹤楼》,只以古歌行入律。太白诸作,亦只以歌行视之。祖咏《蓟门》之作,调高气厚,为七言律正始之音,惜不多见,

唐诗选注评鉴(一)

（《读雪山房唐诗序例·七律凡例》）又曰：崔颢《黄鹤楼》，以古体入律也。少陵《白帝城》，以古调入律也。（《论文杂言》）

方东树曰：崔颢《黄鹤楼》，此千古擅名之作，只是以文笔行之，一气转折。五、六虽断写景，而气亦自下喷溢。收亦然。所以可贵。太白《鹦鹉洲》格律工力悉敌，风格逼肖，未尝有意学之而自似，此体不可再学，学则无味，亦不奇矣。细细校之，不如"卢家少妇"有法度，可以为法千古也。（《昭昧詹言·盛唐诸家》）又曰：王元美云：七言律，篇法之妙，有不见句法者；句法之妙，有不见字法者。有俱属象而妙者，有俱属意而妙者，有俱作高调而妙者，有直下不偶对而妙者。皆兴与境诣，神与天会。愚谓此唯杜公及山谷有之，而不可轻拟。《黄鹤楼》《鹦鹉洲》，亦是如此。（同上卷二十一）

王寿昌曰：何谓高？曰：《古诗十九首》尚矣，其次则陈思之《白马》七篇……近体……（崔司勋）《黄鹤楼》是也。又曰：七律发端倍难于五言，如杜员外，"今年游寓独游秦，愁思看春不当春"之奥折……尚可备脱胎换骨之用。然但宜师其势，不当仿其意。如太白《凤凰台》诗，已不免世俗訾议，不若崔司勋《黄鹤楼》之于《龙池篇》，如鸣蝉之脱壳而出也。（《小清华园诗谈》）

潘德舆曰：崔诗特参古调，皆非律诗之正。（《养一斋诗话》）

王闿运曰：起有飘然之致，观太白《凤凰台》《鹦鹉洲》二诗学此，方知工拙。（《手批唐诗选》卷十二）

吴汝纶曰：渺茫无际，高唱入云，太白尚心折，何况馀子！（《唐宋诗举要》卷四引）

俞陛云曰：此诗向推绝唱，而未言其故，读者欲索其佳处而无从。评此诗者，谓其"意得象先，神行语外"，崔诗诚足当之，然读者仍未喻其妙也。余谓其佳处有二：律诗能一气旋转者，五律已难，七律尤难。大历以后，能手无多。崔诗飘然不群，若仙人行空，趾不履地，足以抗衡李、杜，其佳处在格高而意超也。黄鹤楼与岳阳楼并踞江湖之胜，杜少陵、孟襄阳登岳阳楼诗，皆就江湖壮阔发挥。黄鹤楼当江、汉之交，水天浩荡，登临者每易从此着想。设崔亦专咏江景，未必能出杜、孟范围，而崔独从"黄鹤楼"三字着想。首二句点明题字，言鹤去楼空。乍观之，若平直铺叙，其意若谓仙人跨鹤，事属虚无，不欲质言之。故三句紧接黄鹤已去，本无重来之望，犹《长恨歌》言入地升天，茫茫不见也。楼以仙得名，仙

崔颢

269

去楼空，馀者唯天际白云，悠悠千载耳。谓其因望云思仙固可，谓其因仙不可知，而对此苍茫，百端交集，尤觉有无穷之感。不仅切定"黄鹤楼"三字着笔，其佳处在托想之空灵、寄情之高远也。通篇以虚处既已说尽，五、六句自当实写楼中所见，而以恋阙怀乡之意总结全篇。犹岳阳楼二诗，前半首皆实写，后半首皆虚写，虚实相生，五七言同此律法也。（《诗境浅说》）

 鉴赏

　　撇开这首著名的作品在接受史上的一系列争论（诸如孰为唐人七律第一的争论，此诗究系律体抑古体的争论，以及沈佺期《龙池篇》、崔颢《黄鹤楼》、李白《凤凰台》《鹦鹉洲》诸作之间的关系与优劣的研讨），就诗论诗，这首登临之作内容本很平常，整体构思亦属登览诗的常规，其独特处全在贯注全诗的超逸高远的气韵意境。

　　就诗的构思而论，此诗前四句明显是因眼前的黄鹤楼的楼名起兴，因仙人乘白云驾黄鹤飘然远举的传说和自己登楼的行动而生发遐思感慨。五、六两句是登楼遥望所见景物。七、八两句则是由目接萋萋芳草和日暮烟波引发的归思乡愁。全篇所写的内容，也就是登楼而生遐想、望远景而起乡愁。从这方面看，它的确很平常，和一般的登览之作没有多大区别。

　　但前四句尽管是因楼名起兴，紧扣题面，抒写仙人乘黄鹤的传说引起的遐思和感慨，但却写得飘忽超逸、奇警灵动，极富远神远韵。起句"昔人已乘白云去"，欻然而来，飘然而去，语气口吻中透露出对仙人飘然远举的向往歆慕。"白云"，自明代中叶以来诸家选本、总集及评论均作"黄鹤"，但唐人选本《国秀集》《河岳英灵集》《又玄集》《才调集》，至宋初《文苑英华》，南宋《唐诗纪事》，再到《瀛奎律髓》《唐诗鼓吹》，再至明初《唐诗品汇》，无一例外均作"白云"，可以确证崔颢原诗首句定当作"昔人已乘白云去"，作"黄鹤"者乃明代中叶的选本如《唐诗解》的擅改。金圣叹说："若起手未写黄鹤，已先写一白云，白云出于何典耶？"其实，这句的白云正是用《庄子·天地》"乘彼白云，游于帝乡"的熟典，用来写仙人乘云远举而去，可谓十分切合，可惜历来的注家因成见在胸，都忽略了。纪昀则谓："改首句'黄鹤'为'白云'，则三句'黄鹤'无根，饴山老人（赵执信）批《唐诗鼓吹》论之详矣。"此说初看似颇有理，实则作者意中，"乘白云"与

唐诗选注评鉴（一）

"驾黄鹤"而上仙界本是一事，"昔人已乘白云去"，亦即昔人已乘白云驾黄鹤而上仙界之意，为与下句"此地空馀黄鹤楼"构成对仗，故单提"白云"而略去"黄鹤"，至第三句"黄鹤一去不复返"正补足首句之"乘白云"乃乘云驾鹤之省，这正是通常的互见之法。至第四句的"白云"则单指"白云"而不包括"黄鹤"，因为上句已明言"黄鹤一去不复返"矣。总之，首句"白云"兼包白云、黄鹤，三、四句黄鹤、白云则单指。理清这一头绪，前四句的意思豁然贯通，了无窒碍。

次句"此地空馀黄鹤楼"承上忽然抑转，表现出登楼的诗人面对眼前的黄鹤楼时追踪歆慕昔人之飘然远举而不得的一丝怅惘和失落。虽有些许感慨，感情并不沉重。

第三句"黄鹤一去不复返"，承一、二两句作进一步渲染，以突出对乘云驾鹤仙去的向往和向往不得的遗憾。妙在第四句突然宕开写景："白云千载空悠悠。"黄鹤不返，仙人杳然，空余巍峨的楼阁，伴着悠悠飘荡的白云。白云悠悠，是眼前景，但说"千载"，则在目接眼前的同时已思接千载，织入了想象的成分。说"空悠悠"，则更突出了诗人的空廓失落之感，与第二句的"空"字相映成趣。以上四句，"白云"两见，内容有兼包、单指之别；"黄鹤"两见，分指楼与鹤。"空"字、"去"字两见。反复运用重字，加强了蝉联层递，一气旋折的气势，第四句突以"白云千载空悠悠"承接，在顿宕之中显示出悠远的神韵。从表面看，这似乎只是由仙人乘云驾鹤凌空远举的传说引起的遐想和感慨，但实际上这里所透露出来的却是对广阔高远宇宙空间和悠远时间的悠然神往。这种遐想，在盛唐那样一个富于浪漫气息的时代，具有相当大的普遍性和典型性。前人或指出前四句不合律，或谓非古非律、亦古亦律、运古入律，都是实情。崔颢并非不谙律，他的诗集中已有完全符合音律要求的七律，他之所以任意挥洒，正是由于他要抒发的这种对广远时空的向往追求，恰恰需要这样一种纵横驰骋的笔法来表现。只有这样，才能充分表现诗人一气鼓荡的内在精神力量和健举气势。从格调上看，这四句确有模仿沈佺期《龙池篇》前幅的显著痕迹，但沈诗有新格而无神气，崔诗则以气势驭旧格，故能超越沈诗，成千古绝唱，后来李白的《凤凰台》《鹦鹉洲》，又仿崔诗格调，但同样能以气驭格，故皆为佳制。单纯从格调的创制因袭着眼，忽略内在的气势力量，就容易得出片面和表面的结论。

五、六两句，由驰骋广远时空的遐想收归眼前所见江上景色。由抒情到写景的这一转折变化，初读似稍感突兀，但一则从登览这一特定情境来说，前四句是登览所引发之情，五、六句是登览所望之景，究其实并未离开登览这个中心；二则在第四句"白云千载空悠悠"的描写中，已经包含了眼前"白云悠悠"的景象，只不过是登楼仰望长空，见白云悠悠飘荡而已。因此，五、六由仰望长空过渡到俯瞰江景，也就显得非常自然。两句写在晴日映照下，汉阳一带的江边平川上，树木繁茂苍郁，历历可见；而江中的鹦鹉洲上，则芳草萋萋，一片盎然春色。诗人笔下的江上景色，色彩明丽，富于生机，充满春意，透露出诗人在登览春江胜景时的淋漓兴会和喜悦赏爱之情。而"历历""萋萋"的叠字成对，一方面加强了这一联工整的对仗明快流利的色彩；另一方面又与前四句中的多处重字构成对应，加强了浑然一体的感受。方东树说："五、六虽断写景，而气亦直下喷溢。"这个感受是非常真切的。这贯串前后幅的"气"便是对阔远时空的向往追求和热情礼赞。

七、八两句，由望中江上明丽阔远之景转而抒写日暮烟江的苍茫乡愁。这转折也和五、六句的转折一样，看似突然，实则自然而合理。从登览这个全篇的核心和主轴来看，五、六句写眺望中的江间景物，七、八句由近而远，将视线引向更远处的乡关——汴州，是登览的自然延伸和归宿。从景与情的关系来看，五、六句所描绘的江上春景固然明丽，但在点明"汉阳树""鹦鹉洲"的同时，也就透露出客游异乡的消息，极易触动"虽信美而非吾土"的乡愁，尤其是第六句"芳草萋萋"的景象中已经暗含了引动乡思的触媒——"王孙游兮不归，春草生兮萋萋"，由"芳草萋萋"的景象引发"王孙游兮不归"的乡愁也就非常自然。再从景物本身来看，五、六句与七、八句之间也包含了时间的推移和景物色调的变化。五、六句是晴日高照下的江上明丽之景，七、八句却已变为日暮烟波浩渺、山川杳远的苍茫之景，这自然使潜在的乡愁进一步由隐而显，从而发出"日暮乡关何处是？烟波江上使人愁"的感叹。虽说是乡愁，却并不沉重，更不悲伤，而是和苍茫阔远之景相融合的一缕轻愁，一丝惆怅。因此，这个结尾，在景物的色调上虽与上一联有苍茫、明丽之别，但又都统一于阔远的境界。诗人这种向往追求阔远时空境界的精神，是贯串始终的。正是这贯注全诗的"气"，使诗虽屡经转折，却一气浑成，成为一个有机的整体。

长干曲四首〔一〕

其 一

君家何处住？妾住在横塘〔二〕。
停船暂借问，或恐是同乡。

其 二

家临九江水，来去九江侧〔三〕。
同是长干人，生小不相识〔四〕。

崔
颢

校注

〔一〕长干，地名，旧址在今江苏南京市附近。《文选·左思〈吴都赋〉》刘逵注："江东谓山冈间为干。建邺之南有山，其间平地，吏民居之，故号为干。中有大长干、小长干，皆相属。"《长干曲》，乐府杂曲歌辞诗题。《乐府诗集》卷七十二载《长干曲》古辞云："逆浪故相邀，菱舟不怕摇。妾家扬子住，便弄广陵潮。"写长江下游水乡地区青年男女的爱情，文人仿作，亦多咏此。另有《小长干曲》，内容情调类似。而题为《长干行》者则多为篇幅较长、有较多叙事成分之作，内容则多咏商人妇的生活与感情，与《长干曲》有别。崔颢这组诗原题是四首，这里选取的是一、二两首，系男女问答的联章体。

〔二〕何处住，《河岳英灵集》《乐府诗集》作"定何处"。横塘，古堤名。三国吴大帝时于建业南淮水（即今南京秦淮河）南岸修筑，为百姓聚居之地。左思《吴都赋》："横塘查下，邑屋隆夸。"横塘与长干相近。

〔三〕九江，本指长江水系的九条河，此泛指长江下游的一段。

〔四〕生，《全唐诗》原作"自"，据《乐府诗集》及明铜活字本崔集改。生小，即自小。《玉台新咏·古诗为焦仲卿妻作》："昔作女儿时，生小出野里。"

273

刘辰翁曰：只写相问语，其情自见。（《唐诗品汇》卷四十引）又曰：其诗皆不用思致，而流丽畅情，固宜太白之所爱敬。（同上）

胡应麟曰：唐五言绝，初、盛唐前多作乐府。然初唐只陈、隋遗响。开元以后，句格方遒。如崔国辅《流水曲》《采莲曲》、储光羲《江南曲》、王维《班婕妤》、崔颢《长干行（按：当作曲）》……皆酷得六朝意象。高者可攀晋、宋，平者不失齐、梁。唐人五绝佳者，大半此矣。（《诗薮·内编·近体下·绝句》）

顾璘曰：（第一首）蕴藉风流。又曰：（第二首）颢素善情诗，此篇亦是乐府体。（《批点唐音》）

桂天祥曰：《长干行（当作曲）》三首（包括第三首"下渚多风浪"），妙在无意有意，有意无意，正使长言说破，反不及此。（《批点唐诗正声》）

唐汝询曰：（第一首）长干之俗，以贩为事，以舟为家。此商妇独居，求亲他舟之估客，故问彼之里，述己之居，且以同乡为幸也。史称，崔文而无行，其诗大都桑间濮上之音。（第二首）此为男子答前篇之词。言我虽家于此，以居长干之时尚小，长则商贩于外，是以同乡而不相识也。（此首）语尚含蓄。（《唐诗解》卷二十）

钟惺曰：（第一首）急口遥问语，觉一字未添。（《唐诗归》卷十二）

谭元春曰：（第二首）"生小"字妙。（同上）

玉遮曰：（第一首）忽问"君家"，随说自己。下"借问""恐是"俱足上二句意，情思无穷。（《唐诗选注》引）

陆时雍曰：（第二首）宛是情语。（《唐诗镜》）

周敬曰：（二首）含情宛委，齿颊如画。（《删补唐诗选脉笺释会通评林》）

杨慎曰：（第二首）不惊不喜正自佳。（同上引）

274 王夫之曰：论画者曰咫尺有万里之势，"势"字宜着眼，若不论势，则缩万里于咫尺，则是《广舆记》前一天下图耳。五言绝句，以此为落想第一义，唯盛唐人能得其妙，如"君家在何处"云云，墨气所射，四表无穷，无字处皆其意也。（《姜斋诗话》）

吴乔曰：崔国辅《魏宫词》妙在意深。而崔颢《长干曲》……绝无深

意，而神采郁然。后人学之，即为儿童语矣。（《围炉诗话》卷三）

吴敬夫曰：于直叙中见其蕴藉，若一往而无馀意可思者，不可与言诗也。（《唐诗归折衷》）

朱之荆曰：（第一首）次句不待答，亦不待问，而竟自述，想见情急。（《增订唐诗摘抄》）

徐增曰：（第一首）与人觌面不相识，乃蓦然问曰："君家何处住？"问得不可解。而问者意中，自有缘故，须要听者暗会。此中有三昧，妙不可思议也。既问君住处，便当待他说，却不待他开口，乃急忙说自己住处曰："妾住在横塘。"君不说君住处，妾自说妾住处。觌面不相识之人，忽与之亲热，君竟为妾之君，妾竟为君之妾矣。出神语，妙，妙。"停船暂借问，或恐是同乡。"此二语，又不可解。"停舟"二字，下得妙。为问君住处，又说妾住处，眼看着人说话，手中却停一橹之谓也。"暂借问"三字，又来得滑。既问君住处，不待他答，接以说妾住处，他又不来答。妾之住处，君已闻之；君之住处，妾初未知也。觉得唐突，他又不睬，转而思之，不免怀惭，乃作转口语，暂即停舟之顷借问，见无要紧，于暂时说无要紧话，亦自不妨。听去似说开来，而意中实合上去，只是要知其住处也。于何知其然？于"同乡"二字上知之。君之住处何妨一说，妾家横塘，恐君家亦横塘，而故不答我耶？君今不答，君定是我同乡矣。看二句口气，只是要他一答，答则可以相入，故必要他答也。第二首通是答。（第二首）于是方答他曰：汝要知我住处耶？我终日不在家里，来来去去，无有宁刻。然去来不远，只在九江之侧，犹之乎在家里也，我与汝，同以舟贩为事，汝今家住横塘，我住九江，江水相望，说甚同乡不同乡。长干以舟贩为事，如此看来，我与汝当是长干人之子，却又去出脱他的一问，妙。夫既同是长干，定然相识，汝也不须问我，我也不消答汝。今为何有此问答？盖因汝与我生时尚小，为舟贩，故长便不同长干。汝家横塘，我住九江，各自来去，不相闻问，致使汝来问我，我又答汝，竟是不相识的人了。犹幸得汝来问我，不然我竟行舟直去矣。入耳穿心，真是老江湖语。（《而庵说唐诗》卷七）

范大士曰：一问一答，婉款真朴，居然乐府古制。（《历代诗发》）

沈德潜曰：五言绝句，右丞之自然，太白之高妙，苏州之古澹，并入化机。而三家中，太白近乐府，右丞、苏州近古诗，又各擅胜场也。他如崔颢《长干曲》、金昌绪《春怨》、王建《新嫁娘》、张祜《宫词》等篇，

崔颢

275

虽非专家，亦称绝调。（《说诗晬语》卷上）又曰：不必作桑濮看。横塘在应天府，近长干。（《重订唐诗别裁集》卷十九）

李锳曰：（第一首）此首作问词，却于第三句倒点出"问"字，第四句醒出所以问之故。用笔有法。（第二首）此首作答词。二首问答，如《郑风》之士女秉蕑，而无赠药相谑之事。沈归愚曰："不必作桑濮看"，最得。（《诗法易简录》）

管世铭曰：读崔颢《长干曲》，宛如舣舟江上，听儿女子问答，此之谓天籁。（《读雪山房唐诗序例·五绝凡例》）

刘宏煦、李德举曰：望远杳然，偶闻船上土音，遂直问之曰：君家何处住耶？问者急，答者缓，迫不及待，乃先自言曰：妾住在横塘也。闻君语音似横塘，暂停借问，恐是同乡亦未可知。盖唯同乡知同乡，我家在外之人或知其所在，知其所为耶？直述问语，不添一字，写来绝痴绝真。用笔之妙，如环无端，心事无一字道及，俱在人意想中遇之。（《唐诗真趣篇》）

俞陛云曰：有盈盈一水，伊人宛在之思。又曰：第一首既问君家，又言妾家，情网遂凭虚而下矣。第二首承上首同乡之意，言生小同住长干，惜青梅竹马，相逢恨晚。第三首写临别馀情，日暮风多，深恐其迎潮独返，相送殷勤。柔情绮思，视崔国辅《采莲曲》但言并着莲舟，更饶情致。（《诗境浅说续编》）

崔颢的《长干曲》共四首，或以为四首系联章体组诗，但细审三、四二首（其三："北渚多风浪，莲舟渐觉稀。那能不相待，独自迎潮归。"其四："三江潮水急，五湖风浪涌。由来花性轻，莫畏莲舟重。"），其主人公、具体场景、感情意蕴与一、二两首均未必相同。一、二两首，由行舟过程中女主人公与男主人公的问答组成，其为联章体显然。三、四首则各自独立成章，与一、二首仅同题而已。

理解这两首诗的关键，在正解把握诗中男女主人公在一问一答中所蕴含、所透露的情意的性质与程度。既不必像沈德潜那样，强调"不必作桑濮看"，否认其中的爱情意蕴；也不能将青年男女偶然相遇而萌发的似有若无的情愫夸大为有意的示爱，从而无形中损害其健康朴素、天真无邪的本色。

首章是女子的主动搭话发问。劈头一句"君家何处住",问得突兀。彼此本不相识,舟行偶遇,便单刀直入地问起对方的籍贯家居;紧接着,不待对方回答,又立即自报家门,说自己家住横塘。第一句是本不相识而主动发问,第二句是不等对方回答而自告籍贯,说是"情急",未免夸大了初次相遇的感情程度。其实,在女子心目中,既问对方住何处,则先主动告知对方自己的里居自是情理中事,正所谓礼尚往来。因此,"妾住在横塘"也就是随口道出,未必含有深意。然而,舟行过程中偶然相遇,便如此主动地问起不相识的男子的里居并自报家门,毕竟又自感有些唐突,因此便有三、四两句的补充交代说明:"停船暂借问,或恐是同乡。""停船"二字,从对话中自然交代了这是在舟行过程中暂时停一下船向对方搭话发问,使叙事融入对话之中,笔意灵妙。

如此看来,第一首写女子的搭话发问,目的似乎只是要证实一下,对方是否自己的同乡。但细加体味,无论是主动发问或自报家门,甚至连主动交代发问动机,统统不是真正的目的。真正的目的只有一个:想跟这位舟行偶遇的男子搭话。这种主动搭话的愿望与行动,自然透露了这位女子对偶然相值的男子某种朦胧的好感。但也仅此而已。如果理解为主动示爱,便不免过分;如再加以渲染夸大,便更远离实际。

第二首是男子的答词。"家临九江水,来去九江侧。"意思是说,自己的家紧靠着长江水,来来去去都经过长江边。这实际上是说,自己虽是长江下游一带的人,却常年在外,过着水宿舟行的生活。这位男子或许常年出门做生意,或许是专门替人跑运输的船夫,总之是个以舟为家的漂泊者。正因为如此,尽管自己与女子"同是长干人"却"生小不相识"。"同是长干人"自然是回答女子"君家何处住"的发问和"或恐是同乡"的推测的,但"生小不相识"的说明却有点答非所问。细加体味,男子的这一声明又十分合乎情理。因为按一般的生活逻辑,既是"同乡",自必"相识",但实际情况却是彼此虽自小就"同是长干人",却并不相识。既同乡而不相识,自必要交代其缘故,于是便有了一、二两句对自己常年出门在外的生活状况的说明。

如此看来,第二首男子答话的主要目的竟又似向对方解释"同是长干人,生小不相识"的原因了。表面上看,确乎如此。但实际上男子这番答话所蕴含的情愫却是对这位主动搭话发问的同乡女子一种虽陌生又亲切的感情,其中或许还包含了些许"生小不相识"的遗憾和今日江上邂逅的欣喜。

诗写到这里,即径自收束。这幕只有男女两个人物一问一答的短小独幕

崔
颢

277

剧即行落幕收场。以后的发展究竟如何，一凭读者依据已经写到的情景去想象推测。也许这江上邂逅，既是开场，也是结束；也许会继续交谈，并舟而行。但即使是前者，这次江上邂逅"生小不相识"的同乡异性、彼此交谈的场景，也会长久保存在男女主人公的记忆中，成为一道令当事人反复回味的风景。因为它包蕴着青年男女偶然相遇时萌发的对异性的朦胧好感和彼此似无意而有意的感情交流。

王夫之激赏这两首诗，说它"墨气所射，四表无穷，无字处皆其意"，"咫尺有万里之势"。这"无字处皆其意"，指的就是在这对青年的对答之中所蕴含的那种丰富含蓄、难以言传的情意，特别是初次邂逅时女方那种既大胆主动，又带点羞涩与腼腆；既想表达朦胧好感，又有几分试探和掩饰的情态，男方的质朴淳厚在答语中也得到生动的表现。这样微妙的感情，即使用精细的心理分析语言来表述，也难以尽传。而诗人却通过极朴素本色的人物对话，毫不费力而极为含蓄地表现出来，这确实是一种貌似生活的原生态、实为极高妙的艺术境界。

常　建

　　常建，生卒年、字号、里居均未详。开元十五年（727），与王昌龄同榜登进士第。天宝年间曾任县尉（宋陈振孙《直斋书录解题》卷十九诗集上著录《常建诗》，署唐盱眙尉常建撰，但常建《赠三侍御》诗则自云"谁念独枯槁，四十长江干。责躬贵知己，效拙从一宫"，似做官之地在长江边）。天宝十二载之前曾隐于鄂渚（今湖北武汉市武昌）。天宝后事迹不详。《新唐书·艺文志》谓其为"肃、代时人"，但建现存诗未见天宝乱后迹象。殷璠《河岳英灵集》首选常建诗，称其"旨远""兴僻""属思既苦，词亦警绝"。《全唐诗》编其诗为一卷。

题破山寺后禅院〔一〕

清晨入古寺，初日照高林。
竹径通幽处〔二〕，禅房花木深。
山光悦鸟性〔三〕，潭影空人心〔四〕。
万籁此都寂〔五〕，但馀钟磬音〔六〕。

校注

　　〔一〕破山寺，即兴福寺，在江苏常熟市虞山北麓。南朝宋郴州刺史倪德光舍宅为寺，初名大慈寺。梁大同五年（539）重修时，因于大雄宝殿内发现一隆起大石，左看像"兴"，右看似"福"，故改称兴福寺。又因寺居破龙涧下，相传龙斗破山而去，故又称破山寺。唐懿宗咸通九年（868），赐大钟一口，重一千三百六十斤，并题额"破山兴福寺"。现存唐幢一。

　　〔二〕宋吴可《藏海诗话》："苏州常熟县破山头有唐常建诗刻，乃是'一径遇幽处'。盖唐人作拗句，上句既拗，下句亦拗，所以对'禅房花木深'，'遇'与'花'皆拗故也。"但《河岳英灵集》选录此诗已作"竹径通幽处"，《文苑英华》同。竹，《全唐诗》校："一作曲。"

　　〔三〕句意谓山光和山鸟的性情契合，使山鸟怡然自悦。

279

〔四〕潭影，指寺边潭水映现出天容山光树色的倒影。因潭水清澈莹洁见底，使人尘俗之念尽消，故云"空人心"。

〔五〕籁，从孔穴中发出的声响。万籁，各种声响。都，一作"俱"。

〔六〕钟磬音，寺院中敲击钟磬的声响，作为诵经、斋供的起止信号。

 笺评

殷璠曰：高才而无贵仕，诚哉是言。曩刘桢死于文学，左思终于记室，鲍昭卒于参军，今常建沦于一尉，悲夫！建诗如初发通庄，却寻野径，百里之外，方归大道。所以其旨远，其兴僻，佳句辄来，唯论意表。至如"松际露微月，清光犹为君"，又"山光悦鸟性，潭影空人心"，此例十数句，并可称警策。然一篇尽善者，"战馀落日黄，军败鼓声死""今与山鬼邻，残兵哭辽水"，属思既苦，词亦警绝。潘岳虽云能叙悲怨，未见如此章。（《河岳英灵集》卷上）

欧阳修曰：我尝爱建"竹径通幽处，禅房花木深"，欲效其语作一联，竟不可得，始知造意者难为工也。（《全唐诗话·常建》引）

苏轼曰：常建诗云："竹径通幽处，禅房花木深。"欧阳公最爱赏，以为不可及。此语诚可人意，然于公何足道！岂非厌饫刍豢反思螺蛤耶！（《东坡题跋·书常建诗》）

洪刍曰：丹阳殷璠，撰《河岳英灵集》，首列常建诗，爱其"山光悦鸟性，潭影空人心"之句，以为警策。欧公又爱建"竹径通幽处，禅房花木深"，欲效建作数语，竟不能得，以为恨。予谓建此诗全篇皆工，不独此两联而已。（《洪驹甫诗话》）

朱熹曰：欧公最喜一人送别诗两句云："晓日都门道，微凉草树秋。"又喜常（原误为王）建诗"曲径通幽处，禅房花木深"。欧公自言平生要道此语不得。今人都不识此意思，只在嵌字、使难字，便云好。（《朱子语类》卷一百四十）

方回曰：欧公喜此诗。三、四不必偶，乃自是一体，盖亦古诗、律诗之间。全篇自然。（《瀛奎律髓》卷四十七）

胡应麟曰："曲径通幽处，禅房花木深。山光悦鸟性，潭影空人心。"五言律之入禅者。（《诗薮·内编·近体下·绝句》）又曰：孟诗淡而不幽，常建诗"清晨入古寺""松际露微月"，幽矣。（同上书）

唐汝询曰：此见禅院之绝尘也。当林日初照之时，而我从曲径以入僧房，花木郁然可观也。鸟性因山光而悦，人心对潭影而空，触机而悟矣。万籁俱寂，唯闻钟磬之音，非六尘无染之时乎？（《唐诗解》卷三十七）

钟惺曰：无象有影，无影有光，是何物参之？又"清晨入古寺，初日照高林"，清境幻思，千古不磨。"曲径通幽处，禅房花木深"，三、四不必偶，自是一体。盖亦古诗、律诗之间。（按：此数语袭方回）"山光悦鸟性，潭影空人心"，空，去音，与"天空霜无影"同。（《唐诗合选》卷三引）又曰："山光悦鸟性"，"悦"字禅理。"但馀钟磬音"，"馀"字好。（《唐诗归》卷十二）

谭元春曰：妙极矣，注脚转语，一切难着，所谓见诗人而身为之说法也。（同上）

程元初曰：澄潭莹净，万象森罗。"影"字下得最妙。形容心体妙明，无如此语。又曰："山光悦鸟性"二句写出一时佳境。（《盛唐风绪笺》）

李维桢曰：天然自佳。又曰："曲径"二句，入禅之语，在可解不可解之间。（《唐诗隽》）

陆钿曰：读此诗何必发禅家大藏，可当了心片偈，更妙在镜花水月。（《删补唐诗选脉笺释会通评林·盛五律》引）

周珽曰：此与《宿王昌龄隐居》篇格调虽殊，而风骨韵度近似。独苦之言，即建一生未必多得。"曲径通幽处，禅房花木深"，窅而莫测；"松际露微月，清光犹为君"，淡而难求。"山光悦鸟性，潭影空人心"，句眼妙在"悦""空"二字。"禅宗理趣，寂然观止"。"茅亭宿花影，药院滋苔纹"，句眼在"宿""滋"二字，隐居境地，绝然出想。此当初日照林而入寺，彼依孤云深奥而隐处；此唯钟磬之足清听，彼思鸾鹤之相与群。虚寂幽邈，各适所适。非神游象外、心超尘表，安能有是悟语也。他人有此起，未必有此联；有此联，未必有此结。可谓妙在自然，神力俱到者也。蒋仲舒谓"曲径""禅房"二语不必偶，自是一体，盖亦古诗、律诗之间。严沧浪为"十字句法"，又为"幽野"句法。三联"悦""空"二字，下得奇而醒。魏庆之为"佳境句法"。胡元瑞云："杜诗有'山光见鸟情'，常诗有'山光悦鸟性'，'性'字深于"情"字，'见'字深于'悦'字；'悦'字清和，'见'字奥晔。"（同上）

陆时雍曰：三、四清韵自然。（《唐诗镜》）

邢昉曰：诗家幽境，常尉臻极，此犹是真古体也。（《唐风定》）

贺贻孙曰：常建五言律诗多灵妙，其题《破山寺》诗，人皆赏其"山光悦鸟性，潭影空人心"，而欧阳永叔独爱"曲径通幽处，禅房花木深"二语，谓"生平欲仿佛之，而终不可得"。前辈看诗，不但不随人好尚，即其触景触机时，亦别有证入。（《诗筏》）

宋征璧曰："山光悦鸟性，潭影空人心"，乃钟、谭之嚆矢。（《抱真堂诗话》）

吴景旭曰：常建"清晨入古寺"一章，王维"中岁颇好道"一章，每不过四十字尔。一尘不到，万虑消归，直与无始者往来。若看做章句文字，便非闻道之器，此真一篇尽善者也。岂仅称警策而已哉！欧阳永叔极爱"竹径通幽处，禅房花木深"一联。按：《又玄集》《唐诗类选》《唐文粹》皆作"通"字。熙宁元年，永叔守青州，题廨宇后山斋云："竹径通幽处"。黄山谷极爱"山光悦鸟性，潭影空人心"一联。余以摘句寻声，终是后人影响，不意殷进士璠跻有唐，已有此褊论也……劈头劈脑喝出"清晨"两字，次句云"初日照高林"，接得有力。竹与花木，皆从"高林"带出，而映之以初日，虽欲不幽且深，不可得矣。此际声闻、色象，种种消灭，唯有一寺，与入寺者同摄入光影中。佛性、人性、鸟性；无动不静，无二无一，故结言"万籁此俱寂"，昔人所以美旦气、快朝来也。自首至尾，总是"清晨"两字，安得不为一篇尽善。（《历代诗话·唐诗·尽善》）

吴乔曰：常建《听琴》诗云："一指指应法，一声声爽神。"宋人死句矣。"一弦一清心"，更不成语。《破山寺》诗，以视"红楼疑现白毫光，地接宸居福盛唐"，相去多少！（《围炉诗话》卷二）

徐增曰："清晨入古寺"，先按定题目，见初日方照高林，是从破山寺之外说进。"曲径通幽处"，既是后禅院，进去便由前禅院。"禅房花木深"，正见幽处。以到后禅院为一解。"山光悦鸟性"，寺后青山，山晴则有光，鸟喜晴，是谓"悦鸟性"也。"潭影空人心"，寺后又有潭，潭虚，故涵影，潭虽有影，而虚体自在，心见此湛然空明，尘胸顿涤，是谓"空人心"也。山光足以悦鸟性，潭影足以空人心，则闻钟磬之音，当又何如？"山光"二句，其气力全注射到合处也。"万籁此俱寂，唯闻钟磬音。"万籁俱寂，在初日后，尤见幽静。钟磬者，僧礼诵方有，唯闻此音，则上人俱是古德可知。即"悦鸟性""空人心"，虽着山与潭上，然都在后禅院上人身上发放，若空空有山有潭，钟磬无闻，则何处无山无潭，而常建乃清晨游于此哉！后禅院者，正以僧重，僧修行重。此建之游，盖为随喜僧礼诵庄严也。此为后一解。宗家云："急须着眼看仙人，莫看仙人手中扇。"大凡建之中二联，皆是"扇子"，起、合处方是"仙人"。此诗，人皆称其中联，而忽其起、合，何异舍却"仙人"，而反为"扇"所障也。诗，能不笑看诗者哉！（《而庵说唐诗》卷十三）

王尧衢曰："清晨入古寺，初日照高林。"清晨乃入寺之时，便以此发端。初日照林，正清晨也。"曲径通幽处，禅房花木深。"此写入寺也。句法不对。"山光悦鸟性，潭影空人心。"晴岚翠霭之下，众鸟亦达天机，而悦其性。潭影澄澈，中无一物，何等洞达。人心空阔，灵明无着，何以异此。二语深有禅理，不落色相。"万籁此俱寂，唯闻钟磬音。"此时山空境净，万象俱寂，众声不作，但闻梵宫深处钟磬之音，悠然入耳，将空心俗虑洗涤殆尽矣。（《古唐诗合解》卷八）

黄生曰：（"曲径"二句）切"后院"，寺中景。（"山光"二句）寺外景。全篇直叙。对一、二，不对三、四，名"换柱对"。有右丞《香积寺》之摹写，而神情高古过之；有拾遗《奉先寺》之超悟，而意象浑融过之。"薄暮空潭曲，安禅制毒龙""欲觉闻晨钟，令人发深省"，方之此语，工力有馀，天然则远矣。（《唐诗摘抄》卷一）

朱之荆曰："空"字去声。（《增订唐诗摘抄》）

冯舒曰：古、律之分在声病，且不论平仄，何有于对与不对？万里全然不晓。（《瀛奎律髓汇评》引）

冯舒曰：字字入神。（同上引）

纪昀曰：通体皆律，何得云古诗、律诗之间？然前八句不对之律诗，皆谓之古诗矣。又曰：兴象深微，笔意超妙，此神来之候，"自然"二字尚不足以尽之。（同上引）

许印芳曰：此五律中拗体，"空"字平声。前半不用对偶，乃五律中散行格。又有通首不对者，孟襄阳、李青莲集中皆有之，李集尤多，五律格调之最高者也。虚谷不知五律原有此格，故凡八句不对之律诗皆不选取，学问之陋如此。（同上引）按：冯舒、纪昀、许印芳之评均针对方回之评而发。

史流芳曰："曲径"句是过文，"禅房"四句写"禅"字无痕。（《固说》）

顾安曰：后四句，句句说清晨光景，若别作恍惚解，魔道也。刘、常二公得射洪之逸气，而以整炼出之，故清而能深，澹而能古。"曲径""禅

房"二句，深为欧公所慕，至屡觌不惬。吾意未若刘君之"时有落花至，远随流水香"为尤妙也。（《唐律消夏录》卷五）

黄培芳曰：欧阳公极赏此作，自以生平未能为也。此即"唐无文章，唯《盘谷序》"之意。（《唐贤三昧集笺注》卷中引）

屈复曰：但写幽清，不着一赞美语，而赞美已到十分。次写景真。（《唐诗成法》）

范大士曰：解人为诗，不横作诗之见于胸，随所感触写来，自然超妙，读此益信。（《历代诗发》）

沈德潜曰："潭影空人心"，"空"字平声，此入古句法。又：鸟性之悦，悦在山光；人心之空，空因潭水，此倒装句法。又：通体幽绝，欧阳公自谓学之未能，古人虚心服善如是。（《重订唐诗别裁集》卷九）

宋宗元曰：次联十字作一句。（《网师园唐诗笺》）

卢㠠曰：幽人逸笔，自是一种。三、四逸，第六峭。前四一气转旋，不为律缚。结更悠然。（《闻鹤轩初盛唐近体读本》）

冒春荣曰：此皆不事工巧极自然者也。（《葚原诗说》）

王寿昌曰：何谓精？曰：如……常少府建之"清晨入古寺，初日照高林。曲径通幽处，禅房花木深。山光悦鸟性，潭影空人心。万籁此俱寂，唯闻钟磬音"。（《小清华园诗谈》卷上）

潘德舆曰：此等诗原不可摹袭也。即使常尉复生，能否作一首仍似此耶？（《唐贤三昧集》评）

朱庭珍曰：常建"山光悦鸟性，潭影空人心"等句，皆是句中有人，情景兼到者也。（《筱园诗话》卷四）

刘熙载曰："曲径通幽处，禅房花木深"，六一赏之；"四更山吐月，残夜水明楼"，东坡赏之。此等处古人自会心有在，后人或强解之，或故疑之，皆过矣。（《艺概·诗概》）

施补华曰：写景须曲肖此景。"渡头馀落日，墟里上孤烟"，确是晚村光景；"两边山木合，终日子规啼"，确是深山光景；"黄云断春色，画角起边愁"，确是穷边光景；"山光悦鸟性，潭影空人心"，确是古寺光景；"野径云俱黑，江船火烛明"，确是暮江光景。可以类推。（《岘佣说诗》）

孙洙曰："山光悦鸟性"，仰看；"潭影空人心"，俯看。"万籁此皆寂，唯闻钟磬音"，上两句见，此两句闻。（《唐诗三百首》卷五）

鉴赏

常建以写游赏、音乐、征戍题材的诗佳篇居多。这些题材在唐诗中均属常见，但在常建笔下，却显现出独特的内容意蕴和艺术境界。像这首游赏寺院的诗，就以意境的清幽绝俗和精警浑融为特色，不但在当时就受到选家评家的激赏，而且从宋代以来，一直受到诗家的高度赞誉，是一首既有警策又通体完整的佳作。

头两句平直起势，交代清晨寻访古寺，朝日照林，是全篇中唯一带有叙事色彩的诗句。破山寺始建于刘宋，至盛唐时已是数百年的"古寺"。头一句五字仿佛极平常随意，却为下两句的抒情写景提供了特殊的时间背景和氛围。诗中的所有描写都离不开"清晨"这个特定的时间和"古寺"这一特定的对象，"入"字则显示了诗人由外而内的渐进行程，以及这一行程中的视听感受和心理感受。五个字无一泛设，却毫无着意布置之痕，只如信口道出。寺庙周围多树林围绕，因为是"古寺"，故树木高大茂密。"初日"，正应上句"清晨"。这高树丛林环绕中的古寺，已初步显现其幽深绝尘之迹，而初日照映高林，又为幽深的古寺增添了一抹亮色，且下启"花木深"和"山光""潭影"所显示的晴明之色，使整个环境虽清幽而不冷寂。

颔联承首句"入古寺"，写由外院进入内院的过程。佛寺的前院一般建筑高大，气势宏敞，不能显示幽深特征，故此处略去不写，直接写后院，亦见诗人"清晨入古寺"意在寻幽。"禅房"即题内"后禅院"，系僧人居室。由前院至后院，有一片茂密的竹林，竹林间有一条蜿蜒曲折的小径，行过这条小径，在路尽头的幽深处，眼前忽现花木丛萃掩映中的禅房。"竹径"在明清以来的选本中多作"曲径"，其实"竹径"本身就给人以幽洁深邃之感，它与"通幽"的叠加，更突出了境界的深幽，而改作"曲径"则只强调径之弯曲而乏深幽之致，非诗人本意。"花木深"，是形容花木的繁茂丛萃，通常会给人以热闹艳丽的印象。但在这竹径通幽之处为繁密的花木所围绕掩映的"禅房"，却更显出了它的幽寂。鲜明的色调突出的是幽静的效果，而这种幽静中又透出一种欣然的生机，故非冷寂与死寂，这正是"花木深"的妙用。两句虽非偶对，却谐声律，十字一意贯串，意致流走。所写景物在寺院中本属常见，诗人把它们放在由外而内的行进过程中，特别是放在"竹径通幽"的行程中来写，就使这两句诗体现出一种于无意中忽然发现新美境界的意外欣悦。这层象外之意，单独读其中某一句，都无法发现，只有十字连读，才能真正体味到。它的句法、构思，有些类似陆游《游山西村》的"山重水复疑无路，柳暗花明又一村"，但陆游把这层意外发现的新美之境的欣喜挑得比较显露，远不如常诗这一联来得自然而浑融。欧阳修激赏此联却欲拟之而不得，很可能就是因为难以复制这种偶有所遇、伫兴而就的含蓄浑融的象外之致。

腹联是入后禅院以后游观周围景物的所见所感。"山光"，指山中摇漾照映的晴光，应首联"清晨""初日"。清晨是山鸟从沉寂幽静中醒来以后最活跃欢快的时刻，空气的清新和初阳的光照更使它们尽显活跃的生机。诗人仰观晴光照映下的山鸟欢快啼鸣飞翔的景象，用一"悦"字将"山光"与"鸟性"之间契合无间的内在联系生动地展现出来，既体现出大自然的物象之间所包蕴的禅机，又使整个诗句充满欣然生机。下句是俯视所见所感。寺边的潭水清澈见底，树木天色和潭边游赏的人尽皆倒映其中。这湛然空明的潭水一时间使自己的心境也变得空明澄净，一尘不染。这句所写的景色仍和"清晨"的寂静有密切关联。和上句一样，这一句也包含着禅悟的意蕴。但这"空"却非空幻和空无，它表现的是一种明澈莹静，远离尘嚣的恬然自适的心境。

结联写入后禅院的听觉感受。由于是"清晨"，大自然的一切声响此时都还处于沉寂潜伏的状态，刚从沉睡中醒来时或一鸣的山鸟也仿佛停止了鸣叫。整个寺院中，只听到寺僧诵经礼佛开始时清越的钟磬之声在悠悠回荡。诗写到这里，即徐徐收住，留下清晨古寺钟磬的余音在读者耳边回响，而诗人听此钟磬之声时那种远离尘嚣的清迥感受也自然蕴含其中。

诗的后幅，在描绘抒写"入后禅院"的视听感受中确实包含了带有禅悟之意的心灵感受。但这种禅悟，实际上不过是对清幽绝尘的方外之境的一种诗意顿悟。哲理的成分远低于诗意的欣赏感悟。如果从表现禅思哲理的角度去要求，不免平浅无奇；但从表现对清幽绝俗的方外之境带有禅机的诗意感受着眼，它却显得新颖奇警，能给人一种新鲜而具启示性的感受，它清幽寂静，却毫无枯寂幽冷之感。禅意与生机，在诗中被高度和谐地统一起来了。

286

吊王将军墓〔一〕

嫖姚北伐时〔二〕，深入强千里〔三〕。

战馀落日黄，军败鼓声死〔四〕。
尝闻汉飞将〔五〕，可夺单于垒〔六〕。
今与山鬼邻，残兵哭辽水〔七〕。

校注

〔一〕敦煌遗书伯2567此诗署陶翰。但同时代选家殷璠《河岳英灵集》录此诗于常建名下，并称此为"一篇尽美者"，以之为建之代表作，当可信。《才调集》卷一、《文苑英华》卷三百三并作常建。王将军，傅璇琮《唐代诗人丛考·常建考》考证此"王将军"即王孝杰。《旧唐书·王孝杰传》："长寿元年，为武威军总管，与左武卫大将军阿史那忠节率众以讨吐蕃，乃克服龟兹、于阗、疏勒、碎叶四镇而还。"后因事得罪。"万岁通天元年，契丹李尽忠、孙万荣反叛，复召孝杰白衣起为清边道总管，统兵十八万以讨之。孝杰军至东峡石谷，遇贼，道隘，虏甚众。孝杰率精锐之士为先锋，且战且前，后出谷，布方阵以捍贼。后军总管苏宏晖畏贼众，弃甲而遁。孝杰既无后继，为贼所乘，营中溃乱。孝杰坠谷而死，兵士为贼所杀及奔践而死殆尽。"诗中所云"北伐""军败"即指此次战役。傅考并引陈子昂《国殇文》自序："丁酉岁（按：即万岁通天二年，神功元年，公元697年）三月庚辰，前将军尚书王孝杰，败王师于榆关峡口，吾哀之，故有此作。"以资佐证。

〔二〕嫖姚，西汉名将霍去病曾为嫖姚校尉，讨伐匈奴。此借指王将军。北伐，指讨契丹。

〔三〕强，《才调集》《文苑英华》并作"几"。强，超过。

〔四〕战馀，战罢。死，此指战鼓声停歇沉寂。

〔五〕汉飞将，指李广。《史记·李将军列传》："于是天子乃拜广为右北平太守……广居右北平，匈奴闻之，号曰'汉之飞将军'，避之，数岁不敢入右北平。"此以飞将军李广借指曾在对外族战争中立下赫赫战功之王将军。

〔六〕夺，攻下。垒，营垒。

〔七〕屈原《九歌》有《山鬼》篇。此处"与山鬼邻"，是形容王将军墓的荒凉冷寂。辽水，即今之辽河，有东、西两源，流至今铁岭市北一带合流，经盘锦市南入海。

殷璠曰：然一篇尽善者，"战馀落日黄，军败鼓声死""今与山鬼邻，残兵哭辽水"，属思既苦，词亦警绝。潘岳虽云能叙悲怨，未见如此章。（《河岳英灵集》卷上）

范晞文曰：哀之至矣。第二联尤妙。（《对床夜语》卷五）

刘辰翁曰：短绝，形容古所未至。（《删补唐诗选脉笺释会通评林·盛五古》引）

唐汝询曰：此言王将军深入虏廷，力战而死，故吊其墓而想其人，堪与李广齐。今虽与山鬼邻，其麾下犹思慕而哀之，真深得士心者矣。（《唐诗解》卷八）

钟惺曰：疏壮。又是一例。"鼓声死"从师旷"南风不竞，多死声"化出。（《唐诗归》卷十二）

陆时雍曰：三、四古色黯然。（《唐诗镜》）

周珽曰：哀王将军死于力战，生有李广之名威，没为士心所思慕。此与《昭君墓》篇，可称尽善。读之觉笔底皆热血，嗅之尚腥，拭之尚温。（《删补唐诗选脉笺释会通评林·盛五古》）

邢昉曰：极其悲壮，幽奇寓于其中。（《唐风定》）

黄培芳曰："死"字险，得力全在此。"残兵哭辽水"，"哭"字亦善用。使人感慨不已。（《唐贤三昧集笺注》评）

沈德潜曰："嫖姚北伐时"，以霍去病比之。"尝闻汉飞将"，以李广比之。又："强千里"，谓过于千里也，《木兰诗》"赏赐百千强"可证。又："哭枯骨""哭明月""哭辽水"，长于写哭。（《重订唐诗别裁集》卷一）

如果此诗凭吊的对象确如傅璇琮所考，指曾建克服安西四镇大功，后又奉命讨契丹，因后军逃遁力战而死的王孝杰，那么这首《吊王将军墓》也和陈子昂的《国殇文》一样，称得上一篇哀悼忠臣良将的吊国殇诗。诗的风格也和一般盛唐边塞诗迥然不同，显得深沉凝重，苍劲浑朴。

起二句叙事，点明"北伐"。以汉喻唐，本是唐人作诗惯例。但这里用嫖姚将军霍去病喻指王孝杰，与第五句以飞将军李广喻指其人一样，都明显带有对王的功绩与才能的热情赞颂的意味，非泛泛轻易下笔。次句"深入强千里"赞美王奉命出征契丹后率精锐之士为前锋，深入敌境的勇锐气概。孤军深入，通常情况下乃兵家大忌。但孝杰此次兵败，却并非由于此，而是因"后军总管苏宏晖畏贼众，弃甲而遁。孝杰既无后继，为贼所乘"之故。《旧唐书·王孝杰传》又载："时张说为节度管记，驰奏其事，则天问孝杰败亡之状，说曰：'孝杰忠勇敢死，乃诚奉国，深入寇境，以少御众，但为后援不至，所以致败。'于是追赠孝杰夏官尚书，封耿国公……遣使斩宏晖以徇。使未至幽州而宏晖已立功赎罪，竟免诛。"可见对此役的失败罪责，唐朝君臣上下有一致的认识。因此"深入强千里"这一貌似客观叙述的诗句便自然成了对孝杰勇锐忠诚精神的礼赞。

三、四两句是对战败情景的描写。诗人完全撇开对战败具体过程的叙写，将用笔的重点放在战败之后场景氛围的渲染上。这不仅是由于仅有八句的短篇无法展开对战争场面的正面描写，而且由于这种侧面烘染的手法更能激发读者对战争惨烈场景的丰富想象。"战馀落日黄"，形容战争结束之后，昏黄的落日照映着空荡荡的战场。落日本是鲜红的，但由于刚刚经历了一场惨烈的战斗，战尘弥漫，仿佛连落日也被熏染成了昏黄的颜色。这"黄"字既透露了战斗的惨烈，也渲染出战后战场的黯淡凄凉气氛。但由于"军败"，士卒死伤殆尽，主将也"坠谷而死"，再也没有人擂鼓进军，故说"军败鼓声死"。"死"字下得极奇警峭刻，而感情则深沉凝重。它既透露出一场惨烈的战斗结束后战场上出奇的沉静和凄惨氛围，也暗示了主将和广大士卒的壮烈牺牲。

五、六两句，是"军败"之后折回来追叙王将军的杰出军事才能和业绩，将他比做汉代名将飞将军李广，赞颂他的勇气谋略足可攻取敌酋的营垒。"尝闻"云云，说明其声威早著，敌我皆知。李广曾为右北平太守，驻防之地与此次唐与契丹的战争地域邻近，同属古幽州之地，以之作比，可谓切合。强调王将军的勇气谋略如汉之飞将，正所以暗示"军败"之责不在王将军深入敌境，而是另有原因。诗人可能是觉得此事在当时广为人知，故只虚点而不说破，读者自可意会。

289

七、八两句落到"吊"字上。王孝杰坠谷而死后，可能即葬其地，也可能归葬故里，而墓在山间，故有"今与山鬼邻"的形容与悲慨。不论是哪一种情况，这一句都是对王孝杰这位为国牺牲的英烈的追思缅怀和深沉感慨。妙在末句突从吊墓现境跳开，遥想时至今日，当年军败之后残存的士卒仍当面对将军牺牲之地——辽水一带哭吊祭奠。这一结，不仅透露了王将军对士卒的爱护关怀和士卒对他的崇敬追思，而且使全篇的悲剧气氛更加浓郁了。

读这首诗，很容易让人联想起中唐诗人李贺的诗风，特别是三、四两句的氛围渲染和七、八两句的沉重悲慨和幽僻意境。而在用字造语的奇峭方面（如"鼓声死"的"死"字），更与李贺神似。胡应麟说："常建语极幽玄，读之使人泠然如出尘表，然过此则鬼语矣。"又说："常'战馀落日黄，军败鼓声死''今与山鬼邻，残兵哭辽水'绝是长吉之祖。"（《诗薮·内编·古体中·五言》）就诗境的幽僻和用语的奇警而言，李贺诗确有受常建此类诗风影响的明显痕迹。但就全诗而言，此诗并不专主刻削雕琢，更不施藻采涂饰，而是在幽僻奇警中仍寓有浑朴之气，这一点，也正反映了盛唐与中唐的区别。

三日寻李九庄〔一〕

雨歇杨林东渡头，永和三日荡轻舟〔二〕。
故人家在桃花岸，直到门前溪水流〔三〕。

校注

〔一〕三日，指农历三月初三。汉以前以农历（即夏历）三月上旬的巳日为上巳。魏、晋以后，定为三月三日，不必取巳日。《后汉书·礼仪志上》："是月上巳，官民皆絜于东流水上，曰洗濯祓除去宿垢疢为大絜。"此诗写三月三日寻访友人李某居住的村庄。"九"是李某的排行。

〔二〕永和，晋穆帝年号（345—356）之一。王羲之《兰亭集序》："永和九年（353），岁在癸丑，暮春之初，会于会稽山阴之兰亭，修禊事也。群贤毕至，少长咸集。"此言三月三日荡轻舟前往李九庄。

〔三〕故人，指李九。二句化用陶渊明《桃花源记》意境。

笺评

唐汝询曰：此言雨后泛舟，适值兰亭修禊之日。于是望桃花岸识李九

之庄。至则见其溪水绕门，无减桃源也。(《唐诗解》)

钟惺曰：依然永和，依然桃花，依然流水，直直说来，不曾翻案，只觉清健。此非常建至处，存之以见笔力。(《唐诗归》)

陆时雍曰：后二语清趣自然。(《唐诗镜》)

叶羲昂曰：翻案只觉清健，具见笔力。(《唐诗直解》)

《唐诗训解》：纪地纪时，按实而亦巧。

薛应旂曰：奇调森森具见。(《删补唐诗选脉笺释会通评林·盛七绝》引)

蒋一梅曰：清脱。(同上引)

周珽曰：上联叙寻友适当时景，下联识友居不减仙境。(同上)

王尧衢曰："雨歇杨林东渡头"，先叙雨后景，以起下"荡舟"。"永和三日荡轻舟"，王羲之于永和九年三月三日，有兰亭修禊事……荡舟为何？将寻李九庄也。"故人家在桃花岸"，故人，李九也。望其家以桃花为帜，庶循溪而可寻。"直至门前溪水流"，荡舟直到门前，桃花溪水，不减武陵源矣。(《古唐诗合解》卷五)

黄生曰：语景句佳。若云用桃源事，反灭天趣矣。只写景，不发意，一发意，则诗景便狭故也。近人诗，苦于意多而景少，笔下安得深远？(《唐诗摘抄》卷四)

黄叔灿曰：从杨林东渡，荡舟寻李，桃花溪水，直到门前。读之如身入图画。此等真率语，非学步所能。兴趣笔墨，脱尽凡俗矣。(《唐诗笺注》)

宋宗元曰：工于缀景。(《网师园唐诗笺》)

宋顾乐曰：平平直写，自有情致，亦有法，所以佳。(《唐人万首绝句选》评)

张文荪曰：用桃源事正合题境。别见风流。(《唐贤清雅集》)

俞陛云曰：诗言修禊良辰，杨枝过雨，风日晴美，思寻访故人。由渡头自荡小舟，沿溪而往，遥见桃花深处人家，即故人住屋。溪流一碧，直到门前。可谓如此家居，俨若仙矣。《万首绝句》中录常建二诗，其《送宇文六》……虽用转笔，以江南江北相映生情，不及此诗得天然韵致。(《诗境浅说》续编)

刘永济曰：李九当是隐居高士，故以其所居比桃花源。此用典使人不觉是典之例也。(《唐人绝句精华》)

刘拜山曰：上半用兰亭修禊事，下半暗用桃花源故实，而用荡舟贯串

之，遂泯牵合之迹。(《千首唐人绝句》)

　　诗的题材很平常，内容也极单纯：三月三日上巳节这一天，乘一叶轻舟去寻访家住溪边的朋友李某。头一句写这次行程的出发点——杨林东渡头的景物。顾名思义，可以想见这个小小的渡口生长着一片绿杨，出发时潇潇春雨已经停歇。杨林经过春雨的洗涤滋润，益发显得青翠满眼，生意盎然。这清新明丽的景色，为这次轻松愉快的访游提供了一个适宜的环境氛围，也为下句"荡轻舟"准备了条件。

　　第二句写舟行溪中的愉快感受和诗意联想。因为是三月三日上巳节这一天乘舟寻访友人，这个日子本身，以及美好的节令，美丽的景色，都很容易使诗人联想起历史上著名的山阴兰亭之会。诗人特意标举"永和三日"，读者即可从此引发丰富的联想，在脑海中浮现一幅"天朗气清，惠风和畅""茂林修竹，清流激湍"的清丽画面，和"群贤毕至，少长咸集""游目骋怀，极视听之娱"的雅集情景。而句中"荡""轻"二字，更将诗人轻松愉悦的心情和淋漓的兴会自然透露出来了。

　　三、四两句转写此行的目的地——李九庄的环境景色。故人的家就住在这条溪流的岸边，村旁河岸，有一片桃林。三月初，正是桃花开得最绚烂的时节，"桃花岸"的字面，让人自然联想起夹岸桃花的武陵源。实际上，作者在这里正是暗用桃花源的典故，把李九庄比做现实中的桃源仙境，只不过用得非常自然巧妙，令人浑然不觉罢了。张旭的《桃花溪》说："桃花尽日随流水，洞在清溪何处边？"同样暗用桃源之典，但张诗以问语作收，得摇曳不尽之致；常诗以直叙作结，见兴会淋漓之情。机杼虽同而意趣自异。

　　以上所说的是把三、四两句理解为诗人到达李九庄后即目所见的景象。这境界情调，已经非常令人神往。但细味题目中的"寻"字，却感到诗人在构思上还打了一个小小的埋伏。三、四两句，实际上并非到达李九庄时即目所见，而是荡舟途中对目的地的遥想，是根据友人对他居处所作的诗意描述而生发的想象。诗人此前并没有到过李九庄，只是听朋友说过：从杨林东渡头出发，有一条清溪直通我家门前。不须费力寻找，只要看到岸边一片繁花似锦的桃林，就是我家的标志了。这正是"故人家在桃花岸，直到门前溪水流"这种诗意遥想的由来。不妨说，这首诗的意趣就集中体现在由友人的事先提示去寻访友人所居所生发的美好遐想上。这种遐想，使这首本来容易写得比较平直的诗增添了曲折的情致和隽永的情味，李九庄也在遥想中变得更令诗人和读者神往了。

常
建

孟浩然

唐诗选注评鉴（一）

孟浩然（689—740），字浩然，行六，襄州襄阳（今属湖北）人。居于岘山之涧南园，后又隐于鹿门山。开元十五年（727）在洛阳，与储光羲、綦毋潜、李颀交游。十六年赴京，与王维、王昌龄、贺知章等过从赠答，次年春应进士试未第。十八年秋，自洛之越，历剡县、越州、杭州、桐庐、建德、温州、乐城等地，十九年北归。二十一年，山南东道采访使韩朝宗欲荐之于朝，相约偕行，因浩然爽约而未果。二十五年，张九龄贬荆州长史，辟其为幕府从事，后辞归襄阳。二十八年，王昌龄游襄阳，时浩然疾疹发背将愈，相会甚欢，食鲜疾动，卒。其诗集初由王士源编录。今存宋蜀刻本《孟浩然诗集》三卷，今人李景白、徐鹏、佟培基均有校注本。浩然为盛唐著名山水田园诗人，诗风清旷闲远，朴素平淡中有隽永的韵味。长于五言，古、近体均有佳作。

题终南翠微寺空上人房〔一〕

翠微终南里，雨后宜返照。闭关久沈冥〔二〕，杖策一登眺〔三〕。遂造幽人室〔四〕，始知静者妙〔五〕。儒道虽异门〔六〕，云林颇同调〔七〕。两心喜相得〔八〕，毕景共谈笑〔九〕。暝还高窗眠，时见远山烧〔一〇〕。缅怀赤城标〔一一〕，更忆临海峤〔一二〕。风泉有清音〔一三〕，何必苏门啸〔一四〕。

校注

〔一〕《全唐诗》校："一作宿终南翠微寺。"终南，终南山，在长安城南，参见祖咏《终南望馀雪》注〔一〕。翠微寺，在终南山太和谷。《元和郡县图志·关内道·京兆府》："（长安县）太和宫，在县南五十五里终南山太和谷，武德八年造，贞观十年废。二十一年，以时热，公卿重请修筑。于是使将作大监阎立德修缮焉，改为翠微宫，今废为寺。"

〔二〕闭关，闭门不出。沈冥，沉寂幽静，泯然无迹。形容闭门幽居的生活。

〔三〕杖策，拄着拐杖。

〔四〕造，到。幽人，此指空上人。

〔五〕静者，深得清净之道、超然恬静的人，多指隐士、僧人、道流。此亦指空上人。

〔六〕儒道，此指儒家和佛教。

〔七〕云林，云壑山林。此指对山林清幽胜景和幽隐情趣的爱好。同调，志趣相同。

〔八〕喜相得，《全唐诗》原作"相喜得"，校："一作喜相得。"兹据改。相得，感情投合融洽。

〔九〕毕景，日落。景，指太阳。

〔一〇〕烧，读去声。远山烧，指远山焚烧荒草杂树以备耕下种的火光，即所谓"火种"。

〔一一〕赤城标，孙绰《游天台山赋》："赤城霞起以建标。"孔灵符《会稽记》："赤城，山名，色皆赤，状似云霞。"标，标志，此指高山。

〔一二〕峤（qiáo），尖峭的高山。谢灵运有《登临海峤初发疆中作与从弟惠连可见羊何共和之》诗。上句的"怀"和这句的"忆"都是向往、思慕的意思，而非追怀、回忆之意。在写这首诗时，诗人尚未去过越中。

〔一三〕风泉，风吹流泉发出的清响。左思《招隐诗》："山水有清音。"音，《全唐诗》校："一作听。"

〔一四〕苏门啸，《晋书·阮籍传》："尝于苏门山遇孙登，与之商略终古及栖神导气之术，登皆不应。籍因长啸而退。至半岭，闻有声若鸾凤之音，响乎岩谷，乃登之啸也。"

笺评

刘辰翁曰：不必刻深，怀抱如洗。"闭关"四语，高怀静致，非实际人不可得。（《王孟诗评》）

钟惺曰：（"时见"句下）此处住，情景俱深妙许多。（《唐诗归》卷十）

谭元春曰：（"杖策一登眺，遂造幽人室"二句下）无心。（同上）

黄培芳曰："毕景"字新奇。(《唐贤三昧集》评)

这首五言古诗，作于开元十六年（728）游京师期间，翌年春应进士试不第，滞留至秋，已屡兴羁旅之悲与思归之念。这从他的"授衣当九月，无褐竟谁怜"（《题长安主人壁》），"日夕凉风至，闻蝉但益悲"（《秦中感秋寄远上人》）等诗句中可以看得很清楚。但这首诗的意境、情调，却相当明朗安闲，与上引诗句异趣，看来应是应进士试不第之前所作。

首句开门见山，点明翠微寺所在的地理位直。"翠微"一词，本状山色之青翠缥缈，用以名官及寺，当或与山色之映照有关。因此"翠微终南里"这一似乎是单纯交代翠微寺所在的诗句，便自然能引起读者青翠缥缈的终南山色环拥寺院的视觉联想。次句进一步点出时间气候和翠微寺景色最美的时候。雨后天晴，斜阳返照，青翠的山色清澄如洗。佛寺在夕阳余晖和翠绿山色的映照下显得分外鲜明夺目。诗人对翠微寺本身并不作着实的描绘刻画，仅从侧面略作烘托，并用一"宜"字轻轻透出自己对斜阳青山映照古寺的景象的审美愉悦。这种侧面烘染、空际传神的写法，貌似虚泛抽象，却给读者留下了更多的想象空间，显得笔墨省净而情味隽永。

三、四两句回过头来补叙自己是在什么情况和什么角度下观赏上述景色的。诗人闭门静居、沉冥寂默已久（大约与久雨有关吧）。今日适逢雨后天晴，想到这正是乐游登眺的最佳时间，遂扶杖登山，一览山色寺容。在"久"与"一"，"沈冥"与"登眺"的对照中，透出一种久困幽居、忽返自然的开朗喜悦之情。登高俯瞰，山容寺貌，尽收眼底，返照映寺，尤增光辉。以上四句，逆笔倒叙，先写目接之景，再补叙前此的"闭关"和今日的"登眺"，文势便不落平衍，且与下两句自然接榫。

接下来两句，由登眺翠微寺而访寺僧居室。一"遂"字连接二者，过渡得轻松自然，毫不费力。"始知静者妙"，是说亲访幽人，入其居室，方才体味到隐栖习静的"妙"趣。"妙"趣谓何？却含而不宣。这种只点出却不点破的写法最适宜于表现别有会心的领悟。静修者的天机妙趣本来就是一种略可意会难以言传的意趣，勉强用语言去着力阐说，反失其真趣，不如浑沦而言，点到为止。

"儒道虽异门，云林颇同调。"这是对自己之所以能"知静者妙"的一种说明。儒家与佛道，在人生态度上虽有入世、出世的区别，但在喜爱自然、追求人与自然的和谐、充分领略云林之趣这方面却是"同调"。因此，自己作为"家世重儒风"的儒者，对于空上人这样的习静高僧的妙趣自然也不难领悟体味了。这两句纯用议论，内容高度概括，意蕴丰富，在全篇中是点睛之笔，也是束上起下的枢纽。

由于虽"异门"而"同调"，便自然引出了"两心喜相得，毕景共谈笑"的动人情景。如果说上句是彼此心灵上的契合感应的欣悦，那么下句便是彼此形迹上的融洽亲密的场景。两句一里一表，构成一幅知音同调间心灵交流融通的绝妙写意画。"毕景"二字，于轻描淡写中透出相互间谈笑之忘情，不知日之云夕的情景，造语生新而自然。

"暝还高窗眠，时见远山烧。"这两句由谈笑至夕进一步写到高斋夜宿。"还"字点出前面描叙的毕景谈笑之场景是在户外。高斋夜憩，透过暝暝夜色，时见远山晃动着放火烧荒的火光。此处对窗外远景似不经意的点染，传出了主人公闲逸高旷的意态。刀耕火种，本是带有原始色彩的农耕方式。这里用平淡的语调信口道出，正见空上人所居的翠微寺幽僻朴野，远离尘嚣，也是对"静者妙"的侧面烘染。妙在寄兴在有意无意之间，其情味与"采菊东篱下，悠然见南山"颇为相似。

"远山烧"的火光，又将高斋闲卧的诗人思绪引向天外的名山胜景。赤城山的颜色与形状，与望中的"远山烧"很容易构成联想，由"时见"而"缅怀"便显得相当自然。但更为内在的联系则是前面已经揭出的"静者妙"和"云林"趣。正是由于对云壑山林的爱好与追求，才使诗人由眼前景而神驰天外。临海峤与赤城山，系连类而及，其中亦自隐含踵迹前贤（谢灵运）寻幽探胜的意蕴。诗人于作此诗后的第三年即自洛之越，前后长达三年之久。可见此处所说的对赤城山、临海峤的向往思慕并非一时兴起的虚语，而是日后付诸行动的热烈缅怀。

然而，诗情却并未沿"缅怀""更忆"往下发展，而是就此收住，归结为对现境的赞美咏叹。对此终南翠微幽胜之境，耳闻山间风吹流泉所发出的清冷声韵，已经使人心神清澄，尘念一洗，那又何必效阮籍向孙登学栖神导气之术，发苏门之长啸呢？这是对翠微寺幽美境界的进一步渲染和赞叹，也是对"静者妙"与"云林"趣的进一步描写。在这种深情赞叹中，连想望中的名山胜景也变得可有可无了。结尾四句，一纵一收，一申一转，不仅增添了诗情的波峭，也使诗的韵味更加隽永了。

整首诗以时间为线索，次第写出从登眺到造访、从欢谈毕景到夜宿高斋的过程。但全诗的重点并不在记述游踪、描绘景物，而是抒发对云壑林泉的喜爱向往，以及"同调"之间心灵的交通融合。诗中出现的景物，无论是即目所见、即耳所闻，或是驰神遥想之景，都是对"静者妙""云林"趣的一种烘染。因此在写法上与谢灵运山水诗对自然景物作工笔细描有明显区别，往往只用轻淡笔墨略作点染，不施藻绘刻画。初读或感其虚泛抽象，细味方觉其笔墨之外另有一种深情妙理，且令人于略不经意的语调中想见诗人闲旷超逸的风神意态。语言质朴省净，情味丰厚隽永。这种地方，最能得陶诗之真趣，尽管孟诗并没有陶诗那种深永的人生哲理感悟和真切的劳动生活体验。

秋登万山寄张五〔一〕

北山白云里〔二〕，隐者自怡悦〔三〕。相望试登高〔四〕，心随雁飞灭〔五〕。愁因薄暮起，兴是清秋发。时见归村人〔六〕，沙行渡头歇〔七〕。天边树若荠〔八〕，江畔舟如月〔九〕。何当载酒来〔一○〕，共醉重阳节〔一一〕。

校注

〔一〕《全唐诗》校："一作九月九日岘山寄张子容，一作秋登万山寄张文僮。"万，《全唐诗》作"兰"，据《文苑英华》卷二百五十所载及四部丛刊影明刊本改。万山，即汉皋山，在襄阳西十一里。浩然《万山潭》云："游女昔解佩，传闻于此山。"郭璞《江赋》"感交甫之丧佩"李善注引《韩诗内传》："郑交甫遵彼汉皋台下，遇二女，与言曰：'愿请子之佩。'二女与交甫。"可证当作"万山"。张五，浩然有《寻张五回夜园作》云："闻就庞公隐，移居近洞湖。"与此诗"北山白云里，隐者自怡悦"合，当同指一人。

〔二〕北山，系张五隐居之地。因其在襄阳西北，故称。与诗人所登之万山非一山。

〔三〕隐者，指张五。陶弘景《诏问山中何所有赋诗以答》："山中何所有，岭上多白云。只可自怡悦，不堪持赠君。"前两句"白云""自怡悦"均用陶弘景诗语及诗意。

〔四〕试，《全唐诗》校："一作始。"登高，指登万山。

〔五〕《全唐诗》作"心飞逐鸟灭"，据丛刊本及《文苑英华》改。

〔六〕归村人，《全唐诗》校："一作村人归。"

〔七〕沙行，《文苑英华》作"沙平"，丛刊本作"平沙"。

〔八〕荠，荠菜，状其矮小。

〔九〕舟，丛刊本作"洲"。薛道衡《敬酬杨仆射山斋独坐》："遥原树若荠，远水舟如叶。"

〔一〇〕何当，何时。

〔一一〕《艺文类聚》卷四引《续晋阳秋》："陶潜尝九月九日无酒，出宅边菊丛中，摘菊盈把，坐其侧。久之，望见白衣人至，乃王弘送酒也。即便就酌，醉而后归。"九为阳数，九月九日，月、日均为阳数，故称"重阳"。重阳节有登高饮菊花酒赏菊的习俗。《续齐谐记》："汝南桓景随费长房游学累年，长房谓之曰：'九月九日汝家中当有灾，宜急去，令家人各作绛囊盛茱萸以系臂，登高饮菊花酒，此祸可除。'景如言，齐家登山。夕还，见鸡犬牛羊一时暴死。长房闻之，曰：'此可代也。'今世人九日登高饮酒，妇人带茱萸囊，盖始于此。"

⊛⊛

《复斋漫录》：颜之推《家训》云："《罗浮山记》：'望平地树如荠。'故戴暠诗'长安树如荠'。有人咏树诗：'遥望长安荠'，此耳学之过也。"余因读浩然《秋登万山》诗"天边树若荠，江畔洲如月"，乃知孟真得暠意。（《苕溪渔隐丛话》引）

刘辰翁曰：朴而不厌。（《王孟诗评》）又曰：（"时见"二句）其俚至此。（《唐贤三昧集笺注》引）

李梦阳曰："愁因薄暮起"二句，不可言朴。（《王孟诗评》）

杨慎曰：《罗浮山记》云："望平地树如荠。"自是俊语。梁戴暠诗"长安树如荠"，用其语也。后人翻之益工。薛道衡诗："遥原树若荠，江边洲如月。"（《升庵诗话·树若荠》）

钟惺曰："心飞逐鸟灭。愁因薄暮起"，无谓而深。"时见归村人，沙行渡头歇"，画。"天边树若荠，江畔舟如月"，奇。（《唐诗归》卷十）

唐汝询曰：此山居习静招同志也。言云山之幽，我所自乐。然因望君而登此，心逐飞雁而逝矣。况暮色足以生愁，清秋可以发兴。所见之人非类，所望之景更奇，君何当载酒而来，乐此佳节也？（《唐诗解》卷七）

张文荪曰：超旷中独饶劲健，神昧与右丞稍异，高妙则一也。结出主意，通首方着实。（《唐贤清雅集》）

王文濡曰："天边""江畔"两句，摹写物象，超然入神。（《历代诗评注读本》）

这是一首秋日登高怀念友人的五言古诗，大约是诗人早期隐居襄阳岘山时的作品。

开头两句化用陶弘景诗语点明怀念隐于北山的友人张五之意。"北山白云里"，是遥望中的北山为白云所缭绕的情景。"隐者自怡悦"，是想象白云缭绕的北山中隐居高士张五欣然自赏、悠然自悦的情景。白云悠闲容与，恰似与世无争、自由无拘的隐者的象征。在遥望想象中不仅隐约可见隐居友人潇洒安闲的精神风采，而且透露出诗人的怀慕向往之情。

三、四两句由"望"而"登"，写自己登上襄阳西边的万山，心随飞雁而思念友人的情景。"相望"二字，正承开头两句，指远望友人所在的北山。"登高"正切题内"登万山"。登上万山之顶，遥望北山，但见秋雁南飞，长空一碧，自己却与友人相隔，不能相聚，怀友的心情只能随着飞雁的行列自北而南，直到它消失在远处的天边。"心随雁飞灭"，写出了诗人身在万山顶上，遥望友人的居处，久久伫立、深情凝望的情景，写得凝练含蓄而又明快自然。

五、六两句，接写登高遥望所引发的"愁"和"兴"，并点出题内"秋"字。诗人登万山遥望，怀念友人，心随雁去，已有相当长的一段时间。在伫立凝望的过程中，天色在不知不觉中暗了下来。"愁因薄暮起"，薄暮的朦胧空寂，常引发人的愁绪。但这里的"愁"，上承望远怀友而不见，当是指怀人的孤寂愁绪。清秋时节的高远爽朗境界，常使人逸兴勃发，李白诗所谓"长空万里送秋雁，对此可以酣高楼""我觉秋兴逸，谁云秋兴悲。山将落日去，水与晴空宜"，正可移作对"兴是清秋发"的绝妙形容。上句写薄暮起愁，下句写清秋发兴，似是两种对立的情绪，究其实都和怀念友人分不开。

即因怀友不见的空寂而薄暮生愁，又因清秋佳节的美好景象企盼与友共享而发逸兴。

接下来四句，是登高俯瞰所见景象。"时见归村人，沙行渡头歇。"这是薄暮中所见渡头景象。傍晚时分，三三两两的归村人，在江边的沙洲上时不时地行走着，走向渡船埠头后便停歇下来。明代以后的本子下句或作"平沙渡头歇"，改成静止的画面，孤立地看似更饶画意，却与上句"时见"脱节。这种景象，极普通平常，朴素本色，又极富典型性，画出了古代城乡接合部的渡头薄暮时特有的景象，于悠闲容与中透出安详静谧的氛围和亲切喜悦的感受。再往远处看，但见天边的树木矮小得如同贴地而生的荠菜，江边的船只则正像天上的一弯新月。上句虽化用前人诗句，却如同己出，且较戴暠的"长安树如荠"，薛道衡的"遥原树若荠"都更显得自然贴切，流畅爽利。下句虽或受薛诗"远水舟如叶"的启发，却独出机杼，创造出一个全新的比喻。"舟如月"之喻，非由刻意搜寻苦思而得，而系即景取譬，伫兴而就。盖因时值晚暮，一弯新月已挂天上，而江畔之舟，远望正如一钩新月，故有此看似新奇实则自然巧合的比喻。这四句写登临俯瞰所见薄暮时的远近景物，极富画意，且将"兴是清秋发"一句中的"兴"作了极为形象的表现。诗人的清秋逸兴就寓于这美好的画面之中。

如此美好如画的江边秋景，仅仅独自登览，未免遗憾，因此结尾两句便道出"寄张五"的本意：亟盼友人载酒前来，在重阳佳节共赏菊，共饮菊花酒，共醉菊花前。从一开始的"隐者自怡悦"到结尾的"共醉重阳节"，是诗人清秋逸兴的进一步抒发。对重阳节，诗人似乎情有独钟。《过故人庄》就同样以"待到重阳日，还来就菊花"作结。同样是相约，不过一则是邀友重阳载酒前来，一则是自己前往访友赏菊。这可能是自陶诗"采菊东篱下，悠然见南山"之句以来，饮酒已经成了隐士高标逸韵的一种象征。诗的最后两句，以"何当"领起，由登望而遥想，自然交代清了题目，从登高遥望北山友人到邀其重阳载酒共醉，怀友之情也同样得到了更充分的表现。

这首诗写登高远望所见景物和由此触发的怀友之情、清秋之兴。三者之间，清秋之兴是连接远望之景和怀友之情的纽带。"时见"四句，描绘江边景物，饶有诗情画意，其中便蕴含有欣赏清秋景物时的高情逸兴，而这种高情逸兴又进一步触发怀友之情，从而企盼"何当载酒来，共醉重阳节"。这种构思，与一般的登览写景诗情与景交融互渗者有所不同。如果孤立地欣赏"时见"四句，把它看作单纯的江边风景画，而忽略其联系情景的作用，不免有负作者用心。

诗所抒写的情思，虽平淡闲适，却流露出对乡居生活和景物的亲切喜悦，这在"时见"四句中表现得最为明显。正是由于这种内在的感情，这首写隐者生活与心境的诗毫无萧瑟幽冷之感，而是充满了人间生活气息。

夏日南亭怀辛大〔一〕

山光忽西落〔二〕，池月渐东上。散发乘夕凉〔三〕，开轩卧闲敞〔四〕。荷风送香气〔五〕，竹露滴清响。欲取鸣琴弹，恨无知音赏〔六〕。感此怀故人，中宵劳梦想〔七〕。

校注

〔一〕南亭，当指作者所居涧南园（又称南园）中的亭子。辛大，即辛谔。作者《都下送辛大之鄂》云："南国辛居士，言归旧竹林。未逢调鼎用，徒有济川心。余亦忘机者，田园在汉阴。因君故乡去，遥寄式微吟。"据此诗，辛大之故乡在鄂（武昌），与浩然之故乡在汉阴（即襄阳）并不在一地。或有据作者《西山寻辛谔》诗及《游明禅师西山兰若》"日暮方辞去，田园归冶城"之句，认为《西山寻辛谔》中之"西山"当在襄阳附近。按：常建有《西山》诗，指武昌西山（常建晚年寓居鄂渚，常往游西山），可类证孟之《西山寻辛谔》之西山，即武昌西山，亦可证辛大即故乡在鄂之辛谔。浩然又有《张七及辛大见寻南亭醉作》，其中有"纳凉""逃暑"之语，时令与本篇"荷风"之语合，疑即作本篇之后不久辛大见访时所作。日，《全唐诗》校："一作夕。"

〔二〕山光，指山顶夕阳的光辉。

〔三〕散发，古代成人男子束发戴冠，散发是一种随便无拘束的状态。

〔四〕轩，窗。闲敞，宽敞。亭子建在台基上，地势高敞，开窗而卧，更有宽敞闲静之感。江淹《杂体诗·许询〈自序〉》："绿竹荫闲敞。"

〔五〕梁萧绎《赋得涉江采芙蓉》："荷香风送远。"

〔六〕知音，用伯牙、钟子期事。《吕氏春秋·本味》："伯牙鼓琴，钟子期听之。方鼓琴而志在太山，钟子期曰：'善哉乎鼓琴，巍巍乎若太山。'少选之间，而志在流水，钟子期又曰：'善哉乎鼓琴，汤汤乎若流水。'钟子期死，伯牙破琴绝弦，终身不复鼓琴，以为世无足复为鼓琴者。"此以"知音"指辛大，下句"故人"亦同指。

〔七〕中宵，夜半。《古诗十九首·凛凛岁云暮》："锦衾遗洛浦，同袍与我违。独宿累长夜，梦想见容辉。"梦想，梦中见友人之容光。

笺评

皮日休曰：北齐美萧悫有"芙蓉露下落，杨柳月中疏"，先生则有"微云淡河汉，疏雨滴梧桐"。乐府美王融"日霁沙屿明，风动甘泉浊"，先生则有"气蒸云梦泽，波撼岳阳城"。谢朓之诗句，精者有"露湿寒塘草，月映清淮流"（按：此系何逊诗），先生则有"荷风送香气，竹露滴清响"。此与古人争胜于毫厘也。（《郢州孟亭记》）

刘辰翁曰：起处似陶，清景幽情洒洒楮墨间。（《王孟诗评》）

郝敬曰：写景自然，不损天真。（《批选唐诗》）

唐汝询曰：此夏夜纳凉怀心知也。言日沉月出，正暑退之时。故我散发乘凉，开轩而卧。地既闲敞，景有馀清。此时所少者，独知音故人耳，是以怀乎辛子也。（《唐诗解》卷七）

唐孟庄曰："荷风"一联，幽极、清极。此等语，孟集亦不多得。（《删补唐诗选脉笺释会通评林·盛五古》引）

周珽曰：此倒薤垂露书也。大小篆皆出其下，何况俗书！（同上）

陈继儒曰：风入松而发响，月穿水而露痕，《兰（万）山》《南亭》二诗深静，真可水月齐晖，松风比籁。（同上）

沈德潜曰："荷风""竹露"，佳景，亦佳句也。外又有"微云淡河汉，疏雨滴梧桐"句，一时叹为清绝。（《重订唐诗别裁集》卷一）

焦袁熹曰："荷风送香气，竹露滴清响"，韦诗多似此。（《此木轩论诗汇编》）

黄培芳曰："卧闲敞"三字甚新奇。"荷风"二句一读，使人神思清旷。（《唐贤三昧集笺注》评）

宋宗元曰："荷风""竹露"，亦凡写夏景者所当有，妙在"送"字、"滴"字耳。（《网师园唐诗笺》）

张文荪曰：清旷。与右丞《送宇文太守》同调，气色较华美。（《唐贤

清雅集》）

王闿运曰：（"散发"二句下）爽朗。（《手批唐诗选》）

罗宗强曰：孟浩然的诗，开始了盛唐诗人对诗的情思和境界的净化过程……这是一首怀友诗，写一个宁静凉爽的夏夜，忽然怀念起友人来，怀念之情是那样浓烈、不能自已，以至中宵辗转反侧。他写了什么景物呢？他只写了月色、荷香和竹露。月色写得极简省，是从敞开的窗户上照射进来的；和月色一起进来的，是阵阵荷花香气。闻香知荷，照应首联的"池月"，由感觉情思而自然引起联想，展现物象，我们就会从审美经验中创造出他附近荷塘的画面来，会去想象那月下荷塘的种种美的景色。但他并没有写，他把这一切都删汰了，只留下了夏夜凉风中送来的阵阵荷香。他又写竹露的声响。夜已渐深，夜露已降。露是没有声的，他却写出声来，而且还是"清响"，在清脆分明中越发显出夜的宁静。那么这清脆的露的响声，是从何处传来的呢？他说是"竹露"，是从竹叶上滴落的露珠。这样我们又很自然地由审美经验中生发联想，由这清脆竹露滴落声，想象在宁静的夏夜中笼罩在月色下的竹林。繁露已降，竹叶上凝聚着闪烁的露珠，微风吹来，摇曳竹林，竹叶上的露珠便轻轻滚落，滴在了另一片竹叶上，沙沙作响。景物于是组合起来了，他在敞开窗户的厅屋里闲卧纳凉，附近是荷塘、竹林，一切都沐浴在月色里，在宁静里。诗人没有写物象，而只写声音香气，一切物象都是由这声音和香气诱发出来的联想，这就是对景物的净化。但是这月色、荷香、竹露，正是夏夜的宁静的美的神韵之所在。他正是在这净化得无法再净化的景物描写中，很自然地引出怀友的情思来：有良夜如此，只有弹琴足以抒发情怀，而知音不在！铭心刻骨的想念之情，于是在这极宁静的氛围里展开、弥漫。他没有写夏夜中其它情思，而让怀友的情思涵盖一切，与那极宁静的环境氛围融为一体，这就是情思的净化。（《唐诗小史》第109～111页）

 鉴赏

这首诗从题目看，是一首怀念友人的诗。但它的主要内容和艺术魅力，却写的是夏夜纳凉时对周遭景物的诗意感受和诗人自己怡然自适的心境。怀友只是在这种环境和心境下感情发展的自然结果。如果按后世文人作诗先设题，然后紧紧围绕题目去作诗的套路来理解、评论这首诗，不免会感到诗的前六句与"怀辛大"有些脱节。孟诗的一大特点，就是伫兴而就，不屑于某种固定的程式，颇有苏轼所说的"如行云流水，初无定质，但常行于所当行，常止于所不可不止，文理自然，姿态横生"《答谢民师书》）的味道。这首诗在这方面就表现得相当典型。

开头两句，起得极平淡而从容，叙写夕阳西落，明月东升的景物变化过程。用"山光"代指夕阳，突出其光照岩壑的视觉感受；明月升起于池东，故云"池月"。形容"山光"之"落"，用一"忽"字，表现夕阳沉山的刹那间所给予人的倏忽感，和第三句的"乘夕凉"联系起来，还可以体味出其中含有山光忽落、暑气顿消的快感。"池月"之"上"，着一"渐"字，显示出一个渐进的时间过程和诗人静静地等待着池月东升的情景。"忽""渐"二字，虽似不经意，却耐咀味。

三、四两句，写晚间南亭乘凉。虽以叙事为主，却同样于不着意中渲染出一片心境。晚间暑气乍消，月色清凉，新沐之后，散发乘凉，有一种沁人心脾的舒适感、清凉感和不受羁束的畅快感。而打开亭子四面的窗户，高卧于此闲静宽敞之地，更有一种宽松安闲之感。"卧闲敞"三字，评家或誉为字法新奇，在诗人则不过道出开窗高卧纳凉的真实感受。

五、六两句，进一步抒写南亭乘凉过程中细腻的嗅觉、听觉感受和对周围环境的心理感受。亭边有池，故有荷花。池上微风起处，送来阵阵荷花的香气，这本是夏夜常景。但不说"风送荷花香"，却说"荷风送香气"，显得新颖而隽永，仿佛那晚风也因荷香的熏染而成为含香的"荷风"，而那"香气"也似乎不是由荷花发出，而是由"荷风"送来的。这看似新奇的用语和诗句，突出了荷花香气的浸润熏染作用，好像连它周围的空气也充满了它的芬芳，而且透露了诗人此时那种为荷风送香所陶醉的愉悦感。亭旁有竹林，夜深露凝，竹叶上的露水因风吹摇曳，时或滴落地面或旁枝，发出清脆的声响。荷花的香气，并不浓烈，是一种"幽香"，即使有风传送，也要屏息静气，才能闻到那幽微的芳香。竹间露水滴落之声，更是轻细难辨，如果不是夜深人静，很难捕捉到它的细微声息。这两句写夏夜乘凉时对周围景物的细微嗅觉感受和听觉感受，可谓极细腻而传神。它不仅显示出一片宁静清幽的环境气氛，而且传达出诗人置身此境时一片安恬幽静的心境，是全诗中的精彩之处。

这种静谧安闲、清雅幽寂的环境气氛，最适宜于弹奏琴这种清雅的乐器。南齐诗人谢朓《和王中丞闻琴》说："凉风吹月露，圆景动清阴。蕙风

305

入怀抱，闻君此夜琴。"同样写到月光、露水、凉风、蕙香，着意渲染秋夜的清凉、静谧和芬芳，作为闻琴的环境和背景，正可与此诗同参。而竹露的清响和琴声的清韵之间也有着相似之处，容易引起由彼及此的联想。因此，诗人产生了"欲取鸣琴弹"的愿望，但旋即又想到缺少听琴的对象，而发出"恨无知音赏"的感叹。诗写到这里，"怀辛大"之意已经呼之欲出了。

结尾两句，便由"恨无知音赏"落到怀友之意上来。时已半夜，但被勾起的怀友情思却萦绕不已。"梦想"并非真的指梦中想念，而是指欲见故人而不得的魂牵梦绕的绵绵情思。

诗从日落月升，开轩乘凉始，以恨无知音、怀想友人结。感情随时间的流逝，景物的变化和环境氛围的感染触发而自然流动，达到环境与心境高度契合、浑然一体的境界。

宿业师山房期丁大不至〔一〕

夕阳度西岭，群壑倏已暝〔二〕。
松月生夜凉，风泉满清听〔三〕。
樵人归欲尽，烟鸟栖初定〔四〕。
之子期宿来〔五〕，孤琴候萝径〔六〕。

校 注

〔一〕业师，即浩然诗《疾愈过龙泉精舍呈易业二上人》题内之业上人。业师山房，当即龙泉精舍，禅寺应在襄阳附近。丁大，名凤，浩然有《送丁大凤进士赴举呈张九龄》诗。此丁凤亦为浩然家乡友人。《唐文拾遗》卷二十一收录其《唐河南府参军张君（轸）墓志铭并序》，署乡贡进士，与浩然诗题"送丁大凤进士赴举"之语合。诗或作于浩然早年隐居期间。

〔二〕倏，忽。暝，昏暗。谢灵运《石壁精舍还湖中作》："林壑敛暝色，云霞收夕霏。"

〔三〕风泉，风吹泉流的声响。清听，清越入耳的声音。

〔四〕烟鸟，暮霭中归巢之乌。

〔五〕之子，指丁大。期宿，约定夜宿（业师山房）。

〔六〕萝径，长满女萝的小路。

笺评

吕本中曰：浩然诗云："挂席几千里，名山都未逢。泊舟浔阳郭，始见香炉峰。"但详看此等语，自然高远。如此诗，亦可以为高远者也。（《吕氏童蒙训》）

刘辰翁曰：景物满眼，而清淡之趣更自浮动，非寂寞者。（《王孟诗评》）

唐汝询曰：此诗首述将暮之景，次纪山房之幽，次写怀人不至之意，末复望其来也。（《唐诗解》卷七）

钟惺曰：（"松月生夜凉，风泉满清听"）此老平生受用。（"樵人归欲尽"）此"尽"字不如用"稀"字妙。（《唐诗归》卷十）

周珽曰："生""满"二字，静中含动。"尽""定"二字，动中得静，禅悟妙思。伯敬谓"尽"字不如用"稀"字，那知"尽"字得暮宿真境。（《删补唐诗选脉笺释会通评林·盛五古》）

陆时雍曰：三、四幽趣。（同上引）

周启琦曰：骨滑如玉。（同上引）

贺裳曰：孟襄阳《宿业师山房待丁公不至》……钟云："此'尽'字不如'稀'字妙。"《采樵作》曰："采樵入深山，山深树重叠。桥崩卧槎拥，路险垂藤接。日落伴将稀，山风拂萝衣。长歌负轻策，可望野烟归。"钟曰："观此'稀'字，远胜'樵人归欲尽''尽'字矣。"余意"日落"与"已暝"暝亦微分早暮。"日落伴将稀"，是樵子渐去，见己亦当归。"樵人归欲尽"，是行人已绝，丁犹不至，有"搔首踟蹰"之意，故抱琴候之。自是各写所触，何必同？（《载酒园诗话》卷一）

张谦宜曰：不做作清态，正是天真烂漫。（《絸斋诗谈》卷五）

黄培芳曰：三、四使人生尘外之想。幽绝。（《唐贤三昧集笺注》评）

沈德潜曰：山水清音，悠然自远。末二句见"不至"意。（《重订唐诗别裁集》卷一）（《唐贤清雅集》）

施补华曰：《奉先寺》诗："阴壑生虚籁，月林散清影。"清幽何减孟公"松月生夜凉，风泉满清听"之句。可见此等语少陵不屑作，非不能作也。（《岘佣说诗》）

王闿运曰：常语清妙。（《手批唐诗选》卷一）

这首诗的内容、意境，和《夏日南亭怀辛大》相近，都在描绘出一片清幽意境的同时，抒发对友人的怀想或等待。但作者写来，却同中有异，各具特色。从中可以看出诗人处理相近题材的艺术功力。

起首二句，"夕阳度西岭，群壑倏已暝"，与《夏日南亭怀辛大》的开头"山光忽西落，池月渐东上"，都写了日落时分的景象，但"山光"二句还写了池月渐上，描写的是一个较长的时间过程，而"夕阳"二句所描绘的则是夕阳沉山的刹那间景象，其内容大体上相当于"山光忽西落"一句。由于"夕阳度西岭"之下紧接"群壑倏已暝"，便突出强调了夕阳沉山的瞬息之间所带来的群山万壑忽然昏暗下来的视觉感受，从而为三、四两句所描绘的清凉境界创造了条件；而"山光"两句，由于描绘的是一个较长的时间过程，情调便显得比较从容舒缓，不像本篇头两句那样给人以光感倏忽变化的感受。

三、四两句，分别从触觉、听觉两个不同的角度写"凉"和"清"。"凉"意本因人的皮肤对外界气温的触觉而生，这里却说"松月生夜凉"，仿佛是"松月"产生了"夜凉"，又仿佛是"夜凉"之感由望见"松月"的视觉感受而生。这看似无理的描写实际上正道出了诗人真切微妙的感受。山区气温的变化，在日落前后表现得最为明显。由于入夜气温骤降，周围"夜凉"的浸润，人的身心都感到凉意，这时看到幽森的长松和松树梢头清澄的月亮，似乎感到它们正散发出阵阵凉意，于是便有了"松月生夜凉"这"无理而妙"的佳句。这正是触觉通之于视觉的通感作用造成的。"风泉"句写的是听觉感受。山间风吹流泉，发出清脆的声响，听来清越入耳。这句点眼处在一"满"字。风泉之清音，本较细微，如果不是在入夜后万籁俱寂的环境中，是不易觉察到的。现在却说"风泉满清听"，说明诗人此时正在寂静的环境中全身心地聆听"风泉"之清音，领略"天籁"之妙趣，以至"满"耳唯闻风泉之声而不复旁骛了。这既写出了诗人对入夜后美妙景物与清凉境界的潜心欣赏，又反托出了山间的幽静。实际上，清、凉、幽、静，往往是共生的，在人的感受中，也往往可以相通。这两句诗正是典型的例证。《夏日南亭怀辛大》的三、四句也写到"乘夕凉"，但重点是表现诗人无拘无束的舒畅宽闲之感，与本篇侧重创造清凉幽静的意境有别。

　　五、六两句，进一步写山间入夜时的幽静：砍柴的樵夫陆陆续续在暮色中归来，已经差不多走尽了；在暮色烟霭中归巢的鸟儿，也渐渐安静了下来。"欲""初"两个虚词，极具分寸感，写的是一种将尽而未尽、乍定而未全定的状态，体现出时间的推移，也透露诗人在业师山房伫立遥望外面山间景色已有一段时间。山间的幽寂自然引起了对相约来宿的友人的期盼，因此结尾两句便自然落到题目的"期"字上来。

　　"之子期宿来，孤琴候萝径。"上句写友人的期约（当晚前来业师山房共宿），下句写自己的伫候。诗人本来是在山中等候丁大前来的，因久等未至，故出门迎候。妙在"孤琴候萝径"五字，展现了一幅具有诗情画意的候人图画。诗人抱着孤琴，在长满女萝的小径伫候着知音的到来。诗写到这里，即行收束，以后的情节发展，任凭读者想象。《夏日南亭怀辛大》以"感此怀故人，中宵劳梦想"的直接抒情作结，显得情感深挚。而本篇则以"孤琴候萝径"的场景作结，留下一串省略号，显得余韵悠长。

孟浩然

夜归鹿门山歌〔一〕

　　山寺鸣钟昼已昏〔二〕，渔梁渡头争渡喧〔三〕。
　　人随沙路向江村〔四〕，余亦乘舟归鹿门。
　　鹿门月照开烟树〔五〕，忽到庞公栖隐处〔六〕。
　　岩扉松径长寂寥〔七〕，唯有幽人夜来去〔八〕。

校注

　　〔一〕丛刊影明本题内无"山"字。宋蜀刻本题作《夜归鹿门寺》。鹿门山，在今湖北襄阳市东南三十里。《襄阳记》："鹿门山旧名苏岭山。建武中，襄阳侯习郁立神祠于山，刻二石鹿夹神道口，俗因谓之鹿门庙，遂以庙名山也。"西晋时改寺名为万寿寺，唐代仍复旧称。山北临汉水，南接霸王山，峰峦高耸，深谷幽泉，景色佳丽。汉代名士庞德公曾隐于此，孟浩然早年亦曾隐此山。

　　〔二〕山寺，指鹿门庙。

〔三〕渔梁，洲名，在汉水中。渔，《河岳英灵集》作"鱼"。《水经注·沔水》："襄阳城东沔水中有鱼梁洲，庞德公所居。"渔梁渡在岘山东汉江边，因渔梁洲而得名。浩然《与诸子登岘山》："水落鱼梁浅。"

〔四〕路，丛刊影明本作"岸"。江村，汉江边的村落。

〔五〕烟树，烟霭笼罩的树林。

〔六〕庞公，即庞德公。《后汉书·逸民传》："庞公者，南郡襄阳人也。居岘山之南，未尝入城府。夫妻相敬如宾。荆州刺史刘表数延请，不能屈，乃就候之……后遂携其妻子登鹿门山，因采药不返。"浩然《登鹿门山怀古》云："昔闻庞德公，采药遂不返。金涧养芝术，石床卧苔藓……隐迹今尚存，高风邈已远。"

〔七〕岩扉，山岩间的门户，指庞德公昔日隐居的遗址。

〔八〕幽人，作者自指。夜，丛刊影明本作"自"。

笺评

胡仔曰：浩然《夜归鹿门歌》云："山寺鸣钟昼已昏，渔梁渡头争渡喧。人随沙岸向江村，余亦乘舟归鹿门。"不若岑参《巴南舟中即事》诗："渡口欲黄昏，归人争渡喧。"岑诗语简而意尽，优于孟也。（《苕溪渔隐丛话·后集·孟浩然》）

吴开曰：岑参《巴南舟中即事》云："渡口欲黄昏，归人争渡喧。"盖用孟浩然诗耳。孟浩然有《夜归鹿门寺歌》云："山寺鸣钟昼已昏，渔梁渡头争渡喧。"（《优古堂诗话》）

刘辰翁曰：此诗为昔人所甚赏，尚非孟胜场，作手自辨。（《王孟诗评》）

桂天祥曰：浩然作《鹿门歌》，其本象清彻闲淡备至。（《批点唐诗正声》）

唐汝询曰：此因暮归而写山居之幽也。言钟鸣日夕，归人争渡，吾亦趋家。而适见月光之照射，乃正庞公栖隐处也。门径萧然，一尘无染，唯吾幽人来往其间耳。此篇不加斧凿，字字超凡。（《唐诗解》卷七）又曰：浅浅说去，自然不同，此老胸中有泉石。（《汇编唐诗十集》）

钟惺曰："人随沙路向江村"，细。"余亦乘舟归鹿门"，幽细之调，得此一转有力。（《唐诗归》卷十）

谭元春曰："岩扉松径长寂寥，唯有幽人自来去"，如此冰雪中行。（同上）

周珽曰：清彻，真澄水明霞。（《删补唐诗选脉笺释会通评林·盛七古》）

陈继儒曰：明月在天，清风徐引，一种高气，凌虚欲下。知此可读孟诗。（同上）

瑞符曰：窈然幽绝。（清张揔辑《唐风怀》引）

吴敬夫曰："幽"之一字，非孟襄阳其谁与？然篇不多见。即此五十六字，亦足当诸家千百言。（《唐诗归折衷》）

王尧衢曰：此篇前半叠用四韵，后用顶针法转韵。"鹿门月照开烟树，忽到庞公栖隐处。岩扉松径长寂寥，唯有幽人自来去。"已到鹿门，见月明而烟树俱开，乃庞公旧隐处也。此际山岩之内，掩着柴扉，松径长年寂寥，只有幽人自来去而已。庞公拒刘表之请，登鹿门山采药不反。（《古唐诗合解》卷三）

张谦宜曰：《夜归鹿门歌》句句下韵，紧调也。脉却舒徐。（《𫘦斋诗谈》卷五）

吴瑞荣曰：韵事佳题，词不烦而意有馀，更妙在"庞公"不多铺张。（《唐诗笺要》）

宋宗元曰：（前四句）入画。（《网师园唐诗笺》）

张文荪曰：幽秀至此，直是诗中精灵。（《唐贤清雅集》）

施补华曰：孟公边幅太窄，然如《夜归鹿门》一首，清幽绝妙。才力小者，学步此种，参之李东川派，亦可名家。（《岘佣说诗》）

王闿运曰：有灵气往来。（《手批唐诗选》）

 鉴赏

　　孟浩然长于五古与五律，而短于七古与七律，诗集中七古仅三首，七律亦仅四首。但这首七言短古却写得相当出色。它不仅风格轻灵飘逸，意境明丽幽静，而且生动地展现了诗人的襟怀幽趣，是具有独特艺术个性的作品。

　　从诗题看，这首诗是孟浩然隐居鹿门山期间写的。首句即紧扣"归"字，写黄昏时分汉江东岸稍远处的鹿门山寺传来清亮舒缓、悠长不尽的晚钟声，提示这正是行人晚归的时刻。"昼已昏"三字紧接"山寺鸣钟"之后，形象地显示出，在悠悠晚钟声中，天色不知不觉地暗了下来，苍茫暮色已经笼罩了江边及山上的景物。次句从对岸稍远处的鹿门山转到近处江边的渔梁渡口，展现出薄暮中渡口人声喧哗、竞相争渡的情景。古代渡船形体较小，一船最多容纳十来人，傍晚正是归家的人集中的时刻，故有"争渡"的情况。一"喧"字不仅写出候渡归人之多，而且点染出傍晚渡口的热闹气氛。诗人家住汉江之畔，对江边古渡的场景氛围非常熟悉，且怀着亲切感和欣赏态度。《秋登万山寄张五》就描绘过"时见归村人，沙行渡头歇"的情景，但那是古渡行人较少的时候，故云"时见"，境界比较安闲，和薄暮时分渔梁渡口之喧闹有别，但诗人对渡口景象的欣赏态度则同，且渡口虽争渡人喧，诗人的心境却仍安闲。开头两句，写山寺鸣钟，写渡口人喧，均主要从听觉感受着笔，这和其时苍茫暮色笼罩山上江边的景物分不开。

三、四两句，分写众人和自己各自乘舟而归的情景。"人随沙路向江村"的"人"，亦即第二句中在"渔梁渡头"等候渡船时"争渡喧"的众人，他们乘渡船抵达汉江对岸后，便踏着江边的沙路，陆陆续续回到他们居住的江边村落。而诗人自己，也"乘舟"而"归鹿门"了。细味二句，归江村的众人是乘渡船到汉江对岸，而诗人则是另乘一叶小舟归鹿门山，在渡越汉江后，还要继续乘舟走一段水路。这一点，证以诗人的《登鹿门山怀古》中的有关描叙，可以看得比较清楚："清晓因兴来，乘流越江岘。沙禽近方识，浦树遥莫辨。渐到鹿门山，山明翠微浅。岩潭多屈曲，舟楫屡回转。"明言自己在岘山附近越过汉江后，还须"舟楫屡回转"才能"渐到鹿门山"。这两句，"人""余"对举，或乘渡船而归江村，或乘小舟而归鹿门，景象安闲，意趣萧散，语调舒缓，显示出诗人对暮归情景怀着一份从容不迫的情致。

以上四句，同用一韵，句句用韵。以渔梁渡口为中心，写远处鹿门山寺的鸣钟声，江边渡口的喧闹声，以及越过汉江后自己与众人各自归去的情景，共同组成一幅暮色笼罩下的古渡归舟图。写得既饶有画意，又富于浓郁的生活气息。诗人自己，既是这幅活动着的图画的观赏者，又是画中的人物。但这一切，还只是"夜归鹿门"的前奏，"余亦"一句，束上起下，下面四句便转到"夜归鹿门"所见所感上来。

在诗人乘小舟越过汉江，继续向鹿门山进发的程途中，月亮升起来了，照亮了鹿门山。山上原先为沉沉暮霭笼罩的树林，在月光照映下，显现出清晰的剪影。"鹿门月照开烟树"的"开"字，用得并不经意着力，却生动真切。它显示出，在月亮的清光照射到鹿门山的刹那间，像是在诗人眼前突然展开了一幅既清晰又迷离的鹿门烟树图，其中还寓含着诗人见此景象时豁然开朗的欣喜之情。这句句首用顶针格，句末转韵，正是为了显示，从这里开始，已转入对"夜归鹿门"的正面描写，时间也由暮而夜。

"鹿门月照开烟树"犹是舟行过程中离鹿门山还有一小段路时的望中之景，而"忽到庞公栖隐处"却已是身入山中，到了诗人魂牵梦系的地方。两句之间，在时间、空间上都有较大的跳跃，却不作任何承转交代和琐细描述。诗人之所以归隐鹿门山，正是为了追踪前贤。其《登鹿门山怀古》说："昔闻庞德公，采药遂不返。金涧养芝术，石床卧苔藓。纷吾感者旧，结缆事攀践。隐迹今尚存，高风邈已远。"写夜归鹿门，把描写的重点放在追踪前贤、追求心灵归宿上，正是诗人思想感情的真实反映。句首的"忽"字点出诗人在行进攀登过程中忽有所见而心有所会。庞德公栖隐于鹿门山的东汉末，距浩然作此诗时的开元年间，已历五百余年，所谓"庞公栖隐处"，恐怕只是遗址而已。

妙在结尾两句在面对庞公栖隐遗迹时诗人的所见所感。"岩扉松径长寂寥，唯有幽人夜来去。"山岩间的门户，松树下的小径，当是庞公昔日栖隐时居住经行之地，但数百年来这里却是杳无人迹、长久寂寥，只有自己这位幽人的身影在寂寥的长夜独自来去。诗写到这里，悠然收束，不着任何议论感慨，而诗人追踪前贤的高洁襟怀，和当世无人继承高风的感慨，举世无同道知音的寂寞感均见于言外。

和李白、杜甫那些纵横驰骤、顿宕淋漓，如同长江大河的长篇七古比较起来，孟浩然这首短篇七古的气象、格局不免显得有些狭小。但它却自具独特的风神和韵味。诗句句用韵，四句一转，这种用韵方式本易造成气势迫促、平板单调之弊。但在诗人笔下，整首诗却像行云流水那样萧散疏朗，自然流动。它以时间为线索，着重写了渔梁渡头的暮景和鹿门山的夜景，而这两个场景又都是活动着的画面。从鹿门山上的古寺鸣钟、暮色忽临，到渔梁渡口的众人争渡、声音喧闹，从人们踏沙路归向江村到诗人乘舟继续向鹿门，一句一景，极富流动的意致。写鹿门夜景，也是从明月映照、烟树顿开，到忽见庞公栖隐旧迹，感慨岩扉松径，长期寂寥，最后以幽人独自往来的缥缈身影作结。其间有跳跃，有转折，有变化。不但意境幽渺飘忽，行文也同样显得飘忽灵动，不黏不滞。有的诗行（如三、四两句）似乎写得很散漫随意，但正是这种散文式的语调中传出了一种萧散自得的意趣和韵味。

诗的结尾，意境幽静缥缈，令人联想起苏轼《卜算子》词中"谁见幽人独往来，缥缈孤鸿影"的名句。苏词在这里显然化用了孟诗的语言和意境，但整首词的情调不免有些幽冷。而孟诗却不止有幽静缥缈的意境，而且有"渔梁渡头争渡喧"的热闹场景，全篇就冷暖色调互相调剂，不显得幽冷，这和诗人虽慕隐逸高风而热爱自然、热爱人间生活的思想感情是一致的。

望洞庭湖赠张丞相〔一〕

八月湖水平，涵虚混太清〔二〕。
气蒸云梦泽〔三〕，波撼岳阳城〔四〕。
欲济无舟楫〔五〕，端居耻圣明〔六〕。
坐观垂钓者〔七〕，徒有羡鱼情〔八〕。

校 注

〔一〕丛刊影明本题作《临洞庭》，宋蜀刻本题作《岳阳楼》。《文苑英华》题内"赠"作"上"。张丞相，指张九龄，开元二十一年（733）至二十四年为相。诗约作于开元二十四年诗人游湘、赣时。九龄是年十一月罢相，孟浩然作此诗时他尚在相位。

〔二〕涵，包含。虚，太虚、天空。混，混茫为一。太清，天。《文选·左思〈吴都赋〉》："鲁阳挥戈而高麾，回曜灵于太清。"刘渊林注："太清，谓天也。"《鹖冠子·度万》："唯圣人能正其音，调其声，故其德上及太清，下及太守，中及万灵。"陆佃注："太清，谓天也。"

〔三〕云梦泽，古薮泽名。《周礼·夏官·职方氏》："正南曰荆州，其山镇曰衡山，其泽薮曰云梦。"郑玄注："衡山在湘南，云梦在华容。"《尔雅·释地》："楚有云梦。"郭璞注："今南郡华容县东南巴丘湖是也。"邢昺疏："《左传·昭三年》：'楚子与郑伯田于江南之梦'，又《定四年》：'楚子涉睢济江入于云中'，杜预云：'南郡枝江县西有云梦城，江夏安陆县东南亦有梦城。或曰：南郡华容县东南有巴丘湖，江南之梦也。云梦一泽，而每处有名者，司马相如《子虚赋》云：'云梦者，方九百里。'则此泽跨江南北，亦得单称云，单称梦。"按：云梦泽所包范围，汉、魏以前载籍所记，并不很大。晋以后经学家方将古云梦泽范围日益扩大，跨长江南北。至唐时，李吉甫撰《元和郡县图志》，于江南道安州安陆县既云："云梦泽，在县南五十里。"又于岳州巴陵郡下云："巴丘湖，又名青草湖，在县南七十九里，周回二百六十五里，俗云古云梦泽也。"而洞庭、青草二湖，本相连接，即广义之洞庭湖。故此句之"云梦泽"，实即指洞庭湖。或据司马相如《子虚赋》"云梦者，方九百里"之语而谓古云梦泽本跨长江南北，江北为云，江南为梦，后世淤积成陆地，故合称云梦，是亦一说。

〔四〕宋范致明《岳阳风土记》："孟浩然《洞庭》诗有'波撼岳阳城'，盖城据湖东北，湖面百里，常多西南风。夏秋水涨，涛声喧如万鼓，昼夜不息。"

〔五〕《书·说命上》："若济巨川，用汝作舟楫。"本为殷高宗任命傅说为相时之辞。此处用以比喻荐引自己入仕的高官，"舟楫"仍贴张九龄为相而言。

〔六〕端居，平居。圣明，指圣明治平之世。

〔七〕垂钓者，相传太公望（吕望）钓于磻溪，文王举而用之，后佐武王灭纣兴周。此处暗用此事。事见《史记·齐太公世家》。借此指名义上隐居实际上干禄求仕者。

〔八〕《淮南子·说林训》："临河而美鱼，不若归家织网。"徒，空。

笺评

殷璠曰：浩然诗文彩芊茸，经纬绵密，半遵雅调，全削凡体。至如"众山遥对酒，孤屿共题诗"，无论兴象，兼复故实。又"气蒸云梦泽，波撼岳阳城"，亦为高唱。（《河岳英灵集》卷下）

皎然曰：诗唯情、格并高，可称上品。其虽有事非用事者，若论其功合入上格，至有三字物名之句，仗语而成，用功殊少。如孟浩然云："气蒸云梦泽，波撼岳阳城。"自天地二气初分，即有此六字，假孟生之才，加其四字，何功可伐，即欲索入上流耶？彼情格俱高，则不可屈；若稍下，吾请降之于高等之外，以惩彼滥。（《唐音癸签》卷四引）

黄庭坚曰：孟浩然云："气蒸云梦泽，波撼岳阳城"，不如九僧云"云中下蔡邑，林际云中君"。（《后山诗话》引）

蔡絛曰：洞庭天下壮观，骚人墨客题者众矣。如"水涵天影阔，山拔地形高""四顾疑无地，中流忽有山""鸟飞应畏堕，帆远却如闲"，皆见称于世。未若孟浩然"气蒸云梦泽，波撼岳阳城"，则洞庭空旷无际，气象雄壮，如在目前。（《西清诗话》）

曾季貍曰：老杜有《岳阳楼》诗，孟浩然亦有。浩然虽不及老杜，然"气蒸云梦泽，波撼岳阳城"亦自雄壮。（《艇斋诗话》）

刘辰翁曰：起得浑浑称题。"蒸""撼"偶然，不是下字，而气概横绝，朴不可易。"端居"，感兴深厚。末语意长。（《王孟诗评》）又曰：（后四句）托兴可伤。（《唐诗品汇》卷六十引）

方回曰：予登岳阳楼，此诗大书左序球门壁间，右书杜诗，后人自不敢复题也。刘长卿有句云："叠浪浮元气，中流没太阳。"世不甚传，他可知也。（《瀛奎律髓》卷一）

杨慎曰：孟浩然"八月湖水平，涵虚混太清"，虽律也，而含古意。皆起句之妙，可以为法。何必效晚唐哉！（《升庵诗话》）

顾璘曰：此诗人皆知次联之工，不知其起语之大，作者当具眼目。（《批点唐音》）

唐汝询曰：此临湖而兴求仕之思，复量其才而不欲进也。秋高水溢，九江合流，洞庭涛势之壮如此，因言欲济而无舟楫，以兴求仕而无其才，是以端居而愧此明时也。见钓者之得鱼，不无欣慕意。然结网未遑，亦徒然兴叹耳。盖襄阳本不欲仕，乃临渊而有此叹，岂抱道之情犹未能战胜耶？（《唐诗解》卷三十五）

钟惺曰：此诗人知其雄大，不知其温厚。"欲济无舟楫，端居耻圣明"，二语存用世之思。（《唐诗归》卷十）

谭元春曰："八月湖水平，涵虚混太清"，多少厚。〔同上〕

蒋一葵曰："八月"补题不足。"涵虚混太清"五字，分明秋水澄潭。后四句寓己意。（《唐诗选笺释》）

李维桢曰：工在二联，起尤大气宇。气概横绝，言有尽而气无穷。（《唐诗隽》）

陆时雍曰：浑浑不落边际。三、四惬当，浑若天成。襄阳律诗，雄浑则有"气蒸云梦泽，波撼岳阳城"，清微则有"微云淡河汉，疏雨滴梧桐"，精策则有"就枕灭明烛，扣舷闻夜渔"，闲雅则有"众山遥对酒，孤屿共题诗"。（《唐诗镜》卷十一）

胡应麟曰："气蒸云梦泽，波撼岳阳城"，浩然壮语也。杜"吴楚东南

316

坼，乾坤日夜浮"，气象过之。（《诗薮·内编·近体上·五言》）又曰：唐五言律起句之妙者，"独有宦游人，偏惊物候新""春气满林香，春游不可忘""八月湖水平，涵虚混太清"……或古雅，或幽奇，或精工，或典丽，各有所长，不必如七言也。（同上《近体中·七言》）

许学夷曰：浩然"八月湖水平"一篇，前四句甚雄壮，后稍不称，且"舟楫""圣明"以赋对比，亦不工。或以此为孟诗压卷，故表明之。（《诗源辩体》卷十六）

周敬曰：起便别。三、四典重句法，最为高唱，后托兴可伤。（《删补唐诗选脉笺释会通评林·盛五律》）

黄家鼎曰：此老满肚子不合时宜，岂忘情用世者。（同上引）

陆钿曰：如浩然"涵虚混太清"，子美《望岳》之"阴阳割昏晓"等句，真妙夺化工，在诸名家不可多得。（同上引）

郭濬曰：起得大。次句五字妙。六句感兴深厚。（《增定评注唐诗正声》）

王夫之曰：颔联较工部"吴楚东南"一联为近情理。凡咏高山大川只可如此，若一往作汗漫峻嶒语，则为境所凌夺，目眩生花矣。予于《登慈恩高塔》诸诗雅所不赏以此。（《唐诗评选》）又曰：此作力自振拔，乃貌为高，而格亦未免卑下。宋之鼻祖，开、天之下驷，有心目者当共知之。（同上）又曰："亲朋无一字，老病有孤舟"，自然是岳阳楼诗。尝试设身作杜陵凭轩远望观，则心目中二语居然出现，此亦情中景也。孟浩然以"舟楫""垂钓"钩锁合题，则自全无干涉。（《姜斋诗话》卷一）又曰：《乐记》云："凡音之起，从人心生也。"固当以穆耳协心为音律之准。"一三五不论，二四六分明"之说，不可恃为典要。"昔闻洞庭水"，"闻""庭"二字俱平，正尔振起。若"今上岳阳楼"，易第三字为平声，云"今上巴陵楼"则语蹇而庚于听矣。"八月湖水平"，"月""水"二字皆仄，自可；若"涵虚混太清"，易作"混虚涵太清"，为泥磬土鼓而已……足见凡言法者，皆非法也。释氏有言："法尚应舍，何况非法！"艺文家知此，思过半矣。（同上卷三）

冯舒曰："混"字无关妙处。举世看此诗，只晓得次联。通篇出"临"字，无起炉造灶之烦，但见雄浑而兼潇洒。后四句似但言情，却是实做"临"字。此诗家之浅深虚实法。（《瀛奎律髓汇评》引）

冯班曰：次联毕竟妙，与寻常作壮语者不同，皎然议之，亦近太刻。

317

（同上引）

陆贻典曰：只"涵虚混太清"一句，洞庭湖正面已完。三、四不得不推借"云梦""岳阳"，以"气蒸""波动"四字形容之也。（同上引）

查慎行曰：孟作前半首，由远说到近。后半首，全无魄力。第六句尤不着题。（同上引）

何焯曰：后四句全是洗发"临"字。张平子《应闲》云："学非所用，术有所仰，故临川将济，而舟楫不存焉。"第五本此。（同上引）

纪昀曰：此襄阳求荐之作。原题下有"献张相公"四字，后四句方有着落，去之非是。作《岳阳楼》，更非是。前半望洞庭湖，后半赠张相公，只以望洞庭托意，不露干乞之痕。（同上引）

许印芳曰：起用拗调，"北阙休上书"亦然，盛唐人有此拗法，盖三、四字平仄互换耳。亦有用作中联者，王右丞"胜事空自知"是也。此外尚多，不可枚举。（同上引）

无名氏（乙）曰：三、四雄奇，五、六遒浑又过之。结都含象外之意景，当与杜诗同为有唐五律之冠。（同上引）

邢昉曰：孟诗本自清淡，独此联（指颔联）气盛，与少陵敌，胸中几不可测。（《唐风定》）

毛先舒曰：襄阳《洞庭》之篇，皆称绝唱，至欲取压唐律卷。余谓起句平平，三、四雄，而"蒸""撼"语势太矜，句无馀力。"欲济无舟楫"二语，感怀已尽，更增结语，居然蛇足，无复深味。又上截过壮，下截不称。世目同赏，予不敢谓之然也。（《诗辩坻》卷三）又曰：襄阳五言律体无他长，只清苍醖藉，遂自名家，佳什亦多。《洞庭》一章，反见索露。古人以此作孟公声价，良不解也。（同上）

徐增曰："八月湖水平"，好起手。八月，纪临洞庭之时也；平，水不长不落也。春夏水长，九月则落，湖水平，正八月也。"涵虚混太清"，水空明若含，故云"涵"。"太清"，天也。天水不辨，故曰"混"也。云梦泽，在德安府安陆县南五十里，一名巴丘湖，荆州之薮也。其气蓬郁，若蒸云梦之泽；其波动漾，若撼岳阳之城。此一解，做"洞庭"，"临"字留于后一解做。今临此湖，岂不欲济。"无舟楫"，言无用我为舟楫者。《书》经云："若济巨川，用汝作舟楫。"端居，家居也。上有圣明之主，则深以为耻。《论语》云："邦有道，贫且贱，耻也。"马融《忠经》云："君德圣明，忠臣以荣。""坐观垂钓者"，垂钓者，喻出仕之人也。垂钓则可得鱼，然不如网之稳。"徒有羡鱼情"，见出仕者，不能大有所济，亦犹垂钓者之未必得鱼，徒羡鱼耳。此句，当在垂钓者身上说。唐仲言误谓浩然抱道之情，犹未战胜，真无目人语。襄阳本不欲仕，何羡鱼之有哉！看诗者，须细细循作者思路，方有所得。若泛然论去，所谓有意无意之间不必求甚解，于诗究为门外汉而已。（《而庵说唐诗》卷十三）

南村曰：起得最高。当时皆惊"云梦"二句为名句，其气概故自横绝。不知"涵虚"句尤为雄浑，下二语皆从此生。（《唐风怀》引）

《无用闲谈》：孟浩然诗曰："气蒸云梦泽，波撼岳阳城。"千古以为佳句。《禹贡》："云土梦作义。"《左传》："楚子济江入于云中。"又曰："郑伯田于江南之梦。"则云、梦自是二泽，对岳阳城似不称。然承讹袭舛，亦非一日。张九龄尝语人曰："学者须是常想胸次吞云梦泽，笔端涌若耶溪。"量既并包，文乃浩瀚。则孟之前已有此说矣。

史流芳曰：上四句写"洞庭"，下四句写"临"字。解者谓"舟楫"句与"圣明"句得之。假使"端居"句亦作比体，不尤浑雅乎！（《固说》）

黄生曰：前后两截格。天光与水相涵，故曰"混太清"。前叙望洞庭，后半赠张，名前后两截格。五、六在呼应句中又是正呼反应法。五、六二句倒叙，谓生当圣明，以端居为耻；然仕进无阶，犹济川无楫。坐观他人仕进，如临渊羡鱼。然则今日能以舟楫相假者，非丞相吾何望乎？望人援手，不直露本意，但微以比兴出之，幽婉可法。其制题亦有意。俗本但作《临洞庭》，则后半作何着落？前人题目岂宜妄改。（《唐诗摘抄》卷一）

朱之荆曰：首点"湖"字，次句湖景。三、四接写次句。五、六自况。末寓意。首句"八月"见时，补题不足。（《增订唐诗摘抄》）

王士禛曰：山谷云：" '气蒸云梦泽，波撼岳阳城'，不如'云中下蔡邑，林际春申君'。'疏影横斜水清浅，暗香浮动月黄昏'，不如'雪后园林才半树，水边篱落忽横枝'。"此论最有神解。《后山诗话别记》云："鲁直谓'笙歌归院落，灯火下楼台'，不如'落花游丝白日静，鸣鸠乳燕春秋深'，'气蒸云梦泽'云云，不如'光涵太虚室，波动岳阳楼'"，此语大减。上二联雅俗判然，不需秤量。下一联孟句雄浑天成，若"光涵太虚室"，是何等语，必记者之误，非黄论也。（《带经堂诗话·推敲类六》）

又曰：为诗须有章法、句法、字法。章法有数首之章法，有一首之章法。总是起、结血脉要通，否则痿痹不仁，且近攒凑也。句法老杜最妙。句法要炼，然不可如王觉斯之炼字，反觉俗气可厌。如"气蒸云梦泽，波撼岳

319

阳城"，"蒸"字、"撼"字，何等响，何等确，何等警拔也！（《然灯纪闻》卷七）

顾安曰："气蒸""波撼"，皆从"混太清"句中说出。下四句全是昌黎上书话头。若此张丞相是曲江，恐为所嗤矣。（《唐律消夏录》卷三）

王尧衢曰：前解止写洞庭，后解方做"临"字。"气蒸云梦泽，波撼岳阳城"，此承水势之雄。其气若蒸云梦之泽，其波若撼岳阳之城，言水势郁蒸、波光摇动也。"欲济无舟楫，端居耻圣明"，此以"临"字意转。无舟楫，则空有欲济之心，家居而愧圣明之世，以转下欲仕之人也。"坐观垂钓者，徒有羡鱼情"，垂钓者，比出仕之人。垂钓之得鱼有限，故有羡鱼之情。出仕者，未必有所济，故徒然欣羡耳。襄阳志不欲仕，故其言如此，非襄阳有所羡也。（《古唐诗合解》卷八）

沈德潜曰：起法高浑。三、四雄阔，足与题称。读此诗知襄阳非甘于隐遁者。语云："临川羡鱼，不如退而结网。"意外望张公之援引也。（《重订唐诗别裁集》卷九）

张谦宜曰：杨戴夏先生尝使予辨少陵、襄阳二诗高下，猝不能对。先生曰："只念着便知，孟自是分两轻。"退而思之，杜诗用力匀，故通身重；孟力尽于前四句，后面趁不起，故一边轻耳。即当句论，"吴楚东南坼，乾坤日夜浮"，包罗亦大。（《𫍐斋诗谈》卷五）

范大士曰：气象遂敌洞庭。（《历代诗发》）

宋宗元曰：三、四雄壮。（《网师园唐诗笺》）

屈复曰：前半何等气势，后半何其卑弱。（《唐诗成法》）

黄子云曰：襄阳得天真之趣，器识惜局于狭隘，可小知而不可大受。《洞庭》一诗，是其别调。（《野鸿诗的》）

余成教曰：孟襄阳《临洞庭上张丞相》云："八月湖水平，涵虚混太清。"《晚春》云："二月湖水清，家家春鸟鸣。"同一起法，而前较高浑。（《石园诗话》卷一）

卢𣏌、王溥曰：此诗脍炙止在三、四，未尝锤炼，自然雄警，故是不易名句。后半述意正得稳婉。（《闻鹤轩初盛唐近体读本》）

王寿昌曰：何谓浑然？曰："上山采蘼芜"及"忆梅下西州"是也。近体则杜员外之"独有宦游人（略）"……孟山人之"八月湖水平（略）"。（《小清华园诗谈》卷上）

潘德舆曰：黄鲁直……谓襄阳"气蒸云梦泽，波撼岳阳城"，不如九僧

"云间下蔡邑，林际春申君"，则语意茫昧，令人百思不能得也。（《养一斋诗话》卷七）

吴汝纶曰：唐人上达官诗文多干乞之意，此诗收句亦然，而词意则超绝矣。（《唐宋诗举要》卷四引）

 鉴赏

　　这首诗的投赠对象和写作时间，颇多异说。或认为"张丞相"指张说，诗当为开元三年（715）四月至开元五年二月贬岳州刺史期间所作（此前说曾两度为相）；或认为"张丞相"指张九龄，诗作于九龄贬荆州长史，孟浩然为荆州从事期间（开元二十五年至二十七年）。但这两种说法都会遇到同一个问题：均为投赠对象被贬期间。诗的主旨是希望得到对方的引荐入仕，如作于对方被贬期间，于情理总觉不合。浩然在张九龄贬荆州长史期间，作为幕下从事，写过《从张丞相游南纪城猎戏赠裴迪张参军》《和张丞相春朝对雪》《陪张丞相登当阳楼》《荆门上张丞相》《陪张丞相登荆州城楼因寄蓟州张使君及浪泊戍主刘家》《陪张丞相祠紫盖山途经玉泉寺》《陪张丞相自松滋江东泊渚宫》，共七首。而与张说之间，诗文及其他文献材料均未记载有过投献赠答。因此，《望洞庭湖赠张丞相》题内之"张丞相"指张九龄应无疑问。但上述七首诗除颂美祝愿之词外均无希企引荐之意。且从情理上说，张九龄以被贬之身招浩然入幕，已是对浩然的汲引礼遇，就当时处境而言，也不可能对浩然作进一步的引荐，因此诗作于九龄贬荆州长史、浩然为其幕下从事期间（认为浩然在荆州幕时，曾外出行役，诗即作于此次行役经洞庭湖时，即开元二十五年八月）的说法便很难成立。比较合乎情理的推断，应是作于开元二十一年至二十四年张九龄任宰相期间，徐鹏《孟浩然集校注》系此诗于开元二十四年，谓是年秋浩然有湘赣之游，时九龄为中书令，故称"张丞相"，浩然游洞庭而作诗，希其汲引。比较合理，可从。浩然于开元二十五年入荆州幕，当与此诗所表达的入仕求荐意愿有关。头一年投赠希求汲引，次年即招其入幕，九龄对浩然的照顾可谓相当尽力而且及时的了。

　　诗的前四句写"望洞庭湖"。开头两句，大处落墨，描绘登高遥望八百里洞庭时的第一印象（从"波撼岳阳城"之句看，所登者当即岳阳楼，开元四年张说谪守岳州时所建，楼高三层，在城西门上）。"八月湖水平"，形容洞庭秋汛，江湖水涨，湖水与岸齐平的浩瀚景象，与王湾诗"潮平两岸阔"

写长江涨潮景象可以互参。因此这个"平"并非平静无波，而是对洞庭湖广阔浩渺景象的形容。虽只着此一字，而境界已出。如果说这一句是直观而朴素的描写，那么下一句"涵虚混太清"则是极度的夸张渲染。乍一看，似乎"虚"与"太清"既同指天空，则"涵虚"与"混太清"，只是单纯的同义重复。但细味"涵""混"二字，"涵虚"与"混太清"实有区别。"涵"是包含、容纳的意思，"涵虚"意谓洞庭湖之广大，几可包容整个天宇。这虽是夸张，却符合视野所及，洞庭浩渺无际，似乎将整个天宇都包含进去的视觉印象。而"混"则强调湖面与天宇合而为一、混茫不分，显示出水天相接、浑然一体的境界。"涵虚"，带有自下而上的包容感；"混太清"则带有自下而上的混一感。前者偏于静态，后者偏于动态。而总的来说，又都是对洞庭湖广阔浩瀚、混茫无际、包容天宇景象的出色描写。

三、四两句承上，对洞庭湖的气势和力量之壮伟作进一步描写。"气蒸云梦泽"本是形容洞庭湖上蒙着白茫茫的水汽。但由于用了一个"蒸"字，这八百里洞庭就好像变成了一个硕大无比的冒着腾腾热气的大锅，在不停地释放出它内在的能量，使人联想到"天地为炉兮，造化为工；阴阳为炭兮，万物为铜"的句子。或将"云梦泽"解为古云梦泽的更加广大的湖泽地区，但"蒸"字明显带有眼前所见的水汽向上蒸腾的态势，如指更广远的湖泽水汽蒸腾的景象，非登楼可见，于情理不合。实际上这里的"云梦泽"即指望中的洞庭湖。"蒸"字传出了洞庭湖的气势、能量和永不停息的生命力，绘形而传神。"波撼岳阳城"则描绘洞庭湖的巨浪惊涛时时拍打着脚下所站的岳阳楼，似乎感到坚固的岳阳城墙亦为之摇撼。这虽是夸张，却是实感。上句主要诉之视觉，此句则以触觉为主而兼视、听感受，不仅感到城墙和城楼的震撼，而且眼前似见奔涌不绝的惊涛骇浪的汹涌，耳畔似闻巨浪撞击的轰鸣。一"撼"字把这一切都传神地表现出来了，而诗人其时内心的震撼与律动亦隐约可闻。

前四句描写洞庭湖之浩瀚广阔、气势力量，后四句转到"赠张丞相"上来。这当中的转接过渡，就在"欲济无舟楫"这一句。正因为洞庭湖浩瀚无际，风高浪急，故自然引发出"欲济"而"无舟楫"的想法。而它本身又是一个比喻，暗含着企望入仕惜无引荐之人的意思。值得注意的是，"舟楫"之语，显系用殷高宗任用傅说为相时的告辞："若济巨川，用汝作舟楫。"因此，"舟楫"在这里自然关合着宰辅大臣的身份。而张九龄当时正任中书令之职。句意似泛说，实际上却是企望能有傅说式的贤相良辅荐引自己入仕。

正因为这一句已将求荐之意挑明，下句就干脆丢掉比兴的外壳直露本意："端居耻圣明。"申明自己之所以求荐入仕，原因是耻于在圣明之世作一个无所作为的"端居"闲人。也就是说入仕的目的是为了报效国家、有所作为，而不单纯出于个人的荣名私利。盛唐文士并不讳言自己的入仕愿望，在开元那样一个健康发展的时代，"端居耻圣明"的声言虽直露，却不卑俗，也相当真诚。

　　尾联在意思上是对"欲济"句的进一步申发，但写法却由第六句的直陈回到比兴上来。一般都只注意到"羡鱼"是用"临河而羡鱼，不若归家织网"之典，但却忽略了"垂钓者"也是用典，而且所用之典也是紧贴宰辅之位的（吕望垂钓磻溪，后遇文王，任之为师）。如果仅说"垂钓者"指入仕者，而不指明所用之典，则实际上不能说明"垂钓者"何以指入仕者。这里的"垂钓者"和第五句的"舟楫"一样，用典均切宰辅之位。因此，尾联的实际含义是：坐观您这样身居宰辅之位的"垂钓者"，我实在是空有羡慕之意而无法达到入仕的目的啊。毕竟这样的表白过于直露，故仍采用比喻和用典，使诗意稍微含蓄一些。

　　这首诗在整体构思上的突出特点，就是前后明显分为两截，前四句写"望洞庭湖"，后四句写"赠张丞相"。这两层意思之间，本无内在联系，为了让它们连接贯通起来，特意设置了"欲济"一句，作为全篇的枢纽和转关，使诗意由"望洞庭湖"过渡到"赠张丞相"上来（实际上是过渡到求荐入仕上来）。从构思上看，前后的过渡还比较自然，而且后幅"舟楫""垂钓""羡鱼"也都未脱离"湖"字。但由于前后幅毕竟缺乏内在联系，后幅又因在篇幅上与前幅平分秋色而占据重要地位，实际上成为全篇主旨表达的主要凭借。从这个角度来衡量，前后幅缺乏内在联系、有机统一的缺憾就难以避免。也许，在望洞庭湖、观赏壮伟气象时，诗人还只是想伫兴而就，写一首吟咏洞庭壮观的诗，但笔之于纸时，却想起来要将这首吟咏洞庭壮观的诗呈献给张九龄。这也罢了，诗人又想着要将自己求荐入仕的意愿借此表达，于是便产生了这首明显分为两截的诗。虽有第五句作勾连过渡，毕竟貌合而神离。如果一开始诗人就具有借咏洞庭气象而上张丞相希求荐引的明确创作意图，恐怕不会是现在这种写法，至少要设法使前后幅之间具有更紧密的联系。也许那样写出来的诗，在描绘洞庭壮伟景象时还不如现在这样出色。换句话说，分为两截的诗虽然缺乏内在的统一性，但至少在描绘洞庭壮观这一点上，是非常出色的，甚至为后人难以企及。

宿桐庐江寄广陵旧游[一]

山暝听猿愁[二]，沧江急夜流[三]。
风鸣两岸叶，月照一孤舟。
建德非吾土[四]，维扬忆旧游[五]。
还将两行泪[六]，遥寄海西头[七]。

校注

〔一〕桐庐江，指浙江流经桐庐县境的一段。浙江上游为源于歙州黟县之新安江，东流至睦州建德，与兰溪汇合，称建德江；北流至桐庐，与桐溪合，称桐庐江。或引《元和郡县图志·江南道一·桐庐县》："桐庐江，源出杭州於潜县界天目山，南流至县东一里入浙江。"以为当指此。按：此"桐庐江"即桐溪，为浙江支流，与题内"桐庐江"指浙江主流经桐庐境之一段不同。诗作于开元十八年（730）秋漫游越中经桐庐时。广陵，指扬州。旧游，犹故交。游越中之前，孟浩然曾到过广陵，时在开元十五（一说十六）年春，李白有《黄鹤楼送孟浩然之广陵》诗可证。

〔二〕暝，昏暗。听，《全唐诗》作"闻"，此据丛刊影明本改。

〔三〕沧江，青苍色的江水。"沧"，宋蜀刻本作"苍"。

〔四〕建德，唐睦州治建德。桐庐县属睦州管辖。此处"建德"即包括桐庐在内的整个睦州，非单指建德一县。非吾土，用王粲《登楼赋》"虽信美而非吾土兮，曾何足以少留"句意。

〔五〕维扬，即扬州。《书·禹贡》："淮海惟扬州。"《梁溪漫志》："古今称扬州为维扬，盖取《禹贡》'淮海惟扬州'之语。今则易'惟'作'维'矣。"

〔六〕两，丛刊影明本作"数"。

〔七〕海西头，指位于东海之西的扬州。隋炀帝《泛龙舟》："借问扬州在何处？淮南江北海西头。"

刘辰翁曰："一孤舟"似病，天趣自得，大有洗炼，非率尔得者。（《王孟诗评》）

顾璘曰：不堪萧瑟。（《批点唐音》）

李维桢曰：善写情景，萧瑟莫堪。（《唐诗隽》）

钟惺曰：（"风鸣"二句）偶而一佳语，中晚人受用不尽。（"还将"二句）太就口。（《唐诗归》卷十）

陆时雍曰：三、四意象逼削。"一孤舟"，毕竟多"一"字。（《唐诗镜》卷十一）

周珽曰：前半写宿庐江之景，后半叙"寄旧游"之意。（《删补唐诗选脉笺释会通评林·盛五律》）

沈德潜曰：孟公诗高于起调，故清而不寒。（《重订唐诗别裁集》卷九）

范大士曰：首句落韵，当以此为法，方是神解。（《历代诗发》）

黄叔灿曰：上四句写夜境幽淡，读之亦觉孤寂，所以起下联"非吾土""忆旧游"也。（《唐诗笺注》）

李锳曰：前四句写"宿桐庐江"，已含"非吾土"意；后三句写"寄广陵旧游"，即从"非吾土"三字引起，盖以第五句承上起下作中轴也。（《诗法易简录》）

陈婉俊曰：（前四句）二十字可作十五六层，而一气贯注，无斧凿痕迹。（《唐诗三百首补注》）

高步瀛曰：（首联）健举，工于发端。（次联）旅况寥落，情景如绘。（尾联）情深语挚。（《唐宋诗举要》）

在孟浩然的诗歌创作历程中，长达数年的越中之游是一个重要阶段。这一时期，他创作了大量优秀的山水诗。孟浩然之所以被称为田园山水诗人，跟这一时期的创作密切相关。

和孟诗的主体风格往往偏于清幽淡远，追求隽永的韵味有所不同，这首诗虽然在总体上仍属于"清"的范畴，但却缺乏许多诗中常见的从容不迫、悠然自得的情致，而显得有些清峭孤凄，感情的状态也失去了往日常见的安恬平静，而显得有些骚屑不宁。这和他此次游越是在入长安应试不第的背景下作出的决定有密切关系。他在游越之初写的《自洛之越》说："遑遑三十载，书剑两无成。山水游吴越，风尘厌洛京。扁舟泛湖海，长揖谢公卿。且乐杯中酒，谁论世上名！"从中可以看出他当时心情的苦闷和失落。

首联撇开旅泊情事的一般叙述交代，直入本题，写宿桐庐江的视听感受。江边的山峦，已被昏暗的夜色所笼罩，只听得山上时时传来猿猴的鸣叫声。猿声凄厉，在静夜中分外刺激人的神经，使羁客增愁。"听猿愁"，既可理解为听猿声而愁，也可理解为猿声本就愁凄，羁客听之而增愁。"听"字暗含一个时间过程，显示在夜宿过程中不断听到猿啼，"愁"绪亦随之不断加深。"沧江"句转而写水。桐庐一带，有著名的七里濑，滩险流急，用"急"字来形容江流，自是实情。但日间可目接沧江急流险滩之景，夜间则主要凭借听觉来感受江流之急（第四句写到"月照"，则朦胧月色下亦可约略窥见江流之急）。从"急"字中不但可以想象出诗人夜宿孤舟，侧耳倾听沧江急流哗哗作响的情景，且可体味到诗人不平静的心声。这一联起势峭急遒劲，一下子就将读者带入一个充满黯淡、凄愁色彩的境界中。沈德潜说孟诗"高于起调"，此为显例。上句写山，兼写视、听感受；下句写水，以听觉为主而暗含视觉感受，写法同中有异。

颔联续写夜泊时所闻见的景物，上句写听觉感受，下句写视觉感受。时已寒秋，两岸的树叶，在劲厉的秋风中飒飒作响；一轮寒月，映照着诗人所宿的一叶孤舟。风吹树叶发生的鸣声，在白天不容易被注意到，只有在静寂的夜间才特别清晰入耳，而且这风也必须相当强劲，才能发出吹动树叶时的较大声响。着一"鸣"字，不但显示出风的强劲和凄厉肃杀，而且透露出诗人骚屑不宁的心声。"月照"句中"一"与"孤"似复，但"一"字在这里起的是强调作用，故而意虽复而读者不嫌其复，反而感到这"一"字承载的感情分量之重。深秋的寒月，本就带有凄冷的色彩，当它映照到这江边唯一的小舟上时，就分外突出了"孤舟"之"孤"，舟中羁旅愁泊的诗人心中的孤独凄清感亦曲曲传出。

诗的前幅，以诗人身处的一叶孤舟为中心，写两岸山上凄厉的猿啼，写劲厉的秋风吹动两岸树叶的鸣声，写天上一轮孤月映照下苍黑的山峦，写桐庐江水湍急的声响，组成了一幅色调凄黯萧瑟的寒江夜泊图景。透过这幅图画，可以明显感受到"宿桐庐江"时凄清寂寞、黯淡不宁的情思。这就自然引出五、六两句来。

　　"建德非吾土，维扬忆旧游。"孤舟夜泊异乡，又值萧瑟的寒秋，异乡漂泊之感便特别强烈。"建德非吾土"正是这种羁旅漂泊感的集中表达。这一句是全篇的转关，上承羁旅夜泊的凄清寂寞，下启对维扬旧游的忆念。在羁旅的孤寂中，或引发对故乡的怀念，或引发对故交的追忆，都是常情。这里忆及维扬故交，可能是几年前那次"烟花三月下扬州"的游历给诗人留下了极深刻的印象，也可能此次游越途经扬州时，曾与故交再次欢聚，今日孤舟夜泊的凄清寂寞，更加深了对往日朋友欢聚的追忆。七、八句便进而由"忆"而"寄"，点明题内"寄"字。但孑然一身，异乡漂泊，可寄者唯有凝聚着凄寂情怀的"两行泪"和一首诗而已。

　　后幅四句，纯粹抒情，由"忆"而"寄"，一气直下，语浅情深。至尾联，已成倾泻之势，感情在最强烈的瞬间，即行收束。

　　本篇的制题方式与整体构思和《望洞庭湖赠张丞相》相似，前后幅明显分为两截，以第五句作为全篇转关，前幅写景，后幅抒情。不同的是，《望洞庭湖赠张丞相》的前幅在写景当中并没有寓含后幅所表达的欲入仕而企望荐引的情思，虽有"欲济无舟楫"一语作为前后幅的过渡，但前后幅之间并无内在联系。而本篇则在前幅写宿桐庐江所闻所见所感中即已渗透了浓郁的异乡羁泊之情，故前后幅的过渡衔接既很自然，在情感上也有内在联系，使全篇成为有机统一的整体。尽管前幅写景，后幅抒情，但均用白描直抒手法，艺术风格亦和谐统一。

早寒江上有怀〔一〕

木落雁南度〔二〕，北风江上寒。
我家襄水曲〔三〕，遥隔楚云端〔四〕。
乡泪客中尽，孤帆天际看〔五〕。
迷津欲有问〔六〕，平海夕漫漫〔七〕。

校注

　　〔一〕《国秀集》题作《江上思归》。

〔二〕木，木叶、树叶。鲍照《登黄鹤矶》："木落江渡寒，雁还风送秋。"

〔三〕曲，《全唐诗》作"上"，与第二"上"字复，据丛刊影明本及《国秀集》改。襄水，指汉水流经襄阳境内的一段。襄水曲，襄水的拐弯处。汉水流经襄阳后，由东西流向改为南北流向。《元和郡县图志·襄州襄阳县》："本汉旧县也，属南郡，在襄水之阳，故以为名。"

〔四〕云，《国秀集》作"山"。谢朓《休沐重还丹阳道中》："云端楚山见，林表吴岫微。试与征徒望，乡泪尽沾衣。"襄阳旧为楚地，故曰"遥隔楚云端"。

〔五〕谢朓《之宣城出新林浦向板桥》："天际识归舟，云中辨江树。"

〔六〕迷津，犹迷途。《论语·微子》："长沮、桀溺耦而耕，孔子过之，使子路问津（渡口）焉，长沮曰：'夫执舆者为谁？'子路曰：'为孔丘。'……曰：'是知津矣。'问于桀溺，桀溺……曰：'滔滔者天下皆是也，而谁以易之？且而与其从辟人之士也，岂若从辟世之士哉！'耰而不辍。"

〔七〕平海，指江水与海相连齐平。这是长江入海口一带的景象。漫漫，无边无际貌。

（笺）（评）

刘辰翁曰：（"我家"四句）读此四句，令人千万言自废。（《王孟诗评》）

钟惺曰：（前四句）四语直下，只如一句，有骨。（"孤帆天际看"）"看"字好。（《唐诗归》卷十）

唐汝询曰：此客中苦寒思家切也。言当木落雁度之时，北风乍起，寒既早矣。家临襄（原作"湘"，误）水而隔楚云，望而不可至也。于是思乡泪尽，目极征帆，欲问津以归，而海水渺茫，未易轻渡，奈何！（《唐诗解》卷三十五）

许学夷曰：浩然五言律兴象玲珑，风神超迈……乃盛唐最上乘，不得偏于闲淡幽远求之也。中如"北阙休上书""迢递三巴路""人事有代谢""木落雁南度"等篇，皆一气浑成……既未可以句摘，亦未可以字求也。（《诗源辩体》卷十六）

陆时雍曰：一起感怀略尽，下接故难。（《唐诗镜》卷十一）

王士禛曰：唐诗佳句，多本六朝，昔人拈出甚多，略摘一二为昔人所未及者，如……孟襄阳"木落雁南度，北风江上寒"，本鲍明远"木落江渡寒，雁还风送秋"。（《带经堂诗话·考证门三·袭故类一》）

史流芳曰：起二句写早寒，下六句写有怀。（《固说》）

吴昌祺曰：起有致。此章殊为隽永。结意仍是自伤。（《删订唐诗解》）

沈德潜曰：起手须得此高致。（《重订唐诗别裁集》卷九）

宋宗元曰：振衣千仞。（《网师园唐诗笺》）

范大士曰：回翔容与，绝代风规。（《历代诗发》）

黄培芳曰：客怀凄然，何等起手。（《唐贤三昧集笺注》评）

陈德公曰：逸笔，故饶爽韵。前四纯以神胜，是此家绝诣，不必逊他人人工也。五、六亦老。（《闻鹤轩初盛唐近体读本》引）

卢麰曰：三、四正乃悠然神往。后半弥作生态。结语紧接五、六，亦复隐承三、四。（同上）

胡本渊曰："早寒"起，"有怀"接，一气相承。（《唐诗近体》）

高步瀛曰：纯是思归之神，所谓"超以象外"也。（《唐宋诗举要》卷四）

此诗作年，疑在开元十八年（730）深秋自洛赴越途经长江南渡时。其《渡扬子江》诗云："更闻枫叶下，淅沥度秋声。"知其渡江时正值枫叶凋零的深秋季节。其《登万岁楼》云："万岁楼头望故乡，独令乡思更茫茫。天寒雁度更垂泪，日落猿啼欲断肠。"系渡江后在润州作，时令亦与《早寒江上有怀》合，而"天寒""雁度""乡思""垂泪"等语，更与本篇"雁南度""江上寒""乡泪"等语吻合，可证三诗均为同时之作。

首联写江上早寒。深秋季节，木叶凋落，北雁南飞，这是常见的季候特征。但在地近江南的扬子江上，通常这时还并不感到寒冷，杜牧诗《寄扬州韩绰判官》"青山隐隐水迢迢，秋尽江南草未凋"可证。而这年却与往常不同，渡江时，刮起了凛冽的北风，竟让人感到了初冬的寒意。上句写的是深秋季候的一般特征，下句则是今年深秋的特殊表现。两句合参，正点明深秋江上早寒这一特殊的气候背景，为下面抒写乡思蓄势。这一联虽从鲍照诗句

"木落江渡寒，雁还风送秋"化出，但鲍诗两句意思平列，只写深秋物候；孟诗则拈出"北风"，揭出"早寒"特征。以之起势，使全篇一开头就笼罩在凛冽寒冷的气氛中。沈德潜说"起手须得此高致"，可谓切评。

三、四两句，由"江上早寒"转而抒写对故乡的热望。雁的南归，固然会引起游子思乡的情怀；木叶凋零，又何尝不易触发漂泊者叶落归根的联想？而江上早寒，则更易引发羁旅者凄寒的感受。因此，从首联的江上早寒景象转到颔联的思乡望乡，是触景生情，势所必然。乍看这两句，似乎只是写故乡的遥远和阻隔，细味则仿佛可见诗人身在江上舟中，时时引领遥望故乡的身影，抒情中并未脱离特定的"江上"这一背景。"襄水"固因眼前的江水引发，"楚云端"更切合由下游向上游极望，故乡遥隔于楚云之端的地形特征，一"隔"字将阻隔中的强烈想望和思念表达得非常突出。

五、六两句，紧承第四句，因故乡遥隔而不得见进一步写乡思之浓，归思之切。说"乡泪客中尽"，则思乡之泪固不自今日始，而今日尤为浓烈，以致泪尽于客途之中；说"孤帆天际看"，则置身江上，故乡杳远，阻隔重重，惟目送孤帆远去，渐入天际而已。"看"字似不经意，却含有故乡杳远不可及的无奈与悲慨。或说"孤帆"句指家人想望自己归去而盼己之归舟，总与这一联的口吻不合。"泪尽"与看孤帆的主体都是诗人自己。"孤帆"句仍扣"江上"写"有怀"，未脱离眼前景。

尾联于故乡杳远阻隔、羁旅漂泊的叹息中转出新意。"迷津"仍紧扣"江上"，由迷茫的津渡引发对人生道路的思考。"遑遑三十载，书剑两无成"，三十年的攻苦岁月，得到的结果是"书剑两无成"。这条读书应举、恓恓惶惶、求取功名的人生道路究竟是坦途，还是"迷津"，似乎应该彻底反思一下了，所以有"迷津欲有问"之语。但眼前所见，唯有在暮色苍茫中江海相连、水天相接、一片迷蒙的景象而已。这一转一跌，将诗人那种对自己的人生道路，既有所思考与反省，又感到茫然不知所之的矛盾情绪很含蓄地表现出来了。以景结情，景中寓情，颇有"篇终接混茫"的气象。

许学夷评此诗"一气浑成"，不可以句摘字求，甚是。但全篇写景抒情，均紧扣"江上"这一特定场景着笔，则体现出诗人运思细密的一面，而这，又正是使全篇具有"一气浑成"的整体感的重要凭借。

与诸子登岘山〔一〕

人事有代谢〔二〕，往来成古今〔三〕。
江山留胜迹〔四〕，我辈复登临。
水落鱼梁浅〔五〕，天寒梦泽深〔六〕。
羊公碑字在〔七〕，读罢泪沾襟。

孟浩然

校注

〔一〕岘山，一名岘首山，在襄阳南。《元和郡县图志·山南道·襄州》："岘山，在（襄阳）县东南九里。东临汉水，古今大路。"岘山是襄阳名胜。晋征南大将军羊祜喜爱山水，镇襄阳时，常登岘山，饮酒言咏。余详见注〔七〕。

〔二〕人事，人世间事，世事。代谢，更替变化。陶渊明《饮酒》之一："寒暑有代谢，人道每如兹。"

〔三〕《淮南子·齐俗训》："往来古今谓之宙，四方上下谓之宇。"往来，承上"人事有代谢"而言，指社会人事的不断更迭变化。成古今，形成了古和今（相续的历史）。

〔四〕胜迹，名胜古迹，胜地美景。

〔五〕鱼梁，见《夜归鹿门山歌》注〔二〕。鱼梁浅，指冬日水浅，鱼梁洲大部分露出水面。

〔六〕梦泽，见《望洞庭湖赠张丞相》注〔三〕。

〔七〕羊公，指西晋羊祜。《晋书·羊祜传》："祜乐山水，每风景，必造岘山，置酒言咏，终日不倦。尝慨然叹息，顾谓从事中郎邹湛等曰：'自有宇宙，便有此山。由来贤达胜士，登此远望，如我与卿者多矣，皆湮灭无闻，使人悲伤。如百岁后有知，魂魄犹应登此也。'湛曰：'公德冠四海，道嗣前哲，令闻令望，必与此山俱传。至若湛辈，乃当如公言耳。'"又："卒……襄阳百姓于岘山祜平生游憩之所，建碑立庙，岁时飨祭焉。望其碑者莫不流涕，杜预因名为堕泪碑。"羊公碑，即指襄阳百姓为纪念羊祜功德于岘山祜昔日游憩之处所建的碑。字，丛刊影明本作"尚"，宋蜀刻本作"字"。

331

笺评

刘辰翁曰：不必苦思，自然好。苦思复不能及。又曰：起得高古，略无粉色而情景俱称。悲慨胜于形容，真岘山诗也。复有能言，亦在下风。（《王孟诗评》）

李维桢曰：悲愁感慨，情景俱胜。（《唐诗隽》）

胡应麟曰：仄起高古者……"人事有代谢，往来成古今""槎头广林近，九月在南徐"，苦不多得。盖初、盛多用工偶起，中、晚卑弱无足观。（《诗薮·内编·近体中·五言》）

唐汝询曰：此登览而发吊古之思也。言因人事代谢而成古今，非江山有所变易也。故胜迹犹在，我辈复登临焉。然鱼梁、梦泽之景，同一萧条，唯读羊公之碑而挥泪耳。水落梁空，故曰"浅"；天寒泽竭，故云"深"。浅以水言，深以地言也。（《唐诗解》卷三十五）

钟惺曰：（"往来成古今"）"成古今"三字旷识妙口。（"水落鱼梁浅，天寒梦泽深"）二语可评孟诗。（《唐诗归》卷十）

陆时雍曰：清超。孟浩然、李太白俱以古行律，多率意一往，不为律束。（《唐诗镜》卷十一）

吴山民曰：非此一结，几不知其为岘山。（《删补唐诗选脉笺释会通评林·盛五律》引）

陆钿曰：只次联二语，多少今昔之感！（同上引）

蒋一梅曰：结用事天成。（同上引）

周珽曰：登览而发吊古之思。精奇博硕，固足名世也。（同上）

李沂曰：结语妙在不翻案。后人好议论，殊觉多事，乃知诗中著议论定非佳境。又曰：孟诗一味简淡，意足便止，不必求深，自可空前绝后。子美云："吾爱襄阳孟浩然，清诗句句尽堪传。"太白云："吾爱孟夫子，风流天下闻。"二公推服如此，岂虚语哉！（《唐诗援》）

邢昉曰：风神兴象，空灵澹远，一味神化。中、晚涉意，去之千里矣。（《唐风定》）

郭濬曰：五、六二语萧森。（《增定评注唐诗正声》）

徐增曰：夫人事倏忽，相代而谢，略一往来，便成古今。唯江山常在人间。人虽往矣，而当时之胜迹，留于后人赏玩，今日幸有我辈在此登临。"我辈"二字，浩然何等自负，却在登临上说，尤妙。既登山矣，从上望下，见江水落，而捕鱼之梁浅。浅，言其露出。从近望远，时方天寒，寒则泽竭，而觉梦泽之深。深，又言其杳冥也……浩然谓：羊公登此山，身后百姓建碑，我辈今日在此登临，转盼间便为陈迹，后辈亦有知我辈登临者否？读其碑文，亦不免泪落矣。（《而庵说唐诗》卷十三）

王尧衢曰："人事有代谢，往来成古今。"起句感慨，不独登岘山者然也。日往月来，此往彼来，便成古今。古今者，往来之积也……"羊公碑尚在，读罢泪沾巾。"合到岘山……今云读碑而泪沾巾者，非悲羊公也，正为人事代谢，转盼古今。（《古唐诗合解》卷八）

吴昌祺曰：非有深思，而意境清迥。（《增订唐诗解》）

黄生曰：（颔联）参差对。全篇直叙格。前四语略率，得五、六一联精警，振起其势。"一"字（按：黄氏《唐诗矩》末句作"读罢一沾襟"）大妙，有聊复尔尔之思，俗本作"泪"字，便隔千里矣。羊公竖碑，恐陵谷迁移，一埋山上，一沉水底，达人视之，殊觉多事。盖易迁者人代，难改者江山，即今胜迹依然，而古今之登临者也，不知阅历几千百辈，即使名留身后，究竟何益生前？此诗一出，后来登岘山者皆当破涕为笑矣。（《唐诗矩·五言律诗二集》）

朱之荆曰：三"江山"字串读，四"登临"字串读，便知原非不对。（《增订唐诗摘抄》）

叶蓁曰：羊公百世后能令人思，以比己之他日，可有人思之否？意在及时修德，正风也。（《唐诗意》）

顾安曰：五、六说我辈登临时候，景象又自不同。结语妙。在前半首说得如此旷达，而究竟不免堕泪也，悲夫！（《唐律消夏录》卷三）

范大士曰：浩气回旋。前六句含情抱感，末一句一点，通体皆灵。（《历代诗发》）

刘邦彦曰：吴曰：死后有知，魂魄犹应登此，昔人所为兴慨也。读罢沾襟，能自已乎！（《唐诗归折衷》引）

张谦宜曰：（前四句）流水对法，一气滚出，遂为最上乘。意到气足，自然浑成，逐句摹拟不得。（《絸斋诗谈》卷五）

吴修坞曰：（"江山"二句）不对而对。又曰：从叔子意写起，三句足上，四句点清本题。五、六岘山所见之景。结点破，缩上前半。（《唐诗续评》卷一）

焦袁熹曰：前半首似泛而实切，此起法之高也。"羊公碑尚在"，推门

落臼矣。"人事有代谢"云云，直是恰好，不知者道是遇山便可如此起。（《此木轩论诗汇编》）

沈德潜曰：清远之作，不烦攻苦着力。（《重订唐诗别裁集》卷九）

黄叔灿曰：起二句即是岘山吊古意。（《唐诗笺注》）

宋宗元曰：由来贤达胜士登此者多矣，皆湮没无闻。（《网师园唐诗笺》）

陈德公曰：前半本色，高浑之笔，所谓神足。五、六承以景联，章法方称，而第六尤稳。结仍浑然。有起句，故有结句；亦有结意，故有起句耳。（《闻鹤轩初盛唐近体读本》引）

卢㸌曰：慨当以慷，无限牢骚，形于登眺。落句"尚"不如"字"，"字在"，乃可读也。（同上）

胡本渊曰：起四句凭空落笔，若不着题，而与羊公登山意自然神会。移置他处登山，便成泛语。（《唐诗近体》）

张文荪曰：具此襟怀，方可作诗。漫言吊古者未许梦见，妙处只是情深。（《唐贤清雅集》）

王寿昌曰：发端语如……"人事有代谢，往来成古今"之奥衍……皆可法也。（《小清华园诗谈》卷下）

陈仅曰：炼意则同是一意，或高出一层，或翻进一层；或加以含蓄，或出以委婉，有与人不同处。即如登岘山者，胸中谁不有羊公数语，而孟浩然"人事有代谢"四句，更有人能着笔否？此可隅反。（《竹林答问》）

吴汝纶曰：（首联）感慨。（《唐宋诗举要》卷四引）

高步瀛曰：（次联）语有抱负。（同上）

俞陛云曰：前四句俯仰今古，寄慨苍凉，凡登临怀古之作，无能出其范围。句法一气挥洒，若鹰隼盘空而下，盘折中有劲疾之势。（《诗境浅说》）

岘山之成为襄阳著名登览胜迹，与羊祜这位功业彪炳，常登岘山，"令闻令望"与此山俱传的一代名臣密切关联。对于怀有建功立业的鸿鹄之志的诗人来说，羊祜更是他心目中的楷模。登岘山之时，羊祜与邹湛的那一段极富人生哲理的对话自然是蕴蓄于心，萦绕脑际的。正是这段对话，成为他诗思的主要触发点，从而使他写出这首俯仰古今、感慨深沉的登临绝唱。

开头两句，撇开题面，凭空起势，以虚涵概括之笔作大议论、抒大感慨。表面上看，好像是离题万里的空议论，不着边际的大感慨。但在诗人意中，这"人事代谢"和"古今"都离不开眼前的岘山和与岘山有关的人事。从西晋初年到诗人这次登岘山，已历四百多年。其间寒暑更迭，春秋代序，人事变化，朝代更替，发生了多少沧桑巨变，形成了古今相续的一段合而分、分而合的历史。往年羊祜登岘山时置酒言咏、抒发感慨的情景已成历史陈迹。这一切，正是"人事有代谢，往来成古今"这两句诗所包含的具体内容之一。但诗意又从此生发升华，蕴含着更深广的历史感慨和人生感慨，于俯仰古今中透露出宏远的胸襟气度。可谓不离岘山这个题目，又不为题所拘，使所抒的感慨更具普遍性。

三、四两句，落到题面"与诸子登岘山"。"江山留胜迹"，这"胜迹"自然指岘山而言。表面上看，这句好像是说，自然界亘古不变，"自有宇宙，便有此山"，因而自然界的江山今天仍然留下了岘山这一胜迹。但按之实际，胜迹的形成，除自然界本身提供的物质条件外，又往往跟人的活动（包括政治、经济、军事、精神文化等方面的活动）分不开。拿岘山来说，作为自然物虽然可能已经存在了亿万年，但它之成为具有人文内涵的"胜迹"，却与羊祜这位曾镇襄阳、功德卓著、彪炳史册，又与岘山结下了不解之缘的人物的言行分不开。因此，这"胜迹"之"留"，就不单是自然界的"江山"所留，而且有着羊祜这个历史人物"留"在它身上的印记。既然如此，紧接着的一句"我辈复登临"，在貌似客观叙事的诗句中，就蕴含了耐人寻味的意蕴。昔人的功业声望和登览岘山的言行，已使其名与山俱传，如今，"我辈"（亦即题内的己"与诸子"）蹑前贤之后尘复登临此山，又能给这一"胜迹"再留下一点什么痕迹呢？尽管诗人只是以虚涵之笔写下"我辈复登临"这句诗，但上述念头正像昔日羊祜登临时曾经说过的那样，"由来贤达胜士，登此远望，如我与卿者多矣，皆湮灭无闻，使人悲伤"，是挥之不去、盘旋脑际的。诗人就此顿住，含而不宣，无穷感慨自寓其中。

但诗写到这里，却不再沿着这一思绪继续下去，而是宕开写景："水落鱼梁浅，天寒梦泽深。"鱼梁洲就在岘山之下不远，是登临所见近景；"梦泽"则离襄阳相当远，如依梦在江南之说，则所距更远。因此下句只能是登临时触发的对更远的云梦泽情景的想象。"浅"指冬日水浅而洲更显露，"深"则指天寒水涸，梦泽显得更为幽深。"水落"与"天寒"互文见义。这一联写登岘山所见眼前近景和想象中远景，气象阔大而萧森，虽未必有具体的比兴象征含义，却与全篇寓慨深沉的格调协调。由于这一联插在前后的抒写感慨的诗句中间，诗就显出了曲折顿宕的韵致，不致一泻无余，也避免了单纯抒慨的偏枯。

尾联则是登临岘山时所见所感，由山下转写山上，紧扣岘山这一胜迹与羊祜的关系着笔。"羊公碑字在"，透露出当世和后代的人们（包括诗人自己）对羊祜的崇敬追思；"读罢泪沾襟"虽暗用堕泪碑故实（黄生以为系用岘首沉碑故实，显误），但今日诗人之"泪沾襟"则不但由于对羊祜功德的缅怀，而且寓含了对自身抱负遭际的悲慨。羊祜在当时及后世人们心中树立了永不泯灭的丰碑，自己则虽怀鸿鹄之志，却"遑遑三十载，书剑两无成""不才明主弃，多病故人疏"，作为襄阳人，自己又能给岘山这一胜迹增添一点什么光彩，留下一点什么痕迹呢？思前想后，不免泪沾衣襟了。这层感慨，诗人并未明白说出，但意可默会。

这首诗除腹联写登临所见所想之景外，其余三联全为议论抒慨，这在通常的写景为主的登览诗中是罕见的特例。四联之中，明显紧贴题内"岘山"的也仅第五、七两句（六句"梦泽"与岘山无直接关联），以致有的评家认为"非此一结，几不知其为岘山"，这在登览诗中同样少见。但吟味涵泳全诗，却会强烈感受到诗人贯注其中的浓郁情思和深沉感慨，都离不开岘山和赋予岘山以灵魂的羊祜这个历史人物。诗中对岘山的描写，不是着力于形迹，而是摄取其神魂。岘山因羊祜而成胜迹，因羊祜而增光彩。羊祜登岘山时所发的感慨更触及古代士人的人生观、价值观这个核心问题。抓住这个关键，从人事代谢更迭、历史与现实对照这个角度抒慨，也就抓住了岘山登览诗的神魂。前四句貌似离题的议论抒慨，实质上正是抓住了岘山登临怀古最能触动人们灵魂深处的东西。从人生观、价值观的高度抒慨，诗才不流于一般化的写景叙事，才显出立意的高远和格调的高古。焦袁熹说："前半首似泛而实切"，胡本渊说："起四句凭空落笔，若不着题，而与羊公登山意自然神会"，都是极精到的评论。

从自然浑成的风格来看，这首诗同样具有孟诗常见的特点和优点。所不同的是，它的思致比较深沉，贯注着诗人对历史、对人生的思考与感慨。尽管语言仍属清新朴素、流易自然一途，但却显得感慨深沉，蕴含丰厚，与清幽淡远之格已明显有别。或有评其为超旷者，其实诗中表现得更多的是对人生的执着。

诗人在与诸子登岘山时虽曾有过类似羊祜的感慨，在追慕钦仰前贤时也不免浮现"湮灭无闻"的悲伤。但历史毕竟是公正的。功德彪炳的羊祜固然与岘山共传，"清诗句句尽堪传"的孟浩然也同样与岘山长存。"江山留胜迹，我辈复登临"之际，不但记得羊祜，也记起孟浩然。即此一篇，亦可与岘山共存而不朽。

晚泊浔阳望庐山〔一〕

挂席几千里〔二〕，名山都未逢。
泊舟浔阳郭〔三〕，始见香炉峰〔四〕。
尝读远公传〔五〕，永怀尘外踪〔六〕。
东林精舍近〔七〕，日暮但闻钟。

校注

〔一〕丛刊影明本题作《晚泊浔阳望香炉峰》。浔阳，今江西九江市。诗有"挂席几千里"之句，当为游越中归途经浔阳时作，约在开元十九年（731）秋。

〔二〕挂席，张挂船帆，指舟行。

〔三〕郭，外城。浔阳郭，浔阳城外。

〔四〕香炉峰，庐山峰名。在庐山西北部，故泊舟浔阳可见。《太平寰宇记》："香炉峰在山西北，其峰尖圆，烟云聚散，如博山香炉之状。"其周围多瀑布，为庐山胜景。

〔五〕远公，指东晋释慧远。梁释慧皎《高僧传》："释慧远本姓贾氏，雁门楼烦人也。欲往罗浮山。及届浔阳，见庐峰清静，足以息心，始住龙泉精舍。时有沙门慧永居在西林，与远同门旧好，遂要远同止。永谓刺史桓伊曰：'远公方当弘道，今徒属已广，而来者方多，贫道所栖偏狭，不足相处，如何？'桓乃为远复于山东更立房殿，即东林是也。"

〔六〕永怀，长想，长期缅怀追慕。尘外踪，指慧远超越尘俗的行事。《高僧传》载慧远在庐山"创造精舍，洞尽山美，却负香炉之峰，傍带瀑布之壑，仍石叠基，即松栽构，清泉环阶，白云满室。复于室内别置禅林，森

337

树烟凝，石径苔合，凡在瞻履，皆神清而气肃焉。"此即"尘外踪"的具体表现。

〔七〕东林精舍，即东林寺，晋太元十一年（386）刺史桓伊为慧远所建。参注〔五〕。系佛教净土宗发源地。慧远在此聚徒讲学，倡导弥陀净土法门，后世尊其为净土宗始祖。唐时寺庙香火极盛，有殿厢塔室三百一十余间。寺前有虎溪，相传慧远专心修行，影不出户，送客不过虎溪桥。寺在庐山西北，故泊舟浔阳可闻寺钟。

笺评

吕本中曰：浩然诗："挂席几千里，名山都未逢。泊舟浔阳郭，始见香炉峰。"但详看此等语，自然高远。如"松月生夜凉，风泉满清听"，亦可以为高远者也。（《吕氏童蒙训》）

刘辰翁曰：不经意造作。（《王孟诗评》）

《唐诗广选》：谢曰：诗有韵有格，格高似梅花，韵高似海棠。欲韵胜者易，欲格高者难。二者孟浩然兼之。

唐汝询曰：此道经浔阳，望炉峰不得登，因怀惠远也。言舟行已远，始见此峰，其中本远公所隐，实平生深慕者。今近精舍，乃不获寻其迹，而徒闻此钟声乎！恨之也。（《唐诗解》卷七）

钟惺曰：（"东林精舍近，日暮但闻钟"）从闻境说出"望"字，便深。（《唐诗归》卷十）

李沂曰：只如说话，而当代诗人为之敛手，良由风神超绝，非复尘凡所有。王曰：前半偶然会心，后半淡然适足，遂成绝唱。（《唐诗援》）

王士禛曰：襄阳诗："挂席几千里……日暮但闻钟。"诗至此，色相俱空。政如羚羊挂角，无迹可求，画家所谓逸品是也。（《带经堂诗话·悬解门·入神类四》）

王谦曰：此篇直叙中无数顿接跌宕，悠然入胜，竟不寻行数墨，拘拘联偶。此又似用律诗拈韵作短古一章，亦当辨之。（《碛砂唐诗纂释》）

田同之曰：严沧浪"羚羊挂角，无迹可求"，司空表圣"不着一字，尽得风流"之说，唯李太白"牛渚西江夜"、孟襄阳"挂席几千里"二首，与沈云卿《龙池》乐章、崔司勋《黄鹤楼》足以当之，所谓逸品也。（《西圃诗说》）

何焯曰：发端神来，所以虽晚而亟望也。眼中意中，前后两层透出"望"字神味。戴容州所谓"如蓝田日暖，良玉生烟"也。后半写"望"字，闲远空阔。（《唐三体诗评》）又曰：庐峰犹始望见，"精舍"何由遽"近"也。（同上）

黄培芳曰：一起超脱。不拘泥于对法，自是盛唐本色。（《唐贤三昧集笺注》评）

范大士曰：意近浑沦，不可寻枝摘叶。（《历代诗发》）

沈德潜曰：此天籁也。已近远公精舍，而但闻钟声，写"望"字意。（《重订唐诗别裁集》卷一）又曰：（五言律）又有通体俱散者，李太白《夜泊牛渚》、孟浩然《晚泊浔阳》、释皎然《寻陆鸿渐》等章，兴到成诗，人力无与，匪重典则，偶存标格而已。（《说诗晬语》卷上）

陈世镕曰：一气卷舒，与太白《望九华山》作兴致无二。（《求志居唐诗选》）

黄叔灿曰：上四句言挂席远来，忽见庐山，有喜不胜意。"日暮但闻钟"，言前此远怀，今将身致矣。诗到自然，质直如话。（《唐诗笺注》）

胡寿芝曰："挂席几千里"一首，高远难到，百读不厌，此为绝诣。（《东目馆诗见》）

施补华曰：五言律中，有二句不对者，如"倚杖柴门外，临风听暮蝉"是也；有全首不对者，如"挂席几千里""牛渚西江夜"是也。须一气挥洒，妙极自然。初学人当讲究对仗，不能臻此化境。又曰：五律有清空一气，不可以炼字炼句求者，最为高格。如李太白"牛渚西江夜""蜀僧抱绿绮"，襄阳"挂席几千里"，摩诘"中岁颇好道"，刘慎虚"道由白云尽"诸首，所谓"羚羊挂角，无迹可求"。（《岘佣说诗》）

吴汝纶曰：一片空灵。（《唐宋诗举要》卷四引）

陈衍曰：夫古今所传伫兴而得者，莫如孟浩然之"微云淡河汉，疏雨滴梧桐""挂席几千里，名山都未逢。泊舟浔阳郭，始见香炉峰"诸语。然当时实有微云、疏雨、河汉、梧桐诸景物，谋于目，谋于心，并无一字虚造。但写得大方不费力耳。然如此人人眼中之景，人人口中之言，而必待孟山人发之者，他人一腔俗虑，挂席千里，并不为看山计。自襄阳下汉水，至于九江，黄州赤壁，皆卑不足道，唯匡庐东南伟观，久负大名。但俗人未逢名山，不觉其郁郁；逢名山，亦不觉其欣欣耳。（《石遗室诗话》）

在孟浩然的诗中，这首《晚泊浔阳望庐山》是将他的清淡闲远的风格体现得最突出的作品。王士禛借用严羽论盛唐诗"羚羊挂角，无迹可求""如空中之音，相中之色"的话语来品评这首被他称为"逸品"的诗，虽不免有些玄虚，却道出了他的直觉感受。

写这首诗之前，诗人在人生道路上既经历了赴进士试不第的挫折，深慨"遑遑三十载，书剑两无成"，而有"山水寻吴越"的扁舟湖海之行，又经历了长达数年的久滞越中的羁旅生活，产生了倦游思归之念。在这种情况下，寻找精神归宿就成了他心灵世界中强烈的要求。这首写于游越归途中的诗就是这种身世经历背景和精神状态下的产物。

诗的前四句，用直叙的口吻写自己数年来"扁舟泛湖海"的漫游经历和始见庐山的欣喜。却撇开其他一切景物人事，单写对"名山"的寻访。行尽东南数千里的路程，却是"名山都未逢"，仿佛此行所专注的就是一路上的名山。诗人所向往的名山，不仅是风景幽美的佳胜之地，而且是岩栖隐遁之所，是借以寄托自己高远绝俗精神追求的圣地。而庐山正是为历代隐逸之士的高风所浸染的"名山"，香炉峰又是庐山秀美景色的代表和隐逸高风的象征。这四句从"挂席几千里"的扁舟漫游经历，到"名山都未逢"的遗憾与失望，再到"泊舟浔阳郭"的峰回路转，这才眼前一亮，"始见香炉峰"。四句一气卷舒中含顿宕曲折，却又令人浑然不觉，正似信口道出。"都未逢"与"始见"对照，更透露出忽然邂逅久已想望的名山的欣喜。但诗人对这种历久始逢的喜悦并不着意渲染，而是顺着行程的叙述似不经意地自然道出，且一点便住。"始见"之后，不再接着对庐山的秀色高标进行任何描写，让人感到诗人一见庐山香炉峰之后，立即心与境会、悠然神往，进入了沉思冥想的心灵境界。

五、六两句，由"望"而"怀"，由眼前遥望中云雾缭绕的香炉峰遥想数百年前的东晋时代。"尝读远公传，永怀尘外踪。"一代高僧慧远曾在此修行悟道、聚徒讲学，那隐逸的高风、绝俗的襟怀，和"清泉环阶，白云满室"的环境，与香炉峰的林壑瀑布、石径青苔融为一体，构成一个永远令人神往怀慕的幽洁高远境界。值得玩味的是，诗人的"永怀"，是因"读远公传"而激发的，说明在此之前，他并没有亲历庐山（这从"始见"二字也可看出）。对庐山香炉峰及慧远高风绝尘风貌的向往，全由"读传"而生。实际上一个人对美好事物的向往怀慕，往往由此类间接经验而生。由于"读传"而触发、而积累贮藏了无数对庐山及慧远高风的美好想象，才能于"始见"之际忽如触电，心与境会，心驰神往。

但诗人却未循着"永怀"之语，去进一步抒写怀想的内容，而是又一次随即顿住，宕开写景："东林精舍近，日暮但闻钟。"上句仍是诗人意中所想，下句则是诗人耳中所闻。著名的东林精舍，就在香炉峰的近旁，但却难以一睹它的清容。恰在此时，在黄昏的暮霭中，传来了东林寺的晚钟。钟声悠长而清亮，像是要穿越历史的烟云，将诗人的思绪引向几百年前的晋代；又像是要警醒世人，超越尘俗，归于永恒的自然。末句以"闻钟"点醒"望"字，透露出这"望"已不单纯是目之所接，而且包含了在耳闻充满宗教情思和悠远历史情调的钟声中心驰神往、思入杳冥的情景。诗也就在这令人神远的钟声中徐徐收住，留下极为广远的想象空间和悠悠不尽的情韵。

题为"晚泊浔阳望庐山"，实际上是借"望"写"怀"，写心，写诗人对庐山这一被隐逸静修高风所浸染的名山的歆慕向往和心灵契合。诗人对庐山的秀美幽深景色及始见庐山时的感受之所以不着一字，正由于他所要表现的便是一片悠然神往、难以言说的心灵境界。而远望中云雾缭绕的香炉峰和黄昏暮霭中传来的杳远悠长钟声，又正适宜于表现可望而不可即的悠然神往之情和心与境的浑然神会。诗之所以写得如此空灵浑沦，也正缘于这种写法最能宕出远韵远神，达到心与境会的效果。

孟浩然

过故人庄[一]

故人具鸡黍[二]，邀我至田家。
绿树村边合，青山郭外斜[三]。
开筵面场圃[四]，把酒话桑麻[五]。
待到重阳日，还来就菊花[六]。

341

校注

〔一〕过，前往拜访。《诗·周南·江有汜》："子之归，不我过。"《史记·魏公子列传》："臣有客在市屠中，愿枉车骑过之。"

〔二〕具，备办。黍，黄米。《论语·微子》："子路从而后，遇丈人，以杖荷蓧……止子路宿，杀鸡为黍而食之。"范云《赠张徐州谡》："恨不具鸡黍，得与故人挥。"

〔三〕郭，本指外城，此处与"村"对文义同。

〔四〕面，面对。场圃，晒场和菜园。《诗·豳风·七月》："九月筑场圃。"传："春夏为圃，秋冬为场。"笺："场、圃同地。自物生时耕治之以种菜茹，至物尽成熟，筑坚以为场。"

〔五〕陶渊明《归园田居》之二："相见无杂言，但道桑麻长。"

〔六〕农历九月九日为重阳节，古人在重阳节有赏菊、饮菊花酒的风俗。就，主动亲近。就菊花，主动前来赏菊饮酒。

刘辰翁曰：每以自在相凌厉者，极是。（《王孟诗评》）

方回曰：此诗句句自然，无刻画之迹。（《瀛奎律髓》卷二十三）

杨慎曰：孟集有"到得重阳日，还来就菊花"之句，刻本脱一"就"字，有拟补者，或作"醉"，或作"赏"，或作"泛"，或作"对"，皆不同。后得善本，是"就"字，乃知其妙。唐诗亦有之。崔颢"玉壶清酒就君家"，李郢诗"闻说故园春稻熟，片帆归去就鲈鱼"，杜工部诗题有《秋日泛江就黄家亭子》，而古乐府冯子都诗有"就我求清酒，青丝系玉壶。就我求珍肴，金盘鲙鲤鱼"。则前人已道破矣。（《升庵诗话·孟浩然诗句》）

唐汝询曰：此饮于故人而赏其趣，而结重游之期也。孟之兴味绝类渊明，独恨以律易古耳。然使靖节下为近体，亦不过此。"就"字极佳，非有养不能道。（《唐诗解》卷三十五）

钟惺曰："就"字妙，一诗借此一字生色。（《唐诗归》卷十）

顾璘曰：极有景，极有趣。（《批点唐音》）

周珽曰：因故人之款待，而赏其天然之趣，乐田家之真境，而复订重过之期，趁口道出，辄成佳趣佳语。（《删补唐诗选脉笺释会通评林·盛五律》）

黄周星曰：此等诗平淡极矣，然人能学其平淡否？（《唐诗快》）

黄生曰：尾联进步。全首俱以信口道出，笔尖几不着点墨，浅之至而深，淡之至而浓，老之至而媚，火候至此，并烹炼之迹俱化矣。王、孟并称，意尝不满于孟，若此作，吾何间然？结句系孟对故人语，觉一片真率款曲之意溢于言外。（《唐诗摘抄》卷一）

朱之荆曰：一明点"故人"，二暗点"过"字。三、四写庄上之景。五、六庄上之事。七进一步，八"还来"字内藏有"别"意，与前"至"字相关照。"就"字百思不到，若用"看"字，便无味矣。（《增订唐诗摘抄》）

吴昌祺曰：诗亦平稳，得结句叫起。（《删订唐诗解》）

冯舒曰：字字珠玉，"就"字真好。（《瀛奎律髓汇评》引）

何文焕曰：好字多出经传。升庵论孟襄阳"待到重阳日，还来就菊花"，"就"字之妙，历引古诗证其出处，不知"处士就闲晏"，《国语》早先之矣。（《历代诗话考索》）

沈德潜曰：通体清妙。末句"就"字作意，而归于自然。（《重订唐诗别裁集》卷九）

范大士曰：即事叙次，以韵调之未经苦心缔构而自成佳诗。襄阳本色类如此。（《历代诗发》）

冒春荣曰：诗以自然为上，工巧次之。工巧之至，始之自然；自然之妙，无须工巧。高廷礼列老杜于大家，不居正宗之目，此其微旨。五言如孟浩然《过故人居》、王维《终南别业》……此皆不事工巧极自然者也。又：写景之句，以工致为妙品，真境为神品，淡远为逸品。如"芳春平仲绿，清夜子规啼""明月松间照，清泉石上流""雨中山果落，灯下草虫鸣""绿树村边合，青山郭外斜"……皆逸品也。（《葚原诗说》卷一）

屈复曰：以古为律，得闲适之意。使靖节为近体，想亦不过如此而已。（按：此略同于唐汝询之评）（《唐诗成法》）

黄叔灿曰：田家景色，野趣翛然。"具鸡黍""话桑麻"，更期就菊。故人情重，亦觉有致，似一幅田家行乐图。（《唐诗笺注》）

吴瑞荣曰：游行目在，夺胎泉（渊）明，与《归终南山》一派行径。（《唐诗笺要》）

纪昀曰：王、孟诗大段相近，而体格又自微别。王清而远，孟清而切。学王不成，流为空腔；学孟不成，流为浅语。如此诗之自然冲淡，初学遽躐等而效之，不为滑调不止也。（《瀛奎律髓汇评》引）

宋宗元曰：（"把酒"句下）野景幽情。（《网师园唐诗笺》）

孟浩然

343

李锳曰：首二句总领全首法。(《诗法易简录》)

卢䒍曰：一意淡，结作小致。虽古今不同，居然元亮品格。第五欲作异使，对句亦逸。"就"字新。(《闻鹤轩初盛唐近体读本》)

胡本渊曰：通体朴实，而语意清妙。(《唐诗近体》)

这首诗写诗人应老朋友之邀到对方居住的村庄去做客的经历和感受。起首两句，开门见山，直叙"过故人庄"的缘由。话说得轻松而随便，仿佛信口道出，蕴含的情感却亲切而淳厚。"鸡黍"一语，虽有古老的出处，却有着实在的生活内容。农村邀客，"鸡"和"黍"既是现成的自家产品、农家风味，更是隆重的待客上品。从那个仿佛不经意的"具"字，可以体味出这位老朋友为了招待诗人，是着意准备了一番的。"具鸡黍"在先，"邀我"在后，更可说明这一点，即此可见故人情意的真淳。而被邀的诗人则欣然而"至"，又表明彼此间关系的亲密，用不着任何客套。总之，这个开头之所以如此轻松而随便，正缘于它所表现的人际关系和感情是朴素真淳的，二者之间呈现出一种明显的和谐和适应，同时也为下面对故人庄的描写预留了地步。

"绿树村边合，青山郭外斜。"这是对"故人庄"外在形貌的素描。整座村庄被密密匝匝的绿树环抱着，村庄外面，则是一脉逶迤横斜的青山。"郭"字单用，指外城或事物的外廓。此处"村""郭"对举，"郭"即是"村"。上句写绿树环合中的整个村庄，是站在村边往内看，展现的是村庄的内景；下句则是站在村边往外看，展现的是它的外景。两句组合起来，正是一幅村外青山横斜、村边绿树环抱的全景。两句观察景物的立足点都是村边，这实际上表明诗人此刻正来到故人庄外，所见到的是这个村庄的整个内外环境，也传达出诗人对它的第一印象。上句写出了村庄的和平宁静与充满绿意和生机的景象，使人联想起某个童话中的世界。那密匝四合的绿树像是温柔地护卫着这个村庄，使它不受尘嚣的污染。但如果只有这环村的绿树，景物未免有些单调；下句"青山郭外斜"正好补上了这个欠缺。横斜的一脉青山，作为村庄的外景，不仅使景物显出层次，显出变化，而且活跃了画面的气氛，增加了流走的意致。两句句末的"合"字、"斜"字，都很有表现力，不仅描写景物非常真切，而且能从中感受到特定的情调气氛，宁静中有生机，流走中有安恬。但却一点不显用力的痕迹，仿佛只是看到眼前绿树环合、青山横斜的景象，便信手拈来"合""斜"二字，随意安在了句末。王维的《新晴野望》"白水明田外，碧峰出山后"二句，写村庄新晴景物，构图设色错落有致，富于变化，但"明"字、"出"字不免稍显用力痕迹，不及孟诗此联自然浑成。

"开筵面场圃，把酒话桑麻。"这一联由庄边而庄内，写老朋友在自己家里设宴款待、主客共话的情景。"开筵""把酒"承首联"具鸡黍"。酒宴是地道的农家本色——自养自种的鸡黍和自酿的村酒，酒筵面对的又是充满田园气息的场圃。在这种环境气氛下，把酒共话的话题自然也离不开农家最关切的农作物长势和收成。陶渊明《归园田居》之二说："相见无杂言，但道桑麻长。"孟诗"把酒"句用其语，而"相见无杂言"之意自含于其中，较之陶诗更精练含蓄，但也多少带点局外人的味道。如果说上一联主要是点染了这个村庄和平宁静的氛围，那么这一联则进一步传出了它的朴挚淳厚的内在神韵，不仅让你感到它的美好可爱，而且使你感到它的亲切有情。一种淳朴浑厚的气息、真挚淳厚的故人情谊充溢于字里行间。

"待到重阳日，还来就菊花。"这是受到故人盛情款待，被故人庄的和平宁静、浑朴真淳的环境气氛所熏染的诗人在临别时发自内心地盼望重访的预约。一开头是应"邀"而即"至"，结尾处都是不等"邀"而主动提前预订后会之期。重阳节有饮酒赏菊的习俗，"就菊花"正包含把酒赏菊共话的内容。评家盛赞的那个"就"字，妙处也正在传达出不请自来的主动精神。这是对故人盛情的感谢，也是对故人庄的陶醉流连。

诗人笔下的故人庄极平常而普通，绿树、青山、场圃、桑麻，都是农村中最常见的事物，但又具有鲜明的典型性，每一个出身农村的人，都会感到故人庄有自己家乡的影子。绿树环抱中的村庄，庄外蜿蜒迤逦的青山，相映成趣，显示出一种和谐单纯的美，这种美，正是小农经济条件下的农村所具有的。尽管每个具体的村庄的外在形态不尽相同，但这种和谐而单纯的美却是众多农村共同具有的。因此，这种描写，不仅真切，而且传神。

与此相关，诗中所写的平常普通景物情事又具有浓郁的生活气息。唯其平常而普通，就更接近生活实际，更具真切感。场圃和桑麻，是农村中最平常普通的事物，但当它们和主人盛情待客的鸡黍筵联系在一起，成为这场富于田园风味的筵席所面对的风景，成为主客双方把酒共话的话题时，就不再是单纯的农村景物，而是透出了浓郁的真淳朴野的农村生活气息，展现了两个被这种气息所深深浸染的灵魂。不仅是这一联，包括开头的招邀即至和结尾的预订后期，这种纯朴真挚的人际关系同样渗透了农村特有的人情味。连同那"绿树村边合，青山郭外斜"的村居环境，也都以它童话般的宁静和谐溢出一股生活气息。如果说，陶渊明笔下的桃花源以其理想的色彩使人向往，那么孟浩然笔下的故人庄则以其浓郁的生活气息令人感到亲切。

春　晓〔一〕

春眠不觉晓，处处闻啼鸟。
夜来风雨声，花落知多少〔二〕？

校注

〔一〕宋蜀刻本题作《春晚绝句》，《唐百家诗》题作《春晚》。

〔二〕《文苑英华》作"欲知昨夜风，花落知（一作无）多少"。夜来，犹夜间。

笺评

刘辰翁曰：风流闲美，正不在多。（《王孟诗评》）

顾璘曰：此篇真景实情，人说不到。高兴奇语，唯吾孟公。（凌宏宪选编《唐诗广选》引）

唐汝询曰：首句破题，二句即景。下联有惜春意。昔人谓诗如参禅，如此等语，非妙悟者不能道。（《唐诗解》卷二十二）

钟惺曰：（"夜来风雨声，花落知多少"）通是猜境，妙，妙！（《唐诗归》卷十）

陆时雍曰：喁喁恹恹，绝得闺中体气，宛是六朝之馀，第骨未峭耳。（《唐诗镜》卷十一）

周敬曰：二十字清声婉约。（《删补唐诗选脉笺释会通评林·盛五绝》）

周珽曰：晓景喧媚，莫卜夜无寂寞。惜春心绪，有说不出之妙。（同上）

玉遮曰："知多少"，正是"不觉晓"妙处。（《唐诗选》引）

徐增曰：春气着人，睡最难醒，不知不觉，而便至晓矣。卯时阳气方开，鸟属阳，故群鸟皆鸣，此时尚未起身，何得下"处处"二字？此盖从枕上闻出来的，无处不是鸟声，枕上一一闻道。此句装得妙，做此二句，便煞住笔。复停，想到昨夜去，又到花上来，看他用笔不定，瞻之在前，忽然在后矣。或问余曰：何故不写夜来在前？余曰：汝何不看题中"晓"字，"处处闻啼鸟"下，若再连一笔，便不算晓矣。故特转到晓之前，下"夜来"二字。"风雨声"紧跟"闻"字。花不耐风雨，闻过风雨声，故一心关花上。花落多少，顷刻起身看便知，何须忖量。而不知天一晓，则鸟便啼。一闻鸟啼，即想花落，此在一刹那中。稍一迟，则日出天大亮矣，于"晓"字便隔寻丈。其作"晓"字，精微有若此。（《而庵说唐诗》卷七）

王尧衢曰：此诗字字做"晓"字。春气着人，故晓而不觉。"夜来风雨声"，因闻鸟声而一心关乎花上，因天已晓而特转到夜来。"夜来"，天未晓之前也。"风雨"，花之所畏。"风雨声"从"闻"字上生出。"花落知多少"，花因风雨必落，故闻声而即知花落，但尚在枕上闻之，正不知落得多少。此正是写"晓"字处。比及已知多少，天已晓过矣。（《古唐诗合解》卷四）

吴瑞荣曰：朦胧臆想，构此幻境。"落多少"可以不说，又不容不说，诚非妙悟，不能有此。（《唐诗笺要》）

黄叔灿曰：诗到自然，无迹可寻。"花落"句含几许惜春意。（《唐诗笺注》）

袁枚曰：首句起，次句即景以承之。三句转，四句含有惜春之意。（《诗学全书》卷四）

李锳曰：亦具一气流转之妙。（《诗法易简录》）

王文濡曰：描写春晓，而含有一种惋惜之意。惜落花乎？惜韶光耳。（《历代诗评注读本》）

刘永济曰：此古今传诵之作。佳处在人人所常有，唯浩然能道出之。闻风雨而惜落花，不但可见诗人清致，且有屈子"哀众芳之零落"（按：屈原《离骚》作"哀众芳之芜秽"）之感也。（《唐人绝句精华》）

刘拜山曰：前半写春绪方浓，后半写春光将尽。意伤春逝，非惜落花。而措语婉曲，含蕴无尽。（《千首唐人绝句》）

这首仄韵古绝，写了前后相接的两件事：一是昨天夜间的风雨落花，二是今天清晨的啼鸟喧晴。从时间顺序上看，是先有昨夜的风雨落花，后有今晨的啼鸟喧鸣，唤醒酣睡中的诗人。但如按此顺序写成"夜来风雨声，花落知多少。春眠不觉晓，处处闻啼鸟"，不仅平直乏味，写不出一个诗的境界，且与题目有些游离。题称"春晓"，说明四句诗所写的都是春天清晨醒来时一刹那间的感受。"夜来"二句，是清晨初醒时对昨夜情景的追忆。这一点非常重要，它既是一种巧妙的艺术处理，更涉及全诗的基调。

为了说明问题，不妨先从昨夜风雨说起。一个有着正常感情的人，在春天的雨夜，听到窗外的风声、雨声，想到盛开的花朵在风雨中凋零，感到惋惜、惆怅，原很自然。对于孟浩然这样一个长期生活在农村，对自然界的美好景物怀着深厚感情的诗人来说，尤其如此。为什么"春眠不觉晓"呢？原因也许很多，但从诗里描叙的情况看，因夜来风雨之声而惋惜落花，迟迟未眠，可能是一个重要原因。故一觉醒来，已是啼鸟唤晴的清晨。

但诗人却不是从雨夜写到晴旦，而是在写春晓的同时回想起昨夜。他让读者首先接触的是一个明媚喧闹、充满生机的春晨。开头两句写了两件事：一是春眠之酣，二是啼鸟之喧。二者互为因果，双向映发。春眠之酣，至于处处啼鸟方能唤醒，可见其眠之沉酣舒畅；啼鸟之喧，至于唤醒酣睡中的诗人，可见其鸣声之欢畅喧闹。无论是"春眠不觉晓"还是"处处闻啼鸟"，都有丰富的蕴含，能让人引发许多联想。"春眠"之所以"不觉晓"，除了上面已提及的因夜闻风雨之声迟迟未眠之外，更因为雨后的晴旦，空气特别清新，所以睡得特别甜美。作者虽只如实道出"春眠不觉晓"这个事实，读者自可从中想象出一个清新澄澈的雨后清晨的形象。"处处"，就不是一处两处，听到的就不是一声两声，而是四面八方，此起彼落，连续不断，奏出一支充满春天的活力生机的交响曲。雨后初晴的春晓，鸟儿叫得特别欢畅，这是常识。作者虽然只从"闻"的角度写了啼鸟的喧闹欢畅，但读者却可以由听觉感受产生一系列与此有关的雨后春晨的联想，诸如枝头花间闪烁着晶莹透明的水珠，蔚蓝纯净、纤尘不染的天空，碧绿如茵、浸透了水分的草地（视觉），雨后春晨清新芬芳的气息（嗅觉），甚至可以想象出诗人浓睡醒来之际听到一片啼鸟报晴时那种难以言状的轻松愉悦的快感（感觉）。总之，诗人虽只写了听觉感受，读者却可调动起视、嗅、感诸觉一起去想象"春晓"的一切。啼鸟在这里，由于其突出的典型性，起到了以一当十的启示联想作用。

就在诗人充分享受着雨后春晓的美感和快感的时候，他忽然在朦胧中想起了昨夜的风雨，和听到风雨声时惦念花的命运的情景，因而在心头浮现出这样一个念头：一夜风雨，此刻外面不知该落下多少姹紫嫣红的花瓣了。同样一件事，在不同的场合、不同的心境下想到它的时候，感情会有很明显的区别。风雨落花这件事，在昨夜发生的当时，诗人心中自不免会引起惋惜惆怅；但一夜之后，浓睡醒来，风雨早歇，耳之所闻，心之所接，已是一派明媚灿烂、充满生命欢乐的大好春光时，再回想起夜来风雨落花的情景，就会感到那好像是一场已逝的旧梦。在胸中充满春晓的美感和快感的时候，风雨落花的忆念并不会给晴朗的春晨抹上一层愁云，相反地，倒是使他倍感春晓的美好，在迎来一个充满生机和欢乐的春晓的时候，怀着轻松愉快的心情与昨夜告别。尽管在念及"花落知多少"时，也不免会有些许轻微的惆怅，但这一点点惆怅，不会冲淡明朗喜悦的基调，而是进一步丰富了这个基调，使它不显得单调，更富人情味。我们从"花落知多少"这种轻淡的口吻中，也可体味出诗人的感情并不沉重。从另一角度看，在碧绿如茵的草地上缀满了缤纷的落英，不也更显示了春晓的美丽和丰富吗？林庚先生说："一种雨过天青的新鲜感受，把落花的淡淡哀愁冲洗得何等纯净！花总是要落的，而落花也总是有些可惜。春天就是这样在花开花落中发展着。"（《我为什么特别喜爱唐诗》，《唐诗综论》代序）可以说是对这首诗意境的妙悟。

可能是由于读了过多的伤春悲秋的诗词，形成了欣赏的惯性，一读到"风雨""花落"之类的字眼，就先入为主地判定它表现的必然是强烈的伤春意绪，而不顾及全篇的基调。特别是和"高阁客竟去，小园花乱飞……芳心向春尽，所得是沾衣"（李商隐《落花》），"满目山河空念远，落花风雨更伤春"（晏殊《浣溪沙》），"昨夜风狂雨骤，浓睡不消残酒。试问卷帘人，却道海棠依旧。知否，知否，应是绿肥红瘦"（李清照《如梦令》）等作品联系起来时，会更认为孟诗所表现的也同样是浓重的伤春意绪。关键就在于孟诗的前两句已经奠定了全诗的基调，后两句只是对这个基调的丰富和补充，而上引各首，则通篇贯注着伤春之情，自不能以彼例此。

总之，这首诗写出了一个明丽清新、充满生命活力的雨后春晓，传达出诗人全身心沉浸其中的美感和快感。它的好处在于抒情写景的不单一化，在欢快的基调中融入某种对立的因素，使春晓之美在对立统一中变得更加丰富，也更隽永耐味。

宿建德江〔一〕

移舟泊烟渚〔二〕，日暮客愁新。
野旷天低树，江清月近人。

 校注

〔一〕《文苑英华》、宋蜀刻本作《建德江宿》。建德江，指浙江流经睦州建德县的一段。诗当作于开元十八年（730）秋，与《宿桐庐江寄广陵旧游》为同时先后之作。

〔二〕烟渚，雾气笼罩的岸边沙洲。

 笺评

罗大经曰：孟浩然诗曰："江清月近人。"杜陵云："江月去人只数尺。"……浩然之句浑涵，子美之句精工。（《鹤林玉露》甲编卷三）

刘辰翁曰："新"字妙。"野旷"二语酷似老杜。（《王孟诗评》）

顾璘曰：写景入神，平易中高远。（《删补唐诗选脉笺释会通评林·盛五绝》引）

桂天祥曰：语少意远，清思痛入骨髓。（《批点唐诗正声》）

胡应麟曰：帛道猷"连峰数千里，修林带平津。茅茨隐不见，鸡鸣知有人"，可谓五言绝神品，而中错他语。孟浩然"移舟泊烟渚，日暮客愁新。野旷天低树，江清月近人"，可谓五言律神品，而不睹全篇。皆大可恨事。而帛诗删之即妙，孟诗继之则难。孟诗今作绝句，非体也。（《诗薮·内编·近体下·绝句》）

唐汝询曰：客愁因景而生，故下联不复言情，而旅思自见。（《唐诗解》卷二十二）

钟惺曰："野旷天低树，江清月近人"，二语似杜绝句。（《唐诗归》卷十）

周敬曰：神韵无伦。（《删补唐诗选脉笺释会通评林·盛五绝》）

赵天醉曰：此诗中画也。语弥近而弥远。（《诗体明辩》引）

王尧衢曰："野旷天低树"，此联赋景而客情自见。四野既旷，江头一望，见远天低而近连于树。"江清月近人"，江头夜泊，但见清波明月为我之伴，是月近人也。即此寂孤，便是客愁。（《古唐诗合解》卷四）

张谦宜曰：《宿建德江》："野旷天低树，江清月近人。""低"字"近"字，宋人所谓诗眼，却无造作痕。此唐诗之妙也。（《絸斋诗谈》卷五）

沈德潜曰：下半写景而客愁自见。（《重订唐诗别裁集》卷十九）

袁枚曰："客愁"因景而生。（《诗学全书》卷一）

黄叔灿曰："野旷"一联，人但赏其写景之妙，不知其即景而言旅情，有诗外味。（《唐诗笺注》）

吴瑞荣曰：襄阳最多率素语，如此绝又杂以庄重，似齐梁俪体。（《唐诗笺要》）

刘宏煦、李德举曰："低"字从"旷"字生出，"近"字从"清"字生出。野唯旷，故见天低于树；江唯清，故觉月近于人。清旷极矣。烟际泊宿，恍置身海南天涯寂寥无人之境，凄然四顾，弥觉家乡之远，故云"客愁新"也。下二句不是写景，有"愁"字在内。（《唐诗真趣编》）

施补华曰：五言绝句，截五言律诗之半也。有截前四句者，如"移舟泊烟渚，日暮客愁新。野旷天低树，江清月近人"是也。（《岘佣说诗》）

刘永济曰：诗家有情在景中之说，此诗是也。（《唐人绝句精华》）

刘拜山曰：野旷则极目远天，似低于树，江清则月影映水，傍船近人。二句极其锻炼，而江边独泊与旅程孤寂之情，乃愈真切可味。（《千首唐人绝句》）

这首吟咏孤舟暮泊时触发的客愁的五绝，纯用白描，却写得意境清迥，浑涵不露，达到了很高的艺术境界。

首句叙事，点明移舟泊岸。"烟渚"要和下句的"日暮"联系起来体味。薄暮时分的烟霭雾气，弥漫笼罩在江边的沙洲上。这正是旅人停舟泊岸的时刻。但这烟霭笼罩下的沙洲，却给人一种虚缈飘忽、若隐若现的感觉，故虽移舟而泊，却有泊而无依之感。在貌似客观叙事的诗句中已暗含旅泊者的迷茫孤子感，逗下"客愁"。次句承上，直接点明"客愁"。这一句是全诗的核心，整首诗就是抒写"日暮"时分的"客愁"的。"日暮"时的朦胧迷茫天色和黄昏到来时的静寂，往往使客子的愁绪油然而生，所谓"旅人乏愉乐，日暮增思深"（鲍照《日落望江渚赠荀丞诗》），"日暮乡关何处是，烟波江上使人愁"（崔颢《黄鹤楼》），都可与此相互发明。这句的好处在句末的那个"新"字。客愁本就蕴蓄于旅人心中，但在白天，由于行舟过程中有两岸的风景可供观赏，旅途中的新鲜感、愉悦感往往占据主要位置，"客愁"便处于潜伏状态。而日暮时分，烟霭迷茫，四野静寂，孤舟泊岸之际，那种空旷孤寂、迷茫无依的"客愁"便会突然涌上心头，故说"客愁新"。这"新"实际上是诗人的感觉，它所透露的正是黄昏时分特定的环境氛围对"客愁"的触发作用。如果过于拘泥于"新"的字面含义，去探索分析诗人的旧愁新愁，甚至联系诗人此前的经历遭遇，将"客愁"的内涵过分扩大化、复杂化，恐未必符合实际。

三、四两句，承"日暮""客愁"写远望俯视之景，而情寓景中。"野旷天低树"，是泊舟江岸向远处极望所见之景。"天低树"仿佛无理，却极真切地传达出诗人的直观感受。由于四野空旷，极目远望，那辽阔的天宇便一直笼罩延伸到远处的地平线，而近处的树木则显然高出于远处贴近地平线的天宇。说是视觉错觉也好，直观感受也好，反正是写得极真切且饶有画意。但诗人写泊舟极望之景，又非单纯地客观描摹，而是在这旷远寥廓的境界中自然融入了一种"念吾一身，飘然旷野"式的羁旅孤子之感。"江清月近人"，是泊舟江岸俯视所见之景。建德江水，素以清澈见底著称，故倒映在水中的月影显得离人特别近，仿佛伸手可掬。这清澄莹澈的江水映月之景固极真切而富美感，但同样寓含了旅泊者的复杂细微情思。一方面，这与旅人贴近的月影似乎给孤寂的旅人做伴，使其稍感慰藉；但另一方面，在寂寞的孤舟旅泊中只有月影可以做伴相对，又更凸显了旅人的孤寂。全诗就在这温馨与孤寂的交织互渗中悠然收束。总之，三、四两句，貌似客观写景，实则情寓景中，浑涵不露，是对"客愁"更加深细隐微的抒写。

和五律《宿桐庐江寄广陵旧游》相比，虽然同样写孤舟夜泊之景和羁旅孤寂之愁，但感情自有轻淡与强烈、宁静与骚屑之别，境界亦有清迫与凄黯之分。值得注意的是，此诗虽写客愁，但整体情调并不压抑低沉，而是具有一种清迥孤寂的美感，这和三、四两句中描绘的旷远境界和透露的温馨感受有密切关系。从这方面看，它较《宿桐庐江寄广陵旧游》更具盛唐羁旅诗的特点。

渡浙江问舟中人〔一〕

潮落江平未有风，扁舟共济与君同。
时时引领望天末〔二〕，何处青山是越中〔三〕？

孟浩然

校注

〔一〕宋蜀刻本、《文苑英华》题作《济江问舟人》，丛刊影明本题作《济江问舟中人》，《唐百家诗》《万首唐人绝句》题作《济江问舟子》。《河岳英灵集》作崔国辅诗，题作《渡浙江问舟中人》；《全唐诗》作孟诗，题从《河岳英灵集》。《国秀集》作孟诗，题作《渡浙江》。按：《全唐诗》崔国辅集不载此诗。据《国秀集》《文苑英华》及宋蜀刻本，此诗当为孟作。开元十八年（730）八月，浩然有《初下浙江舟中口号》诗云："八月观潮罢，三江（指松江、钱塘江、浦阳江）越海浔。"为钱塘江观潮后赴天台时作，此诗当同时作。诗有"扁舟共济与君同"之句，则所问者显系同舟共济者而非"舟人""舟子"。浙江，即钱塘江。《元和郡县图志·江南道一·杭州》："浙江，在（钱塘）县南一十二里。"

〔二〕天末，天边。

〔三〕越中，指越州，今浙江绍兴市所辖一带地区。

笺评

唐汝询曰：江平无风，言可济也。济则与舟子同矣。独恐登陆而迷入越之路，故指青山以问之。（《唐诗解》卷二十七）

王尧衢曰："时时引领望天末"，心中想越，故有引领之望。时时，则望之勤；天末，则望之远。"何处青山是越中"，此问词也。江上山青无数，安知越山在于何处，故指青山以问舟子，而欲一决其迷途也。（《古唐诗合解》卷五）

范大士曰：二诗（指本篇及《送杜十四之江南》）俱在人意中，却只

353

如面谈，人不能及。（《历代诗发》）

朱宝莹曰：首句言潮落故江平，尚未有风，则可以济矣，就"江"字起。二句言与舟子共济，"君"指舟子也，就"舟子"承。三句就"济"字转。心中想越，故引颈而望。"时时"见望之勤，"天末"见望之远。四句言江上青山无数，未知越山在于何处，因指青山以问舟子也。"青山"二字冠以"何处"二字，"越中"二字冠以"是"字，做题中"问"字不着痕迹，但写出神理。"望天"二字平仄倒，"望"字救"天"字拗。（《诗式》）

孟浩然长于五言而短于七言，但七古及七绝则偶有佳作。七言短古《夜归鹿门山歌》极具境界清幽之美，七绝《送杜十四之江南》及本篇内容虽平常，却颇具情致风调之美。

诗人对越中山水的清奇秀丽向往已久，其《自洛之越》云："山水寻吴越，风尘厌洛京。"《题终南翠微寺空上人房》云："缅怀赤城标，更忆临海峤。"都可看出他对越中名山胜水的向往渴慕之情。现在，他正渡越浙江，越中山水已经遥遥在望，其想望之情不免更加殷切。这首诗就是抒写他在这种情况下的心情的。

首句"潮落江平未有风"点明"渡浙江"的气象条件。钱塘江江面宽阔，遇潮汛或大风，则往往停渡。诗人这次是在八月十五观潮后渡浙江赴越中的。出发时，早潮已经退落，江面平静，没有风浪，正是渡越浙江的最佳时刻。七字中写了三种有密切关联的景象，节奏短促而明快，透露出诗人面对宽阔而平静的江面时喜悦舒畅的感情。

次句"扁舟共济与君同"，接写与人同舟共渡，应题内"渡浙江"与"舟中人"。这句本系叙事，却特意着一"君"（指同舟共渡之人）字，改成与舟中人面对面聊家常的口吻，从而明显加强了亲切感和现场感。"百年修得同船渡"，在充满偶然的人生旅途中，得与素昧平生的"君"扁舟共济，确实是一种机缘。在这充满亲切感的口吻中，渗透了对难得的人生机缘的珍惜流连感情。今日的陌路相逢，同舟共渡，焉知异日不成为亲切的记忆。这层意蕴，隐含在诗句中，任人自领。

但诗人心之所系却是向往已久的越中山水，因此舟行途中，便时时引颈

唐诗选注评鉴（一）

遥望江对岸迤逦重叠的群山，想辨认出哪一抹远山才是越中的青山。心之所系，不免形之于言，发而为对扁舟共济者的询问："何处青山是越中？"在这两句中，"时时引领望天末"的形体动作，透露出诗人对越中山水盼想之急切，而"何处青山是越中"的悠悠一问，旋即收结，又正与上句构成一张一弛、一放一收的节奏，使这一"问"平添了不尽的韵味，显得风调悠扬，含蕴无穷。

如此平常的生活内容（与素昧平生的人同舟共渡，问其何处是越中青山），在盛唐诗人的笔下，竟成了一首风调韵味悠长的诗。这正反映出唐人时时用诗心感受外物，善于从平常的生活中发现诗美并将它不费力地表现出来的艺术才能。后人刻意追求平淡，却时露艰涩之态，根本原因还在于缺乏诗心诗情。

刘眘虚

刘眘虚，生卒年未详，字全乙，行大。唐洪州新吴（今江西奉新）人。吴兢为洪州刺史，高其行。开元二十一年（733）徐徵榜进士。后又举宏词，官弘文馆校书郎。与孟浩然、王昌龄、高适均有交往，与孟之友谊尤笃。孟卒后，刘有《寄江滔求孟六遗文》。卒于天宝十二载（753）之前。有《鹡鸰集》五卷，已佚。殷璠《河岳英灵集》选录其诗十一首，称其诗"情幽兴远，思苦词奇，忽有所得，便惊众听。顷东南高唱者十数人，然声律婉态，无出其右。唯气骨不逮诸公。自永明已还，可杰出江表"。《全唐诗》录存其诗一卷共十五首。在唐代诗人中，他和王之涣都属于存诗不多却篇篇可读的诗人。

阙　题〔一〕

道由白云尽〔二〕，春与青溪长〔三〕。
时有落花至，远随流水香。
闲门向山路〔四〕，深柳读书堂。
幽映每白日，清辉照衣裳〔五〕。

校注

〔一〕殷璠《河岳英灵集》刘眘虚评语中引此诗全篇，即未标题目，故题为"阙题"。

〔二〕道，路。句意谓道路的尽头白云弥漫，遮掩了去路。由，因。

〔三〕春，指春天的景色。与，共。青，《河岳英灵集》作"清"。

〔四〕闲，《河岳英灵集》作"开"。闲，幽静。山，《河岳英灵集》作"溪"。

〔五〕幽映，深幽隐映的阳光。钱起《同李五夕次香山精舍访宪上人诗》："松门入幽映，石径趋逶迤。"二句谓因深柳茂密，故虽白天而阳光深幽隐映，透射下来的清辉照映着衣裳。

殷璠曰：至如"松色空照水，经声时有人"，又"沧溟几千里，日夜一孤舟"，又"归梦如春水，悠悠绕故乡"，又"驻马渡江处，望乡待归舟"，又"道由白云尽，春与清溪长。时有落花至，远随流水香。开门向溪路，深柳读书堂。幽映每白日，清辉照衣裳"，并方外之言也。惜其不永，天碎国宝。（《河岳英灵集》卷上）

钟惺曰：骨似王、孟，而气运隆厚，或过之。（《唐诗归》卷六）

谭元春曰："每"字活而老。（同上）

唐汝询曰：严整幽细，五言拗体之佳者。（《删补唐诗选脉笺释会通评林·盛五律》引）（按：唐氏《唐诗解》未选此首，疑引自唐氏之《唐诗汇编十集》）

周珽曰：此诗清空朴古，全不见斧凿痕。趁笔随机，似浅似深，有意无意，从起到结，语语烟霞。幽隐人录此，可以作赋，亦可以作铭。大约眘虚之诗，思由天出，巧从自然，故落墨毫不着色相乃尔。此惜阙题，辄为选本遗珠。（同上）

黄生曰：此首是王、孟……"幽映"承"深柳"而下，"清辉"又承"幽映"而下。（《唐诗摘抄》卷一）

黄周星曰：诗有禅机道气，不独为读书人增慧。（《唐诗快》）

谭宗曰：清宕傲逸，纯乎古作，不徒所谓拗律已也。（《近体秋阳》）

沈德潜曰：每事过求，则当前妙境忽而不领。解此意方见其自然之趣。（《重订唐诗别裁集》卷九）

顾安曰：水远、花香、山深、林密，书堂正当其处，何乐如之？看他"长"字、"时"字、"至"字、"远"字、"香"字，回环勾锁，一字不虚。"道由白云尽"是望见，"闲门向山路"是到来，非重复也。（《唐律消夏录》）

黄培芳曰：此中有元气，后人拟之，便浅薄无味。（《唐贤三昧集笺注》评）

屈复曰："幽映"总上六句，"白日"应"春"字，"清辉"应"幽映"字。（《唐诗成法》）

宋宗元曰：（"时有"二句）纯乎天籁。（《网师园唐诗笺》）

潘德舆曰：似陶公诗侣，加隽耳。（《唐贤三昧集》评）

孙洙曰：此以"深柳"句为主，言由白云尽处而来，见溪水长流，落花浮至，而门向山开，堂极深窈，虽白日而清辉幽映耳。（《唐诗三百首》）

林昌彝曰：盛唐五言律，王、孟而外，则有常建、刘眘虚、储光羲诸人。常建诗"松际露微月，清光犹为君"及"山光悦鸟性，潭影空人心"，刘眘虚诗"时有落花至，远随流水香"，皆有冲澹超逸之气。（《海天琴思录》卷一）

李慈铭曰："时有落花至，远随流水香"，十字亦有禅谛。（《越缦堂诗话》）

王寿昌曰：何谓逸？曰：古之逸调，不可枚举，略指其概……近体则如刘眘虚之"道由白云尽，春与青溪长。时有落花至，远随流水香。闲门向山路，深柳读书堂。幽映每白日，清辉照衣裳"……是也。（《小清华园诗谈》卷上）

俞陛云曰：此诗起结皆不用谐律，弥见古雅。初学效之，恐有举鼎绝膑之患，仍以谐音为妥帖。（《诗境浅说》）

高步瀛曰：（"时有"二句）王、孟胜景。（《唐宋诗举要》卷四）

由于殷璠写评语时没有标明此诗的题目，故历代流传至今一直阙题。如果要按诗意给它起个题目，不妨借用钱起的现成诗题而稍作增改——《暮春归山中读书堂》。

这首诗通篇都如同行云流水般地自然，起句却稍显突兀——"道由白云尽"，前面根本没有说到行路，一上来却说远处的道路因为白云弥漫而遮断了。这自然是对此前一段可有可无的行程叙写的省略，更是一开头便引人入胜。因为这道路是似"尽"而非尽，正如陆游所形容的那样："山重水复疑无路，柳暗花明又一村。"一开头即写路因云封雾绕而尽，正是为了显示山之深幽，路之蜿蜒曲折，从而由"尽"处转出"别有天地非人间"的桃花源式佳境——"深柳读书堂"来。

第二句写路旁蜿蜒缭绕的山溪。"春与青溪长"，这是一个出语似乎很平淡随意却颇具新巧思致和隽永韵味的诗句。说"青溪长"，说明此前的行程一直是沿溪而行，而前路也仍随溪延伸蜿蜒。"春"是点明时令的，它无形无体，何得与青溪同"长"？这看似无理的诗句却是一个妙手偶得的佳句，它以其特有的虚涵表现手法启示读者的丰富联想。一路行来，春水绿波，傍着两岸青翠的春山。山上溪畔，到处长满了绿意盎然的春天草树，开遍了五彩缤纷的春花，而溪的上游，同样也是春意盎然，春色无边。这句的"长"与上句的"尽"相映，正启示了读者对前路前溪春色的想象。

　　颔联是对"春与青溪长"的进一步具体描写，当然是以点带面，以一当十的典型描写："时有落花至，远随流水香。"溪流中时不时地有落花随水漂荡而来，仿佛连这青碧的流水也染上了芬芳的气息。这一联出语较首联更加平淡自然，仿佛略不经意，随口道出，却点染出一片极为优美、令人神远的桃花源式诗境。"落花""流水"，这在某些伤春诗词中带有浓重感伤情调的词语，在这里却成了对"春与青溪长"的绝妙形容。"春"不但显现在一路迤逦蜿蜒而来的绿水青溪之中，更显现在时而漂荡而下的"落花"之中。"落花"不但点染了"春"的颜色，更透出了"春"的芬芳。"流水"本无香气，可这随溪流漂荡的落花却使它似乎散发出了芳香。这和"春与青溪长"一样，是无理而妙的佳句。尤妙在"时""至""远""香"四字，透露了这一溪春水漂落花的景象是诗人在一路沿溪经行过程中时时见到，络绎不绝于目前的，"至""远"二字甚至还显示了诗人在目接眼前景象时引发的对前路景物的想象。二句用流水对，十字一意贯串，更增加了自然流走的意致，已历、正历、未历之境，尽皆包蕴。而诗人移步换形的行程中顾盼流连、目接神驰的意兴亦可想见。笔意之超妙绝诣，行文之潇洒自如，颇有手挥目送的神韵。

　　腹联终于随着曲折蜿蜒、云封雾遮的山路抵达此行的终点——深柳丛中的读书堂。却按前后顺序先写堂前的"闲门"。"闲"一作"开"，殊直遂而少味，与下句"深"字亦不对。作"闲"则门庭院落之闲静幽寂自见，恰与抒情主人公身处读书堂中的超逸从容意兴相映成趣。"路"本是人来人往的熙攘之地，但这里幽静的"山路"与"闲门"相对，却分外见闲门之静寂。第六句才显出全篇的中心，却又让这读书堂掩映在一片青翠丛绿、深幽茂密的柳林之中，使它若隐若现，更增让人向往的风致。

　　"深柳读书堂"虽是诗人此行的目的地，但写读书堂的目的却是为了表现身处其中的诗人那份悠然自得、清雅脱俗的情致风神，于是便引出结尾两句："幽映每白日，清辉照衣裳。"由于柳树高大茂密，层绿叠翠，尽管是白天，照映其中的阳光也显得有些深幽隐约（比较王维诗"日色冷青松"），而这透过深密柳树照射下来的一缕阳光的清辉，此刻正映在诗人的衣裳上。

诗写到这里，即悠然收住。诗人此刻的心境神情、风度气韵，均不着一字。而在这闲门幽院、深柳掩映中的读书堂，以及堂中人那被幽隐的阳光清辉映照的衣裳，却烘托出了一位清迥超逸、陶然忘机的高士形象。他的唯求读书真趣、不问世俗功利的气度风神也就可以神会。写读书毫无头巾气、尘俗气，有的只是一份怡然自得的情趣，这是读书的高境界。陶渊明《与子俨等疏》说："少学琴书，偶爱闲静，开卷有得，便欣然忘食。见树木交荫，时鸟变声，亦复欢然有喜。常言：五六月中，北窗下卧，遇凉风暂至，自谓是羲皇上人。"刘诗中所透露的，正是这样一种怡然自得的读书心境和清迥绝俗的意态风神。殷璠评刘诗，赞赏其"情幽兴远"的"方外之言"，可谓知音；而嫌其"气骨不逮诸公"，则不免对"气骨"的理解过于褊狭。其实，诗中流注的"冲澹超逸之气"（林昌彝评）也是一种气骨，一种真正的高逸之士的精神境界。

诗通篇一气贯串，自然流走，行云流水，风致天然，却绝无浅率滑易之弊。且自始至终，无一败笔、闲笔、懈笔，出语自然，而情味隽永。像这样通首完美的诗，唐诗中亦不多见。

金昌绪

金昌绪，生卒年未详。馀杭（今浙江杭州）人。大中十年（856）已编就之顾陶《唐诗类选》（已佚）收入金昌绪的《春怨》诗，可证其系此前在世的诗人。

春　怨〔一〕

打起黄莺儿〔二〕，莫教枝上啼。
啼时惊妾梦〔三〕，不得到辽西〔四〕。

校注

〔一〕《全唐诗》校："一作《伊州歌》"
〔二〕起，《唐诗纪事》作"却"，义似较长。
〔三〕啼时，《唐诗纪事》作"几回"。
〔四〕辽西，指辽水（今辽河）以西地区，唐平卢节度使所辖营州一带。唐时系东北边塞征戍之地。这里指女主人公丈夫戍守之地。

笺评

韩驹曰：大概作诗，要从首至尾，语脉联属，如有理词状。古诗云："唤婢打鸦儿，莫叫枝上啼。啼时惊妾梦，不得到辽西。"可为标准。（《陵阳室中语》）

曾季貍曰：人问韩子苍诗法，苍举唐人诗"打起黄莺儿"云云。予尝用子苍之言，遍观古人作诗规模，全在此矣。如唐人诗"妾有罗衣裳，秦王在时作。为舞春风多，秋来不堪着"。又如："曲江院里题名处，十九人中最少年。今日风光君不见，杏花零落寺门前。"又如荆公诗："淮口西风急，君行定几时。故应今夜月，未便照相思。"皆此机抒也。学诗者不可不知。（《艇斋诗话》）

361

张端义曰：作诗有句法，意连句圆。"打起黄莺儿"云云，一句一接，未尝间断，作诗当参此意，便有神圣工巧。（《贵耳集》）按：杨慎《升庵诗话》卷十一绝句袭之。

刘辰翁曰：恨恨无绝。（《唐诗品汇》卷四十五引，署无名氏）

王世贞曰："打起黄莺儿"云云，不惟语意之高妙而已。其句法圆紧，中间增一字不得，着一意不得。起结极斩绝，而中自纤缓，无馀法而有馀味。《（艺苑卮言）》

谢榛曰：杜子美诗："日出篱东水，云生舍北泥。竹高巢翡翠，沙僻鸣鹧鸡。"此一句一意，摘一句亦成诗也。盖嘉运诗："打起黄莺儿"云云，此一篇一意，摘一句不成诗矣。（《四溟诗话》卷一）

顾璘曰：此所谓调古者。（《删补唐诗选脉笺释会通评林》引）

唐汝询曰：想头高，托意更苦。（同上引。按：唐氏《唐诗解》作："辽西唯一梦往来，托意更苦。"）

周敬曰：极深极细，愈浅愈深。（同上）

顾华玉曰：五言绝，以调古为上乘，以情真为得体。"打起黄莺儿，莫教枝上啼。啼时惊妾梦，不得到辽西。"调之古者。"山月晓仍在，凉风吹不绝。殷勤如有情，惆怅令人别。"此所情真者。（《诗薮·内编·近体下》）

贺裳曰：金昌绪"打起黄莺儿，莫教枝上啼。啼时惊妾梦，不得到辽西"。令狐楚则曰："绮席春眠觉，纱窗晓望迷。朦胧残梦里，犹自在辽西。"张仲素更曰："袅袅边城柳，青青陌上桑。提笼忘采叶，昨夜梦渔阳。"或反语以见奇，或循蹊以别悟。若尽如此，何病于偷！（《载酒园诗话》卷一）

黄生曰：闺人梦远是常意，只要想头曲折如此便佳。一意到底，此但为绝句中之一格。宋人偶主此为式，盖不欲使意思散缓耳。莫便耳食。（《唐诗摘抄》卷二）

方南堂曰：唐人最善脱胎，变化无迹，读者唯觉其妙，莫测其源……金昌绪"打起黄莺儿，莫教枝上啼。啼时惊妾梦，不得到辽西"。岑嘉州则脱而为"枕上片时春梦中，行尽江南数千里"。至家三拜先生（方干）则又从岑诗翻出云："昨日草枯今日生，羁人又动故乡情。夜来有梦登归路，未到桐庐已及明。"或触影生形，或当机别悟。唐人如此等类，不可枚举。解得此法，五经，廿一史皆我诗心也。（《辍锻录》）

沈德潜曰：语音一何脆，一气蝉联而下看，以此为法。（《重订唐诗别裁集》卷十九）

黄叔灿曰：忆辽西而怨思无那，闻莺语而迁怒相惊。天然白描文章，无可移易一字。此诗前辈以为一气团结，增减不得一字，与"三日入厨下"诗，俱为五绝之最。（《唐诗笺注》）

宋宗元曰：真情发为天籁，一句一意，仍一首如一句。（《网师园唐诗笺》）

马鲁曰：望辽西，情也；欲到辽西，情紧矣。除是梦中可到辽西，又恐莺儿惊起，使梦不成，须于预先安排莫教他啼。夫梦中未必即到辽西，莺儿未必即来惊梦，无聊极思，故至若此，较思归望归者不深数层乎！（《南苑一知集》）

李锳曰：此诗有一气相生之妙，音节清脆可爱。唯梦中得到辽西，则相见无期可知，言外意须微参。不怨在辽西者之不得归，而但怨黄莺之惊梦，乃深于怨者。（《诗法易简录》）

冒春荣曰：五言绝有两种，有意尽而言止者，有言止而意不尽者。言止意不尽，深得味外之味，此从五言律而来，故为正格。意尽言止，则突然而起，斩然而住，中间更无委曲。此实乐府之遗音，故为变调，意尽言止，如"打起黄莺儿，莫教枝上啼。啼时惊妾梦，不得到辽西"（金昌绪），"那年离别日，只道往桐庐。桐庐人不见，今得广州书"（刘采春），"嫁得瞿塘贾，朝朝误妾期。早知潮有信，嫁与弄潮儿"（李益），此乐府之遗音也。（《葚原诗说》卷三）

管世铭曰：司空曙之"知有前期在"，金昌绪之"打却黄莺儿"，张仲素之"提笼忘采叶"，于武陵之"远天明月出"，刘采春所歌之"不喜秦淮水"，盖嘉运所进之"北斗七星高"，或天真烂漫，或寄意深微，虽使王维、李白为之，未能远过。（《读雪山房唐诗序例》）

方东树曰：五言绝句，右丞之自然，太白之高妙，苏州之古淡，并入化机……他如崔颢《长干曲》、金昌绪《春怨》、王建《新嫁娘》、张祜《宫词》等篇，虽非专家，亦称绝调。（《昭昧詹言·附论诸家诗话》）

林昌彝曰：山阴潘彦辅《诗话》云：《唐人万首绝句》，其原本不为不富，渔洋选之，每遗佳作。随意简出，如右丞"相送临高台"……金昌绪"打起黄莺儿"……皆天下之奇作，而悉屏而不登，何也？（《射鹰楼诗话》卷十三）

金昌绪

363

杨春桪曰：纯乎天籁，寥寥二十字中，学问才力俱无所施，而诗之真面目、真性情出矣，故妙绝古今。（《云蕙诗话》）

俞陛云曰：此等诗虽分四句，实系一事。蝉联而下，脱口一气妙成。五七绝中，如"松下问童子"诗，"君自故乡来"诗，"少小离家老大回"诗，纯是天籁，唐诗中不易得也。（《诗境浅说》续编）

陈文忠曰：形象的圆整性，是《春怨》的第一个特征……由一个富于特征性的人物动作或事物情境所构成，而且诗人对这一动作情境的抒写，语脉联属，意连句圆，首尾相衔，终始若环，从而创造出一个气贯其中，浑然一体，完备圆足的诗歌意境……圆整的形象是由一个"最富于包孕的顷刻"构成的画面……叙述的曲折性，是《春怨》被推为作诗之法又一层面……《春怨》还具有深远的艺术原型性……风格的古朴美，是以胡应麟为代表的诗评家对《春怨》最为推崇的特点。（《中国古典诗歌接受史研究》第219～211页）

陈邦炎曰：它虽然通篇只说一事，四句只有一意，却不是一语道破，一目了然，而是层次重叠，极尽曲折之妙，好似抽蕉剥笋，剥去一层，还有一层……采用的是层层倒叙的手法……最后的答案仍然含意未伸。（《唐诗鉴赏辞典》第1343～1344页）

对于这种被公认为天籁式的诗，不妨暂时撇开后代诗评家从中总结出来的种种诗法乃至诗论，完全从直感出发，谈自己的感受。如果这样读诗，我们也许会发现，这首诗给人最突出的感受，一是神情口吻毕肖，二是极富生动幽默的诗趣。

先说神情口吻毕肖。这首诗完全可以看作少妇的自言自语。春天的清晨，她正沉酣在自己的美梦当中（是什么梦，暂时保密），忽然被一阵阵黄莺的鸣叫声打断了美梦，不由得立即起身，提起竹竿，大声吆喝，一边赶黄莺，一边自言自语，打走你这吵人的黄莺儿，看你还敢再在枝头上聒噪不已，扰人美梦，让我不能在梦中到辽西去和丈夫相会。话说完了，诗也结束了。在日常生活中，鸟儿扰人清梦的事时有发生，嫌其扰人清梦者亦属常情，但鸟儿并不解人事人情，它自顾欢快鸣啭，并非故意与人作对，一般的人是不至于心烦得起身去打走黄莺的，而这位少妇竟然情绪失控到起身抄竿打鸟，可见其心烦意乱的程度，也可见这梦对她的重要。脱口而出的"啼时惊妾梦，不得到辽西"，揭示了如此失常举动的原因：丈夫远戍辽西，无缘相会，只有在梦中才能远涉千里，与丈夫相会。因此梦成了生活中最重要的心灵慰藉，"打起黄莺儿"的失常举动得到了合乎情理的解释。短短二十个字，将一位少妇埋怨黄莺惊梦的烦乱心理，神情口吻，以及"打起黄莺儿"的失控举动，和她之所以有如此言行举动的原因和盘托出，使读者如闻其声，如见其人，从中可以想见这位少妇的天真而娇憨，任性而真挚的神情性格。乃至可以想象到"打起黄莺儿"之前之后的生活情事。二十个字的纯粹白描，写出这样活灵活现的一位少妇，可谓字字化工了。但这化工之笔却又完全符合生活真实。笔者自己就曾有过类似的生活经历：小儿高考前夕，兴奋紧张，不能入睡，无奈只能吃安眠药，方能入睡。而邻家阳台上雄鸡竟然清晨高鸣，情急之下，只能用长竿捣邻鸡，邻居闻声，方携鸡返室。拈出此事，正见金昌绪笔下所写的打起黄莺儿的少妇的言行举动，完全合乎特定人物的心理与性情。

　　再说极富诗趣。这是一首表现生活原生态、富于乐府民歌气息的诗，若论诗的意境、韵味自难以与文人诗相比，但却别具一种生动幽默的诗趣。这份诗趣，首先就体现在这位少妇的"春怨"上：不怨战争的长期持续，不怨丈夫的久戍不归，不怨战争的发动者，不怨将帅的无能，竟然怨起与战争及久戍不归毫无干系的枝头黄莺，甚至要"打起黄莺儿"方才解气，表面上看，似乎有些没头没脑，不讲道理，"怨"错了对象，感到她的举止行为未免有些神经兮兮，但同时又感到她的感情的真挚痴顽，性情的真率可爱。正是这种真与痴的对照中，溢出了一种浓郁的令人解颐的幽默情趣，使人感到这位少妇实在是傻得可爱，也真得可爱。

　　表现生活的原生态，自然不等于照搬生活，就这位丈夫远戍不归的少妇来说，原生态的生活中可写的情事很多，但诗人感兴趣的却独在惊梦打莺这件看似有些荒唐可笑的事上。关键就在于诗人有一对善于发现诗趣的慧眼，一颗敏感的诗心。从诗法的角度说，这属于题材的选择和提炼，表现诗人善于抓住最富包蕴的情节片断。但诗人落笔时是否有那么明确的艺术自觉，似乎很难说。他只是觉得少妇怨莺儿惊梦，进而打莺解气的行动语言特别富于诗趣，就抓住这瞬息即逝的顷刻加以表现罢了。

　　丈夫久戍不归，妻子唯有梦中方能与其相会这种情事，初盛中晚唐的闺怨诗中都有所表现，也都有成功的作品，但诗的情调却大不相同。读陈陶的

《陇西行》"可怜无定河边骨，犹是春闺梦里人"和读金昌绪的这首《春怨》，感觉可说截然不同。陈陶的诗给人一种深入骨髓的绝望和沉痛之感；而金昌绪的《春怨》，虽然也深挚怀念远戍的征人，但全诗给人的感觉是虽夫妇两地远隔，梦寐思念，但整个调子是明朗轻快的，尽管思念，却并不失去对重聚的向往和追寻，诗中溢出的这种幽默情趣也反映出无论是女主人公或诗人自己，都对未来的生活抱着一种热切的希望。这似乎可以帮助我们推断，这首诗的产生时代可能是开元时期。

王 维

王维（701—761），字摩诘，祖籍太原祁县（今属山西），居于蒲州（今山西永济）。九岁知属辞。开元七年（719），赴京兆府试，举解头。九年进士擢第，授太乐丞，旋坐伶人舞黄狮子事谪贬济州司仓参军。十七年在长安，与孟浩然交往。十九年妻病故，终身未续娶。二十二年，张九龄为中书令，擢维为右拾遗。二十四年，九龄罢知政事，翌年贬荆州长史。同年秋，维以监察御史出使河西，留为河西节度判官。二十八年秋，以殿中侍御史知南选。天宝元年（742）转左补阙，转侍御史。营建蓝田辋川别业。迁库都员外郎、库部郎中。九载因母丧居辋川守制。十一载服阕，起为吏部郎中。十四载迁给事中。安史乱起，叛军入长安，维扈从不及，被拘送洛阳，署以伪职。至德二载（757），两京收复，陷贼官以六等定罪，维因陷贼期间赋《凝碧池》及弟缙愿削官为其赎罪，于乾元元年（758）责授太子中允，加集贤殿学士，迁太子中庶子、中书舍人。乾元二年复拜给事中。上元元年（760），迁尚书右丞。二年七月卒。维工诗擅画、长书法、通音律。存诗四百余首。前期诗颇多边塞游侠之作，慷慨激昂，境界阔大，颇具盛唐气象。后期则以山水田园之作为多，以兼具诗情、画意、禅趣、音乐美为主要特色，代表了盛唐山水田园诗的最高成就。诸体兼擅，五古、五律尤工，七绝亦多佳作。清赵殿成有《王右丞集笺注》，今人陈铁民有《王维年谱》及《王维集校注》。

渭川田家〔一〕

斜光照墟落〔二〕，穷巷牛羊归〔三〕。野老念牧童，倚杖候荆扉〔四〕。雉雊麦苗秀〔五〕，蚕眠桑叶稀〔六〕。田夫荷锄至〔七〕，相见语依依〔八〕。即此羡闲逸〔九〕，怅然吟式微〔一〇〕。

校注

〔一〕川，《文苑英华》作"水"。诗写渭水边上农村初夏傍晚景象和自己的心情。作年不详。

〔二〕光，原作"阳"，《文苑英华》同。此据宋蜀本等改。斜光，夕阳的余晖。王僧孺《秋闺怨诗》："斜光隐西壁，暮雀上南枝。"墟落，村落。范云《赠张徐州稷》："轩盖照墟落，传瑞生光辉。"

〔三〕穷巷，深巷。

〔四〕荆扉，柴门。

〔五〕雉雊，野鸡鸣叫。《文选·潘岳〈射雉赋〉》："麦渐渐以擢芒，雉鷕鷕以朝雊。"秀，抽穗扬花。

〔六〕蚕眠，蚕蜕皮前，不食不动，谓之眠。四眠而吐丝作茧。

〔七〕至，赵殿成笺注本作"立"，此从《文苑英华》《唐文粹》及宋蜀刻本。

〔八〕依依，依恋不舍之状。《古诗为焦仲卿妻作》："举手长劳劳，二情同依依。"

〔九〕《唐文粹》作"美此良闲逸"。

〔一○〕《诗·邶风·式微》："式微，式微，胡不归？"《诗序》谓黎侯流亡于卫，随行的臣子劝他回国。后以赋《式微》表示思归之意。吟式微，取"胡不归"之意，抒发自己归隐田园的意愿。吟，赵笺注本作"歌"。

笺评

顾璘曰：晚色妙。（《批点唐音》）

钟惺曰：厚风。（《唐诗归》卷八）

唐汝询曰：此历叙田家之事，而起欣慕之心，伤世之衰而欲归隐也。（《唐诗解》卷七）又曰：右丞妙于田家，此是其得意作。（《汇编唐诗十集》）

陆时雍曰：景色依然。（《唐诗镜》卷十）

周珽曰：当向晦燕息之候，爱想力作者勤苦，倚杖望其归，农家慈切之仁。远别官府力役之征，描写如画。且观蚕麦得育，锄立叙谈，又比国家政事失理，人民兴怨不同。故既起闲逸之羡，忽增式微之感，摩诘亦有心世道而思隐者乎？（《删补唐诗选脉笺释会通评林·盛五古一》）

王世贞曰：田家本色，无一字淆杂，陶诗后少见。（同上引）

王夫之曰：通篇用"即此"二字括收。前八句皆情语，非景语。属词

唐诗选注评鉴（一）

命篇，总与建安以上合辙。（《唐诗评选》卷二）

王尧衢曰："斜光照墟落，穷巷牛羊归。野老念僮仆（按：《唐诗品汇》作"僮仆"），倚杖候荆扉。"斜光，日斜之光。墟落，废宅也。日暮则牛羊归而僮仆犹未返，故野老念之，倚杖以候于柴门，宛是家人父子之情。"雉雊麦苗秀，蚕眠桑叶稀。田夫荷锄立，相见语依依。即此羡闲逸，怅然歌式微。"雊，雉鸣也。当麦秀桑落之候，田夫相见依依情深。即此羡归田之乐，而怅世风之微也。田家诸作，储、王并推，写境真率中有静气。（《古唐诗合解》卷一）

黄培芳曰：此瓣香陶柴桑。又："野老念牧童，倚杖候荆扉"，朏挚朴茂，语臻自然。（《唐贤三昧集》上卷评）

沈德潜曰："吟式微"，言欲归也，无感伤世衰意。（《重订唐诗别裁集》卷一）

宋宗元曰：田家情事如绘。（"野老"二句下）（《网师园唐诗笺》）

张文荪曰：真实似靖节。风骨各别，以终带文士气。（《唐贤清雅集》）

鉴赏

在王维抒写隐逸情趣的田园诗中，这首《渭川田家》具有代表性。具体的写作年代虽难以考察，但大体上是其后期的作品。从诗中透露的情绪看，有可能是天宝三载（744）经营辋川别业之前所作。

诗中所描绘的农村景象，在一个特定的时间背景——傍晚。诗人笔下所描绘的景物、人物活动和整个氛围，以及诗人的情思，都和这个特定时间背景密切相关。

"斜光照墟落，穷巷牛羊归。"一开头就展现出一个在西斜夕阳余光映照下的村落，亦即题目的"渭川田家"。"斜光"二字，既点明了特定的时间背景，又渲染出在斜阳映照下的村墟篱落苍茫的暮色和宁静安详的气氛。这是对"渭川田家"的一个总写。紧接着，在夕阳映照的村庄道路上，出现了一群群归家的牛羊，在悠闲不迫地走向深巷中各自的家门。句末的"归"字，用得似乎很随意，却是全篇的点睛之笔。小农经济下的农村，日出而作，日入而息，"日之夕矣，牛羊下来"（《诗·王风·君子于役》），日暮时分，正是劳动了一天的农夫归家的时刻，也是放牧的牛羊归圈的时刻。"归"字所显示的，正是一种渗透了安闲气息的归宿感。

王维

　　三、四两句，从牛羊之归引出野老盼牧童之归。"野老"指村中老年农夫，"牧童"当指放牧的孙辈，一作"僮仆"，非。如果说一、二两句描绘的是全景，则三、四两句描绘的便是一个特写镜头：一位白发苍苍的老人拄着拐杖，在自家的柴门外，迎候着放牧的童孙的归来。"念"是诗人对"野老"心情的揣度，而这揣度的依据便是野老倚门候归的动作姿态乃至表情，这幅图景，特别是其中的"念"字、"候"字，透露出了温煦亲切的人情味，可以体味出诗人面对这一景象时心中的感触。

　　以上四句，写的都是村内景象，五、六两句，目光由村内转向村外，远处传来野鸡的鸣叫声，村外田地里的麦苗已经开始抽穗扬花；桑田里的桑树叶已经稀疏，想来蚕已经休眠了。这两句点出季节已值春末夏初，雉雊、麦秀、蚕眠，不但使暮色苍茫中的农村平添了欣然生机，而且暗示了农桑的丰收在望，使人感到农村的宁静安详中自有其丰厚的物质基础。这里透露的应该是开、天盛时的农村比较丰足的景象，而不是像有的评家所说是"伤世之衰"。

　　七、八两句，续写村外田野中所见："田夫荷锄至，相见语依依。"在田野上劳动了一天的农夫，傍晚收工时不约而同地三三两两凑在一起，在随意地闲聊。"荷锄"而"相见"，正是田间相遇的情景，而"语依依"三字，不但写出他们相对而语的亲切姿态，而且似乎可以听到他们的声音，鲜明如画，却又更有画外远神，这画外远神便是那份闲适的意态。

　　九、十两句，是全诗的归趋和主旨。在观赏了上述景象之后，诗人的突出感受就是农村生活的"闲逸"，即悠闲安逸，宁静和平，没有官场的奔竞驰逐、争名夺利、纷争恶斗、虚伪欺诈，因此他不仅深为欣羡，而且借用《式微》中"胡不归"的话头直接表明了自己归隐田园的旨趣。从引出并为最后两句服务来说，前面八句都不是单纯描写农村景物，而是在描写中渗透了诗人的上述感情。王夫之认为"前八句皆情语，非景语"，正应从这个角度去理解。

　　诗通体运用白描手法，语言朴素清新，描绘出一幅鲜明如画的田家晚归图景，而且在画内画外，还笼罩着一种浓郁的氛围，艺术上是相当成功的。但较之陶诗，却明显带有"局外人"的色彩。陶渊明弃官归隐后，不但始终生活在农村，而且还"开荒南野际"、躬亲参加生产劳动，"晨兴理荒秽，带月荷锄归"，因此，对于农村和农民的实际生活有较深切的体验，才能写出"平畴交远风，良苗亦怀新。田家岂不苦，弗获辞此难。四体诚已疲，庶无异患干""衣食当须纪,力耕不吾欺"这样的诗句。对照王维此诗,虽然在风貌上追摹陶诗,甚至有意无意地袭用陶诗中词语,但由于缺乏真切的农村生活体验,他笔下的农村和农民,总让人感到是以一个局外人的眼光来观察、感受的。诗人虽对农村生活的"闲逸"怀着亲切的欣羡之情,但同时也就显示了一种局外人的距离感。

王维另有一首《辋川闲居赠裴秀才迪》的五律,是半官半隐期间闲居辋川所作。诗云:"寒山转苍翠,秋水日潺湲。倚杖柴门外,临风听暮蝉。渡头馀落日,墟里上孤烟。复值接舆醉,狂歌五柳前。"诗中的词语、意象与这首题为《渭川田家》的五古有相似之处,也同样袭用了陶诗中的一些意象。按说,此时的王维已经有了归隐的处所,且有了归隐的实际体验,但他笔下的农村,仍然是一个局外人眼中的农村。他写出了农村某些外在景象(如"渡头馀落日,墟里上孤烟"),但却无法深入到农村生活的实际当中去,因此诗中的诗人自我形象还是一个士大夫。这个铁门槛,诗人没有也无法超越。

春中田园作〔一〕

屋上春鸠鸣〔二〕,村边杏花白〔三〕。
持斧伐远扬〔四〕,荷锄觇泉脉〔五〕。
归燕识故巢,旧人看新历〔六〕。
临觞忽不御〔七〕,惆怅远行客〔八〕。

校注

〔一〕中,凌濛初刊《王摩诘诗集》作"日"。宋蜀刻本题为《春中田园作二首》,其第二首即《淇上即事田园》,诗云:"屏居淇水上,东野旷无山。日隐桑柘外,河明闾井间。牧童望村去,猎犬随人还。静者亦何事,荆扉乘昼关。"开元十六年(728)左右,王维曾居淇上(淇水边的卫州)。或谓《春中田园作》系居辋川期间之作,见陈铁民《王维集校注》。春中,即春日。或谓指春日之中(即二月),然诗中提到"春鸠鸣""杏花白""伐远扬"似是暮春景象。

王
维

371

〔二〕鸠，斑鸠。《诗·小雅·小宛》："宛彼鸣鸠，翰飞戾天。"《吕氏春秋·季春》："鸣鸠拂其羽，戴任降于桑。"高诱注："鸣鸠，斑鸠。"斑鸠之鸣在季春。

〔三〕杏花白，杏花二月开，花蕾色纯红，开时色白微带红，至落时则纯白。此云"杏花白"，已是杏花将落之三月初，与上句"春鸠鸣"在季春时令相合。方岳《春晚》亦有"只有小桥杨柳外，杏花未肯放春归"之句，可见晚春时犹有将落的杏花。

〔四〕《诗·豳风·七月》："蚕月条桑，取彼斧斨，以伐远扬。"远扬，指伸得很长的桑枝，修整桑枝须用斧头将其砍掉。蚕月，即夏历（农历）三月。

〔五〕觇（chān），察看。泉脉，在地下伏流的泉水。因其类似人体脉络，故称。谢朓《赋贫民田》："察壤见泉脉，觇星视农正。"

〔六〕新历，今年的新历书。历书上记载节令及宜于作物耕种的内容。

〔七〕御，进用。

〔八〕远行客，在远方作客的人。《全唐诗》校："一作送远客。"

（笺）（评）

刘辰翁曰：《卷耳》之后，得此吟讽。又曰：情致自然，抑扬有态。（"旧人"句下）（《王孟诗评》）

谭元春曰：情诗、禅寂诗、田家诗，右丞一一能妙。如闲寂田家诗不妙，情诗妙，是俗艳。（《唐诗归》卷八）

陆时雍曰：野趣。（《唐诗镜》卷十）

顾璘曰：起二句点化好。（《删补唐诗选脉笺释会通评林·盛五古一》引）又曰：上六句叙事，末一转结束之。此有所思而作者，别一格局，亦高古。（翰墨园重刊本《唐贤三昧集笺注》引）

黄培芳曰：一结从"嗟我怀人，寘彼周行"化出。（翰墨园重刊本《唐贤三昧集笺注》卷上）

唐汝询曰：结语差有味。（《汇编唐诗十集》）

延君寿曰：此诗整而不板，旧而实新，学右丞此种为最。（《老生常谈》）

此诗之美，不在绘景的工致传神，饶有画意，而是在平淡从容、安闲恬静的景物点染与人物活动的叙写中所透露的风神之美。而风神之美，正是唐诗美感的重要特征。

开头两句用平淡的语调和朴素的语言写春中田园所闻所见景物。"春鸠鸣"与"杏花白"，虽一诉之听觉，一诉之视觉，一为近景，一为远景，但都显示出晚春的物候特征，已经到了农事繁忙的季节。斑鸠一般在山中鸣叫，这里写"屋上春鸠鸣"，说明斑鸠并不担心人们对它有所伤害，而是与人们亲近共处，显示出人与自然的和谐相处，而春鸠欢快的啼鸣，既透出春天的活跃生机，也好像在催促人们勤于农事。下句写村边杏花，只用一"白"字，就显示出繁茂的杏花已经快到落英缤纷的时节，但出语从容不迫，毫无伤感气息，透露出诗人目接此景时安闲的意态。

三、四两句，承上对季节物候的叙写，自然转到对农事活动的描叙。但主角并非一般的农夫，而是田园的主人——诗人自己。桑园中的桑树，已经长出了伸得很远的枝条，拿起斧子将它们砍去，使桑树修得整齐圆整，来春长得更加繁茂；有时则扛起锄头，去察看田间潜在地下的泉流，以便引水灌溉。给桑树整枝是"蚕月"的农事活动，也说明其时正当三月晚春。看来，王维在田园中也并不止是游山玩水，啸咏竟日，偶尔也参加一点农事活动，作为闲居生活的一种点缀和消遣，这跟陶渊明的"力耕"是为了经营衣食显有区别。从这两句语调的雍容不迫，也可体味出诗人意态之闲闲。

五、六两句，由室外的农事活动转回对室内情景的描叙。一年一度的燕子归来了，它们好像认得旧主人和旧巢似的，又在去年的旧巢安了家；诗人自己在田园中又过了一年，对于已经逝去的岁月来说，已经是"旧人"了，此刻正在随意地翻开新一年的历书。这两句似乎是不动声色的纯客观描写，却极富含蕴。关键就在"故""旧"和"新"的对照中，从燕与人的对照中透露出时间的自然流逝和自然永恒、人事变化的消息。表面上，似乎一切都照旧，燕归故巢、人居旧室，实则人固已非去年之人，燕亦非去年之燕，"看新历"三字正显示了时间的流逝、流年的变更。但诗人对这一切，在感情上是怀着一种欣然的态度平静地接受，仿佛生活本来就该如此。两句中似乎蕴含着新旧交替、新陈代谢的生活哲理，却又丝毫不着形迹，显得特别自然浑成。

王维

373

结尾两句却忽作转笔：正在举杯欲饮的时刻，忽然想起了那些漂泊在远方的客子，不免感到一丝惆怅，不觉放下了酒杯。这个转折乍读似感有些突然，实际它与上六句所描叙的情事有着内在的必然的联系。正因为自己心境安闲地在家享受着春天带来的生机和喜悦，过着平静而又蕴含新内容的生活，因此才自然联想起那些漂荡不定、漂泊无依的远客，而感到惆怅。但生活中的这种遗憾又正反衬出田园和平宁静安闲生活的可贵。因此结尾两句正是从相反的方向更显示出诗人对隐居田园生活的依恋。需要注意的是，结尾两句所抒写的心情，毕竟只是和平闲静中的一点缺憾，故并不破坏整体的氛围，而只是一丝轻微的惆怅。

　　这首诗几乎没有任何对田园景物的精工细致的描绘，完全是朴素如叙家常的语言，但却传达出了一种对和平宁静生活的安闲喜悦之情，显示出生活在表面平静如昔中蕴含的新变。诗中所透露的那份从容安闲的风神意态，则更使全诗具有一种隽永的神韵。

新晴野望〔一〕

新晴原野旷，极目无氛垢〔二〕。
郭门临渡头，村树连溪口。
白水明田外，碧峰出山后。
农月无闲人〔三〕，倾家事南亩〔四〕。

校注

　　〔一〕赵注本题作《新晴晚望》。按：诗中所写非暮色苍茫中之晚景，作"晚"者非。野望，眺望原野。诗作年不详。

　　〔二〕氛垢，尘埃烟雾。

　　〔三〕农月，农忙的月份。

　　〔四〕倾家，全家。南亩，农田。南坡向阳，利于农作物生长，古人田地多向南开辟，故称。《诗·小雅·大田》："俶载南亩，雷厥百谷。"

这是一首为历代选家、评家很少提及的佳作，它写得朴素清新，像一幅色调清淡的水墨画，明秀宁静中又透露出浓郁的生活气息。

开头两句，紧扣题目作一总的叙写。雨后新晴，极目远眺，整个原野显得特别清澄旷远。由于"新晴"，故广阔的原野洁净"无氛垢"，这才使它显得更为旷远。三者之间存在连锁递进的因果关系。"原野旷"和"无氛垢"，不仅显示了原野之"清"之"旷"之"远"，而且透露了诗人极目远眺之际那种清爽感、舒畅感和宽展阔远感。

三、四两句，接写近处所见的村郭。第三句的"郭"和第四句的"村"，异文同指；第三句的"渡头"和第四句的"溪口"，所指亦为同处。其句法和孟浩然的《过故人庄》"绿树村边合，青山郭外斜"之"村""郭"异文同指一例。如果将"郭"理解为城郭之郭，则本指一地的"渡头""溪口"也必然要分开各指。实则"郭"即"村"，"渡头"即"溪口"，本是眼前所见的一幅画面，不必人为地分成不相关的两幅。诗人所见的景象是：村子里的树木沿着一条流贯村中的小溪，一直绵延到溪口，而村子入口处的门楼（常是村庄的标志）则紧挨着小溪流入河的渡头。在很多依山傍水的村庄中都有这样的景色，就像"绿树村边合，青山郭外斜"那样普遍平常，但在诗人笔下，却显得风光如画。原因就在于诗人把笔墨集中在这个村庄最美丽而饶有画意的地方——绿树绵延的郭门外古渡头。

五、六两句，是离近处的村庄更远的景物。村庄外面，是一片农田，因为田里放满了水（准备播种或插秧），在新晴阳光的映照下，水田反射出白光，此即所谓"白水明田外"（并不是说在水田之外有一条反射出亮光的河流），比较"漠漠水田飞白鹭"之句，即可看出后者是因为天气稍有阴霾，故看上去水田漠漠一片，而"白水"句则是由于晴光映水之故。而"碧峰出山后"又是较"白水明田外"更远的景物：水田的尽头处是重叠的山峦，由于新晴空气清澄，不但可以清楚地望见紧靠水田边际的山峦，而且还能望见一座碧绿的山峰秀出于它的后面。在一般的气候条件下，远处的山峰往往只是一个隐约模糊的轮廓，而今天由于新晴碧空如洗，竟连山外的碧峰也清晰可见，可见其所望之旷远。到这里，可以说把题目"新晴野望"的"望"字写足了。

颔、腹二联，是一幅多层次、富于立体感的画面：近处，是一个绿树绵

375

延直到郭门外溪口渡头的村庄；村庄之外，是一片反射着晴光的水田；水田的尽头处，是重叠的山峦，前面的山峦后面又矗立着碧绿的山峰。这幅图景，有近景，有中景，有远景，远景之中又有层次，鲜明地体现出画家的位置经营之法。而景物的色调，则是由白水、碧峰、绿树构成的极其鲜明的绿、白二色，给人以清新明洁的愉悦感。

写到这里，"新晴野望"的题意是写足了，但又让读者隐隐感到这幅"新晴野望图"似乎缺少了点什么。这所缺少的就是人物的活动、生活的气息。结尾两句正满足了读者的期望，用极简括的手法写出了村庄外的田野上繁忙的农事活动。"郭门临渡头，村树连溪口"的村庄虽然宁静得像一个童话中的世界，但在村外的田地上，这里那里都有农人忙碌的身影，农忙季节，村里没有闲人，男女老幼，倾家出动，都在各自的田地上从事农耕活动。有了这一笔，这幅新晴野望图便有了浓郁的生活气息，不但美丽，而且更加可亲了。从这一点上看，又不妨说结尾两句是这幅图画的点睛之笔。

陇头吟〔一〕

长安少年游侠客〔二〕，夜上戍楼看太白〔三〕。陇头明月迥临关〔四〕，陇上行人夜吹笛。关西老将不胜愁〔五〕，驻马听之双泪流。身经大小百馀战，麾下偏裨万户侯〔六〕。苏武才为典属国，节旄空尽海西头〔七〕。

校注

〔一〕《乐府诗集》卷二十一横吹曲辞汉横吹曲有《陇头》，解题曰："一曰《陇头水》。《通典》曰：'天水郡有大阪，名曰陇坻，亦曰陇山，即汉陇关也。'《三秦记》曰：'其坂九回，上者七日乃越，上有清水四注下，所谓陇头水也。'"并于同卷载录王维《陇头吟》。陇头，即陇山，又称陇坂、陇坻，今六盘山南段的别称，绵延于今甘肃、陕西交界处。古诗中常以陇头借指边塞。唐吴兢《乐府古题要解》卷上："又有《出关》……《黄鹄吟》《陇头吟》《折杨柳》《望行人》等十曲，皆无其词。"《陇头吟》当由《陇头》变化衍生而来，而古辞已佚。王维此诗，陈铁民《王维集校注》疑作于开元二十五年（737）至二十六年居河西期间。

〔二〕安，赵殿成笺注本作"城"。《河岳英灵集》《乐府诗集》《全唐诗》均作"安"，是。作者《少年行四首》之一云："新丰美酒斗十千，咸阳游侠多少年。"咸阳少年游侠，亦即长安少年游侠。

〔三〕戍楼，边防驻军的瞭望楼。参下文"陇头明月迥临关"，当指陇关之关楼。太白，即金星，古星相家以为太白星主杀伐，故多以喻兵戎。《汉书·天文志》："太白，兵象也。"《晋书·天文志》："太白进退以候兵，高埤迟速，静躁见伏，用兵皆象之，吉。其出西方，失行，夷狄败；出东方，失行，中国败；未尽期日，过参天，病其对国；若经天，天下革，民更王，是谓乱纪，人众流亡。"看太白，谓其关心边境战事吉凶成败。

〔四〕关，指陇关。《后汉书·顺帝纪》"且冻羌寇武都，烧陇关"李贤注："陇山之关也，今名大震关，在今陇州汧源县西也。"

〔五〕关西，指函谷关以西地区。《后汉书·虞诩传》："谚（谚）曰：'关西出将，关东出相。'"李贤注："《前书》曰：'秦、汉以来，山东出相，山西出将。'秦时郿白起、频阳王翦；汉兴，义渠公孙贺、傅介子，成纪李广、李蔡，上邽赵充国，狄道辛武贤，皆名将也。"

〔六〕偏裨（pí），副将。万户侯，食邑万户之侯。汉代置二十等爵，最高等名通侯，又称列侯，列侯大者食邑万户。《史记·李将军列传》："文帝曰：'惜乎，子（指李广）不遇时！如令子当高帝时，万户侯岂足道哉！'""（广）曰：'自汉击匈奴而广未尝不在其中，而诸部校尉以下，才能不及中人，然以击胡军功取侯者数十人，而广不为后人，然无尺寸之功以得封邑者何也？岂吾相不当侯邪？且固命也？'"这里暗用李广功高不得封侯事。

〔七〕《汉书·苏武传》，汉武帝天汉元年（前100），苏武奉命出使匈奴，匈奴欲降之，武坚不从，单于"乃徙武北海（今贝加尔湖）上无人处，使牧羝（公羊），羝乳（生子）乃得归……武既止海上，廪食不至，掘野鼠、去草食而食之。杖汉节，卧起操持，节旄尽落"，在匈奴十九年，昭帝始元六年（前81）始得归汉。"至京师，诏武奉一太牢谒武帝园庙，拜为典属国。"《汉书·百官公卿表》："典属国，秦官，掌蛮夷降者。"二句倒装，谓苏武被扣留匈奴十九年，矢志不移，忠于汉朝，至于节上的旄（旄牛尾）尽落，而回国以后，才给他一个典属国的官职。以苏武之功高守节而不得相应的封赏，慨叹老将的功高不见赏的遭遇。

王维

377

刘辰翁曰：次第转折，恨惋何限，又非长篇所及。（《须溪先生校本王右丞集》）

顾可久曰：并使二事，一隐一显，是变幻作法。悲壮雄浑。（《唐王右丞诗集注说》）（按：《唐贤三昧集笺注》引作顾云）

桂天祥曰：《陇头吟》音节气势，古今绝唱。（《批点唐诗正声》）

唐汝询曰：此因轻进少年侮慢先达，故托老将以挫其锋，实自况也。太自主兵，少年观之，以候边衅，是盖急于勋名。然当此月明之夜，乃有老将闻笛而泣者。自言百战而功不录，麾下或取封侯，己独受苏武之薄赏，则向之勤劳奚益哉！彼少年慎毋沾沾为也。按维晚节始擢尚书右丞，故每以老将自叹。（《唐诗解》卷十六）

吴山民曰：起有乘衅邀勋意。次景语含情。次数奇之叹。结强引子卿自解，可伤。（《删补唐诗选脉笺释会通评林·盛七古上》引）

周启琦曰：结怨得婉。（同上引）

黄培芳曰：（"苏武才为典属国，节旄空尽海西头"）收句若倒转，便少味。（《唐贤三昧集》卷上评）

沈德潜曰：少年看太白星，欲以立边功自命也。然老将百战不侯，苏武只邀薄赏，边功岂易立哉！（《重订唐诗别裁集》卷五）

宋宗元曰：立功之难，从听者意中写出。（"关西老将"句下）（《网师园唐诗笺》）

翁方纲曰：此则空际振奇者矣，与前篇（按：指王维《夷门歌》）之平实叙事者不同也。愚所以说但举前一篇已定也。（按：翁评《夷门歌》曰："所谓'羚羊挂角''不着一字'者，举此一篇足矣。此乃万法归原处也。"）平实叙事者，三昧也；空际振奇者，亦三昧也；浑涵汪茫千汇万状者，亦三昧也。此乃谓之万法归原也。若必专举寂寥冲淡者以为三昧者，则何万法之有哉！渔洋之识力，无所不包；渔洋之心眼，抑别有在？（《七言诗三昧举隅》）

张文荪曰：极凄凉情景，说得极平淡，是右丞家数。少年、老将，是宾主相形法。（《唐贤清雅集》）

方东树曰：起势翩然。"关西"句转。收浑脱沈转，有远势，有厚气。此短篇之极则。（《昭昧詹言》卷十二）

王闿运曰：亦是平叙。（《手批唐诗选》卷八）

鉴赏

王维的七言古诗中，有一首历代传诵的《老将行》，用叙事诗的体制写一位功高数奇、弃置年衰的老将，在外敌入侵、国家危难的时刻，请缨杀敌，以身报国的壮烈情怀，像是为烈士暮年、壮心不已的老将立传。可以看出，诗人对现实政治生活中的功赏不平、功高无赏的现象有较深的体验与认识。但《老将行》在表现功高无赏不平的同时，更侧重于表现老将不计个人荣辱、以国事为重的高尚情操和壮烈情怀，而这首《陇头吟》则集中表现功赏不平这一政治主题，诗的形式则由长篇改为短制，体制也由叙事改为抒情。

《陇头吟》最显著的特点表现在艺术构思的巧妙上。从主题的表达看，诗的重点应该落在"关西老将"身上。但诗一开头却先引出了一位长安少年游侠客"夜上戍楼看太白"的情景。王维青年时代作过《少年行四首》，其中的咸阳（即长安）游侠意气风发，怀着"孰知不向边庭苦，纵死犹闻侠骨香"的报国壮志，更具"一身能擘两雕弧，虏骑千重只似无"的勇武气概，正可为本篇的"长安少年游侠客"作形象的说明。而"夜上戍楼看太白"的行动描写中所透露的则正是观天象、察敌情、料成败的战前准备，和渴望立功报国的心情，其飒爽的英姿、昂扬的意气亦从中暗暗透出。

三、四两句，转写明月临关、征人吹笛的情景。明月、关塞、戍楼、羌笛都是边塞诗中经常出现的意象，像"月明羌笛戍楼间""更吹羌笛关山月""秦时明月汉时关""高高秋月照长城"等，都对渲染边塞特有的氛围起着重要的作用。而王维的这两句诗，除了渲染边塞气氛外，重点在突出"陇上行人（即征人）夜吹笛"这一事象所给予人的感受，以引出诗中的重要人物——关西老将。评家或以为"关西"句始转，实则这两句才是连接"少年游侠"和"关西老将"的枢纽。陇上征夫吹笛之声，戍楼上的游侠少年和马上的关西老将自然都是听到了的，但对于渴望立功边塞的少年游侠来说，这月下的笛声只不过是边塞风情的一种诗意点缀，并没有引起心中的波澜，而"身经大小百余战"的"关西老将"却因此而引起强烈的悲慨，因此五、六两句便自然过渡到关西老将的反应上来。

"关西老将不胜愁，驻马听之双泪流。"凄凉哀怨的笛声使历经艰苦征战

王维

379

和坎坷遭遇的老将触绪生悲，难以禁受，驻马倾听，双泪横流。如此强烈的感情反应说明他必然有不同寻常的遭遇，这就进一步引出对他遭遇的叙写。

"身经大小百馀战，麾下偏裨万户侯。"这两句实际上暗用了汉代飞将军李广屡建奇功，却不得封侯的故实，以揭示关西老将功高无赏的遭遇和功赏不平的愤激情绪，但却用得浑化无迹，如同直叙其事，可见其用典使事的高妙。《老将行》中也有这样的叙写："一身转战三千里，一剑曾当百万师。汉兵奋迅如霹雳，虏骑奔腾畏蒺藜。卫青不败由天幸，李广无功缘数奇。"同样用了李广的典故，与这两句可以参证。而《老将行》渲染铺叙，此则概括简约，意余言外。老将目前的处境遭际虽未明言，却可默会。

最后两句，明用苏武典实，寓慨深沉。如果说，上两句暗用李广典，重点在突出其功高赏薄，那么这两句明用苏武典，则意在突出其虽有忠于朝廷的奇志异操，却才获低位，意思上各有侧重。两句特用倒装，并以"才为"与"空尽"重笔勾勒，正是为了突出感慨的深沉。诚如黄培芳所评："收句若倒转，便少味。"

回到一开始提到的构思巧妙这个显著特点上来。不妨设想一下，如果诗人的本意只是为了表达功赏不平或功高赏薄的主题，那么单写老将的遭遇即可，完全不必先引出长安少年游侠，再辗转由夜上戍楼引出征人吹笛、老将驻马而听等一系列情节景物。可见这种构思必有其深刻的用意。盛唐国势强盛，国威远扬，立功边塞成为众多士人特别是年青人向往的人生经历与目标，但由于封建社会的痼疾，功赏不平乃至功高无赏的现象还是时有发生。这对渴望报国立功的年青人无疑是一种极大的打击。诗人在揭示关西老将悲剧遭遇的同时，以雄心勃勃、渴望报效祖国的少年游侠作对比，其中正寓含着对边防形势、国家安危的隐忧。今日的热血少年，焉知不成为异日的关西老将？而今日的关西老将，又焉知不预示着热血少年将来的命运？如果让关西老将的悲剧遭遇继续上演，将来又有谁为国效力，远赴边庭呢？也就是说，诗人的真正用意，是希望统治者功赏分明，有功必赏，功赏相称，使一切怀有报国壮志的青少年不再重复关西老将的悲剧。

这首七古只有短短十句，却有情节，有场景，有人物（除了对比的关西老将和少年游侠外，还有月下吹笛的征人），其内容的丰富复杂甚至超过篇幅三倍于它的《老将行》，在表现的凝练概括和感情的深沉方面也超越了《老将行》，是王维的七古艺术上更加成熟的标志。

冬晚对雪忆胡居士家〔一〕

寒更传晓箭〔二〕，清镜览衰颜〔三〕。
隔牖风惊竹〔四〕，开门雪满山〔五〕。
洒空深巷静，积素广庭闲〔六〕。
借问袁安舍，翛然尚闭关〔七〕。

王维

校注

〔一〕《文苑英华》卷一百五十四作王邵诗，题作《冬晚对雪忆胡处士》。按：司空曙有《过胡居士睹王右丞遗文》诗云："旧日相知尽，深居独一身。闲门空有雪，看竹永无人。每许前山隐，曾怜陋巷贫。题诗今尚在，暂为拂流尘。"所谓"题诗"，即题内所谓"遗文"；而曙诗之颔联，更明显是化用《冬晚对雪忆胡居士家》一诗的颔联。而曙诗题已明言此诗系"王右丞遗文"，可证此诗定为维作。又，《文苑英华》题内"处"字亦误。王维诗集中有《胡居士卧病遗米因赠》《与胡居士皆病寄此诗兼示学人二首》，其中述及胡居士"床上无毡卧"等贫困情况，与此诗尾联以袁安喻胡居士者合；佛教称在家修道者为居士，上举寄赠胡居士二题通篇宣扬佛教禅宗的无为无碍思想，亦可证题当作《冬晚对雪忆胡居士家》。又，诗有"衰颜"语，当为晚年山居所作，具体写作年代未详。或谓此诗系王维天宝元年（742）居终南山时所作（见张清华《王维年谱》）。按天宝元年王维方四十二岁，恐不至于自称"衰颜"。

〔二〕寒更，寒夜的更鼓。箭，古代计时器，上有时间刻度，置于漏壶中，漏壶中水不断下滴，箭上的时刻随之逐渐显露，打更的人即据此报更。传晓箭，即传来报晓的更鼓声。《文苑英华》此句作"寒更传唱晚"，后二字当误。

〔三〕览，照见。《全唐诗》校：览，一作减。

〔四〕牖，窗户。

〔五〕门，《文苑英华》作"帘"。

〔六〕闲，空旷闲静。《楚辞·招魂》"静闲安些"王逸注："空宽曰闲。"

381

又，《文选·孙绰〈游天台山赋〉》"体静心闲"李善注引王逸《楚辞》注："闲，静也。"此句之"闲"即兼有空旷、闲静之意。

〔七〕借问，假设性问语，上句自问，下句自答。袁安，东汉时高士。《后汉书·袁安传》注引《汝南先贤传》："时大雪，积地丈馀，洛阳令自出案行，见人家皆除雪出，有乞食者。至袁安门，无有行路，谓安已死，令人除雪入户，见安僵卧。问何以不出，安曰：'大雪，人皆饿，不宜干人。'令以为贤，举为孝廉也。"翛（xiāo）然，无所牵挂，超然自得貌。此以袁安之贤而贫困喻胡居士。

笺 评

曾季貍曰：东湖言王维雪诗不可学，平生喜此诗，其诗云："寒更催晓箭（下略）。"（《艇斋诗话》）

陆时雍曰：三、四自在。（《唐诗镜》卷十）

王士祯曰：或问余古人雪诗何句最佳，余曰："莫踰羊孚赞曰：'资清以化，乘气以霏；值象能鲜，即洁成辉。'陶渊明诗云：'倾耳无希声，在目皓已洁。'王摩诘云：'隔牖风惊竹，开门雪满山。'祖咏云：'林表明霁色，城中增暮寒。'韦苏州云：'怪来诗思清入骨，门对寒流雪满山。'此为上乘。"（《带经堂诗话》卷十二赋物类。同卷另一则与上引略同，不录）

黄培芳曰：雪诗如此甚大雅，恰好。开后人咏物之门。（《唐贤三昧集》评）

张谦宜曰："隔牖风惊竹，开门雪满山。"得蓦见之神，却又不费造作（《絸斋诗谈》卷五）

沈德潜曰：写"对雪"意，不削而合，不绘而工。"忆胡居士"，只末一见。（《重订唐诗别裁集》卷九）

屈复曰：五、六写雪不着迹象，妙句。此首逐句写去，直到结句。（《唐诗成法》）

宋宗元曰：不假追琢，自然名贵。（"隔牖"句下）（《网师园唐诗笺》）

范大士曰：不涉色相，天然画图。（《历代诗发》）

张文荪曰：写得清朗照人。末收到居士家，气浑而语切。（《唐贤清

雅集》）

洪亮吉曰：古今咏雪、月诗，高超者多，咏正面者殊少。王右丞"洒空深巷静，积素广庭闲"，可云咏正面矣。（《北江诗话》卷一）

潘德舆曰：诗之妙全以先天神运，不在后天迹象。如……王摩诘"隔牖风惊竹，开门雪满山"，咏雪之妙，全在上句"隔牖"五字，不言雪而全是雪声之神，不至"开门"句矣……大抵能诗者无不知此妙，低手遇题，乃写实迹，故极求清脱，而终欠浑成。（《养一斋诗话》卷二）

朱庭珍曰：咏雪诗最难出色，古人非不刻画，而超脱大雅，绝不粘滞。后人着力求之，转失妙谛，如渊明句云："倾耳无希声，在目皓已洁。"寥寥十字，写尽雪之声色，后人千言万语，莫能出其右矣。右丞"洒空深巷静，积素广庭闲"，工部"烛斜初近见，舟重竟无闻"，一写城市晓雪，一写江湖夜雪，亦工传神。（《筱园诗话》卷四）

鉴赏

这首以咏雪著称的五律，据诗中"览衰颜""雪满山"等语，似为晚年山居所作。题内"冬晚"，非冬天晚间、夜间之谓，而是"冬暮"（即暮冬）之意。因为诗中所写，全是寒冬清晨所闻、所见、所思。首联写晨间听鼓对镜。起句"寒更"之"更"指更鼓声。着一"寒"字，不仅透出了鼓声的寒意，连冬天破晓时分那种凛冽彻骨的五更寒也表现出来了。"传晓箭"即报晓，用"箭"代"时"，使无形的时间具有形象感，"传"出了一种时光如箭的感受。这就自然引出了下句"清镜览衰颜"。这里的"览"，不只是单纯的"照见"，而是览中含惊，览中有思，但写来却浑涵不露，一岁之暮（冬晚）与一生之暮本易产生联想，这里即因寒鼓报晓而兴时光易逝、人生易老之感。这一联点明"对雪"的时间背景和诗人一开始时的心理状态，情调略带萧瑟凄冷。

颔联从听觉、视觉的先后接续来写由"闻"雪到"对"雪的过程。北风雨雪，风和雪常常密不可分。但一开始诗人只是听到窗户外面，风在不停地摇曳着竹子，发出一片沙沙的声响。用"惊"而不用"动"，不仅将竹写得仿佛有惊惧战栗之感，而且传出了风的劲厉肃杀，连诗人耳闻此声时那种凛寒心惊之感也一齐透出。这句所描写的实际上是风裹挟着雪粒（霰），打在竹子上，刮在窗户上所发出的声响，但诗人一开始只闻其声，未睹其状，并

王
维

383

未立即想到外面已经下起了大雪。等到清晨开门一望，却只见户外青山已经是一片白雪皑皑的景象了。"开门雪满山"这句所描绘的景象，如果静止地、孤立地看，未必有多少出奇之处，但诗人将它置于听觉、视觉感受的流动过程中，写出自己由"闻"而未知到"对"而方知的感觉推移，却别具一种神韵。诗人好像是在没有思想准备的情况下突然发现了一个银装素裹的美好世界，从而对面前展现的这一片皎洁之境产生了一种新奇的美感和身心的熨帖之感。出句的"惊"，和对句的"满"，正透露出诗人由闻声心惊到对雪愉情的感情变化。面对满山皓雪，诗人胸中也霎时间充满了新鲜愉悦的神往之感。在全篇中，这是一个转关。由此又进一步引出了下一联所描绘的情景。

"洒空深巷静，积素广庭闲。"雪还在纷纷扬扬而又悄无声息地飞洒着，本来就显得幽深寂静的村巷更呈现出一片静谧；皓洁的白雪积满了整个庭院，使本来就显得宽广的庭院更显得空旷安闲。两句点眼处在"静"和"闲"。这是感情由"惊"到"奇"再到"喜"的诗人面对深巷广庭的雪景时悠然静观的感受。"洒空"的飞雪在形态上带有明显的动态，甚至似乎有点热闹的意味。但在这积雪盈巷之际，居人足不出户，深巷杳无人迹，不闻声息，这纷扬飞洒的雪花反倒更衬出了深巷的静寂。如果说这句带有以动衬静的意味，那么下句便具有空中见闲的韵致。积雪堆满整个庭院，掩盖了一切杂迹，使它显得更加空旷而安闲。这"静"和"闲"既是对雪景的传神描绘，也是诗人"对雪"静观时心境的自然流露。比起首联闻更览镜时的萧瑟衰飒之感，完全是另一种心境了。不妨说，是那一片皓洁的雪的世界抚平了诗人本来有些骚屑凄冷的心灵，使它变得幽静安闲了。

尾联的怀友之情正是从这种"静""闲"之境中自然引发出来的。寂静的环境，固然容易想起与友朋的游处；心境的安闲，更使这种怀想染上一层安恬闲旷的色彩。而大雪、深巷的现境则又与袁安卧雪的故事背景相似。因此，从"对雪"到怀想卧雪的友人乃是势所必然。用卧雪不出的袁安喻指贫困的胡居士，意在突出其身处贫困而无所系挂，安然处之的高士风神。联系诗人寄赠胡居士的另两篇诗所说的"居士素通达，随宜善抖擞""胡生但高枕，寂寞与谁邻。战胜不谋食，理齐甘负薪"一类话头，不难看出尾联中还渗透了佛家的任运随缘、圆融无碍的思想，可以说诗人心目中的胡居士，是糅合了儒家的安贫乐道思想和佛家的随缘任运思想的高士风貌的体现者。

当然，这首诗的出名仍在于咏雪。它不拘滞于雪的外在形貌的琐细刻画描绘，而是善于虚处用笔，侧面烘染，从雪所造成的特有境界气氛与诗人对它的特殊感受着眼，渲染出一片令人心驰神往、恬静安闲的境界。雪使整个世界变得浩广洁白、静谧安恬了。这种境界本身就显示出了雪的神采和灵魂，这样写雪，才真正传出了它的神韵。在咏雪的同时，还显示了诗人的感情变化的流程：从惊闻到喜看，从乍一目接的新鲜感到静观默对时的闲静感。题目中的"对雪"就包含有在"对"的过程中思绪的流动变化。这就不仅传出了雪的神韵，连对雪的诗人自己的神采性情也透露出来了。沈德潜说此诗"写'对雪'意，不削而合，不绘而工"，从咏雪虚处传神的角度看，自是的评；但对此诗写出诗人的情思变化及诗人的神采性情一层，似尚未悟到。

从司空曙的《过胡居士睹王右丞遗文》"题诗今尚在，暂为拂流尘"一联看，此诗后来还曾题胡居士家之壁，而从曙诗颔联化用王诗看，"隔牖"一联当时就受到诗人们的赞赏，这也可以证明它的艺术魅力和影响。

王
维

过香积寺〔一〕

不知香积寺，数里入云峰。
古木无人径，深山何处钟〔二〕。
泉声咽危石〔三〕，日色冷青松〔四〕。
薄暮空潭曲〔五〕，安禅制毒龙〔六〕。

校注

〔一〕《文苑英华》卷二百三十四作王昌龄诗。按：此诗王维集诸旧本均载，而王昌龄集旧本则未收。《全唐诗》亦载于王维诗。当从集本作王维诗。香积寺，《长安志》卷十二："开利寺在（长安）县南三十里皇甫村，唐香积寺也。永隆二年（681）建，皇朝太平兴国三年改。"郑洪春《香积寺考》（载《人文杂志》1980年第6期）对此有详考。并谓建于皇甫村之唐香积寺至宋时已毁，另于今贾里村西之香积寺村修建新寺，初名开利。后改名香积。不知者多误以为此即唐香积寺。而《全唐诗大辞典》则谓："（香积寺）在陕西省长安县神禾原西端滈、潏两水交汇处之香积村，始建于唐神龙二年（706），是佛教净土宗的门徒为纪念第二代祖师善导在其墓旁建造的寺院。

寺院现已毁废殆尽，仅余清建三间佛殿和唐建仿木结构密檐式砖塔。塔原为十三级，现已残裂为十一级。其东侧有小型砖塔一座，据传即善导墓塔。王维《过香积寺》诗，即指此。"按：二说不同，但无论是皇甫村或香积村，均在长安县（今西安市长安区）南的原上，离终南山尚有相当一段距离。而王维此诗所写的香积寺，无疑是在终南山的深处，与上二说所指的香积寺，地理形势明显不符。颇疑王维此诗之香积寺，非上二说所指。

〔二〕深，《文苑英华》作"空"。

〔三〕句意谓泉水流经高险的山石，因受阻而发出幽咽之声。

〔四〕句意谓日光照射在萧森幽深的松树上，似乎也带上了寒意。

〔五〕曲，弯曲之处。空潭曲，即空潭旁。

〔六〕安禅，静坐入定。毒龙，《涅槃经》："但我住处，有一毒龙。其性暴急，恐相危害。"比喻妄心。陈铁民《王维集校注》引《禅秘要法经》卷中："今我身内。自有四大毒龙无数毒蛇……集在我心。如此身心。极为不净。是弊恶聚。三界种子（产生世俗世界各种现象的精神要素），萌芽不断。"谓"安禅可使心绪宁静专注，灭除妄念烦恼，故曰'制毒龙'"。

笺 评

钟惺曰：洁净玄微，无声无色。又：洁而浑。中晚唐人有此法，多失于卑。又："不知香积寺"，"不知"字玄妙，摹写幽深处。"古术无人径，深山何处钟"，甚浅易，甚深远，非寻常语。（《唐诗合选》卷三）

唐汝询曰：此极状山寺之僻。言我初不知其寺深入云峰如此，今古木深山之中，何处有此钟声，始知寺所在耳。泉声为石阻而咽，日色因松声而寒，斯固清迥绝尘之地也。故我愿安禅于此，以制其心焉。毒龙即所谓惊猿害马，非山中实有是物。（《唐诗解》卷三十六）

陆时雍曰：韵气冷甚。三四偷律，病在不严。（《唐诗镜》卷十）

顾与新曰：一正副幽深本色，语不杂。一句洁净玄微，无声无色。（《删补唐诗选脉笺释会通评林·盛五律上》引）

汪道昆曰：五、六即景，衬贴荒凉意。"咽"字"冷"字工。（同上引）

陆钿曰：泯色空已合迹，急即有而得玄，乃似香积、辩觉诸诗神境。（同上引）

周珽曰：极状山寺深僻幽静，篇法、句法、字法入微入妙。"毒龙"，佛喻欲心也，用以收局，不失释氏面目，此与《登辩觉寺》诗何如狮子捉物，象兔俱用全力耶！（同上）

王夫之曰：三、四似流水，一似双立，安句自然，结亦不累。（《唐诗评选》卷三）

徐增曰：香积寺，在子午之谷北，右丞慕之而去，初未曾到，故云"不知"。行去数里，才入云峰，但见古木，并无人迹往来之路，遥闻钟声，却疑其从何处响出。承"不知"二字，何等神理。此一解，在未到香积寺前做；后一解，方是过香积寺。于是所闻者，只是泉声，潺潺而来，有时咽住，是为危石所阻也。所见者，只是日色，照青松之上，觉冷气逼人，是因寺之寂静也。真正安神之地。薄暮，抵暮也。寺有空潭，遂想着毒龙。空潭，喻心地本空；曲，是一法也。毒龙，佛喻欲念也。《大灌顶神咒经》："莫令诸小毒龙，害于人民。"安禅，所以制之也。（《而庵说唐诗》卷十五）

黄生曰：幽处见奇，老中见秀，章法句法字法皆极浑浑，五律中无上神品。（《唐诗摘抄》卷一）

朱之荆曰：通篇从"过"字着想。次联承明"不知"字。末句收住"寺"字。（《增订唐诗摘抄》）

王尧衢曰："不知香积寺，数里入云峰。"未到寺，不知寺之所在，行数里而才入云峰，何其深僻也！起用"不知"二字，笔力天矫。"古木无人径，深山何处钟。"行数里但见古木，而径无人踪。入云峰则山深，遥闻钟声却从何处响来，妙，正承首"不知"二字。"泉声咽危石，日色冷青松。"此才是过寺之所见闻。闻泉声忽然咽住，为有危石故也。日色照在青松之上而觉寒冷，以时将薄暮也。"薄暮空潭曲，安禅制毒龙。"寺之幽寂，正好安禅。时当薄暮而见空潭，遂以空潭比心地之空明，因潭水而想龙，遂以毒龙比人之欲念，出《大灌顶神咒经》。安禅于空潭之曲，正以慧力制伏毒龙也。前解是未到寺而先状其幽深，后解是过寺目击其胜景。（《古唐诗合解》卷八）

史流芳曰：末句见寺中之僧如此，唐仲言谓"我愿安禅于此以制心"，非也。（《固说》）

张谦宜曰："不知"二字领起全章脉。"泉声咽危石，日色冷青松"，泉遇石而咽，松向日而冷，意自互用。（《绲斋诗谈》卷五）

顾安曰：题是"过香积寺"，却不曾到香积寺，不知路径，误入云峰，数里之间，绝无人迹，但闻钟声，却在何处也。流泉咽石，落日寒松，正是云峰中景。薄暮矣，空潭之曲，亦可安禅，何必香积寺也。若问香积寺此日究竟到否，便是痴汉。又："香积"二字见《维摩诘经》，盖天厨名也。取以名寺，亦以其慧命所系耳。寺在长安，自右丞题诗之后，屡作屯兵之地，可云杀风景矣。（《唐律消夏录》卷三）

赵殿成曰：此篇起句极超忽，谓初不知山中有寺也。迨深入云峰，于古木森丛人踪罕到之区，忽闻钟声，而始知之。四句一气盘旋，灭尽针线之迹。非自盛唐高手，未易多觏。"泉声"二句，深山恒境，每每如此。下一"咽"字，则幽静之状恍然；著一"冷"字，则深僻之景若见。昔人所谓诗眼是矣。或谓上一句喻心境之空灵动宕，下一句喻心境之恬淡清凉，则未免求深反谬耳。"毒龙"宜作妄心譬，犹所谓心马情猴者，若会意作降龙实事用，失其解矣。（《王右丞集笺注》卷七）

沈德潜曰："泉声咽危石，日色冷青松"，"咽"与"冷"见用字之妙。（《重订唐诗别裁集》卷九）

佚名辑《唐诗从绳》：此尾联寓意格也。起用"不知"二字，便是往时未到，今日方过，幽赏胜情，得未曾有，俱寓此二字内。中二联写景，分途中、本寺。五、六是"危石"边"泉声咽"，"青松"上"日色冷"，成倒装句。通篇从"过"字着画。

宋宗元曰：炼字幽峭。（"深山"句下）（《网师园唐诗笺》）

卢*曰：三、四亦是隽逸句法。五、六特作生峭，"咽""冷"二字法极欲尖出，写声写色，已难到地，着"咽""冷"字，妙更入神。是《子虚》《上林》赋手。（《闻鹤轩初盛唐近体读本》）

黄叔灿曰："不知"二字，直贯至"古木"一联，言云峰数里绝迹无人，何处钟声，乃知有寺，而一路泉声松色直到空潭，方见寺所在。"咽"字、"冷"字，形其幽静。唯有安然以制我心耳。（《唐诗笺注》）

吴瑞荣曰：绝无雕刻，本色语，不杂纤毫，洁净玄微，无声无色。"古木"二句似淡而浑。中、晚那有此格意。（《唐诗笺要》）

张文荪曰："古木"一联远写，"泉声"一联近写，总从"不知"生出。渐次行来，已至寺矣，故以"安禅"收住。构局、炼局与《山居秋暝》略同，超旷稍异，乃相题写景法。（《唐贤清雅集》）

余成教曰："古木无人径，深山何处钟。"……皆语语天成。（《石园

诗话》）

潘德舆曰：三、四幽极淡极，而幽而不险，淡而不飘，是何神力！五、六亦是名句，而精神究在起四句中。（《唐贤三昧集》评）

施补华曰："泉声咽危石，日色冷青松。""远水兼天净，孤城隐雾深。"此炼实字也。（《岘佣说诗》）

吴汝纶曰：幽微复遍，最是王、孟得意神境。（《唐宋诗举要》卷四引）

俞陛云曰：常建《过破山寺》咏寺中静趣，此咏寺外幽景，皆不从本寺落笔。游山寺者，可知所着想矣。（《诗境浅说》）

鉴赏

唐诗题内的"过"字，常为"过访""探访"之义，与一般用作"经过"之义有别。本篇与孟浩然的《过故人庄》的"过"字，均其例。"过香积寺"，即前往探访香积寺之意。诗人在此前虽闻香积寺之名，却从未到过其地，此次前往探访，自有一种寻幽探胜的新奇感和新鲜感。

首句以"不知"起笔，显得既突兀又飘忽。题曰"过香积寺"，而起句却说"不知香积寺"，似乎故意与题目唱反调。实则，香积寺之名，早已闻知；所不知者，香积寺究在山之何处。由这个"不知"就引出了下面三句。诗人入山数里，见到云雾缭绕的山峰，到处是参天的古树，蜿蜒的小路上杳无人迹。正在思忖这香积寺不知究在何处之时，忽然从深山中传来阵阵杳远深永的钟声，方悟香积寺就在此深山之中。"不知"二字，直贯四句，一气流走，而又层次分明。从开始的茫然不知，到最后的闻钟始悟，中间经历了入云峰、寻幽径的过程。既写出了香积寺所处之幽深，又表现了诗人闻钟忽悟寺之所在时的欣喜和新奇感。如果说，"只在此山中，云深不知处"的诗句给人以既向往又迷惘之感，那么"古木无人径，深山何处钟"则给人一种于迷惘中忽遇向往之对象的惊喜。而"何处"二字，又给它涂上了飘忽不定的色彩。钟声似乎是破寂的，但这从云雾缭绕、古木参天、杳无人迹的深山之中传来的钟声，却更衬托出了深山的静寂幽深。而香积寺的静寂幽深的神味也就自然寓含其中了。

腹联是沿着幽径继续前进，行近香积寺时所见所闻。寺庙附近往往有泉流，周围则有青松围绕，故这一联写到泉声和青松，正暗示已接近香积寺。妙在其句法字法，传达出了一种幽冷静谧的境界和氛围。泉水潺潺，流经危石时，受阻而声若呜咽。"咽"字不但传神地描摹出了泉流的态势由顺而塞、声音由响而沉，而且传达出一种幽寂的气氛。对比一下"清泉石上流"，便可明显体味出它们之间不同的色调和情味。日色本来是暖色，但一则萧森幽深的"青松"属于冷色，二则时已薄暮（从下句可知），西斜的阳光显得黯淡迷茫，因此当黯淡的斜阳映照在本就显得萧森幽深的松树上时，便更显出了幽冷的色彩。如果说上一句的"咽"，主体明显是泉声，那么这一句的"冷"，其主体却不大分明，既可理解为是黯淡迷茫的日色使青松显得更加幽冷萧森，也可理解为是幽冷萧森的青松使映照在它上面的日光也显得有些幽冷了。实际上，这两种情况都同时存在，诗人用一"冷"字将"青松"与"日色"连接，正显示出中国古代诗歌这种特有的多义性和丰富性。至于"冷"字运用通感手法，将原属触觉的"冷"通之于视觉，时贤多有论及，不赘。

尾联是诗人面对寺外空潭时的即景抒感。佛寺外每有潭水，此云"空潭"，既见潭之空寂无人，亦寓含"潭影空人心"的意味。由静寂的空潭联想到澄明空寂的心境，又进而联想到潭中有龙，因而借佛家语表明自己愿在此空潭之上，安禅入定，制伏心中的尘思欲念，以达到空明澄澈的心境。这是全诗的归宿，虽不免直接用禅语，落于言筌，但既与全诗幽静空寂的境界协调，又不离寺前景物，整首诗仍显得比较浑融完整。

题称"过香积寺"，但一路写来，从"不知寺"到"入云峰"，再到寻幽径，忽闻钟，然后写到寺边的泉水、青松，写到寺前的空潭，却止住了笔，对香积寺本身再不着一语。这似乎与一般写游寺的诗很不相同。但诗人写这首诗，兴趣本就不在香积寺本身，而是在寻访过程中所感受到的那种幽深静谧的境界与氛围，写出了这种境界和氛围，也就真正传达出了香积寺的神韵，不必于此外再添蛇足了。

山居秋暝〔一〕

空山新雨后，天气晚来秋。

明月松间照，清泉石上流。

竹喧归浣女〔二〕，莲动下渔舟〔三〕。

随意春芳歇，王孙自可留〔四〕。

〔一〕暝，日暮。诗当作于王维居辋川时。山居，指辋川别业中诗人的居处。具体写作年代不详。

〔二〕竹喧，竹林中传出一阵阵喧闹声。归浣女，洗衣裳的女子结伴归来。

〔三〕句意谓水面上莲花晃动，原来是渔舟乘流而下。

〔四〕随意，任凭。《楚辞·招隐士》："王孙游兮不归，春草生兮萋萋……王孙兮归来，山中兮不可以久留。"这两句反用其意，说山中秋天的景色如此美好，那就任凭春天的芳华消歇吧，王孙自可留此山中享受秋光。

刘辰翁曰：总无可点，自是好。（《须溪先生校本王右丞集》）

郭濬曰：色韵清绝。（《增定评注唐诗正声》）

钟惺曰：（"竹喧"二句）竹喧、莲动，细极、静极。（《唐诗归》卷九）

谭元春曰：（"明月"二句）说偏。（同上）

唐汝询曰：此见山居之佳也。雨过凉生，夜气浸爽；月明泉冽，景有秋容；女浣男渔，俗有秋思。因想昔人以春草属之王孙，今春芳虽歇，山中亦自可留，当不受淮南之招矣。秦地苦水，衣不易濯，至秋则结伴就溪浣之。今暮归之女，经竹而喧，侪侣之众可知。（《唐诗解》卷三十六）

又曰：雅淡中有致趣。结用《楚词》化。（《删补唐诗选脉笺释会通评林·盛五律上》）

陆时雍曰：三、四泠然。（《唐诗镜》卷十）

周珽曰：月从松间照来，泉由石上流出。极清极淡，所谓洞口胡麻，非复俗指可染者。"浣女""渔舟"，秋晚情景。"归"字"下"字句眼，大妙。而"喧""动"二字，属之竹、莲，更奇入神。又曰：起联因新雨过之天气，见山居秋晚之佳。月照泉流，正雨后之景；女浣男渔，乃雨后之事。末想昔人以春草属之王孙，今当秋候，不必系思春芳，山中自可留也。篇法雅秀，结意亦新。（《删补唐诗选脉笺释会通评林·盛五律上》）

王夫之曰：凡使皆新，此右丞之似储者。颔联同用，力求切押。（《唐

王
维

391

宋征璧曰：王摩诘"明月松间照，清泉石上流"，魏文帝"俯视清水波，仰看明月光"，俱自然妙境。（《抱真堂诗话》）

吴乔曰：右丞之"明月松间照，清泉石上流"，极是天真大雅。后人学之，则为小儿语也。（《围炉诗话》卷三）

叶矫然曰：第七句颇费解。余揣诗意，以众芳摇落之辰，悲感易生。自达人观之，春荣秋歇，乃天之道，随意处之，则王孙无芳草之怨，而自可留，亦招隐之意也。盖此诗前六句信口不加思索，到结故作蕴藉语，俾轻浅人不得效颦，此诗人身份处也。（《龙性堂诗话初集》）

徐增曰：要看题中"暝"字。右丞山居，时方薄暮，值新雨之后，天气清凉，方觉是秋。又明月之光，淡淡照于松间；清泉之音，泠泠于石上。人皆知此一联之佳，而不知此承起二句来。盖雨后则有泉，秋来则有月。松、石，是在空山上见。此四句为一解。"竹喧归浣女，莲动下渔舟"，人都作景会，大谬，其意注合二句上。屋后有竹，近水有莲，有女可织，有僮可渔，山居秋暝，有如是之乐，便觉长安卿相，不能及此。"随意春芳歇，王孙自可留。""随意"二字，本薛道衡"庭草无人随意绿"句来。山中人迹罕到，芳草生去，无有拘限，是谓"随意"也。今当清秋，则春芳歇矣。昔人以芳草属之王孙，草生，则王孙出游，草歇，则王孙可留住矣。右丞性耽山水，尚思为仕宦所夺，今而后，可以永谢仕宦矣。（《而庵说唐诗》卷十五）

王尧衢曰："空山新雨后，天气晚来秋。"山居当新雨之后，晚来天气又凉，更有秋意。"晚来"即题中"暝"字，以下便承雨后秋晚。"明月松间照，清泉石上流。"明月承秋晚，泉流承雨后，松石承空山。松间宜月，石上宜泉，一片秋光，览之不尽。"竹喧归浣女，莲动下渔舟。"此写秋暝也。山居宅边有竹，只听竹里声喧，而浣纱之女归矣；宅边有水，只见莲花动处，而渔舟下矣，俱乐境也。山中秋暝，适意如此，虽春芳已歇，而王孙自可留恋也。前解是山居秋暝景，后解入事言情，而不欲仕宦之意可见。（《古唐诗合解》卷八）

黄培芳曰：写景太多，非其至者。（《唐贤三昧集》评）

张谦宜曰："空山新雨后，天气晚来秋。"三、四句承上二句，雨后自有流泉，晚来自有明月。"归浣女""下渔舟"，写"居"字。"春芳歇"结"秋"字。"王孙"，自谓也。（《絸斋诗谈》）

吴昌祺曰：佳句得隽笔以出之。（《删订唐诗解》）

黄生曰：尾联见意格。右丞本从工丽入，晚岁加以平淡，遂到天成，如"明月松间照，清泉石上流"，此非复食烟火人能道者。今人不察其渐老渐熟乃造平淡之故，一落笔便想作此等语，以为吾以王、孟为宗，其流弊可胜道哉！（《唐诗矩》）

吴修坞曰：首联分点题。三句承次句，四句承首句，是写物景。五、六写人景，切题中"暝"字。七应转"秋"字，八收"居"字。随意，犹言任他也。（《唐诗续评》卷一）

范大士曰：天光云影，无复人工。（《历代诗发》）

沈德潜曰：（尾联）言春芳虽歇，山中自可留也。（《重订唐诗别裁集》卷九）又曰：中二联不宜纯乎写景，如"明月松间照，清泉石上流。竹喧归浣女，莲动下渔舟"景象虽工，讵为模楷？（《说诗晬语》）

朱之荆曰：首联分点题。三句承次句，四句承首句，是写物景。（《闲园诗钞》）

黄叔灿曰：写山居之景，幽绝清绝。"明月"一联流水对，盖因明月而照见清泉也。（《唐诗笺注》）

陈德公曰：三、四极直置，而清寒欲溢，遂使起二句顿增生致，不见为率。五、六加婉琢矣。评：三四佳在景耳，景佳则语虽率直，不伤于浅。然人人有此景，人人不能言之，以此知修辞之不可废也。（《闻鹤轩初盛唐近体读本》）

梅坤承曰：语语作致，三、四是其自然本色。（同上）

张文荪曰：语气若不经意，看其结体，下字何等老洁，切勿顺口读过。（《唐贤清雅集》）

潘德舆曰：三、四虽自然，然近于易。五六、七八乃是高境。吾尤爱末联，以"随意"二字领下八字，真古人言语，非今人所知也。（《唐贤三昧集》评）

王翼云曰：前是写山居秋暝之景，后入事言情，而不乐仕宦之意可见。（《唐诗合选详解》引）

高步瀛曰：随意挥写，得大自在。（《唐宋诗举要》卷四）

王维

诗题中的"暝"字，是日暮的意思，"山居秋暝"，就是山居秋天的傍晚。说明这首诗所描写的时间背景是傍晚时分。诗中写到"月"，也是傍晚时已升起的上弦月。王维喜爱写暮景，像著名的《渭川田家》《辋川闲居赠裴秀才迪》《归辋川作》《山居即事》《淇上即事田园》《归嵩山作》及本篇，都是显例，但这一系列写暮景的诗，色调意境并不相同，这首诗可以说是写暮景的诗中最具清新明快风格的一篇。

开头两句，淡淡着笔，写空山、新雨、傍晚、秋天，烘托出山居秋晚的一个总的轮廓。"空山"的意象在王维诗中屡次出现，如"空山不见人""夜静春山空"，可以看出主要是形容山的寂静或宁静。写静而用"空"形容，也属于"通感"，即通常诉之听觉而产生的寂静、宁静之感，在一定条件下可以转化为视觉感受——空廓虚无之感。但王维笔下的这个"空山"其实并不真空，诗人只是以此突出其宁静而近乎空廓之境。这两句虽然用笔轻淡，但遣词用语并不随便。比如"新雨"这个词，不过说是刚刚下的雨，但试着把它换成"细雨""微雨""暮雨"都不合适。这是因为"新雨"这个词语本身就给人一种清新、明朗、湿润、洁净之感，它和"空山"配合起来，一下子就能造成一种空明澄澈、清新爽朗的氛围。下句句末的"秋"字也新颖而富含蕴，它不能理解为单纯的"凉"，尽管它包括了"凉"。它传达的是秋天到来时给人们的一种综合感受，包括"新雨"带来的新秋的凉意，也包括空气的清新、境界的清朗，以及秋天乍至时那种身心的舒适感、愉悦感。为什么说"晚来秋"呢？因为这首诗所写的时令正值初秋（从第六句写到莲花可知），白天还比较热，傍晚前下了一阵雨，天气骤然变凉了，人们仿佛突然感到了秋意。

三、四两句，承上具体描绘"山居秋暝"景物。"明月"承"晚"，"松间""石上"承"山"，"清泉"承"新雨"。上句诉之视觉，下句则既诉之视觉，又兼含听觉。这一联所描写的景物，孤立地看，都极平常，但一经诗人妙手的组合，使显示出特有的美感。夜间的松树本来显得有些幽森，一经明月清光的映照，却转为幽静。松与月，一刚一柔，互相配合，组成和谐的意境。在月光的映照下，流过石上的泉水反射出亮光，益发显出山泉的清冽；同时，泉流石上，响声也就特别清脆悦耳。"泉"与"石"的组合，渲染出一片有声有色而又清朗安恬的意境。而上下两句这两幅画面，又共同组成一幅色调明朗清澄的松月清泉图。透过这幅画图，可以感到观赏景物的诗人目睹耳接之际那种清然泠然、心与境会的愉悦。

这一联词序的安排也很有讲究。姑且撇开诗律，把它改为"松间明月照，石上清泉流"，或者"明月照松间，清泉流石上"，表达的内容和原句可以说没有任何区别，但表现的意境却相去悬殊。因为"松间明月照，石上清泉流"这种句式，把本来应该突出强调的"明月"和"清泉"（它们是构成清朗幽静意境的主要因素）安排在一个很不显眼的位置，反倒把次要的"松""石"突出出来，就大大削弱了原诗的意境。而"明月照松间，清泉流石上"这种句式，则又显得平板而几近冷漠，缺乏原诗中所蕴含的诗人观赏景物时的兴会。

五、六两句，仍写"山居秋暝"之景，但和三、四两句纯写自然景物不同，侧重于写人事活动。竹林深处，传出一阵阵笑语喧哗的声音，原来是浣洗衣裳的女子归家来了；水面上莲花晃动，原来是晚归的渔舟顺流而下，撑到这边来了。"浣女""渔舟"，显示出这个"山居"，不但有山，而且有水，是一个山清水秀，富于江南情调的地方。"浣女"之"归"，"渔舟"之"下"点"暝"；"莲"点"秋"景。

这两句的句式比较特别，改成骈文的句式，应该是"浣女归而竹喧，渔舟下而莲动"，可以看出原句上二字与下三字之间的因果关系和前后次序。为什么诗中要先出"竹喧"与"莲动"呢？这是因为，诗中所描写的景物和人事活动有一个特定的时间背景（傍晚上弦月已升起，尚未入夜）。在朦胧暮色与月光映照下，对远处的景物无法用视觉感知，只能凭听觉，故先是听到远处竹林里笑语喧哗，这才意识到是浣女归家路上的嬉笑喧闹声；对近处的景物则约略可辨，故看到水中莲花晃动，知道是归家的渔舟撑到这边来了。当然，也不排斥听到莲花晃动的轻微声响。"竹喧"句不但造语新颖，意境也很优美。虽只闻其声而不见人，却点染出山村的一种田园牧歌式的情调，一种和平宁静而又充满生机与欢乐的气氛，和诗人闻声神驰的情景。

结尾两句，是在对山居秋暝美好景象进行生动描绘的基础上所作的总结。用"随意春芳歇"暗示山中的秋景虽不似春光，却胜似春光；用"王孙自可留"表达对山居秋景的迷恋与陶醉。

这首诗的题目在后世一些诗人手中，很可能被写成另一种情调。山中，本就偏于寂静；秋天，往往与萧瑟凄清分不开；日暮，又常常引发黯淡伤感的情绪。但这首诗却不是这样。它写山居秋晚的幽静，但色调是明朗的，毫无阴暗的色彩；而且在宁静的基调上又浮动着一种安恬的气息，蕴含着活泼的生机和欢快的生活气息，渗透着诗人的新鲜愉悦的感受。沈德潜不满意这首诗的颌、腹两联纯乎写景，认为：“景象虽工，讵为模楷？”实则正如王夫之所说：“情、景名为二，而实不可离。神于诗者妙合无垠。巧者则有情中景，景中情。景中情者，如‘长安一片月’，自然是孤凄忆远之情；‘影尽千官里’，自然是喜述行在之情。”（《姜斋诗话》卷二）这首诗的颌联，不但写出了月照松间，泉流石上的清澄幽静山居景物，而且在自然流动、清新明快的节奏中可以明显感受到诗人在观赏上述景物时内心的律动与外物的融洽无间，传达出一种身心清澄空明的愉悦。同样，腹联在描绘出翠竹红莲伴着浣女渔舟的明丽秀美的画面的同时，也传达出诗人对这宛如现实中的桃花源的山居的陶醉流连，正是“景中寓情”的生动例证。因此尾联发出“随意春芳歇，王孙自可留”的结论，完全是情之所至，势所必然。罗宗强先生说得好：“这两联，给人的是一种月明如水那样静谧的感觉，一切都沉寂在安详静谧里，仿佛清清流泉从心中流过。但就在这静谧里，他忽然几笔点染，竹林里出现了喧闹着归来的浣女，荷叶晃动处渔舟也已经归来。静谧中原有欢快与热烈，有生的乐趣，静谧是充满生机的静谧，而生活是静谧安详的生活。这就是王维山水田园诗所要表现的那个自然与人融为一体的世界，一个宁静的美的世界。”（《唐诗小史》第61—62页）

终南别业〔一〕

中岁颇好道〔二〕，晚家南山陲〔三〕。
兴来每独往，胜事空自知〔四〕。
行到水穷处，坐看云起时。
偶然值林叟〔五〕，谈笑无还期〔六〕。

〔一〕据陈铁民《王维年谱》，开元二十九年（741），王维曾隐居终南山。本篇当作于其时。芮挺章编《国秀集》收入王维此诗，题作《初至山中》。《国秀集序》称该集收诗止于天宝三载（744），亦可证诗当作于此前。

王维《答张五弟》云："终南有茅屋，前对终南山。"当即所称"终南别业"。《文苑英华》卷二十五题作《入山寄城中故人》。

〔二〕中岁，中年。谢朓《赋贫民田》："中岁历三台，旬月典邦政。"道，此指佛家之道。

〔三〕晚，近。《淮南子·本经训》："晚世学者，不知道之所一体，德之所总要。"《南史·循吏传论》："降及晚代，情伪繁起，人减昔时，务殷前世。"晚世、晚代，即近世、近代。故"晚"有"近"义。南山，即终南山。陲，边。

〔四〕胜事，美好的情事景物。空，《国秀集》作"祇"。

〔五〕值，《国秀集》作"见"。

〔六〕无，《国秀集》作"滞"。

李肇曰：维有诗名，然好取人文章嘉句，"行到水穷处，坐看云起时"，《英华集》中诗也。（《唐国史补》卷上）

《宣和画谱》："行到水穷处，坐看云起时"及"白云回望合，青霭入看无"之类，以其句法，皆所画也。

胡仔《苕溪渔隐丛话·前集·王摩诘》：《后湖集》云："'中岁颇好道，晚家南山陲。兴来每独往，胜事空自知。行到水穷处，坐看云起时。偶然值林叟，谈笑无还期。'此诗造意之妙，至与造物者相表里，岂直诗中有画哉！观其诗，知其蝉蜕尘埃之中，浮游万物之表者也。"山谷老人云："余顷年登山临水，未尝不读王摩诘诗，固知此老胸次，定有泉石膏肓之疾。"

刘辰翁曰："行到水穷处，坐看云起时。"无言之境，不可说之味，不知者以为淡易。（《唐诗品汇》卷九引）又曰：（"偶然"二句下）其质如此，故自难及。（同上引）

洪觉范曰：此诗不直言其闲逸，而意中见其闲逸，谓其造意句法。（程元初《盛唐风绪笺》引）

赵章泉曰：王摩诘有诗云："行到水穷处，坐看云起时。"杜少陵有云："水流心不竟，云在意俱迟。"知诗者，于此不可以无语。（《诗人玉屑》引）

方回曰：右丞此诗有一唱三叹不可穷之妙。如辋川《孟城坳》《华子冈》《茱萸沜》《辛夷坞》等诗，右丞唱，裴迪酬，虽各不过五言四句，穷幽入玄，学者当自细参，则得之。（《瀛奎律髓》卷二十三）

顾璘曰：自是唐人古诗，不可谓律。（《批点唐音》）

李维桢曰：超之玄著，见理之谈。（《唐诗隽》）

郝敬曰：迫近性情，悄然忘言。（《批选唐诗》）

钟惺曰：此等作，只似未有声诗之先，便有此一首诗。然读之如新出诸口，及初入目者，不觉见成，其故难言。（《唐诗归》卷九）

谭元春曰：只是作人行经幽妙。（同上）

唐汝询曰：按本传：维晚年长斋奉佛，故言好道而觅此幽居，以养静也。山水之游，同志者寡，故每独往其间，胜事亦自得于心，有未易语人者。即临水看云，其乐自在，世人畴能赏此哉！然我非有心违俗，若林叟相值，未尝不与谈笑忘还，则岂有间于佛耶！（《唐诗解》卷七）又曰：此堪与"结庐在人境"竞爽。（《删补唐诗选脉笺释会通评林·盛五律上》引）

陆时雍曰：五、六神境。（《唐诗镜》卷十）

周珽曰：按摩诘本传，晚年长斋奉佛，故首言"好道"，次曰"独往"、曰"自知"，见山水钟情，所会心处，未易语人者。是"林叟"不必有指，不必无指。玩"偶然"二字，得趣幽深。刘会孟谓"其质如此，故自难及"。珽生平最喜诵此诗，尤爱"行到水穷处，坐看云起时"二语。（《删补唐诗选脉笺释会通评林·盛五律上》）

陆钿曰：律含古意趣，非言尽，盖有一种悠然会心处，所见无非道也。（同上引）

吴景旭曰：常建"清晨入古寺"一章，王维"中岁颇好道"一章，每不过四十字尔，一尘不到，万虑消归，直与无始者往来。若看做章句文章，便非闻道之器。此真正一篇尽善者也，岂仅称警策而已哉！（《历代诗话·唐诗·尽善》）

王夫之曰：清靡为时调之冠，亦令人欲割爱而不能。（《唐诗评选》卷三）

冯班曰：第三联奇句惊人。（《瀛奎律髓汇评》引）

查慎行曰：五、六自然，有无穷景味。（同上引）

何焯曰：水穷、云起，本自无心；值叟、谈笑，非有期必也。（同

唐诗选注评鉴（一）

上引）

纪昀曰：此诗之妙，由绚烂之极，归于平淡，然不可以躐等求也。学盛唐者，当以此种为归墟，不得以此种为初步。尾句"滞"字一作"无"，"无"字声律为谐，而下语太重；"滞"字文意活脱，而声律未谐。然唐人拗体亦有末联入律者，似尚未妨。又曰：此种皆熔炼之至，渣滓俱融；涵养之熟，矜躁尽化。而后天机所到，自在流出，非可以摹拟而得者。无其熔炼涵养之功，而以貌袭之，即为窠臼之陈言，敷衍之空调，矫语盛唐者，多犯是病。此亦如禅家者流，有真空、顽空之别，论者不可不辨。（同上引）

许印芳曰："滞"一作"无"，语更浑成。又曰：此诗全作拗体，末句仍当作"无还期"。惟次句既非律调，又非拗调，乃古调也。盛唐人律诗每用古调作起联，五、七律皆有。或以为拗调而遵用之，则误矣。又按此诗第四句，乃平起调下句拗字之变格。盖平起调下句，律有定式，本是仄仄仄平平，拗体则第三字拗作平声，如此诗末句"谈笑无还期"之类，为拗字正格。若第三字拗作平，第四字又拗作仄，如此诗第四句及孟襄阳"八月湖水平""北阙休上书"之类为拗字变格。或以为古调，而不敢遵用，则又误矣。此格前人未尝道及，余尝考唐人声调而知之，故详论之，以示初学。（同上引）

黄周星曰："水穷处"，非路穷处也。路穷则水，水穷则云。不如此，不知入山之深。（《唐诗快》）

徐增曰：右丞中岁学佛，故云好道。晚岁别结庐于终南山之陲以养静。既家于此，有兴每独往，独往，是善游山水人妙诀，可以适意。若同一不同心之人，则直闷杀矣。其中胜事，非他人可晓得，惟自知而已。既无知者，还须自去造意，于是随己之意，只管行去。行到水穷去不得处，我亦便止；倘有云起，我即坐看云之起。坐久当还，偶遇林叟，便与谈论山间水边之事，相与流连，则便不能以定还期矣。于佛法看来，总是个无我，行所无事。行到，是大死；坐看，是得活；偶然，是任运。此真好道人行履，谓之"好道"，不虚也。（《而庵说唐诗》卷十五）

王尧衢曰："中岁颇好道，晚家南山陲。"所以置终南山别业者，为晚年学佛地耳。"兴来每独往，胜事空自知。"有兴每每独往，自己适意，即有胜事，亦空自知而已。"行到水穷处，坐看云起时。"随意而行，水穷而止；云即偶然而起，我即坐而看之。"偶然值林叟，谈笑无还期。"偶遇林间老叟，便与谈笑留连，不必定其还期矣。行止自在，全是学道人气象。此诗不必粘题，亦不必分解，清微之至。（《古唐诗合解》卷八）

黄生曰：（"兴来"二句）不对而对。全篇直叙。五、六句法径直，名直述句。此种句法不假造作，以浑成雅健为贵，故又名浑成句。玩"好道"二字，便知全篇不是徒然写景，盖略为人通一消息耳。意谓中岁虽颇参究此事，不免东投西奔，茫无着落，至晚年方知有安身立命之处。得此把柄，则行止洒落，冷暖自知；水穷云起，尽是禅机；林叟闲谈，无非妙谛矣。此诗若只作写景看过，白山道者不免为摩诘居士叫屈。（《唐诗摘抄》卷一）

盛传敏曰：见工力锻炼而天趣自发者，原不易得耳。（《碛砂唐诗纂释》）

沈德潜曰：行所无事，一片化机。末语"无还期"，谓不定还期也。"无"字或作"滞"字，亦可。又曰：右丞五言律有两种：一种以清远胜，如"行到水穷处，坐看云起时"是也；一种以雄浑胜，如"天官动将星，汉地柳条青"是也。当分别观之。（《重订唐诗别裁集》卷九）

顾安曰："晚家南山陲"，题面止此一句。"谈笑无还期"，"还期"二字与"别业"略一照应。又：行坐谈笑，句句不说在别业，却句句是别业。"好道"二字，先生既云"空自知"矣，予又安能强下注脚！予友继庄先生曰：此诗若只作文字读，辜负先生慈悲不少。然文字三昧，必须于此等诗领会得，方有悟门。又：钱蒙叟尝有《题画诗》云："还向右丞参半偈，水穷云起坐行时。"要知二语固妙，非时俗赞叹所能尽拟之，以半偈得肯綮矣。（《唐律消夏录》卷三）

张谦宜曰：一气贯注中不动声色，所向惬然，最是难事。古秀天然，杜不能尔。"行到水穷处，坐看云起时。"或问："此果是禅否？"答曰：详文义，只言无心得趣耳，不应开口便是说禅。且善《易》者不谈《易》，岂有此拘泥人诗，死扳禅客？"问者大笑。（《絸斋诗谈》卷五）

焦袁熹曰：观其意若不欲为诗者，其诗之绝境乎！"胜事空自知"，正不容他人知。诗有两字诀，曰"无心"。（《此木轩论诗汇编》）

屈复曰：一，家别业之由。二，别业。三、四承一、二，五、六承三、四。七、八承五、六结。无一语说别业，却语语是别业，神妙乃尔。以"中岁"生"晚家"，以"独往"生"自知"，以"行到"应"独往"，以"坐看"应"自知"，以"水穷""云起"应"兴来""胜事"，以"林叟"

"谈笑"而用"偶然"字总应上。此律中带古法。(《唐诗成法》)

黄叔灿曰：意趣闲适，诗亦天成，无斧凿痕。(《唐诗笺注》)

叶羲曰：此诗言己造道之致，三联亦比体也。(《唐诗意》)

谭宗曰：不脱落一切尘凡，便际此境界，未必有此领略。能此领略，道邪非邪？流对天然，占断终古。八句只如一句，近体中纤纤出尘，夷犹入道，未有过于此作者。孟浩然雅以泉石自骄，却无此等一作，以虽立品高清，而天怀不如右丞之夷旷也。然而气格严举，孟又当过之矣。(《近体秋阳》)王
维

宋宗元曰：一往清气。("兴来"四句下)(《网师园唐诗笺》)

冒春荣曰：诗以自然为上，工巧次之。工巧之至，始入自然；自然之妙，无须工巧。高廷礼列老杜于大家，不居正宗之目，此其微旨。五言如孟浩然《过故人居》、王维《终南别业》，又《喜祖三至留宿》，李白《送友人》，又《牛渚怀古》，常建《题破山寺后禅院》，宋之问《陆浑山庄》，此皆不事工巧极自然者也。(《葚原诗说》卷一)

潘德舆曰：五、六亦是信笔，遂成名语。(《唐贤三昧集》评)

胡寿芝曰："造意与造化相表里"，非过誉也。(《东目馆诗见》)

施补华曰：五律有清空一气，不可以炼句炼字求者，最为高格。如太白"牛渚西江夜"……摩诘"中岁颇好道"……诸首，所谓"羚羊挂角，无迹可求"。(《岘佣说诗》)又曰："行到水穷处，坐看云起时"，是自然语。(同上)

王文濡曰：第三句至第八句，一气相生，不分转合，而转合自分，自是化工之笔。(《历代诗评注读本》)

俞陛云曰：行至水穷，若已到尽头，而又看云起，见妙境之无穷。可悟处世事变之无穷，求学之义理亦无穷。此二句有一片化机之妙。(《诗境浅说》)

 鉴赏

王维这首《终南别业》，通篇虽不着一字禅语，却深得禅趣，是体现其诗歌创作诗情、画意、禅趣和谐结合的代表性作品。

开头两句点明题目，交代"晚家南山陲"的缘由。"好道"(喜好佛家之道)二字，一篇眼目。以下所写的一切情事行动，都植根于此。

401

三、四两句，写自己游赏山水的兴致和独得的会心之乐。"兴来"之"兴"，指游赏山水的兴致。这种兴致，往往忽然而至，不自知其然而然。正像《世说新语·任诞》所载的王子猷雪夜访戴故事，"乘兴而行"，不假任何思虑，没有任何目的，完全出于一刹那间的感触和向往，出于个人的一种爱好和追求。因此，"兴来"时根本不会也不必邀集同游，而是常常独自出游，以求其徜徉山水的自得之乐。故下句紧接着说在游赏山水的过程中所目接耳闻的种种美好景物，以及观赏山水时所得到的会心之乐，也只有自己知道而已。说"胜事空自知"，似乎有所遗憾，实则寓含着对自己独得的会心之乐的欣喜。正像诗人在《山中与裴迪秀才书》中所说："非子天机清妙者，岂能以此不急之务相邀？然是中有深趣矣，无忽。""胜事空自知"的诗句中，正含有天机清妙者对山水景物的神会和从中获得的"深趣"。这两句写得很虚括，它不是对某一次具体游赏的描写，而是对许多次这种乘兴而游的状态与感悟的一种概括。

　　五、六两句，仍是对游赏景物的虚写："行到水穷处，坐看云起时。"表面上看，这里不但出现了诗人或"行"或"坐"的身影，出现了诗人沿着山涧溪流溯源而上，直至尽头的情景，以及坐在山间，看白云悠悠而起的情景。而且饶有画意，可以把它们想象成或接续或并列的两幅活动着的画面。但细加体味，却会感到，这两句与其说是叙述描绘其游赏山水景物的具体过程与具体图景，不如说是通过这种虚括的叙写来标示传达一种游赏山水的态度。这就是完全凭自己的意兴，或行游或坐观，或看水之曲折潺湲，或观云之悠闲容与，自己的心情也随所见景物而自然流动，而无心出岫，直至与它们融为一体。这是游赏山水景物的最高境界——无动机、无目的、纯审美、纯意兴，与自然合而为一的境界。

　　"偶然值林叟，谈笑无还期。"游赏过程中，偶然遇上了一位深山老林中的老人，便停下脚步，彼此攀谈、言笑，谈得投机时，竟不知时间流逝，也想不起来什么时候该回别业。尾联点眼处在"偶然"二字，"值林叟"只是偶然的机缘，"谈笑无还期"更非事先的设计，一切都纯任意兴，纯凭兴趣，自然而然，如此而已。

　　诗人并没有用抽象的语言来宣阐自己对佛家之道的禅悟，更没有用抽象的议论来宣扬自己的禅学人生观，但我们在诗中却分明感受到一个充满了禅趣的诗人形象以及他的渗透了禅思的人生态度，正如有人所评的那样，"一切任其自然，一切都不放在心上，无思无虑，无牵无挂，就像云飞水流那样。这种生活态度、作风，就是禅家所宣扬的'随缘任运'"）。

和诗中表现的这种纯任自然的生活态度与随缘任运的人生观相适应，这首诗在表现形式上也纯任自然，一气流注，显示出内容与形式的高度和谐。特别是腹联，将任兴而游的情景表现得极其素朴自然，没有任何炼饰，没有任何着意强调的字眼，完全是本色语，可以说真正达到了不动声色的境地。论者或将此联与杜甫的"水流心不竞，云在意俱迟"并提，认为均属悟道之言。但比较之下，无论是情思的纯出自然，还是表现的纯出本色，王维的诗都明显要高出一筹。

终南山〔一〕

太乙近天都〔二〕，连山接海隅〔三〕。
白云回望合，青霭入看无〔四〕。
分野中峰变〔五〕，阴晴众壑殊〔六〕。
欲投人处宿，隔水问樵夫〔七〕。

校注

〔一〕宋蜀刻本题作《终南山行》。《文苑英华》卷一百五十九题作《终山行》。诗作于开元二十九年（741）隐居终南山期间。终南山，有广、狭两种指称。狭义的终南山，唐人多指长安城南的终南山主峰；广义的终南山，则指今之秦岭，西起甘肃天水，东至河南陕县，绵亘八百余里，是中国境内著名的大山脉。诗题中的终南山，当指长安城南主峰，也兼及整个山脉。《元和郡县图志》卷一："终南山在（京兆府万年）县南五十里。按经传所说，终南山一名太一，亦名中南。"

〔二〕太乙，即太一，指长安城南终南山主峰。《文选·张衡〈西京赋〉》："于前则终南、太一，隆起崔嵯。"李善注："《汉书》曰：'太一山，古文以为终南。'《五经要义》曰：'太一，一名终南山，在扶风武功县南。'此云终南，太一，不得为一山明矣。盖终南，南山之总名；太一，一山之别号耳。"李善注引《汉书·地理志》注《五经要义》之太一，系武功县南之太白山，与王诗首句之"太乙"指长安城南之终南山主峰者不同。天

王维

403

都，天帝之都。亦可指帝都。此当取前义。

〔三〕接，《全唐诗》校："一作到。"海隅，海边。

〔四〕二句意谓，登上太乙峰顶，回望峰下，但见白云四面围绕，连成一片，而在峰下遥望峰顶时所见到的淡青色雾霭，进入其中时却又不见了。

〔五〕分野，古代以十二星次二十八宿的位置划分地面上的州、国的位置，与之相对应。就天文说，谓之分星；就地面说，谓之分野。《国语·周语下》："岁之所在，则我有周之分野也。"韦昭注："岁星在鹑火。鹑火，周分野也。"中峰，指太乙，即终南山主峰。此谓主峰的南北分属于不同的地面分野。山之北为雍州，属井鬼分野；山之南属梁州，属翼轸分野。

〔六〕谓在同一时间，终南山的千山万壑，阴晴各异。

〔七〕此二句写下山途中，问人投宿的情景。水，《文苑英华》作"浦"。

李颀曰：说者谓王右丞《终南》诗，皆议时宰。"太乙近天都，连山到海隅"，谓势位盘踞朝野也。"白云回望合，青霭入看无"，言徒有外而无内也。"分野中峰变，阴晴众壑殊"，言恩泽偏也。"欲投何处宿，隔水问樵夫"，言畏祸深也。（《古今诗话》《删补唐诗选脉笺释会通评林·盛五律》引）

计有功曰：或说维咏终南山诗，讥时也，诗曰："太乙近天都，连山接海隅"，言势焰盘踞朝野也。"白云回望合，青霭入看无"，言徒有其表也。"分野中峰变，阴晴众壑殊"，言恩泽偏也。"欲投人处宿，隔水问樵夫"，畏祸深也。（《唐诗纪事》卷十六《王维》）

刘辰翁曰：语不须深僻，清夺众妙。（《王孟诗评》）

顾璘曰：末语流丽。（《批点唐音》）

王穉登曰："入看无"三字妙，入神。（《唐诗选》参评）

李维桢曰：下"入看无"字，何等灵活。（《唐诗隽》）

叶羲昂曰：王摩诘"欲投人处宿，隔水问樵夫"，孟浩然"再来迷处所，花下问渔舟"，并可作画。末语流丽。（《唐诗直解》）

钟惺曰：画。（《唐诗归》卷九）

唐汝询曰："近天"状其高，"到海"言其迥。白云青霭，若合若无，远近之观异也。山形既广，非一星之分野所能该，今指中峰为限，而各属一星，则变其分野矣。不唯星文有别，即壑间之阴暗，亦自有殊，云气之升异耳。于是登陟既遥，投宿无所，就樵者而问之，见山远而人居寡也。一说近天都，为近唐之京师，于义亦通。（《唐诗解》卷三十六）

陆时雍曰："阴晴众壑殊"一语，苍然入雅。"江流天地外，山色有无中"，宋人深赏此二语。余谓"江流天地外"，此是漫语，"山色有无中"，此语亦落小乘。（《唐诗镜》卷十）

周敬曰：五、六直在鲛宫蜃市之间。（《删补唐诗选脉笺释会通评林·盛五律上》）

蒋一梅曰：三、四真画出妙境。（同上引）

周启琦曰：摩诘终南二诗，机熟脉清，手眼俱妙。（同上引）

周珽曰：一说"近天都"为近唐之京师，于义亦通。《古今诗话》云：说者为（谓）王右丞《终南》诗，皆议时宰。……程全之《绪笺》亦云王维《终南山》诗，刺杨国忠辈之宠幸也。珽谓以意逆志，果如寓言，则若"合"若"无"，借山势远近异观，状居高恃宠者之威福，为变为殊；假山态倏忽莫测，形奸时擅柄者之巧捷，何等蕴蓄，何等尖快！（同上）

王夫之曰：工苦安排备尽矣，人力参天，与天为一矣。"连山到海隅"，非徒为穷天语，读《禹贡》自知之，结语亦以形其阔大，妙在脱卸，勿但作诗中画观也。此正是画中有诗。（《唐诗评选》卷三）又曰："欲投人处宿，隔水问樵夫"，则山之辽廓荒远可知，与上六句初无异致，且得宾主分明，非独头意识悬相描摩也。"亲朋无一字，老病有孤舟"，自然是登岳阳楼诗。尝试说设身作杜陵，凭轩远望观，则心目中二语居然出现，此亦情中景也。孟浩然以"舟楫""垂钓"钩锁合题，却自全无干涉。又曰：身之所历，目之所见，是铁门限。即极写大景，如"阴晴众壑殊""乾坤日夜浮"，亦必不逾此限。（《姜斋诗话》卷下）

邢昉曰：右丞独不幽闲，乃饶奇丽，但一出口，自然清冷，非世中味耳。（《唐风定》）

吴乔曰：《古今诗话》云：王右丞《终南》诗，讥刺时宰（下略）。余谓看唐诗，常须作此想，方有入处。而山谷又曰："喜穿凿者弃其大旨，而于所遇林泉人物，以为皆有所托，如世间商度隐语，则诗委地矣。"山谷此论，又不可不知也。（《围炉诗话》卷三）

徐增曰："欲投人处宿，隔水问樵夫。"右丞性耽山水，则游方尽兴。众壑之阴晴既殊，则山之早晚或异，故预寻宿处。不知人家去向，性急遇不着人，偶见隔水之樵夫，则遥相问有人家之处，不必日暮也。此总是见终南山之深大莫测。是诗如在开辟之初，笔有鸿濛之气，奇观大观也。（《而庵说唐诗》卷十五）

王尧衢曰："白云回望合，青霭入看无"，山皆有云，周回望之，合而为一，远望则见山中之气青翠可爱，及入山看，则无有也。总见山之深窅不测如此。"分野中峰变，阴晴众壑殊"，至于山中之壑甚众，此处无云遮则晴，彼处有云遮则阴，阴晴各异，此谓之殊。是终南直与天地、阴阳分其造化矣。"欲投人处宿，隔水问樵夫"，投人处，妙，见此山中非犹尘世一般，又见山之高深，人家绝少，如投宿必须问个有人之处。樵夫在山，今偏隔水而问。则知山中之壑众也。右丞性爱山水，故于山水之胜游必探奇，诗必入妙。通首总见终南之高深。前写其大概，后写其幽胜。（《古唐诗合解》卷八）

顾安曰：通首俱写终南山之大，全是"白云""青霭"。一中峰而分野已变，历众壑而阴晴复殊。游将竟日，尚无宿处，其大何如。（《唐律消夏录》卷三）

黄培芳曰：神境。四十字中，无一字可易，昔人所谓"如四十位贤人"。"欲投人处宿，隔水问樵夫。"结从小处见天，错综变化，最得消纳之妙。（《唐贤三昧集》评）

黄生曰：尾联补题。首言高，次言大。三、四承高说，五、六承大说。此立柱应法。回望处，白云已合；入看时，青霭却无，错综成句。此法与倒装异者，以押韵不动也。七句《全唐诗话》（按：当是《唐诗纪事》。今本已改）作"故人投宿处"，近是。题无游字，结处补其意。然三、四"回望""入看"，已暗藏针线矣。（《唐诗摘抄》卷一）

朱之荆曰：结见山远人稀。（《增订唐诗摘抄》）

沈德潜曰："近天都"言其高，"到海隅"言其远。"分野"二句言其大。四十字中无所不包，手笔不在杜陵下，或曰末二句似与通体不配，今玩其语意，见山远而人寡也，非寻常写景可比。（《重订唐诗别裁集》卷九）

赵殿成曰：王友琢崖尝辟之曰：诗有二义：或寄怀于景物，或寓情于讽喻，各有指归。乃好事之徒，每以附会为能，无论其诗之为兴赋为比，而必曲为之说曰："此有为而言也。"无乃矫诬实甚欤！试思此诗，右丞自咏终南，于人何预？而或者云云若是，彼飞燕兴逸于太白，蛰龙腾谤于眉

山，又何怪焉！（《王右丞集笺注》卷七）

张谦宜曰：于此看积健为雄之妙。"白云回望合，青霭入看无。"看山得三昧，尽此十字中。（《絸斋诗谈》卷五）

孙洙曰："白云回望合，青霭入看无。"才开即合，似有实无。（《唐诗三百首》卷五）

范大士曰："分野中峰变"大言炎炎。（《历代诗发》）

黄叔灿曰："白云"一联，写山色溟濛气象，"合"字、"无"字妙。"中峰变"形其广大，星土为之分异；"众壑殊"，指形态阴晴各自不同。（《唐诗笺注》）

宋宗元曰：得此形容，乃不同寻常登眺。（"分野"句下）（《网师园唐诗笺》）

李因培曰：屈注天潢，倒连沧海，而俯视一气，尽化烟云。一结杳渺寥泬，更有凭虚御风之态。（《唐诗观澜集》）

吴瑞荣曰：结语宛有画。（《唐诗笺要》）

吴汝纶曰：（"白云"二句）壮阔之中而写景复极细腻。"分野中峰变"，接笔雄俊。（《唐宋诗举要》卷四）

鉴赏

自苏轼首揭"味摩诘之诗，诗中有画；观摩诘之画，画中有诗"之论以来，历代评论王维诗（特别是山水诗）者多结合具体作品对此加以发挥。当代学者尤多阐论，如王维的这首《终南山》，今人便多据宋代郭熙《林泉高致》所总结的"山有三远"之法及中国山水画特有的散点透视法加以阐释鉴赏，其中说得最概括精到的是中国社科院文研所编撰的《唐代文学史》：

> 《终南山》一诗，更是王维创造性综合运用中国画特有的透视法，用诗的语言同时表现"三远"（即高远、平远、深远）景色的范例（诗略）。这里运用中国山水画独特的移动点透视法，从仰观、俯瞰、回望、入看等不同的视角，分别描绘终南山山峰的高峻、山势的绵延、山域的阔大深远，以及山间岚霭变化的景象。结尾二句，更以人的活动，衬托出山的辽廓荒远。整首诗，是一幅多角度、多层次，富于空间感和动态美的山水长卷，显示了王

王
维

407

维"诗中有画"的独到之处。

这首诗确实饶有画意，尤其是尾联，几乎可以直接入画，而且别具一种笔墨难到的神韵。但我个人对诗人观察景物的立足点或视角，以及与此关联的对某些诗句的解释，却有些不同的想法。不妨结合对各联的解说鉴赏稍加申述。

先说首联。一种意见认为，这两句是对终南山总的轮廓的勾画，视角是在山下遥眺山巅和它由西向东绵延的态势，运用的是"高远"之法；另一种意见则认为首句为仰视，次句为俯瞰。我的理解则是这两句都是诗人站在终南山主峰的峰顶上所观察到的景物。站在山脚看耸入云霄的终南山主峰，当然也会有"太乙近天都（天帝之都）"的感觉，但站在峰顶上仰视，天好像就紧贴在自己头顶上，不更有"太乙近天都"之感吗？比较沈佺期《夜宿七盘岭》"山月临窗近，天河入户低"之句，自可意会。说第二句也是在山下仰视，更显得比较勉强。平地上看山脉自西向东绵延而去，很难产生"接海隅"之感，必须是由高处俯瞰，绵延的山峰自西向东，一直到目力所不及的苍茫远处，才会有"连山接海隅"之感。终南山并不延伸到海边，说"接海隅"自然是一种夸张，但这种夸张的想象却跟居高望远分不开，正如朱斌站在地势高敞的鹳雀楼上向东遥望，才能产生"黄河入海流"的想象是一个道理，而毛泽东的"会昌城外高峰，颠连直接东溟"，更可参证诗人是站在太乙峰顶上遥望俯瞰连山东去的态势而有"连山接海隅"的想象。可见，首联均为站在主峰顶上所见，一为仰观，一为俯瞰，一写其高与天连，一写其绵延千里。那么，是否可以将首句解为山下仰视，次句解为山上俯瞰呢？也不合适。因为两句的视角与立足点突然从山下转到峰顶，其间毫无过渡，不免突兀。

三、四两句的解说更为纷纭，也更为紊乱。有的说是进入终南山而回望，白云围合，继续前进，见蒙蒙青霭，入看却又不见；或谓两句形容山高，回望白云缭绕；远处似有青青的烟雾，渐近之后，又看不见了。也有的说是刚从山上下来，回头一望，白云便合拢了；青霭微茫，进入其中却又看不见。第一种解释实际上是理解为在上山的过程中"回望""入看"；第二种则理解为在下山过程中"回望""入看"。这两种解释都和第一联、第三联的立足点与视角有矛盾，既然第一联所写已是在峰顶仰视、俯瞰之景，第三联又明显是站在峰顶上所见（诸家对这一联的解说无异词），不可能第二联又倒过来写上山过程中所见，或在两联写峰顶所见中间，突然横插写下山过程中所见。虽说散点透视，可以随步换形，但总不能忽上忽下，前后颠倒，毫无次第。第二种解释回避了立足点和视角，可以不论。

实则第二联观赏景物的立足点仍在峰顶，只不过"入看无"三字中包含了在上山过程中所见的情景而已。有一点需要特别注意，即两句中的"白云"与"青霭"实际只是一个东西，都是指围绕在山上的云雾。在山下看山上的云雾，因为有青翠的树木掩映其间作为衬托，故从视觉感受上说，云雾的颜色是淡青色的，此即所谓"青霭"；待到进入其中，登上峰顶，这淡青色的雾霭却都不见了踪影，所见到的却是在半山腰四面围合的白云（从上往下看时，云雾已无青翠的树木作衬底，它是飘浮缭绕于半山腰的）。实际上，"青霭"并未消失，只不过已化为"白云"而已。这正是所谓"白云回望合，青霭入看无"。它生动地描绘出了山上的云雾在上山之前和登上峰顶之后所见的不同形态和颜色，即所谓云烟变幻之状。而"白云回望合"的"合"字，也只有站在峰顶，才会有白云在峰的四面围合的感受。极目四望，但见脚下是一片茫茫的云海围绕着，连上山的道路都看不清了，自己所在的高峰就好像漂浮在茫茫云海上的一座孤峰，这正是登上高峰时常见的景象。白云在峰腰四合，正衬托出峰的高峻。从半山腰往下看，可以看到看白云飘动，却看不到"合"的景象。至于"青霭入看无"实际上是一种错觉，它此刻已经化为了四面围合的"白云"。总之，这两句承首句仍极形终南山之高，但通过"白云""青霭"的变化，显示了云烟变幻的景象，增添了流动的意致。

第三联仍写峰顶远望所见，但和第二句写终南山自西向东绵延千里的长度不同，是转笔写它的广大。上句说站在中峰上一望，山的南北分属于不同的分野。这虽然也包含着夸张，但却有着地理上的客观依据，并非徒为大言。下句说终南山千山万壑，各个山壑的阴晴、明暗各不相同。登高峰视众壑，可以俯见诸峰有的为阳光所照，有的则背阴，呈现出明暗色彩的不同。这同样是进一步写它的广大。

前面三联，都是登上峰顶时纵览整个终南山时所得的印象与感受，展现了它的高峻、绵延、广大和云雾缭绕、云烟变幻的景色。天色已晚，在下山途中想找个人家投宿，但山广人稀，看不到人烟，只好隔着一条山涧，向对面山上砍柴的人打听。从"隔水问"可以看出，这时诗人已经走在下山的路上，在峰顶上是看不到山涧，也看不到对面山上的樵夫的。乍一读，会感到这两句与前两句表现的磅礴气势有些不大相称，细加体味，就会发现这是从另一侧面来写终南山的幽深空旷，正因为山空旷而幽深，走许多路都看不到人家，所以要问何处有可以投宿之处，而所问的对象，又是隔水的对面山上的一位樵夫，这就巧妙地烘托出了山的幽深空旷，使人宛如听到"问樵夫"时传来的空谷回音。

提到王维的山水诗，总是首先想到他的《辋川集》《皇甫岳云溪杂题》为代表的那些描写宁静清幽境界的诗。这首诗却最能体现王维同样擅长写雄浑阔大的景象。尽管写雄浑阔大之境的诗在他的整个创作中并不占主要地位，但艺术上同样具有诗画交融的特点，论艺术成就，绝不低于同时代以写雄浑阔大之境著称的李、杜、高、岑等诗人。除这首《终南山》外，像《汉江临泛》："江流天地外，山色有无中。郡邑浮前浦，波澜动远空。"《送邢桂州》："日落江湖白，潮来天地青。"《送梓州李使君》："万壑树参天，千山响杜鹃。山中一夜雨，树杪百重泉。"《使至塞上》："大漠孤烟直，长河落日圆。"都是最出色的写大景而兼具画意的篇章。从这里可以看出，王维写山水，并不是只有一种风格，一种境界，而是兼擅宁静明秀与雄浑阔大之境，这才称得上是山水大家。

这首诗总的来说是写终南山的高大幽深。对于这样一个巨大描写对象，必须采取大处着眼、大处落墨的艺术表现手法，否则就很难写出它的磅礴气势。但如果只有这种写法，也容易流于肤廓。它的好处在于既大处着眼、大处落墨，又不乏细腻的描写和侧面的衬托，前者为主，后者为辅，将二者很好地结合起来。诗的一、三两联，笔势雄放，大气磅礴，写终南山的高峻、绵长、广大，完全从大处落笔，将夸张渲染与想象融合，咫尺而有万里之势。但二、四两联，却不是一味宏放。"白云"一联，境界非常壮阔，但诗人的观察与用笔却非常细腻，特别是"回望合"与"入看无"更是细致入微的观察与描绘，没有具切的登高峰的体验写不出这样的诗句。末联写隔水问樵夫何处可以觅宿，一改前三联的正面描绘刻画为侧面烘托，使人于隔水问宿的画面中想象山之幽深空旷。我个人特别欣赏这首诗的末联。这首诗的前三联，固然写得很有气势，是大景用大笔，但这样的诗，别的诗人也能写。而末联却很见王维的艺术个性，别的诗人很少会这样写。试将描写对象和意境有相似之处的杜甫《望岳》和王维的这首诗稍作比较，便能够看出两人的不同艺术个性。王诗与杜诗的首联，都是纵览全局，极写对象的高峻广延，"连山接海隅"与"齐鲁青未了"，写法与境界也极相似。王诗的第二联，大体上近似杜诗的第二联。王诗的第三联，境界与杜诗的第二联近似，"分野中峰变"与"阴阳割昏晓"在写法上也相类。可见二人在写大景方面,英雄所见略同。但王、杜二诗的尾联却很不相同。杜诗以抒情作结,抒发了青壮年代的杜甫的宏远抱负,具有浓厚的浪漫色彩。王诗则以写景作结,体现了一个画家所特有的观察、欣赏和表现深远之境的眼光和技巧。终南山的幽深空旷,靠正面的形容刻画很难表现,尤其在五律这样一种篇幅受到严格限制的体裁中,留给诗人的也就只有这末联的十个字,但借助"欲投人处宿,隔水问樵夫"这样一个精心选择的画面,却能很传神地表现出来。这当中,没有画家的意匠经营是很难创造出这种境界的。同时这两句还隐隐传出了一种极富远韵远神的诗境,使人在"隔水问樵夫"的诗人身上,体味出一份潇洒安闲的风神意态,溢出一种轻盈飘逸的意致,而这,则是画笔难及的画外的韵味。

观 猎 〔一〕

风劲角弓鸣〔二〕,将军猎渭城〔三〕。
草枯鹰眼疾〔四〕,雪尽马蹄轻。
忽过新丰市〔五〕,还归细柳营〔六〕。
回看射雕处〔七〕,千里暮云平。

校 注

〔一〕《乐府诗集》《万首唐人绝句》采此诗前四句作五绝,题曰《戎浑》。《全唐诗》将五绝《戎浑》载入张祜集中。非。陈铁民《王维集校注》对此诗为王维作、非张祜作有详辨,可参。唐姚合《极玄集》、韦庄《又玄集》均载此诗,为王维所作,可证唐人认为此诗系王维之作。又,《唐诗纪事》题作《猎骑》。

〔二〕劲,《全唐诗》校:"一作动。"角弓,用兽角作装饰的硬弓。《诗·小雅·角弓》:"骍骍角弓,翩其反矣。"

〔三〕猎渭城,在渭城一带打猎。渭城,见《送元二使安西》注〔二〕。

〔四〕鹰,指猎鹰。疾,形容鹰的目光锐敏,能于瞬间发现猎物。

〔五〕新丰,见《少年行四首》(其一)注〔二〕。市,《云溪友议》作"戍"。

王维

411

〔六〕还，旋即，与上句"忽"相应。细柳营，汉代将军周亚夫屯兵的营地。《史记·绛侯周勃世家》："以河内守（周）亚夫为将军，军细柳以备胡。"细柳，在今陕西咸阳市西南渭河北岸。《元和郡县图志》卷一："细柳仓……汉旧仓也。周亚夫军次细柳，即此是也。"

〔七〕射雕，《史记·李将军列传》："中贵人将骑数十纵，见匈奴三人，与战，三人还射，伤中贵人，杀其骑且尽，中贵人走广，广曰：'是必射雕手也。'"《北齐书·斛律光传》："尝从世宗于洹桥校猎，见一大鸟，云表飞飏，光引弓射之，正中其颈。此鸟形如车轮，旋转而下，至地乃大雕也。世宗取而观之，深壮异焉。丞相属邢子高见而叹曰：'此射雕手也。'"此以"射雕"关合射猎，并借以赞美将军射艺出众。雕，即鹫，大型猛禽，善飞，射艺不精者罕能射中。射雕，《云溪友议》作"落雁"。

阙名曰：《诗中旨格》谓《观猎》云："'草枯鹰眼疾，雪尽马蹄轻。'此比君臣道合也。"（《吟窗杂录》）

梅尧臣曰：意欲得圆。王诗曰："草枯鹰眼疾，雪尽马蹄轻。"上句言佞人在位，小人不见言也。下句言君子行正道，虽直言得罪而轻也。（转引自《王右丞诗集参评》）摘《续金针诗》语。

刘辰翁曰：（"风劲"句）气概。（《须溪先生校本王右丞集》）又曰：极是尽（一作画）意。（《王右丞诗集参评》）

辛文房曰：（姚合）选王维、祖咏等十八人诗为《极玄集》一卷，序称维等皆诗家射雕手也。（《唐才子传·姚合》）按：姚合《极玄集序》云："此皆诗家射雕之手也。合于众集中更选其极玄者，庶免后来之非。凡二十一人，共百首。"

李梦阳曰：通篇妙。结句特出一意，更妙。（《删补唐诗选脉笺释会通评林·盛五律上》引）

顾璘曰：格高语健，老手。（同上引）

胡应麟曰：盛唐绝作。又曰：右丞五言，工丽闲淡，自有二派，殊不相蒙。"建礼高秋夜""楚塞三湘接""风劲角弓鸣""杨子谈经处"等篇，绮丽精工，沈、宋合调者也。"寒山转苍翠""一从归白社""寂寞掩柴扉""晚年唯好静"等篇，幽闲古淡，储、孟同声者也。（《诗薮》）

钟惺曰："风劲角弓鸣，将军猎渭城。"发端近古。武元衡："草枯马蹄轻，角弓劲如石。"正用右丞语。枯而疾，尽而轻，甚妙。便是鸷鹰骏马，矫健当前。"回看射雕处，千里暮云平。"结处淡而有味，可玩。又曰：极是尽意。（《唐诗合选》卷三引）又曰："草枯鹰眼疾，雪尽马蹄轻。"同是奇语，上句险，下句秀。（《唐诗归》卷九）

谭元春曰：不乱。（《唐诗归》卷九）

王
维

杨慎曰：五言律诗起句最难……王维"风劲角弓鸣，将军猎渭城"，杜子美"将军胆气雄，臂悬两角弓"，孟浩然"八月湖水平，涵虚混太清"，虽律也，而含古意，皆起句之妙，可以为法，何必效晚唐哉！（《升庵诗话》卷一）

唐汝询曰：此美将军之猎以时也。寒风凄厉，正折膠之时，筋角劲矣，于此出猎，则鹰不避草、马不践雪，轻疾可知。猎已则游新丰，师还则归细柳。斯时也，边疆宴然，无复有射雕者，所睹独暮云寥寂耳。岂开元全盛之时乎？（《唐诗解》卷三十六）又曰：结难于联，起难于结，如此起语，唐人亦不多见。（《删补诗选脉笺释会通评林·盛五律上》引）

许学夷曰：摩诘……五言律有一种整栗雄丽者，有一种一气浑成者，有一种澄淡精致者，存一种闲远自在者……如"风劲角弓鸣""绝域阳关道"……等篇，皆一气浑成者也。（《诗源辩体》卷十六）

陆时雍曰：会境入神。老杜谓"意惬关飞动"，以此……三、四体物微妙。结语入画。（《唐诗镜》卷十）

周珽曰：首美将军猎不违时，声响高华。中写出猎之景与已猎之事，绮丽精工，神凝象外。结见非疆域宁静，曷得此举，闲淡超逸，机圆气足。玩"回看"二字，味深，转出前此为目中所见终不失"观猎"题面，摩诘诗中尽画，岂虚语哉！（《删补唐诗选脉笺释会通评林·盛五律上》）

王玄曰："草枯""雪尽"语，比君臣道合也。当共赏音者细绎之。（同上引）

王夫之曰：后四语奇笔写生，毫端有风雨声。又曰：右丞之妙，在广摄四旁，圜中自显。如终南之阔大，则以"欲投人处宿，隔水问樵夫"显之；猎骑之轻速，则以"忽过""还归""回看""暮云"显之，皆所谓离钩三寸，鲅鲅金鳞。（《唐诗评选》卷三）

宋征璧曰：王摩诘有"忽过新丰市""疏雨过新域"，"过"字妙。（《抱真堂诗话》）

贺贻孙曰：王右丞诗境虽极幽静，而气象每自雄伟。如"草枯鹰眼疾，雪尽马蹄轻""苜蓿随天马，葡萄逐汉臣""日落江湖白，潮来天地青""暮云空碛时驱马，秋日平原好射雕""云里帝城双凤阙，雨中春树万人家"……等语，其气象似在"九天阊阖开宫殿，万国衣冠拜冕旒"之上。如但从气象语求之，便失右丞远矣。（《诗筏》）

黄生曰：全篇直叙。起法雄警峭拔。三、四音复壮激。故五、六以悠扬之调作转，至七、八再应转去，却似雕尾一折起数丈矣。又曰：（"风劲"二句）出猎。（"草枯"二句）顺因句。猎时。（"忽过"二句）猎归。（"回看"二句）猎后。（《唐诗摘抄》卷一）

朱之荆曰：以"风劲"二字起下"草枯"。末句写猎后之景如画。（《增订唐诗摘录》）

施闰章曰：白尚书以祜观猎诗，谓张三与王右丞未敢优劣，似尚非笃论。祜诗曰："晓出禁城东，分围浅草中。红旗开向月，白马骤迎风。背手抽金镞，翻身握角弓。万人齐指处，一雁落寒空。"细读之，与右丞气象全别。（《蠖斋诗话》）

王士禛曰：唐人起句，尤多警策，如王摩诘"风劲角弓鸣，将军猎渭城"之类，未易枚举。（《师友诗传续录》）又曰：为诗结处总要健举，如王维"回看射雕处，千里暮云平"，何等气概。（《然灯纪闻》）

史流芳曰：起二句工于发端，明点"猎"字。三、四句"鹰""马"承"猎"字。"新丰""细柳"，承"渭城"来。末二句承上第六句"归"字来。（《固说》）

沈德潜曰：起手贵突兀。王右丞"风劲角弓鸣"，杜工部"莽莽万重山""带甲满天地"，岑嘉州"送客飞鸟外"等篇，直疑高山坠石，不知其来，令人惊绝。又曰：唐玄宗"剑阁横云峻"一篇，王右丞"风劲角弓鸣"一篇，神完气足，章法、句法、字法俱臻绝顶。此律诗正体。（《说诗晬语》卷上）又曰：起二句，若倒转便是凡笔，胜人处全在突兀也。结亦有回身射雕手段。（《重订唐诗别裁集》卷九）

414　张谦宜曰："风劲角弓鸣，将军猎渭城。"又一句空摹声势，一句实出正面，所谓起也。"草枯鹰眼疾，雪尽马蹄轻"，二句猎之排场热闹处，所谓承也。"忽过新丰市，还归细柳营。"二句乃猎毕收科，所谓转也。"回看射雕处，千里暮云平。"二句是勒回追想，所谓合也。不动声色，表里俱彻。此初唐人气象。此如永字八法，遂为五律准绳。（《䌹斋诗谈》）

王尧衢曰："风劲角弓鸣，将军猎渭城。"首句言猎之时，北风劲角弓鸣，正出猎时候。"草枯鹰眼疾，雪尽马蹄轻。"草枯雪尽，承"风劲"之时。鸷鹰、骏马，是出猎之具。草枯而鹰眼疾，雪尽而马蹄轻，宛然有矫健当前之态。"忽过新丰市，还归细柳营。"此联从"猎渭城"生出。"忽过"，言去之疾速。新丰城在西安府临潼县东。细柳营，周亚夫屯兵处。在渭水北。言猎罢归营，军律严如细柳也。"回看射雕处，千里暮云平。"归营后看猎处，寂寥千里，唯有暮云一望而平耳。结有馀味可玩。前解写出猎，后解写猎回。（《古唐诗合解》卷八）

顾安曰：全是形容一"快"字。耳后风生，鼻端火出，鹰飞兔走，蹄响弓鸣，真有瞬息千里之势。（《唐律消夏录》卷三）

赵殿成曰：邵古庵谓细柳、渭城皆在陕西长安县，新丰在临潼县，相去七十里，曰"忽过"曰"还归"，正见其往返之易。成按：《汉书》内地名，诗人多袭用之，盖取其典而不俚也。兴会所至，一时汇集，又何尝拘拘于道里之远近而后琢句哉！（《王右丞集笺注》卷八）

李因培曰：返虚积健，气象万千，与老杜《房兵曹马》诗足称匹敌。（《唐诗观澜集》）

叶蓁曰：雄悍之气，可敌《秦风·驷铁》篇。（《唐诗意》）

范大士曰：如此结便见适来驰骤空阔之甚，健儿、骏马精神都出。（《历代诗发》）

黄培芳曰：此首不过能品。又"草枯鹰眼疾"近杜。（《唐贤三昧集》卷上评）

屈复曰："渭城""新丰""细柳"，皆皇都近郊，似非可猎之地，而将军众兵游猎其速其远如此。玩"千里"字、"暮云平"字，意殆有讽乎？通篇不出"观"字，全得"观"字之神。（《唐诗成法》）

黄叔灿曰："风劲"句领起得"草枯"一联，以"疾"字"轻"字传神。妙先着"枯"字、"尽"字点眼。三联言其去来之疾。（《唐诗笺注》）

宋宗元曰：陡然而来，刻画沉着，挽得有力。（《网师园唐诗笺》）

陈德公曰：前半极琢造，然亦全见生气。后半一气莽朴、浑浑落落，不在句字为佳。此等绝尘，沈、宋彷佛，雄才矣。（《闻鹤轩初盛唐近体读本》）

卢麰曰：起势生动。五、六全承第四而下，直骛至结，一片神行。

（同上）

潘德舆曰：起五字入神。三、四炼法。五、六不再写，便是高手。（《唐贤三昧集》评）

《精选评注五朝诗学津梁》：一起即押韵，精神团足。承联即从上文而来，心灵手敏。收句相称。

施补华曰：起处须有峥嵘之势，收处须有完固之力，则中二联愈形警策。如摩诘"风劲角弓鸣，将军猎渭城"，倒戟而入，笔势轩昂。"草枯"一联，正写"猎"字愈有精神。"忽过"二句，写猎后光景，题分已足。收处作回顾之笔，兜裹全篇，恰与起笔倒入者相照应，最为整密可法。（《岘佣说诗》）

吴汝纶曰：（首联）逆起得势。（次联）刻画精细。（末联）收亦不弱。（《唐宋诗举要》卷四引）

高步瀛曰：（腹联）用流动之笔，与前浓淡相剂。（同上）

 鉴赏

在唐人五律中，这是一首从艺术方面来说接近完美的范型。诗的气势与韵味，诗的章法、句法与字法，诗的每一联，都给人留下深刻的印象。这种通体完美而又精警迭出的作品，即使在盛唐诗中亦不多见。

题曰"观猎"，而从来评赏此诗者却根本不注意这个"观"字。实际上，这首诗的主角虽是"猎渭城"的"将军"，但在将军的整个狩猎过程中，始终有一双"观猎"者的眼睛在注视着。这位"观猎"者，就是诗人自己。

我们不妨紧扣题内的"观"字，将整首诗的四联设想成一出有四个连续场景的舞台剧。首联是主角的出场亮相，但不是径直上台，自报家门，而是未见其人，先闻其声。这声，便是劲厉的北风呼啸声中，传来用兽角装饰的硬弓拉开发射时的阵阵鸣响声。在北风的呼啸声中仍能听到硬弓的鸣响声，可见弓鸣声的响亮和寻箭的劲疾，虽未正面写"猎"而其气势自见。这一句颇似京剧舞台上将军出台前首先响起的一阵急急风的锣鼓声，又似一句高亢雄健、气势凌厉的倒板，将气氛渲染得很充分，也将观众的情绪酝酿得很足，然后才是"将军猎渭城"——主角的精彩登场亮相。由于先有"风劲角弓鸣"造势，将军的威武气概、精良射技便不言自明。评家称起句"突兀""陡然而来""有峥嵘之势""倒戟而入""逆起得势"，都突出说明了首句这种先声夺人的艺术效果。至于这里的"角弓鸣",究竟是在正式射前试拉硬弓以渲染声势抑或实地射猎,似可不必追究。也许虚张声势的成分更大一些。

接下来一联,似乎应该正式写射猎场景,却又避开正面,只写猎鹰与猎马。工欲善其事,必先利其器。射猎者之"器",除了弓箭之外,便是猎鹰和猎马。鹰取其发现猎物之疾之明,马取其追赶猎物之快之捷,而弓箭则取其射中猎物之准之快。三者完美结合,方能造射猎之至境。故首联先写弓箭,次联再分写猎鹰和猎马,"利其器"已写足,"善其事"不言自明,不必费辞去写猎物之丰了。射猎每于秋冬举行,此首所写时令当在冬天。冬天草枯,猎物容易暴露,因此猎鹰的眼显得特别锐敏。着一"疾"字,不但显示出猎鹰目光之锐利,发现猎物之迅疾,而且暗示了其搏击捕获猎物的动作极其迅猛;由于"风劲",所以地上的积雪已被刮尽,猎马奔驰起来就更显得轻捷。着一"轻"字,不但显示了马的矫健迅疾,而且透露了骑马打猎的将军那种怡然自得的神情心态。在风驰电掣的快马驰骋中,猎物跑得再快也无法遁逃,"马蹄"之"轻"疾与将军心情之"轻"快正相合拍。

前面两联,通过"风劲""草枯""雪尽"的环境景物描写,以及与之紧密关联的"角弓鸣""鹰眼疾""马蹄轻"的射猎活动的描写,实际上已经将一场射猎活动渲染得有声有色,生动传神。腹联乃进而写在更广大的范围内纵马驰骋射猎的景象,系承上"将军"与"马"而作进一步的描写。上面说"猎渭城",打猎的地点似乎应该在渭城。但这里提到"新丰市"与"细柳营",一在长安之东,一在长安之西,说明实际上驰猎的地区并不限于渭城,这从末句"千里暮云平"也可看出。因此,这两句应是在前两联写"猎渭城"的基础上,进一步写将军在更广阔的范围内纵情驰猎,以渲染将军的淋漓兴会。"忽过""还(旋)归"四字,极言奔驰之疾速。从"忽过"之语看,驰猎的地区当更在"新丰"之东。两句用流水对,上下句意一贯,极具流走之致。如果将这一联比作舞台剧中的一个场景,应该称作"千里驰猎图"。在实际生活中,这样的千里驰猎,可能性不大,但为了表现将军纵马驰猎的豪兴,不妨有此浪漫主义的描写;同样,作为实际生活中的观猎者,也不可能目接将军自"新丰"至"细柳"的驰猎过程。但如果把它想象成舞台上一个浓缩的活动的场景,则这一联正是"观"者所见的千里驰猎的场景。

尾联承"还归细柳营"句,写纵马驰猎的将军在射猎活动结束时回望来

王
维

路，但见平野千里，暮云弥漫，展现在身后的是广阔无垠的原野和天宇。这一结极富远神和韵味。前六句一路写来，全是快速的节奏，到"还归"句已成一泻而下，难以收束之势，如再顺流而下，以抒慨语作结，势必显得平直乏味。有此一结，不仅平添了摇曳不尽的韵味，而且使诗显得跌宕起伏，蕴蓄有神。这一场景，或许可称之为"猎归回望图"。透过这回望所见"千里暮云平"的画面，将军的豪壮气概和壮阔场景融为一体，其中还隐含了将军那种踌躇满志的心情。而"射雕"一语，既关合射猎，又暗示将军的勇武和箭法高超。

汉江临泛〔一〕

楚塞三湘接〔二〕，荆门九派通〔三〕。
江流天地外，山色有无中。
郡邑浮前浦〔四〕，波澜动远空。
襄阳好风日〔五〕，留醉与山翁〔六〕。

校注

〔一〕题内"泛"字，《瀛奎律髓》卷一《登览类》载此诗作"眺"。或有据《律髓》改为"汉江临眺"者，然细味此诗五、六一联，所写者当为临流泛舟所见之景，而非登高览眺所见。且王维诗诸旧本及《文苑英华》卷七百七十三载王维此诗，题均作《汉江临泛》，似仍应从旧本。颇疑《律髓》编者因将此诗编入登览类，又误解此诗所写景物系登览所见，递臆改"泛"为"眺"，不知与五、六不合。汉江，即汉水。源出陕西宁强县嶓冢山，东流经襄阳，复东南流至汉阳入长江。临泛，临流泛舟。《王维集校注》谓此诗系开元二十八年（740）王维知南选途经襄阳所作。

〔二〕楚塞，楚之边塞，指襄阳一带。古为楚国的北界。塞，指边界上可以据险固守的要地，亦可泛称边界。三湘，泛指湘江流域及洞庭湖地区。李白《江夏使君叔席上赠史郎中》："昔放三湘去，今还万死馀。"或谓"三湘"指沅湘、潇湘、资湘。陶潜《赠长沙公族祖》："遥遥三湘，滔滔九江。"陶澍集注："湘水发源含潇水，谓潇湘；及至洞庭陵子口，会资江谓之资湘；又北与沅水会于湖中，谓之沅湘。"亦不出于洞庭湖流域。又有谓湘水与漓水合流，称漓湘；与潇水合流，称潇湘；与蒸水合流，称蒸湘，则限于指湘江流域。此言襄阳临汉水，经汉水可以南接三湘。

〔三〕荆门，本山名。《水经注·江水》："江水又东，历荆门、虎牙之间。荆门在南，上合下开，暗彻山南。有门象虎牙在北，石壁色红，间有白文，类牙形。并以物象受名。此二山，楚之西塞也。"此以荆门借指荆州。九派，《文选·郭璞〈江赋〉》："流九派乎浔阳。"李善注引应劭《汉书注》："江自庐江浔阳分为九。"此句谓汉江流入长江，西通荆门，东连浔阳。

〔四〕郡邑，指襄阳城，唐代襄州襄阳郡，治所在襄阳。前浦，前面的水边。

〔五〕日，《文苑英华》及宋蜀刻本作"月"。风日，犹风光。杜审言《春日京中有怀》："寄与洛城风日道，明年春色倍还人。"

〔六〕与，给。山翁，指晋山简。《晋书·山简传》："永嘉三年，出为征南将军，都督荆襄交广四州诸军事，假节镇襄阳……简优游卒岁，唯酒是耽，诸习氏，荆土豪族，有佳园池。简每出嬉游，多之池上，名之曰高阳池。时有童儿歌曰：'日夕倒载归，酩酊无所知。时时能骑马，倒著白接䍦。举鞭向葛强，何如并州儿？'"翁，《文苑英华》《瀛奎律髓》作"公"。按：此"山翁"当借指当时之襄州刺史。此次汉江泛舟览眺，或系当地州郡长官招待同游，故尾联有此语。有解"与"为"共"为"如"，以"山翁"为诗人自指者，均非。

⒇笺⒇评

陈岩肖曰：王摩诘《汉江临泛》诗曰："江流天地外，山色有无中。"六一居士《平山堂》长短句云："平山栏槛倚晴空，山色有无中。"岂用摩诘语耶？然诗人意所到时，语偶相同，亦多矣。（《庚溪诗话》卷下）

陆游曰："水流天地外，山色有无中。"王维诗也。权德舆《晚渡扬子江》诗云："远岫有无中，片帆烟水上。"已是用维语。欧阳公长短句云云。诗人至是，盖三用矣。（《老学庵笔记》卷六）

方回曰：右丞此诗，中两联皆言景，而前联尤壮，足敌孟、杜《岳阳》之作。（《瀛奎律髓》卷一）

王维

419

顾璘曰："江流天地外，山色有无中。"此等处本浑成，但难拟作，恐近浅率。（《批点唐音》）

郭濬曰：气象涵蓄，浑浑无际，浅率者拟学不得。（《增定评注唐诗正声》）

李维桢曰："有无中"，尤在虚字传神。又曰：绮丽精工，沈、宋合调者也。（《唐诗隽》）

唐汝询曰：此赋汉江之胜也。汉与湘合，而分为九道。今观江流浩渺，殆非人世；山色微茫，莫辨有无。水盛而觉郡邑若浮，澜起而与远空相接。实天下之奇观矣。况襄阳风日更佳，我又安能惜醉耶！（《唐诗解》卷三十六）

钟惺曰：真境，说不得。（"江流"句下）（《唐诗归》）

许学夷曰：至如"楚塞三湘接"，既甚雄浑；"新妆可怜色"，则又娇嫩。（《诗源辩体》卷十六）

刘辰翁曰：无意之意。（《删补唐诗选脉笺释会通评林·盛五律上》引）

魏庆之曰：三、四轻重对法，意高则不觉。（同上引）

吴山民曰：起有注《水经》笔意。（同上引）

周珽曰：起口便开广远大。（同上）

王夫之曰：有大景，有小景，有大景中小景……若"江流天地外，山色有无中""江山如有待，花柳更无私"，反令落拓不亲。宋人所喜，偏在此而不在彼。（《姜斋诗话》卷下）

冯舒曰：澄之使清矣，"壮"字不足以尽之。（按：此针对方回之评而发。）（《瀛奎律髓汇评》引）

陆贻典曰：顺题做去，落句推开。（同上引）

查慎行曰：第一、第三句中两用"江"字。不但此也，"三江""九派""前浦""波澜"，篇中说水处太多，终是诗病。（同上引）

纪昀曰：三、四好，五、六撑不起，六句尤少味，复衍三句故也。（同上引）

无名氏（乙）评：壮句仍冲雅，见右丞本色。（同上引）

吴昌祺曰："天地外"，言若出于天地之外……以"有无"对"天地"，甚妙。（《删订唐诗解》）

朱之荆曰：首联"汉江"说起。中二联接写"汉江"，一虚写，一实写。末联接出"泛"字。（《闲园诗抄》）

张谦宜曰："江流天地外，山色有无中"，学其气象之大。（《絸斋诗谈》卷五）

范大士曰："山色有无中"，正见汉江浩荡，波光动摇，非写山也。（《历代诗发》）

叶蓁曰：胸中有一段浩然广大之致，适于泛江写出。可风亦可雅。（《唐诗意》）

屈复曰：前六雄俊阔大，甚难收拾，却以"好风月"三字结之，笔力千钧。题中"临泛"，不过末句顺带而已。（《唐诗成法》）

黄叔灿曰："江流"一联写汉江之广，"山色有无"言远而望之，若有若无。"郡邑"二句，曰"浮"曰"动"，仍就水形容，自不若孟、杜赋洞庭之简浑，故前人不甚称。（《唐诗笺注》）

吴瑞荣曰：若云"江流天地内"，便笨拙无味。吾乡汪潮生有"江以山上见"之句，渠自谓从此诗得来。（《唐诗笺要》）

管世铭曰：太白"山随平野尽，江入大荒流"，摩诘"江流天地外，山色有无中"，少陵"星垂平野阔，月涌大江流"，意境同一高旷，而三人气韵各别。"听曲识其真"，可以窥前贤家数矣。（《读雪山房唐诗序例·论文杂言》）

孙洙曰："江流天地外，山色有无中。"水势浩荡，山色微茫。（《唐诗三百首》卷五）

胡本渊曰：三句雄阔，四句缥缈，此换笔之妙。（《唐诗近体》）

王寿昌曰：近体何以无字？曰："江流天地外，山色有无中。"较诸"树点千家小，天围万岭低"，奚啻天道人道之殊哉！（《小清华园诗谈》卷上）

黄培芳曰：五、六即第三句之半。又："郡邑浮前浦，波澜动远空"，再接此二句，便不能消纳矣。（《唐贤三昧集》评）

潘德舆曰："外"字人不敢下。"有无"对"天地"，亦微魄力。（《唐贤三昧集》评）

吴汝纶曰：一起阔大。又曰：雄伟有气力，学者宜从此等入手。（《唐宋诗举要》卷四引）

王维

421

这是一首抒写泛舟于汉江之上所见所感的五律，气势雄浑壮阔而富远神远韵。从尾联看，陪同泛舟游赏的当有襄阳的地方官。

起联大处落墨，总写汉江地处楚之北塞，来流可南达三湘，西通荆门，东达浔阳的阔远广袤之境。楚塞、三湘、荆门、九派，一北一南，一西一东，各用一"接"字、"通"字连接，遂构成纵贯南北、横通东西的千里水路大网络。这幅汉江地理形势图虽非诗人即目所见，但却是诗人临流泛舟之际所见广远之境引发的想象。这一联用工整的对偶起势，以虚笔写广远阔大之境，为全诗的雄伟壮阔气势奠定基调。写法与作用都有些类似王勃《送杜少府之任蜀川》的首联"城阙辅三秦，风烟望五津"。

颔联从想象中的阔远之境收归眼前，写临流泛舟极目所见的杳远缥缈之境：顺流极望，但见浩阔的汉江一直南去，流向远处的天际，而水天相接之处的远山，则隐约缥缈，似有若无。按实际情况说，汉江当然不会流向天地之"外"，而远山也是真实的存在，而不会在"有无中"。但就诗人的主观感受来说，"江流天地外，山色有无中"又是绝对真实的感受。汉江自襄阳以下，水势渐大，流入平原地区，极目远望，江水一直流向天边与地平线相接之处，目力虽不能再及，但从感觉上说，自然会有"江流天地外"的感觉，关键就在于这"天地"乃是目力所及的天地相接的远方。远山无色，极望中的远山只有隐隐约约、朦朦胧胧的轮廓，故说"山色有无中"。这句仿佛是写远山的，但其实是为了衬托水之悠邈无际。这一联纯用淡墨写山水，似一幅不着色的水墨画，极富画意与远神，能引起读者对杳远缥缈之境的诗意遐想。之所以如此，正是由于这特定的杳远之境只能用这样的淡远笔墨来渲染。若施以浓墨重彩，就全失其趣。

腹联目光由极望之境收归眼前和稍近之境。襄阳城紧靠汉江，泛舟江上，江水与郡城似乎齐平，好像就漂浮在前面的水边，故说"郡邑浮前浦"。而江波动荡，浪接远天，所乘的船也上下晃动，感觉当中似乎汉江的波澜在撼动着远处的天空。远水无波，因此这里所说的"波澜"当是近处能见波浪的汉江。这一联点眼处在句中的"浮"字"动"字，它不但增添了画面的动态感，而且传出了乘流泛舟者的特有感受。

前面三联，目光由远至近，从楚塞三湘、荆门九派到极目所见的江流、山色，再到近处的郡邑、波澜，已将泛舟汉江之景作了多层次的出色描绘，尾联便收归到眼前所乘的船上来。出句用"襄阳好风日"五个字对前面的描写作了高度的概括和热情的赞赏，落句便自然落到殷勤请自己泛舟游赏的贤主人——襄阳太守身上，说自己已经充分领略了襄阳的风景佳胜，今后这样的"好风日"便只留给嗜酒风流的贤主人来享受。不把襄阳地方官写入题目，正是为了避免这首描绘江山阔远之境的诗带上酬应的色彩。尾联这样处理，既表明了自己的谢意，又毫无庸俗的酬应气息，它把"山翁"也带入这幅雄浑阔远的画图之中了。

王
维

使至塞上〔一〕

单车欲问边〔二〕，属国过居延〔三〕。
征蓬出汉塞〔四〕，归雁入胡天。
大漠孤烟直〔五〕，长河落日圆〔六〕。
萧关逢候骑〔七〕，都护在燕然〔八〕。

校注

〔一〕据赵殿成《右丞年谱》，开元二十五年（737），王维为监察御史，赴河西节度使崔希逸幕。此诗为其时所作。使，奉使。塞上，此指河西（节度使府在凉州，今甘肃武威市）。陈铁民《王维年谱》据"归雁入胡天"句，推断作诗时在初夏四月。

〔二〕单车，驾一辆车独行，不带随从。欲，方、正，表示动作行为正在进行。问，慰问。问边，指奉命出使慰问边塞驻军将士。

〔三〕属国，附属国。《史记·卫将军骠骑列传》："乃分徙降者边五郡故塞外，而皆在河南，因其故俗，为属国。"《汉书·武帝纪》："（元狩）二年……秋，匈奴昆邪王杀休屠王，并将其众合四万余人来降，置五属国以处之。"师古注："凡言属国者，存其国号而属汉朝，故日属国。"《霍去病传》"因其故俗而属国"注："不改其本国之俗而属于汉，故号属国。"居延，汉有居延泽，唐称居延海，地在今内蒙古自治区额济纳旗北境。按：王维赴河西，并不经过居延海，因此这句不能解为"过属国居延"，而应解为唐之附属国远出于居延之外。系形容唐帝国版图的辽阔广大。《文苑英华》首联作

423

"衔命辞天阙,单车欲问边"。

〔四〕征蓬,随风飘荡的蓬草。建安以来诗歌中常用以象喻征夫、游子。曹操《却东西门行》:"田中有转蓬,随风远飘扬。长与故根绝,万岁不相当。奈何此征夫,安得去四方!"曹植《杂诗》(其二):"转蓬离本根,飘飘随长风。何意回飙举,吹我入云中。高高上无极,天路安可穷。类此游客子,捐躯远从戎。"此以征蓬喻出使戎幕的诗人自己。

〔五〕大漠,大沙漠。陈铁民《王维集校注》谓"疑指凉州以北的沙漠(今腾格里沙漠的一部分)"。孤烟,一般认为指戍楼的烽火。赵殿成注:"庾信诗:'野戍孤烟起。'《埤雅》:'古之烽火,用狼粪,取其烟直而聚,虽风吹之不斜。'或谓边外多回风,其风迅急,袅烟沙而直上。亲见其景者,始知'直'字之佳。"《通鉴》卷二百十八"及暮,平安火不至"胡三省注:"《六典》:唐镇戍烽候所至,大率相去三十里。每日初夜,放烟一炬,谓之平安火。"陈铁民《王维集校注》谓"孤烟"可能指平安火。赵殿成引或解指沙漠中的尘卷风,似与"孤烟"之语不合。且下句云"长河落日圆",所见当为沙漠中晴明无风宁静景象。

〔六〕长河,陈铁民《王维集校注》谓"疑指今石羊河(唐时称为马城河)。此河流经凉州以北的沙漠"。

〔七〕萧关,古关名,故址在今宁夏固原东南,为自关中通向塞北的交通要冲。《汉书·武帝纪》:"(元封四年冬十月)通回中道,遂北出萧关。"颜师古注引如淳曰:"《匈奴传》:'入朝郇萧关。萧关在安定朝郇县也。'"《元和郡县图志》卷三:"萧关故城在(原州平高)县(今固原)东南三十里。"候骑,侦察敌情的骑兵。陈铁民《王维集校注》谓:"王维赴河西并不经过萧关,此处萧关盖袭自何逊之诗(《见征人分别》):'候骑出萧关,追兵赴马邑。'),而非实指,不可拘泥。"骑,《全唐诗》原作"吏",宋蜀刻本、述古堂本同,据《文苑英华》卷二百九十六改。

〔八〕都护,汉宣帝置西域都护,总监西域诸国,并护南北道,为西域地区最高长官。其后废置不常。唐置安东、安西、安南、安北、单于、北庭六大都护府,权任与汉同,且为实职,管辖区内之边防、行政、民族事务。燕然,山名,即今蒙古国境内之杭爱山。《后汉书·窦宪传》:"拜宪车骑将军……精骑万余,与北单于战于稽落山,大破之,虏众崩溃,单于遁走……(宪)遂登燕然山,去塞三千余里,刻石勒功,纪汉威德,令班固作铭。"陈铁民《王维年谱》开元二十五年云:"《旧唐书·玄宗纪》云:'(开元二十五年）三月乙卯，河西节度使崔希逸自凉州南率众入吐蕃界二千余里，己亥，希逸至青海西郎佐素文子觜，与贼相遇，大破之，斩首二千余众。'王维的奉使问边，似与此次希逸的大破吐蕃有关。希逸破敌在三月，捷书传至京师及维离京出使河西的时间则约在四月，这同'归雁入胡天'的时令特征正好相合……'萧关逢候骑，都护在燕然'谓已在边地遇到候骑，得知主帅破敌后尚在前线未归。"可备一说。但"萧关"在长安西北，"燕然"则又远在漠北，用来喻指崔希逸破西南边地之吐蕃，总觉未安。次句"居延"亦在离凉州甚远之地，甘州之极北（居延海西南有同城守捉，公元686—？年为安北都护府所在）。或王维另有出萧关的塞北之行而失考乎？然维之《出塞作》亦云："居延城外猎天骄，白草连天野火烧。幕云空碛时驱马，秋日平原好射雕。护羌校尉朝乘障，破虏将军夜渡辽。玉靶角弓珠勒马，汉家将赐霍嫖姚。"题下注云："时为御史，监察塞上作。"则诗作于开元二十五年为监察御史赴河西时无疑，而云"居延城外"，与《使至塞上》称"属国过居延"相似，诗中亦透露王师有破敌之事，与崔希逸破吐蕃事极类。唐代边塞诗中出现的地名，常有方位、距离与实际情况不相符合之处，对此程千帆先生《论唐人边塞诗中地名的方位距离及其类似问题》一文曾详加论析，可参看。

（笺）（评）

刘辰翁曰：亦是不用一辞。（《须溪先生校本王右丞集》）

顾可久曰：雄浑高古。（《唐王右丞诗集注说》）

钟惺曰："大漠孤烟直，长河落日圆。"旷远之景。孤烟如何直，须要理会。（《唐诗合选》卷三）

唐汝询曰：此奉使出塞而赋其事。言天子念切边庭，而遣单车之使，故我为属国而过居延，正犹征蓬之出塞，归雁之入胡。而大漠之孤烟，长河之落日，靡不尽我目中矣。时盖欲诣都护之幕，故逢候骑于萧关，问而得其所在也。（《唐诗解》卷三十六）又曰：才情虽乏，神韵有馀，终是风雅正调。（《唐诗选脉会通评林》引）

蒋一葵曰："归雁"句自是别调。（《唐诗选》参评）

陆时雍曰：五、六得景在"日圆"二字，是为不琢而佳，得意象故也。（《唐诗镜》）

宗臣曰：阔大、悲壮。（《删补唐诗选脉笺释会通评林·盛五律上》引）

王夫之曰：右丞每于后四句入妙，前以平语养之，遂成完作。一结平好蕴藉，遂已迥异。盖用景写意，景显意微，作者之极致也。（《唐诗评选》卷三）又曰："长河落日圆"，初无定景；"隔水问樵夫"，初非想得：则禅家所谓现量也。（《姜斋诗话》）

徐增曰：奉使乘车以至边，属国，汉武置属国都尉，主外国降者，存国号而属汉，故曰属国，已过居延矣。征蓬，即断蓬。薛道衡诗："今夜寒车宿，明晨转蓬征。"魏武诗："田中有转蓬，随风远飘扬。"喻出塞远去也。"归雁入胡天"，交春则雁北归，右丞出塞，飞雁归之时也。大漠，沙漠也。望去但见孤烟之直。长河，黄河也，望去但见落日之圆。无边无际，使人心伤。萧关，在上郡北。至萧关始逢探候之骑，知都护之在燕然。燕然，山名，去塞三千余里。塞外之官，都护最尊，知其所在，则胆壮而心宽矣，大漠、长河一联，独绝千古。（《而庵说唐诗》卷十五）

张谦宜曰："大漠孤烟直，长河落日圆。"近景如画，工力相敌。（《絸斋诗谈》卷五）

黄培芳曰："直""圆"二字极锻炼，亦极自然，后人全讲炼字之法，非也；全不讲炼字之法，亦非也。（翰墨园重刊本《唐贤三昧集笺注》卷上）

吴昌祺曰：结言都护之威，奉使者藉以自雄。（《删订唐诗解》）

范大士曰：独造之句，得未曾有。（《历代诗发》）

屈复曰：前四句写其荒远，故用"过"字，"出""入"字。五、六写其无人，故用"孤烟"、"落日"、"直"字、"圆"字。又加一倍惊恐，方转出七、八，乃为有力。（《唐诗成法》）

卢麰曰：五、六苍亮，骎骎气分，写景如生，足为名句。（《闻鹤轩初盛唐近体读本》）

汪玉杓曰：前半气势莽苍，倒排山海。五、六写景如生，然亦是其自然本色中最警亮者。结另意，有开拓。（同上引）

张文荪曰："直"字、"圆"字，十二分力量。（《唐贤清雅集》）

潘德舆曰："直"字、"圆"字，炼到无痕迹处，可以为妙悟也。（《唐贤三昧集》评）

王国维曰："黄（当作"长"）河落日圆"，此种境界，可谓千古壮观。（《人间词话》）

426

这首边塞诗提到的三个具体地名居延、萧关、燕然。一在今内蒙古自治区额济纳旗北境，一在今宁夏固原市东南，一在今蒙古国杭爱山，东西南北相距遥远。据赵殿成所考，诗系开元二十五年（737）王维以监察御史赴河西节度使崔希逸幕时所作。如上述地名均为实指，则王维赴河西，既不经萧关、过居延，而其时更绝无"都护"北征至"燕然"之事。实则，"萧关逢候骑"系用何逊"候骑出萧关"之句，性质同于用典，"萧关"在诗中只是一个边关的象征性符号，而非实指。"燕然"更明显是用窦宪破匈奴于燕然山勒石铭功之典，以喻指边塞主帅有破敌立功之事，颂扬唐朝国威之远扬。"属国过居延"也是泛称唐朝附属国远过于居延流沙之外，以表明版图之辽阔。正如程千帆先生所指出的，"在某些诗篇（其中包括了若干篇边塞诗的代表作品）里所出现的地名，常常有方位、距离与实际情况不相符合的情况……是和作者用典这一艺术手段分不开的……之所以出现这种情况，乃是为了唤起人们对于历史的复杂的回忆，激发人们对于地理上的辽阔的想象"。这篇作品正为程先生的论断提供了一个典型的例证；而程先生的论断则为正确理解这首诗提供了一个指导思想，一把钥匙。

这首诗的出名，和"大漠"一联有着密切的关系。但如果脱离了诗的整体来孤立地赞赏这一联，则实际上对这一联在全诗中的地位、作用，以及它所蕴含的感情，表现的意境也很难有深切的理解，对整首诗的情调与意蕴自然更难有切实的把握。

首联出句点明"使至塞上"的题目。"单车"赴边，给此行涂上一层轻快迅捷的色彩。次句紧承"边"字，渲染唐朝版图之广大，归附的属国远过于居延之外。或云"唐河西节度使统八军三守捉（参见《通鉴》卷二百十五），其中宁寇军即在居延海西南"，但"宁寇军"或同城守捉乃是河西节度使直接统辖之军，其性质不同于"属国"，不得称之为"属国"，更何况诗句明言"属国过居延"，乃指属国远在居延之外。因此这一句仍以理解为唐朝疆域版图之广大，声威远及于居延之外为宜。

次联紧扣"塞上"，写赴边行程。"征蓬"系诗人自喻，非实景，因为蓬草飞扬系秋天景象。这里只是用"征蓬出汉塞"点明自己已经到边塞地区。下句"归雁入胡天"则为实景，点明自己出塞时已是大雁北归的初夏。"出汉塞"与"入胡天"互文兼指。"征蓬""归雁"的意象，本每易引发征戍者

王
维

427

的漂泊之感与思归之情，但在这一联里中，由于与"出汉塞""入胡天"的广阔背景相映衬，却显得意境阔远明朗，毫无萧瑟凄苦情调。

腹联仍写途中所见塞上景象。孤烟有烟沙、炊烟、平安火诸说。"烟沙"之说，因与下句"长河落日圆"所显示的宁静无风景象不符，疑非是。"平安火"则入夜始点燃以报平安，亦与"落日圆"之正当傍晚时分不合。据前人"野戍孤烟起"的诗句，"孤烟"未必指烽火，也有可能是指戍楼中的炊烟。由于宁静无风，故炊烟直上而无摇曳飘荡之象。"长河"有可能是指凉州附近流经沙漠的石羊河（唐时称马城河）。此河之流向系自南而北，落日在河之西。两句所写系凉州附近的大漠景象，故脑海中须有平沙万里、浩浩无垠的画面作为所写景物的背景。在广阔无垠的大沙漠尽头处的地平线上，戍楼中的一缕孤烟垂直升起；由南而北流向沙漠的长河西边，是一轮圆圆的红日。这一全用线条组成的画面，极具画意。大漠的地平线与直上的炊烟构成一横一竖的立体画面；而一线贯通南北的长河与西头的落日，则又构成一横一圆的立体图景。在广漠无垠的背景上，一缕孤烟，愈显出大漠之广阔；而长河落日辉映的图景，则在广阔之中显示出雄浑壮伟的气势。整个一联，又在阔远壮伟之中透出一种和平宁静的氛围。如果说，用粗犷的线条、明快的笔法描绘出大漠的壮伟辽阔，还只是写景生动真切，饶有画意，那么，在这幅画图之中渗透的和平宁静的氛围则更透露了其时边塞上的平静局势和诗人面对这种景象时安详而乐观的心情。这种画外之意，正是这一联中所蕴含的深味。

尾联表面上是叙事，叙说诗人在边关上遇见从前方回来的侦察士兵，得知最高主帅此刻已经破敌立功，正在刻石铭功。实际上是用东汉窦宪破匈奴，铭功燕然的故典来喻示边帅的立功。而其深意则在显示唐朝国势之强盛，国威之远扬。以此作结，方显示出"大漠"一联并非单纯描绘沙漠地区的壮阔景象，而是和全诗的主旨——表现唐朝国势之强盛，国威之远扬，版图之广大密切相关的。而在表现这一主旨的同时，诗人的开阔胸襟和壮伟豪情也自然透露出来了。

428

秋夜独坐

独坐悲双鬓，空堂欲二更。

雨中山果落，灯下草虫鸣。

白发终难变〔一〕，黄金不可成〔二〕。

欲知除老病，唯有学无生〔三〕。

校注

〔一〕句意谓白发终难再变黑。《列仙传》卷下载，稷丘君朱璜入浮阳山八十余年，白发尽黑。

〔二〕黄金，指方士所炼金丹，据称服之可以长生。句本梁江淹《从建平王游纪南城诗》："丹沙信难学，黄金不可成。"《史记·孝武本纪》："致物而丹砂可化为黄金，黄金成，以为饮食器则益寿。"葛洪《抱朴子·仙药》："仙药之上者丹砂，次则黄金，次则白银，次则仙芝。"又《金丹》："夫金丹之为物，烧之愈久，变化愈妙；黄金入火，百炼不消，埋之，毕天不朽。服此二物，炼人身体，故能令人不老不死。"又《黄白》："仙经云：丹精生金。此是以丹作金之说也。"

〔三〕佛教以生、老、病、死为四苦，见《大乘七章》三。无生，佛教认为一切现象的生灭变化均为世间众生虚妄分别的产物，本质在于无生无灭。学无生，指学宣扬无生之理的佛典与佛法。

笺评

顾璘曰：极平易，有点化。（《批点唐音》）

唐汝询曰：此忧生之叹也。时迈发改，夜愁难堪。果落虫鸣，倍增凄怆。因言神仙多妄，惟无生可以却病，我愿学之耳。悲双鬓者，悲其白也。白发难变，是承上语，不可言重。王敬美以此病之，正犹凿舟寻漏。（《唐诗解》卷三十六）

陆时雍曰：三、四轻便。（《唐诗镜》卷十）

陆钿曰：五、六是历世至言，殆得之老病中来。（《删补唐诗选脉笺释会通评林·盛五律上》引）

徐充曰：五、六佳甚，下尤自然。（同上引）

黄俞言曰：自然语，要是锻炼中来。（同上引）

周启琦曰：出口语圆，甚轻便。（同上引）

贺贻孙曰："枫落吴江冷""空梁落燕泥"，与摩诘"雨中山果落"、老杜"叶里松子僧前落"，四"落"字俱以现成语为灵幻。（《诗筏》）

黄周星曰：俯仰身世，溪风飒然，所谓未免有情，谁能遣此！（《唐诗快》）

史流芳曰：首句破"独坐"，次句破"夜"字。三、四写"秋"字，即兴下四句，妙不容言。"雨中"是纵笔，"灯下"是擒笔，承"二更"来。"白发"以下，言徒悲之无益也。（《固说》）

徐增曰：尝见王敬美论是诗，以"白发终难变"一语，与"悲双鬓"犯重。唐仲言以为是承上语，不可谓重。而庵曰："悲双鬓"在起句，何三、四不承，而须五承耶？此是本起句作转，如千枝万叶，都从一本上发来。前解，后解，虽是双株，根则一体。如是作转，何等轻松，且又气厚，最为妙法。人皆不识，乃一以为重，一以为承，敬美半斤，仲言八两，恰好扯个平。眼目不明，直使右丞闷杀。嗟乎！岂独右丞一人哉！上"悲双鬓"，重在人去悲；"终难变"，则直说白发矣。初不相犯，何重之有！今人动云读书，若无见识，则读书终于面墙也。愿与同心，各各猛省，勿使后来人笑我辈。（《而庵说唐诗》卷十五）

王尧衢曰：以"独坐"二字引起一诗之神，前解都从此说去。老年鬓白，既复可悲，秋宵独坐空堂，景况更觉萧愁。虽非二更，心中已欲二更。"雨中山果落，灯下草虫鸣。"此皆独坐不堪之景，妙在承"悲"字。雨中果落，如人老白鬓衰；灯下虫鸣，更秋蛩之助叹矣。"白发终难变，黄金不可成。"先曾悲双鬓矣，继而思白发终难变为黑也，悲之何益！庶几欲除者，老病耳。仙家炼丹有铁可成金之说，然金不可成，与发不可变一般，不可学也。可学者，佛法无生耳，此二句根从上生，却为合句急转也。"欲知除老病，唯有学无生。"右丞学佛，佛法无生岂以老病之故，而急于"除"。然既学无生，则生老病死诸苦悉不介意，此便不除而除，是所以排解悲双鬓之不必悲，而嗟迟暮者，亦可淡然于秋宵矣。前解"独坐"二字为根而作迟暮之叹，后解以解脱语消之。（《古唐诗合解》卷八）

顾安曰：上半首沈痛迫切，下半首直截了当。胸中有此一首诗，那得更有馀事！须知右丞一生闲适之乐，皆从此"悲"字得力也。又：晋人专于服食，唐人兼之烧丹。观此诗，摩诘亦曾杂染时风，总为生死事大，径路不真，造诣愈远，至此而决意无生之学也。（《唐律消夏录》卷三）

黄培芳曰：真意溢于楮墨，其气充足。（翰墨园重刊本《唐贤三昧集笺注》卷上）

范大士曰：神伤幽独，是夜情景，万古如生。（《历代诗发》）

黄叔灿曰：空堂独坐，境界倏寂，便同禅静气味。五、六二句亦有参悟意。"欲知除老病，唯有学无生。"益归于禅。（《唐诗笺注》）

张文荪曰：一气说下，最浑成。（《唐贤清雅集》）

焦袁熹曰：全首只注"唯有学无生"句。"双鬓""白发""老病"似乎言之复矣，须知是心口俱忙，不觉其然。悠悠生死海中者何以知之！（《此木轩唐五言律七言律诗选读本》）又曰：五、六从来不留顿，学者须一眼注定下文。识此，则知五、六之不求甚工者，乃所以为工，而求工者多不成诗也。（《此本轩论诗汇编》）

陈德公曰：读之萧瑟，增人道念。（《闻鹤轩初盛唐近体读本》）

卢麰曰："欲二更"，"欲"字尖颖。后四婉不伤雅，笔高故然。（同上）

冒春荣曰：写景之句，以工致为妙品，真境为神品，淡远为逸品。如"芳春平仲绿，清夜子规啼"（沈佺期），"明月松间照，清泉石上流"（王维），"雨中山果落，灯下草虫鸣"（王维）……皆逸品也。如"日落江湖白，潮来天地青"（王维），"四更山吐月，残夜水明楼"（杜甫）……皆神品也。（《葚原诗说》卷一）

潘德舆曰：一唱三叹，由于千锤百炼。今人都以平淡为易易，知其未吃甘苦来也。右丞"雨中山果落，灯下草虫鸣"，其难有十倍于"草枯鹰眼疾，雪尽马蹄轻"者。到此境界，乃自领之。略早一步，则成口头语而非诗矣。（《养一斋诗话》卷三）又曰：三、四常语，妙在天成。予尝谓此二句之妙，其难有百倍于"草枯鹰眼疾，雪尽马蹄轻"者，唯悟者知之。（《唐贤三昧集》评）

吴汝纶曰：（"白发终难变"）挺起得势。（《唐宋诗举要》卷四引）

王
维

431

鉴赏

这首五律的具体写作时间难以确考，但从诗中"悲双鬓""白发""老病"及"山果落"等诗语看，当作于诗人晚年（乾元初）闲居辋川期间。全诗情调也明显带有衰颓悲凉色彩。陈铁民《王维集校注》疑其作于天宝末居辋川时。似稍早。

首联写深夜独坐，悲叹年衰，领起全篇主意。"悲双鬓"明为悲慨双鬓斑白、衰暮老病，实亦寓含功业不就，志事蹉跎的悲哀。王维青年时代，也和盛唐其他诗人一样，具有积极用世的精神和青春奋发的风貌，但随着时代的变化和自己人生道路上所历的挫折，早岁的理想抱负已成旧梦，所留者唯有双鬓的白发而已。这种双重的悲慨，由于是在寂静的秋夜，"独"坐于"空"堂的情境下触发的，不免更加深了身世的孤寂感和人生的失落空虚感。"欲"字带有时间正在行进的动态，不仅显示诗人寂处空堂的时间已经相当长，而且隐隐透出他的悲慨正随着漫漫长夜逐步加深，未有已时。

颔联宕开写景，从听觉感受着笔。这正显示出夜间独坐者对外界事物感知的特点。室外下着淅淅沥沥的秋雨，带着一股凄冷的气氛，在雨声中时或听到几声略显重浊的声响，那大概是熟透了的山果落在地上的声音。独坐灯下，室内近处忽然响起了草间秋虫的鸣声。这一联体物精细，托兴幽微，境象浑融，妙绝言筌，是诗中臻于化境的名句。山果之落，声音并不大，如果不是整个环境非常静寂，人的心境也空虚寂静到对外界的微小声息都非常敏感的情况下，是很不容易从淅沥雨声中分辨出略显重浊的山果落地声的。诗人仿佛不是用耳朵，而是用虚寂的心灵去捕捉外界的声响。这当中包含了诗人对外界境象的想象和判断。这种细微的体物过程本身就透露了诗人的感触和联想——雨中山果的坠落，不正象征着自然界的一切生命都毫无例外地走向凋陨的命运吗？双鬓已白的自己也正如雨中山果一样走向这一归宿。草虫的鸣叫本在户外，现在却进入室内，鸣于灯下，这正显示出自然界已是充满萧瑟凄冷之气的深秋，快到"蟋蟀入我床下"的季节了。这里所蕴含的也正是一种生命逢秋的悲凉。与上句渗透生命零落的感触正相一致。这一联虽纯写物象，不着任何直接表达主观情思的词语，但景中含情，象外寓兴，境象浑融，无迹可求，读来自有一种生命无常的悲凉韵味。它与首联的"悲双鬓"之间，词断而神连，是一种有神无边的巧妙承接。

腹联承上"悲双鬓"与"山果落""草虫鸣"，自然引出"白发终难变，黄金不可成"的结论。万物凋衰，四季更迭，是不可抗拒的自然规律，则人之双鬓斑白亦终不可避免。"终"字着意，表现出一种痛苦的憬悟与认定。明王世贞以为此句与首句犯复，实则"悲双鬓"为单纯的感情活动，"白发终难变"则是在触景兴慨之后带有理性成分的沉思与无奈，看似重复，实为螺旋的发展。对句乃就此进一步推演，说不但衰老不可逆转，死亡也难以避免。方士炼丹，服之延年成仙之说纯属虚妄。"黄金不可成"即金丹不可成，亦即死亡不可免。这一联由上联的情寓景中转为直接抒情，出语似淡而实含深悲。

尾联却从"终难变""不可成"之外转出一条"除老病"之路，这就是皈依佛门，学释氏无生之理。佛教认为万物实质本属无生，无生即无灭，以此达到对老病生死的大彻大悟的解脱。"欲知""唯有"，紧相呼应，强调"学无生"乃是"除老病"的唯一途径，也是人生暮年的唯一选择。从"悲双鬓"到"学无生"，矛盾似乎解决了，感情似乎有了寄托和归宿，但这实在是一种无可奈何的归宿。"唯有"云云，也正透露出这只是一种心灵的自我安慰。"一生几许伤心事，不向空门何处销"（《叹白发》），所流露的痛苦与无奈，与此诗结联正复神似。

这首诗的颔联，历来为诗家所称赏。单看此联，也许会感到诗人从"雨中山果落，灯下草虫鸣"的境象中悟出了宇宙间一切生命的真谛，达到了一种天人合一的忘我境界。但联系上下文，却分明感到，诗人对生老病死并未达到真正的禅悟与解脱。其实，这首诗的感人之处，并不在于人生悲慨的消释和对老病死亡的解脱，而是贯注全诗的对生的执着和对人生种种悲哀的不能释然于怀，包括那种极力摆脱悲苦的努力，也曲折地反映了这一点。但从艺术表现上看，"雨中山果落，灯下草虫鸣"这种浑融无迹的寓情于景的方式，比起它的一系列衍生物"雨中黄叶树，灯下白头人"（司空曙）、"窗里人将老，门前树已秋"（韦应物）、"树初黄叶日，人欲白头时"（白居易）、"落叶他乡树，寒灯独夜人"（马戴），似乎更耐读，因为后者都出现了与景物相对的"人"，意境虽较显豁，却少蕴含与远神。

王维的诗，在意与境的关系上经历了一个"之"字形的曲折过程。早期的诗，青春奋发的情思充盈于字里行间，往往表现为意溢于境；中年亦仕亦隐，寄情山水，往往创造出一种思与境偕的和谐意境，说明他虽遇到现实中一些矛盾，但在寄情山水的时候，内心还能保持与环境的适应与平衡；及至晚年，人生道路上既遭挫折，又兼时感老病的困扰，虽欲托空门以释悲恨，却终于未能达到真正的解脱，故又重新出现意溢于境的趋向，透露出他虽想保持心理的平衡，却再也办不到了。这首《秋夜独坐》正是其晚年意溢于境的典型诗例。与《鸟鸣涧》《山居秋暝》一类在宁静中透出生机的境界相比，这已经是一种意兴悲凉之境了。

积雨辋川庄作〔一〕

积雨空林烟火迟〔二〕，蒸藜炊黍饷东菑〔三〕。

漠漠水田飞白鹭〔四〕，阴阴夏木啭黄鹂〔五〕。

山中习静观朝槿〔六〕，松下清斋折露葵〔七〕。

野老与人争席罢，海鸥何事更相疑〔八〕？

校注

〔一〕积，《文苑英华》卷三百十九、宋蜀刻本作"秋"。按：诗有"夏木啭黄鹂"之语，作"秋"者非。此亦天宝年间居辋川期间所作，具体作年不详。积雨，犹久雨。

〔二〕迟，缓慢。

〔三〕藜，又称灰藋、灰菜，一年生草本植物，嫩叶可食，老茎可为杖。藜、藿连称，常指粗劣的食物。饷东菑（zī），给田间耕作的人送饭。东菑，泛指田亩。菑，田地。

〔四〕漠漠，迷蒙貌。王逸《九思·疾世》："尘漠漠兮未晞。"杜甫《茅屋为秋风所破歌》："秋天漠漠向昏黑。"此处与下句"阴阴"对文义近。因久雨天气阴霾，故远望水田，一片迷蒙。

〔五〕阴阴，幽暗貌。

〔六〕习静，习养静寂的心性。何逊《苦热》："习静闷衣巾，读书烦几案。"朝槿，早上开花的木槿。《淮南子·时则训》："木堇荣。"高诱注："木堇，朝荣莫（暮）落，树高五六尺。"木槿夏秋开花，有红、紫、白诸色。

〔七〕清，《文苑英华》作"行"。清斋，指素食。露葵，带露的葵菜。葵，草本植物，嫩叶可食。《文选·曹植〈七启〉》："芳菰精粺，霜蓄露葵。"李善注引宋玉《讽赋》："为臣煮露葵之羹。"

〔八〕野老，诗人自指。《庄子·杂篇·寓言》："阳子居南之沛……至于梁而遇老子。老子中道仰天而叹曰：'始以汝为可教，今不可也。'阳子居不答，至舍……膝行而前曰：'……请问其过。'老子曰：'而睢睢盱盱，而谁与居。大白若辱，盛德若不足。'阳子居蹙然变容曰：'敬闻命矣。'其往也，舍者迎将其家，公执席，妻执巾栉，舍者避席，炀者避灶；其反也，舍者与之争席矣。"郭注："去去矜夸故也。"此以"争席罢"表示与人融洽无间，不拘形迹。海鸥相疑，《列子·黄帝》："海上之人，有好沤（鸥）鸟者，每旦之海上，与沤鸟游，沤鸟之至者，百住（数）而不止。其父曰：'吾闻沤鸟皆从汝游，汝取来吾玩之。'明日之海上，沤鸟舞而不下也。"

王维

笺评

李肇曰：维有文名，然好取人文章嘉句。"行到水穷处，坐看云起时。"《英华集》中诗也。（《太平广记》卷一百九十八引李肇《国史补》此句作"人以为《含英集》中诗也"。）"漠漠水田飞白鹭，阴阴夏木啭黄鹂"，李嘉祐诗也。（《唐国史补》卷上）

范季随曰：杜少陵诗云："两个黄鹂鸣翠柳，一行白鹭上青天"，王维诗云："漠漠水田飞白鹭，阴阴夏木啭黄鹂"，极尽写物之工。（《诗人玉屑》卷十四引《陵阳先生室中语》）

叶梦得曰：诗下双字极难，须使七言、五言之间除去五、三字外，精神兴致，全见于两言，方为工妙。唐人记"水田飞白鹭，夏木啭黄鹂"为李嘉祐诗，王摩诘窃取之，非也。此两句好处，正在添"漠漠""阴阴"四字。此乃摩诘为嘉祐点化，以自见其妙，如李光弼将郭子仪军，一号令之，精彩数倍。不然，如嘉祐本句，但是咏景耳，人皆可到。（《石林诗话》卷上）

周紫芝曰：诗中用双叠字易得句，如"水田飞白鹭，夏木啭黄鹂"，此李嘉祐诗也。王摩诘乃云："漠漠水田飞白鹭，阴阴夏木啭黄鹂"，摩诘四字下得最为稳切。（《竹坡诗话》）

李錞曰：唐人诗流传讹谬，有一诗传为两人者，如"漠漠水田飞白鹭，阴阴夏木啭黄鹂"，既曰王维，又曰李嘉祐。以全篇考之，摩诘诗也。（《苕溪渔隐丛话·前集》卷十五引《李希声诗话》）

晁公武曰：李肇记维"漠漠水田飞白鹭，阴阴夏木啭黄鹂"之句，以为窃李嘉祐者。今嘉祐之集无之，岂肇厚诬乎！（《郡斋读书志》卷四引）

刘辰翁曰：写景自然，造意又极辛苦。（《王孟诗评》）

顾璘曰：此诗首述山家时景。次述己志空泊。末借列子故实，叹俗人

435

之不知己，妙于无迹。东坡云"摩诘诗中有画，画中有诗"者，此耳。
（《批点唐音》）

胡应麟曰：世谓摩诘好用他人诗，如"漠漠水田飞白鹭，阴阴夏木啭黄鹂"，乃李嘉祐语。此极可笑，摩诘盛唐，嘉祐中唐。安得前人预偷来者？此正嘉祐用摩诘诗。宋人习见摩诘，偶读嘉祐集，得此便为奇货。（《诗薮·内编》卷五）

桂天祥曰："水田飞白鹭，夏木啭黄鹂"，人皆能为，比诸维下"漠漠""阴阴"四字，诗意便胜。（《批点唐诗正声》）

钟惺曰："烟火迟"又妙于"烟火新"，然非"积雨"说不出。（"积雨"句下）（《唐诗归》）

谭元春曰：悟矣。（"山中"句下）（同上）

唐汝询曰：此山居养静之诗。言积雨晦暝，而空林寥寂，故迟迟举火，饷彼东菑。斯时也，鹭飞莺啭，物性自若，幽居信可乐矣。且我养静山中，等浮荣于朝槿，清斋松下，啭滋味于露葵，如此岂有竞于世哉！观野老与我争席，而机心息矣，海鸥何更疑我耶！盖是时维已退隐，而当路者犹忌之，故托此以自解。（《唐诗解》卷四十二）

陆时雍曰：语气殊静。（《唐诗镜》卷十）

周敬曰：清脱无尘，出世人语。摩诘诗往往多道气，要非寻常韵律间者。（《删补唐诗选脉笺释会通评林·盛七律上》）

蒋一梅曰：率性忘机，何等自得，无论其诗之工也。（同上引）

周珽曰：起句野趣，次句幽事。三、四画景。五句悟境，六句禅意。七句静机，八句定理。超俗高调，气清神王。右丞七律第一首。雨深饷晚，时事寥寂也。鹭飞莺啭，物性自若也。观槿折葵，与世无竞也。机心既息，物我自当两忘，犹有相疑，未之惑解矣。此右丞山居养静之诗也。维晚年奉佛，居常蔬食，不茹荤血，不衣文彩。是时已退隐，而当路者犹忌之，故托此自解，唐仲言云："'人'对'野老'自称，来与争席，是忘机处。"程令之云："此必有为而言，游思悠远恬淡，胸中绝无芥蒂矣。"珽村居雨中，每读此诗，觉眼前真景，非摩诘写不出，非悟道有得说不到。或云：细玩全旨，觉次联虽赋时景，要非漫然无意者，似以鹭飞自比洁白，远托畎亩；以鹂啭喻小人簧口，深居高密，岂知人生荣瘁倏变，何如淡薄自甘者得以自乐也。故结信能与世相忘于道，彼妄生猜忌之徒，于我何损？虽近凿，并录备览。（同上）

金圣叹曰：一解四句，便只是精写得一"迟"字。如何细儒不知，乃漫谓之写景也。上解是写居辋川心地，此解是写居辋川威仪。言颇彼有人，见我庄居，因遂疑我习静修斋。夫我亦何静之可习，何斋之可修乎！不过眼见槿花开落，因悟身世并销；正逢葵叶初肥，不免采撷充膳，是则或有之耳。且夫人生世上，适然同处，以我视之，我固我也，彼固彼也。如以彼视之，彼亦我也，我特彼也。然则百年并促，三餐并艰，人各自营，谁能相让。今必疑我习静修斋，则岂欲令二三野老侧目待我，一如阳居所云："家公执席，妻子避灶"，然后自愉快耶，亦大非本色道人已。（《贯华堂选批唐才子诗》卷三）

《唐诗鼓吹评注》：首言庄上空林积雨，烟火迟迟，是时炊黍蒸藜，而馈饷于东菑之人矣。夫积雨乍晴，则水田漠漠而飞白鹭，夏木阴阴而啭黄鹂。此时山中习静，但观槿花以自娱；松下清斋，聊摘葵菜以自食耳。其在是庄也，与客同乐，机心尽息。自野老争席之外，无是非权力之争。海鸥随波上下，更何自而相疑哉！郝注谓：野老与人睢睢盱盱，宾主两忘，争席而坐，浑然太古之风焉。故海鸥亦不相疑也。（卷二）

吴景旭曰：郭彦深曰："王维'漠漠水田飞白鹭，阴阴夏木啭黄鹂'，此用叠字之法，不独摹景入神，而音调抑扬，气格整暇，悉在四字中。杜诗'野日荒荒白，江流泯泯清'，亦是上二字扬，下二字抑，情景气格悉备。李嘉祐剪去'漠漠''阴阴'，便索然少味矣。宋人诗话乃谓摩诘用嘉祐句。不知王在盛唐，李在中唐，王安得预窃其句。"吴旦生曰："嘉祐字从一，上元中刺台州，大历中刺袁州，则知与摩诘相悬矣。"（《历代诗话·唐诗·漠漠阴阴》）

宋征璧曰："水田飞白鹭，夏木啭黄鹂"，前人语也，摩诘加以"漠漠""阴阴"四字，情景俱妙，因知摩诘善画也。（《抱真堂诗话》）

黄周星曰：可以为逸人矣。（《唐诗快》）

毛奇龄曰：幼住城东村，每观稼时，读"漠漠"二句，快然曰：诗有此耶？后诸诗不记，唯此二句则常沁于心。及余滞汝南山阴，张南士寻予于蒋亭时，汝南以屯种有水田，南士诵"漠漠"二句忆故乡，各为流涕。然则此等诗直是人心坎间物，有存毁耶？（《唐七律选》）

何焯曰：悟富贵之无常，乃弥甘于藿食，无妨为农没世，入鸥群而不乱也。五、六递对，无复笔墨之痕。（《唐三体诗评》）

胡以梅曰：第二承"烟火"也。三、四雨后之景，用叠字独能句圆神

旺。五言看破荣枯，六言甘于清虚。（《唐诗贯珠串释》）

盛传敏曰：今人每用叠字，非惟觉得单弱，且与全句精神俱失。试观此联，偏似无此叠字，径直无情；加此叠字，情景活现。则用叠字之法俱在矣。况乎七言最忌五言句泛加二字，唯此真是七字句，并非五言泛加二字也。（《碛砂唐诗纂释》）

范大士曰：诗中写生画手，人境皆活，耳目长新，真是化机在掌握矣。（《历代诗发》）

赵臣瑗曰：诗意极平实，极明亮。郝注、廖解已觉支离，圣叹骂人，妄矜独得之秘，倘谓索隐、行怪者非耶！（《山满楼笺注唐诗七言律》）

赵殿成曰：诸家采选唐七言律者，必取一首压卷。或推崔司勋之《黄鹤楼》，或推沈詹事之《独不见》，或推杜工部之"玉露凋伤""昆明池水""老去悲秋""风急天高"等篇。吴江周篆之则谓冠冕庄丽，无如嘉州《早朝》；澹雅幽寂，莫过右丞《积雨》。澹斋翁以二诗得廊庙、山林之神髓，取以压卷，真足空古准今。要之诸诗皆有妙处，譬如秋菊春松，各擅一时之秀，未易辨其优劣。或由扬此而抑彼，多由览者自生分别耳。质之舆论，未必金同也。（《王右丞集笺注》卷十）

宋长白曰：王右丞《辋川》诗："漠漠水田飞白鹭，阴阴夏木啭黄鹂。"正在四虚字下得有情，写出积雨神理，而李肇谓是李嘉祐诗，或又谓本是五言句，而右丞用之。按《通考》云："嘉祐，天宝七年进士。"则是右丞后辈。况此联截去"漠漠""阴阴"四字，成何格局？即嘉祐集二卷亦无此句，肇说诚误也。（《柳亭诗话·虚字》）

沈德潜曰："漠漠水田飞白鹭"，状水田之广；"阴阴夏木啭黄鹂"，状夏木之深。俗说谓"水田飞白鹭，夏木啭黄鹂"乃李嘉祐句，右丞袭用之。不知本句之妙，全在"漠漠""阴阴"，去上二字，乃死句也。况王在李前，安得云王袭李耶？（《重订唐诗别裁集》卷十三）

屈复曰："水田飞白鹭，夏木啭黄鹂"，成句也。右丞加"漠漠""阴阴"四字，精彩百倍，竟成右丞之作，可见用成句亦不妨。然有右丞之炉锤则可，无，则抄写而已。（《唐诗成法》）

黄叔灿曰：读此诗，摩诘心胸恬淡如见。"野老"指自己说为是。（《唐诗笺注》）

《唐贤三昧集笺注》：顾云：下"迟"字妙。又曰：三、四自然如画。又云：此必有为而云，游思悠远恬澹，胸中绝无微尘。

方东树曰：此诗命脉，在"积雨"二字。起句叙题。三、四写景极活现，万古不磨之句。后四句，言己在庄上事与情如此。(《昭昧詹言》卷十六)

　　张宗柟曰：又案李嘉祐天宝七年进士，视右丞开元登第时后二十载。然考右丞之殁在上元初年，固非渺不相及也。(《带经堂诗话》卷十五袭故类引)

　　王维的七言律诗存世者共二十首，在盛唐诗人中，是写此体最多的。(杜甫安史之乱以后写作了大量七律，但乱前则仅五首。)这二十首七律中，既有像《出塞作》这样的边塞题材之作，也有像《和贾舍人早朝大明宫之作》《奉和圣制从蓬莱向兴庆阁道中留春雨中春望之作应制》这种描绘早朝宏壮气象和帝都宫阙壮丽的诗篇。如果说，《早朝大明宫》和《留春雨中春望》是七律中廊庙之作的代表，则《积雨辋川庄作》便是七律中的山林之作的代表。

　　题目《积雨辋川庄作》中的"积雨"是"久雨"的意思，这首诗写的就是久雨后的辋川庄和自己的生活心境。首联写雨后辋川的整体面貌。由于久雨，空气中湿度很大，寂静的空林之上，人家的烟火升起得很缓慢，农家正在蒸藜叶炊黍饭，准备送饭到田间给正在劳作的农人。"迟"字画出炊烟徐徐升起、缓缓飘移的动态，也从侧面透出农村生活纡徐不迫的节奏。"蒸藜炊黍饷东菑"的画面给这首以表现隐逸情趣为主要内容的田园诗增添了人间生活气息和亲切的人情味，说明诗人虽向往山林隐逸，却并不脱离人世。

　　颔联承"空林""东菑"，进一步写望中的田野和树林。这一联向为评家所赏，它的妙处却必须结合"积雨"方能很好地感受和理解。"漠漠"，注家多解为广漠密布之状，恐不确。辋川为一狭长的山谷，虽有水田，但不大可能大到"广漠密布"的程度。实际上，这里的"漠漠"和下句"阴阴"对举，乃是形容水田之上笼罩着一层迷蒙的雾气。这正和"积雨"的天气密切相关。久雨之后，田野雾气迷蒙，故云"漠漠水田"。这和他的《新晴晚望》"白水明田外"写晴日水田景况正构成鲜明对比(一"晦"一"明")。妙在诗人于"漠漠水田"的背景上，又着"飞白鹭"三字，不但使静景化为动景，使画面平添了飞动的气息，而且在灰暗迷蒙的背景上点缀着鲜明的白

439

色，使白鹭的身影更显得突出和引人注目。下句用"阴阴"来形况夏木，同样是由于久雨之后，林间笼罩着一层烟霭雾气，因此望中的树林显得幽暗。由于夏日树林枝叶茂密，黄鹂的鸣叫声是从林中传出来的，因此说"阴阴夏木啭黄鹂"。这一句同样是在色彩有些幽暗的画面上透出了活泼的生意。前人多赞此联饶有画意，实则下句在画面上还出现了黄鹂的鸣啭声音，这更是一般的画图难以表现的。

诗的前幅四句，着重写"积雨辋川庄"之景；后幅转笔，着重写诗人的生活与心境。"山中"一联，写自己的山中静修、斋素生活和淡泊心境。《旧唐书·王维传》载："维兄弟俱奉佛，居常蔬食，不茹荤血，晚年长斋，不衣文彩。"这一联正是山中生活的生动写照。槿花朝开午萎暮落，最能显示生命的短暂和人生的无常，山中习静而"观朝槿"，"观"字中所透露的正有这种对生命短暂、人生无常的体悟。而这种体悟，又正是通向淡泊处世、与世无争的人生态度的桥梁，由于心境淡泊，故生活上自然崇尚清斋素食，不茹荤血。"清斋"之上，着"松下"二字，画出高士逸人的风貌，而"折露葵"三字，则将"清斋"的"清"字具体化了。带露的葵菜，不仅照应了"积雨"的气候背景，而且将诗人长斋奉佛、淡泊世事的心境又进一步表现出来了。

"野老与人争席罢，海鸥何事更相疑？"尾联两用《庄》《列》之典，表明自己淡泊自适、与世无争的心境。说我已经随缘自适到与人争席而坐、契合无间的程度，海鸥何故仍翔舞而不下，似乎于我有相疑之意呢？末句的这一问，透露出尽管诗人自己淡泊处世，与人无争，但现实生活中仍有人疑其是否真正如此。主观态度与客观环境之间存在着矛盾。这种心境，反映出王维后期尽管想借半官半隐、亦官亦隐的方式避开污浊的政治现实，希望在辋川山水之中找到一个寄托心灵的处所，以保持心境的淡泊宁静，但实际上并没有也不可能真正远离污浊的政治现实，甚至连他的这种避世的态度也并没有被周围的人所理解。诗的末句，正透露了这种不被理解的困惑与遗憾。

440

鹿　柴〔一〕

空山不见人，但闻人语响。
返景入深林〔二〕，复照青苔上。

（校）（注）

〔一〕本篇系王维五绝组诗《辋川集》二十首之五。《辋川集序》云：
"余别业在辋川山谷，其游止有孟城坳、华子冈、文杏馆、斤竹岭、鹿柴、
木兰柴、茱萸沜、宫槐陌、临湖亭、南垞、欹湖、柳浪、栾家濑、金屑泉、
白石滩、北垞、竹里馆、辛夷坞、漆园、椒园等，与裴迪闲暇，各赋绝句云
尔。"辋川，即辋谷水，在陕西蓝田县南辋谷中流贯。《长安志》卷十六：
"辋谷水出南山辋谷，北流入灞水。"《旧唐书·王维传》："得宋之问蓝田别
墅，在辋口；辋水周于舍下，别涨竹洲花坞，与道友裴迪浮舟往来，弹琴赋
诗，啸咏终日。尝聚其田园所为诗，号《辋川集》。"据今人考证，王维始营
辋川别业，当在天宝三载（744），约肃宗乾元元年（758）施庄为寺。其辋
川诸诗，当作于天宝三载至安史之乱前的一段时间内。《辋川集》及本篇具
体写作年月不详。柴（zhài），同"寨""砦"，栅栏。鹿柴，是辋川的一处
地名和景点。其地可能圈养过鹿。

〔二〕返景，《初学记》卷一："日西落，光反射于东，谓之反景。"犹夕
照，傍晚的阳光。

（笺）（评）

刘辰翁曰：（"返景入深林，复照青苔上"）无言而有画意。（《须溪
先生校本王右丞集》）

李东阳曰：诗贵意，意贵远不贵近，贵淡不贵浓。浓而近者易识，淡
而远者难知。如杜子美"钩帘宿鹭起，丸药流莺啭"……王摩诘"反景入
深林，复照青苔上"，皆淡而愈浓，近而愈远，难与俗人言。（《麓堂
诗话》）

顾璘曰：此篇写出幽深之景。（《王孟诗评》引）

钟惺曰："复照"妙甚。（《唐诗归》卷九）

唐汝询曰：不见人，幽矣；闻人语，则非寂灭也。景照青苔，冷淡自
在。摩诘出入渊明，独辋川诸作最近。探索其境，不拟其词。如"结庐在
人境，而无车马喧"，喧中之幽也；"空山不见人，但闻人语响"，幽中之
喧也。如此变化，方入三昧法门。（《唐诗解》卷二十二）

陆时雍曰：古而幽。（《唐诗镜》卷十）

王
维

441

桂天祥曰：不言处反胜，有言复不佳。（《批点唐诗正声》）

王士禛曰：（刘大勤）问："右丞《鹿柴》《木兰柴》诸绝，自然淡远，不知移向他题，亦可用否？"（王士禛）答："摩诘诗如参曹洞禅，不犯正位，须参活句。然钝根人学渠不得。"（《师友诗传续录》）

徐增曰：此首眼目，在"空山"二字，"不见人"，是"空"；但闻人语响，是"山"。"返景入深林"，即"山"即"空"；"复照青苔上"，即"空"即"山"也。"空山不见人，但闻人语响。""不见人"，是非有；"人语响"，是非无。人语可闻，人定不远；而偏云不见人，非人不可得而见，而语独可得而闻也。盖见落形质，闻如虚空，虚空则圆通无碍，此方以声音作佛事。此二十五圆通，以观世音耳通，为第一也……"返景入深林，复照青苔上。"夫深林之下，青苔之上，最为幽寂。当午日亭亭，光照直下，为林枝叶所受，苔上无景。惟旭日东升，则景斜透深林之西；晚日西沉，则景斜透深林之东。景必到地，故在青苔之上。早间已照过一次，故云"复照"也。幽杳之间，忽射日光，横如经练，东穿西透，清迥绝伦。非久住山，留心一代时教者不能。右丞笔下，直是大光明藏，无有一字在也。（《而庵说唐诗》卷七）

王尧衢曰："空山"二字是一诗之眼。"不见人"是空说，是有人并无形质可见。"但闻人语响"说是无人，又有语响得闻。此人语是在山中者，非有非无，如在虚空住。"返景入深林。"返景，落日返照之影。林深而杳冥，安得日光所入，惟返照之光斜照入深林内耳。"复照青苔上。"青苔在地，日光既照入林，必及于地，故青苔亦受照也。曰"复照"者，意谓深林原非照临之地，谁知斜阳透入，且复照青苔之在深林下者。然返景倏忽已过，寂寂空林，除青苔亦更无别物，可不谓空山与？（《古唐诗合解》卷四）

张谦宜曰：悟通微妙，笔足以达之，"不见人"之人，即主人也，故能见返照青苔。（《纟见斋诗谈》卷五）

沈德潜曰：佳处不在语言，与陶公"采菊东篱下，悠然见南山"同。（《重订唐诗别裁集》卷十九）

442

吴瑞荣曰：景到处有情，情到处生景，可思不可象。摩诘真五绝胜境。（《唐诗笺要》）

黄叔灿曰："不见人""闻人语"，以林深也。林深少日，易长青苔，而反景照入，空山立阒寂，真麋鹿场也。诗细甚。（《唐诗笺注》）

李锳曰："人语响"，是有声也；"返景照"，是有色也。写空山不从无声无色处写，偏从有声有色处写，而愈见其空。严沧浪所谓"玲珑剔透"者，应推此种。沈归愚谓"佳处不可（按：沈原评作"在"）语言"，然诗之神韵意象，虽超于字句之外，实不能不寓于字句之间。善学者须就其所已言者，而玩索其不言之蕴，以得于字句之外可也。（《诗法易简录》）

张文荪曰：空而非空，宛而不宛，闲淡入妙。（《唐贤清雅集》）

宋顾乐曰：写出幽深。（《唐人万首绝句选》评）

俞陛云曰：深林中苔翠阴阴，日光所不及，惟日光自林间斜射而入，照此苔痕，深碧浅红，相映成采。此景无人道及，惟妙心得之，诗笔复能写出。（《诗境浅说》续编）

诗里描绘的是鹿柴附近的空山深林在傍晚时分的幽静景色。第一句"空山不见人"，先正面描写空山的杳无人迹。王维特别喜欢用"空山"这个词语，但在不同的诗里，它所表现的境界却有区别。"空山新雨后，天气晚来秋"，侧重于表现雨后秋山的空明洁净；"人闲桂花落，夜静春山空"，侧重于表现夜间春山的静谧幽美；而"空山不见人"，则侧重于表现山的空寂清冷。由于杳无人迹，这并不真空的山在诗人的感觉当中竟显得空廓虚无，宛如太古之境了。"不见人"，把"空山"的意蕴具体化了。

如果只读第一句，也许会觉得它比较平常，但在"空山不见人"之后紧接"但闻人语响"却境界顿出。"但闻"二字，颇可玩味。通常情况下，寂静的空山尽管"不见人"，却并非一片静寂。啾啾鸟语，唧唧虫鸣，瑟瑟风声，潺潺水响，大自然的声音其实是非常丰富多彩的。然而这一切现在都杳无声息，只是偶尔传来一阵人语声，却看不到人影（由于山深林密）。这"人语响"，似乎是破"寂"的，但实际上却是以局部的、暂时的"响"反衬出全局的、长久的空寂。空谷传响，愈见空谷之空；空山人语，愈见空山之寂。人语响过，空山复归于万籁俱寂的境界；而且由于刚才那一阵"人语响"，响过后的空寂感便更加突出。

三、四两句由上幅的描写空山传语进而描写深林返照，由声而色。深林，本来就幽暗；林间树下的青苔，更突出了深林的不见阳光。寂静与幽暗，虽分别诉之于听觉与视觉，但它们在人们总的印象中，却常属于一类。

王维

443

因此，"幽"与"静"往往连类而及。按照常情，写深林的幽暗，应该着力描绘它不见阳光，这两句却特意写夕阳返照，照射入深林中，又进而照在树底的青苔上。猛然一看，会觉得这抹余晖，给幽暗的深林带来一线光亮，给林间青苔带来一丝暖意，或者说给整个深林带来一点生意。但细加体味，就会感到，无论就作者的主观意图或作品的客观效果来看，都恰与此相反。一味的幽暗有时反倒使人不觉其幽暗，而当一抹余晖射入幽暗的深林，斑斑驳驳的树影映在树下的青苔上时，那一小片光影和大片无边的幽暗所构成的强烈对比，反而使深林的幽暗更加突出。特别是这"返景"，不仅微弱，而且短暂。一抹余晖转瞬逝去之后，接踵而来的便是漫长的无边的幽暗。如果说，一、二两句是以有声反衬空寂，那么三、四两句便是以光亮反衬幽暗。整首诗就像是在绝大部分幽冷色调的画面上掺进了一点暖色，结果反而使冷色给人的印象更加突出。

静美和壮美，是大自然的千姿百态的美的两种类型，其间本无轩轾之分。但静而近于空无，幽而略带冷寂，则多少透露了诗人后期心境中空寂幽冷的一面。同样写到"空山"，同样侧重于表现静美，《山居秋暝》色调明朗清新，在幽静的基调上浮动着安恬的气息，蕴含着活泼的生机；《鸟鸣涧》虽着意渲染春山的静谧，但整个意境并不幽冷空寂，素月的清辉，桂花的芬芳，山鸟的啼鸣，都带有春的气息和夜的安恬；而《鹿柴》则不免带有幽冷空寂的色彩，尽管不至于幽森枯寂。

王维是诗人、画家兼音乐家。这首诗中正体现出诗、画、乐的结合。无声的静寂，无光的幽暗，一般人易于觉察；而有声的静寂，有光的幽暗，则较少为人所注意。诗人正是以他特有的画家、音乐家身份对光色、声音的敏感，才把握住了空山人语响和深林入返照的一刹那间所显示出来的特有的幽深静寂境界。而这种敏感，又和他对大自然的细致观察、潜心默会分不开。

白石滩〔一〕

清浅白石滩，绿蒲向堪把〔二〕。
家住水东西〔三〕，浣纱明月下。

〔一〕本篇系《辋川集》的第十五首。白石滩，辋谷水中的浅滩，因滩底多白石，故名。一作皎然诗，题作《浣纱女》，非。按：王维《辋川集序》提及其在辋川山谷游止之处有白石滩，且裴迪亦有同题之作。佟培基《余唐诗重出误收考》云："汲古阁刊皎然《杼山集》中无此诗，《季稿》六八皎然集中补入。季氏墨笔批注：'此系王维诗。'"

〔二〕绿蒲，绿色的香蒲草，生浅水中。向堪把，接近可以用手把握。

〔三〕水，指辋谷水。

笺评

《唐贤三昧集笺注》引顾云：此使西施浣纱石事咏之。如此白石滩，安得不浣纱，有"清斯濯缨"之意。曰"明月下"，景益清切。

鉴赏

这首山水小品，用极素朴的语言创造出一片晶莹皎洁、玲珑剔透的境界，在整个《辋川集》中，实属上乘之作。但历代选家却很少注意到它，反映出对王维诗认识上的误区。

白石滩是辋谷水中的一段浅滩，而不是辋谷水边上的石滩。如果是在水边的石滩，就谈不到什么"清浅"的问题，这是首先需要弄清的。辋谷水长达十里，有的地方水深，形成潭水；有的地方水浅，形成像白石滩这样的浅滩。因为底部都是白色的鹅卵石，故称白石滩。

一、二两句，写白石滩的清浅和水中的绿蒲生长得正旺盛。由诗的末句"明月"可知，诗的时间背景是明月皎洁之夜。日间看白石滩中的白石和水边的绿蒲，自然看得很清楚。但在夜间，如果是在一片朦胧的暗夜，这一切都沉入夜色之中而无法分辨，可见"明月"在这里扮演了一个极重要的角色。由于月明如水，清光直射水中，这才显出滩水的清而浅，才能看到滩底的磷磷白石，绿蒲的颜色和形状也才有可能看清。这一由溶溶明月、粼粼水波、磷磷白石和嫩绿的香蒲组成的晶莹明洁的月映水滩的图景，虽是静景，却蕴含着动态和生机。从中似乎可以看到滩水的流淌，听到它潺潺的声响，

王维

445

闻到蒲草的香气。而"绿蒲向堪把"五字,更显示出水中的蒲草生长的动态和欣然的生意。"白"与"绿"在清澄的月光映照下更显出其鲜明的色调。

但诗人的用笔重点还并不是白石滩这一自然景物本身,而是以它作为环境和背景,写生活在这一环境中,和整个环境融合无间的"浣纱"女子:"家住水东西,浣纱明月下。"辋谷水的东西两岸,散落着数十户人家。月明之夜,清浅而流急的白石滩,正是浣纱的好去处。她们三三两两,结伴而来,在滩的东头西头,一边浣纱,一边嬉闹歌唱,彼此应和。月是白的,水是清的,石是白的,纱是白的,蒲是绿的,整个空间,都是极晶莹的白色和极鲜嫩的绿色。而这三三两两的浣纱女正像融入了这晶莹澄澈而又充满生机和活力的月光下的世界之中。

从这首诗中,可以亲切地感受到作为诗人的王维对辋川清新秀丽的山水,对生活在其中的普通人物的那份真淳的感情,特别是对素朴纯真、洁净无尘的生活的热爱。没有这种感情,就写不出这种晶莹皎洁、玲珑剔透的境界。把王维过分诗佛化,把他的诗过分禅趣化,未必符合实际。像这样的诗,即使再用心追索,也很难发现其中的禅意禅趣。

辛夷坞〔一〕

木末芙蓉花〔二〕,山中发红萼。
涧户寂无人〔三〕,纷纷开且落。

校注

〔一〕本篇是《辋川集》的第十八首。辛夷,树及花名。落叶乔木,高数丈,木有香气。二三月开花。花初出枝头,苞长半寸,尖锐如笔头,故俗称木笔花。及开则花朵似莲花而小如盖,故又称木芙蓉。有红、紫二色。坞,四周高中间低的洼地。因其中种植或生长辛夷树,故称辛夷坞。

〔二〕木末,树梢枝头。木末芙蓉花,指开在树梢枝头的辛夷花。因花开如芙蓉(莲花),故云,亦有标示其为"木芙蓉"之意。裴迪《辛夷坞》:"况有辛夷花,色与芙蓉乱。"

〔三〕涧户,山涧中的居室。孔稚珪《北山移文》:"涧户摧绝无与归,

446

石径荒凉徒延伫。"卢照邻《羁卧山中》："洞户无人迹，山窗听鸟声。"

笺评

刘辰翁曰：其意亦欲不着一字，渐可语禅。（《须溪先生校本王右丞集》）

胡应麟曰：太白五言绝，自是天仙口语，右丞却入禅宗。如"人闲桂花落，夜静春山空。月出惊山鸟，时鸣春涧中。""木末芙蓉花，山中发红萼。涧户寂无人，纷纷开且落。"读之身世两忘，万念皆寂，不谓声律之中，有此妙诠。（《诗薮·内编》卷六）

邢昉曰：此诗每为禅宗所引，反令减价。只就本色观，自是绝顶。（《唐风定》）

唐汝询曰：芙蓉花不生木末，今辛夷色相类，故借用《楚辞》语。（按：《楚辞·九歌·湘君》："采薜荔兮水中，搴芙蓉兮木末。"）今人以拒霜为芙蓉，便不复名莲花矣。（《唐诗解》卷二十二）

吴山民曰：面壁九年，不能说出。（《删补唐诗选脉笺释会通评林·盛五绝》引）

黄家鼎曰：摩诘辋川诸诗，会心处翛然自得。观其"来者复为谁，空悲昔人有""涧户寂无人，纷纷开且落"等句，俗人亦自不能晓。（同上引）

沈德潜曰：幽极。又曰：借用《楚辞》，因颜色相似也。（《重订唐别裁集》卷十九）

黄培芳曰：思致平淡闲雅，亦自可爱。（《唐贤三昧集》评）

李锳曰：幽洁已极，却饶远韵。（《诗法易简录》）

宋顾乐曰：刻意取远味。（《唐人万首绝句选》评）

刘宏煦、李德举曰：摩诘深于禅，此是心无挂碍境界。虽在世中，超然世外，令人动海上三山之想。（《唐诗真趣编》）

俞陛云曰：东坡《罗汉赞》："空山无人，水流花开。"世称妙悟，亦即此诗之意境。（《诗境浅说》续编）

这首诗的意蕴境界，有多种不同的体悟和解读。有以为表现禅意，读之令人身世两忘、万念俱寂者；有以为只是表现山中幽静境界者；亦有以为其中寄托着诗人的自伤身世寂寞之感者。这些不同的看法虽然差别很大，但都各有自己的依据。而造成这些分歧的解读的原因之一，则是诗人的主观感情在诗中表现得非常隐微，隐微到几乎不着一字的程度，这就为各种不同的解读提供了空间。不过，主观感情的隐微不等于没有感情，只要对诗中的词语、境象细加玩索体味，还是可以大体上把握的。

"木末芙蓉花，山中发红萼。"开头两句写辛夷花之含苞欲放。红萼指辛夷花的红色花苞。辛夷花含苞时，树叶未生，众多花苞缀满枝头树梢，其形状亦如莲花的花苞，显得特别热闹、绚丽而引人注目。诗人用一"发"字突出渲染了辛夷花含苞欲放时的无限生机和热烈绚烂的气息。但"山中"二字却又隐逗下句的"寂无人"，在热烈绚烂中透出了一点寂寞的气息。

三、四两句，写辛夷花在山中的开与落。"涧户寂无人"一句，将"山中"的环境进一步具象化了。山涧中的居室，空寂无人，辛夷花便在这寂寞无人的山间纷纷地开花，又纷纷地凋落，辛夷花的花期较长，早开的花已经凋落，迟开的花仍缀满枝头，其间还偶有含苞未放者。故前面写到"发红萼"，后面写到"纷纷开且落"自是实情。它寂寞地在山中纷纷开放，又寂寞地在山中凋落。

从表面看，诗的意蕴似乎和陈子昂的《感遇》"迟迟白日晚，袅袅秋风生。岁华尽摇落，芳意竟何成"有些相似，说其中寓托了诗人的寂寞无赏的感情似乎也不无依据。但细味全诗的词语，却很难找到"芳意竟何成"一类的惋惜遗憾之情的表达；相反地，倒是能感到诗人对这种在"寂无人"的环境中自"发"、自"开"、自"落"的美流露出一种欣赏的态度和感情。对于辛夷花而言，无论是否有人欣赏，它的含苞待放、纷纷开放、纷纷凋落，都是自然而然的，自足自圆的，每一生命阶段都有它特具的美，花之含苞、怒放固然美丽，落英缤纷又何尝不是美？对诗人而言，这山中的辛夷花既是寂寞的，又是美丽的，虽寂寞而丝毫不损其美丽，毋宁说诗人所欣赏的正是这种寂寞中的美，寂寞中的绚丽。至于这种感情意趣是否通禅，那就不妨见仁见智了。

鸟鸣涧〔一〕

人闲桂花落，夜静春山空。

月出惊山鸟〔二〕，时鸣春涧中。

王维

〔一〕此为组诗《皇甫岳云溪杂题五首》的第一首。皇甫岳，《元和姓
纂》卷五皇甫氏寿春一系下有皇甫岳，其父名閒；而《新唐书·宰相世系表
五下》则载其父名恂，是，详岑仲勉《元和姓纂四校记》。岑校云："案《唐
世系表》'閒'作'恂'。余按皇甫恂，开元初为益州司马，见《旧书》八八
《苏颋传》。《广记》三〇二引《通幽记》，恂字君和，开元中授华州参军，
后为太府卿，贬绵州刺史卒。又三八一引《广异记》，安定皇甫恂以开元中
初为相州参军，迁左武卫兵曹参军，数载选授同州司士。"《姓纂》及《宰相
世系表》均不载岳之官职。然据王昌龄《至南陵答皇甫岳》诗："与君同病
复漂沦，昨夜宣城别故人。明主恩深非岁久，长江还共五溪滨。"可以推知
皇甫岳与王昌龄，其时一贬宣城（或宣州某属县），一贬龙标。时间在天宝
十载（751）。岳，《全唐诗》作"嶽"，据《姓纂》及《宰相世系表》改。云
溪，当是皇甫岳在云溪的别业，地或在长安附近。此组诗作年未详，味其情
致，或在安史乱前作。王维又有《皇甫岳写真赞》云："有道者古，其神则
清。双眸朗畅，四气和平。长江月影，太华松声。周而不器，独也难名。且
未婚嫁，犹寄簪缨。烧丹药就，辟谷将成。云溪之下，法本无生。"可约略
想见其风貌。其中也提到"云溪"，可见王维对"云溪"别业比较熟悉。组
诗的另四首是《莲花坞》《鸬鹚堰》《上平田》《萍池》，除《上平田》一首
系感慨世人不知皇甫岳如沮、溺之贤外，其他四首均为写景之作。

〔二〕谓月出时的光照使原已归巢的山鸟惊动而鸣叫。

449

刘辰翁曰：（五首）皆非着意。（《王孟诗评》）

胡应麟曰：太白五言绝，自是天仙口语。右丞却入禅宗，如"人闲桂

花落"云云，"木末芙蓉花"云云，读之身世两忘，万念皆寂。不谓声律之中，有此妙诠。（《诗薮·内编·近体下·绝句》）

桂天祥曰：闭关时有此佳趣，亦不寂寂。（《批点唐诗正声》）

钟惺曰：此"惊"字妙。（"月出"句下）幽寂。（末句下）（《唐诗归》）

唐汝询曰：因闻鸟声，而摹写静夜之景，遂以鸟鸣命题。（《唐诗解》卷二十二）

周敬曰：有此佳趣，自不寂。（按：此似袭桂天祥评。）（《删补唐诗选脉笺释会通评林·盛五绝》）

顾璘曰：此所谓情真者。何限清逸。（同上引。又《王孟诗评》亦引）

徐增曰："夜静春山空"，右丞精于禅理，其诗皆合圣教。有此五个字，可不必更读十二部经矣。"时鸣春涧中"，夫鸟与涧同在春山之中，月既惊鸟，鸟亦惊涧，鸟鸣在树，声却在涧，纯是化工，非人为可及也。（《而庵说唐诗》）

朱之荆曰：因鸟声而写夜静之景，遂以"鸟鸣"命题。（按：此袭唐汝询评。）鸟惊月出，甚言山中之空。（《增订唐诗摘抄》）

王尧衢曰："人闲桂花落"，人心无事，湛然清虚之中，见物性之自然，自开自落而已。"夜静春山空"，人闲则日亦静，何况是夜？夜静虽闹处皆空，何况春山？自心既静，一切皆空。有云"桂花落"与"春"字碍，然桂亦有四季开花者，不必以词害意。"月出惊山鸟"，人间夜静时，万感俱寂，忽然月出，光射树间，惊却栖树之山鸟。月无心，鸟亦无心，只是从闲静中觉得如此。"时鸣春涧中"，夜非鸟鸣之时，为月出而惊，天机忽动。鸟鸣在树，其声在涧，而此鸟与涧，则同在春山之中，非从无事人无心中一听，又何知是鸟鸣春涧中也。因鸟鸣，遂以鸟鸣命题。（《古唐诗合解》卷四）

黄周星曰：此何境界也，对此有不令人生道心者乎！（《唐诗快》卷十四）

黄培芳曰：（"月出惊山鸟，时鸣春涧中"）神清。（《唐贤三昧集》卷上评）

沈德潜曰：诸咏声息臭味迥出常格之外，任后人摹仿不到，其故难知。（《重订唐诗别裁集》卷十九）

黄叔灿曰：闲事闲情，妙在闲人领此闲趣。（《唐诗笺注》）

李锳曰：鸟鸣，动机也；涧，狭境也。而先着"夜静春山空"五字于其前，然后点出鸟鸣涧来，便觉有一种空旷寂静景象，因鸟鸣而愈显者，流露于笔墨之外。一片化机，非复人力可到。（《诗法易简录》）

宋顾乐曰：下二句只是写足"空"字意。（《唐人万首绝句选》评）

徐文弼曰：有此一"惊"字，愈觉寂然。（《唐绝诗钞注略》引）

施补华曰：辋川诸五绝，清幽绝俗，其间"空山不见人""独坐幽篁里""木末芙蓉花""人闲桂花落"四首尤妙，学者可以细参。（《岘佣说诗》）

俞陛云曰：山空月明，宿鸟误为曙光，时有鸣声出烟树间。山居静夜，偶一为之，右丞能在静中领会。昔人谓"鸟鸣山更幽"之句，静中之动，弥觉其静，此诗亦然。（《诗境浅说》续编）

刘拜山曰：旨在写静境，却纯用动景处理，最得画家烘托之妙，乃从（刘）宋王籍《入若耶溪》"鸟鸣山更幽"悟入。（《千首唐人绝句》）

鉴赏

"鸟鸣涧"和其他四首诗的题目"鸬鹚堰""莲花坞""上平田""萍池"一样，都未必是真正的地名，而只能算是云溪别业中的一个景点，甚至可能是诗人浏览观赏云溪别业时，偶有所见所闻所感而即景所拟的诗题。《鸟鸣涧》则是夜宿别业，住处傍临幽静的山涧，见到月出听到鸟鸣而有所感，即以"鸟鸣涧"为题。

诗的头一句"人闲"，指环境寂静，没有人的活动；同时也兼指观赏景物的诗人心境闲适宁静，没有杂念。"人闲"二字对全篇意境的形成起关键作用，没有"人闲"这个环境、心境的前提，就形不成静谧的意境。桂花通常秋天开花，此处所指当为春天迟开之桂。唐于武陵《山中桂》："日暖上山路，鸟啼知已春。忽逢幽隐处，如见独醒人。石冷开常晚，风多落亦频。樵夫应不识，岁久伐为薪。"说"日暖""已春""开常晚"，可见是因山中气候寒冷，迟至春暖始开花。或说即山矾树之别名。陆龟蒙《茶灶》："奇香袭春桂，嫩色凌秋菊。"（参《本草纲目·木三·山矾》）似以前解为优。桂花丛生，花瓣非常细小，落在地上几乎没有声音，何况又是在朦胧的夜色中，凭视觉根本无法看见它的飘落；所谓"细雨湿衣看不见，闲花落地听无声"，则说明凭听觉也很难感知。那么，诗人是怎样才感知"桂花"之"落"的

451

呢？这正是由于"人闲""夜静"。客观的环境是一片静寂，人的心境又是一片幽闲宁静，这才能全神贯注地感知周围的一切事物和声响。桂花飘落时所发生的极轻微的窸窣声才有可能听到，飘落时所散发的一丝芬芳的气味才有可能闻到，飘落时偶尔掉在衣襟上才有可能被感触到。月出之前的春山不但静寂，而且一片朦胧，在这种情况下，因为看不清周围的景物，其他几种感觉（听觉、嗅觉、触觉）便变得特别敏锐，能捕捉到外界细微的讯息。这一句当然不是各自孤立地写"人闲"与"桂花落"这两件事，而是通过它们之间的因果联系，表现出春夜寂静的山间，在月出之前那种特有的静谧气氛和春天的芬芳气息。

接下来一句"夜静春山空"，进一步点出"夜静"的特定时间背景和静谧氛围，以补足说明上句，并引出"春山空"。"空"字本身含有静的意味，不过它所指的是在空旷无声中所显示出来的一种寂静。"夜静"和"春山空"之间同样存在着因果联系。白天的山林，即使是幽静的深山老林，也总会听到山鸟的啼鸣甚至喧闹（《空山鸟语》所传出的正是这种声响），特别是"春山"，还可看到山花的烂漫。然而，由于入夜，群动俱息，山鸟也已栖息，整个山中听不到半点声息，静到连桂花之落都可以被感知。这就越发显出春山的空旷寂静了。

总之，一、二两句写了"人闲""夜静""山空"，而"桂花落"则是表现"人闲""夜静""山空"的一个典型细节；"人闲"又是感知"桂花落"和"夜静""春山空"的一个前提条件。

"月出惊山鸟，时鸣春涧中。"前两句写月出前春山的静谧，后两句则转写月出后春山的静谧。月亮升上天空，月光洒落在山林上，惊醒了山鸟，在山涧中，不时可听到一两声鸟叫。这两句正面点明了"鸟鸣涧"的题目，显示了月夜春山另一种静谧的美的境界。

"月出"句淡淡道出，似乎本就如此，却表现了诗人体物的精细。月光的色调皎洁柔和，沐浴着月亮银白色的光辉，一个心情原本烦躁的人也会平静下来，感到恬然自适。而"山鸟"却因"月出"而"惊"了起来。原因就在于这是习惯了山谷中幽静环境的鸟。特别是这山鸟在月出之前又经历了一段连"桂花落"都可以被感知的暗夜的静谧，它们的感觉便变得特别纤细而敏锐，连柔和似水的月光对它们都是一种刺激。月出前后幽谷深涧光线明暗的变化又非常突然，本来是黑黝黝的幽谷，因为月亮的照耀而顿时满谷生辉。这对鸟儿当然也是一种刺激，于是乎"惊"而"鸣"。但这种"惊"和

"鸣"又不是真正的惊恐不安、嘈杂喧闹，而是一种半是新鲜、半是快意的惊讶，是时不时地发出的那么一两声清脆而欢快的鸣叫。不说"飞鸣春涧中""齐鸣春涧中"而说"时鸣春涧中"，是大有讲究的。说"飞鸣""齐鸣"，就把春山月夜的整体静谧气氛打破了。只有"时鸣"，时不时地叫那么一两声，才既使春山月夜不显得冷寂，又仍然保持了整体的静谧氛围。这种对于艺术表现上的分寸感的准确把握，同样表现出体物之精细和意境创造的出色能力。

　　总的来说，这首诗所表现的是春山月夜特有的静谧意境和诗人面对这种境界时幽闲安恬的情趣。尽管一、二句和三、四句分别写月出前、月出后的情景，但都统一于闲、静的意境中。虽同属静境，却会有不同的色调和感情色彩。有的静，是静中带几分幽冷孤寂和幽深凄清，而《鸟鸣涧》所描绘的静境，却是与和谐、安恬和春日的芬芳气息、活泼生机联结在一起，表现的是一种静谧中的安恬闲适之美。夜间的春山是空旷的，但并不空无，这里有桂花，有明月，有山鸟的啼叫，春山并不真空。夜中的春山是静谧的，但绝不阴暗凄冷，这里同样有素月的清辉，桂花的芬芳，山鸟的啼鸣。诗人的心情是安恬、宁静而愉悦的，和春山月夜的整个环境气氛融为一体，显示出心与境的高度和谐。诗人深深地被这种环境气氛所吸引、所陶醉，表现万物与我融洽无间。这样的静境，是富于生机而不枯寂的，色调是明朗清新的。

　　王维是一个佛教徒，有很深的禅学修养。他的有一部分诗，确实渗透了禅趣，像"行到水穷处，坐看云起时"之类即是明显的例证。但一个人的世界观是矛盾复杂的，即使像王维后期那样信奉佛教禅理，也如他自己所说，是由于"一生几许伤心事，不向空门何处销"（《叹白发》），带有许多痛苦与无奈。因此不能因此断定他的思想中充满了色空观念，并时刻用这种观念看待客观世界，《大般涅槃经》上确有这一类的话头："譬如山涧，因声有响，小儿闻之，谓是实声；有智之人，解无定实。""譬如山涧响声，愚痴之人，谓之实声；有智之人，知其非实。"似乎可以用来印证此诗所写的听觉感受，在诗人看来，都是虚幻不实的。这当然也是一种完全有根据也有说服力的诠释，既符合王维的禅宗信徒身份，又符合诗境特点，还能从佛典中找到有力的依据。但王维同时又是一个诗人、一个俗人，他并没有也不能脱离现实的世界，包括官场；他对客观世界特别是大自然中一些美好的事物还爱得很深、很执着，作为一个诗人，他的感性，他的生活感受往往比纯理性的宗教观念对他的诗歌创作更具有决定性的影响。像这首诗中所描绘的静谧安闲而富于生机的境界是否用来演绎色空观念，似乎值得考虑，至少与一般读者的直观感受不大相符。

这首诗在艺术表现上的特点，一般都认为是以动衬静，愈显其静。这固然不错，但似乎不够全面具体。因为这首诗的一、二句和三、四句虽然同样是写静境，却是同中有异。一、二句写的是月出之前春山毫无声息的静谧，三、四句写的则是月出之后春山在山鸟时或一鸣中所显示出来的静谧。后者，自可称之为以动衬静，愈见其静；前者，却很难说是以动衬静。（"人闲桂花落"是用桂花之落都可感知来烘托春山之静与诗人心境之闲。"闲花落地细无声"，如果认为"桂花落"也是动，不免有点太较真。）一、二与三、四句，一个是"一鸟不鸣山更幽"，一个是"鸟鸣山更幽"，即一个是以静写静，一个是以动写静。两种不同的艺术手法，表现的是两种不同的静谧境界。这是说光讲以动衬静不够全面，对"以动衬静"还应该作更具体细致的分析。一是月出后山鸟之鸣，固然划破了空山的静寂，但同时也就显示出在月出之前春山的近乎空无的静寂。这样偶尔传来的一两声鸟鸣，才更衬出了春山的静寂。这里有一个局部与整体的相反相成关系。二是鸟鸣之声停歇之后，更显出春山无边的静谧。另外，以动衬静还有一个分寸感的把握问题，这在前面已经提及。任何一种艺术技巧的运用，都不能绝对化。动固然可以衬静，但必须在一定条件之下。这个条件就是全局是静的，这动只是静中之动，并不是动得越厉害越能衬静，正如深夜的钟声可以衬静，喧闹的锣鼓声却只能破寂而不能衬寂。

杂诗三首（其二）〔一〕

君自故乡来，应知故乡事。
来日绮窗前〔二〕，寒梅著花未〔三〕？

校注

〔一〕宋蜀刻本、述古堂影抄本均作《杂诗五首》，系包括五古、五律杂诗各一首在内。《文选·王粲〈杂诗一首〉》李善注："杂者，不拘流例，遇物即言，故言'杂'也。"李周翰注："兴致不一，故云杂诗。"王维的五言四句体《杂诗》共三首，虽内容均抒写乡思，却不一定是联章体组诗。说详后。

〔二〕绮窗，雕镂花纹的窗。

〔三〕著花，长出花蕾或花朵。

笺评

顾璘曰：三诗皆淡中含情。（《批点唐音》）

钟惺曰："寒梅"外不问他事，妙甚。"来日"二字如面对语。（《唐诗归》卷九）

唐汝询曰："应知"二字括下联意。又一首同一问人，此作有味。（转引自《唐诗汇评》。《唐诗解》未选此首。或引自《唐诗汇编十集》）

周珽曰：渊明《问来使诗》："尔从山中来，早晚发天目。我屋南窗下，今生几丛菊？蔷薇叶已抽，秋兰气当馥。归去来山中，山中酒应熟。"此祖陶作，而调法更简古斩截。（《删补唐诗选脉笺释会通评林·盛五绝》）

赵殿成曰：陶渊明诗云："尔从山中来，早晚发天目。我屋南窗下，今生几丛菊？"王介甫诗云："道人北山来，问松我东冈。举手指屋脊，云今如许长。"与右丞此章同一杼轴，皆情到之辞，不假修饰而自工者也。然渊明、介甫二作，下又缀语稍多，趣意便觉不远。右丞只为短句，一吟一咏，更有悠扬不尽之致，欲于此下复赘一语不得。（《王右丞集笺注》卷十三）

黄叔灿曰：与前首俱只口头语，写来真挚缠绵，不可思议。着"绮窗前"三字，含情无限。（《唐诗笺注》）

宋顾乐曰：问得淡绝、妙绝。如《东山》诗"有敦瓜苦"章，从微物关情，写出归时之喜；此亦以微物悬念，传出件件关心，思家之切。此等用意，今人那得知！（《唐人万首绝句选》评）

王文濡曰：通首都是讯问口吻，而游子思乡之念，昭然若揭。（《唐诗评注读本》）

俞陛云曰：故乡久别，钓游之地，朋酒之欢，处处皆萦怀抱，而独忆窗外梅花。论襟期固秀雅绝尘，论诗句复清空一气，所谓妙手偶得也。（《诗境浅说》续编）

王维《杂诗三首》，第一首、第三首分别是：

> 家住孟津河，门对孟津口。常有江南船，寄书家中否？
> 已见寒梅发，复闻啼鸟声。愁心视春草，畏向玉阶生。

或以为三首是联章体组诗，第一首系思妇"忆远之诗，言家在津口，江南船来，寄书甚便。语质直而意极缠绵"（黄叔灿《唐诗笺注》）；第二首则是写游子询问故乡来人，表达他思乡念亲的深情；第三首则"写春色渐浓，思妇相思之情愈深。三首诗分别写男女主人公的相思相忆之情"（《孟浩然王维诗歌名篇欣赏》）。虽似可通，但细加体味，总觉不像。第一首如写思妇盼望远行的丈夫从江南寄书家中，则思妇与游子的家乡就在孟津口（今河南孟州），而游子则客游江南某地。但第二首向故乡的来人问到"来日绮窗前，寒梅著花未"，则游子的故乡似在江南。据《荆州记》载："陆凯与范晔交善，自江南寄梅花一枝，诣长安与晔，并赠诗曰：'折梅逢驿使，寄与陇头人。江南无所有，聊赠一枝春。'"明将梅花与江南联系在一起。历来与梅相关的故实，也多在南方。因此，一、二两首抒情主人公的家乡一在孟津，一在江南，并不一致，还是将三首诗分别独立来理解比较恰当。

诗中的抒情主人公（"我"，不一定是诗人自己），是一个久在异乡的人，忽然遇上来自故乡的熟识或旧友（"君"），首先激起的自然是强烈的乡思，是急欲了解故乡风物、人事的心情。开头两句，正是以一种不加修饰，接近于生活的自然状态的形式，传神地表达了"我"的这种感情。"故乡"一词叠见，正见乡思之殷；"应知"云云，迹近噜苏，却表现出了解故乡情事之急切，透出一种近似儿童似的天真与亲切。纯用白描记言，却将"我"在特定情况下的感情、心理、神态、口吻等表现得栩栩如生，这其实是很省俭的笔墨。

456 关于"故乡事"，那原是可以开一张长长的问题清单的。远的诗例如陆机的《门有车马客》，所问集中在亲故零落的人事变化上，感情偏于沉重悲伤；近的则有初唐王绩的《在京思故园见乡人问》：

> 旅泊多年岁，老去不知回。忽逢门前客，道发故乡来。敛眉俱握

手，破涕共衔杯。殷勤访朋旧，屈曲问童孩。衰宗多弟侄，若个赏池台。旧园今在否，新树也应栽。柳行疏密布，茅斋宽窄裁。经移何处竹，别种几株梅。渠当无绝水，石计总生苔。院果谁先熟，林花那后开。羁心只欲问，为报不须猜。行当驱下泽，去剪故园莱。

王维

从朋旧童孩、宗族弟侄、旧园新树、茅斋宽窄、柳行疏密、渠水石计一直问到院果林花，仍然意犹未尽，"羁心只欲问"。而这首诗中的"我"却撇开这些，独问对方：

　　　　来日绮窗前，寒梅著花未？

仿佛故乡之值得怀念，就在窗前那株寒梅。这就很有些出乎常情，但又绝非故作姿态。

　　一个人对故乡的怀念，总是和那些与自己过去的生活有密切关系的人、事、物联结在一起的。所谓"乡思"，完全是一种"形象思维"，浮现在思乡者脑海中的，都是一个个具体的形象和画面。故乡的亲朋故旧、山川景物、风土人情，都值得怀念。但引起亲切怀想的，有时往往是一些看来很平常、很细小的情事。这窗前的寒梅便是一例。它可能伴着"我"度过了整个少年时代。"我"在绮窗前读书时，抬头就能看到它。每年看着它含苞、开花、结籽、成长。那上面刻下了"我"的少年时代的年轮，蕴含着许多少年时代家居生活亲切、有趣的情事。因此，这株寒梅，就不再是一般的自然物，它已经被思乡之情所浸染，成为故乡的一种象征。它已经被诗化、集中化、典型化、提纯化了，成了"我"的思乡之情的集中寄托。从这个意义上去理解，独问"寒梅著花未"是完全符合生活逻辑的。从诗歌体裁的角度说，五绝作为最短小的体制，不允许也不可能像王绩的诗那样展开来发问，而只能通过提炼、集中，选取最典型的能浓缩乡思的事物来表现，因此它又是符合诗歌体裁的要求，充分发挥了体裁本身的特点与优长的。

　　古代诗歌中常有这种质朴平淡而诗味浓郁的作品。它质朴到似乎不用任何技巧，实际上却包含着最高级的技巧。像这首诗中的独问寒梅，从表现"故乡事"来说，是提炼、集中和典型化，是通过特殊体现一般；从表现"故乡情"来说，则是对情思的高度提纯化。而这种典型化与提纯化又是用一种平淡质朴得如叙家常的语言来体现的，这正是所谓寓巧于朴。王绩的那

457

首《在京思故园见乡人问》，朴质的程度也许超过这首诗，但他那一连串的发问，其艺术力量却远远抵不上王维这淡淡的一问。其中消息，不是正可深长思之的吗？

相　思〔一〕

红豆生南国〔二〕，秋来发几枝〔三〕。
愿君多采撷〔四〕，此物最相思。

校注

〔一〕此诗首见唐范摅《云溪友议》卷中《云中命》，云："李龟年奔迫江潭……曾于湘中采访使筵上唱：'红豆生南国，秋来发几枝。赠君多采撷，此物最相思。'又：'清风朗月苦相思，荡子从戎十载余。征人去日殷勤嘱，归雁来时数附书。'此词皆王右丞所制，至今梨园唱焉。歌阕，合座莫不望行幸而惨然。"《万首唐人绝句》《唐诗纪事》亦收载。王维集旧本除凌濛初刊本外失载。诗当作于安史之乱以前。

〔二〕红豆，相思树所结的果实，又名相思子。《文选·左思〈吴都赋〉》"相思之树"刘渊林注："相思，大树也。材理坚，邪斫之则文，可作器，其实如珊瑚，历年不变。"唐李匡乂《资暇集》卷下："豆有圆而红，其首乌者，举世呼为相思子，即红豆之异名也。其木斜斫之则有文，可为弹博局及琵琶槽。其树也，大株而白，枝叶似槐。其花与皂荚花无殊。其子若豌豆，处于甲中，通体皆红。李善云'其实赤如珊瑚'是也。"产于亚热带地区。欧阳炯《南乡子》："路入南中，桄榔叶暗蓼花红。两岸人家微雨后，收红豆，树底纤纤抬素手。"

〔三〕秋，今之选本多作"春"。按：红豆秋日开花，冬春结实。据欧阳炯词，收红豆当在蓼花红的初秋。几，《万首唐人绝句》《全唐诗》均作"故"，据《云溪友议》所引及《唐诗纪事》卷十六改。

〔四〕愿，《云溪友议》作"赠"，《唐诗纪事》同，赵殿成笺注本作"劝"。多，《万首唐人绝句》作"休"。撷（xié），摘。

笺 评

管世铭曰：王维"红豆生南国"，王之涣"杨柳东风树"，李白"天下伤心处"，皆直举胸臆，不假雕镂，祖帐离筵，听之惘惘。二十字移情固至此哉！（《读雪山房唐诗序例·五绝凡例》）

王文濡曰：睹物思人，恒情所有。况红豆本名相思。"愿君多采撷"者，即谆嘱无忘故人之意。（《唐诗评注读本》）

俞陛云曰：红豆号相思子，故愿君采撷，以增其别后感情，犹郭元振诗以同心花见殷勤之意。（《诗境浅说》续编）

刘永济曰：此以珍惜相思之情，托之名相思子之红豆也。（《唐人绝句精华》）

刘拜山曰：藉红豆表己之相思，愿人之毋忘，风神摇曳，韵致缠绵。托物抒情，言近意远，是右丞五绝独造之境。（《千首唐人绝句》）

鉴 赏

这是一首天籁式的作品。但它之所以能够流传广远，并不单纯是由于"直举胸臆，不假雕镂"，而是还有其多方面的原因。

首先在于红豆的名称与相思之情的关系。红豆树一名相思树，红豆一名相思子。从左思《吴都赋》"相思之树"的句子来看，用"相思"作为树名已经有很长的历史。梁任昉《述异记》卷上："昔战国时，魏国苦秦之难。尝有民从政戍秦，久不返，妻思而卒。既葬，冢上生木，枝叶皆向夫所在而倾，因谓之相思木。"梁武帝《欢闻歌》之二："南有相思木，含情复同心。"从"南有相思木"的诗句看，此木或许就是"生南国"的相思树。则其命名为"相思"已远在战国之时。如此久远的关于相思木的传说，其深厚的历史文化积淀几乎可与灞桥折柳送别的民俗传说相比并。但在王维写这首诗之前，却未见文人以此为题材加以吟咏。故一旦形诸诗歌，自然会引起读者的普遍关注，并有强烈的新鲜感。

459

更重要的是"红豆"的形状和色彩，似乎天然地与"相思"之情有着微妙的联系。红豆整体赤如珊瑚，顶端黑色，玲珑剔透，晶莹鲜亮，色调既热烈明快又沉静含蓄，以之作为女子的爱情和相思的象征物，能引发一系列极富诗意的联想，却又不必拘泥指实。在唐代，情人们离别后常以红豆相赠以寄托相思之情，女子也以红豆为饰，来寄托对情人的思念。温庭筠《酒泉子》词"罗带惹香，犹系别时红豆。泪痕新，金缕旧，断离肠"可证。红豆这种特殊的形状、色彩和色调，几乎使它天然地具有"相思"的象征物的首选的品格，因此说"此物最相思"，实在是人同此心，得到普遍的认同了。

但历史的传说、相思子的名称和它的形状色调，只是为王维借红豆写相思提供了客观的条件，能不能写出一首好诗，还要靠诗人的创造。诗写得很朴素，如叙家常，感情却极深挚真纯。全诗当是以女子的口吻抒情。前两句表面上是点明红豆的产地和秋来开花的特征（"发几枝"，即花发几枝之意）。但"南国"之语，既易引发红豆的鲜艳热烈的色彩的联想，又易引发"南国有佳人"的联想，与"相思"之间存在着若即若离的关联。而秋来花"发"，又易产生爱情之"发"的联想。可以说，前两句乃是为后两句蓄势的。三、四两句，正面揭出主意，希望对方多采摘红豆，因为它最具有相思的象征物的品格。写到这里，话似乎说完了，感情却摇漾不尽，含蕴无穷。诗的整体风格，极近民歌的朴素明朗，却又兼具文人诗的委婉含蓄，语浅情深，遂成绝调。

山　中〔一〕

荆溪白石出〔二〕，天寒红叶稀。
山路元无雨〔三〕，空翠湿人衣。

校注

〔一〕《全唐诗》题作《阙题二首》，另一首："相看不忍发，惨淡暮潮平。语罢更携手，月明洲渚生。"陈铁民《王维集校注》云："此首奇字斋本《外编》、凌本、底本（赵殿成笺注本）《外编》俱收录。《全唐诗》王维集亦收载，题作《阙题二首》，此诗即其第一首。其他各本未见收录。宋苏轼《书摩诘蓝田烟雨图》（见《东坡题跋》卷五）云：'诗曰：蓝溪白石出，玉川红叶稀。山路元无雨，空翠湿人衣。'此摩诘之诗也。或曰：非也，好事者以补摩诘之遗。《唐音癸签》卷三十三：'坡公尝戏为摩诘之诗，以摹写摩诘之画，编《诗纪》者，认为真摩诘诗，采入集中。世人无识，那可与分辨。'下即引《书摩诘蓝田烟雨图》之文，且曰：'此活语被人作死语看，摩诘增一首好诗，失却一幅好画矣。'按：宋释惠洪《冷斋夜话》卷四录此首，谓之曰：'王摩诘《山中》诗'，今姑从其说，断此诗乃王维所作。又荆溪在蓝田，此诗当即作于维居辋川期间。"按：陈说是。苏轼《书摩诘蓝田烟雨图》首先明言"此摩诘之诗"，然后方引或说以示慎重，但绝无自己好事而戏为摩诘之诗之意，胡震亨说显系误解。且惠洪与苏轼时代相近，亦明言此诗为"王摩诘《山中》诗"，二人所言必有所据。北宋时所存唐代文献后世未见者尚多，不必因王维本集未载而疑其非王维诗。且诗之地名景物既符维之所居蓝田辋川之景，其表现手法亦与维之《书事》五绝"坐看苍苔色，欲上人衣来"相近，尤可作为旁证。兹从陈说改题《山中》。《阙题》第二首系王安石《离升州作二首》之第一首，见《王文公文集》卷七十。

〔二〕荆溪，《水经注·渭水》："长水出自杜县白鹿原，西北流，谓之荆溪，又西北左合狗枷川，北入霸水，俗谓之浐水，非也。"《长安志》卷十六蓝田县："荆谷水自白鹿原东流入万年县唐村界。"由此可知荆溪又名荆谷水、长水，系流入灞水之上游支流。白鹿原在蓝田县西五里。荆溪，《冷斋夜话》引王维《山中》诗作"溪清"，然《诗人玉屑》卷十引《冷斋夜话》则作"荆溪"，当是。苏轼引作"蓝溪"。

〔三〕元，同"原"。

笺评

苏轼曰：味摩诘之诗，诗中有画；观摩诘之画，画中有诗。诗曰："蓝溪白石出，玉山红叶稀。山路元无雨，空翠湿人衣。'此摩诘之诗也。或曰：非也，好事者以补摩诘之遗。（《苕溪渔隐丛话·前集·王右丞》，又见《东坡题跋·书摩诘蓝田烟雨图》，第二句"玉山"作"玉川"）

惠洪曰：吾弟超然喜论诗，其为人纯至有风味，尝曰："……王维摩诘《山中》诗曰：'溪清白石出，天寒红叶稀。山路元无雨，空翠湿人衣。'舒王《百家夜休》（王安石文集作《离升州作二首》之一，是）曰：'相看不忍发，惨澹暮潮平。欲别更携手，月明洲渚生。'此皆得于天趣。"（《冷斋夜话》卷四）

周珽曰：尝观《冷斋》云："摩诘《山中》诗得天趣。"问何以识其天趣，曰：能知萧何所以识韩信，则天趣可解。余谓辋川诸诗皆得天趣，兼

有禅机。(《删补唐诗选脉笺释会通评林·盛五绝》)

富寿荪曰:"山路"二句,与张旭《山中留客》"纵使晴明无雨色,入云深处亦沾衣"相似,皆善状深山幽景。张诗摇曳生姿,唱叹有情;此诗空灵超妙,神韵绝胜。(《千首唐人绝句》)

这首小诗描绘初冬时节蓝田山中景色。

首句写山中溪水。荆溪本名长水,又称荆谷水,源出陕西蓝田县西南秦岭山中,北流至长安东北入灞水。这里写的大概是穿行在山中的上游一段。山路往往傍着溪流,山行时很容易首先注意到蜿蜒曲折、似乎与人做伴的清溪。入冬天寒水浅,山溪变成涓涓细流,露出磷磷白石,显得特别清浅可爱。由于抓住了冬寒时山溪的主要特征,读者不但可以想见它清澄莹澈的颜色,蜿蜒穿行的形状,甚至仿佛可以听到它潺潺流淌的声响。

次句写山中红叶。绚烂的霜叶红树,本是秋山的特点。入冬天寒,红叶变得稀少了;这原是不大引人注目的景色。但对王维这样一位对大自然的色彩有特殊敏感的诗人兼画家来说,在一片浓翠的山色背景上(这从下两句可以看出),这里那里点缀着的几片红叶,有时反倒更为显眼。它们或许会引起诗人对刚刚逝去的绚烂秋色的遐想呢。所以,这里的"红叶稀",并不给人以萧瑟、凋零之感,而是引起对美好事物的珍重和流连。

如果说前两句所描绘的是山中景色的某一两个局部,那么后两句所展示的则是它的全貌。尽管冬令天寒,但整个秦岭山中,仍是苍松翠柏,蓊郁青葱,山路就穿行在无边的浓翠之中。苍翠的山色本身是空明的,不像有形的物体那样可以触摸得到,所以说"空翠"。"空翠"自然不会"湿衣",但它是那样的浓,浓得几乎可以溢出翠色的水分,浓得几乎使整个空气里都充满了翠色的分子,人行空翠之中,就像被笼罩在一片翠雾之中,整个身心都受到它的浸染、滋润,而微微感觉到一种细雨湿衣似的凉意,所以尽管"山路元无雨",却自然感到"空翠湿人衣"了。这是视觉、触觉、感觉的复杂作用所产生的一种似幻似真的感受,一种心灵上的快感。"空"字和"湿"字的矛盾,也就在这种心灵上的快感中统一起来了。

张旭的《山中留客》说:"纵使晴明无雨色,入云深处亦沾衣。""沾衣"是实写,展示了云封雾锁的深山另一种美的境界;王维这首《山中》的"湿

唐诗选注评鉴(一)

衣"却是幻觉和错觉，抒写了浓翠的山色给人的诗意感受。同样写山中景物，同样写到了沾衣，却同工异曲，各臻其妙。真正的艺术是永远不会重复的。

这幅由白石磷磷的小溪、鲜艳的红叶和无边的浓翠所组成的山中冬景，色泽斑斓鲜明，富于诗情画意，毫无萧瑟枯寂的情调。和作者某些专写静谧境界而不免带有清冷虚无色彩的小诗比较，这一首所流露的感情与美学趣味都似乎要更明朗健康一些。

王维

田园乐七首（其六）〔一〕

桃红复含宿雨〔二〕，柳绿更带春烟〔三〕。
花落家童未扫，莺啼山客犹眠〔四〕。

校注

〔一〕《田园乐七首》，系王维闲居辋川期间的六绝组诗。具体写作年代不详。本篇一作皇甫冉诗，题为《闲居》。按：《万首唐人绝句》卷二十六、《唐诗品汇》卷四十五均作王维诗。《苕溪渔隐丛话·后集》卷九胡氏亦云："'桃红复含宿雨……'每哦此句，令人坐想辋川春日之胜，此老傲睨闲适于其间也。"显属王作无疑。宋蜀刻本于《田园乐七首》题下有注云："六言走笔立成。"

〔二〕宿，《万首唐人绝句》作"夜"。宿雨，夜来之雨。

〔三〕春，《全唐诗》作"朝"，据宋蜀刻本改。

〔四〕山客，诗人自指。时居辋川山中，故称。

463

笺评

胡仔曰："桃红复含宿雨，柳绿更带朝烟。花落家童未扫，莺啼山客犹眠。"每哦此句，令人坐想辋川春日之胜，此老傲睨闲适于其间也。（《苕溪渔隐丛话·后集》卷九王右丞）

黄昇曰：六言绝句，如王摩诘"桃红复含夜雨"及王荆公"杨柳鸣蜩绿暗"二诗，最为警绝，后难继者。近世惟杨诚斋《醉归》一章："月在荔枝梢上，人行豆蔻花间。但觉胸吞碧海，不知身落南蛮。"雄健富丽，殆将及之。（《诗人玉屑》卷十九引《玉林诗话》）

方回曰：右丞有六言《田园乐七首》。"花落家童未扫，莺啼山客犹眠。"举世称叹。（《瀛奎律髓》卷二十三）

唐汝询曰：上联状景之佳，下联写居之逸。（《唐诗解》卷二十四）

周珽曰：上联景媚居亦媚，下联居逸趣亦逸。（《删补唐诗选脉笺释会通评林·盛五绝》附六绝）

顾璘曰：首首如画。（《王孟诗评》引）

张谦宜曰：何尝不风流，只是浑含。（《絸斋诗谈》卷五）

潘德舆曰：或问六言诗法，予曰：王右丞"花落家童未扫，莺啼山客犹眠"，康伯可"啼鸟一声村晚，落花满地人归"，此六言之式也。必如此自在谐协方妙。若稍有安排，只是减字七言绝耳，不如无作也。（《养一斋诗话》卷五）

这首六言绝句所写的景物，如红桃、绿柳、落花、啼莺、夜雨、春烟，都是春天最常见的，但经诗人的构图设色，着意渲染，却将它们组成一幅色彩鲜丽、格调明快，充满生意活力的春朝景物画。尤为高妙的是，诗人不仅将平常的景物写得很美，而且化美为媚，使笔下的景物充满诱惑力。而在化美为媚的同时，又创造出一种闲逸的意境，从而使它别具一种令人陶醉流连的韵味。

起联写桃红、柳绿，本属寻常春景，但在它们之后缀以"复含宿雨""更带春烟"，诗的情味韵致立时变得非常浓郁。经过一夜春雨的滋润，原本红艳的桃花含着雨珠露滴，显得分外鲜丽娇艳；而丝丝绿柳，带着春晨的薄雾轻烟，更显得轻盈袅娜。这正是所谓"化美为媚"，使景物平添了生动的意态和诱人的风姿。在这里，不但"宿雨""春烟"的意象对"桃红""柳绿"起着重要的映衬烘托作用，而且，动词"含""带"，虚词"复""更"也同样有着不可忽视的作用。"含"字见桃花之红艳湿润、娇艳欲滴的意态，"带"字见柳枝烟笼雾绕、轻盈袅娜的风姿。而"复""更"二字，不但具有连接两句的递进作用，而且传达出诗人目接上述景象时那种赏心悦目的强烈感受。但诗人写来却似信笔而成，不见丝毫着力的痕迹。

由于有"宿雨"，"花落"自所难免。但"花落家童未扫"所传达出的却丝毫没有"落花风雨更伤春"的意绪，而是一种闲逸自在的意态。家童的职责之一是扫除庭院，但这位家童却迟迟"未扫"。何故"花落"而"未扫"？是因为怕惊醒了主人（山客）的清梦？还是因为这落英缤纷的情景另有一番情致，留而待主人起后清赏？甚至这位家童此刻也和主人一样，仍沉酣于春晨的梦境？诗中没有明言，也不必明言。可以作多种解释的诗句，正说明诗的内涵的丰富性。但我个人更倾向于后一种可能性。童仆是主人的影子，长期受主人的雅致逸兴的熏染，家童也变得有些雅趣，有些脱俗了。这正是有其主必有其仆，写"花落家童未扫"，正是为了托出"莺啼山客犹眠"。说"山客"而不说"主人"，是为了突出其隐逸高士的身份。第二句写到柳绿，"柳密正藏莺"，所以这里写到"莺啼"。清晨空气新鲜，又是雨后新晴，正是黄莺鸣啭得最欢快的时刻，然而室内的这位"山客"竟然连莺啼也不能唤醒，仍然沉酣高卧。孟浩然《春晓》中的诗人，虽然"春眠不觉晓"，但毕竟被处处的啼鸟声唤醒了。但王维此诗中的"山客"却似乎充耳不闻这春晨美妙的莺啼声。这里所描绘的倒并非是"山客"的慵懒，而是一份安恬闲逸的情致，一种随缘自适、无所用心的生活态度，一种自在洒脱、无所拘束的风神意态。如果说孟浩然的《春晓》是诗人春晨醒来后尽情享受窗外的大好春光，那么王维这首诗则是在安恬的梦境中享受美好的桃红柳绿、花落莺啼的大好春光了。在如此美好的春色中沉眠，不更是一种绝妙的美好境界吗？

六言绝句，由于每句三顿，天然趋于骈偶。这种对起对结的格式，很容易写得缺乏余韵。王维此首却写出了"山客"的风神意态之美，从而使读者于悦目赏心的春晨鲜丽景色之外，领略生活其中的诗人的风神之美，显得别饶隽永的情味。

少年行四首（其一）〔一〕

新丰美酒斗十千〔二〕，咸阳游侠多少年〔三〕。
相逢意气为君饮〔四〕，系马高楼垂柳边。

〔一〕《乐府诗集》卷六十六《杂曲歌辞六》有《结客少年场行》，题下引《乐府解题》曰：《结客少年场行》，言轻生重义，慷慨以立功名也。其后载李白、王维、王昌龄等人之《少年行》，亦均为咏少年游侠的乐府诗。王作原题共四首，此为第一首。诗大约为王维青年时代的作品，具体写作年代不详。

〔二〕新丰，汉初置新丰县，以安置刘邦故乡丰邑迁来的住户。故址在今陕西西安市临潼区西北新丰镇。南朝时丹徒县新丰镇产美酒，梁武帝《登江州百花亭怀荆楚》诗"试酌新丰酒，遥劝阳台人"之"新丰酒"即指此。《旧唐书·马周传》载马周初游长安，宿新丰客舍，受店主慢待，周遂命酒自酌。后遂将丹徒新丰美酒误指为长安东临潼新丰美酒。王维此诗，以"新丰"与"咸阳"（借指长安）对举，所指新丰已是临潼新丰。钱大昕《十驾斋养新录·新丰》："丹徒县有新丰镇。陆游《入蜀记》：'六月十六日，早发云阳，过夹冈，过新丰，小憩。'李白诗云：'南国新丰市，东山小妓歌。'又唐人诗云：'再入新丰市，犹闻旧酒香。'皆谓此，非长安之新丰也。"可参。斗，盛酒容器。杜甫《逼侧行赠毕四曜》："速宜相就饮一斗，恰有三百青铜钱。"斗酒三百钱，是安史乱中长安酒价。此云"斗十千"，系三百钱的三十余倍，虽或有所夸张，亦可见美酒价钱之贵。至晚唐李商隐《风雨》则云"心断新丰酒，销愁斗几千"，亦可与王诗参证。"斗十千"之语出自曹植《名都篇》："美酒斗十千。"可见其来有自。

〔三〕咸阳，本秦之都城，唐人诗中常借指长安。多，《万首唐人绝句》作"皆"。

〔四〕意气，《万首唐人绝句》作"气味"。意气，志向气概。南朝宋袁淑《效曹子建白马篇》："意气深自负，肯事郡邑权？"此泛指少年游侠的精神气概。君，指对方。

钟惺曰："相逢意气为君饮"，此"意气"二字虚用得妙。（《唐诗归》卷九）

唐汝询曰：侠子之游，惟酒自务，意气相洽，即系马而饮，不问其识

与不识矣。此少年之豪也。（《唐诗解》卷二十六）

陆时雍曰：末句意气。（《唐诗镜》卷十）

黄家鼎曰：说得侠士壮怀，凛凛有生气。（《删补唐诗选脉笺释会通评林·盛七绝上》引）

蒋一葵曰：少年场中语。太白"纵死侠骨香，不惭世上英"，正与此同。（同上引）

王尧衢曰："新丰美酒斗十千"，"美酒斗十千"，言一斗费万钱也。此句伏下"为君饮"之本。"咸阳游侠多少年。"咸阳，即长安也。立气势，作威福，结私交者，谓之游侠。"相逢意气为君饮"，少年与少年，游侠与游侠，意气相得者也。如相逢时，不问识熟，只论意气。君欲我饮乎？我为君饮，所恃者意气也。"系马高楼垂柳边。"此即酒楼也。系马柳边以待饮，与鸣鞭过酒肆者远矣。（《古唐诗合解》卷五）

黄叔灿曰：少年游侠，意气相倾，绝无鄙琐踟蹰之态。情景如画。（《唐诗笺注》）

黄培芳曰：豪侠凌厉之气，了不可折。（《唐贤三昧集》评）

刘拜山曰：以邂逅相逢，即系马痛饮，烘染出游侠意气，末句看似不着力，实乃传神空际之笔。（《千首唐人绝句》）

《少年行》是王维的七绝组诗，共四首，分咏长安少年游侠高楼纵饮的豪兴、轻生报国的壮怀、勇猛杀敌的气概和功成无赏的遭遇。各首均可独立，合起来又是一个整体，好像人物故事相互衔接的四扇画屏。

第一首写的是少年游侠的日常生活。要从日常生活的描写中显示出少年游侠的精神风貌，选材颇费踟蹰。绝句篇幅短小，不可能展开铺叙。诗人精心选择了高楼纵饮这一典型场景作集中描写。游侠重意气，重然诺，而这种群体性格又总是和"使酒"密不可分。所谓"三杯吐然诺，五岳倒为轻"，把饮酒的场景写活，少年游侠的精神风貌也就跃然纸上了。

前两句分写"新丰美酒"和"少年游侠"。二者本不一定相关。这里用对举的方式来写，却给人这样的感觉：京华地区，著称于世的人物虽多，却只有少年游侠堪称人中之杰，新丰美酒堪称酒中之冠。而这二者，又像"快马须健儿，健儿须快马"那样，存在密不可分、相得益彰的关系。新丰美酒,似乎天生就为少年游侠增色添彩而设;少年游侠,没有新丰美酒也显不出他们的豪纵风流。犹今日所谓"专用酒"。第一句把酒写得很足,第二句写侠少,只须从容承接、轻轻一点,少年游侠的豪纵不羁之气,挥金如土之概都可想见。同时,这两句一张一弛的节奏、语调,还构成了一种特有的轻爽流利的风调。吟诵之余,少年游侠顾盼自如、风流自赏的神情也就宛然在目了。

前两句分写了新丰美酒和少年游侠,第三句"相逢意气为君饮"将二者联结在一起。"意气"一词,在写游侠的诗中出现的频率很高,包含的内容也很丰富,举凡轻生报国的壮烈情怀、重义疏财的侠义性格、豪纵不羁的精神风貌、使酒任性的生活作风等,都是侠少的共同特点,也都可以包含在这似乎无所不包的"意气"之中。而这一切,对于侠少们来说,无须经过长期交往,只要相逢片刻,攀谈数语,就可以彼此倾心,一见如故,相逢恨晚。这就是所谓"相逢意气"。路逢知己,彼此都感到要为对方干上一杯,所以说"为君饮"。这三个字宛然出自侠少之口。不过是平常的相逢论交,在诗人笔下,被描绘得多么有声有色,多么富于动作性、戏剧性!

"系马高楼垂柳边",这是全诗中最生动精彩而富于含蕴的一笔。本来就要借痛饮新丰美酒写少年豪侠的意气豪兴,上句又正面点出了"为君饮",箭在弦上,落句似乎必然要正面写宴饮场景,然而诗人的笔却只写到酒楼前就戛然而止。"三杯吐然诺,五岳倒为轻。眼花耳热后,意气素霓生"等情景统统留到幕后。这样侧面虚写比正面实写宴饮场景要有诗意得多,含蕴丰富得多。诗人的意图,看来是要写出一种侠少特有的富于诗意的生活情调、精神风貌。而这,不是靠描摹宴饮场面就能达到的,而且在这只剩七个字的篇幅中,也根本无法展开正面描写。侧面烘染、虚处传神,末句所用的正是这种艺术手段。这一句是由骏马、高楼、垂柳组成的一幅画面。马是侠客不可分的伴侣,写马,正所以衬托侠少的英武豪迈。高楼,则正是在繁华街市上那座备有新丰美酒的华美酒楼。而高楼旁的垂柳,则与之相映成趣,它点缀了酒楼风光,使之在华美、热闹中显出雅致、飘逸,不流于市井的鄙俗;也衬托了侠少的倜傥风流,令人宛见少年游侠白马金鞍,联翩而至,在谈笑风生中系马垂柳,步入酒楼的情景。而这一切,又都是为了创造一种富于浪漫气息的生活情调,为突出侠少的精神风貌服务。

同样是写少年游侠,高适的"未知肝胆向谁是,令人却忆平原君"(《邯郸少年行》),就显然渗透了诗人自己沉沦不遇的深沉感慨;而王维笔下的少年游侠，则具有相当浓厚的浪漫气息乃至理想化色彩。但这种理想化并不给人任何虚假之感，关键就在于诗中洋溢着浓郁的生活气息和诗人对这种生活的诗意感受。

九月九日忆山东兄弟〔一〕

王
维

独在异乡为异客，每逢佳节倍思亲〔二〕。
遥知兄弟登高处，遍插茱萸少一人〔三〕。

校注

〔一〕题下原注："时年十七。"九月九日，即重阳节。山东，指华山以东地区。战国、秦、汉时称崤山或华山以东地区为山东，亦有称太行山以东地区为山东者。此处"山东"指华山以东。王维祖籍太原，家居蒲州。作诗时正在长安求取功名，其时维之兄弟当仍居蒲州，故重阳佳节思念而作诗。诗作于开元五年（717）重阳节，时王维年十七。

〔二〕佳，宋蜀刻本、述古堂影抄本作"嘉"。

〔三〕茱萸，乔木名。《西京杂记》卷三："九月九日，佩茱萸，食蓬饵，饮菊华酒，令人长寿。"《太平御览》卷二十二引周处《风土记》："九月九日，律中无射而数九，俗于此日，以茱萸气烈成熟，尚此日，折茱萸房以插头，言辟恶气而御初寒。"茱萸的子房香气辛烈，俗以为重阳日插之可辟邪消灾。

笺评

胡仔曰：子美《九日蓝田崔氏庄》云："明年此会知谁健，醉把茱萸子细看。"王摩诘《九日忆山东兄弟》云："遥知兄弟登高处，遍插茱萸少一人。"朱放《九日与杨凝崔淑期登江上山有故不往》云："那得更将头上发，学他年少插茱萸？"此三人类各有感而作，用事则一，命意不同，后人用此为九日诗，自当随事分别用之，方得为善用故实也。（《苕溪渔隐丛话·后集》卷六）

469

顾璘曰：真意所发，切实故难。（《批点唐音》。又《王孟诗评》引顾曰："真意所发，忠厚霭然。"）

吴逸一曰：口角边说话，故能真得妙绝。若落冥搜，便不能如此自然。（《唐诗正声》）

蒋仲舒曰：在兄弟处想来，便远。（《唐诗广选》凌宏宪集评引）

叶羲昂曰：诗不深苦，情自霭然。叙得真率，不用雕琢。（《唐诗直解》）

唐汝询曰：已既思亲，亲亦念我。下联想象其情，"少一人"者，已不在也。按摩诘作此，时年十七，词义之美，虽《陟岵》不能加。史以孝友称维，不虚哉！（《唐诗解》卷二十六）

钟惺曰：读不得。（《唐诗归》卷九）

周敬曰：自有一种至情，言外可想。（《删补唐诗选脉笺释会通评林·盛七绝上》）

徐充曰："倍"字佳，"少一人"正应"独"字。（同上引）

周珽曰：谓己为客他乡，不得在亲傍同享登高之乐。已既思亲，亲亦爱我。词义之美，虽《陟岵》不能加。（同上）

至天隐曰：旧史称维闺门友弟，事母孝，观此信矣。敖子发尝曰：陈简斋《九日》诗："忆昨甲辰重九日，天恩曾预宴城东。龙沙北望西风冷，谁折黄花寿两宫？"合而观之，一则感时思亲，一则感时伤君，忠厚恻怛，皆可讽也。（同上引）

徐增曰：前说思亲，后说兄弟思我。闻维作此诗时，年始十七，真是夙慧，尤见至性。读此诗而不下泪者，其人不孝友……每逢佳节，不但我倍思亲，而兄弟亦倍思我。此是佛转法轮法，非精于佛乘不能也。（《而庵说唐诗》卷十一）

王尧衢曰："独在异乡为异客。"此以作客说起"独"字，便见得离却父母兄弟矣。"每逢佳节倍思亲。"每逢佳节，见不止九日也，非逢佳节亦尝思亲，至佳节更添一倍。欲说思兄弟，先说思亲。父母，更切于兄弟也。"遥知兄弟登高处。"身在异乡，故曰"遥知"。因客中九日而想兄弟登高之处，且因兄弟登高而转忆兄弟之念我也。"遍插茱萸少一人。"此写兄弟念己也。九日必插茱萸，当年在家与兄弟一同登高，茱萸原有个数。今日我在异乡，兄弟插萸，却多出一枝茱萸，方知少一个人在家也。我倍思亲，兄弟亦倍思我，而我安得不思兄弟哉！（《古唐诗合解》卷五）

王谦曰：圣叹曾言，唐人作诗每用"遥"字，如"遥知远林际""遥知兄弟登高处"，皆用倩女离魂法也，极有远致。（《碛砂唐诗纂释》）

黄培芳曰："异客"字在后人用之，则以为生。又曰：《陟岵》之思，谁谓唐人不近《三百篇》耶？（《重订唐诗别裁集》卷十九）

吴瑞荣曰：右丞七绝，飘逸处如释仙仗履，古藻处如轩昊衣冠，其所养者深矣。（《唐诗笺要》）

宋宗元曰：至情流露，岂是寻常流连光景者。（《网师园唐诗笺》）

李锳曰：不言如何忆兄弟，而但言兄弟之忆己。沈归愚谓即《陟岵》诗意，可见祖述《三百篇》不在摹其词。（《诗法易简录》）

顾可久曰：情至意新。（转引自陈铁民《王维集校注》）

孙洙曰：孝友之思，蔼然言外。（《唐诗三百首》卷五）

刘宏煦、李德举曰：从对面说来，己之情自已（？），此避实击虚法。又曰：起二语拙，直是童年之作。（《唐诗真趣编》）

朱宝莹曰：三、四句与白居易"共看明月应垂泪，一夜乡心五处同"，意境相似。（《诗式》）

俞陛云曰：杜少陵诗"忆弟看云白日眠"，白乐天"一夜乡心五处同"，皆寄怀群季之作。此诗尤万口流传。诗到真切动人处，一字不可移易。（《诗境浅说》续编）

刘拜山曰：写兄弟登高相忆，情景历历如绘。而此情景又出自我之独自凝想，则我思兄弟之深，不必再着一言，已加倍写出，此透过一层写法也。（《千首唐人绝句》）

鉴赏

王维是一位早慧的诗人，少年时期就创作了一些优秀作品。这首写于十七岁时的小诗，和他后来那些富于画意、构图设色非常讲究的山水诗不同，写得非常朴素。但千余年来，人们在作客他乡的情况下读这首诗，却都强烈地感受到了它的艺术力量。这种艺术力量，首先来自它的真朴、深厚和高度的艺术概括。

王维十五岁时离家赴长安，谋求功名。写这首诗时，他在长安已经生活了两年。繁华的帝都对当时的年轻士子虽有很大吸引力，但对一个少年离乡的游子来说，毕竟是举目无亲的"异乡"；而且越是繁华热闹的帝都，就越

王维

471

显得孤子无亲。首句用了一个"独"字，两个"异"字，分量下得很足。对故乡亲人的思念，对自己孤子处境的感受，都浓缩在这劈头提起的"独"字里面。"异乡为异客"，不过说他乡作客，但两个"异"字叠加造成的艺术效果，却比一般地叙说他乡作客要强烈得多。在自然经济占主要地位的封建时代，不同地域之间的风土、人情、语言、生活习惯差异很大，离开多年生活的故乡到"异乡"去，会感到一切都陌生、不习惯，感到自己是漂浮在异地的一棵浮萍，根本无法融入当地的生活。这正是"异客"这个似乎生造的词语所传达出的那种陌生感、孤独感、无依感和格格不入、漂荡无着感。故虽貌似朴拙而实含蕴丰富。作客他乡者的思乡怀亲之情，在平日自然也是存在的，不过有时不一定显露而强烈，但一旦遇到某种触媒——最常见的就是佳节——就很容易由隐而显，形成强烈的爆发，甚至一发而不可抑止。这就是所谓"每逢佳节倍思亲"。在农耕经济生活和宗法制度基础上形成的中国传统节日，诸如元宵、清明（包括稍前的寒食）、端午、中秋、重阳、除夕，大都是家人团聚的日子，或与纪念亲人有关，而且往往与对家乡风物的许多美好记忆联系在一起，因此"每逢佳节倍思亲"便是十分自然的了。这种体验，可以说人人都有，但在王维之前，却没有任何诗人用这样朴素无华而又高度概括的诗句成功地表现过。而一经诗人道出，它就成了最能集中表现客中思亲感情的格言式警句。它之所以具有极大的普遍性和典型性，正是由于它蕴含了华夏民族长期积淀的风俗习惯和民族心理。

前两句，可以说是艺术创作中的"直接法"，几乎不经任何迂回，而是一上来就直插核心，迅即形成高潮，出现警句。但这种写法往往使后两句难以为继，造成后劲不足。这首诗的后两句，如果顺着"佳节倍思亲"作直线式的延伸，就不免画蛇添足；转出新意，再形成新的高潮，也很难办到。诗人撇开自己眼下的情况，承"思亲"二字，以"遥知"二字领起，转从对面（自己所思念的兄弟）着笔，而遥想的内容，则紧扣重阳登高佩茱萸囊、插茱萸枝的习俗。但如果只是直接叙说此时兄弟如何一起登高佩茱萸而自己独在异乡，不能参与，虽也写出了佳节思亲之情，就会显得平直，缺乏新意与深情。诗人遥想的却是：远在故乡的兄弟们重阳节登高时身上都佩上了茱萸，却发现少了一位兄弟——自己不在内。好像遗憾的不是自己未能和故乡的兄弟共度佳节，反倒是兄弟们因为"少一人"而未能充分享受佳节团聚的快乐；似乎自己独在异乡为异客的处境并不值得诉说，反倒是兄弟们的缺憾更须体贴。这就曲折有致，出乎常情。而这种出乎常情之处，正是它的深厚处、新警处。不过，就年轻诗人本身来说，无论是前两句的直抒"佳节倍思亲"的体验，还是后两句的遥想兄弟重阳登高的情景，都未必是有意运用某种艺术手法，他只是如实地将此时自己的感受与联想和盘托出。就连许多评家一再提到的《陟岵》之意，在写诗时也未必想到和刻意模仿。可以说，此诗纯粹是至情至性的自然流露。还是黄培芳所说的"人人胸中自有《三百篇》"比较符合实际。诗人的这份至情至性，在他日后的《送元二使安西》《送沈子福归江东》等诗中有更出色的表现。

送元二使安西〔一〕

渭城朝雨浥轻尘〔二〕，客舍青青柳色新〔三〕。
劝君更尽一杯酒，西出阳关无故人〔四〕。

校注

〔一〕《全唐诗》从《乐府诗集》题作《渭城曲》。郭茂倩于《乐府诗集》卷八十王维《渭城曲》题下云："《渭城》一曰《阳关》，王维之所作也，本送人使安西诗，后遂被于歌。刘禹锡《与歌者》诗云：'旧人唯有何戡在，更与殷勤唱《渭城》。白居易《对酒》：'相逢且莫推辞醉，听唱《阳关》第四声。'《阳关》第四声，即'劝君更进一杯酒，西出阳关无故人'也。《渭城》《阳关》之名，盖因辞云。"据此可知，《渭城曲》系《送元二使安西》诗入乐后之题。集本均作《送元二使安西》，今从之。诗当作于安史之乱以前，具体写作年代不详。元二，名未详。《诗人玉屑》题作《赠别》，亦显非原题。安西，指安西都护府的所在地。唐睿宗景云元年（710），以安西都护兼四镇经略大使。至开元六年（718）始用节度之号，辖龟兹、焉耆、于阗、疏勒四镇，治龟兹城（今新疆库车）。

〔二〕渭城，秦都咸阳，汉改咸阳为新城县，寻又改为渭城县，唐时为京兆府咸阳县辖地，故址在今陕西咸阳市东北。唐时送人西去，常在此作别。李商隐《赴职梓潼留别韩瞻员外同年》："京华庸蜀三千里，送到咸阳见夕阳。"商隐赴蜀东川梓州，韩瞻送至咸阳（即渭城）。浥，濡湿。

〔三〕青青，宋蜀刻本、述古堂影抄本注："一作依依。"柳色新，《全唐诗》原作"杨柳春",校:"一作柳色新。"兹据改。新,宋蜀刻本、《万首唐人绝句》及《乐府诗集》均作"春"。

〔四〕阳关,西汉时所置,因位于玉门关之南,故称阳关,为通往西域天山南、北路的门户。故址在今甘肃敦煌市西南古董滩附近。

苏轼曰:旧传《阳关》三叠,今歌者每句再叠而已,若通一首又是四叠,皆非是。每句三唱以应三叠,则丛然无复节奏。有文勋者,得古本《阳关》,每句皆再唱,而第一句不叠,乃知唐本三叠如此。乐天诗云:"相逢且莫推辞醉,听唱《阳关》第四声。"第四声者,"劝君更尽一杯酒"也。以此验之,若第一句再叠,则此句为第五声,今为第四声,则第一句不叠审矣。(《仇池笔记·阳关三叠》)

苏辙曰:百年摩诘《阳关》语,三叠嘉荣意外声。谁遣伯时开缣素,消条边思坐中生。西出阳关万里行,弯弓走马自忘生。不堪未别一杯酒,长听佳人泣《渭城》。(《李公麟阳关二绝》)

张舜民曰:古人送行赠以言,李君送人兼以画。自写《阳关》万里情,奉送安西从辟者……长安陌上多豪侠,正值春风三二月。分明朝雨浥轻尘,客舍青青柳色新。主人举杯苦劝客,道是西征无故人。殷勤一曲歌者阕,歌者背泪沾罗巾……(《京兆安汾叟赴辟临洮幕府南舒李君自画阳关图并诗以送行浮休居士为继其后》)

魏庆之曰:折腰体。谓中失粘而意不断。(《诗人玉屑》卷二)

刘辰翁曰:更万首绝句,亦无复近,古今第一矣。又曰:此即《阳关三叠》词也,意味悠长。(《王孟诗评》)

李东阳曰:作诗不可以意徇辞,而须以辞达意。辞能达意,可歌可咏,则可以传。王摩诘"阳关无故人"之句,盛唐以前所未道。此辞一出,一时传诵不足,至为三叠歌之。后之咏别者,千言万语,殆不能出其意之外。必如是方可谓之达耳。(《麓堂诗话》)

桂天祥曰:《阳关三叠》唐人以为送行之曲,虽歌调已亡,而音节自尔悲畅。(《批点唐诗正声》)

敖英曰:唐人别诗,此为绝唱。(《唐诗绝句类选》)

胡应麟曰:"数声风笛离亭晚,君向潇湘我向秦""日暮酒醒人已远,满天风雨下西楼"，岂不一唱三叹，而气韵衰飒殊甚。"渭城朝雨"自是口语，而千载如新。此论盛唐、晚唐三昧。（《诗薮·内编·近体下·绝句》）

吴逸一曰：语由信笔，千古擅长，既谢光芒，兼空追琢。太白、少伯，何遽胜之。（《唐诗正声》评）

陆深曰：王摩诘"渭城朝雨"之诗，谓之《阳关三叠》，相传已久。而歌叠不传。或曰凡三歌之。恐或不然。或曰：首歌全句，次歌五字，又次歌尾三字，句凡三歌，谓之三叠，亦未必其果然否也？（《诗话》）

唐汝询曰：朝雨洗尘，柳堪折矣。杯酒易竭，故人难逢，能不强饮耶？唐人饯别之诗以亿计，独《阳关》擅名，非谓其真切有情乎？凿混沌者皆下风也。（《唐诗解》卷二十六）又曰：信手拈出，乃为送别绝唱，作意者正不能佳。（《删补唐诗选脉笺释会通评林·盛七绝上》引）

陆时雍曰：语老情深，遂为千古绝调。如岑参《送殷寅》："清淮无底绿江深，宿处津亭枫树林。驷马欲辞丞相府，一樽须尽故人心。"同此一意，相去远矣。故诗以老练为佳。（《唐诗镜》卷十）

顾璘曰：后人所谓《阳关三叠》，名不虚传。（《删补唐诗选脉笺释会通评林·盛七绝上》引）

王昌会曰：末句盛唐以来所未道，后人千言万语，岂能出其意外？（同上引。按：此袭李东阳语）

蒋一梅曰：片言之悲，令人魂断。（同上引）

周珽曰：敖子发云："渭城客舍，别之地也；朝雨柳色，别之景也；末二句，别之情也。"按阳关在中国之外，安西又在阳关之外，行役之远，莫过于此。故谓西出阳关，乃蛮夷之域，必无故人，求今日饮酒叙别，不可复得，安能不劝尽一杯耶？夫唐人饯别诗以亿万计，独《阳关》擅名，非为其真切有情乎？（同上。按"夫唐人"数语袭唐汝询语）

顾可久曰：惜别意悠长不露。（《唐王右丞诗集注说》）

邢昉曰：风韵超凡，声情刺骨，自尔百代如新，更无继者。（《唐风定》）

徐增曰：此诗之妙，只有一个真，真则能动人。后维偶于路旁，闻人唱此诗，为之下泪，后人送行多唱此，谓之《阳关三叠》。（《而庵说唐诗》卷十一）

黄生曰：先点别景，次写别情，唐人绝句多如此。毕竟以此首为第一，惟其气度从容，风味隽永，诸作无出其右故也。失粘须将一二倒过，然毕

王维

475

竟移动不得，由作者一时天机凑泊，宁可失粘而语势不可倒转，此古人神境，未易到也。（《唐诗摘抄》卷四）

钱良择曰：刘梦得诗云"更与殷勤唱《渭城》"，白居易诗云"听唱《阳关》第四声"，皆谓此曲也。相传其调最高，倚歌者笛为之裂。（《唐音审体》）

王尧衢曰："渭城朝雨浥轻尘。"渭城在咸阳东北，故杜邮也。在渭城送行，先写其地。朝雨昼晴，雨后则尘沙净浥，而地复滋润，甚便于行路也。"客舍青青柳色新。"一宿谓之舍。柳色青新，正当春日，行兴甚佳。"劝君更尽一杯酒。"上二句言景物之可人，则元二便急要去，然故人送别，情在劝杯，若多尽得一杯，尚有一刻之相叙。故于酒极酩酊之后，而劝其更尽一杯，以酩酊故须劝，不然，元二宁必待劝哉！"西出阳关无故人。"此正劝之之意。阳关外如有故人，君可不尽此一杯；如无故人在，则此故人之一杯酒，安可以不尽？情真语切，所以遂成千古绝调。（《古唐诗合解》卷五）

何焯曰：首句藏行尘，次句藏折柳，两面皆画出，妙不露骨。从休文"莫言一杯酒，明日难重持"变来。（《笺注唐贤绝句三体诗法》）

焦袁熹曰：古今绝调。"渭城朝雨浥轻尘"下面决不是遇着个高僧，遇着个处士，此钩魂摄魄之说。第三、第四句不可连读。落句冷水一浇，却只是冲口道出，不费寻思。（《此木轩论诗汇编》）

袁枚曰：折"柳"相赠，出"关"而"故人"难逢，能不强饮耶？第三句失粘，又名折腰体，此二首第三句与第四句点题。（《诗学全书》卷一）

黄培芳曰：《阳关三叠》，古今艳称音节最高者。又按：三叠谓度曲者叠第三句也。（《唐贤三昧集》卷上评）

沈德潜曰：阳关在中国外，安西更在阳关外。言阳关已无故人矣，况安西乎！此意须微参。（《重订唐诗别裁集》卷十九）

吴瑞荣曰：不作深语，声情沁骨。（《唐诗笺要》）

宋顾乐曰：送别诗要情味俱深，意境两尽，如此篇真杰作也。（《万首唐人绝句选》评）

赵翼曰：人人意中所有，却未有人道过，一经说出，便人人如其意之所欲出，而易于流播，遂足传当时而名后世。如李太白"今人不见古时月，今月曾经照古人"，王摩诘"劝君更尽一杯酒，西出阳关无故人"，至

今犹脍炙人口，皆是先得人心之所同然也。（《瓯北诗话》卷十一）

张谦宜曰：（"劝君"二句）凡情真以不说破为佳。（《絸斋诗谈》卷五）

王士禛曰：七言（绝）……昔李沧溟推"秦时明月汉时关"一首压卷，余以为未允。必求压卷，则王维之《渭城》、李白之《白帝》、王昌龄之"奉帚平明"、王之涣之"黄河远上"，其庶几乎！而终唐之世，绝句亦无出四章之右者矣。（《带经堂诗话》卷四删订类）

刘宏煦、李德举曰：只体贴友心，而伤别之情不言自喻。用笔曲折。刘仲肩曰：是故人亲厚话。（《唐诗真趣编》）

朱庭珍曰：王右丞"渭城朝雨"三绝句，俱盛传一时，熟于歌妓之口。此皆卓然可传之篇，不愧享大名于古今者也。（《筱园诗话》卷四）

这是一首送朋友去西北边疆的诗。安西，是唐中央政府为统辖西域四个军事重镇而设的安西都护府的简称，治所在龟兹城（今新疆库车）。这位姓元行二（名不详）的友人是奉朝廷的使命前往安西的。唐代从长安往西行，多在渭城送别。从诗中所写情形看，诗人当是头一天送元二至渭城，住在客舍，第二天清晨作别。

前两句写送别的时间、地点、环境气氛。清晨，渭城客舍，自东向西一直延伸、不见尽头的驿道。客舍周围、驿道两旁的柳树。这一切，都仿佛是极平常的眼前景，读来却风光如画，抒情气氛浓郁。"朝雨"在这里扮演了一个重要的角色。早晨的雨下得不长，刚刚润湿尘土就停了。从长安西去的大道上，平日车马交驰，尘土飞扬，而现在，朝雨乍停，天气晴朗，道路显得洁净、清爽。"浥轻尘"的"浥"字是湿润的意思，在这里用得很有分寸，显出这雨澄尘而不湿路，恰到好处，仿佛天从人意，特意为远行的人安排一条轻尘不扬的道路。客舍，本是羁旅者的伴侣；杨柳，更是离别的象征。选取这两件事物，自然有意关合送别，它们在通常情况下也常和羁愁别恨联结在一起而呈现出黯然销魂的情调。而今天，却因一场朝雨的洒洗而别具明朗清新的色调——"客舍青青柳色新"。平日路尘飞扬，路旁柳色不免笼罩着灰蒙蒙的尘雾，一场朝雨，才重新洗出它那青翠的本色，所以说"新"，又

王维
477

因柳色之"新",更映照出客舍之"青青"。总之,从清朗的天宇到洁净的道路,从青青的客舍到翠绿的杨柳,构成了一幅色调清新明朗的图景,为这场送别提供了典型的自然环境。这是一场情意深浓的离别,却不是黯然销魂的离别。相反地,倒是在景物描写中透出一种轻快而富于希望的情调。"轻尘""青青""新"等词语,声韵轻柔明快,加强了读者的这种感受。

绝句在篇幅上受到严格限制。这首诗的三、四两句,对如何设宴饯别、宴席上如何频频举杯、殷勤话别,以及启程时如何依依不舍,登程时如何瞩目遥望等送别时常有的场景,一概舍去,只剪取饯行宴席即将结束时主人的劝酒辞:再干了这一杯吧,出了阳关,可就再也见不到熟悉的老朋友了。诗人就像高明的摄影师,摄下了最能表现别情的镜头:宴席已经进行了相当长的一段时间,酿满别情的酒已经喝过多巡,殷勤告别的话语已经重复过多次,朋友启程的时刻终于不能不到来,主客双方的惜别之情在这一瞬间都达到了顶点。主人的这句似乎脱口而出的劝酒辞就是此刻强烈、深挚的惜别之情的集中表现。

三、四两句是一个整体。要深切理解这临行劝酒辞中所蕴含的深情和它所体现的时代感,就不能不涉及"西出阳关"。处于河西走廊尽西头的阳关,和它北面的玉门关相对,从汉代以来,一直是内地通向西域的要塞。唐代国势强盛,王维生活的开、天时代,内地与西域往来相当频繁。从军赴幕或奉命出使阳关之外,在盛唐人心目中是令人向往的壮举。王维诗集中,就有好几首送人赴西域出阳关的五律。《送刘司直赴安西》:"绝域阳关道,胡沙与塞尘。三春时有雁,万里少行人。苜蓿随天马,葡萄逐汉臣。当令外国惧,不敢觅和亲。"《送平淡然判官》:"不识阳关路,新从定远侯。黄云断春色,画角起边愁。瀚海经年到,交河出塞流。须令外国使,知饮月氏头。"可见"西出阳关",既是建功立业、宣扬国威的壮举,又须经历长途跋涉的艰辛和穷荒绝域的荒凉。在"西出阳关"的旅程中,友人的浓挚情谊便是寂寞中最好的鼓励与安慰。因此,这临行之际"劝君更尽"的"一杯酒",就像是浸透了送行者全部丰富深挚情谊的一杯浓郁的感情的琼浆。这里面,不仅有依依惜别的情谊,而且包含着对远行者处境、心境的深情体贴,包含着前路珍重的殷勤祝愿。对于送行的诗人自己来说,"劝君更尽一杯酒",不只是让朋友多带走自己的一份情谊,也是在有意无意之中延宕分手的时间,好让对方多留一刻。"西出阳关无故人"之感,又何尝只属于行者呢?临行依依,要说的话很多,但千头万绪,一时竟不知从何说起。这种场合,往往会出现无言相对的沉默。"劝君更尽一杯酒"，就是不自觉地打破这种沉默的方式，也是表达此刻丰富复杂感情的方式。诗人没有说出的比已经说出的要丰富得多。总之，三、四两句所剪取的虽是一刹那的情景，却是蕴含极为丰富的一刹那。

这首诗所描写的虽是具有鲜明时代感的离别，又是一种最具普遍性的离别。它没有特殊的背景，而自有深浓真挚的惜别之情。这就使它适合于在离筵别席普遍传唱，后来编入乐府，成为最流行、传唱最久的送别曲。

送沈子福归江东〔一〕

杨柳渡头行客稀，罟师荡桨向临圻〔二〕。
惟有相思似春色，江南江北送君归。

校注

〔一〕《全唐诗》题内无"福"字，据宋蜀刻本、述古堂影抄本、刘本等补。归，《万首唐人绝句》作"之"。江东，通常指长江下游自芜湖、南京以东的江南地区，因这一段长江呈现南北流向，故称"江东""江左""江外"。沈子福，生平不详，视题内"归"字，其家应在江南。

〔二〕罟师，指船夫。临圻（qí），《文选·谢灵运〈富春渚〉》："溯流触惊急，临圻阻参错。"李善注："《埤苍》曰：碕，曲岸头也。碕与圻同。"则"临圻"，指靠近对面的曲岸。但细味"向临圻"之语，"临圻"似是江对岸的具体地名，今不能详考。

笺评

钟惺曰：相送之情，随春色所至，何其浓至。末两句情中生景，幻甚。（《唐诗归》）又曰：别景寥落，情殊怅然。（《唐诗合选》卷七引钟评）

唐汝询曰：当无人之处而荡桨以行，落寞殆甚。独喜思如春色，从君所适而送之，差足慰耳。盖相思无不通之地，春色无不到之乡。想象及此，语亦神矣。（《唐诗解》卷二十六）

敖英曰：送别贵在写情浓至。此相送之情，随春色所至，何其浓至。（《删补唐诗选脉笺释会通评林·盛七绝上》）按：敖氏此评，当为其《唐诗绝句类选》中之评语，其文字似与上引钟惺之评相类。又，叶羲昂《唐诗直解》之评则全同钟评前条。

蒋一葵曰：别景寥落，情殊怅然。（同上引）按：此同钟惺评。

周敬曰：造出情致，自不落袭，非苦思何由得？（《删补唐诗选脉笺释会通评林·盛七绝上》）

周珽曰：别景落寞，别思悠远，造意自慰，抒尽离情。（同上）

顾可久曰：（首二句）别景寥落，情殊怅然。（末二句）相送之情，随春色所之，何其浓至清新。（顾刻本评）按：此评亦同钟惺之评。

黄培芳曰：乐府音节。（《唐贤三昧集》上黄评）

王尧衢曰："杨柳渡头行客稀。"春水渡头行人稀少。"罟师荡桨向临圻。"罟师，犹舟师也。圻与碕同，曲岸头也。放舟荡桨，随舟人所向，而寂寞殊甚也。"惟有相思似春色。""唯有"二字，从寂寞中转出。春色处处有，相思处处通，乃极相似耳。"江南江北送君归。"春色不限江南北，相思亦不限江南北，当随君所往而相送之，不令君叹愁寂也。送别，乃有此情深之语。（《古唐诗合解》卷五）

沈德潜曰：春光无所不到，送人之心犹春光也。（《重订唐诗别裁集》卷十九）

宋宗元曰：援拟人情，乐府神髓。（末二句下）（《网师园唐诗笺》）

马位曰：最爱王摩诘"惟有相思似春色，江南江北送君归"之句，一往情深。（《秋窗随笔》）

赵彦传曰：妙摄入"送"字，以行送且以神送。且到处相随，遂写得淋漓尽致。"春色"跟首句，衬垫渲染法。（《唐绝诗钞注略》）

优秀的诗人，即使采用同一体裁，歌咏相似的题材，抒写类似的情思，也总是能各出新意，独具机杼，而绝少雷同之弊。而在各具特色的篇章中又总是贯串着共同的艺术风格，将王维这首送别七绝和他那首著名的《送元二使安西》对照着来读，就会看到它们之间这种同中有异、异中寓同的关系。

首句"杨柳渡头"点送别之地，切题内"归江东"，逗下文"荡桨"与

"江南江北"。杨柳依依,不仅点明时令,点染渡头春色,而且关合双方的惜别之情。"行客稀",暗示双方在渡头盘桓流连已久,天色向晚,待渡的行人已经逐渐稀少,分手的时刻终于来到了。诗句中隐隐透出一种空寂的氛围和寂寞的情思。次句紧接着写友人乘船离去——"罟师荡桨向临圻。"罟师,原指渔人,此处指船工。临圻,当是渡头对岸的地名,也是沈子福"归江东"的江南第一站。"向"字点明友人由江北而江南的行程,也写出自己伫立渡头,目送朋友乘船逐渐远去,惜别之情也与船俱远的情景。三、四两句的意蕴已于此伏根。

此诗和《送元二使安西》一样,都从送别之地写起,而且都写到了关合别情的杨柳。前者对送别之地的景物只稍作点染,第二句即转入叙事,而叙事中又蕴含着别景、别情,目的是要由目送友人乘船远去引出"相思",由"杨柳"引出"春色"。但后者用两句细致地描绘典型的离别场景——朝雨初停的渭城清新明朗的景物,为三、四两句抒写深挚浓至而并不感伤低沉的别情蓄势。因此,两诗虽都从别地、别景起,但描写的详略与作用并不相同。但主要的不同处还在这两首诗的三、四两句在写法上的区别。

"惟有相思似春色,江南江北送君归。"目送朋友乘船南去之后,但见大江一派,隔断南北,相思之情因阻隔而更加强烈,萦绕牵引,不能自已。遥望大江南北,绿野千里,芳草萋萋,春色正浓。恍惚间遂觉自己的相思之情正如遍布江南江北的满眼春色,无涯无际,伴随着友人从江北一直送到他江南的故乡。这是一个即景而生的妙喻。它的好处不仅在于联想的新奇与自然,更在于内涵的丰富和情致的优美。春色与相思,一为自然界景物的色调,一为人的思绪感情,二者似不相干,但在诗人深情地遥送友人在江南江北弥漫的无边春色中归去的特定情景下,它们却无形中融成了一体。依依柳色,萋萋芳草,本就容易引起别情的联想。而它们的色——一片柔绿,又和相思的柔情所给予人的感觉有着微妙的联系;因此,在诗人的意念感觉中,自己的悠长相思之情在不知不觉中已经化为满眼春色,摇漾着一片柔绿从江北一直送到江南,送到对方的故乡。或者说,这一望无际的江南江北春色,像是被自己的相思之情染绿了。"惟有"二字,重笔勾勒,突出了身虽阻隔大江南北,心则紧紧相随,展现出类似传奇小说中"离魂"的境界。这个比喻,比中有兴(从眼前的春色联想到相思),比中有赋(对江南江北满眼春色的描写),不仅展示了相思之情的悠远深长,展现了江北江南的无边春色,而且使全诗充溢着春的色调、气息、活力。情感深挚而富于展望,意境广远

481

而明朗优美，没有丝毫的感伤气息。而且由于即景取譬，妙合天然，眼前景，口头语，又显得十分自然贴切，毫不着力。唐宋诗词中写别情相思而借景物抒情思或即景以取譬的名句，如李白"我寄愁心与明月，随风直到夜郎西"，牛希济"记得绿罗裙，处处怜芳草"，欧阳修的"离愁渐远渐无穷，迢迢不断如春水"，虽均各极其妙，但从物与我、景与情的融洽无间来说，似乎以王维的这一比喻更胜一筹。

《送元二使安西》的后幅是采用直接抒情的手法，从眼前的别筵遥想别后友人"西出阳关"的情景，以反跌当下的依依惜别之情；本篇后幅则即景取譬，从眼前的春色联想到无边的相思。虽然一言对方的"西出阳关无故人"，一言自己的"江南江北送君归"，但都突出表现了自己的深情厚谊，使对方在漫漫旅途中毫不寂寞。在别情的深挚浓至和语言的清新自然这方面，二者也完全一致。

储光羲

储光羲（约706—约763），润州延陵（今江苏丹阳）人。开元十二年
（724）与同郡丁仙芝同入太学为诸生。十四年登进士第，有诏中书试文章。
释褐任冯翊尉，历安宜、下邽、汜水尉。后官太祝。约二十一年辞官还乡。
二十八年，隐居于终南山。后迁监察御史，天宝九载（750）奉诏出使范阳。
安史乱起，于长安城陷后被叛军所俘，并迫受伪职。至德二载（757），自洛
阳脱逃，绕道归肃宗行在，系狱。两京收复后，论罪贬岭南。宝应元年
（762）五月，遇赦。约广德元年（763）卒于贬所。有集七十卷，至南宋时
已佚。光羲与王维、孟浩然、綦毋潜均有交往，为盛唐写田园诗较多的作
家。现存诗二百二十余首。《全唐诗》编其诗为四卷。

钓鱼湾

垂钓绿湾春，春深杏花乱〔一〕。
潭清疑水浅，荷动知鱼散。
日暮待情人〔二〕，维舟绿杨岸〔三〕。

校注

〔一〕杏花乱，形容杏花开得纷繁。

〔二〕情人，既可指感情深厚的友人，也可指恋人。前者如刘宋鲍照
《玩月城西门廨中》："回轩驻轻盖，留酌待情人。"后者如《子夜四时歌·秋
歌》："情人不还卧，冶游步明月。"此处当指前者。

〔三〕维，系。

笺评

顾璘曰：天趣自别。（《批点唐音》）
桂天祥曰：意象清远自足，正不在多寡。（《批点唐诗正声》）

唐汝询曰：此见无心于钓，借之以适情，故即景之幽，其乐自在。"待情人"者，候同志也。（《唐诗解》卷八）

吴山民曰：有逸兴。（《删补唐诗选脉笺释会通评林·盛五古二》引）

陆士钪曰：意象清远自足。（按：与桂天祥评同）（同上引）

王夫之曰：涟漪赴曲，晴色在眉。"日暮"二句忽入，自有条理。（《唐诗评选》卷二）

沈德潜曰："待情人"，候同志也，见钓者意不在鱼。（《重订唐诗别裁集》卷一）

鉴赏

《钓鱼湾》是《杂咏五首》之四，其他四首的题目是《石子松》《架檐藤》《池边鹤》《幽人居》，似是一组描写诗人隐居之所景物的组诗。钓鱼湾，当是幽居附近靠近河湾可供垂钓之所。五首诗均为五言六句的短篇五古。其他四首艺术上平平不足取，这一首却写得颇有情致韵味。

开头两句描绘钓鱼湾的美好春景。首句点题，兼点时令。"绿湾春"三字，造语新颖，显示出这一垂钓之地充满了春天的绿色，而诗人所钓者似乎也是一湾春色了。次句承"春"字，写河边春色之盛。时已春深，杏花开得十分繁盛。诗人用一"乱"字来形容杏花盛开时的纷繁，可谓传神写照之笔。不仅把盛开的杏花的形态写得生动逼真，而且将诗人面对纷繁的杏花时目眩神迷的神情也透露出来了。这"乱"字可与"红杏枝头春意闹"的"闹"字媲美，似生新却又极自然贴切。

三、四两句，写垂钓时所见潭上景物和诗人心理活动。潭水清澈见底，使人误以为潭水很浅，着一"疑"字，将诗人初以为水浅，后方悟其清深的心理过程透露出来。看到河边荷花微微晃动，揣知那下面的鱼儿正在游动散开。前者为静景，后者为动景；前者为误判，后者为确知；却都透露出诗人虽在垂钓，其注意力却并不在鱼上，而是在观照自然景物中得到一种怡然自得的乐趣。两句纯用白描，体物细致，描写真切。

结尾两句，却撇开垂钓，转出新境："日暮待情人，维舟绿杨岸。"原来，诗人在这充满春意的河湾垂钓，其意并不在得鱼，而是另有所待。在暮色苍茫中，诗人将钓舟系在岸边的绿杨上，在静静地等待着志同道合的友人的到来。这个结尾，既极具诗情画意，可以以之为题，绘成一幅诗意画，又含蓄隽永，有不尽的情味，能引发读者悠远的联想。在朴质少文的储光羲诗中，这首诗可算是别调。

江南曲四首（其三）〔一〕

日暮长江里，相邀归渡头。
落花如有意，来去逐船流。

注

〔一〕《江南曲》，乐府《相和歌辞》旧题。郭茂倩《乐府诗集》卷二十六载梁柳恽、沈约及唐代诗人《江南曲》二十七首，储光羲《江南曲四首》未载录。

笺评

唐汝询曰：凡唐人《江南》《长干》《采莲》等曲，皆为男女相悦之词。夫日暮相邀，人既有意；花之逐船，亦觉有意。（《唐诗解》卷二十二）又曰：储公《江南曲》，"绿江"直而爽，"逐流"细而媚，"隔江"清而幽，似胜希夷长古。（《删补唐诗选脉笺释会通评林·盛五绝》引）

徐用吾曰：情景两造。（《删补唐诗选脉笺释会通评林·盛五绝》引）

周明辅曰：有情在"来去"二字。（同上引）

沈德潜曰：艳而不亵。（《重订唐诗别裁集》卷十九）

俞陛云曰：此诗与崔国辅之《采莲曲》、崔颢之《长干曲》，皆有盈盈一水，伊人宛在之思，但二崔之诗皆着迹象，此诗则托诸花逐船流，同赋闲情，语尤含蓄。古乐府言情之作，每借喻寓怀，不着色相，此诗颇似之。题曰《江南曲》，亦乐府之遗也。（《诗境浅说》续编）

485

鉴赏

这是一首抒写江南水乡青年男女相互慕悦而又两情脉脉，含而未宣的情景的小诗。它的神韵，全在三、四两句那个似有意似无意、有神无迹的即景描写当中。

但要领略三、四两句的妙处，却须首先弄懂开头两句叙事中所包含的意蕴。日暮时分，采莲和打鱼的青年男女各自驾着小舟准备回家，他们在苍茫暮色和粼粼波光中彼此打着招呼，相邀着将小舟驶向归家的渡头。这本是一幅极普遍的江南水乡渔（菱）舟归晚图。但第二句的"相邀"二字，却透露了几许萌芽中的爱情信息。我们看崔颢的《长干曲》（其三）："下渚多风浪，莲舟渐觉稀。那能不相待，独自逆潮归？"崔国辅的《采莲曲》："玉溆花争发，金塘水乱流。相逢畏相失，并著木兰舟。"便可知相邀并舟而归乃是水乡青年男女之间的一种处于萌芽状态的爱情暗示。

妙在三、四两句并不接着描写青年男女并舟而归的情景，而是撇开船上的人，轻描淡写式地托出一幅落花随船漂流的图景。由于两船之间距离较近，行驶中船水相激，水流产生回旋，水中漂流的落花便时有不离船的左右，随船漂流的景象。正是这一景象，触发了诗人的联想和灵感，遂将它写入诗中。但并不是纯客观地描写落花逐船而流的景象，而是在"落花"之后加上了"如有意"，"逐船流"之前加上了"来去"这极富情致韵味的五个字。"落花"在这里具有象喻色彩和意味，从崔颢《长干曲》（其四）"由来花性轻，莫畏莲舟重"的诗句，可以类证储诗中的"落花"所象喻的应是女子。"如有意"三字，则巧妙地暗示了这位女子似乎对男子脉脉含情的情态；而"来去"二字，更透露出女子正如随舟漂荡的落花，时时不离左右，而又始终默默无言的情景。这正是处于萌芽状态的爱情中的年青女子对有好感的男子那种既主动靠近，又时露矜持，既似有情，又似无意的情状的绝妙形容。诗人用了一个"如"字，便生动地传达出青年女子这种微妙复杂的心理和情愫。

诗中的比和兴，常常连文混指。实则比有明确的指向和喻义，而兴则往往只是一种联想，其寓意也每在有意无意之间。这首诗的三、四两句，与其将它理解为明确指向和喻义的比喻，不如把它理解为一种由眼前景（落花逐船流）而引发的自然联想。青年男女之间这种处于萌芽状态的朦胧情愫，这种"道是无情却有情"的感情状态，正适合这种有意无意之间的兴来表现。从这一点看，诗的内容意蕴和它所采用的艺术表现手段之间可以说达到了和谐的统一。诗的隽永韵味正缘于这种即景描写所构成的兴。

读储光羲的大部分诗作，常感其质实无文，缺乏情韵，但上面所选的这两首小诗，却情味隽永，这一首尤具神韵。这似乎说明，盛唐诗人学南朝乐府民歌，已经普遍达到了很高的艺术境界，成为他们一种共同具有的艺术素养。

储光羲

祖　咏

祖咏，生卒年未详。行三。洛阳（今属河南）人。开元十三年（725）杜绾榜进士〔一〕。似登第后曾谪宦（见其《长乐驿留别卢象裴总》诗），但时、地均不详。后移家汝坟（今河南襄城）间，以农耕渔樵自终。王翰任仙州长史、汝州别驾时，与当地名士聚饮，祖咏常在座。与王维、储光羲、卢象等交善，互相赠答。为盛唐山水田园诗派诗人之一。殷璠《河岳英灵集》卷下选录其诗六首，并评曰："咏诗剪刻省净，用思尤苦，气虽不高，调颇凌俗。至如'霁日园林好，清明烟火新'，亦可称为才子也。"《全唐诗》录其诗一卷。

注释

〔一〕《唐才子传》《直斋书录解题》谓咏开元十二年进士。此从姚合《极玄集》祖咏下："开元十三年进士。"以及元释圆至《笺注唐贤绝句三体诗法》卷十四："祖咏，开元十三年杜绾榜进士。"

望蓟门〔一〕

燕台一望客心惊〔二〕，箫鼓喧喧汉将营〔三〕。
万里寒光生积雪，三边曙色动危旌〔四〕。
沙场烽火连胡月〔五〕，海畔云山拥蓟城〔六〕。
少小虽非投笔吏〔七〕，论功还欲请长缨〔八〕。

校注

〔一〕蓟门，即蓟丘。《水经注·漯水》："漯水又东北迳蓟县故城南。昔武王封尧后于蓟，今城内西北隅有蓟丘，因丘以名邑也。"明蒋一葵《长安客话》："京城古蓟地，以蓟草多得名……今都城德胜门外有土城关，相传是古蓟门遗址，亦曰蓟丘。"明沈榜《宛署杂记·古迹》："蓟门，在县西德胜门外五里西北隅，即古蓟门也。"但诗题所称"蓟门"，从次句"箫鼓喧喧汉将营"看，当指唐幽州节度使的治所蓟县，故治在今北京市西南大兴区。

〔二〕燕台，即战国时燕昭王为郭隗所建的黄金台。《文选·鲍照〈代放歌行〉》李善注引《上谷郡图经》曰："黄金台，易水东南十八里。燕昭王置千金于台上，以延天下之士。"地在今河北易县东南。然《述异记》卷下云："燕昭王为郭隗筑台，今在幽州燕王故城中。"《清一统志》亦谓："顺天府：黄金台在大兴县东南。"与题内"蓟门"指幽州治所蓟县者合。且题曰"望蓟门"，此曰"燕台一望"，"蓟门"与"燕台"实指一地，即唐幽州节度使府所在地。"望"，《全唐诗》校："一作去。"客，诗人自指。

〔三〕箫，一作"笳"。汉将，指幽州节度使。

〔四〕三边，《史记·律书》："高祖有天下，三边外畔。"《汉书·杨震传》："羌虏劫掠，三边震慑。"胡三省《资治通鉴注》引《汉书·杨震传》此文，谓："三边，东、西、北也。"《小学绀珠》："三边，幽、并、凉三州。"与东、西、北三边合。危旌，高悬的旌旗。

〔五〕连，一作"侵"。

〔六〕蓟城，即唐幽州节度使府所在地蓟县。蓟县离渤海不远，西北有山，故云"海畔云山拥蓟城"。

〔七〕投笔吏，用班超事。《后汉书·班超传》："（超）家贫，常为官佣书以供养。久劳苦，尝辍业投笔叹曰：'大丈夫无它志略，犹当效傅介子、张骞立功异域，以取封侯，安能久事笔研间乎？'"后立功西域，封定远侯。句意谓自己少壮时虽未如班超之弃文就武，投笔从戎，立功异域。

〔八〕请长缨，用终军事。《汉书·终军传》："南越与汉和亲，乃遣军使南越，说其王，欲令入朝，比内诸侯。军自请：'愿受长缨，必羁南越王而致之阙下。'"缨，驾车用的套马的车带。此谓己仍怀报国立功的壮志。

祖
咏

笺评

胡应麟曰：盛唐王、李、杜外，崔颢《华阴》……祖咏《望蓟门》皆可竞爽。（《诗薮·内编·近体中·七言》）

唐汝询曰：此因临边而有志于立功也。言自燕台以往，使客心悸者，皆戎马之事也，于是状边庭之景如此。因言我虽非投笔从戎之吏，然岂可无功而苟禄哉，故欲如终军请缨，以树勋当世也。（《唐诗解》卷四十）

489

又曰：调高语壮，是盛唐最上格。（《汇编唐诗十集》）

桂天祥曰：壮健之笔，直欲与卫、霍同步塞上。（《批点唐诗正声》）

叶羲昂曰：调高语壮，"生""动""连""拥"四字犯。（《唐诗直解》）

郝敬曰：此等诗全不着事理，直以声华胜，近体多类此。（《批选唐诗》）

徐用吾辑《精选唐诗分类评释绳尺》：善状物色，清兴洒然。

《唐诗训解》：此因临边而有志于立功也。次联语顿挫又雄壮。

邢昉曰：整峻高亮，睥睨王、李。（《唐风定》）

周珽曰：起寓讥边将，便有耻为碌碌尸素之想。中四句极状边庭中之景，末以班超、终军自许，树勋报国之志挺然。（《删补唐诗选脉笺释会通评林·盛七律上》）

蒋惠曰：铺叙得体，词意正大。（同上引）

蒋一梅曰：气象朗开，结壮。（同上引）

许学夷曰："燕台一去"一篇，实为于鳞诸子鼻祖。又曰：盛唐律诗本未可以句摘，但初唐、中、晚既有摘句，而盛唐之摘不足以较盛衰，今姑摘数十联以见大略……祖咏如"万里寒光生积雪，三边曙色动危旌。沙场烽火侵胡月，海畔云山拥蓟城"等句，皆浑圆活泼，而气象风格自在。盖初唐气格甚胜，而机未圆活；大历过于流婉，而气格顿衰。盛唐浑圆活泼，而气象风格自在，此所以为诣极也。（《诗源辩体》卷十七）

金圣叹曰：（前解）二、三、四句只写得一"惊"字，三是直下望，四是直上望。须知此直下直上所望，单单望一汉将，犹言大丈夫当如此矣。（后解）五、六写慨然欲赴其处，真乃身虽未行，神已先往也。八之"还"字，全为七之"少小"字，更自按捺不得也。此诗已是异样神彩，乃读末句，又见特添"少小"二字，便觉神彩再加十倍。（《贯华堂选批唐才子诗》卷二）

吴乔曰：祖咏之"万里寒光生积雪，三边曙色动危旌"，子美之"麒麟不动炉烟上，孔雀徐开扇影还"，其用"生""动""不动""徐开"字，能使诗意跃出，是造句之妙，非琢炼之妙也。（《围炉诗话》卷一）

杨逢春曰：此诗见蓟城为防胡险要之地，望之动立功塞上之想。一气旋转，浑成无迹。（《唐诗绎》）

吴昌祺曰：气象自佳。而中四句太相似。（《删订唐诗解》）

胡以梅曰：通首有气色，是盛唐格调。（《唐诗贯珠串释》）

赵臣瑗曰：开头先补出"燕台"二字，此身便有着落。一"惊"字包得下文七句之义，而"汉将营"三字，又七句中之提纲也。（《山满楼笺注唐诗七言律》）

屈复曰：法亦紧严，中四句法稍同，亦是小疵。通首雄丽，读之生人壮心。（《唐诗成法》）

范大士曰：高响不浮。（《历代诗发》）

宋宗元曰：悲壮称题。（《网师园唐诗笺》）

吴瑞荣曰：格调高秀，自不待言。"生""动""侵""拥"，皆炼第五字。（《唐诗笺要》）

管世铭曰：调高气厚，为七言律正始之音，惜不多见。（《读雪山房唐诗序例·七律凡例》）

孙洙曰：字字是"望"，非泛咏蓟门也。（《唐诗三百首》）

黄培芳曰：亦是盛唐正声。气格雄浑，以为盛唐正声，洵然。（批《唐贤三昧集笺注》）

阙名曰：黄钟大品，音响铿锵。（《唐诗五七言近体五七言绝句选评》）

方东树曰：六句写蓟城之险，而以首句一"望"字包之。收托意，有澄清之志，岂是时范阳已有萌芽耶？（《昭昧詹言·盛唐诸家》）

潘德舆曰：通体遒俊。三、四尤得穷边陈垒情色。（《评点唐贤三昧集》）

胡本渊曰："望"字空阔。（《唐诗近体》）

许奉恩曰：祖生意欲请长缨，作客登台望蓟城。极日三边一万里，寒生积雪照危旌。（《兰苕馆论诗·祖咏》）

王寿昌曰：何谓气韵？曰：如张睢阳巡之《闻笛》……及祖员外咏之《望蓟门》……是也。（《小清华园诗谈·条辨》）

吴汝纶曰：起得势。前六句皆写边隅景象，盖自恨来此穷裔，故云客心惊也。而末句乃掉转，意思故佳。（《唐宋诗举要》卷五引）

（鉴）（赏）

清代诗评家方东树认为此诗"收托意，有澄清之志，岂是时范阳已有萌芽耶？"这个推测很可能是缘于首句有"客心惊"之语，次句"萧鼓喧喧汉将营"又与杜甫《后出塞五首》之四写安禄山之骄崇（如"渔阳豪侠地，击鼓吹笙竽……主将位益崇，气骄凌上都"）有相近处，而第四句又有"动危旌"之语，从而对末句之"请长缨"有如上之理解。但这一推测明显与实际情况不符。芮挺章编选的《国秀集》收入此诗，而此集编于天宝三载（744），故诗当作于此前。天宝元年，安禄山为平卢节度使；三载兼范阳节度使，但其时当无反叛迹象之萌芽。又尾联谓"少小虽非投笔吏，论功还欲请长缨"，说明作诗时诗人正值少壮之年，而安禄山反叛之象萌芽之时，已在天宝后期。这时的祖咏，早已不是"少小"之年了。傅璇琮主编《唐五代文学编年史》开元十五年（727）云："本年或更前，祖咏北上至蓟门，有诗作（《望蓟门》）……诗云'少小'，自当作于中年以前，即开元中期或更前。咏开元十三年曾至济州，十七年复自洛阳至长安，又归汝坟。而本年前后事迹无考，故约略系此。"按：玄宗开元二年，以并州长史薛讷将兵讨契丹；开元二十年正月，信安王李祎将兵讨奚、契丹。储光羲、李白、高适等均有有关此役之诗。二十二年，幽州节度使张守珪斩契丹王屈烈及可突干。诗有"沙场烽火连胡月"及"论功还欲请长缨"之语，当是其时有与契丹之战事，故诗当作于开元二年至二十二年之间，从"少小"语看，或当作于开元初。咏开元十三年登进士第，诗中亦无已登第之迹象。

起句"燕台一望客心惊"点明题目。"燕台"即题内"蓟门"，指幽州节度使府所在地蓟县。"客心惊"三字是"望"的突出感受，包括了次句及颔、腹二联所描绘的情景。因此，这一句实际上是全篇的核心和主句。尾联的报国壮志亦从"客心惊"生发。这一句起势突兀，"客心惊"三字用笔尤重，给人以突出强烈的感受，留下了很大的悬念。

次句是近望所见所闻。在汉将的营垒中，箫鼓之声喧闹重叠，传达出军营中既热闹又整肃的气氛。这句的重点是"汉将"，即军中主帅，"箫鼓喧"是为了渲染主帅的威仪。镇守边防的主帅这种显赫的威仪，正是使客游边塞的诗人怦然心惊的景象之一，尾联的"论功还欲请长缨"便显然是由于见此景象有感而发。上句突兀而起，这一句却从容款接，对比之下，更显出汉将地位之尊崇与威仪之庄严，不言欣羡而欣羡向往之意自见。

颔联是由蓟门眺望所见广远的边塞景象。时值严冬清晨，放眼望去，但见千万里的北方边地，到处白雪皑皑，寒光闪烁；在熹微的曙色中，军营中旌旗高悬，随风飘荡。两句写景，既描绘出北方边地的广袤，又透露出气候的严寒和征戍的艰苦；既表现出军营的整肃气氛，又暗透军情的紧急

（"危"字见意）。"生"字、"动"字，是两句中着意锤炼的句眼，前者见积雪的寒光反射映照，令人凛然生寒之状；后者见曙色熹微中危旌飘扬，令人顿生军情紧急之感。这"生"与"动"正突出表现了"客心惊"的"惊"字，传达出诗人面对此景时那种强烈的心惊魄动之感。

腹联仍承"望"字，写战争的烽火绵延不息和蓟城险要的地理形势。上句所写，是曙色熹微中，下弦月尚未隐没时的景象。战火在边境地区燃烧，势连胡月，故说"沙场烽火连胡月"。下句则是对蓟城地理形势的俯瞰式描写，蓟城东连沧海，西北傍山，正是扼守防胡的天然屏障，一"拥"字，形象地显示了蓟门的险要和戍边防守将士责任之重大。如果说上句写战争烽火的绵延更多地透露了诗人的危急感，那么下句就更多地透露了诗人的防边责任感。这就自然引出尾联来。

"少小虽非投笔吏，论功还欲请长缨。"诗人这次是以少壮之身客游蓟门，并非如班超之投笔从戎，故说"少小虽非投笔吏"。这句先退一步，下句随即转出正意，表示自己虽非从戎之身，也要仿效终军之请长缨缚敌酋以报效国家。末句是全诗的结穴，也是全诗的主旨。

这首诗意境阔大，声调高亮，情调悲壮，是典型的盛唐正声。颔、腹二联，连用"生""动""连""拥"四个动词，着意锤炼，相同的句法本易流于单调平板，但由于它们富于表现力，对诗的意境的形成起着重要作用，读来并不感到它的平衍，而是感到它的精警。

终南望馀雪〔一〕

终南阴岭秀〔二〕，积雪浮云端〔三〕。
林表明霁色〔四〕，城中增暮寒〔五〕。

校注

〔一〕终南，终南山。秦岭主峰之一，在陕西省西安市南。一称南山，是秦岭西自武功县境东至蓝田县境的总称。《史记·周本纪》正义引《括地志》曰："终南山一名中南山，一名太一山，一名南山，一名橘山，一名楚山，一名秦山，一名周南山，一名地肺山，在雍州万年县南五十里。"《长安

493

志》卷十一："万年县：终南山在县南五十里。《关中记》曰：终南山一名中南，言在天中，居都之南也。"终南望馀雪，即"望终南馀雪"。《唐诗纪事》卷二十："有司试《终南山望馀雪》诗，咏赋云：'终南阴岭秀，积雪浮云端。林表明霁色，城中增暮寒。'四句即纳于有司。或诘之，咏曰：'意尽。'"《唐诗纪事》对此事之记载本于《南部新书》乙："祖咏赋《雪霁望终南》诗，限六十字（按：即六韵十二句）成。至四句，纳主司，诘之，对曰：'意尽。'"祖咏为开元十三年（725）杜绾榜进士。

〔二〕阴岭，山的背阴面。终南山在长安之南，从长安望终南山，看到的是它的北面背阴的山岭。

〔三〕积雪，堆积未消的雪，即题内"馀雪"。

〔四〕林表，树林的上端，林梢。霁色，雪止天晴之色、晴明之色。

〔五〕城中，指长安城中。

（笺）（评）

钟惺曰：说得缥缈森秀。（《唐诗归》卷十三）

唐汝询曰：岭阴故雪积不消，已霁则暮寒弥甚。（《唐诗解》卷二十二）

郭濬曰：凛凛有寒色。（《增定评注唐诗正声》）

徐用吾曰：结句有讽。（《精选唐诗分类评释绳尺》）

《唐诗训解》：已霁犹寒，越见积雪。

《唐诗选》：玉遮曰："浮"字极好，诗亦佳绝，但只赋得积雪，不赋得馀雪。

周珽曰：按咏应试赋此题，才得四句，即纳于有司。或诘之，咏曰：意已尽矣。今观雪以岭阴，故积寒；虽色霁，犹深馀雪。情景昭然，语真不必多赘也。（《删补唐诗选脉笺释会通评林·盛五绝》）

许学夷曰：诗与经书文复有不同，经书文名为帖括，有定旨，亦存定格；诗名为散作，无定旨，亦无定制。故经书文唯沉思默运，始能中的；诗必幽闲放旷，乃能超越耳。试观今人场屋之文多传，谓流传一时，非流传后世也。而唐人试作，传者唯祖咏《终南望馀雪》、钱起《湘灵鼓瑟》二篇。（《诗源辩体》卷三十四）

杨逢春曰：庸手必刻画残雪正面矣，作者三、四只用托笔写意，体格

高浑。(《唐诗绎》)

吴敬夫曰:可见诗不论何体,终期意尽而止。凡绝句意不尽者,皆未成之律诗也。(刘邦彦重订《唐诗归折衷》引)

吴乔曰:唐人作诗最重意,不顾功令,省试诗多是六联,祖咏《终南馀雪》……二联便呈主司,云"意尽",唐人自重如此。(《围炉诗话》卷一)

贺裳曰:此诗有盛名,愚意嫌一"增"字。"馀雪"者,残雪也,不应雪残而寒始增。(黄白山评:岂不闻"霜前暖,雪后寒"耶?)(《载酒园诗话又编》)

赵执信曰:始学为诗,期于达意。久而简澹高远,兴寄微妙,乃可贵尚。所谓言见于此而起意在彼,长言之不足而咏歌之者也。若相竞以多,意已尽而犹刺刺不休,不忆祖咏之赋《终南积雪》乎!(《谈龙录》)

王士禛曰:古今雪诗,惟羊孚一赞,及陶渊明"倾耳无希声,在目皓已洁",及祖咏"终南阴岭秀"一篇,右丞"洒空庭巷静,积素广庭闲",韦左司"门对寒流雪满山"句最佳。(《渔洋诗话》卷上)

徐增曰:此首须看其安放题面次第,如月吐层云,光明渐现,闭目犹觉宛然也……"阴岭秀",是言阴岭之隆起处也,先安放积雪之所,而后方出"积雪"二字。"浮云端",是言其高,高则人可望见。今远望去,不但云端烁玉,又且林表皎然。林表,林之外面也。林上之雪已消,阴岭之雪,因霁色相射,林表为之晶莹,是作"馀"也。上来三句,题面已竟,于是虚写其意以结之。夫终南馀雪,因也;望终南馀雪,亦须还他一个所在。长安城对终南,唐贤有诗云:"惟有终南山色在,晴明依旧满长安。"城中方暮之际,雪光依微,觉阴气直逼,夜为之增寒也。"寒"字,是"望"之馀影。此诗处处针线细密,真绣鸳鸯手也。(《而庵说唐诗》卷八)

王尧衢曰:"终南阴岭秀",先题出终南山来作起,山对长安城。"积雪浮云端",次出积雪字,即带望字意。浮云端,言其高也,唯高故可望而见。"林表明霁色",林之外曰林表。林上之雪已消,阴岭之雪,因天霁而色射林表,而其光明亮相映。"城中增暮寒",所以望此终南雪者,在长安城中也。城中日暮为雪光所映,阴气直逼,而夜为之增寒也。上三句写题已毕,此又暮寒描"望"字之馀影。(按:王氏此解多袭徐增之解说)(《古唐诗合解》卷四)

宋宗元曰：写"残"字高浑。（《网师园唐诗笺》）

焦袁熹曰：如此不拘，诗安得不高？意尽即不须续，更推在举场中作如此事。（《此木轩论诗汇编》）

田同之曰：雪诗，渔洋先生以陶渊明"倾耳无希声，在目皓已洁"及祖咏"终南阴岭秀"，王右丞"洒空深巷静，积素广庭闲"，韦左司"门对寒流雪满山"为最。予以为继此者，仅有邹平张萧亭（实居）"流水无声山皓然"句可称绝唱，不让古人。（《西圃诗话》）

冯继聪曰：积雪终南阴岭间，精神写尽出尘寰。看来字字皆珠玉，短幅何妨纳卷还。（《论唐诗绝句·祖咏》）

朱庭珍曰：咏雪诗最难出色，古人非不刻画，而超脱大雅，绝不粘滞，后人着力求之，转失妙谛……祖咏"终南阴岭秀"一章，阮亭最所心赏，然不免气味凡近。柳宗元"千山鸟飞绝"一绝，笔意生峭，远胜祖咏之平，而阮翁反有微词，谓未免近俗，造以人口熟诵而生厌心，非公论也。此外无可取者。（《筱园诗话》卷四）

施补华曰：苍秀之色，与韦相近。（《岘佣说诗》）

俞陛云曰：咏高山积雪，若从正面着笔，不过言山之高，雪之色，及空翠与皓素相映发耳。此诗从侧面着想，言遥望雪后千山，如开霁色，而长安万户，便觉生寒，则终南之雪寒可想。用流水对句，弥见诗思灵活。且以霁色为喻，确是积雪，而非飞雪，取譬殊工。（《诗境浅说》续编）

刘拜山曰：以"阴岭"起"积雪"，以"霁色"起"暮寒"，以"云端""林表"写遥望之境，以"明"字"增"字传馀雪之神。末句用笔空灵，通体皆活。（《千首唐人绝句》）

鉴赏

《南部新书》载此诗，题为《雪霁望终南》，可能是最切合诗的内容的，说明此诗是写雪后初晴的傍晚，从长安城遥望终南山上的积雪而生出的感受。而"终南望馀雪"的诗题，则有可能被误解为在终南山上望山中馀雪，而且"馀雪"一般指未消尽的残雪，与诗中所写景象也不尽相符。

起句"终南阴岭秀"，是从长安城遥望终南山所得的整体印象。所见者为终南山的背阴一面，故说"阴岭"。这个词语通常会给人以阴冷凄寒之感，但诗人却用"秀"字来形容它，这就透露出诗人望中所见的终南山的北岭，即使在寒冷的早春（省试一般在早春举行），仍是树木繁茂，青翠苍郁之色满眼的，这才和下面的"林表"相应。

次句"积雪浮云端"，进一步描绘远望中的终南山顶的积雪。尽管下面写到"霁色"，题内明标"雪霁"，但山顶上的积雪仍然未消。由于山高，云雾在山腰缭绕浮动，山顶上则积雪皑皑，因此看上去积雪就像是在云端浮动一样。"浮"字用得极生动真切。由于云雾是不断流动的，远远望去，在它上面的山顶积雪也好像在浮动。这自然是错觉，却极真切地传达出远望云端积雪的奇观时所得到的感受和印象。

第三句"林表明霁色"，写远望中终南山上的苍郁树林上方，晴霁之色映射闪烁的情景。时值傍晚，西斜的阳光照射在林梢，给苍郁青翠的树林抹上了一层明亮的色彩。这景象似乎给人带来一点暖意和亮色。但诗人写林表霁色正是为了要反托出下一句更加强烈突出的感受。

前三句写的全是远望中的终南晴雪之景，第四句却似乎撇开"望"字，转写终南晴雪给人的触觉感受与心理感受。终南山离长安城五六十里，说终南山上的积雪增添了长安城中的寒意，似乎有些夸张。但就诗人此时的实际感受来说，这描写又是完全真实的。关键就在那个"暮"字。雪后天晴，气温明显下降；傍晚时分，更是寒气凛冽。诗人因遥望终南积雪而生的心理上的反应，与雪后初晴的傍晚所感受到的凛冽寒意复合，遂不觉产生山顶积雪增添城中暮寒的错觉。这是视觉感受通于心理感受，又进而通于触觉感受的结果。正是这种辗转相生的感觉，传出了终南积雪的寒威与神韵。

诗写到这里，诗人忽然感到，对于《雪霁望终南》这个题目来说，已经将诗意表达得非常充分完满了，再写下去，无非增加一些对终南雪霁情景的描摹刻画，不但起不了锦上添花的作用，而且会冲淡甚至破坏三、四两句已经成功表现出来的终南雪景的神韵，无异于画蛇添足。因此，他不顾科举考试的硬性规定，只写了两韵便交卷。这个行动在当时无疑是惊世骇俗之举，但面对着考官的诘问，他只淡定地说了"意尽"二字。诗人所说的"意尽"，既非才短而思尽，难以展衍铺写，凑成一首六韵的律诗；更非意尽言内，别无余韵之谓；而是就此结束，才能最充分最圆满地表达题意和诗意的意思，它本身就包含了传神和富于远韵的艺术境界。唐代两首最著名的应试诗，一首是不遵格式的未竟之作，一首是遵守格式的规范之作，但它们的成功却都主要是缘于其结尾的富于含蕴，能宕出远神，言尽而意不尽。从中可见唐人对诗歌结尾的高标准审美要求。

　　祖咏的打破应试诗规定格式的行动，在科举史上似乎是绝无仅有的特例。这充分反映了唐代士人的独特个性。有这样不受羁束的个性，才有突破应试诗敷衍成章陋习的行动并创作出富有远韵的应试诗。祖咏的这一惊世骇俗的行动，即使在思想比较开放的唐代，也是要有很大勇气的，起码要有为了诗歌艺术不惜科举考试落榜的勇气。祖咏开元十三年（725）应进士试登第，诗的试题是否即《雪霁望终南》，文献上未明确记载，但从记述的口气看，很有可能就是指登第之年的试题。如果情况确实如此，则唐代科举考试之尊重人才的独特个性，尊重诗歌的独特性和艺术性，也可于此略见一斑。有如此开明的主考官，才会有敢于冲破成规和固定程式，唯艺术是尚的诗人产生。祖咏这首诗的产生和流传，对优秀唐诗产生的社会环境和文化艺术氛围，也是一种有力的说明。

　　从这首诗的起联看，祖咏在应试之初，并没有不遵格式要求的想法。起联分别点出"终南"和"雪"，正是六韵律诗最常见的起法，但当他写到三、四两句，特别是"城中增暮寒"时，他却忽然悟到，这已经是一首极富远神的五言绝句了。于是戛然止笔。这"无心插柳柳成荫"的创作过程，也充分反映了盛唐诗人"仵兴而就"的创作理念。

李 颀

　　李颀，生卒年、字号、籍贯均未详。登第前曾家居颍阳（今河南登封市西颍阳镇）十年。开元二十三年（735）登进士第。释褐作吏，约天宝初调新乡尉。后辞官归颍阳。开元二十九年，王昌龄赴江宁丞任途经洛阳，李颀有《送王昌龄》诗。天宝八载（749），高适授封丘尉，李颀在洛阳有诗赠别。天宝十载尚在世。约天宝十二载之前去世。《新唐书·艺文志》著录其诗一卷。长于七言歌行。其七律数量虽不多，然颇为明代诗评家所称。殷璠《河岳英灵集》评其诗曰："颀诗发调既清，修辞亦秀。杂歌咸善，玄理最长……惜其伟才，只到黄绶。"其边塞、咏乐、写人之作，均有佳篇。《全唐诗》编其诗为三卷。

古从军行〔一〕

　　白日登山望烽火，黄昏饮马傍交河〔二〕。行人刁斗风沙暗〔三〕，公主琵琶幽怨多〔四〕。野云万里无城郭〔五〕，雨雪纷纷连大漠。胡雁哀鸣夜夜飞，胡儿眼泪双双落。闻道玉门犹被遮〔六〕，应将性命逐轻车〔七〕。年年战骨埋荒外，空见蒲桃入汉家〔八〕。

校注

　　〔一〕《古从军行》，乐府旧题有《从军行》，郭茂倩《乐府诗集》相和歌辞平调曲载李颀此首，题首无"古"字。题为《古从军行》，当即沿用乐府古题《从军行》之意。

　　〔二〕交河，古河名，在今新疆吐鲁番市境内，因河水为小岛分开后又合流，故称。著名的交河古城即建于交河交叉环抱的岛上。唐贞观十四年（740）置交河县。曾为安西都护府治所。

　　〔三〕行人，征人。刁斗，古代军用铜炊具，斗形有柄，容量一斗。夜间敲击以巡更。《史记·李将军列传》"不击刁斗以自卫"裴骃集解引孟康曰："以铜作鐎器，受一斗，昼炊饭食，夜击持行，名曰刁斗。"

〔四〕公主琵琶，石崇《王明君辞序》："昔公主（指汉江都王女刘细君）嫁乌孙，令琵琶马上作乐，以慰其道路之思；其送明君亦必尔也。其造新曲，多哀怨之声。"此处系用典，非谓有远嫁异域之公主奏琵琶。

〔五〕云，《乐府诗集》作"营"。

〔六〕玉门，关名，参见王之涣《凉州词》"春风不度玉门关"句注。《史记·大宛列传》："拜李广利（李夫人之兄）为贰师将军，发属国六千骑及郡国恶少年数万人，以往伐宛，期至贰师城取善马……（贰师将军）使使上书曰：'道远多乏食，且士卒不患战，患饥，人少，不足以拔宛。愿且罢兵，益发而复往。'天子闻之，大怒，而使使遮玉门，曰：'军有敢入者辄斩之！'贰师恐，因留敦煌。"遮，阻断。

〔七〕逐，追随。轻车，轻车将军，汉代将军名号。鲍照《代东武吟》："后逐李轻车，追虏穷塞垣。"《史记·李将军列传》："初，广之从弟李蔡与广俱事孝文帝。景帝时，蔡积功劳至二千石。孝武帝时，至代相。以元朔五年为轻车将军，从大将军击右贤王，有功中率，封为乐安侯。"此借指军中主将。

〔八〕荒外，塞外荒远之地。蒲桃，即葡萄。《汉书·西域传》："大宛国……多善马，马汗血……上遣使者持千金及金马以请宛善马，宛王以汉绝远，大兵不能至，爱其宝马，不肯与。汉使妄言，宛遂攻杀汉使，取其财物。于是天子遣贰师将军李广利将兵前后十余万人伐宛，连四年。宛人斩其王母寡首，献马三千匹，汉军乃还……宛王蝉封与汉约，岁献天马二匹。汉使采蒲陶、目宿种归。天子以天马多，又外国使来众，益种蒲陶、目宿离宫旁，极望焉。"

⬤笺⬤评

陆时雍曰：后二语可讽。（《唐诗镜》卷十六）

吴山民曰：骨气老劲。中四句乐府高语。结联具几许感叹意。（《删补唐诗选脉笺释会通评林·盛七古上》）

周明翊曰：体格少逊《古意》篇，气亦自老。（同上引）

周珽曰：李颀此作，实多刺讽意。（同上）

邢昉曰：音调铿锵，风情澹冶。皆真骨独存，以质胜文，所以高步盛唐，为千秋绝艺。（《唐风定》）

唐诗选注评鉴（一）

程元初曰：周末"渐石"之章，不胜哀怨，读此令人心酸，有不忍闻者。（《唐诗绪笺》）

黄培芳曰：气格雄浑，盛唐人本色。一结寓感慨之意。（《唐贤三昧集笺注》评）

沈德潜曰：以人命换塞外之物，失策甚矣。为开边者垂戒，故作此诗。（《重订唐诗别裁集》卷五）

宋宗元曰：讽刺蕴藉。（末句下）（《网师园唐诗笺》）

王文濡曰：此篇三韵两转。中间四句极状塞外悲凉之境，一句一意，读之如亲历其境。（《唐诗评注读本》）

　　唐代前期边境上战争性质的复杂性，导致盛唐边塞诗在对待战争的态度上呈现出不同的倾向。天宝年间，开边黩武的战争时有发生，大诗人李白、杜甫都写过反黩武战争的优秀诗篇。李颀的这首《古从军行》，同样具有鲜明的反黩武战争倾向。诗的具体写作时间不详，但其借汉喻唐、托古讽今的意旨却相当明显。诗人特意在诗题前面冠一"古"字，倒未必是由于怕触犯忌讳，而是故意向读者暗示借古题讽慨现事的创作意图，这和"古意"一类题目，性质、用意是相似的。

　　诗分三段，每段四句，凡三用韵。起首四句，写军中的日常生活。白天，时时登上高山，眺望远处戍楼的烽火，警备外敌的侵犯；黄昏时分，则饮马于交河岸边；入夜，敲击刁斗巡更，风沙迷漫，一片昏暗；近处，传来当年乌孙公主弹奏过的琵琶声，声调幽怨凄凉。四句以时间为线索，写征人从白天到黄昏再到夜间的行动和所见所闻所感。"登山望烽火""饮马傍交河"和刁斗声，传达的都是紧张的战斗气氛。而琵琶声则透露了年复一年远戍征人内心的幽怨凄凉，所谓"琵琶起舞换新声，总是关山旧别情""辽东小妇年十五，惯弹琵琶能歌舞。今为羌笛出塞声，使我三军泪如雨""琵琶一曲肠堪断，风萧萧兮夜漫漫"，这一系列写琵琶弹奏的诗句，正可为"公主琵琶幽怨多"一语作注脚。或解"公主琵琶"为远嫁异域的汉族公主弹奏琵琶，恐非。此四句句意一贯，均写征人生活，不可能忽而旁及远嫁之公主。

　　中间一段，仍从征人角度写，着重渲染环境的艰苦，展现出一幅广野万

李颀

501

里、荒无城郭，雨雪纷纷、弥漫大漠，胡雁哀鸣、夜夜飞翔的画面，而以胡儿之悲哀泪落作衬，境界辽阔而情调苍凉。如果说前一段是对征人的日常生活作纵向描写，那么这一段则是对征人所处的环境作横向描写。妙在由"胡雁"自然引出"胡儿"，并对他们的悲伤落泪作了特写式的描绘。解者或谓这是为了说明连一向生活在这种环境下的胡儿也不堪忍受如此严酷的环境，则生活在中原内地的征人当更难禁受荒漠严寒的环境，是一种反衬手法。但胡儿之伤心泪落恐怕有更深刻的原因，这就是胡汉之间长期的战争给他们带来的苦难。边塞诗一般都站在汉族立场上，从汉族的角度来写战争，即使写战争给人民造成的苦难和不幸，也止于汉族征人和内地的百姓。这首诗不但写黩武战争给广大征人带来的苦痛，也写到了它给"胡儿"带来的灾难，这一点非常难能可贵。这说明，诗人在反对黩武战争时，思想感情和眼光已经超越了狭隘的民族利益，而深刻地认识到这种战争对胡汉双方的人民都是一场灾难。这是对黩武战争反人道性质的深刻揭示。正是在这一点上，李颀的《古从军行》有着一般边塞诗罕见的人道主义思想光彩。

后段四句，是对这场战争的黩武性质的集中揭示。汉武帝为了获得大宛良马，不惜牺牲千万士卒的生命，用"遮"断玉门的野蛮残酷手段，迫使将士为他的黩武战争卖命，充分显示了帝王膨胀的私欲可以发展为草菅人命的残忍行为。在这种情况下，广大士兵除了拼死前往作战，又能作出什么选择呢？"应将性命逐轻车"，这"应将"二字当中，正蕴含了强烈深沉的悲愤与无奈，是对黩武战争血泪俱下的控诉。这样的黩武战争，究竟给国家和人民带来了什么样的后果呢？"年年战骨埋荒外，空见蒲桃入汉家。"年年征战，千万士卒战骨埋于塞外荒远之地，换来的只不过是"蒲桃入汉家"而已。汉武帝使人取葡萄、苜蓿种子归，种于离宫之旁，本就有向外国使者炫耀武功之意，这里用"空见"二字点醒，寓慨很深。篇末点睛，黩武战争反人民、反人道的性质在"战骨埋荒外"与"蒲桃入汉家"的鲜明对照中得到了最深刻的揭示。

七言歌行体自初唐卢、骆的用赋体作铺叙渲染，变而至盛唐的概括凝练、骨格苍劲，艺术上有了明显的发展。李颀这首《古从军行》，表现的是时代的重大主题，但全篇仅十二句，境界广阔，情调苍凉沉郁。诗的音节声调与感情的起伏变化配合得非常好，显示出声与情的高度和谐。环境气氛的渲染非常出色，篇末的警策语更使全篇在高潮中收束，给读者留下深刻的印象和长久的思索。

送陈章甫〔一〕

四月南风大麦黄，枣花未落桐阴长。青山朝别暮还见，嘶马出门思旧乡。陈侯立身何坦荡〔二〕，虬须虎眉仍大颡〔三〕。腹中贮书一万卷，不肯低头在草莽〔四〕。东门酤酒饮我曹〔五〕，心轻万事皆鸿毛〔六〕。醉卧不知白日暮，有时空望孤云高。长河浪头连天黑，津口停舟渡不得〔七〕。郑国游人未及家〔八〕，洛阳行子空叹息〔九〕。闻道故林相识多〔一〇〕，罢官昨日今如何？

李颀

校注

〔一〕陈章甫，江陵（今属湖北）人。开元进士。后应制科登第，官太常博士。天宝十载（751）尚在世。《全唐文》卷三百七十三录其《与吏部孙员外书》。高适有《同观陈十六史兴碑》。陈十六即陈章甫。或引章甫《与吏部孙员外书》中"缘籍有误，蒙袟而归"之语，认为此诗大约就是送陈章甫落第还乡而作。但诗末明言"罢官昨日今如何"，则其非送陈落第而系送其罢官回乡甚明。又据《与吏部孙员外书》，章甫曾隐居嵩山二十余载。其《亳州纠曹厅壁记》末署天宝九载七月十日，知其时章甫尚在世。

〔二〕陈侯，对陈章甫的尊称。古代称士大夫为"侯"，以示尊敬。《世说新语·言语》："尊侯明德君子，何以病疟？"杜甫《与李十二白寻范十隐居》："李侯有佳句，往往似阴铿。"坦荡，胸怀宽广、光明磊落。《论语·述而》："君子坦荡荡，小人长戚戚。"

〔三〕虬须，卷曲的胡须。虎眉，大眉。仍，且。大颡（sǎng），宽脑门。

〔四〕草莽，犹草野。句意谓陈章甫有奇才学识，不甘于埋没草野。

〔五〕东门，指洛阳东门。酤，同"沽"，买。饮我曹，邀我们饮酒。

〔六〕皆，《河岳英灵集》作"如"。

〔七〕口，《河岳英灵集》作"吏"。

〔八〕郑国游人，指陈章甫。此处与下句"洛阳行子"对文，可知"郑国"即指洛阳。盖洛阳春秋时属郑国。或谓陈章甫江陵人而久居于嵩山（春秋时属郑地），故云"郑国游人"，亦通。

503

〔九〕洛阳行子，犹洛阳游子，诗人自指。李颀其时客游洛阳，故云。

〔一〇〕故林，指陈章甫的故乡。

笺评

顾璘曰：首二句化腐处须自得。按二句浅浅说便佳。"有时空望孤云高"，豪语胜前多矣。（《批点唐音》）

郭濬曰：起四语浅妙。中段豪甚，不见其谀。（《增定评注唐诗正声》）

吴山民曰：高华悲壮，李集佳篇。"虬须"句，道子写真岂复过此？"醉卧""不知"二语，知是高调。结系钵手。（《删补唐诗选脉笺释会通评林·盛七古上》）

陆时雍曰：一起韵古。（《唐诗镜》卷十六）

王夫之曰：顾集绝技，骨脉自相匀适。（《唐诗评选》卷一）

黄培芳曰：读来神韵悠然。（"四月南风"四句下）丰骨超然。（"醉卧不知"二句下）（《唐贤三昧集笺注》评）

张文荪曰：开局宏敞，音节自然。写奇崛如见。收得妙。（《唐贤清雅集》）

方东树曰：何等警拔，便似嘉州、达夫。起二句奇景涌出。"东门沽酒"句换气。（《昭昧詹言·王李高岑补遗》）

王闿运曰：已是李、杜以后说话，而配搭无村气。（《手批唐诗选》卷七）

鉴赏

在盛唐诗人中，李颀是人物素描诗的高手。其《别梁锽》《赠张旭》《赠别高三十五》《送陈章甫》等诗，用生动传神的笔法描绘出盛唐时期一系列极富奇才伟采和浪漫不羁个性的人物，成为那一时代士人精神风貌的写照，也体现出诗歌中盛唐气象的一个重要方面。在这方面的成就，李颀在当时诗坛上堪称独步。

《送陈章甫》中所描绘的这位人物，据高适的《同观陈十六史兴碑并序》，也是"独步"当时的"才杰"。他曾"继《毛诗》而作《史兴碑》，远自周末，迫乎隋季，善恶不隐，盖《国风》之流"，逸思间发，体兼风骚。这首诗虽是送陈章甫罢官归乡之作，却丝毫没有感伤哀悯的气息，而是豪情壮采，流注笔端，不但写出陈章甫的豪纵不羁、坦荡大度的个性，而且透露出诗人自己的神采性情。

开头两句，点送别时令。时值四月初夏，在暖热的南风熏吹下，大麦已趋黄熟，枣花尚未凋落，而桐叶的清阴却已变长了。唐诗多自然意象，送别诗起首尤多点染别时景物以渲染气氛。但这里所写的几种意象（大麦、枣花、桐树），却显得相当特别，具有一种朴素清新的村俗乡野气息，而与一般送别诗常见的意象（如柳枝、飞絮、落花）迥然有别。这是因为所送的这位人物并非一般的文人雅士、骚人墨客，而是一位充满豪纵不羁之气的"才杰"，用纤细的物象起兴，显然不适宜于特定的对象，而这种粗线条的笔触与带有村野色彩的景物跟所送对象之间倒能契合无间。

三、四两句，迅即接到送别。"青山"句是说一路上朝夕都有青山做伴，毫不寂寞，意致近似杜诗"青春作伴好还乡"。"嘶马"句兼绾己之送别与陈之思乡。而整个开头四句，笔意疏放，格调清新，色调明朗，节奏明快，为全诗定下乐观旷放的基调。

点出初夏送别之后，笔势顺此一转，落到所送对象上来。先以赞叹口吻言其立身之光明磊落，胸怀之宽广坦荡。次以素描笔法画出其雄豪伟岸相貌，只就须眉大颡略作点染，而豪放中带有粗犷之气的精神面貌如在目前，是极俭省经济而又生动传神的笔法。如此粗豪，或涉鄙俗不文。接下两句却陡作转笔，极赞其腹贮万卷，志向远大。将外在的粗豪与内在的儒雅奇妙地统一在一起，可称传神妙笔。"不肯低头在草莽"，是赞其怀奇才而抱奇志，却能将人物形象描绘得虎虎有生气。四句写人，运用粗线条笔法进行生动描绘，笔意跳脱自如，毫无拘滞板重之感。

"东门"四句，笔势再转，由赞美陈侯而转写东门送别，遥接篇首"嘶马出门"。但却不将笔黏在送别的具体场景上，而是由"酤酒饮我曹"的豪爽就势转出对其旷达心胸和孤高品格的描绘。"心轻万事皆鸿毛，"虽赞其旷达，却自然包含了陈对罢官一事的态度。联系上文的"立身坦荡"和"不肯低头在草莽"，可以看出陈章甫虽志向远大，不甘埋没草野，但却把个人的功名利禄看得很淡。"醉卧不知白日暮，有时空望孤云高"，正是他鄙弃世俗、孤高自赏品格的写照。这两句写得既像是别宴即景，又像是泛写平日情事，笔意亦超妙洒脱。

李颀

505

"长河"四句，写日暮渡头风大浪急，津渡停舟，行者受阻，难以归家，送者空自叹息。前面说到"嘶马出门思旧乡"，此处又说"津口停舟渡不得"，陈章甫当是先骑马至洛阳东门河边宴别之地，然后乘舟渡河而归。"未及家"应前"思旧乡"，"空叹息"则透露诗人自己亦怀旧乡而归未得。两句兼绾行者与送者。

"闻道"二句，以问语作收，点明送别正意。陈侯立身坦荡，胸怀宽广，此去故乡，相识既多，心情自不寂寞，昨日罢官之事既已视如鸿毛，则今之归家，自当乐在其中。虽用问语，而答案自在其中。

比起诗人的另两篇人物素描诗《别梁锽》和《赠张旭》来，就对人物行为神态的描绘来说，后者可能更加形象生动，淋漓尽致，也更能见人物的个性；但就情景的渗透交融，笔意的洒脱自如，描绘的简洁传神，特别是成功地运用粗线条的笔法写人物的神采方面，这首《送陈章甫》当更胜一筹。

送刘昱〔一〕

八月寒苇花〔二〕，秋江浪头白。
北风吹五两〔三〕，谁是浔阳客〔四〕？
鸬鹚山头微雨晴〔五〕，扬州郭里暮潮生〔六〕。
行人夜宿金陵渚〔七〕，试听沙边有雁声〔八〕。

校注

〔一〕《新唐书·宰相世系表一上》曹州南华刘氏有刘昱，字士明，大理司直。系著名理财家、肃宗和代宗时任宰相的刘晏之兄。李颀与刘晏交善，诗集中有《送刘四赴夏县》。

〔二〕寒苇花，指芦苇花，芦花色白，开当寒秋，故云。

〔三〕五两，古代测风器。用鸡毛五两（或八两）系于高竿顶上，借以观测风向、风力。《文选·郭璞〈江赋〉》："觇五两之动静。"李善注："兵书曰：'凡候风法，以鸡羽重八两，建五丈旗，取羽系其巅，立军营中。'许慎《淮南子注》曰：'綄，候风也，楚人谓之五两也。'"

〔四〕浔阳，唐江州浔阳郡，今江西九江市。

〔五〕鸱鹉山，京口（今江苏镇江市）有鸱鹉堰，鸱鹉山可能在其附近。

〔六〕扬州郭，扬州城外郭，此指扬州城外。

〔七〕金陵，此指今南京，非京口之金陵渡。渚，沙洲。

〔八〕有，《全唐诗》校："一作南。"

李
颀

笺评

郝敬曰：情境无着，凄寂可念。（《批选唐诗》）

唐汝询曰：此冀刘昱之相思也，言苇花点浪而白，五两候风而行。此时向浔阳者，非君乎？经鸱鹉，历扬州，而雾潮生，而宿金陵之渚，试听沙边有雁声否？闻之，能不念我耶？雁集，必有俦侣，故离别者兴思焉。（《唐诗解》卷十七）又曰：意不甚超，辞极精雅。（《汇编唐诗十集》）

范大士曰：寄兴空虚，相赏在毫素外。（《历代诗发》）

黄培芳曰：五七言凑成短古，好模范。（《唐贤三昧集笺注》评）

张文荪曰：转折有神无迹，可称一片宫商。（《唐贤清雅集》）

沈德潜曰：郭璞《江赋》："觇五两之动静。"谓候风羽也。（《重订唐诗别裁集》卷五）

方东树曰：天地间别有此一种情韵。（《昭昧詹言·王李高岑补遗》）

鉴赏

李颀与刘昱、刘晏兄弟均有交情，这首诗是诗人在润州送别刘昱之作。诗用五七言短古体制，或即殷璠所称"杂歌"之一体。

开头两句写秋江送别。时当八月寒秋，江边的芦花在秋风中摇荡，一片泛白，呈现出萧瑟的寒意，秋江中浪头叠起，翻起层层白波。芦花之白，映衬着秋江浪头之白，使眼前的景象带上了凄寒的色调和骚屑不宁的意味，这和送别时主客双方的心境正相吻合。

"北风吹五两，谁是浔阳客？"刘昱此行系乘舟溯江而上，去的目的地则是浔阳，故以风吹五两点出船行，以"浔阳客"指刘昱。二句实际上只说刘昱乘舟去浔阳，但用"北风吹五两"点染舟发前情景，便无形中增添了一种匆遽和惜别的气氛，而"谁是浔阳客"的故意设问则使诗句显得摇曳生姿，顿宕有致。此处点出"北风"，使一、二两句的"寒苇花"和"浪头白"都

507

明显带上了强烈的动态感。

以上四句，均用五言，押入声韵，写行前情景；五至八句，改用七言，押平声韵，写舟发时情景及对别后情景的想象。"鸱鹉山"当在润州，出发时微雨已晴，正是扬帆起航的时机，此时遥望对岸，扬州城外，晚潮已生，行舟正可借着潮水的涨势，向上游行驶。这两句虽表面上只写景物，但处处关合舟行，暗示刘昱扬帆而去。两句用工整的对仗，情景如画，而又一气流注。

七、八两句是遥想刘昱今夜舟宿金陵渚的情景，"行人"指刘昱。八月寒秋，北雁南飞，诗人遥想刘昱夜宿金陵城边的沙洲时，恐怕会试听新雁的鸣叫声吧。沙边旅雁，与夜宿金陵渚的旅人之间，正构成一种相似的对应；而雁声凄清，也正与旅人的心声相应。因此，这一结虽不直接抒情，却具有悠远的情韵。四句用平声庚韵，音调幽微凄清，也与旅人的情绪相吻合。

此诗的好处，全在风调情韵之美。情虽不深而韵自悠远，格虽不高而调自流美，吟诵之余，自有一种悠扬的风调和隽永的情味。整首诗就像行云流水，别具天然的风致。

送魏万之京 〔一〕

朝闻游子唱离歌〔二〕，昨夜微霜初渡河〔三〕。
鸿雁不堪愁里听，云山况是客中过〔四〕。
关城树色催寒近〔五〕，御苑砧声向晚多〔六〕。
莫见长安行乐处，空令岁月易蹉跎。

〔一〕魏万，又名炎，后改名颢。聊城（今属山东）人。曾隐于王屋山，自号王屋山人。慕李白之名，于天宝十二载（753），访白于梁园、东鲁，未遇。翌年始相见于广陵，与白同游。上元元年（760）登进士第。翌年编成《李翰林集》，并作序。生平事迹见李白《送王屋山人魏万还王屋序》。

〔二〕离歌，又称骊歌，告别之歌。《汉书·儒林传·王式》："谓歌吹诸生曰：'歌《骊驹》。'"颜师古注："服虔曰：'逸《诗》篇名也，见《大戴记》。客欲去歌之。'文颖曰：'其辞云"骊驹在门，仆夫俱存；骊驹在路，仆夫整驾"也。'"也可如字解为伤别的歌曲。何逊《答丘长史诗》："宴年时未几，离歌倏成赋。"骆宾王《送王赞府上京参选赋得鹤》："离歌凄妙曲，别操绕繁弦。"

〔三〕一、二两句倒叙。谓昨夜微霜初过黄河，今晨魏万告别而去。

〔四〕三、四二句设想魏万怀着客愁，旅途中不堪愁听鸿雁鸣叫，无心观赏云山胜景的情形。

〔五〕关城，指潼关城。温庭筠《过潼关》："十里晓鸡关树暗，一行寒雁陇云愁。"可证潼关城大路旁有成行树林。树，《全唐诗》校："一作曙。"

〔六〕砧声，指捣衣声。向晚，傍晚。

（笺）（评）

李梦阳曰：其致酸楚，其语流利。（《删补唐诗选脉笺释会通评林·盛七律上》引）

何景明曰：多少宛转，诵之悠然。（同上引）

顾璘曰：此篇起语平平，接句便新。初联优柔，次联奇拔，结蕴寄兴，含蓄不露，最为佳作。（《批点唐音》）

杨慎曰：杜审言诗："始出凤凰池，京师易春晚。"奇句也。盖言繁华之地，流景易迈。李颀诗："好在长安行乐地，空令岁月易蹉跎。"亦此意也。近刻本改作"阳春晚"，非也。（《升庵诗话·京师易春晚》）

胡应麟曰：盛唐脍炙佳作，如李颀"朝闻游子唱离歌，昨夜微霜初渡河"。颈联复云："关城曙色催寒近，御苑砧声向晚多。""朝""曙""晚""暮"四字重用，惟其诗工，故读之不觉。然一经点勘，即为白璧之瑕，初学者当戒。（《诗薮·内编·近体中·七言》）

钟惺曰：净亮无浮响，铢两亦称。（《唐诗归》卷十四）

谭元春曰："朝闻游子唱骊歌。"起得清历。（同上）

唐汝询曰：此道中相遇，而赠之以诗也。言朝来唱歌之游子，乃昨夜经微霜而渡河者也。以独愁久客之中，而听此鸿雁，对此云山，情何堪乎！况入关而寒景渐迫，到京则砧声愈多，是羁旅之怀日深耳。万之此行，盖有志于仕进，故勉之曰：弗以长安为行乐之处，使岁月蹉跎而无成，言当及时努力也。（《唐诗解》卷四十三）

李

颀

509

陆时雍曰：五、六老秀，结语寄况无限。（《唐诗镜》卷十六）

顾华玉曰：不知多少宛转。（《唐诗广选》引）

叶羲昂曰：其致酸楚，其语流利。（按：此二语袭李梦阳评）"近"字好，"多"字工。（《唐诗直解》）

徐中行曰：词意大雅，爱惜更深。（《删补唐诗选脉笺释会通评林·盛七律上》引）

蒋一葵曰：宛转流亮，愈玩愈工。（同上引）

周珽曰：当秋羁旅，触遇皆成悲思。此篇前六句写情入妙，声调之工，便为大历诸子楷模。想万此行有志仕进，故结勉之。见繁华之地，流景易迈，当及时努力也。送别之什，足称大雅上乘。（同上）

邢昉曰：高华俊亮，与摩诘各成一调。（《唐风定》）

金圣叹曰：（前解）一是正写题，如云："子欲别耶？"二是题前添写一句，如云："时至秋矣。"三却趁便反先接题前添写一句，如云："秋且不堪。"四方仍接正写题，如云："乃又别乎！"质言之，只是如此四句，而其手法转接离即，妙至于此，真绝调也。（后解）五言一年轻轻又便过也，六言一日轻轻又便过也。如此轻轻一日，又轻轻一日；轻轻一年，又轻轻一年，岁不我与，转盼老至。然则特地之京，竟为何事？君子赠人以言，此"行乐""蹉跎"之四字，无谓今日言之不早也。（《贯华堂选批唐才子诗》卷三）

叶矫然曰：张说《湖山寺》结句"若使巢由同此意，不将薜荔易簪缨。"读者认"若使"二字作反结词，愈解愈晦。盖此承上文种种出尘幽致，若是可使巢、由同此意趣，故不将薜荔易簪缨也。此"使"与《中庸》"使天下之人""使"字同解，亦与李颀《送魏万》结句略同。莫以长安行乐之地，致令岁月蹉跎也。二语殊妙，俱不费解。（《龙性堂诗话初集》）

刘邦彦曰：唐曰：逗漏大历气。（"云山"句下）（《唐诗归折衷》）

胡以梅曰：三承二，四承起，用虚字为脉，诸句皆灵活。五、六单承第二，言到京之景。（《唐诗贯珠串释》）

吴乔曰：是灿烂铿锵、肤壳无情之语。（《围炉诗话》）

焦袁熹曰：作者本从喉中唱出，奈学舌头者多何！（《此木轩唐五言律七言律诗选读本》）

沈德潜曰：结意勉以立功，若曰勿以长安为行乐之地，而蹉跎无成也。

（《重订唐诗别裁集》卷十三）

屈复曰：通首有缠绵之致。（《唐诗成法》）

黄培芳曰："莫见长安行乐处，空令岁月易蹉跎。"二句并不弱，景中情。此种和平之作，后人终拟不到，能辨此，作长律方有归宿处。可知瘦辞替语，剑拔弩张，二者皆非也。（《唐贤三昧集笺注》评）

方东树曰：言昨夜微霜，游子今朝渡河耳。却炼句入妙。中四情景交写，而语有次第。三、四送别之情，五、六渐次至京。收句勉其立身立名。初唐人只以意兴温婉轻轻赴题，不著豪情壮语。杜公出，乃开雄奇快健，穷极笔势耳。（《昭昧詹言·盛唐诸家》）

俞陛云曰：此诗首二句平衍而已。三、四句叙客况，句中以"不堪""况是"四字相呼应，遂见生动，与"江客不堪频北望，塞鸿何事亦南飞"同一句法。六句之向晚砧多，承五句关城寒近而来。收句谓此去长安当以功名自奋，勿以游乐自荒。绕朝赠策，犹有古风。（《诗境浅说》）

鉴赏

李颀七律现存者仅七首，虽篇篇合律，标志着诗人对这一体制在音律方面规则的熟练掌握，但无论是思想内容还是艺术成就，真正出色的作品很少。明代选家及评家对李颀七律的推崇，不免过誉。这首《送魏万之京》是他七律中比较可读的一首。

首句点明清晨送别。"游子"指魏万，"唱离歌"，点伤别之情，起得平稳而清畅。次句却倒叙昨夜物候。"初渡河"的主语是"微霜"而非"游子"。中国的气候，自北而南，每越过一条大江大河，就有显著的变化。说"微霜初渡河"，是指秋天的初霜已经越过黄河，整个中原地区，已是一片深秋景色了。按时间顺序，应是"昨夜微霜初渡河"在前，"朝闻游子唱离歌"在后，现在这样倒过来写，不仅使原来显得有些平直的起联因此而添顿挫曲折的情致，而且"微霜初渡河"的造语也显得新颖生动，给人一种清新感。其写法类似"梅柳渡江春"，而出语似更自然，不见锤炼之迹。这句写季节物候，在全篇中的地位作用很重要，以下两联写景，末联抒情都与"微霜初渡河"的节候有密切关联。据末联，魏万此次赴京，当是参加来春进士试。唐代选举制度规定，每年十月，各地士子齐集长安。魏万深秋赴京，正是赶赴京师会集之时。

　　颔联紧承"微霜"的气候，设想魏万赴京途中不堪愁听鸿雁哀鸣，不堪愁对重叠云山的情景。深秋季节，北雁南飞。在古代诗赋中，鸿雁常是游子的象征。在孤子无伴的旅途中，听到鸿雁的哀鸣，不免触动游子孤寂的情怀，而感到难以禁受，故说"鸿雁不堪愁里听"。旅途上云山重叠，但均非自己家乡的云山，面对这重重叠叠的陌生山峦，不免更触动游子对故乡的思念。故说"云山况是客中过"。上句用"不堪"提起，下句用"况是"转进，虚字的开合照应，深一层地揭示了游子的孤寂情怀和思乡意绪。而诗人对魏万的深情体贴和关切，也隐现于字里行间。两句一意贯串，自然流走，摇曳生姿。

　　腹联紧扣题内"之京"，想象魏万入潼关、近京城的行程物色。关城，指潼关，系入京之门户。"树色催寒近"，造语生新而形象。深秋季节，木叶黄落，树色较之盛夏、初秋都有显著的变化。在诗人的感觉当中，似乎是这萧条黄落的树色催来了深秋的寒意，而不是深秋的寒意导致了树色的变化。这感受，似无理却极真切。较之"微霜初渡河"，造语上锤炼之迹似稍显露，但韵味更隽永。秋天是裁制寒衣、寄送远戍征人的季节。向晚入夜之时，砧杵捣衣之声远传。在旅途上能听到"御苑砧声"，说明长安已经在望。两句从"关城"到"御苑"，正显示了"之京"行程由门户至京城。说"御苑砧声"，是因为唐代宫廷中宫女也有制寒衣送征人的习俗，著名的开元宫人《袍中诗》就是明证。《本事诗》载："开元中，颁赐边军纩衣，制于宫中。有兵士于短袍中得诗曰：'沙场征戍客，寒苦若为眠。战袍经手作，知落阿谁边。蓄意多添线，含情更著绵。今生已过也，结取后生缘。'"可见"御苑砧声"之语并非虚下。这"砧声"，同样是牵引游子、征夫对亲人的思念之情的。总之，颔、腹两联所写景物，或诉之听觉，或诉之视觉，无一不是触发游子情思的外物。诗人结合着行程、季候来写这些景物的同时，也将游子的思乡念亲、孤寂凄伤情怀如剥茧抽丝般地显露出来了。事（赴京的行程）、景（深秋的景色）、情（游子的情怀）在行云流水般的节奏和清亮悠扬的韵律中得到了和谐的统一。

512　　前六句写节候物色，紧扣"微霜渡河"的季候特征，其间已隐隐透露出年光易逝之意蕴。尾联就势转出对魏万的劝勉，希望他不要因为在长安繁华之都耽于逸乐，而耽误了求取功名的正事，以致岁月蹉跎，志事无成。这劝勉似乎有些落套，却很有针对性。联系唐人传奇中许多应举士子沉溺于北里青楼之游的故事，可以看出这嘱咐中包含了对魏万的深挚关切。李颀开元二十三年（735）登进士第，而魏万迟至上元元年（760）始登第，从年龄上说，魏万应是李颀的后辈，因此诗末作此劝勉语，也符合李颀的年辈身份。

诗的节奏韵律清畅流利，虽写深秋物候景色和游子旅思乡情，但总的情调是温婉和平的，反映出壮盛时世中士人健康向上的心态。虽无豪语，却显得清新博大。

李
颀

王昌龄

王昌龄（约698—756），字少伯，京兆万年（今陕西西安市）人。一说江宁人。开元十五年（727）登进士第，授秘书省校书郎。二十二年，应博学宏辞试中选，改授汜水尉。二十七年，贬岭南，翌年北归，经襄阳，与孟浩然相聚。是年冬，出任江宁丞（一说江宁尉）。晚年贬龙标（今湖南洪江市）尉。安史乱起，返乡里，途经亳州，为刺史闾丘晓所杀。昌龄工诗，绪密而思清，尤长七绝，时谓王江宁。有集五卷，已散佚。《全唐诗》编其诗为四卷。又著有《诗格》二卷。殷璠编《河岳英灵集》，收入昌龄诗十六首，居诸家之冠。今人李云逸有《王昌龄诗注》。

少年行二首（其一）〔一〕

西陵侠少年〔二〕，送客短长亭〔三〕。
青槐夹两道〔四〕，白马如流星。
闻道羽书急〔五〕，单于寇井陉〔六〕。
气高轻赴难，谁顾燕山铭〔七〕。

校注

〔一〕《少年行》，乐府旧题，参见王维《少年行四首》（其一）注〔一〕。王昌龄此题共二首，另一首写少年游侠走马相寻，高阁结交尽饮的情景。

〔二〕西陵，指西汉诸帝在长安西北一带的陵墓。

〔三〕短长亭，即短亭长亭之省称。古代每隔五里或十里，于道旁设亭，供行旅休息。离城近之亭亦用作送别。庾信《哀江南赋》："十里五里，长亭短亭。"

〔四〕道，《全唐诗》校："一作路。"

〔五〕羽书，即羽檄，古代军事文书，插鸟羽以示紧急，必须迅速传递。陆贾《楚汉春秋》："黥布反，羽书至，上大怒。"《史记·韩信卢绾列传》"以羽檄征天下兵"裴骃集解："魏武帝《奏事》曰：'今边有小警，辄露檄插羽，飞羽檄之意也。'推其言，则以鸟羽插檄书，谓之羽檄，取其急速若飞鸟也。"

〔六〕单于，匈奴君长。井陉，即井陉关，为著名关隘，在今河北井陉县。

〔七〕燕山铭，即燕然铭。东汉永元元年（89），车骑将军窦宪领兵出塞，大破北匈奴，登燕然山（即今蒙古国境内之杭爱山），刻石勒功，记汉威德。班固有《封燕然山铭》。事见《后汉书·窦宪传》。

王
昌
龄

笺评

徐用吾曰：全是侠少意气本色语。（《精选唐诗分类评释绳尺》）

沈德潜曰：少伯塞上诗，多能传出义勇。（《重订唐诗别裁集》卷一）

鉴赏

这首短篇五古写少年游侠出征送行场景，展现出轻生报国的豪情壮采和意气风发的精神面貌。起二句交代人物、地点和"送客"之事。"西陵"指长安以西西汉诸帝陵墓，这一带曾屡迁天下豪杰之家于此，故多少年游侠。"短长亭"即十里长亭、五里短亭之省，说明送别地点不止一处，被送者亦不止一人。"送客"何往？此处暂时不挑明。三、四句立即转到"客"的启程，勾画出一幅青槐夹路、白马星驰的图景，"两道"似指双向对行的驿道。两句一写道路，一写人物；一为静景，一为动态。构图简洁明快，色彩对照鲜明，笔势轻利跳脱，少年游侠的勃勃英姿跃然纸上。

五、六句由白马星驰折出缘由：北方游牧民族的君长率军入侵，逼近井陉关，告急的军事文书飞传长安。用"闻道"一语，点出这是少年游侠听说外敌入侵后立即作出的行动反应，为结尾重笔收束作铺垫。七、八句即由"羽书急"转进一层，揭出侠少此举的思想基础。燕山铭，用东汉窦宪大破北匈奴，登燕然山刻石纪功事。两句一正一反，有力地表现出少年游侠勇赴国难，不计个人荣名的高尚情怀。游侠急人之难，羞伐其德的传统作风在这里升华为急国之难的光荣责任感。这正是盛唐刚健昂扬的时代精神所孕育出来的新一代游侠少年的精神风貌。

这首诗在构思上有两个特点。一是逐层脱卸，篇末点睛。先写送客场景，后述送客之由；先写报国行动，后写思想基础；层层折转，最后于篇末

515

用重笔集中揭示侠少的精神风貌，显得特别警动遒劲。二是以"急"字作为贯串全诗的中心。军情之紧急引出侠少报国行动的迅疾；而行动的迅疾又显示了其感情反应之迅疾。与此相应，全诗的节奏也迅疾明快，一气流注。虽层层折转，而略无停顿之感。可以说是用快节奏来描写快事快人快情，内容与形式取得了和谐的统一。

从军行七首（其二）〔一〕

琵琶起舞换新声〔二〕，总是关山旧别情〔三〕。
撩乱边愁听不尽〔四〕，高高秋月照长城。

校注

〔一〕《从军行》，乐府旧题，属相和歌辞平调曲。原题共七首，本篇是第二首。

〔二〕新声，新的乐曲。

〔三〕旧，《全唐诗》校："一作离。"

〔四〕撩乱，纷乱，杂乱。听，《全唐诗》校："一作弹。"

笺评

郭濬曰："总是"二字转接得有力。忽说月，妙。（《增定评注唐诗正声》）

唐汝询曰：奏乐所以娱心，今我起舞而琵琶更换新声，本以相乐也。然总之为离别之情。边声已不堪闻，其奈月照长城乎！入耳目者，皆边愁也。（《唐诗解》卷二十六）

周敬曰：意调酸楚。（《删补唐诗选脉笺释会通评林·盛七绝上》）

吴山民曰：下"起""换""总是"字，见得非独琵琶也。（同上引）

周珽曰：乐本以娱心，凡所奏所舞，总不外离别之情，边愁岂不为之撩乱乎？无奈秋月，又高照长城，则耳目睹闻，无非悲思矣，边愁更当何如！奇想层出。（同上）

黄生曰：前首（按：指第一首"烽火城西百尺楼，黄昏独上海风秋。更吹羌笛关山月，无奈金闺万里愁"）以"海风"为景，以"羌笛"为事，景在事前；此首以"琵琶"为事，以"秋月"为景，景在事后。当观其变调。又曰：（末句）景中含情。（《唐诗摘抄》卷四）

朱之荆曰：首句言琵琶当起舞时换新声也，是缩脉句法。下"总是"字，见得非独琵琶也。故三句"听不尽"。听已不堪，况所见又是秋月，其愁为何如乎！末句是进步法。（《增订唐诗摘抄》）

黄培芳曰：有凄绝之音。（《唐贤三昧集笺注》评）

黄叔灿曰：跟上首来，故曰"换"，曰"总是关山旧别情"，即指上笛中所吹曲说。"撩乱边愁"而结之以"听不尽"三字，下无语可续，言情已到尽头处矣。"高高秋月照长城"，妙在即景以托之，思入微茫，似脱实粘，诗之最上乘也。（《唐诗笺注》）

宋顾乐曰：此首第二句已斩绝矣，第三句转得不迫，落句更有含蓄，愈叹其妙。（《唐人万首绝句选》评）

王闿运曰：此篇声调高响，明七子皆为之而不厌人意者。（《湘绮楼说诗》）又曰：以"新""旧"二字相起，有无限情韵，俗本作"离别"，便索然矣。（《手批唐诗选》）

刘永济曰：第二首琵琶之新声，亦撩人之怨曲，满腹离绪之人，何堪听此，故有第三句。末句忽写月，正以见边愁不尽者，对此"高高秋月"，但"照长城"，愈觉难堪也。句似不接，而意实相连，此之谓暗接。（《唐人绝句精华》）

刘拜山曰：结句即景寓情，苍凉无尽，征戍无已，边愁难遣之意，皆包蕴其中。（《千首唐人绝句》）

这首诗选取久戍边疆的将士日常生活的一个片段——秋夜奏琵琶而起舞的场景，集中抒写他们的思想感情，诗情抑扬有致，境界阔大苍凉，一结尤具神韵。

起句写军中奏乐起舞。琵琶是由西域传入的乐器，戍守西北边陲的将士在日常的军营生活中常用它来消遣时光，排解寂寞。它和羌笛也就成了边塞诗中最常见的诗歌意象，是构成边塞诗浓郁的异域情调的重要元素。琵琶促

517

柱繁弦，曲调繁复多变，节奏急骤迅疾，表情酣畅淋漓，在军营中，它常常与酒和舞联系在一起，所谓"葡萄美酒夜光杯，欲饮琵琶马上催"，就反映了军中宴乐的热烈欢快气氛。这里写"琵琶起舞换新声"，琵琶的急骤旋律，正伴着军中劲健奔放的舞蹈，更何况所奏者又是琵琶新曲调，则其情绪的昂扬、气氛的热烈、场景的热闹似乎可以想见。这句先极力一扬。

但出乎意料的是，次句诗意诗情却来了一个大转折——"总是关山旧别情"。尽管琵琶急奏，金甲起舞，新曲迭换，但"新声"中所奏出的却"总是""旧别情"。琵琶曲中当然也有表现征戍者思乡之情的曲调，但这里"总是"一语中所透露的却更多的是听者的主观感受。在久戍不归的将士耳中，这充满了异域情调的琵琶声本身，就足以引起自己思念家乡和家人的"别情"，所谓"异方之乐令人悲"，正是这种情况。这句的"旧"与上句的"新"构成的鲜明而强烈的对照，再加上句首"总是"二字的重笔勾勒，诗意诗情便出现了相反方向的逆转，透露出久戍不归的将士那种强烈的苦闷和无奈，那种貌似欢快热闹的气氛中所感受到的单调、枯燥和悲凉。上句的扬加重了这句的抑的分量。上句是宾，下句是主，写宾正是为了更好地托主。

"撩乱边愁听不尽"，按绝句通常的写法，第三句应该转出新意，但诗人却仍在第二句的基础上再加渲染。所谓"边愁"，即戍边将士的愁绪，在这首诗里也就是第二句所说的"旧别情"。琵琶繁复多变的曲调、急骤迅疾的节奏，使本来就怀着别情愁绪的征人心绪更加纷乱，而这琵琶的曲调却仿佛永远也弹不尽，始终在征戍将士的耳边回响。写到这里，征人的"边愁"已经被推向顶端，末句似乎难以为继。诗人却又突作转折，撇开"琵琶起舞"的场景，推出一幅苍凉阔远的图景。

"高高秋月照长城"，前面三句，无论是写军中奏乐和歌舞的场景，或是抒征人纷乱的边愁，都是写动态中的景和情，第四句却突转写静景。仿佛一刹那之间，一切都凝固不动了，只见高邃的天宇之上，挂着一轮明月，照临着古老苍黑、连绵逶迤的长城。乍一读，似感它与前三句有些脱节；细加体味，却感到这幅图景中有极为丰富的内涵。"可怜闺里月，长在汉家营"，一轮明月，联结着边塞戍守的征人和远在内地的思妇。见团圆明月临关，不免更触动对家人的思念和伤离的意绪；而长城，又是防卫外敌入侵的凭借，祖国安全的屏障，"高高秋月照长城"的景象又会自然唤起戍边将士保卫国家的责任感和光荣使命感；而明月古今长在，长城亘古长存，这明月高照长城的景象还会使征人联想起更悠远的历史和更广阔的空间，联想起"秦时明月汉时关，万里长征人未还"的历史画面，从而在现实的责任感之外又融会了对祖国悠久历史和边塞战争的想象与感受。这一切，都在这阔远苍凉的画面中得到了集中的体现。正如罗宗强先生所说："结句又衬以月照长城，边愁愈加深沉。但在深沉之中，又不伤感。'高高秋月照长城'的意象，给人以壮阔之感。边愁不尽，但情怀又非只有边愁，还有豪情。"

从军行七首（其四）

青海长云暗雪山〔一〕，孤城遥望玉门关〔二〕。
黄沙百战穿金甲，不破楼兰终不还〔三〕！

校注

〔一〕青海，即青海湖，在今青海省西宁市西。唐代这一带是唐军与吐蕃经常交战的地方。雪山，指祁连山。绵延于今甘肃省西部和青海省东北部边境，长两千里。又，新疆境内的天山，古称北祁连，非此诗所指。

〔二〕孤城，指戍边将士驻守之地。玉门关，见王之涣《凉州词》"春风不度玉门关"句注。

〔三〕楼兰，汉西域国名，王居扜泥城，遗址在今新疆若羌县境，罗布泊西，处于汉代通西域南道上。因居于汉与匈奴之间，常持两端，或杀汉使，阻通道。元凤四年（前77），汉遣傅介子斩其王安归，另立尉屠耆为王，更名鄯善。傅介子以立功封侯。事见《汉书·西域传上》及《傅介子传》。此以"楼兰"泛指犯边之敌国。

笺评

李梦阳曰：语亦悲壮。（《删补唐诗选脉笺释会通评林·盛七绝上》引）

唐汝询曰：哥舒翰尝筑城青海，其地与雪山相接。戍者思归，故登城而望玉关，求生入也。因言冒风沙而苦战久矣，然不破楼兰，终无还期，悲何如耶！（《唐诗解》卷二十六）

周珽曰：上联边塞之景，下联敌忾之词。黄沙百战，楼兰不破不还，与张仲素"功名耻计生擒数，直斩楼兰报国恩"，俱有忠勇激烈之气。唐注戍者思归，登城望玉关，求生入也。因言冒险大战，敌不破，悲无还期。说恐无味，大非国而忘家之旨也。（《删补唐诗选脉笺释会通评林·盛七绝上》）

沈德潜曰：作豪语看亦可，然作归期无日看，倍有意味。（《重订唐诗别裁集》卷十九）

黄叔灿曰：玉关在望，生入无由，青海雪山，黄沙百战，悲从军之多苦，冀克敌以何年。"不破楼兰终不还"，愤激之词也。（《唐诗笺注》）

张文荪曰：清而壮，婉而健，盛唐人不作一凄楚音。（《唐贤清雅集》）

俞陛云曰：首二句乃逆挽法，从青海回望孤城，见去国之远也。后二句谓确斗无前，黄沙百战，金甲都穿，见胜概英风。（《诗境浅说》续编）

朱宝莹曰：首句长云迷漫，雪山亦暗，有不甚明见之意。二句惟见有孤城，遥而望之，系玉门关云。起势远甚。三句在黄沙之地已经百战，终穿上金甲，转得突兀。四句不破楼兰不还，如顺流之舟矣。结句壮甚。（《诗式》）

刘永济曰：第三首又换一意，写思归之情而曰"不破楼兰终不还"，用一"终"字而使人读之凄然。盖"终不还"者，终不得还也。连上句金甲着穿观之，久戍之苦益明。如以为思破敌立功而归，则非诗人本意矣。（《唐人绝句精华》）

刘拜山曰：楼兰不破，终无归日，回望玉关，百战何辞！语意亦极豪宕，未可以怨愤视之。（《千首唐人绝句》）

唐代边塞诗的读者，往往因为诗中所涉及的地名古今杂举、空间悬隔而感到困惑。怀疑作者不谙地理，因而不求甚解者有之，曲为之解者亦有之。这首诗就有这种情形。

前两句提到三个具体地名。雪山，即河西走廊南面横亘延伸的祁连山脉。青海湖与玉门关，东西相距数千里，中间隔着祁连雪山，却在同一幅画面上出现。于是对这两句就有种种不同的解说。有的说，上句是向前极目，下句是回望故乡。这很奇怪。青海、雪山在前，玉关在后，则抒情主人公回

520

望的故乡该在玉门关西的西域，那不是汉兵，倒成胡兵了。另一说，次句即"孤城玉门关遥望"之倒文，而遥望的对象则是"青海长云暗雪山"。这里存在两种误解：一是把"遥望"解为"遥看"，二是把对西北边陲地区的概括描写误解为抒情主人公望中所见。而前一种误解即因后一种误解而生。其实，一、二两句，不妨设想成次第展现的广阔地域的画面：青海湖上空，长云弥漫，湖的北面，横亘着绵延千里的隐隐雪山；越过雪山，是矗立在河西走廊荒漠中的一座孤城，再往西，就是和孤城遥遥相对的军事要塞——玉门关。这幅集中了东西数千里广阔地域的长卷，就是当时西北边塞戍边将士生活、战斗的典型环境。它是对整个西北边陲的一个鸟瞰，一个概括。为什么特别提及青海与玉门关呢？这跟当时边境上民族之间战争的态势有关。唐王朝西、北方的强敌，一是吐蕃，一是突厥。河西节度使的任务是隔断吐蕃与突厥的交通，一镇而兼顾西方、北方两个强敌，主要是防御吐蕃，守护河西走廊。"青海"一带，正是吐蕃与唐军多次作战的地区；而"玉门关"外，则在相当长的时间内，一直是突厥的势力范围。所以这两句不仅概括地描绘了整个西北边陲的景象，而且，是出了"孤城"南拒吐蕃，西拒突厥的极其重要的地理形势。这两个方面的强敌，正是戍守"孤城"的将士心之所系，宜乎在画面上出现青海与玉关。与其说，这是将士望中所见，不如说这是将士脑海中浮现出来的画面。这两句在景物描绘中渗透了丰富复杂的感情。戍边将士对边防形势的关注，对自己所担负的任务的责任感、自豪感，以及戍边生活的孤寂、艰苦之感，都融合在悲壮、开阔而又迷蒙暗淡的图景当中。

三、四两句由情景交融的环境描写转为直接抒情。"黄沙百战穿金甲"，是概括力极强的诗句。戍边时间之漫长，战事之频繁，战斗之激烈，敌军之强悍，边地之荒凉，都于此七字中概括无遗。"百战"是比较抽象的，冠以"黄沙"二字，就突出了西北战场的特征，令人宛见"日暮云沙古战场"的景象；"百战"而至"穿金甲"，更可见战斗之艰苦激烈，也可想见在这漫长的戍边过程中有一系列"白骨掩蓬蒿"式的壮烈牺牲。但是，金甲尽管磨穿，将士的报国壮志却并没有被消磨，而是在大漠风沙和艰苦战斗的磨炼中变得更加坚定。"不破楼兰终不还"，就是身经百战的将士豪壮的誓言。上一句将战斗的艰苦，战事之频繁越写得充分，这一句便越显得铿锵有力，掷地有声。一、二两句，境界阔远，感情悲壮，含蕴丰富。三、四两句之间，显然有转折，二句形成鲜明对照。"黄沙"句尽管写出了战争的长期和艰苦，但整个形象给人的实际感受是雄壮有力，而非低沉伤感。因此，末句并非嗟

王昌龄

521

叹归家无日，而是在深深意识到战争的艰苦、长期的基础上所发出的更加坚定、深沉的誓言。盛唐优秀边塞诗的一个重要思想特色，就是在抒写戍边将士豪情壮志的同时，并不回避战争的艰苦乃至牺牲，本篇就是一个显例。可以说，三、四两句这种不是空洞肤浅的抒情，正需要一、二两句那种含蕴丰富的大处落墨的环境描写。典型环境和人物感情的高度统一，是王昌龄绝句的一个突出优点。这在本篇中也得到了完美的体现。

从军行七首（其五）

大漠风尘日色昏，红旗半卷出辕门〔一〕。
前军夜战洮河北〔二〕，已报生擒吐谷浑〔三〕。

校注

〔一〕辕门，领兵将帅的营门。《六韬·分合》："大将设营而陈，立表辕门。"行军扎营时用车环卫。军营出入处的两车车辕相向竖起，故称辕门。

〔二〕洮河，又称洮水，源出今青海境内之西倾山，系黄河上游支流。

〔三〕吐（tū）谷（yù）浑，古鲜卑族的一支。本居辽东，西晋时在首领吐谷浑的带领下西迁至甘肃、青海间，至其孙叶延时，始号其国为吐谷浑，据有洮河西南一带地区。唐初经常侵扰边境，后为李靖所败，国王伏允自杀。其子被国人立为可汗，称臣内附。其后为吐蕃所并，此泛指西部犯边的敌首。

笺评

唐汝询曰：前四章征戍之怨曲，此则战捷之凯歌。吐谷浑者，吐蕃之军也。其君既擒，馀寇不复论矣。（《唐诗解》卷二十六）

周珽曰：战捷凯歌之辞，末即歼厥巨魁之意，谓大寇既擒，馀不足论矣。横逸之气，壮烈之志，合并而出。（《删补唐诗选脉笺释会通评林·盛七绝上》）

吴山民曰：健。（同上引）

陆士钤曰：跌宕。（同上引）

宋顾乐曰：《从军》诸作，皆盛唐高调，极爽朗，却无一直致语。（《唐人万首绝句选》评）

潘德舆曰：曩只爱其雄健，不知其用意深至，殊不易测。盖讥主将于日昏之际，始出辕门，而前锋已夜战而禽大敌也。较中唐人"死是征人死，功是将军功"二语，浑成多矣。粗中人阅之，直以为雄快之凯歌而已者，未尝于"日昏""夜战""半卷""生擒"等字，痛下两眼看也。（《养一斋诗话》卷二）

朱宝莹曰：首句大漠之乡，风尘迷霾，日色欲昏，盖已近暮天。先写塞外情境，此为凌空盘旋起法。二句言风起尘扬，红旗难以全张，故半卷也。出辕门，出战也。前军所指，连夜接战，地在洮河以北，先已擒得吐谷浑。曰"前军"，则全军尚未齐至；曰"已报"，有不待全军至而已获胜者。"夜"字应上"昏"字，"已报"应上"前军"二字。（《诗式》）

俞陛云曰：此诗总结前数章，故言扫老上之庭，饮黄龙之府，以告武成。为塞下曲之凄调悲歌别开面目也。（《诗境浅说》续编）

刘永济曰：第四首但写边军战胜之事。（《唐人绝句精华》）

刘拜山曰：前军大捷，名王就缚，凯旋可期。诗亦声情激昂，极沉雄英爽之致。（《千首唐人绝句》）

鉴赏

绝句篇幅短小，很难对声势浩大、艰苦激烈的战斗场景和战争过程作正面的铺叙渲染。这首写战争行动的七绝，其高妙之处主要表现在通过巧妙的构思，力避绝句之短，发挥绝句之长，将一场战争写得既极具威武雄壮的气势，又留下丰富想象的余地。而它的艺术构思的高妙，又主要体现在选取了一个极富包孕的片段加以集中表现。这个典型的片段便是大军出师的瞬间所发生的情景。

起句大笔濡染战斗环境之艰苦恶劣。西北边塞，平沙万里，浩浩无垠，风暴起处，黄尘滚滚，直上云霄，遮天蔽日，一片浑黄。"日色昏"正显示了"大漠风尘"的威力。或谓"日色昏"指日已暮，恐非。一则大部队出征，一般都在平明。岑参《轮台歌送封大夫出师西征》"上将拥旄西出征，平明吹笛大军行"可证。二则下文说到"前军夜战洮河北"的捷报传来，如

523

果是第二天傍晚大军才出发，则前锋部队与后续大军出发的时间间隔太长。当是大军早晨出师闻前军夜战告捷方合情理，诗的情节才显得更加紧凑。

次句接写主将率大军出征。由于篇幅有限，这里对具体的出征场景，行军过程概不作正面描写，只紧承首句的"大漠风尘"拈取了一个细节进行特写："红旗半卷出辕门。"红旗半卷，正突现出风势之迅猛劲厉，同时也透露出这支大军正以风驰电掣之势冲出辕门，是一种急行军的态势，与上引岑参诗句"平明吹笛大军行"的从容态势显然有别。这就暗示这支后续部队是紧急驰援前锋部队的，则前锋部队所担负的战斗任务之艰巨也可想而知。一个典型的细节总是能让读者联想到一系列与此密切相关的情事，方能富于蕴含，以少胜多。"红旗半卷出辕门"正是这样的细节。与上句"大漠风尘日色昏"相对照，又反衬出将士不畏艰苦恶劣的自然环境，不畏强敌的英雄气概和一往无前的精神。起得突兀，接得雄健，笔墨精练，气势雄浑。

按照一般的写法，下文似乎必写主将率领的这支部队如何与敌军交锋并取得胜利的场景。但使读者大出意料的是，诗人对此却不置一词，只似不经意地点出了那出辕门不久便传到的消息："前军夜战洮河北，已报生擒吐谷浑。"原来昨晚前锋部队在洮河以北和敌军经过激烈的战斗，已经活捉了敌人的首领。诗写到这里，戛然而止。后军将士得知这个消息后的意外惊喜，欢声雷动，以及胜利回营，奏凯报捷，庆祝胜利的情景统统留到了幕后，但读者却能从这前军报捷的情节中想象到一切。而整个部队的英勇善战，主将的用兵有方，前锋的行动迅猛，也尽在不言之中。这种写法，称得上是真正的笔未到而气已吞，师未到而功已奏。全篇没有一个字正面写战斗，没有任何血淋淋的战争场景，却能使读者从早晨大军出征，闻前军已报捷这样一个瞬间，联想到战争的全过程，想象出这支部队将士的精神风貌和一往无前、所向无敌的气势，确实称得上是充分发挥了绝句的优长，而避免了它之所短，做到了以一当十，以少胜多。

出塞二首（其一）〔一〕

秦时明月汉时关〔二〕，万里长征人未还。
但使龙城飞将在〔三〕，不教胡马度阴山〔四〕。

〔一〕《出塞》，乐府旧题，属《横吹曲辞·汉横吹曲》。郭茂倩《乐府诗集》卷二十一《出塞》解题曰："《晋书·乐志》曰：'《出塞》《入塞》曲，李延年造'……按《西京杂记》曰：'戚夫人善歌《出塞》《入塞》《望归》之曲。'则高帝时已有之，疑不起于延年也。唐又有《塞上》《塞下》曲，盖出于此。"王昌龄《出塞》原题二首，此为第一首。第二首"骝马新跨白玉鞍"，或谓系李白诗。《乐府诗集》所载王昌龄《出塞二首》，第二首为"白花垣上望京师"。

〔二〕"秦""汉"系互文，全句意即秦汉时之明月秦汉时之关隘。

〔三〕龙城飞将，王安石《唐百家诗选》作"卢城飞将"。清阎若璩《潜邱札记》卷二谓："'卢'是也。李广为右北平太守，匈奴号曰飞将军，避不敢入塞。右北平，唐为北平郡，又名平州，治卢龙县。《唐书》有卢龙府，有卢龙军。若'龙城'，见《汉书·匈奴传》：'五月大会龙城，祭其先天地鬼神。'……'龙城'明明属匈奴中，岂得冠于'飞将'上哉！"按："龙城"为匈奴大会祭天之所，不能因此得出不可将"龙城"冠于"飞将"之上的结论。"龙城飞将"者，直捣龙城之飞将。沈佺期《杂诗》："谁能将旗鼓，一为取龙城！"可证"龙城"指侵略内地之胡人首府。"飞将"固用飞将军李广之典，然李广无取龙城之事，"龙城"实用卫青之典。《汉书·卫青霍去病列传》："青为太中大夫。元光六年，拜为车骑将军，击匈奴，出上谷。公孙贺为轻车将军，出云中。太中大夫公孙敖为骑将军，出代郡。卫尉李广为骁骑将军，出雁门。军各为骑。青至茏城（师古注：'茏'，读与'龙'同），斩首虏数百骑。"故"龙城飞将"系兼用卫青与李广二典，指像卫青、李广那样的良将。

〔四〕教（jiāo），使、让。阴山，即今横亘于内蒙古自治区南境，东北接连内兴安岭的阴山山脉，是防止北方外敌的天然屏障。古代北方游牧民族入侵内地，先要越过阴山。汉代，匈奴常越阴山而南侵。

525

笺评

王世贞曰：李于鳞言唐人绝句当以"秦时明月汉时关"压卷。余始不信，以少伯集中有极工妙者。既而思之，若落意解，当别有所取。若以有

意无意可解不可解间求之，不免此诗第一耳。（《艺苑卮言》卷四）

杨慎曰：此诗可入神品。"秦时明月"四字，盘空横硬语也，人所难解。李中溪侍御尝问余，余曰：扬子云赋"櫰枪为闉，明月为堠"，此诗借用其字，而用意深矣。盖言秦时虽远征，而未设关，但在明月之地，犹有行役不逾时之意。汉则设关而戍守之，征人无有还期矣，所赖飞将御边而已。虽然，亦异乎守在四夷之世矣。（《升庵诗话·王昌龄从军行》）

胡应麟曰："秦时明月"在少伯自为常调，用修以诸家不选，故《唐绝增奇》首录之，所谓前人遗珠，兹则掇拾。于鳞不察而和之，非定论也。（《诗薮·内编·近体·绝句》）

顾璘曰：惨淡可伤。音律虽柔，终是盛唐骨格。（《批点唐音》）

敖英曰："秦时明月"一首，用修、于鳞谓为唐绝第一。愚谓王之涣《凉州词》神骨声调当为伯仲。青莲"洞庭西望"气概相敌。第李诗作于沦落，其气沉郁；少伯代边帅自负语，其神气飘爽耳。（《唐诗绝句类选》）

叶羲昂曰：惨淡可伤。结句出人意表，盛唐气骨。（《唐诗直解》）按：叶氏此解基本上袭顾璘评。

王世懋曰：于鳞选唐七言绝句，取王龙标"秦时明月汉时关"为第一。以语人，多不服。于鳞止击节"秦时明月"四字耳。必欲压卷，还当于王翰"葡萄美酒"、王之涣"黄河远上"二诗求之。（《艺圃撷馀》）

胡震亨曰：王少伯七绝，宫词闺怨，尽多诣极之作，若边词"秦时明月"一绝，发端句虽奇，而后劲尚属中驷。于鳞遽取压卷，尚须商榷。（《唐音癸签·评汇六》）

钟惺曰：龙标七言绝，妙在全不说出。读未毕，而言外目前可思可见矣，然终亦说不出。诗但求其佳，不必问某首第一也。昔人问《三百篇》何句最佳及《十九首》何句最佳，盖亦兴到之言。其称某句佳者，各就其意之所感，非执此以尽全诗也。李于鳞乃以此首为唐七言绝压卷，固矣哉！无论其品第当否何如，茫茫一代，绝句不啻万首，乃必求一首作第一，则其胸中亦梦然矣。（《唐诗归》卷十一）

唐汝询曰：匈奴之征，起自秦汉，至今劳师于外者，以将之非人也。假令李广而在，胡人当不敢南牧矣。以月属秦，以关属汉者，非月始于秦，关始于汉也，意谓月之临关，秦汉一辙，征人之出，俱无还期。故交互其文为可解不可解之语。读者以意逆志，自当了然，非唐诗终无解也。（《唐诗解》卷二十六）

陆时雍曰："秦时明月汉时关"，怀古情深隐，复自负，后二语其意显然可见。因知秦征汉战，勒铭著绩，能有几人？（《唐诗镜》卷十二）

汪道昆曰：天马行空。（《删补唐诗选脉笺释会通评林·盛七绝上》）

黄生曰："秦""汉"二字，分装以就句法，不必泥定语。龙城见《卫青传》。守边贵得良将，将在边，即可倚为万里长城矣。如其不然，置关而守，终非良策，徒苦中国征戍之人而已。千古守边大议论，借征夫口中写出。中晚绝句，涉议论便不佳。此诗亦涉议论，而未尝不佳，何以故？风度胜故，气味胜故。（《唐诗摘抄》卷四）

王昌龄

沈德潜曰："秦时明月"一章，前人推奖之而未言其妙。盖言师劳力竭而功不成，由将非其人之故。得飞将军备边，边烽自熄。即高常侍《燕歌行》归重"至今人说李将军"也。（《说诗晬语》卷上）又曰：明月属秦关属汉，互文也。（《重订唐诗别裁集》卷十九）

陈沆曰：龙标七言绝句有《塞上曲》云："秦时明月汉时关，万里长征人未还。但使龙城飞将在，不教胡马度阴山。"此所谓"一人计不用"，即彼诗之"龙城飞将"也。其指王忠嗣乎？忠嗣身佩四节，控制万里，为国长城，数上言禄山有异志。使明皇用其言，则渔阳之祸不作。故诗叹边臣之用舍，关天下之安危也。旗亭画壁，传诵千古，但知赏其音调，亦有能言其旨趣者乎！（《诗比兴笺·王昌龄诗笺》）

黄培芳曰：七绝一体，龙标与太白并驾，千古擅场，尤宜留意。"但使龙城飞将在"，思古正以讽今。（《唐贤三昧集笺注》卷中评）

焦袁熹曰：好在第二句。"秦时明月汉时关"不可通。"但使龙城飞将在，不教胡马度阴山"，令人起长城之叹。诗人之词凡百，皆不忍尽、不敢尽，只有此一节无不尽者，此《春秋》继《诗》之旨也。如不信者，试遍觅唐人诗读之。（《此木轩论诗汇编》）

宋宗元曰：悲壮浑成，应推绝唱。（《网师园唐诗笺》）

黄叔灿曰："秦时明月汉时关"，七字天造天设，诂训不得，只此一句，意已尽，下句乃申明之，大意谓秦筑长城，汉亦守关，关山明月，同此悲凉，万里征人，迄无还日。庶几边将得人，或者边氛稍靖，然岂易言。是则此关此月，长征何已时耶！（《唐诗笺注》卷八）

潘德舆曰：李于鳞论唐人七绝，以王龙标"秦时明月"为第一，人多不服。王敬美云："于鳞击节'秦时明月'四字耳。"按：于鳞雅好恒汀字句为奇，故敬美用此刺之。然敬美首选"黄河远上""葡萄美酒"二诗，

究之调高议正，仍以"秦时明月"一篇为最，不得缘于鳞好奇，而抑此名构也。（《养一斋诗话》卷九）

《出塞》是汉乐府《横吹曲》旧题，它和《入塞》《塞上曲》《塞下曲》等，常被唐代诗人用作吟咏边塞征戍生活的题目。这类用乐府旧题写的边塞诗，内容往往带有较大的综合性、概括性，诗中涉及的地域，也多包括我国西北、北方和东北沿边广大地区。不妨说，它们实际上就是北方边塞的征戍者之歌。

抵御阴山以北强悍的游牧民族对内地的侵掠，是中国历史上中原各王朝一直关注的重大问题。王昌龄这首《出塞》，通过对秦、汉以来近千年间边防形势的回顾与沉思，从宏观上概括了历史的经验教训，唱出了一曲雄浑阔远的爱国军歌。

这首诗被明代诗评家誉为唐人七绝压卷之作，除了思想内容的丰厚、深刻以外，与其工于发端有很大关系。起句兼有气势雄奇和意境阔远的特点。秦月汉关，互文见义，举秦则包汉，举汉则兼秦，意即秦汉时的明月和关塞。一经错举成文，铸成诗的语言，使具奇警道劲的风格。明月今古长存，本无所谓秦、汉、隋、唐之分，以月属秦，似乎不合逻辑，但它却是完全符合形象思维规律的。浮现在诗人脑海中的并不是秦月、汉关的抽象概念，而是月临关塞的鲜明图景和由此引发的悠远的历史想象。中天一轮明月，朦胧月色映照下逶迤起伏的崇山峻岭，绵亘伸展的长城，苍茫雄伟的关塞，这景象既雄壮阔大，又带有一些荒凉寂寥的情调。古老苍黑的关塞，经历了多少历史的风雨而至今巍然屹立，自然会引起对逝去的遥远历史年代的回忆；古今长存的明月，更是联系今古、跨越阔远空间的桥梁。边地雄关，是阻挡胡马南侵的屏障，戍边将士保卫国家安宁的坚定意志的象征，同时它又是历史的见证。在凝聚了阔远时空的"月""关"之上冠以"秦""汉"，悠远的历史想象便有了鲜明的指向，令人自然联想起秦代"筑长城而守藩篱，却匈奴七百余里，胡人不敢南下而牧马"的情景，和汉代卫青、霍去病、李广等名将屡败匈奴的伟绩。因此，这一句写月、写关，不是一般地描绘景物，渲染气氛，而是通过秦月、汉关的诗意联想，思接千载，展现出浑涵今古的悠远苍茫境界，其中蕴含了丰厚的历史内容，也蕴含了民族的自信心与自豪感。

如果说首句是由眼前的明月临关遥溯秦汉，由今及古；那么次句则是由古及今，揭示出千年来边地战事的长期延续。在诗人脑海中浮现的是另一幅图景：一队队荷戈披甲的士兵，带着长途跋涉的风尘，越过苍茫的关塞，不断开赴塞外荒漠中的战场，但却只见北去的队伍，不见胜利南返的大军。在"万里长征人未还"这个同样概括了阔远时空的诗句中，既透露了征途的漫长艰险，战争的旷日持久，也暗含了"纷纷几万人，去者无全生"（王昌龄《塞下曲》）的惨痛事实。

首句音情激越，高唱入云，这一句却寓慨深沉，启人深思。抑扬顿挫的对照中自然蕴含着一个尖锐的问题：为什么同是统一的强盛的封建国家，在秦汉，是"胡人不敢南下而牧马"，而现时，却是"万里长征人未还"呢？三、四两句，便是诗人在总结千余年历史的经验教训、进行深刻的历史沉思的基础上得出的结论。用"但使""不教"这样的假设句式，正面的经验、反面的教训以及已然、未然之事均概括无遗。这答案似乎简单明了，却又蕴含深广。能否任用良将，向来与政治是否清明相联系，呼唤良将也就往往与向往开明政治有关。广大爱国将士的愿望是"不教胡马度阴山"而非穷兵黩武，侵凌别的民族。这里所透露的正是一个热爱祖国而又渴望和平的伟大民族的雄阔胸怀。

三、四两句纯用议论，有的诗评家因而认为这首诗"发端句虽奇，而后劲尚属中驷"。这种看法未必妥当。诗的前幅境界阔远雄浑，富于含蕴，后幅则单刀直入，明快有力，正体现了含蕴与明快的统一。三、四两句的议论本身也带有诗的形象和充沛的感情，加以音韵铿锵朗爽，读来只觉与前幅铢两相称，浑然一体，构成雄浑悲壮的艺术风格，丝毫没有头重之感，偏枯之弊。

绝句篇幅短小，难以表现重大的历史现实题材和丰富复杂的思想内容，此诗用高度的艺术概括手法创造出阔远的时空境界，提出自古迄今长期存在的重大边防问题以及诗人对这一问题的深沉思考，称得上是突破绝句天然局限的成功范例。它之所以被誉为"神品"，列为唐代绝句压卷之作，看来不为无因。

采莲曲二首（其二）^{〔一〕}

荷叶罗裙一色裁，芙蓉向脸两边开^{〔二〕}。
乱入池中看不见^{〔三〕}，闻歌始觉有人来。

校注

〔一〕《采莲曲》，乐府旧题，属《清商曲》。郭茂倩《乐府诗集》卷五十《江南弄》解题引《古今乐录》曰："梁天监十一年冬，武帝改西曲，制《江南上云乐》十四曲，《江南弄》七曲：一曰《江南弄》，二曰《龙笛曲》，三曰《采莲曲》，四曰《凤笛曲》，五曰《采菱曲》，六曰《游女曲》，七曰《朝云曲》。"按：汉乐府有《江南》，词云："江南可采莲，荷叶何田田，鱼戏莲叶间。鱼戏莲叶东，鱼戏莲叶西。鱼戏莲叶南，鱼戏莲叶北。"后世之《采莲曲》，内容实多本于此。原题二首，此为第二首。

〔二〕芙蓉，指荷花。

〔三〕乱入，杂入。

笺评

瞿佑曰：贡有初，泰父尚书侄也，刻意于诗。尝谓予曰："'荷叶罗裙一色裁，芙蓉向脸两边开。棹入横塘寻不见，闻歌始觉有人来。'王昌龄《采莲词》也。诗意谓叶与裙同色，花与脸同色。故棹入花间不能辨。及闻歌声，方知有人来也。用意之妙，读者皆草草看过了。（《归田诗话·采莲词》）

顾璘曰：此篇纤媚如晚唐，但不俗，故别。（《批点唐音》）

钟惺曰：从"乱"字、"看"字、"闻"字、"觉"字，耳、目、心三处参错说出情采。若直作衣服、容貌相夸示，则失之远矣。（《唐诗归》卷十一）

唐汝询曰：采莲之女与莲无别，闻歌始觉其有人，极赞其貌也。（《唐诗解》卷二十六）

周珽曰：容貌服色，与花如一。若不闻歌声，安知中有解语花也。景

趣天然，巧绝慧绝。（《删补唐诗选脉笺释会通评林·盛七绝上》）

王夫之曰：艳诗有述欢好者，有述怨情者，《三百篇》亦所不废。顾皆流览而达其定情，非沉迷不反，以身为妖冶之媒也。嗣是作者，如"荷叶罗裙一色裁""昨夜风开露井桃"，皆艳极而有所止。（《姜斋诗话》）

王尧衢曰："荷叶罗裙一色裁"，荷叶罗裙，绿色相映如一。"芙蓉向脸两边开"，芙蓉亦莲花之别名，花光脸色相映俱红，而莲女由花中行，故两边开也。"乱入池中看不见"，因采莲女之貌，与花无异，女貌花容，从此相乱，故不相见也。"闻歌始觉有人来"，闻歌而觉有人，所以足"看不见"三字之意，以为合也。（《古唐诗合解》卷五）

黄叔灿曰：梁元帝《碧玉诗》"莲花乱脸色，荷叶杂衣香"，意所本。"向脸"二字却妙，似花亦有情。乱入不见，闻歌始觉，极清丽。（《唐诗笺注》）

汉乐府相和歌辞的《江南》用朴素清新的语言描绘了江南水乡的自然风光和采莲青年男女富于诗意的劳动和爱情。后世的《采莲曲》《采莲赋》等，大都溯源于此。但南朝贵族文人染指这一题材后，也给它带来了一些靡艳的成分。王昌龄这首《采莲曲》，却既保持了民歌的清新活泼、明朗健康的本色，又显示出文人诗构思新颖、描写细腻的特点。

如果把这首诗看作一幅"采莲图"，画面的中心自然是采莲少女们。但诗人却始终不让她们在这幅活动的画面上明显地出现，而是让她们夹杂在田田荷叶、艳艳荷花之中，若隐若现，若有若无，使采莲少女与美丽的大自然融为一体，使全诗别具一种动人遐想的优美意境。这样的艺术构思，是独具匠心的。

一开头就巧妙地把采莲少女和周围的自然环境组成一个和谐统一的整体——"荷叶罗裙一色裁"。说女子的罗裙绿得像荷叶一样，不过是个普通的比喻。而这里写的是采莲少女，置身莲池，说荷叶与罗裙一色，那便是"本地风光"，是"赋"而不是"比"，显得生动而富于情致，兼有素朴和美艳的风姿，"裁"字也用得巧妙而富诗情。屈原《离骚》："制芰荷以为衣兮。"诗人可能从这里得到启发，因采莲少女的罗裙与荷叶一色而生出奇幻的想象：那碧绿的罗裙也许竟是由这田田荷叶所裁成的吧？甚至采莲少女

531

"芙蓉"即荷花，说少女的面庞红润艳丽如同出水的荷花，这样的比喻也不
算新鲜。但"芙蓉向脸两边开"却又不单是比喻，而是描绘出一幅美丽的
图景：采莲少女的脸庞正掩映在盛开的荷花中间，看上去好像鲜艳的荷花
正朝着少女的脸庞两边开放。把这两句联为一体，读者仿佛看到，在那一
片绿荷红莲丛中，采莲少女的绿罗裙已经融入田田荷叶之中，几乎分不清
孰为荷叶，孰为罗裙；而少女的脸庞则与鲜艳的荷花相互照映，人花难辨。
让人感到，这些采莲女子简直就是美丽的大自然的一部分，或者说竟是荷
花的精灵。这描写既具有真切的生活实感，又带有浓郁的童话色彩。

第三句"乱入池中看不见"，紧承前两句而来。乱入，即杂入、混入之
意。荷叶罗裙、芙蓉人面，本就恍若一体，难以分辨，只有在定睛细察时才
勉强可辨；所以稍一错神，采莲少女又与绿荷红莲浑然为一，忽然不见踪影
了。这一句所写的正是伫立凝望者在刹那间所产生的人花莫辨、是邪非邪的
感觉，一种变幻莫测的惊奇与怅惘。这是通常所说的"看花了眼"时常有的
情形。然而，正当望而不见、踟蹰怅惘之际，莲塘中歌声四起，忽又恍然大
悟，"看不见"的采莲女子仍在这田田荷叶、艳艳荷花之中。"始觉有人来"
要和"闻歌"联在一起体味。本已"不见"，忽而"闻歌"，方知"有人"；
但人却又仍然掩映于荷叶荷花之中，故虽"闻歌"，却不见她们的身姿面影。
这真是所谓"菱歌唱不彻，知在此塘中"（崔国辅《小长干曲》）了。这一
描写，更增加了画面的生动意趣和诗境的含蕴。令人宛见十亩莲塘荷花盛
开、菱歌四起的情景，和观望者闻歌神驰、伫立凝望的情状。而采莲少女们
充满青春活力的欢乐情绪也洋溢在这闻歌而不见人的荷塘之中。

直到最后，作者仍不让画的主角明显出现在画面上。那目的，除了把她
们作为美丽的大自然的化身以外，还因为这样描写，才能留下悠然不尽的
情味。

长信秋词五首（其三）[一]

奉帚平明金殿开[二]，且将团扇暂裴回[三]。
玉颜不及寒鸦色，犹带昭阳日影来[四]。

校注

〔一〕《乐府诗集》卷四十三《相和歌辞·楚调曲》收《班婕妤》《婕妤怨》《长信怨》等作，均借汉班婕妤失宠事咏宫妃怨思。郭茂倩于晋陆机《班婕妤》题下云："一曰《婕妤怨》。《汉书》曰：'孝成班婕妤，初入宫为少使，俄而大幸，为婕妤……其后赵飞燕姊弟，亦从微贱兴，班婕妤失宠，稀复进见。赵氏姊弟骄妒，婕妤恐久见危，求供养太后长信宫，帝许焉。'《乐府解题》曰：'《婕妤怨》者，为汉成帝班婕妤作也。婕妤，徐令彪之姑，况之女。美而能文。初为帝所宠爱。后幸赵飞燕姊弟，冠于后宫。婕妤自知见薄，乃退居东宫，作赋及纨扇诗以自伤悼。后人伤之而为赋《婕妤怨》也。'"长信，汉宫名，太后所居。《三辅黄图》卷三："长信宫，汉太后常居之……后宫在西，秋之象也。秋主信，故宫殿皆以长信、长秋为名。"班婕妤失宠于成帝后，曾居长信宫侍奉太后。王昌龄《长信秋词》共五首，本篇系第三首。

〔二〕奉帚，捧持扫帚。《汉书·外戚传》载班婕妤失宠后居长信宫，作赋自伤，有句云："共洒扫于帷幄兮，永终死以为期。"金，《河岳英灵集》作"秋"。

〔三〕《河岳英灵集》《乐府诗集》此句均作"暂将团扇共徘徊"。将，持。团扇，班婕妤失宠后，作《怨诗》（一作《怨歌行》）曰："新裂齐纨素，鲜洁如霜雪。裁为合欢扇，团团似明月。出入君怀袖，动摇微风发。常恐秋节至，凉飙夺炎热。弃置箧笥中，恩情中道绝。""团扇"弃捐，象征宫嫔失宠的命运。

〔四〕玉颜，美好的容颜，失宠宫嫔自指。昭阳，汉宫殿名。《三辅黄图》卷二引《庙记》："未央宫有增城、昭阳殿。"汉武帝时，分后宫为八区，昭阳殿位列第一。此殿为后妃居室。汉成帝皇后赵飞燕，贵倾后宫，居昭阳殿。或说赵皇后之妹，得成帝绝幸，为昭仪，居昭阳舍。班固《西都赋》："昭阳特盛，隆乎孝成。"日影，太阳的辉光。长信殿在西，昭阳殿在东，故云寒鸦犹带日影。日影，此喻皇帝的恩辉。

533

笺评

王直方曰：诗有句含蓄者，如老杜曰："勋业频看镜，行藏独倚楼。"

郑云叟曰："相看临远水，独自上孤舟。"有意含蓄者，如《宫词》曰："银烛秋光冷画屏，轻罗小扇扑流萤。天街夜色凉如水，卧看牵牛织女星。"又嘲人诗曰"怪来妆阁闭，朝下不相迎。总向春园里，花间笑语声"是也。有句、意俱含蓄者，如《九日》诗曰："明年此会知谁健，醉把茱萸仔细看。"《宫怨》曰"玉颜不及寒鸦色，犹带昭阳日影来"是也。（《王直方诗话·句意含蓄》）

范晞文曰：唐人绝句，有意相袭者，有句相袭者。王昌龄《长信宫》云："玉颜不及寒鸦色，犹带昭阳日影来。"孟迟《长信宫》亦云："自恨轻身不如燕，春来还绕御帘飞。"……若定优劣，品高下，则亦昭然矣。（《对床夜语》卷四）

谢枋得曰：此篇怨而不怒，有风人之义。（《唐诗品汇》卷四十七引）

圆至曰：诗意谓己与君隔，不及寒鸦，犹得承昭阳日影。（《笺注唐贤绝句三体诗法·绝句体·实接》）

杨慎曰：（女郎秦玉鸾《忆所欢》：）"兰幙虫声切，椒庭月影斜。可怜秦馆女，不及洛阳花。"唐人"玉颜不及寒鸦色"，盖祖此意。（《升庵诗话·女郎秦玉鸾忆所欢》）

谢榛曰：夫平仄以成句，抑扬以合调。扬多抑少，则调匀；抑多扬少，则调促。若杜常"朝元阁上西风急，都入长杨作雨声"。上句二入声，抑扬相称，歌则为中和调矣。王昌龄《长信秋词》："玉颜不及寒鸦色，犹带昭阳日影来。"上句四入声相接，抑之太过，下句一入声，歌则疾徐有节矣。（《四溟诗话》卷三）

敖英曰：此篇固佳，终是比喻，故不及《西宫春怨》作。（《唐诗绝句类选》）又曰：此诗托喻孤忠自许者，反不如鄙夫容悦得横波恩私。贾生有言："镆邪为钝，铅刀为铦。"盖谓此也。（同上）

钟惺曰："团扇"用"且将"字、"暂"字，皆从"秋"字生来。（"玉颜"二句）此二句与"帘外春寒""朦胧树色"同一法，皆不说向自家身上。然"帘外春寒"句气象宽缓，此句与"朦胧树色"情事幽细，"寒鸦""日影"，尤觉悲怨之甚。（《唐诗归》卷十一）

唐汝询曰：班姬自言晨起洒扫而殿门始辟，因伤己被弃如扇之逢秋，故相与盘桓也。适见寒鸦带日影而来，则又睹物兴感，意谓我惟不得一近昭阳为恨，今禽鸟乃得彼天子之恩辉，是我之颜色不如也。不怨君而归咎于己颜色，得风人浑厚之旨矣。（《唐诗解》卷二十六）

陆时雍曰："暂徘徊"三字，有意不云锦帐寒恩，而第曰"昭阳日影"，此长信宫中人语。（《唐诗镜》卷十二）

周敬曰：意存含蓄，语多浑厚，"暂徘徊"三字妙。（《删补唐诗选脉笺释会通评林·盛七绝上》）

徐充曰：得《小弁》"投兔不如"之情。（同上引）

周珽曰：按班姬赋及团扇诗，此"奉帚"当为洒扫于长信宫中也。金殿开，乃奉帚时想象平明殿门当开也。将团扇以徘徊，寓一种无聊之态。否则，既退养太后，已出宫矣，焉得复奉帚于天子之殿以冀幸也？（同上）

胡济鼎曰：此于六义为兴而赋。玉色白，鸦色黑，黑者犹带日影，而白者不近天光，叹黑白之不辨也。不归过于天日而自伤不及，诚若真有不如也。此叠翁（按：指谢枋得，字叠山）所以称其怨而不怒也。（同上引）

邢昉曰：一片神工，非从锻炼而成。神韵干云，绝无烟火。深衷隐厚，妙协《箫韶》，此评庶近之矣。（《唐风定》）

王太冲曰：首二句分明画出内象，有情有态。（《唐绝诗钞注略》引）

吴敬夫曰："帘外春寒""朦胧树色"皆妙在含蓄。至"玉颜"二句久已脍炙人口，然试与二诗并读，便浅率易沿袭矣。诗之品价，所争在此。（《唐诗归折衷》引）

黄生曰：此等诗要识其章法错叙之妙，看其如何落想，如何用笔。作者当时必非率然一挥而就者，后人作诗流于率易，只是不知理会章法、句法耳。亦知古人锻炼之功如此其至乎！"玉颜"与"寒鸦"比拟不伦，总之触绪生悲，寄情无奈。（《唐诗摘抄》卷四）

贺裳曰：龙标古诗，乍尝螫口，久味津生而咀咶，实在高、岑之上。徒赏其宫词，非高识也。即论宫词，如"玉颜不及寒鸦色，犹带昭阳日影来"，尝因其造语之秀，殊忘其着想之奇。因叹咏长信事者多矣，读之，而崔湜之"不忿君恩断，新妆视镜中"已嫌气盛，王諲"生君弃妾意，增妾怨君情"一何伧父！（《载酒园诗话又编》）

王谦曰：下二句仍含蓄不尽。（《碛砂唐诗纂释》）

何焯曰："平明"二字中便含"日影"，"秋"字起"团扇"，"寒鸦"关合"平明"，"寒"字仍有"秋"意，诗律之细如是。（《唐三体诗》评）

焦袁熹曰："玉颜不及寒鸦色，犹带昭阳日影来。"玉颜如何比到寒鸦，已是极奇语，至更"不及"，益奇矣。看下句，则真"不及"也。奇之又奇，而字字是女人眼底口头语，不烦钩索而出，怨而不怒，所以为绝调也。又须知此与退之羡二鸟光荣之类一般意思，与宫人无干也。文士自谋之不暇，彼其幽闭深宫者，何豫吾事哉！（《此木轩论诗汇编》）

王尧衢曰："奉帚"，捧帚，以洒扫长信宫也；"平明金殿开"，晨起洒扫而殿门始开。"且将团扇暂徘徊。"因思己之在长信宫奉养者，岂非以被弃之故与？此团扇经秋，而弃捐者何异，故于无聊之际，且将此扇拈弄片时，而不觉百忧俱集也。"玉颜不及寒鸦色"，此时班姬自顾玉颜，自为怜惜，而叹以为不及寒鸦之色者，其意全在下句也。"犹带昭阳日影来。"昭阳日影，君王之恩光也。彼寒鸦犹得近恩光而增色，而我且不如。非敢怨寒鸦也，只怨我之颜色，曾不及寒鸦之万一也。怨而不怒，诗人温厚之旨也。（《古唐诗合解》卷五）

黄培芳曰："奉帚平明金殿开，且将团扇共徘徊。"二句绝世传神，不语而神伤。末二语用意深婉，在《三百》中亦罕觏。箕帚是妇人之职事，起二字便见安分安命意。（《唐贤三昧集》评）

沈德潜曰：昭阳宫，赵昭仪所居，宫在东方。寒鸦带东方日影而来，见己之不如鸦也。优柔婉丽，含蕴无穷，使人一唱而三叹。（《重订唐诗别裁集》卷十九）

李锳曰：不得承恩意，直说便无味，借"寒鸦""日影"为喻，命意既新，措词更曲。（《诗法易简录》）

宋顾乐曰：语语无聊，托兴深远，真风人也。（《唐人万首绝句选》评）

潘德舆曰：龙标"玉颜不及寒鸦色，犹带昭阳日影来"，与晚唐人"自恨身轻不如燕，春来犹绕御帘飞"，似一副言语，而厚薄远近，大有殊观。惟深于古诗者，乃然吾言耳。（《养一斋诗话》卷二）

朱庭珍曰："玉颜不及寒鸦色，犹带昭阳日影来。"夫王诗所以妙者，在"玉颜""寒鸦"，一人一物，初无交涉，乃借鸦之得入昭阳，虽寒犹带日光而飞，以反形人则色未衰，已禁长信深宫，不复得见昭阳天日之苦。日者君象，"日影"比天颜，宫人不得见君，故自伤不如寒鸦，犹得望君颜色也。用意全在言外，对面寓人不如物之感。而措词微婉，浑然不露，又出以摇曳之笔，神味不随词意俱尽。十四字中兼有赋比兴之义，所以入妙，非但以风调见长也。（《筱园诗话》卷三）

施补华曰："玉颜不及寒鸦色，犹带昭阳日影来。"怨而不怒，诗人忠厚之旨也。"昨夜秋风入汉关，朔云边月满西山。更遣飞将驱骄虏，不遣沙场匹马还。"意尽句中矣，而聪健可喜，亦不可一格论也。又："玉颜不及寒鸦色，犹带昭阳日影来。"羡寒鸦羡得妙。"沅湘日夜东流去，不为愁人住少时。"怨沅湘怨得妙。可悟含蓄之法。（《岘佣说诗》）

王闿运曰：想入牛角尖，却是面前语。（《手批唐诗选》卷十三）

俞陛云曰："熏笼玉枕无颜色，卧听南宫清漏长""火照西宫知夜饮，分明复道奉恩时"，皆意嫌说尽，不若此首之凄婉也。设想愈痴，其心愈悲矣。（《诗境浅说》续编）

《长信秋词五首》是王昌龄著名的宫怨组诗，本篇尤为历代诗评家所称赏。整组诗都是假托班婕妤寂处长信宫的幽怨苦闷，来表现失宠宫嫔的生活和心情，设置的季节背景则在秋天，故题为《长信秋词》。

首句写女主人公在清晨宫殿门刚开时，就手持扫帚，开始洒扫。梁代诗人吴均《行路难》说："班姬失宠颜不开，奉帚供养长信台。"失宠宫嫔扫除宫殿，是她们变化了的身份地位的一种象征性标志，也是排遣长日寂寞无聊的一种手段。但这种排遣，本身就令人意绪索然，扫除既毕，不免陷入更深的空虚苦闷。因此接下一句"且将团扇暂裴回"，就进而写她扫除后手持团扇，在寂寞苦闷地徘徊。"团扇"用班婕妤《怨歌行》诗意。这一句是一个富于包蕴的细节。它不仅暗示了女主人公秋扇弃捐的命运，而且透露出她内心复杂微妙的感情活动。时已寒秋，仍持团扇徘徊，是因团扇与自己的命运相似而不忍委弃？还是因团扇而触动对往日"出入君怀袖"时生活的追忆？抑或因宫中寂寞无聊，唯有象征自己命运的团扇可与做伴？诗人含而不宣，留给读者自己玩味。"且""暂"二字，把女主人公寂寞无聊的意绪进一步强调出来了。

就在女主人公手持团扇，在长信宫中寂寞地徘徊时，忽然抬头望见寒鸦从得宠者与君主居住的昭阳殿那边飞来，不禁想道：自己的处境与命运甚至还不如这丑陋、瑟缩的寒鸦，因为寒鸦还有幸飞过昭阳，沾带一缕朝阳的辉光，而自己则幽闭寂处，享受不到丝毫阳光的温暖。因此，她从心底发出深沉的喟叹："玉颜不及寒鸦色，犹带朝阳日影来。"

昭阳殿在长信宫之东，寒鸦从昭阳殿飞来，故身上沾带朝阳的光影。古代以日喻君，故"日影"自然关合君主的"恩辉"。这两句糅合了比喻、夸张、对照、双关等一系列艺术手法，表现了丰富的生活内容与感情内容。

537

"玉颜不及寒鸦色",本身就是一个出人意料的仿佛不伦的比喻。洁白红润的"玉颜"和乌黑丑陋的"寒鸦"本是相对立的两个极端,一般情况下根本不会将它们相提并论,而现在女主人公不但将自己的玉颜与寒鸦加以比较,而且自叹不及寒鸦之色,则玉颜命运之可悲,长信幽居生活之苦闷无聊可知,事情的反常可知,女主人公内心怨愤之深刻强烈也就不难想见。可以说,这个比喻的成功首先就在于它将通常情况下处于美丑两极的事物,通过极度的夸张,让它们在特殊情况下互易位置,构成出人意外的强烈对比。因而"玉颜不及寒鸦色"这种现象的极端不合理便给人以强烈的感情冲击,造成这一反常现象的原因,以及女主人公对此的感情反应也就不难想见。这里固然有对自己不幸命运的自怜自叹,有对幽居寂处生活的深刻幽怨,更有对君主恩光不及的不满与怨愤,对反常不公现象的强烈不平。评家大都强调此诗之"怨而不怒""优柔婉丽",似乎只注意到这两句诗表达方式委婉含蓄的一面,而对它的感情内涵中强烈怨愤的一面则有所忽略。在抒情主人公的内心深处,蕴藏着这样的疑问:是什么原因使美丽的玉颜落到了连寒鸦都不如的命运?

这个比喻的成功,还因为它并不是搜索枯肠所得,而是因眼前景的触发自然联想的结果。因此,它虽然新奇,却又非常自然合理。它实际上是眼前景(赋)、联想(兴)、比喻(比)的自然融合。朱庭珍说"十四字中兼有赋比兴之义",王闿运说"想入牛角尖,却是面前语",都揭示出其"入妙"的奥秘。

一般的宫怨诗多将背景设置在夜间。王昌龄这组诗的其他各首,以及《春宫曲》《西宫春怨》《西宫秋怨》等都是如此。这是因为夜间的一系列物象(诸如宫漏、砧声、月色、霜露、熏炉、银灯等)往往最易触动寂寞之感,借助它们较易造成凄寂的氛围,以表现失宠者的幽怨。而白天则缺乏这种特有的氛围。这首诗突破宫怨诗比较固定的构思方式,将背景放在清晨,抓住人物的行动细节和她在特定情景下对外物的特殊感受,深刻而独特地表现了人物内心的怨愤。而金碧辉煌的宫殿和灰暗无聊的失宠宫嫔生活的对照,玉颜与寒鸦的对照,又强化了人物的情绪,使读者的感受更强烈了。

长信秋词五首（其四）

真成薄命久寻思，梦见君王觉后疑[一]。
火照西宫知夜饮，分明复道奉恩时[二]。

王昌龄

〔一〕觉后，睡醒后。

〔二〕复道，楼阁间架空的通道，也称阁道。《史记·秦始皇本纪》："秦每破诸侯，写放其宫室，作之咸阳北阪上，南临渭，自雍门以东至泾渭，殿屋复道周阁相属。"奉恩，承受皇帝的恩宠。

谭元春曰：宫词细于毫发，不推为第一婉约手不可。惟"芙蓉不及美人妆"差弱耳。（《唐诗归》卷十一）

唐汝询曰：此思君无已之辞。言我岂真成薄命耶？未信之辞也。于是因思而梦，既觉而疑。遂述梦中之事，言见灯火之光，而知天子将夜饮于此，乃从复道以迎驾，时甚分明而成虚梦，故疑耳。（《唐诗解》卷二十六）

萨天锡曰：隽永。（《删补唐诗选脉笺释会通评林·盛七绝上》引）

周敬曰：因思而梦，既梦而疑。描写宫人心事，尽无馀思。"分明"二字妙。（同上）

顾璘曰：此篇便犯搜索。（同上引）

王尧衢曰："真成薄命"，佳人命薄，向固知之而未信，如今看来，我真成薄命矣。"久寻思"，然毕竟还不信我真个薄命，寻思其所以薄命之故，而且思之甚久。"梦见君王"，思而得梦，梦而得见君王。既觉而疑，疑其未必是梦也。下二句正是疑处。"火照西宫知夜饮"，梦中见灯火照彻西宫，知是君王夜饮。"分明复道奉恩时"，而我分明在复道迎驾，以奉主恩，奈何遂成虚梦，此其所以疑也。此三首（按：王选三首），班婕妤失宠之词也。（《古唐诗合解》卷五）

539

沈德潜曰：下"分明"二字，写梦境入微。（《重订唐诗别裁集》卷十九）

 鉴赏

　　同样是抒写失宠宫嫔的幽怨，表现她们内心的深刻痛苦，在王昌龄笔下，却很少艺术上的雷同。《长信秋词五首》从五个不同的角度写了宫嫔的怨思，这一首则带有更多的直接抒情与细致刻画心理的特点。

　　第一句就单刀直入，抒写失宠宫嫔的内心活动。"真成薄命"，是说想不到自己竟真成了命运不幸的失宠者。这个开头，显得有些突兀，让人感到其中有很多省略。看来不久前她还是得宠者。宫嫔的得宠与否，往往取决于君王的一时好恶，或纯出偶然的机缘。因此，这些完全不能掌握自己命运的宫嫔就特别相信命运。得宠，归之幸运；失宠，归之命薄。而就在得宠之时，也总是提心吊胆地过日子，生怕失宠的厄运会突然降临到自己头上。"真成薄命"这四个字，恰似这位失宠宫嫔内心深处一声沉重的叹息，把她那种时时担心厄运降临，而当厄运终于落到头上时既难以置信，又不得不痛苦地承认的复杂心情和盘托出了。这样的心理刻画，是既富包蕴，又曲折入微的。

　　失宠的命运降临后，她陷入久久的寻思。寻思的结果，无论有无答案，也无论答案是否正确，都无法改变"真成薄命"的现实，因此只能是痛苦与无奈。

　　因"寻思"而入梦，梦中又在重温过去与君王相爱时的欢乐。但幻梦毕竟代替不了现实，一觉醒来，眼前面对的仍是寂寞的长信宫殿，梧桐秋叶，珠帘夜霜，听到的仍是悠长凄清的铜壶清漏。于是不得不痛苦地承认"见君王"原不过是一场根本不能重现的幻梦。"梦见君王觉后疑"这七个字将女主人公曲折复杂的心理刻画得细致入微而又层次分明。

　　就在这位失宠者由思而梦，由梦而疑，心灵上备受痛苦煎熬的时刻，不远处的西宫那边却向她展示了一幅灯火辉煌的图景。不用说，此刻西宫中正在彻夜宴饮，重演"平阳歌舞新承宠"的场面了。这情景，对她来说，是那样地熟悉，使她一下子就唤起了对自己往日"新承宠"时的记忆，仿佛回到了往日在复道中承受皇帝恩宠的时刻。可是这一切此刻又变得那样遥远。承宠的场面虽在重演，但华美的西宫已经换了新主人。"分明"二字，意余言外，耐人咀嚼。它包含了失宠者在寂寞凄凉中对往事历历分明的记忆和无限

唐诗选注评鉴（一）

的追恋，也蕴含着往事不可重历的深沉感慨和无限怅惘，更透露出不堪回首往事的深刻哀伤。

这里隐含着好几重对比。一重是失宠者与新承宠者的对比。一重是失宠者过去"复道奉恩"时的欢乐和眼前寂处冷宫的凄凉的对比。还有一重，则是新承宠者的现在和她将来可能遇到的厄运之间的对比。新承宠者正在重温自己的过去，焉知将来又不重演自己的今天呢？这一层意思，隐藏得比较深，但却可以意会。

这重重对比映衬，将失宠官嫔在目睹西宫夜饮的灯光火影时内心的复杂感情表现得极为细腻深刻，确实称得上是"深情幽怨，意旨微茫，令人测之无端，玩之无尽"（沈德潜评王昌龄绝句），但却不让人感到刻意雕琢，用力刻画。诗人似乎只是把女主人公此刻所看到的、所自然联想到的情景轻轻和盘托出，只用"知"和"分明"这两个词语略略透露一点内心活动的消息，其余的一切全部蕴含在浑融的诗歌意境中让读者自己去玩索。正因为这样，这首带有直接抒情和细腻刻画心理特点的诗才能做到刻而不露，保持王昌龄七绝含蓄蕴藉的一贯风格。

此诗三、四句，前人多以为即写"梦见君王"之情景。则"觉后疑"者，醒后疑其真有也。这种理解，当然也不失为一种合理的解释。但细味"火照西宫知夜饮"的"知"字，当是女主人公望见不远处的西宫灯火辉煌而推测其情景之辞，而非梦中见到自己往日西宫夜饮之辞。如是后者，那是不必推测而方"知"的。

闺　怨〔一〕

闺中少妇不曾愁〔二〕，春日凝妆上翠楼〔三〕。
忽见陌头杨柳色〔四〕，悔教夫婿觅封侯。

（校注）

〔一〕《闺怨》，乐府曲名。《乐府遗声》载宫苑十九曲中有《闺怨》。

〔二〕曾，汉古阁本《又玄集》作"知"。

〔三〕凝妆，犹盛妆。翠楼，犹青楼，涂饰青绿色漆的高楼。汉李尤

《平乐观赋》："大厦累而鳞次，承苕莞之翠楼。"梁江淹《山中楚辞》："日华粲于芳阁，月金披于翠楼。"

〔四〕陌头，路边。

刘辰翁曰：浅而近，淡而真。（《唐诗绝句类选》引）

蒋仲舒曰："不知""忽见""悔教"，有转折，是章法。（同上引）

顾璘曰：宫情闺怨作者多矣，未有如此篇与《青楼曲二首》，雍容浑含，明白简易，真有雅音，绝句中之极品也。（《批点唐音》）

唐汝询曰：伤离者莫甚于从军，故唐人闺怨，大抵皆征妇之辞也。"知愁"则不复能"凝妆"矣，"凝妆"上楼，明其"不知愁"也。然一见柳色而生悔心，功名之望遥，离索之情亟也。虫鸣思覯，南国之正音，萱草瘉心，东迁之变调。闺中之作，近体之二《南》欤！（《唐诗解》卷二十六）

陆时雍曰：所云儿女情深。（《唐诗镜》卷十二）

周敬曰：因见柳色而念及夫婿，《卷耳》《草虫》遗意，得之真乎？从来无人道得。（《删补唐诗选脉笺释会通评林·盛七绝上》）

徐充曰：室家感时物之变，情重而轻富贵。意最佳。（同上引）

周珽曰：情致语，一句一折，波澜横生。（同上）

谢君直曰：见虫鸣螽跃而未见君子则忧，见蕨薇而未见君子则忧，草木之荣华，禽虫之和乐，皆能动妇人伤悲之心。此诗为戍妇作。闺中少妇，初不曾愁。春日登楼，忽见杨柳青青可爱，始知阳和发育，物物皆春。吾夫从军，有功名富贵之望。妾独处幽闲，夫辛苦戎事，曾不如草木群生，各得其乐，于是悔教夫婿觅封侯，此亦本人情而言也。唐人有《远将归曲》，末句云："去愿车轮迟，回思马蹄速。但令在家相对贫，不愿天涯金绕身。"亦是此意。又不若潘庭望《捣衣曲》志趣高远，与此诗并。（下略）（同上引）

胡济鼎曰：不见可欲，此心不乱。观音修行，乃在普陀山人迹不到之处；近世修炼之士，亦多避喧居寂。制其外，所以养其中也。人之一身，眼为罪魁。惟欲无涯，率自眼起。惟贞女烈妇，乃不为眼所移，士君子亦然。故"四勿"首于视。（同上引）

许学夷曰：太白七言绝多一气贯成者，最得歌行之体。其他仅得王摩诘"新丰美酒""汉家君臣"，王少伯"闺中少妇"数篇而已。（《诗源辩体》卷十八）

陈继儒曰：以"不知愁"故能"凝妆"。因见柳色而念及夫婿，真得《卷耳》《草虫》遗意。（《唐诗三集汇编》）

吴乔曰：《风》与《骚》，则全唐之所由出。不可胜举。"忽见陌头杨柳色，悔教夫婿觅封侯"，兴也；"夕阳无限好，只是近黄昏"，比也；"海日生残夜，江春入旧年"，赋也。（《围炉诗话》）

黄生曰：先反唤"愁"字，末句正应。感时恨别，诗人之作多矣，此却以"不知愁"三字翻出后二句，语境一新，情思婉折，闺情之作，当推此首第一。此即《国风》妇人感时物而思君王之意，含情甚正，含味甚长。唐人绝句，实具《风》《雅》遗音。（《唐诗摘抄》卷四）

朱之荆曰："不知""忽见""悔教"，呼应灵动，转折便捷。（《增订唐诗摘抄》）

王尧衢曰："闺中少妇"，此四字为一诗之主。"少"而曰"妇"，知其已有丈夫；"妇"而曰"少"，所以离愁尚浅。"不知愁"，少妇年轻，不知愁之为苦，且未有触动也。"春日凝妆"，凝妆者，涂黄粉于额际，乃是装作女儿模样。少妇不出闺门，今当春日而为此凝妆，则是自己早省着非闺女矣。"上翠楼"，上楼将有所眺望也。必凝妆然后上翠楼，正是他不知愁处。"忽见陌头杨柳色"，见，从楼头望见也；忽见者，骤然触目，不觉惊心。把少妇沉闷情怀都被柳色勾动，然则不见柳色，尚不知春在何处也。"悔教夫婿觅封侯。"夫婿从军，为觅取封侯计也，向日已教之去矣，今见陌头春色，感夫婿之一去无音，早知去而不来，何以当初莫教他去，故"悔"。（《古唐诗合解》卷五）

贺裳曰：王龙标"忽见陌头杨柳色"，即"时芳不待妾"意也。妙在不说出。"悔教夫婿觅封侯"亦即此悔，但悔得稍正。（《载酒园诗话》卷一）

徐增曰：此诗只看"闺中少妇"四字，通首于此上描写。"忽见陌头杨柳色"，"色"字妙，柳色自黄而绿，绿而青，犹女儿时面色黄，妇人面色红冶也。（《而庵说唐诗》）

宋宗元曰："不知""忽见"四字，为通首关键。（《网师园唐诗笺》）

吴瑞荣曰：触景怀人，精采迸射，却自大雅。（《唐诗笺要》）

543

俞陛云曰：凡闺侣伤春，诗家所习咏，此诗不作直写，而于第三句以"忽见"二字陡转一笔，全首皆生动有致。绝句中每有此格。（《诗境浅说》续编）

刘永济曰：诗人笔下活画出一天真少妇之情态，而人民困于征役，自在言外。诗家所谓"不犯本位"也。（《唐人绝句精华》）

刘拜山曰："凝妆"上承"不知愁"，下起"忽然"之悔，使转折处含蓄有力。（《千首唐人绝句》）

（鉴）（赏）

王昌龄善于用七绝细腻含蓄地描写宫闺女子的心理状态及其微妙变化。这首《闺怨》和《长信秋词五首》等宫怨诗，都是素负盛誉之作。

题称"闺怨"，一开头却说"闺中少妇不曾愁"，似乎故意违反题面。其实，作者这样写，正是为了表现这位闺中少妇从"不曾愁"到"悔"的心理变化过程。丈夫从戎远征，离别经年，照说应该有愁。之所以"不曾愁"，除了这位女主人公正当青春年少，还没有经历多少生活波折，尚未谙离别之苦，家境也比较优裕（从下句"凝妆上翠楼"可以看出）等原因之外，根本原因还在于那个时代的风气。唐代前期国力强盛，从戎远征，立功边塞，成为当时人们"觅封侯"的重要途径。"功名只向马上取，真是英雄一丈夫"（岑参《送李副使赴碛西官军》），成为当时许多人的生活理想和生活时尚。在这种时代风气影响下，"觅封侯"者和他的"闺中少妇"对这条生活道路是充满了浪漫主义幻想的。王昌龄的《青楼曲》（其二）："驰道杨花满御沟，红妆缦绾上青楼。金章紫绶千余骑，夫婿朝回初拜侯。"写一位少妇红妆上楼观看"夫婿朝回初拜侯"的烜赫景象，就明显流露出得意之情。从本篇末句"悔教"二字看，这位少妇当初甚至还可能对她的夫婿"觅封侯"的行动起过一点推波助澜的作用呢。一个对生活、对前途充满乐观展望的青春少妇，在一段时间内"不曾愁"是完全合乎情理的。

第一句点出"不曾愁"，第二句紧接着用春日登楼赏景的行动具体展示她的"不曾愁"。一个春天的早晨，她经过一番精心的打扮、着意的妆饰，登上了自家的高楼（翠楼即青楼，古代显贵之家楼房多用青漆涂饰，这里因平仄要求用"翠"，且与女主人公的身份，与时令季节相应）。春日而凝妆登楼，当然不是为了排遣愁闷（遣愁何必凝妆），而是为了观赏春色以自娱。

这一句写少妇青春的欢乐，正是为下段青春的虚度、青春的怨旷蓄势。

第三句是全诗转关。陌头柳色是最常见的春色，登楼览眺自然会看到它，"忽见"二字下得似乎有些突兀。关键就在于这"陌头杨柳色"所引起的联想与感触，与少妇登楼前的心理状态大不相同。"忽见"是不经意地流目瞩望而适有所遇，而所遇者——普普通通的陌头杨柳竟勾起她的许多未明确意识到过的感触与联想。"杨柳色"虽然在很多场合下可以作为"春色"的代称，但它所引起的联想却比抽象的"春色"要丰富得多。它可以联想到蒲柳易衰，青春易逝；联想起千里悬隔的夫婿和当年"绿杨陌上"的双方离别，感到满目春光，无人共赏。这一切，都促使她从内心深处冒出以前从未明确意识到过而此刻却变得非常强烈的念头——"悔教夫婿觅封侯"。这也就是题目所说的"闺怨"。

本来凝妆登楼，意在观赏春色，结果反惹起一腔幽怨、一腔悔恨。这变化发生得如此迅速而突然，仿佛难以理解。诗的好处正在这里：它生动地显示了少妇心理的迅速变化，却不说出变化的具体原因与具体过程，留下充分的想象余地让读者仔细寻味。

短篇小说往往截取生活中的一个横断面，加以集中描写，使读者从这个横断面中窥见全貌。绝句在这一点上有些类似短篇小说。这首诗正是抓住闺中少妇春日凝妆登楼，忽见陌头柳色的一刹那间心理发生的变化，作了集中的描写，使读者从偶然领悟到必然，从突变联想到渐进，从一刹那窥见全过程。这就很有蕴蓄，耐人寻味。

芙蓉楼送辛渐二首〔一〕（其一）

寒雨连江夜入吴〔二〕，平明送客楚山孤〔三〕。
洛阳亲友如相问，一片冰心在玉壶〔四〕。

〔一〕芙蓉楼，在唐润州（治所在今江苏镇江市）。晋王恭为润州刺史，改建城楼，其西南楼名万岁楼，西北楼名芙蓉楼。《文苑英华》载另一首（"丹阳城南秋海阴"），题作《芙蓉楼送辛渐长》。此诗原共二首，此为第

王昌龄

一首。

〔二〕《全唐诗》此句作"寒雨连天夜入湖"。此据《唐诗品汇》改。

〔三〕润州春秋战国时为吴地，后入于楚。此句的"楚"与上句的"吴"互文同指，均指润州。

〔四〕鲍照《代白头吟》："直如青丝绳，清如玉壶冰。"姚崇《冰壶诫》："夫洞澈无瑕，澄定见底，当官明白者，有类是乎？故内怀冰清，外涵玉润，此君子冰壶之德也。"

笺 评

唐汝询曰：此亦被谪入吴，逢辛赴洛而有是叹也。言我方冒雨夜行，君则依山晓发，不胜跋涉之劳。倘亲友问我之行藏，当言心如冰冷，日就清虚，不复为宦情所牵矣。（《唐诗解》卷二十六）

陆时雍曰："寒雨连江""丹阳城南"二首，后二语别有深情。"平明送客楚山孤"，"孤"字自作一语，练格最高。（《唐诗镜》卷十二）

薛应旂曰：多写己意，送客有此一法者。（《删补唐诗选脉笺释会通评林·盛七绝上》引）

周珽曰：神骨莹然如玉。（同上）

黄生曰：前后两截格，前送客，后寄讯，分两截。此题二首，此首但托彼寄讯，别意在次首，以调拗删之。古诗："清如玉壶冰。"此自喻其志之洁，却将古句运用得妙。（《唐诗摘抄》卷四）

朱之荆曰："孤"字着"客"说，不着"楚山"说。（《增订唐诗摘抄》）

黄培芳曰：自矢清操也。（《唐贤三昧集》卷中）

王尧衢曰："寒雨连江夜入吴。"时以被谪入吴，冒雨夜行，而连江皆雨色也。"平明"，夜行之明日。"送客"，送辛渐入洛。"楚山孤"，楼头所见，大江之北皆楚地，辛渐晓行赴洛，依山而行。"楚山"曰"孤"，赋其所见也。"洛阳亲友如相问。"辛渐至洛，倘有亲友以我之行藏为问。"一片冰心在玉壶。"此为辛渐答亲友之语，说我宦情已冷，如一片冰贮之玉壶，日夜清冷而相得也。（《古唐诗合解》卷五）

沈德潜曰：言己之不牵于宦情也。（《重订唐诗别裁集》卷十九）

《精选评注五朝诗学津梁》：自夜至晓饯别风景尽情写出。下二句写临别之语。意在言外。

宋顾乐曰：唐人多送别妙作。少伯诸送别诗，俱情极深，味极永，调极高。悠然不尽，使人无限留连。（《唐人万首绝句选》评）

黄叔灿曰：上二句送别时情景。下二句托寄之言，自述心地莹洁，无尘可滓。本传言少伯"不护细行"，或有所为而云。（《唐诗笺注》）

俞陛云曰：借送友以自写胸臆。其词自潇洒可爱。（《诗境浅说》续编）

写这首诗的时候，王昌龄正在江宁丞任上。辛渐是王昌龄的朋友，这次由润州渡江，取道扬州，沿运河北上洛阳。大概王昌龄先是陪辛渐从江宁到润州，然后在润州芙蓉楼送别。送别的时间，是一个寒雨初过的秋天的清晨。（第二首说："丹阳城南秋海阴，丹阳城北楚云深。高楼送客不能醉，寂寂寒江明月心。"从时间上看，第二首应在前，当是头天晚上已在芙蓉楼饯别，第二天一早又在此握别。）

第一句先从昨夜的寒雨着笔。"入吴"者并不是诗人和辛渐，因为从第二首看，昨夜已在芙蓉楼饯别（饯别时尚有"明月"，但前两句说"秋海阴""楚云深"，已有欲雨朕兆，则雨可能是宴饯后才下的）。"寒雨"才是"入吴"的主语。谢朓《观朝雨》诗说："朔风吹飞雨，萧条江上来。"这一句描绘的景象与谢诗类似。"连""入"，都是着意刻画雨的动态，以渲染一种特有的情调与气氛。萧瑟的江风，吹送着带有深秋寒意的雨丝，自西向东，迤逦而来，顷刻间整个江面便笼罩在一片雨幕之中，整个吴地也似乎沉浸在这潇潇寒雨中了。这雨，使两个即将离别的朋友更增添了凄寒孤寂之感。昨天夜深，卧听连江风雨之声，恐怕彼此都很难入睡呢。

"平明送客楚山孤"。一夜连江寒雨，已经酿足了别情。清晨，寒雨已停，天色初晴，彼此又在芙蓉楼上殷殷话别。遥望隔江去路，但见楚山孤峙，朋友就要绕过楚山，向更远的洛阳驶去。"孤"是雨后景色的特征。在楚云深深，烟雨迷蒙中，隔岸的楚山轮廓是若隐若现、模糊不清的。而雨后天晴，空气澄澈，山如洗出，这才显出它的孤峙突兀。这虽是送别时遥望去路所见，但却景中含情。知己的朋友就要远去，眼前又少了一个能够倾诉情怀的人，一种难以名状的孤寂感浮上心头，那矗立在远处平野上的一座孤山，正像是诗人情怀的一种外化，诗人处境的一种象征。情写境借，写来浑

547

然一片，不露痕迹。

这里需要交代一下诗人的身世遭遇。王昌龄开元十五年（727）登进士第，授秘书省校书郎。二十二年，应博学宏辞科试中选，改授汜水尉。二十七年贬岭南，翌年北归，出为江宁丞。登第十多年后，仍沉沦下僚。这次送别友人，正处于这种境遇中，诗人的情怀自不能不渗透在诗中。开头几句，尽管没有一语正面涉及自己曾历的贬谪遭遇和不得志情怀，但从寒雨连江、楚山孤峙的景物描写中，已经透露出诗人的凄寒孤寂的心境。但这首诗抒情的重点却是在三、四两句：“洛阳亲友如相问，一片冰心在玉壶。”王昌龄在任汜水尉期间结识了洛阳一带不少朋友，如刘晏、李颀、綦毋潜等人，“洛阳亲友”指此。“玉壶冰”是古代相传的成语，在不同的场合有不同的比喻含义，但它的基本比喻意义则是指品格的高洁。前人或以为王昌龄是借此表明“心如冰冷，日就清虚，不复为宦情所牵”（《唐诗解》）。王昌龄不是恋栈的达官显宦，没有必要向亲友表白自己不牵于宦情。对于一位有才能有抱负的士人，丞尉一类下僚对他可能是一种屈辱，但长期屈居下僚决不是由于他牵于宦情而舍不得丢掉微禄，而是由于上层统治集团的打击迫害。把“冰心玉壶”之喻理解为不牵于宦情，那是后世一些把丞尉之类的微官也看得很重的文人心目中的清高。诗人的本意决不在此。这就需要追溯到开元二十七年贬岭南的事。这次外贬，具体原因已难考察，但从他的《见谴至伊水》“得罪由己招，本性易然诺”之句来看，可能是由于诗人轻于然诺，不拘细行而遭人毁谤所致。从常建在他再贬岭南时作的《鄂渚招王昌龄张偾》及昌龄自己的《为张偾赠阎使臣》也可看出，他的再贬是由于“谗口疾”的缘故。结合殷璠在《河岳英灵集》中对王昌玲的评论“不矜细行，谤议沸腾，再厉遐荒”等语，可以推知其初贬和再贬都可能是由于在人品上遭到毁谤的缘故。“一片冰心在玉壶”之语必须结合这种遭遇，才能真正理解。细细体味，就不难发现，三、四两句并不单纯是自我表白，而是同时表露出对自己高洁品行的高度自信。它好像是对关心自己的亲友们表示：尽管对我毁议纷纷，交相攻讦，然而我在任何时候，都是表里澄澈、光明磊落的。这完全是一种蔑视“谤议”的口吻，一种我行我素，不为恶劣环境所屈的姿态。就这个意义上说，认为用这个比喻是“自夸”，也未尝不可。

“玉壶冰”这个古老的比喻，很多诗人都用过它。唐朝科举考试，甚至有用“清如玉壶冰”作试帖诗题目的。但把这个古老的比喻运用得如此形象、贴切、富于创造性的，却只有王昌龄。拿“清如玉壶冰”来说，它由玉之清、冰之洁的双重象喻突出了"清"的程度，是生动的比喻，不过它本身还构不成完整的形象；"一片冰心在玉壶"却不同，它简直就是一个表里如一、晶莹澄澈、通体透明的高洁狷介之士的化身。将"玉壶冰"的"冰"想象成"一片冰心"，人的形象就突现出来了。文学作品的陈言务去，并不是不要借用古语，刻意避熟求生；赋予陈言以新的形象、意境，新的表达方式，这也是一种创新。三、四两句在前两句景中寓情的含蓄基础上，出以明快之笔，也使全诗兼有含蓄明快之美。

绝句是不易体现诗人个性的体裁。它太短小，又与乐府关系密切，而乐府是常以表现普遍的思想感情为特色的。而王昌龄的绝句却往往能突出诗人坚强、乐观、高洁的性格，这是诗人艺术上高度成熟的一种标志。

王
昌
龄

高　适

高适（约701—765），字达夫，郡望渤海蓨县（今河北景县）。父崇文，曾任韶州长史，适幼年时随父客居岭南。少落拓，不拘小节，家贫，客于梁、宋。年二十西游长安，无成而归。开元十九年（731）秋，北游燕、赵，登蓟门。翌年信安王李祎讨奚、契丹，适献诗欲求入幕未果。归宋州。二十三年，至长安应制举未中第，复归宋。天宝四载（745），与李白、杜甫同游汴、宋，后又同游齐、鲁。八载，因睢阳太守张九皋之荐举有道科中第，授封丘尉。十载冬送兵至清夷军，次年春回封丘，辞官。十一载秋赴长安。十二载被陇右节度使哥舒翰表为掌书记。安史乱起，拜左拾遗，转监察御史，佐哥舒翰守潼关。后随玄宗入蜀。擢谏议大夫，拜淮南节度使，防永王璘谋反。乾元元年（758）遭宦官李辅国之谗，授太子少詹事。二年，出为彭州刺史，三年转蜀州刺史。广德元年（763）任成都尹、剑南节度使。二年召还长安，任刑部侍郎，转散骑常侍。封渤海县侯。永泰元年（765）卒。有集二十卷。现传《高常侍集》十卷。《全唐诗》编其诗四卷。高适"喜言王霸大略，务功名，尚节义"（《旧唐书》本传），其诗"多胸臆语，兼有气骨"（殷璠《河岳英灵集》评语），以擅长边塞诗闻名。七言古诗成就最高，七律、七绝亦间有佳作。今人刘开扬有《高适诗集编年笺注》，孙钦善有《高适集校注》，周勋初有《高适年谱》。

古大梁行〔一〕

古城莽苍饶荆榛〔二〕，驱马荒城愁杀人。魏王宫观尽禾黍〔三〕，信陵宾客随灰尘〔四〕。忆昨雄都旧朝市〔五〕，轩车照耀歌钟起〔六〕。军容带甲三十万〔七〕，国步连营一千里〔八〕。全盛须臾那可论，高台曲池无复存。遗墟但见狐狸迹，古地空馀草木根。暮天摇落伤怀抱，抚剑悲歌对秋草〔九〕。侠客犹传朱亥名，行人尚识夷门道〔一〇〕。白璧黄金万户侯〔一一〕，宝刀骏马填山丘。年代凄凉不可问〔一二〕，往来唯有水东流〔一三〕。

校注

〔一〕古大梁，战国时魏国都城，故址在今河南开封市西北。公元前361年，魏国将国都由安邑迁往大梁，直至魏为秦所灭，大梁为魏都一百三十余年。此诗约作于天宝四载（745）秋。

〔二〕莽苍，形容景色迷茫。《庄子·逍遥游》："适莽苍者，三餐而返，腹犹果然。"成玄英疏："莽苍，郊野之色，遥望之不甚分明也。"饶，多。荆榛，丛生的灌木，形容古城之荒芜。

〔三〕观，古代宫门外的双阙。

〔四〕信陵，指信陵君，魏公子无忌。魏安釐王异母弟，封信陵君。以礼贤下士著称，有食客三千人。为战国时著名的四公子之一。事详《史记·魏公子列传》，参下注〔一〇〕。

〔五〕朝市，朝廷与市集。《周礼·考工记》："匠人营国，左祖右社，面朝后市。"古代都城布局，前为朝，后为市。

〔六〕轩车，古代一种前顶较高而有帷幕的车，供大夫以上的人乘坐。歌钟，伴唱的编钟。

〔七〕带甲，披甲的武士。

〔八〕国步，指国土面积。一千里，《史记·苏秦列传》："（苏秦）又说魏襄王曰：'大王之地……地方千里。'"

〔九〕抚，《全唐诗》作"倚"。此据《高常侍集》各本改。敦煌写本残卷伯2552诗选作"倚"。

〔一〇〕《史记·魏公子列传》："公子为人仁而下士，士无贤不肖皆谦而礼交之……魏有隐士曰侯嬴，年七十，家贫，为大梁夷门监者。公子闻之，往请……自迎夷门侯生，侯生摄敝衣冠，直上载公子上坐，不让，欲以观公子。公子执辔愈恭。侯生又谓公子曰：'臣有客在市屠中，愿枉车骑过之。'公子引车入市，侯生下见其客朱亥，俾倪，故久立与其客语，微察公子，公子颜色愈和……于是……侯生遂为上客。"魏安釐王二十年（前257），秦围赵邯郸，赵求救于魏，信陵君用侯嬴计，使如姬窃得兵符，朱亥袖四十斤铁椎，椎杀将军晋鄙，夺得兵权，救赵却秦。夷门，大梁城东门。

〔一一〕《史记·平原君虞卿列传》："虞卿者，游说之士也。蹑蹻担簦说赵孝成王。一见，赐黄金百镒，白璧一双；再见，为赵上卿。"

〔一二〕年代，时代。谢灵运《会吟行》："自来弥年代，贤达不可纪。"

张说《赠崔公》："事随年代远，名与国籍留。"年代凄凉，谓年代久远，遗迹凄凉。

〔一三〕水，指汴水，在开封城南。

唐汝询曰：此览古而兴慨也。见古城之荒凉，而追想曩时之壮丽，因言全盛难保，故物一无存者，安得不伤怀抱而兴悲歌哉！虽侠客犹传其名，隐士尚识其处，然而万户侯安在耶！宝刀骏马亦皆填灭于山丘矣。所见惟河水东流依然如旧耳。吁，今犹古也，世之纷华靡丽，孰非空花哉！（《唐诗解》卷十六）

陆时雍曰：辞色亦振。（《唐诗镜》卷十三）

吴山民曰：首四句，荒凉可惜。次四句，整肃。又次四句，重说荒凉。（《删补唐诗选脉笺释会通评林·盛七古五》引）

郭濬曰：叙说荒凉自好。（同上引）

周启琦曰：达夫如《古大梁行》词意与"梁王昔全盛"诗，□脉境烦简，各尽其美。（同上引）

周珽曰：游心千古，似佃似渔。精华所萃，结为奇调，凭吊诗之绝唱者。（同上）

邢昉曰：按节安歌，步武严整，无一往奔轶之习。（《唐风定》）

黄培芳曰：开后人故迹凭吊诗之法门。隔联间以对仗，壁垒森严。一结多少感慨！（《唐贤三昧集笺注》评）

方东树曰：起二句伉爽。"魏王"二句衍。"忆昨"四句推开。"全盛"句折入。"暮天"句入己。以下重复感叹，自有浅深，而气益厚，韵益长。反复吟咏，久之自见。（《昭昧詹言》）

杜甫《遣怀》诗回忆天宝四载（745）与高适、李白同游梁宋的情景时写道："昔与高李辈，论交入酒垆。两公壮藻思，得我色敷腴。气酣登高台，怀古视平芜。"可以想见三位大诗人畅游梁宋、慷慨怀古的情况。高适这首《古大梁行》就是其时创作的怀古杰构。诗以古大梁城的昔盛今衰为主要内容，抒发了深沉的历史感慨和现实感慨。

诗四句一转韵，意随韵转，自然形成五个层次。第一层四句，先写眼前所见古大梁城的荒凉。诗人驱马荒城，但见一片苍茫，荆棘丛生。往昔的魏王宫殿，如今已是禾黍遍地；当年的信陵宾客，早已灰飞尘灭，不见踪影。这荒凉的景象，使诗人感慨生愁，触绪兴悲。先用"莽苍饶荆榛"对"荒城"作一总览，复以魏王宫观与信陵宾客之不存作进一步渲染，因为这二者正是魏国全盛时期的突出标志与象征。其尽化禾黍、尽随灰尘，正显示出魏国全盛时期已成为历史。诗人用"驱马荒城愁杀人"七个字，概括抒写了他的强烈感受。这一层虽是慨古大梁城之荒凉，但在慨今之中即寓有对昔日"魏王宫观""信陵宾客"的追思。故下面四句，便自然引到对昔日盛时情景的追忆。

"忆昨"四句，着重追忆昔日魏都之繁华，魏国之强盛。四句中一句总提，"雄都"与"荒城"，正构成昔之盛、今之衰的鲜明对照。一句状其繁华热闹，轩车驰骤，光彩照耀，歌钟四起，喧阗盈耳。一句言其军容之盛，武士之众。一句言其幅员之广，连营千里。每一句都各有其侧重，合起来则构成魏国全盛时期大梁城的繁华和魏国的强盛情景。

"全盛"一句，突作转折，领起下三句对古大梁城今日荒凉景象的描绘渲染和诗人的无穷悲慨。往日的高台曲池已不复存在，荒凉的遗墟上但见狐狸出没的踪迹，古时的地面上只见草木的根株。诗人连用"那可""无复""但见""空馀"等一系列带有强烈悲慨色彩的词语，一气贯注，突出渲染了面对大梁荒凉景象时的凄凉感受。而"全盛须臾那可论"一句，不但领起这一层，实际上也是全诗的点眼。

"暮天"四句，承上"全盛须臾"之意，转入对自己感慨的抒写。"暮天摇落""秋草"点明季节时令，也为抒写感慨营造凄清的氛围。"伤怀抱"即因古大梁之盛衰而感慨伤怀，而"抚剑悲歌"则为感慨伤怀的诗人画了一幅传神的画像。"侠客"二句，上承"信陵宾客随灰尘"，点出自己所追慕的侯嬴、朱亥等侠义之士虽均已不存，但他们的事迹和英名仍然为今日的侠客、行人所纪念传诵。于感慨伤怀之中包含着对历史上英杰侠义精神的赞颂。

"白璧"二句，上承"魏王宫观尽禾黍"，谓当年的达官显宦、王侯贵戚，连同他们的白璧黄金、宝刀骏马均已埋填山丘。与上两句的"犹传朱亥名""尚识夷门道"正构成鲜明的对照，说明诗人并非泛慨大梁的盛衰，而是对历史上的人物有臧否，有褒贬，前者英名长存，后者只不过是匆匆的过客。最后二句，就势收转作结，感慨年代久远，古城荒凉，往事不可复寻，往来大梁，但见汴水长流而已。自然的永恒与人事的变化正形成鲜明的对比，一结无限感慨。

全诗五个层次，始终贯串着盛衰对比这一中心线索，先写眼前所见古城之荒凉，次忆往昔雄都之繁盛，再慨全盛须臾，古城颓废荒凉，而感情色彩较前更为浓烈。复折转到诗人自身，集中抒写盛衰之慨。而以年代凄凉，汴水长流作结。盛衰交替，情景相生，既步骤井然，又层层推进，反复渲染，将诗人的悲慨之情逐步推上顶端。在句式上，骈散相间，既有工整的对仗，又有散行的句式，显得既整饬雄健，又流畅自如。

高适在写这首《古大梁行》之前，已经写过一组《宋中十首》。这组以梁宋一带古迹及历史人事为吟咏对象的怀古诗，在思想内容和艺术风格上和《古大梁行》有着明显的相似之处。像"梁王昔全盛，宾客复多才。悠悠一千年，陈迹唯高台。寂寞向秋草，悲风千里来""时消更何有，禾黍遍空山""登高临旧国，怀古对穷秋。……昔贤不复有，行矣莫淹留"等诗句，便与《古大梁行》中的描写相类。可以说，《古大梁行》是对《宋中十首》的提炼、集中和典型化。这说明，高适创作《古大梁行》是经过长期的积累才得以成功的。

诗中所抒发的盛衰之慨，沉雄悲壮，似非泛泛抒怀古幽情之作，其中或寓有对唐代盛世不久的隐忧，"全盛须臾那可论"一语，寓慨深矣。

邯郸少年行〔一〕

邯郸城南游侠子，自矜生长邯郸里。千场纵博家仍富，几度报仇身不死〔二〕。宅中歌笑日纷纷，门外车马如云屯〔三〕。未知肝胆向谁是，令人却忆平原君〔四〕。君不见今人交态薄〔五〕，黄金用尽还疏索〔六〕。以兹感叹辞旧游，更于时事无所求。且与少年饮美酒，往来射猎西山头〔七〕。

554

校注

〔一〕孙钦善《高适集校注》谓此诗作于开元二十至二十二年（732—

〔二〕度，《高常侍集》各本及《河岳英灵集》作"处"。按：《文苑英华》《乐府诗集》均作"度"。

〔三〕如云屯，《全唐诗》作"常如云"，《文苑英华》同。此据《高常侍集》各本改。

〔四〕平原君，战国赵武灵王之子，惠文王之弟，名胜，封于平原，故号平原君。喜宾客，食客多至数千人。相惠文王及孝成王。秦围邯郸，形势危急，用门客毛遂计，与楚定纵约，又求救于魏信陵君，使赵转危为安，事见《史记·平原君列传》。

〔五〕今人，《河岳英灵集》《文苑英华》作"即今"。

〔六〕疏索，疏远冷淡。

〔七〕西山，指邯郸西北十里的马服山。

笺 评

殷璠曰：适诗多胸臆语，兼有气骨，故朝野通赏其文。……且余所最深爱者，"未知肝胆向谁是，令人却忆平原君"，吟讽不厌矣。（《河岳英灵集》卷上）

凌宏宪集评《唐诗广选》：慨绝古今。（"未知"二句下）

叶羲昂曰：气骨高凝，丽归少年，不失故涉。（《唐诗直解》）

郝敬曰：情至无可复加。（《批选唐诗》）

唐汝询曰：此叹交道之薄，因少年以发之也。意谓世之交者，孰非势利耶？观此邦游侠之子，贪嗜于财，幸免于法，非能豪举也。然而门庭若市，故我之肝胆未知所向，以世无平原君也。交态既日薄矣，吾岂待金尽而疏索哉！惟辞彼旧游，而于时事无所求耳。今少年不尚游侠，不趋势利，但与饮酒射猎以相娱乐，则其交也庶几哉！（《唐诗解》卷十六）

陆时雍曰："千场纵博家仍富，几处报仇身不死"，此二语甚为少年生色。"未知肝胆向谁是，令人却忆平原君"，感慨欲绝。后语俱肝胆披写，标格挺挺，有五陵裘马意致。（《唐诗镜》卷十三）

周敬曰：须看其起伏结构。读此等诗，令人巧丽纤秾之语，何处着笔！（《删补唐诗选脉笺释会通评林·盛七古五》）

顾璘曰："君不见"二句，感慨之语自别。（同上引）

高
适

555

周珽曰：写尽侠肠侠气，造语多奇。（同上）

周启琦曰：标格挺挺，有五陵裘马意致。（同上引）（同陆时雍评末二语）

徐增曰：邯郸是赵旧都，故人多游侠之风，人便以邯郸生长自夸。纵博则家易贫，今千场纵博，而家依旧富足；报仇则身不保，今几处报仇，而身不死，真有通天本事。此游侠自夸语。人见其宅中歌笑，每日纷纷，门外车马，屯聚如云，此是体面边事，若肝胆相向，恐未必然。可以相向者，应是平原君。平原君，赵公子胜也。与魏信陵、齐孟尝、楚春申，号四君，并喜得士，食客数千人。今平原君已往，人犹忆之不置，君不见，交态今薄，不可信矣。有黄金则交厚，黄金用尽，又番一幅面孔出来，依然疏索，若与从不相知者。以兹感叹，将向来以黄金交者，一切辞之，省得受他疏索。我今亦无所求于彼。邯郸游侠且置，聊与少年饮酒，相往来射猎于西山之头。也不交厚，也不至疏索，如是而已。常侍之善处交道有如此。（《而庵说唐诗》卷六）

王尧衢曰：此篇上下两段局，上半篇一转韵，气缓；下半篇"君不见"后转韵，气促。格调宜然。（《古唐诗合解》卷三）

黄培芳曰："千场纵博家仍富，几处报仇身不死"，画出一个轻侠少年。"未知肝胆向谁是，令人却忆平原君"，句有远神，最为宕逸。（《唐贤三昧集》卷下）

焦袁熹曰：风流豪迈，是达夫面目。（《此木轩论诗汇编》）

沈德潜曰：不忆信陵，而忆平原，以邯郸为赵地之故。（《重订唐诗别裁集》卷五）

宋宗元曰：英气棱棱，溢出眉宇。（"未知肝胆"二句下）（《网师园唐诗笺》）

赵熙曰：兀傲奇横。李白"淮南小山白毫子，乃在淮南小山里"，与此起同妙。（首二句下）突断。（"君不见"句下）大力收束，何其健举。（末二句下）（《唐百家诗选》手批本）

余成教曰：殷（璠）独深爱其"未知肝胆向谁是，令人却忆平原君"，语虽妙，然非集中极致之句。（《石园诗话》）

游侠生活和侠义精神，是唐诗（特别是初盛唐诗歌）的热门题材，它最能表现唐人的浪漫气质和侠义精神、英雄气概。高适这首深受当时选家和诗评家殷璠激赏的游侠题材的诗，却别开生面，表现出怀才不遇、世无赏音的强烈苦闷。

　　通篇以邯郸少年游侠自叙的口吻来抒发情感，而非在此之外另有一抒情主体在。不明白这一点，就很容易造成对诗意的误解。诗人表面上是写邯郸少年游侠，实际上是借此抒写自己的强烈精神苦闷，咏邯郸少年亦即咏自己。

　　诗的整体结构比较特别。全诗十四句，从押韵看，前八句每四句一换韵，平仄韵交押；后六句"君不见"二句押仄韵，"以兹"二句押平韵。但从全篇内容、感情看，"未知"二句（七、八二句）乃是全篇的主峰和枢纽，是诗的意旨和诗人感情的集中表达。以此二句为中心、为转关，诗可以明显分成两段。前段是对邯郸少年游侠生活与精神风貌的描写渲染，后段则是对其强烈精神苦闷的抒发。

　　开头两句交代人物，点明题目。貌似客观介绍人物身份和居处，实不妨视为戏曲舞台上的自报家门。整个前段六句，都是这种双重口吻，既像是诗人的叙述，又像是主角的自我介绍。邯郸古为赵之国都，唐代仍为繁华都会，燕、赵之地，古多慷慨悲歌之士，邯郸乃游侠聚集的渊薮。"自矜生长邯郸里"，正是邯郸少年游侠对自己特殊身份地位的自负。"自矜"二句，直贯以下四句。

　　"千场纵博家仍富，几度报仇身不死。"三、四两句，以夸张渲染之笔，夸耀其家财之富，势力之盛，生活之豪奢，行为之放纵。参加博戏则常破家产，何况是"纵博"，更何况是"千场纵博"，这重叠的夸张使"家仍富"的结果显得更为突出；杀人须偿命，"几度报仇"而"身不死"，可以想见其势焰之盛，已经到了可以肆意"以武犯禁"的程度。这些在我们今天看来近乎放纵不羁甚至不为社会所容的行为，正是少年游侠引以自夸自负的行为，诗人对此也是持一种赞赏的而非否定的批判的态度，盛唐诗人于游侠的此类行为，态度大抵如此，李白诗中也常有对此的炫耀。

　　"宅中"二句，接写其生活之奢，结交之众，仍用"日纷纷""如云屯"等夸张之笔加以渲染。以上几句，均用工整的对仗，句式整饬，气势遒劲，

557

将少年游侠的豪奢与恣肆描绘得淋漓尽致。

"未知"二句，突作转折，用充满悲慨的口吻直接抒写少年游侠内心深处的苦闷与愤激。尽管宅中宾客常满，但却没有一个可以肝胆相照的知己；尽管门外车马云屯，但却没有一个赏识自己的真知音。"歌笑日纷纷""车马如云屯"的喧阗热闹，更反托出了内心深处的寂寞与孤独。在这种情况下，不能不愤激地呼喊出"令人却忆平原君"！据《史记·平原君列传》，赵孝成王九年，秦兵攻赵，赵王命平原君赴楚求救，其门下客毛遂自荐随同前往，平原君终借毛遂之智勇使楚王同意与赵结盟抗秦。所谓"令人却忆平原君"，正是悲慨在现实生活中找不到像平原君这样礼贤下士，能够充分发挥自己才智的人物。两句先以"未知肝胆向谁是"沉重发问，继以"令人却忆平原君"宕开作答，抑扬顿挫之间，含有极深沉的感慨。豪宕感激，悲壮愤激，极富艺术感染力。

诗情至此，已达高潮，以下六句，遂承此极力渲染今日交态之薄。"君不见"三字提起，一针见血地揭示出今日之交态，纯以金钱为转移。黄金用尽，交情即疏。看透了这浅薄的人情世态，遂感叹而"辞旧游"，再不与此辈为伍；对于时事世情，也无所企求。前段极力渲染豪奢纵肆，繁华热闹，至此都成了过眼浮云。这表面上的旷达，正透露了内心深处的失望和悲凉。"且与少年饮美酒，往来射猎西山头。"既无肝胆相照的知己，又无礼贤下士的主人，只能觅伴饮酒射猎，以遣时日。"且"字中正含有无法消释的深沉苦闷与悲凉。写到后段，少年游侠与诗人自身实已合而为一。

整首诗充满了深沉而强烈的愤郁不平之气，折射出诗人在现实中找不到知己和赏识自己才能者的苦闷与愤激。尽管风格仍然遒劲有力，却透露出盛世中的阴影。

燕歌行 并序〔一〕

开元二十六年，客有从御史大夫张公出塞而还者〔二〕，作《燕歌行》以示适。

感征戍之事〔三〕，因而和焉。

汉家烟尘在东北〔四〕，汉将辞家破残贼〔五〕。男儿本自重横行〔六〕，天子非常赐颜色〔七〕。㧿金伐鼓下榆关〔八〕，旌旆逶迤碣石间〔九〕。校尉羽书飞瀚海〔一〇〕，单于猎火照狼山〔一一〕。山川萧条极边土〔一二〕，胡骑凭陵杂风雨〔一三〕。战士军前半死生，美人帐下犹歌舞〔一四〕。大漠穷秋塞草腓〔一五〕，孤城落日斗兵稀。身当恩遇恒轻敌〔一六〕，力尽关山未解围。铁衣远戍辛勤久，玉箸应啼别离后〔一七〕。少妇城南欲断肠〔一八〕，征人蓟北空回首〔一九〕。边庭飘飖那可度〔二〇〕，绝域苍茫更何有〔二一〕！杀气三时作阵云〔二二〕，寒声一夜传刁斗〔二三〕。相看白刃血纷纷〔二四〕，死节从来岂顾勋〔二五〕。君不见沙场征战苦，至今犹忆李将军〔二六〕！

校注

〔一〕《燕歌行》，乐府古题，属相和歌平调曲。郭茂倩《乐府诗集》引《乐府广题》曰：“燕，地名也，言良人从役于燕，而为此曲。”又引《乐府解题》曰：“晋乐奏魏文帝‘秋风’‘别日’二曲，言时序迁换，行役不归，妇人怨旷无诉也。”现存最早的《燕歌行》二首，为曹丕所作。其后魏明帝、陆机、谢灵运、谢惠连续有制作，内容均为思妇思念游子，从梁元帝开始，加入征戍方面的内容，萧子显、王褒、庾信之作均类此。高适之作，虽仍有征人思妇别离之情的抒写，但内容已转为以征戍之事为主。诗作于开元二十六年（738）。

〔二〕御史大夫张公，指张守珪。《旧唐书·张守珪传》：“（开元）二十一年，转幽州长史，兼御史中丞、营州都督、河北节度副大使，俄又加河北采访处置使。先是，契丹及奚连年为边患，契丹衙官可突干骁勇有谋略，颇为夷人所伏。赵含章、薛楚玉等前后为幽州长史，竟不能拒。及守珪到官，频出击之，每战皆捷。契丹首领屈剌与可突干恐惧，遣使诈降。守珪察知其伪，遣管记右卫骑曹王悔诣其部落就谋之……会契丹别帅李过折与可突干争权不叶，悔潜诱之，夜斩屈剌及可突干，尽诛其党，率馀烬以降……二十三年春……廷拜守珪为辅国大将军、右羽林大将军、兼御史大夫……诏于幽州立碑以纪功赏。二十六年，守珪裨将赵堪、白真陀罗等假以守珪之命，逼平卢军使乌知义令率骑邀叛奚馀烬于潢水之北，将践其禾稼。知义初犹固辞，真陀罗又诈称诏命以迫之，知义不得已而行。及逢贼，初胜后败，守珪隐其败状而妄奏克获之功。事颇泄。上令谒者牛仙童往按之。

守珪厚赂仙童，遂附会其事，但归罪于白真陀罗，逼令自缢而死。二十七年，仙童事露伏法，守珪以旧功减罪，左迁括州刺史。到官无几，疽发背而卒。"又据《通鉴·开元二十四年》载："（二月）张守珪使平卢讨击使、左骁卫将军讨奚、契丹叛者，禄山恃勇轻进，为虏所败。"御史大夫，《高常侍集》各本作"元戎"。《河岳英灵集》同。

〔三〕感征戍之事，旧说多以为即指张守珪隐匿败状，妄奏克获之功事。实则诗人所感的征戍之事有更广泛的内容，系对前此数年北游燕赵期间所历边塞情事的集中概括。故详引《张守珪传》以证所指并非一端。

〔四〕汉家，借指唐朝。唐人多借汉喻唐。烟尘，烽烟战尘，多指边境的寇警、外敌入侵。此指奚、契丹的侵扰。

〔五〕残贼，对敌人的轻蔑称呼，犹"馀烬"。

〔六〕横行，纵横驰骋，指在征战中所向无敌。《史记·季布栾布列传》："上将军樊哙曰：'臣愿得十万众，横行匈奴中。'"

〔七〕非常，不同寻常、特别。赐颜色，赏脸，赐以礼遇。《旧唐书·张守珪传》载："（开元）二十三年春，守珪诣东都献捷，会藉田礼毕酺宴，便为守珪饮至之礼，上赋诗以褒美之。"所谓"非常赐颜色"，当指皇帝对出征的将帅此类厚加礼遇之事。

〔八〕拟，撞击。金，指钲、铎一类金属乐器，行军时敲击，以壮军容军威。《唐六典》载军中"金之制有四：一曰镎，二曰镯，三曰铙，四曰铎"。《汉书·东方朔传》："战阵之具，钲鼓之教。"下，犹"直指"。榆关，古关名，古称渝关，其地古有渝水。又称临渝关、临榆关。即今之山海关。今属河北秦皇岛市。

〔九〕旌，杆头饰以五色羽毛的旗。旆，大旗。旌旆泛指军中旗帜。逶迤，曲折缭绕，连绵不断之状。碣石，山名。在今河北昌黎县北。碣石山余脉的柱状石亦称碣石，自汉末起已逐渐沉没于海中。此句碣石指山。

〔一〇〕校尉，军职名。汉代建为常职，地位略次于将军。掌管少数民族地区事务之长官，亦有称校尉者。唐代为武散官之号。此句之"校尉"似指掌管少数民族地区事务之长官。羽书，即羽檄，插鸟羽以示紧急的军事文书。瀚海，指大沙漠。东起大兴安岭西麓，西至天山东麓。

〔一一〕单于，匈奴人称其君长。此处指入侵的东北少数民族首领。猎火，军事演习中点燃的火把。古代游牧民族作战前，往往举行大规模的校猎，实为军事演习，兼有示威意味。狼山，指狼居胥山，在今内蒙古自治区狼山县西北。此处与上句的瀚海均系泛指敌、我双方边境上的接壤地区。《汉书·霍去病传》："封狼居胥山，禅于姑衍，登临瀚海。"瀚海、狼山当本此。

〔一二〕极边土，极边远之地。

〔一三〕凭陵，横行、猖獗。《文选·王俭〈褚渊碑文〉》："嗣主荒忽于天位，强臣凭陵于荆楚。"张铣注："凭陵，勇暴貌也。"杜甫《病橘》诗："寇盗尚凭陵，当君减膳时。"杂风雨，风雨交加。形容敌军来势之凶猛。刘向《新序·善谋》："韩安国曰：'且匈奴者，轻疾悍亟之兵也，来若风雨，解若收电。'"游牧民族作战多用骑兵奔突驰骤，故用"凭陵杂风雨"形容。

〔一四〕半死生，半死半生，牺牲近半。帐，指汉军主帅营帐。

〔一五〕穷秋，深秋。腓（féi），病。此状枯萎衰黄。《文苑英华》"腓"作"衰"。隋虞世基《陇头吟》："穷秋塞草腓，塞外胡尘飞。"

〔一六〕当，受。"身当恩遇"与前"天子非常赐颜色"呼应。恒，《高常侍集》各本作"常"。《文苑英华》作"恒"，《河岳英灵集》作"常"。

〔一七〕玉箸，玉制的筷子，用以形容女子的两行珠泪。

〔一八〕城南，长安居民住宅区在城南，此处泛指思妇居处。沈佺期《古意呈乔补阙知之》："白狼河北音书断，丹凤城南秋夜长。"丹凤城南，即长安城南。

〔一九〕蓟北，泛指幽燕一带地区，即战士征戍之地。

〔二○〕边庭，边地。庭，《全唐诗》校："一作风。"按：《文苑英华》作"风"。飘飖，遥远貌。梁庾肩吾《经陈思王墓诗》："飘飖河朔远，飐飐飔风鸣。"度，越。

〔二一〕绝域，极远之地。苍茫，空阔旷远之状。更何，《河岳英灵集》作"何所"，《高常侍集》各本同。

〔二二〕杀气，杀伐之气。三时，指早、中、晚三时，即整个白天。阵云，战云。浓重厚积状似战阵的云气。象征战争之兆的云气。《史记·天官书》："阵云如立垣。"

〔二三〕刁斗，军中铜制炊具，白天用以煮饭，夜间击以巡更。

〔二四〕血，《高常侍集》明铜活字本作"雪"，《文苑英华》作"徒"。

〔二五〕死节，为保全忠于国家的气节而战死。

〔二六〕李将军，指飞将军李广。据《史记·李将军列传》："广居右北平，匈奴闻之，号曰汉之飞将军，避之，数岁不敢入右北平。"又载："广廉，得赏赐辄分其麾下，饮食与士共之。""广之将兵，乏绝之处，见水，士卒不尽饮，广不近水；士卒不尽食，广不尝食。宽缓不苛，士以此爱乐为用。""忆李将军"，当兼指其英勇善战与爱护士卒两方面。一说李将军指李牧，亦通。《史记·廉颇蔺相如列传》："李牧者，赵之北边良将也。常居代、雁门，备匈奴。以便宜置吏，市租皆输入莫府，为士卒费。日击数牛飨士，习骑射，谨烽火，多间谍，厚遇战士……大破杀匈奴十余万骑。灭襜褴，破东胡，降林胡，单于奔走。其后十余岁，匈奴不敢近赵边城。"是李牧亦以爱护士卒与破匈奴而闻名。但高适《塞上》云："惟昔李将军，按节临此都。总戎扫大漠，一战擒单于。"此李将军明显指李广（诗有"东出卢龙塞"之句，地在幽蓟，李将军自指为右北平太守者）。

笺评

桂天祥曰：长篇滚滚，句虽佳，然皆有序，若得虚字斡旋影响，方得入妙。（《批点唐诗正声》）

蒋仲舒曰："少妇"以后，又是一番断肠情况。（《唐诗广选》引）

邢昉曰：金戈铁马之声，有玉磬鸣球之节，非一味抒写以为悲壮也。（《唐风定》）

钟惺曰："战士军前半死生，美人帐下犹歌舞。"豪壮中写出暇整气象。（《唐诗归》卷十二）

谭元春曰："胡骑凭陵杂风雨。"真悲、真壮。"寒声一夜传刁斗。"叙得磊落而不粗。"死节从来岂顾勋。"真志士。"顾勋"二字，笑尽妻子身家中人。"君不见沙场征战苦，至今犹忆李将军！"必要用"君不见""至今犹忆"，可恨。（同上）

唐汝询曰：此述征戍之苦也。言"烟尘在东北"，原非犯我内地。汉将所破特余寇耳。盖此辈本重横行，天子乃厚加礼貌，能不生边衅乎！于是鸣金鼓，建旌旆，以临瀚海。适值单于之猎，凭陵我军，我军死者过半，主将方且拥美姬歌舞帐下，其不惜士卒乃尔。是以当防秋之际，斗兵日稀，然主将不以为意者，以其恃恩而轻敌耳，何为使士卒力尽关山未能罢归乎？戍既久，室家相望之情极矣。则又述士卒之意曰：吾岂欲树功勋于血刃间耶？既苦征战，则思古之李牧为将，守备为本，亦庶几哉！（《唐诗解》卷十六）

陆时雍曰："战士军前半死生，美人帐下犹歌舞"，语意警绝，高适七言古，多句调琅琅，振响欲绝。（《唐诗镜》卷十三）

徐中行曰：轰轰豪语，动助气色，令人胆大意粗。（《删补唐诗选脉笺释会通评林·盛七古五》引）

顾璘曰：语、意兼至。"三时""一夜"二语工。结得佳。（同上引）

王夫之曰：词浅意深，铺排中即为诽刺。此道自《三百篇》来，至唐而微，至宋而绝。"少妇""征人"一联，倒一语，乃是征人想他如此。联上"应"字，神理不爽。结句亦苦平淡，然如一匹衣著，宁令稍薄，不容有额。（《唐诗评选》卷一）

吴乔曰：长篇于意转处换韵则气畅，平仄谐和，是"元白体"。高适《燕歌行》云（诗略）。诗之繁于词者，七古、五排也。五排有间架意易见，七古之顺叙者亦然。达夫此篇，纵横出没如云中龙，不以古文四宾主法制之，意难见也。四宾主法者，一主中主，如一家惟一主翁也；二主中宾，如主翁之妻妾儿孙奴婢，即主翁之分身以主内事者也；三宾中主，如主翁之朋友亲戚，任主翁之外事者也；四宾中宾，如朋友之朋友，与主翁无涉者也。于四者中除却宾中宾，而主中主亦只一见，惟以宾中主勾动主中宾以成文章，八大家无不然也。《燕歌行》之主中主，在忆将军李牧善养士而能破敌。于达夫时，必有不恤士卒之边将，故作此诗。而主中宾，则"壮士军前半死生，美人帐下犹歌舞""相看白刃血纷纷，死节从来岂顾勋"四语是也。"岂顾勋"，即"死是战士死，功是将军功"之意。其馀皆是宾中主。自"汉家烟尘"至"未解围"，言出师遇敌也。此下理当接以"边庭"云云，但径直无味，故横间以"少妇""征人"四语。"君不见"云云，乃出正意以结之也。文章出正面，若以此意行文，须叙李牧善养士能破敌之功烈，以激励此边将；诗用兴比出侧面，故止举"李将军"，使人深求而得，故曰"言之者无罪，而闻之者足以戒"也。王右丞之《燕支行》，正意只在"终知上将先伐谋"，法与此同。右丞之《陇头吟》却又不然，起手四句是宾，"关西老将不胜愁"六句是主。主多于宾，乃是赋也。（《围炉诗话》卷二）

黄周星曰：此是歌行本色。（《唐诗快》）

黄培芳曰："山川萧条极边土，胡骑凭陵杂风雨。战士军前半死生，美人帐下犹歌舞。大漠穷秋塞草腓，孤城落日斗兵稀。"句中含双单字，此七古造句之要诀。盖如此则跌宕多姿，而不伤于虚弱。杜工部《渼陂行》，

高
适

563

多用此句法。"铁衣远戍辛勤久，玉箸应啼别离后"，转韵，亦用对法。（《唐贤三昧集》卷下）

沈德潜曰：七言古中时带整句，局势方不散漫。若李、杜，风雨分飞，鱼龙百变，又不可以一论。（《重订唐诗别裁集》卷五）又曰："秦时明月"一章，前人推奖之而未言其妙。盖言师劳力竭而功不成，繇将非其人之故，得飞将军备边，边烽自熄，即高常侍《燕歌行》归重"至今人说李将军"也。（《说诗晬语》卷上）

宋宗元曰：沉痛语，不堪多读。（《网师园唐诗笺》）

赵熙曰：常侍第一大篇，与东川"白日登山望烽火"一首非但声情高壮，其于守珪有微词，盖于国史相表里也。（《唐百家诗选》批）

陈沆曰：题序云"开元二十六年，客有从御史大夫张公出塞"云云，则非泛咏边塞也。《唐书》：张守珪为瓜州刺史，完修故城，版筑方立，虏奄至，众失色。守珪置酒城上，会饮作乐，虏疑有备，引去。守珪因纵兵击败之。故有"战士军前半死生，美人帐下犹歌舞"之句。然其时守珪尚未建节，此诗作于开元二十六年建节之时，或追咏其事，抑或刺其末年富贵骄逸，不恤士卒之词，均未可定。要之，观其题序，断非无病之呻也。（《诗比兴笺·高适诗笺》）

方东树曰：《燕歌行》，"汉家"四句起，"拟金"句接，"山川"句换，"大漠"句换，"铁衣"句转。牧指李牧以讽。（《昭昧詹言·王李高岑》）

王闿运曰：（首二句）笔势开展。"战士军前半死生，美人帐下犹歌舞"，豪语，非刺语。（《手批唐诗选》卷九）

吴汝纶曰：（"战士"）二句最为沉至。（《唐宋诗举要》卷二引）

高步瀛曰：《旧唐书·张守珪传》……又曰"二十六年，守珪裨将赵堪、白真陁罗等假以守珪之命逼平卢军使乌知义邀叛奚馀众于湟（潢）水之北，初胜后败。守珪隐其败状而妄奏克捷之功，事颇泄"云云，达夫此诗，盖隐刺之也。又曰：（"相看"二句下批）此殆刺妄奏克捷之事。（《唐宋诗举要》卷二）

 鉴 赏

《燕歌行》是唐代边塞诗的杰作，这一点已经为古今学者所公认。但对这首诗的理解，却存在不少误区。其中一种流行的观点，是认为它的主旨系讽刺张守珪不恤士卒，妄奏克捷之功，并指出当与潢水之败有关。诗序中既然明确提到"开元二十六年，客有从御史大夫张公出塞而还者"，这一年又正好有潢水之败这件事，因此，说这首诗的素材中包含了潢水之战，是可以的。但一定要说，诗的主旨就是讽刺张守珪的潢水之败，则不免拘泥。因为张守珪作为镇守东北边疆的最高长官，在任期间抵御契丹是有功的，潢水之败只是他任职期间一个局部的失误，而且其直接的责任者是他手下的部将赵堪、白真陀罗而非其本人。说他恃功骄纵，不恤士卒，于史无征。且高适有《宋中送族侄式颜时张大夫贬括州使人召式颜遂有此作》，是他的族侄高式颜赴时已贬任括州刺史的张守珪之召时的送行之作，诗中说"大夫东击胡，胡尘不敢起。胡人山下哭，胡马海边死……当时有勋业，末路遭谗毁。"热情赞颂张守珪抵御契丹的功绩，认为他被贬是遭谗毁所致。因此说《燕歌行》系专门讽刺张守珪，是缺乏根据的。同时，从诗序也可看出，诗人是因"客"将他所作的《燕歌行》给自己看，而"感征戍之事，因而和焉"。这说明，诗人是因客所作的《燕歌行》引发了他对更大范围的征戍之事的联想和认识，因而写了《燕歌行》来作和。实际上，从开元十九年（731）到二十一年，高适在长达三年的北游燕赵的过程中，对东北边塞的军事态势和存在的各种问题已经作了相当深入的考察和思考，并写出了一系列反映边塞问题的诗作，如《塞上》《蓟门五首》《赠别王十七管记》等。其中《蓟门五首》可以说在不少方面都为《燕歌行》的创作作了先期准备，诗云：

　　　　蓟门逢故老，独立思氛氲。一身既零丁，头鬓白纷纷。勋庸今
已矣，不识霍将军。
　　　　汉家能用武，开拓穷异域。戍卒厌糟糠，降胡饱衣食。关河试
一望，吾欲涕沾臆。
　　　　边城十一月，雨雪乱霏霏。元戎号令严，人马亦轻肥。羌胡无
尽日，征战几时归？
　　　　幽州多骑射，结发重横行。一朝事将军，出入有声名。纷纷猎
秋草，相向角弓鸣。
　　　　黯黯长城外，日没更烟尘。胡骑虽凭陵，汉兵不顾身。古树满
空塞，黄云愁杀人！

其中，既有对战争的艰苦、长期的正面描写，也有对军中功赏不平、士卒生

活艰困乃至统治者"开拓穷异域"等现象与问题的深刻揭示。《燕歌行》中所触及的一系列问题与矛盾，《蓟门五首》几乎都已涉及，有的连词句都非常相似。因此可以认为，《燕歌行》是高适在丰富深刻的边塞生活体验的基础上，结合开元二十年幽州长史赵含章与契丹战于北山，二十一年幽州总管郭英杰都山之败，开元二十四年安禄山之败，开元二十六年的潢水之败等事件而作的更高的艺术概括。

这首诗大体上可以分为三段。第一段八句，写东北边境告急，将军奉命出征。起句以"汉家烟尘在东北"点明外族入侵，掀起战尘；接着写汉将辞家破敌，显出这是一场防卫性的正义战争。"男儿"二句，一句写将帅本就怀有横行敌境、扫荡敌寇的大志，一句写天子更给予超常的恩遇。句虽对偶，意则层递，显示出汉将此行务求歼敌的决心和勇气。"拟金"二句，写行军途中情景，用"拟金伐鼓""旌旆逶迤"来渲染壮盛的军容军威和将士旺盛的斗志，突出其堂堂正正的气势。"下榆关"的"下"字具有一往无前的气势，而"旌旆逶迤"则别具从容镇定的浩荡态势，二者对比鲜明地烘托出正义之师的威武与从容，给人以必胜的感受。"校尉"二句，则写敌酋的战火已高照狼山，前线飞檄告急，战争一触即发。整个这一段，起结都特意强调外族入侵，显示战争的防卫性，既渲染两军对垒的紧张局势，又显示唐军的壮盛军威。而"男儿"二句，又隐伏下文"轻敌""未解围"的结果。

第二段八句，写敌我双方激烈交战和唐军失利被围。"山川"二句，在充满萧条肃杀之气的广漠背景上突现胡骑如狂风骤雨席卷而来的猛烈进攻态势，与前段的"残贼"正形成鲜明对照，暗透唐军主帅对敌方力量的估计严重不足。正因为这样，才导致"战士军前半死生"的严重伤亡局面。但尤其令人痛心愤慨的，却是领兵的将领此时却正在营帐中歌舞作乐。这一极为鲜明的对比，不但揭示了军中苦乐的悬殊，而且斥责了将领的不谙前线的局势，不顾士卒的生命，感情深沉愤激，揭露深刻切直，称得上是古代边塞诗中揭露军中将卒对立最深刻的警句。"犹"字着意，寓有强烈的愤慨。"大漠"二句，写唐军失利，退守孤城。大漠深秋，塞草枯黄，孤城落日，斗兵已稀，勾画出一幅萧瑟衰败、日暮穷途的困守危城画面。气氛的渲染极为出色。而"身当恩遇恒轻敌，力尽关山未解围"二句，则总结性地道出了唐军失利的重要原因之一是将领身受皇帝恩遇，轻敌妄动，以致力困被围。"轻敌"应上"残贼""横行"。其中可以隐隐看出郭英杰与契丹大战于都山，英杰战死，兵士被围犹力战不已，直至全部牺牲，以及安禄山"恃勇轻敌，为敌所败"的影子。但又并非直叙其事，而是将它作为素材，融化到整体的艺术构思和艺术概括之中。整个这一段，写唐军之失利，原因有二，一是军中苦乐悬殊，将领生活腐化，不恤士卒；二是轻敌冒进，过低估计敌人的力量。

第三段十二句，写久戍不归的战士复杂的思想感情。前面两段，写出征、激战，虽也写到士兵，但重点是写将帅，这一段则专写士兵。"铁衣"四句，写被围后长期戍守的士兵思念家乡、妻子，而后方的思妇也因丈夫远戍不归而流泪断肠。表面上征人思妇两面夹写，实际上思妇的处境、感情乃是征人的想象，"应""欲"二字，透露出这是征人的遥揣。"边庭"四句，转写边地的荒寒遥远和森严的战争气氛，其中"边庭"句承上启下，转接自然而分明。"杀气"二句用工整的对仗渲染浓郁的战地氛围，极为出色，可与上段"孤城落日斗兵稀"句媲美。"相看"四句，直接抒写士兵为国献身，不计个人功赏的情怀和希望朝廷任用英勇善战、爱护士兵的统帅，免得作无谓牺牲的呼声。"相看白刃血纷纷"的惨烈，更突出了"死节从来岂顾勋"的崇高；而"君不见沙场征战苦，至今忆犹李将军"则画龙点睛式地总结了全诗，揭示了主旨，提出了解决矛盾的办法。

诗以"辞家破残贼"的报国行动开始，最后仍以为国献身的精神结束，中间展开了一系列错综复杂的矛盾，有胡汉之间的民族矛盾，有军中苦乐悬殊的对立，有人与自然的矛盾，也有士兵内心的复杂矛盾。这一切矛盾又相互交织，相互影响，展开了极为广阔的画面：从壮阔浩荡的行军场面，到敌我双方对垒的紧张局势；从沙场双方激战的惨烈场景到兵败被围的孤危局面；从少妇城南到征人蓟北，从沙场到营帐。以不长的篇幅描绘出了战争的全景。时间上也经历了从出征到激战到被围久戍的长期过程。在如此广远的时空背景和复杂矛盾中，诗人又分别从敌人的强悍、环境的艰苦、战斗的惨烈、将帅的腐败轻敌等各个方面层层渲染"沙场征战苦"，反映出在民族矛盾和阶级矛盾复杂纠结的情况下艰苦卓绝的征战戍守生活，以及在这种情况下广大士兵的复杂思想感情，其内容之深广、思想之深刻、感情之深沉都远远超过了一般的边塞诗。尽管广大士兵的境遇极端艰苦，极端不平，但仍然表现了"死节从来岂顾勋"的爱国主义、英雄主义精神。《燕歌行》思想性之高，不仅由于它深刻地揭露了军中的阶级对立，更由于它在民族矛盾与阶级矛盾的复杂纠结中表现了广大士兵的爱国精神和不怕牺牲的献身精神。这种英雄气概就显得更为浑厚深沉。

　　总起来说，诗人在丰富、深刻的边塞生活体验的基础上，对当时的"征戍之事"作了深入的思考和高度的典型化艺术概括。诗中通过慷慨出征、沙场激战、长期戍守等描写，广泛而深刻地反映了征戍生活的多方面矛盾，并在这个基础上抒发了广大战士崇高的爱国精神和英雄气概，也表达了他们对不恤士卒、享乐腐化、轻敌冒进的将帅的怨愤。它既有明显的现实主义特征，又具有鲜明的浪漫主义色彩。它的现实主义是一种深化了的现实主义，敢于面对矛盾，深刻地揭露矛盾；它的浪漫主义也不是单纯的报国豪气和浪漫理想，而是在面对复杂矛盾的基础上更为深厚、更为自觉的英雄主义。正是由于这些特点，高适的《燕歌行》既充分地体现了盛唐的时代精神，又以其特有的广阔性、深刻性、复杂性而超越于盛唐一般边塞诗之上。

　　这首诗的内容虽然丰富复杂，交织着多方面的矛盾，但却又能做到主次分明。具体地说，在反映民族矛盾和军中苦乐对立二者之中，以反映民族矛盾为主；在描写敌我双方中，以我方为主；在将帅与士卒二者之中，以抒写士卒的战斗生活、战斗环境和思想感情为主；在抒写士卒的爱国主义、英雄主义精神与他们对将帅的怨愤、对境遇的不平、对家人的思念、对和平生活的渴望当中，以抒写爱国主义、英雄主义精神为主。总之，是以表现我方广大战士崇高壮烈的爱国主义、英雄主义精神为主。抓住了这条中心线索，这就显得虽头绪纷繁却毫不芜杂，而是形成一个内容丰厚复杂而中心突出的艺术整体。

　　在环境气氛的渲染、对比的鲜明、语言的整饬、韵律的和谐等方面，这首诗也都相当出色。

人日寄杜二拾遗〔一〕

　　人日题诗寄草堂〔二〕，遥怜故人思故乡〔三〕。柳条弄色不忍见〔四〕，梅花满枝空断肠〔五〕。身在南蕃无所预〔六〕，心怀百忧复千虑。今年人日空相忆，明年人日知何处〔七〕？一卧东山三十春〔八〕，岂知书剑老风尘〔九〕。龙钟还忝二千石〔一〇〕，愧尔东西南北人〔一一〕。

〔一〕人日，农历正月初七。《太平御览》卷九百七十六引梁宗懔《荆楚岁时记》："正月七日为人日。以七种菜为羹。剪彩为人或镂金箔为人，以贴屏风，亦戴之头鬓。又造华胜以相遗，登高赋诗。"《事物纪原·天地生植·人日》："东方朔《占书》曰：岁正月一日占鸡，二日占狗，三日占羊，四日占猪，五日占牛，六日占马，七日占人，八日占谷。皆晴明温和，为蕃息安泰之候；阴寒惨烈，为疾病衰耗。"杜二拾遗，指杜甫。肃宗至德二载（757）夏，杜甫拜左拾遗。此处仍称其旧职。甫行二，故称杜二拾遗。诗作于肃宗上元二年（761），时高适任蜀州（治今四川崇州）刺史，杜甫则寓居成都西郭浣花溪畔的草堂。

〔二〕草堂，即杜甫在成都西郭浣花溪畔的草堂，于上元元年（760）季春建成。

〔三〕思故乡，人日思乡是传统习俗和心理。隋薛道衡《人日思归》："入春才七日，离家已二年。人归落雁后，思发在花前。"

〔四〕弄色，形容柳枝显示、摆弄它那嫩绿的颜色和婀娜的风姿。

〔五〕空，《文苑英华》作"堪"。

〔六〕南蕃，《全唐诗》作"远藩"，《文苑英华》同，据《高常侍集》各本改。南蕃，同"南藩"，犹南疆。《史记·赵世家》："我先王因世之变，以长南藩之地。"《陈书·高祖纪》："公赤旗所指，祅垒洞开，白羽才挥，凶徒粉溃。非其神武，久丧南藩。"蜀州地近吐蕃边境，故云。无所预，指不能参与国家的军政大事。高适此前曾任淮南节度使，为肃宗所倚重，后因遭宦官李辅国之谮，左授太子詹事，继出为彭、蜀二州刺史，不被重用，故说"无所预"。

〔七〕人日，《文苑英华》作"此日"。

〔八〕卧东山，《世说新语·排调》："谢公（指谢安）在东山，朝命屡降而不动。后出为桓宣武司马，将发新亭，朝士咸出瞻送。高灵时为中丞，亦往相祖，先时多少饮酒，因倚如醉，戏曰：'卿屡违朝旨，高卧东山，诸人每相与言：安石（谢安字）不肯出，将如苍生何！今亦苍生将如卿何？'谢笑而不答。"东山，在会稽（今浙江绍兴），谢安早年辞官隐居之地。卧东山，指隐居不仕。高适二十岁时游长安，失意而归，长期客居梁宋。至四十九岁时方为封丘尉，正好首尾三十年。故云"一卧东山三十春"。

〔九〕书剑，《史记·项羽本纪》：“项籍少时，学书不成，去；学剑，又不成。”书剑，泛称文才武略。高适《别韦参军》：“二十解（懂得）书剑，西游长安城。举头望君门，屈指取公卿。”风尘，指纷扰的宦途。参《封丘作》注〔五〕。

〔一〇〕龙钟，身体衰老，行动不灵便的样子。忝，愧居。谦词。二千石（dàn），指刺史之职。汉代州郡长官称太守，俸禄二千石。唐的州郡刺史与汉之太守职位相当。

〔一一〕东西南北人，《礼记·檀弓上》：“孔子曰：‘今丘也，东西南北之人也。’”郑玄注：“东西南北，言居无常处也。”杜甫自乾元二年（759）弃官远游以来，到处漂泊，先后历秦州、同谷，最后抵成都。故云。

笺评

杜甫《追酬故高蜀州人日见寄并序》：开文书帙中，检所遗忘，因得故高常侍适（往居在成都时高任蜀州刺史）人日相忆见寄诗，泪洒行间，读终篇末。自栀诗已十馀年，莫记存没，又六七年矣。老病怀旧，生意可知。今海内忘形故人，独汉中王瑀与昭州敬使君超先在，爱而不见，情见乎辞。大历五年正月二十一日，却追酬高公此作，因寄王及敬弟。（诗曰）自蒙蜀州人日作，不意清诗久零落。今晨散帙眼忽开，迸泪幽吟事如昨。呜呼壮士多慷慨，合沓高名动寥廓。叹我凄凄求友情，感君郁郁匡时略。锦里春光空烂漫，瑶墀侍臣已冥漠。潇湘水国傍鼋鼍，鄂杜秋天失雕鹗。东西南北更谁论，白首扁舟病独存。遥拱北辰缠寇盗，欲倾东海洗乾坤。边塞西羌最充斥，衣冠南渡多崩奔。鼓瑟至今悲帝子，曳裾何处觅王门。文章曹植波澜阔，服食刘安德业尊。长笛邻家乱愁思，昭州词翰与招魂。（《杜少陵集详注》卷二十三）

《唐诗训解》：情真意恳，词亦足达。

唐汝询曰：按：上元中适为蜀、彭二州刺史，甫构草堂于成都，段子璋反东川，此忧乱而叹功名不显也。既怜故人，又忆故乡，睹梅柳而伤心矣。因言我虽作蓄于蜀，无与于政，忧虑颇多，以帝不纳匡正之言（事见本传），邦国多难，官无常职，今之所居，盖不谋其明岁矣。我向有高尚之志，卒老风尘，苟龙钟而守此二千石，孰若遨游四方哉！以此不能无愧于君尔。（《唐诗解》卷十六）

陆时雍曰：语多合拍，虽无他奇，故是可咏。（《唐诗镜》卷十三）

蒋一梅曰：口头言语，自真。（《删补唐诗选脉笺释会通评林·盛七古五》引）

黄家鼎曰：真率，不觉其浅。（同上引）

洪迈曰：古人酬和诗，非若今人为次韵所局也。高适《寄杜》云"愧尔东西南北人"，杜则云"东西南北正堪论"；高又有诗云："草玄今已毕，此外更何言？"杜则云："草玄吾岂敢，赋或似相如。"如钟磬在虡，扣之则应，往来反复，有馀味矣。（《容斋随笔》）高
适

王夫之曰：其气自密。（《唐诗评选》卷一）

徐增曰：今年人日，我空相忆，以诗寄公；未知我明年今日，身在何处，则寄诗或不能得。是为二解。下又重起。"一卧东山三十春"，言子美遇主之晚；"岂知书剑老风尘"，言我亦不得大用，而书剑老于风尘。"龙钟还忝二千石"，龙钟，竹名，言人衰老之态，如竹之枝叶摇曳，不能自禁持也。太守禄秩二千石，适时刺蜀州。忝者，无刺史之才能，而居刺史之爵位，言不能荐引。"愧尔东西南北人"，言子美依止无定，心甚愧之。达夫之怜惜子美至矣，是为三解。法老气苍，学者须细心效之。（《而庵说唐诗》卷六）

王尧衢曰：此篇三解三韵，是古风正调，与《江上吟》同。（《古唐诗合解》卷三）

仇兆鳌曰：首二总提。次四思故乡。下六怜故人。梅柳，人日之景；南蕃，蜀在西南；忧虑，长安经乱；卧东山，以谢安比杜；二千石，高时为刺史也。七、八，意转而韵不转；九、十，韵转而意不转。杜集多用此法，高诗亦然。（《杜少陵集详注》卷二十三杜甫《追酬故高蜀州人日见寄并序》附高适原唱）

焦袁熹曰：高、杜二诗，虽是各臻至极，毕竟先高后杜，乃为明于诗之正变源流者。高诗只如此，杜答诗乃淋漓尽致。二者熟优？"今年人日空相忆"云云，只是不说出来。（《此木轩论诗汇编》）

沈德潜曰：言羁绊一官，萍踪断梗，远不如遨游四方之为乐也。（《重订唐诗别裁集》卷五）

黄培芳曰："龙钟还忝二千石，愧尔东西南北人。"收摄沉顿。此一字一顿，老杜和作，乃分诠四段以应之，宜取参看。（《唐贤三昧集》下）

张文荪曰：达夫歌行以骨健胜，最难学。此唯取其平易近人者，然亦

恐费手。(末四句)淡语不堪多读。(《唐贤清雅集》)

高步瀛曰：("明年人日"句下批)沉痛。(《唐宋诗举要》卷二)

这是高适晚年写得最为真挚感人的一首七言古诗。它把对友人的怀念同情、对自身遭际的深沉感慨和对国事的深切忧虑非常和谐地融合在一起，包蕴丰富，感慨遥深，韵味隽永，与此前的雄直阔大、悲壮苍莽之作相比，显示出另一种艺术风貌。

开头两句，是全诗的总冒，既点明人日寄诗给友人杜甫的题目，又点出了全诗的主意："遥怜故人思故乡。""遥怜故人"是对友人身世遭遇的同情。高适与杜甫，天宝初年即已论交同游，此后彼此诗歌唱酬，一直有联系。安史乱起，杜甫辗转逃难、陷贼，于短暂为官后弃官远游，历尽千辛万苦方抵成都，开始新一轮的"漂泊西南天地间"的生活。高适用"怜"字表达对杜甫流离迁徙生活和不得志境遇的同情，言简意赅，直贯篇末。"思故乡"由"人日"而起，"思"的主体则兼包故人与自己。因为两人同在剑南异乡之地，人日思乡自属共同的感情。如果将"思故人"的主体只限定于"故人"（即将这句诗理解为兼语式句子），则"怜"的内涵也只限定在同情故人思乡情切这一端，而实际上，诗人"怜故人"的内容并非止于此，首先还是同情其遭际。

三、四二句，承"思故乡"，抒写彼此身在异乡，虽柳条弄色、梅花满枝，却不忍面对，空自断肠。春光满目，虽信美而非吾土，只能徒增思念故乡的感情和欲归不得的怅惘。用对句表达相似的情况，正是为了通过反复渲染使思乡之情更加强烈。

五、六两句，转写自身的遭际感情。自己身在西南边远地区，对朝政已经失去了参与的资格，面对着安史之乱未靖、蜀中叛乱方萌的局势，心中正怀有百忧千虑。"无所预"，写政治上的失意；"百忧""千虑"，写政治上的强烈忧患。二者对照，正显示出诗人以遭谗失意之身而心怀天下忧患的强烈政治责任感。就在高适写这首诗后几个月，蜀中就发生了梓州刺史段子璋的叛乱。可见这"百忧""千虑"并非泛泛而言，而是确有强烈的忧患预感。这和诗人的政治家气质也是相一致的。

七、八两句，就题内"人日"抒写对故人的怀念和难以预料今后命运的感慨。说"今年人日空相忆",是彼此虽同在剑南,却不得相见,只能寄诗抒写相忆之情,"空"字突出了相忆而不能相见的无奈。而"明年人日知何处"则进一层,说自己遭谗外贬,入蜀之后,转徙彭、蜀二州,明年此时,更不知身在何处。其中寓含了无法掌握自己前途命运的感慨。虽有政治失意的牢骚和忧愤,却含而不宣,极富含蕴。

九、十两句,是对自己数十年来人生道路的艺术概括。用"卧东山"之典,绝非一般性地泛指隐居生活,而是表明自己正像当年的谢安那样,具有经纬国家、安济苍生的才略,高卧东山,正是为了待时而起。上句用"一卧""三十春"极言自己隐居待时时间之长,下句却用"岂知"重笔勾勒,突出自己的文才武略无法施展,理想抱负尽皆成虚的失落感。相互对照,越显出"书剑老风尘"境遇之可悲。这两句出语平易明畅,蕴含的情思却深沉强烈,艺术概括力也很高,两句诗几乎概括了诗人的一生经历。

最后两句,将自己的境遇与杜甫的境遇作对照,感慨作收。回顾自己平生经历,尽管隐居草泽时间很长,出仕后又遭谗贬官,身在南蕃不能参与朝政,但毕竟还以龙钟之老身忝居州郡刺史之职,比起杜甫的遭乱流离转徙、居无定所毕竟要好得多,故说"还忝""愧尔"。寄赠诗结尾宾主双收,原是常法,高诗的这一结,将"遥怜故人"和感慨自己"身在南蕃无所预"的感情进一步深化了。

就整体而言,这首诗的内容仍以抒写诗人自己的人生境遇和人生感慨为主,对故人的思念、同情只于起、结处略点。但由于将自己的际遇与故人的际遇对照着来写,故对友人的同情和愧疚便显得特别真诚恳挚,而自己忝居地方长官却无所作为的感慨也显得更加深沉。而在抒写自己人生境遇和人生感慨的同时又结合着对国事的忧虑和强烈的政治责任感,这种人生感慨也就越出了个人荣辱得失的狭小范围而显得更为博大深刻。在抒写个人境遇与人生感慨的同时将对国事的忧患感、责任感,对故人的同情与思念如此自然地融合起来,是这首诗的一个突出特点,也是它感人至深的重要原因。从杜甫十年后的追和诗中可以看出,他不但为这首诗中所表现的深厚故人情谊所深深打动,以至"进泪幽吟""泪洒行间",而且对诗中所抒写的"郁郁匡时略"不能施展的感慨有深刻的感受与理解。

573

高诗"多胸臆语"的突出特点,在这首诗中仍表现得非常鲜明,但其"气骨"的表现形态却有异于早年的激昂慷慨、中年的悲壮阔大,而体现为在平淡畅达之中寓含着深沉的感慨,前人谓其"法老气苍",可谓知言。

送　别〔一〕

昨夜离心正郁陶〔二〕，三更白露西风高。

萤飞木落何淅沥〔三〕，此时梦见西归客。

曙钟寥亮三四声，东邻嘶马使人惊。

揽衣出户一相送〔四〕，唯见归云纵复横。

校注

〔一〕孙钦善《高适集校注》谓此诗或作于天宝十一载（752）秋客游长安之时。

〔二〕郁陶，忧思积聚貌。《书·五子之歌》："郁陶乎予心。"孔传："郁陶，言哀思也。"《楚辞·九辩》："岂不郁陶而思君兮，君之门以九重。"王逸注："愤念蓄积盈胸臆也。"

〔三〕淅沥，形容树叶凋落的声音。

〔四〕揽，披。

笺评

陆时雍曰：随手得句，不主故常。末二语甚有情色。（《唐诗镜》卷十三）

唐汝询曰：此叙不忍别之情。夫念离而忧，思深而梦，候钟而起，闻马而惊，当未别之时，已不胜情矣。况既送之后，所见惟归云，能无惆怅乎！（《唐诗解》卷十六）

唐陈彝曰：说梦见，是其关情处。闻马嘶而惊，关情更切。（《删补唐诗选脉笺释会通评林·盛七古五》）

鉴赏

这首七言短古，全篇仅八句，却写得境界阔大爽朗，情致深挚旷达，语言清新明快，韵味悠长隽永，在送别诗中别具一格。

诗从昨夜情景写起。朋友明日清晨即将启程西归，夜间离思郁积，耿耿不寐，三更时分，白露暗凝，西风正高。不言因离思盈积而难以成寐，只对外间景物稍作点染，便自然透出其深夜未眠的情状。而"三更白露西风高"一句宕开写秋夜之景，却能充分体现阔大爽朗的特点，故读来只觉诗人感情的深挚，却丝毫没有伤感的气息。

三、四两句，续写秋夜景象及入梦所见。"萤飞"写所见，"木落何淅沥"写所闻。说明此时诗人仍处于离心郁陶、耿耿不寐之中。这句写秋夜之景，亦疏朗有致。因离思郁积而不知不觉入梦，此时却在梦中见到友人西归的情景。人尚未西归而梦却先见其西归，现实中尚未发生的事却先在梦中映现，这正透露出诗人离心之郁积和别情之殷切。抒情深刻，感情浓挚，却只以淡语轻松道出。

五、六两句，写清晨梦醒。嘹亮的曙钟声和东邻的马嘶声使诗人从别梦中惊醒过来，时已凌晨，西归的友人就要动身启程了。"惊"字略透诗人在别离即将来时的骚屑情绪，但整个景物仍给人一种清疏朗爽之感。

七、八两句方正式写到"送别"，但对送别的具体场景却毫不涉及，只用"揽衣出户一相送"七字一笔带过，显示出"丈夫不作儿女别"的豪旷情怀。末句随即接到别后情景："唯见归云纵复横。"友人已乘马西归，遥望前路，唯见西去的云彩，在寥廓的天宇中纵横飘浮而已。这是一个空镜头，却传达出了类似"孤帆远影碧空尽，唯见长江天际流"的情景。结得极潇洒不着力，又极富悠长不尽的韵味。

诗两句一韵，凡三换韵，但读来却似一气呵成，流畅明快，疏朗有致，可以看出诗人对这种短篇七古形式高度纯熟的驾驭功夫。

封丘作〔一〕

我本渔樵孟诸野〔二〕，一生自是悠悠者〔三〕。乍可狂歌草泽中〔四〕，宁堪作吏风尘下〔五〕。只言小邑无所为，公门百事皆有期〔六〕。拜迎官长心欲碎〔七〕，鞭挞黎庶令人悲〔八〕。归来向家问妻子〔九〕，举家尽笑今如此。生事应须南亩田〔一〇〕，世情付与东流水。梦想旧山安在哉，为衔君命且迟回〔一一〕。乃知梅福徒为尔〔一二〕，转

575

高
适

忆陶潜《归去来》〔一三〕。

校注

〔一〕《高常侍集》各本题作《封丘县》。按：《河岳英灵集》《文苑英华》均作《封丘作》。封丘，县名，唐属汴州陈留郡，今属河南。天宝八载（749）至十一载，高适任封丘尉。此诗当作于这一期间，有可能作于任封丘尉之后期。

〔二〕渔樵，打鱼砍柴，指隐居草野。孟诸，古泽名，在今河南商丘市东北，接虞城县境。高适在任封丘尉之前，曾长时间客居宋中（今商丘市南）。

〔三〕悠悠者，安闲自在、潇洒度日的人。

〔四〕乍可，只可。狂歌，暗用楚狂接舆歌而过孔子事。《论语·微子》："楚狂接舆歌而过孔子曰：'凤兮凤兮，何德之衰！'"邢昺疏："接舆，楚人，姓陆名通，字接舆也。昭王时，政令无常，乃披发佯狂不仕，时人谓之楚狂也。"句意谓自己只能像楚狂接舆那样，佯狂避世，隐于草野。

〔五〕风尘，指纷扰的官场、宦途。葛洪《抱朴子·交际》："驰骋风尘者，不懋建德业，务本求己。"风尘与上草泽（民间、草野）对文。一指官场，一指民间。

〔六〕期，程期，指办事的规程期限。

〔七〕时高适任封丘尉，地位低于县令、主簿，故云。"官长"也可指上级的官员。

〔八〕黎庶，百姓。县尉职主"收率课调"，催缴赋税，对欠税的百姓施加鞭挞正是县尉的"职责"。

〔九〕归，《河岳英灵集》作"悲"。

〔一〇〕生事，犹生计。应须，《文苑英华》作"须依"。

〔一一〕衔，奉。衔君命，指受君主任命作吏。迟回，犹滞留。南朝齐王琰《冥祥记》："比往而山水暴涨不复可涉，吉不能洇，迟回叹息，坐岸良久，欲下不敢渡。"唐郑綮《开天传信记》："居一日，（裴）宽诣寂，寂曰：'有少事，未暇数语，且请迟回休憩也。'"此"迟回"非通常"迟疑""犹豫"之义。如解为"迟疑""犹豫"，与"且"字不协。

〔一二〕梅福，字子真，西汉末寿春（今安徽寿县）人。曾任南昌尉，后弃官。事见《汉书·梅福传》。徒为尔，空自为尉而已，意谓其作尉无所成就。

〔一三〕转，《文苑英华》作"却"。《宋书·陶渊明传》："为彭泽令……郡遣督邮至县，吏曰：'应束带见之。'潜叹曰：'我不能为五斗米折腰向乡里小人！'即日解印绶去职，赋《归去来》。"

葛立方曰：《封丘》诗云："我本渔樵孟诸野，一生自是悠悠者。乍可狂歌草泽中，宁堪作吏风尘下！"其末句云："乃知梅福徒为尔，转忆陶潜《归去来》。"则不堪作吏之卑辱，而复思孟诸之渔樵也。韩退之曰："居闲食不足，从仕力难任。"其此之谓乎？（《韵语阳秋》）

胡应麟曰：起语疏荡。（《唐诗广选》引）

顾璘曰："生事应须"二句，可办一生。（《删补唐诗选脉笺释会通评林·盛七古五》引）

蒋一梅曰：常情俱妙。结是实见。（同上引）

吴山民曰："心欲碎""令人悲"，便合拂衣。"生事""世情"二语，入悟。适本气骨胜，独此一篇稍逊新乡（李颀）。（同上引）

赵熙曰：浑浩流转，常侍独擅之长。（《唐百家诗选》批）

高适是一个"喜言王霸大略，务功名，尚节义"，政治进取心很强的文人，入仕前有过长期的落拓贫困生活经历，年近半百才因宋州刺史之荐举有道科登第而任封丘尉。按说他对这个来之不易的职位应该相当重视，但他却深感屈辱而起了仿效陶渊明弃官归隐的念头。这首《封丘作》就抒写了他的这段仕宦经历和心路历程，表现了诗人性格的一个重要侧面。

诗共十六句，每四句一押韵，平仄韵交押，意随韵转，显示出四个明显的段落。第一段四句，先介绍自己的经历、生活，说自己本来长期混迹渔樵，隐于孟诸草野，平生自是悠闲自在、潇洒度日的人，只能在草泽之中狂歌避世，哪能忍受在纷乱的官场中浮沉作吏呢？对这番介绍和表白，不宜作表面的拘泥的理解，必须透过那带有牢骚意味的话语理解其实际的意涵。渔

高适

577

樵孟诸之野，耕隐草泽之中，并非诗人的生活追求；一生悠悠，更非他的生活理想。他的真正理想是"举头望君门，屈指取公卿""常怀感激心，愿效纵横谟"。之所以长期困居草泽，乃是时代社会的原因所致，是生活迫使他不得不渔樵孟诸、狂歌草泽，做了一个闲散无所事事的悠悠者。透过"我本""自是""乍可""宁堪"这一连串似真似假、似自嘲似愤激、似正言似反言的话语，不难窥见诗人对自己长期沦弃草野生活的不满乃至愤激。但这段表白中，除了暗含的牢骚和愤激之外，也同时透露了他的不受羁束、追求自由、狂放纵逸的个性，这从"悠悠者""狂歌草泽""作吏风尘"等词语中可以体味出来。诗人固然渴望仕进，希望在政治上有所建树，但对一个企望"屈指取公卿"的才人来说，年近半百方"作吏风尘"又不免使他深感理想与现实之间的巨大反差。"宁堪"二字中，正含有不堪禁受这种现实处境的悲愤。总之，对高适的这段自我表白，不仅要透过字面体味其真实感情，而且要仔细体味同一字面中所包含的多方面的感情内涵。从语言表达方面看，这四句诗倒是起得疏朗畅达，抑扬有致，其中虚字的运用起了重要作用。"本"与"自是""乍可"与"宁堪"，两相呼应，勾连很紧，更加强了这种疏朗畅达的气势。

接下来四句，紧承"宁堪作吏风尘下"，集中抒发了不堪忍受"作吏风尘下"的心情。四句诗讲了三个方面：一是原以为小邑公事清闲，乐得自由自在，哪知公门之中百事都有严格的规程期限。说"百事"，则公事繁冗可知，绝非原先设想的"无所为"（没有多少事要干）；而"百事"皆有程期，则非但不能越雷池半步，且不能超越规定的时限。这对一个喜言王霸大略而又酷爱自由，不受羁束的才人来说，是难以忍受的痛苦折磨。二是"拜迎官长心欲碎"，不但要束带敛躬，拜迎州郡的"官长"，连在本县的长官（如县令）面前也不能不卑躬屈膝，这对自视甚高、耻预常科的人来说，也是人格上的极大屈辱。三是"鞭挞黎庶令人悲"，县尉职主捕"盗贼"，收课调，"鞭挞黎庶"是经常会遇到的事。这对"深觉农夫苦"的诗人来说，是更难以忍受的良心上的痛苦折磨。第一桩是就"事"而言，二、三两桩是对"人"而言。而之所以让诗人感到"作吏风尘"的难以忍受，原因在于诗人同情"黎庶"、酷爱自由，痛恨谄上欺下的思想性格。县尉是唐代文人登第后常常担任的职务，但把它的职责看成难以忍受的差事，而且写诗抒发这种屈辱愤激之情，最后果真辞官的却很少见到。从这一点可以看出高适上述思想性格的可贵，也可看出他的表白是真诚的。在号称盛世的天宝时期能说出

"鞭挞黎庶令人悲"的话，说明诗人的人道主义情怀在当时相当突出。两句将对上、对下的感情作鲜明的对照，艺术效果也特别强烈。

"归来"四句，诗情略作顿挫，从"拜迎"二句的愤激沉痛转为舒缓，说自己坐衙归家，将上述感受向妻子儿女倾诉，不料"举家尽笑今如此"。说当今的官场都是这个样子。话似乎说得淡然自若，波澜不惊，却反映了当时官场的腐败已成积习常规，一般人早就对此见怪不惊了。淡然中正含有深一层的沉痛愤激。正因为这样，诗人才发出"生事应须南亩田，世情付与东流水"的慨叹。既然官场如此腐败，如此令人不堪，而且处处如此，那么维持生计只有躬耕南亩之一途了。"应须"二字，颇可玩味。高适长期落拓贫困，不事产业，说明他实际上并无耕隐之资（所谓"归来洛阳无负郭，东过梁宋非吾土"）。然则，自己要维持生计，实无治生之资。"世情"在这里当具体指上面所说的官场腐败的情况。既然今之官场均如此腐败，自己又无力改变，只有随之任之，"付与东流水"了。表面上的旷达透露出的恰恰是对"世情"的无奈和绝望。

最后四句，抒写自己归隐的念头和矛盾的心情。既然"生事应须南亩田"，那就干脆归隐躬耕吧，自己虽"梦想旧山"，但却连"旧山"也不知所在。诗人祖籍渤海，长期困居梁宋，过着流浪他乡的生活，故虽怀旧山而旧山实已不在，成了一个无所归宿的人。况且，任职为尉，乃出君命。为奉王事，也只能暂时滞留。两句写了他欲归隐而不能，欲辞官而不得的处境。但像梅福那样，屈居尉职，做着违背自己人格与良心的事又有什么意思，因此，想来想去，还是要效陶潜之辞官而赋《归去来》。这四句将他在归隐念头产生后的复杂心情抒写得曲折有致，富于真切感。

全诗四段，主意在"宁堪作吏风尘下"一句。前两段述"宁堪作吏"之因，分别从自身性格和县尉之职事两方面叙说，而根本原因在自己的正直品格与同情黎庶的感情使他无法忍受县尉的职事。"拜迎官长"和"鞭挞黎庶"这两件事，许多县尉都亲自经历过，但分别用"心欲碎"和"令人悲"这样的词语来表达心中的愤激与悲痛，并且将它们联系对照起来写，一针见血地描写出封建社会基层官吏的媚上欺下的本质，却只有高适。殷璠说"适诗多胸臆语，兼有气骨"，这两句诗正是"胸臆语""有气骨"的突出表现。后面两段是"宁堪作吏"之果，亦即感到无法忍受作尉的痛苦愤激之后诗人的思想感情和行为趋向。向家人倾诉的结果，是"举家尽笑今如此"，使他对官场感到绝望，于是产生归耕南亩的念头，但一则旧山不在，无家可归；二则衔奉君命，难以即归；三则终感尉职无可作为，故得出的最后结论仍是效陶渊明而赋《归去来》。从哪里来，到哪里去，渔樵孟诸、狂歌草泽仍是自己的归宿。这种归宿，固非诗人所愿，但除此别无选择，因此，这结论又显得既痛苦而无奈。

诗的内在感情是痛苦、愤激而无奈的，但它的外在表现却并不剑拔弩张，而是显得相当疏朗畅达，转折自如。这种反差实际上更衬托出了内在感情的强烈程度，给人的感觉是故意用轻松旷达的语调来叙述内心的痛苦愤激，使后者更显突出。

送李侍御赴安西〔一〕

行子对飞蓬〔二〕，金鞭指铁骢〔三〕。
功名万里外，心事一杯中。
虏障燕支北〔四〕，秦城太白东〔五〕。
离魂莫惆怅，看取宝刀雄〔六〕。

校注

〔一〕诗作于天宝十一载（752）秋，时高适客游长安。李侍御，名未详。侍御，唐御史台官称。赵璘《因话录》卷五："御史台三院，一曰台院，其僚曰侍御史，众呼为端公……二曰殿院，其僚曰殿中侍御史，众呼为侍御……三曰察院，其僚曰监察御史，众呼亦曰侍御。"此李侍御当是以监察御史衔赴安西军中任幕职者。安西，安西都护府的简称，其时治所在龟兹（今新疆维吾尔自治区库车县）。

〔二〕行子，即游子、征人。飞蓬，飞转的蓬草，古代诗歌中常用作游子、征夫的象征。曹植《杂诗》（其二）："转蓬离本根，飘飖随长风。何意回飙举，吹我入云中。高高上无极，天路安可穷。类此游客子，捐躯远从戎。"此以"行子"指李侍御。

〔三〕铁骢，毛色青白相杂的马，泛指骏马。《尔雅·释畜》"青骊，骃"。晋郭璞注："今之铁骢。"后汉桓典为侍御史，执法严明，不避权贵。常乘骢马，京师畏惮，为之语曰："行行且止，避骢马御史。"此处用"铁

580

骢"字面，关合李侍御之职。

〔四〕虏障，即遮虏障，汉武帝曾使伏波将军路德博筑遮虏障于居延（在今内蒙古自治区额济纳旗）。燕支，山名，在今甘肃山丹县东南。此句指李侍御赴安西，地在遮虏障、燕支山的更远处。此句遥望李之去路，下句回望。

〔五〕秦城，指长安。秦都咸阳，与长安相近，常借指长安。太白，秦岭山峰名，在今陕西眉县南。此谓其家室在太白峰以东之长安。

〔六〕离魂，指怀别离之情的李侍御。宝刀雄，谓视宝刀以激励立功边塞的雄心壮志。

周明辅曰：语语陡健，却又浅深，所以为盛唐。（《增定评注唐诗正声》）

胡应麟曰：五言律，高如"行子对飞蓬""逢君说行迈""绝城渺难跻"，岑如"闻说轮台路""西边虏方尽""野店临官路"等篇，皆一气浑成，既未可以句摘，亦未可以字求也。又曰：太白"人分千里外，兴在一杯中"，达夫"功名万里外，心事一杯中"，甚类。然高虽浑厚易到，李则超逸入神。（《诗薮·内编·近体上·五言》）

胡震亨曰：太白"人分千里外，兴在一杯中"，达夫"功名万里外，心事一杯中"，似皆从庾抱之"悲生万里外，恨起一杯中"来，而达夫较厚，太白较逸，并未易轩轾。（《唐音癸签·评汇七》）

唐汝询曰：此以立功期侍御也。君既为行子矣，所对者飞蓬，所恃者鞍马，万里之志形于一杯，虏障秦城特咫尺耳，岂以离别为恨哉！请视宝刀以壮行色。（《唐诗解》卷三十七）

徐充曰：尾句勉之，所谓"功名""心事"，俱在此矣。（《删补唐诗选脉笺释会通评林·盛五律中下》引）

周珽曰：不事刻画，精悍奇特。一篇大旨，全在次二语。总以立功期侍御也。五、六顶"功名万里外"言，末联顶"心事一杯中"言，见赴远志气，不可以离别自阻其雄焉。（同上）

许学夷曰：尝欲以"行子对飞蓬"为盛唐五律第一，而"对飞蓬"三字，殊气馁不称，欲改作"去从戎"，庶为全作。（《诗源辩体》卷十五）

吴昌祺曰："对飞蓬"，言有感而行，所谓"心事"也。"燕支北"，言李所往；"秦城"即京师。（《删订唐诗解》）

黄叔灿曰："功名万里外，心事一杯中"，读之令人魂断。"虏障"句是前行，"秦城"句是回首。故接"离魂""惆怅"字。"看取宝刀雄"正收，应上"功名万里外"意也。诗有豪气。（《唐诗笺注》）

宋宗元曰：故为壮语，倍觉凄凉。（《网师园唐诗笺》）

余成教曰：愚谓常侍诗如"归人望独树，匹马随秋蝉""大都秋雁少，只是夜猿多""功名万里外，心事一杯中"，俱令人吟讽不厌。（《石园诗话》）

友人远赴安西军幕，诗人赋壮词以激励其立功边塞的雄心壮志。风格雄壮豪放，感情豪迈激越，节奏明快顿宕，是高适五律中不可多得的佳作。

读这首诗时，须注意被送对象李侍御感情的矛盾，即一方面怀着建功于万里之外的边塞的雄心壮志，另一方面又不免怀着远离家室、友人的离情别绪。正是这种矛盾的感情，构成了全诗各联两两相形的对立面，而诗人即针对这种矛盾感情，进行激励。不注意此点，就有可能造成对诗意的误读。

诗一开头就紧扣题内"送"字，写友人启程前的矛盾感情。时值秋天，飞蓬在秋风的吹送下正飘荡飞转，即将出发的征人面对此景象，自不免触动远离家室亲人的惆怅，这正是"行子对飞蓬"一语中所包蕴的内容，"对"字中便隐隐透出不言而神伤的意味。接下来的一句"金鞭指铁骢"却通过临发前金鞭指铁骢的骏爽态势传达出了一种意气风发、驰骋万里的气势。"指"字有一往无前、直指天涯之势。两句一抑一扬，一收一放，将李侍御临发前的矛盾感情形象地显示出来了。

颔联出句紧承第二句，明点出鞭指骏马，驰骋边塞，是为了建功立业于万里之外的边塞。对句则承首句。"心事"一词，根据不同情境和具体上下文，可以有各种不同的含义，这句中的"心事"，联系首句的"飞蓬"、第七句的"离魂"，指游子征人离别家室亲友的"心事"。所谓"心事一杯中"，意即离别家室亲友的万千愁绪都寄托在临发前所饮的一杯酒中了。两句对仗工切，上句意蕴显豁，气概雄迈，音情激越，下句意蕴浑沦，感情深沉，表现含蓄，一张一弛，一放一收，一宕一顿，同样构成鲜明的对照和明快的节奏。

腹联出句指李侍御远赴安西所经之地。汉代李陵与匈奴交战的遮虏障远在燕支山之北，而李侍御所赴的安西则更在此之外。此句上承"金鞭"句、"功名"句；对句指李侍御家室亲友所在之地——太白峰东的长安。这句上承"行子"句、"心事"句，虽不明言心事，而心事自含其中。"虏障"与"秦城"之间，遥隔万里，临发之际，回望秦城，自不免有所系恋，但"功名万里外"的豪情壮志又激励征人挥鞭直指前路。这一联只列地名，不直接书事言情，而情、事俱含其中。

尾联承上作一总束，结出正意，揭示主旨：怀着离情的征人切莫惆怅，看一看腰间的宝刀，便会激发出立功万里边塞的雄心壮志，总有一天会实现自己的理想抱负，奏凯归来。这一结，音调高亢，气概雄迈，唱出了时代的强音，体现了昂扬奋发的盛唐气象。

诗的每一联都有抑扬起伏、顿宕转折，但却如一气呵成。这是因为自始至终，都贯注着一股豪迈激越的气势。

高
适

夜别韦司士得城字〔一〕

高馆张灯酒复清〔二〕，夜钟残月雁归声。
只言啼鸟堪求侣〔三〕，无那春风欲送行〔四〕。
黄河曲里沙为岸，白马津边柳向城〔五〕。
莫怨他乡暂离别，知君到处有逢迎〔六〕。

校注

〔一〕《高常侍集》各本题内无"得城字"三字。韦司士，名未详。司士，指司士参军事，州郡僚吏，掌津梁、舟车、舍宅、工艺。据孙钦善《高适年谱》，此诗作于开元二十五年（737）春客居淇上时。

〔二〕高馆，指州郡的馆舍。酒复清，酒有清浊之分，清者为上。

〔三〕啼鸟求侣，用《诗·小雅·伐木》："伐木丁丁，鸟鸣嘤嘤。出自幽谷，迁于乔木。嘤其鸣矣，求其友声。"

〔四〕无那，犹无奈。

〔五〕白马津，古津渡名，在今河南省滑县北。《史记·荆燕世家》："（汉王）使刘贾将二万人，骑数百，渡白马津入楚地。"唐时滑州州治在白马城（即滑台），有白马山，城濒旧黄河，在黄河拐弯处，故上句云"黄河曲"。渡河而北，即黎阳县，有黎阳津。

〔六〕逢迎，迎接、接待。《战国策·燕策三》："太子跪而逢迎，却行为道，跪而拂席。"王勃《秋日登洪府滕王阁饯别序》："千里逢迎，高朋满座。"

蒋仲舒曰：适绝句"莫愁前路无知己，天下谁人不识君"，即此诗结意。（《唐诗广选》引）

唐汝询曰：此言饯饮司士而至于钟鸣月落，闻归雁之声，而客愁可想矣。我与君投交，方若鸟之求侣，奈当此春风而欲送行乎！况前途所历，景物萧条，必以离别为怨。然君之才名，人所共慕，随处当有逢迎者，亦何所怅恨邪！盖叙不忍别之情而又宽其客况也。（《唐诗解》卷四十三）

陆时雍曰：语致流利。三、四托情亦佳。"沙为岸""柳向城"，有何情思？若景中无情，此语便不必得。诗家作用，驰骋易而整顿难。高适七言古，往来如意，声调激扬。至七言律，便觉意格陨落，知律之束人多矣。（《唐诗镜》卷十三）

周敬曰：活如生龙，工如列仗，情款备至。（《删补唐诗选脉笺释会通评林·盛七律上》）

陆士钪曰：只将"啼鸟""春风""柳城""沙岸"，写出别意，自觉黯然。（同上引）

汪道昆曰：次句承得好。颔联委惋。颈联舒徐不迫。（同上引）

周珽曰：起即别时凄景。次叙别时怨思。三记其别途愁历。末推其别后必多遇合，见韦之才名为人仰慕，怅恨中带宽慰，饯别诗正体。适绝句"莫愁前路无知己，天下谁人不识君"即此结意。（同上）

胡应麟曰：大抵唐人诗，主神韵不主气，故结句率弱者多，若此与"圣代即今多雨露，暂时分手莫踌蹰"，何曾知弱也！（同上引）

邢昉曰：三诗（指本篇及《东平别前卫县李寀少府》《送李少府贬峡中王少府贬长沙》）结法相似，跌荡开爽，不为法度所局。（《唐风定》）

金圣叹曰：（前解）一之七字，字字快意语也。二之七字，字字败意语也。字字快意，故三承以"只言"二字云云也。此是唐人四句分承法，于前解每用之。看先生用意，乃在"啼鸟堪求侣"五字。想此韦司士，必是一绝妙可爱之人，时与先生方订初欢，我于"到处有逢迎"句识之。（后解）五、六，极写离别，然而韦莫怨也。此行虽不免别，然而只是暂时。我则正忧如君其人，到处有合。后欢既极，前期顿忘，将使暂别且成久别耳。然则我于异日，或当怨君；君于今日，又何必怨？真为超距之笔也。（《贯华堂选批唐才子诗》卷二）

黄生曰：尾联见意。行者与己分深，自当为留连惜别之语；若与己分浅，只是送其就道便歇。如前李少府，是分深者；此韦司士，是分浅者。二诗下语分数，自是不同，今人送行，大都溷溷而已。（《唐诗摘抄》卷三）

朱之荆曰：首句唤起次句，次句唤三、四。后半五、六，又暗唤七、八。玩第三、第七句，当是客中初订交而送别也。（次句）七字中说三件事，谓之"三截句"。起联用事太多，故次联以淡语间之，其气方不滞。（《增订唐诗摘抄》）

赵臣瑗曰：首句七字，字字快心；次句七字，字字败兴。三承一，四承二。一顿一宕，多少风致！五、六指其所往之处，七、八聊以慰之。玩此诗语意，先生与司士当是初次相识，而司士之为人足以动人爱慕，又可知也。（《山满楼笺注唐诗七言律》）按：赵此笺多袭金圣叹评语。

何焯曰：三、四正怨其轻同调而急干谒，落句却反嘱以"莫怨"，所谓"绞而婉"也。（《唐律偶评》）

屈复曰：交情真挚，不深不浅。韦司士必是新交，故云只言莺堪求友也。"莫怨"字应上"只言""无那"字。（《唐诗成法》）

沈德潜曰：以上（指《送前卫县李寀少府》《送李少府贬峡中王少府贬长沙》及本篇）皆近酬应诗，因神韵使人不觉，知近体贵神韵也。（按：沈评《送前卫县李寀少府》云："情不深而自远，景不丽而自佳，韵使之然也。"）（《重订唐诗别裁集》卷十三）

黄培芳曰：起手不平，亦不生。"黄河曲里沙为岸，白马津边柳向城"，盛唐高调。"莫怨他乡暂离别，知君到处有逢迎"，收亦尽熟，尚不至滑。（《唐贤三昧集》下）

黄叔灿曰："残月雁归"有比意。（《唐诗笺注》）

吴烶曰：首二句将送别之事虚虚笼起。张灯置酒何事，残月雁声何情。二联只用"只言""无那"二虚字相接，求侣难为别矣。（《唐诗选胜直解》）

吴瑞荣曰：起手捉定"夜别"，情景都到。中联卓然名句，不亚云卿（沈佺期）。（《唐诗笺要》）

方东树曰：起二句叙"夜"，为"别"字传神，亦用攒字设色。三句垫，四句点"别"。五、六别后情事。收世情而已。（《昭昧詹言·盛唐诸家》）

潘德舆曰：音韵铿然。（《唐贤三昧集》评）

王闿运曰：与《东平》同而更苍凉。（《手批唐诗选》卷十二）

 鉴赏

高适的七言律诗现存者仅七首，其中写得比较好的三首（《东平别前卫县李寀少府》《夜别韦司士得城字》《送李少府贬峡中王少府贬长沙》）均为送别之作，且风格、写法均呈现明显的相似性，可以看出他对七律一体的艺术好尚。在这三首诗中，选家一般更偏向于《东平别前卫县李寀少府》《送李少府贬峡中王少府贬长沙》二首，但论风格之流利俊爽，神韵之悠远隽永来说，《夜别韦司士得城字》似更加突出。

从诗中所写的情况看，韦司士当是路经滑州，渡黄河北去，诗人与州郡中官吏夜间设宴为韦送行。宴席上分韵赋诗送别，诗人拈得"城"字。韦司士与诗人就是这次宴会上所结识的新交。

首联写馆舍夜宴。韦司士是路经滑州，故州郡官吏与闲居淇上的诗人在馆舍设宴为其送行。首句点高馆张灯夜宴，酒清香冽，见待客之殷勤，次句连用"夜钟""残月""雁归声"三个与夜间及别离相关的意象，既显示时间之推移与宴席时间之长，又渲染浓郁的别离气氛。三种意象，或诉之视觉，或诉之听觉，但都带有凄清、寂寥的色彩韵味。

次联明点送别。上句用典，"啼鸟堪求侣"，是说庆幸自己能够结识韦司士这样的才士为新交。"啼鸟"虽非实写，却关合春天的季候，与下句"春风"，一虚一实，正成对应。下句实指韦司士在这美好的春天将要离此继续前行。不说朋辈送别，而言"春风欲送行"，将"春风"人格化，写出了朋友送别的温煦情意，设想新颖，诗味浓郁。妙在上下两句的开头，分别用

"只言""无那"两个虚词相勾连,既突出渲染了"乐莫乐兮新相知"的喜悦和乍会旋别的无奈,又构成了一气旋折的意致韵味,在流利俊逸的语调中蕴含着浓郁的人情味。吟诵品味这行云流水般的诗联,眼前会鲜明地浮现出诗人风流俊赏、神采清逸的自我形象。

腹联是对韦司士行程所经的想象。唐时滑州州治白马城在黄河南岸。韦司士离此北去,头一站便是黄河岸边的白马津渡,故别后行程首先便写到"黄河曲""白马津"。这一联写景,只用淡笔轻点,不施浓墨重彩,不加渲染刻画,但却显现出一种天然的风韵。评家或讥其景中无情,实则诗人此处并没有着意寓情于景,他只是要通过轻描淡写来构成一种摇曳生姿的情致。黄培芳说它是"盛唐高调",倒是比较准确地道出了它的浑成自然而不刻露的韵致。

尾联是对被送对象前路的祝愿,反结"别"字。"他乡暂离别""到处有逢迎",说明韦司士此次在滑州途中暂时停留,前路尚有逢迎与离别,就像在滑州有短暂的聚会与别离一样。但诗人却以体贴对方感情的口吻说,希望韦司士不要因他乡的这次暂别而怨怅,因为前路方长,我深知你的为人和才名,你到处都会受到当地主人的热情接待与欢迎。这就不但将伤别化解为对前路处处有逢迎的热情祝愿和乐观展望,而且对韦司士的为人作了热情的赞颂。这样的结尾,充满了乐观的情调,体现出鲜明的时代气息。评家多将此联与《别董大》"莫愁前路无知己,天下谁人不识君"作比较,认为二者意蕴相同。但从表现方式看,"莫愁"二句雄直豪放,而这首诗的结联则显得委婉含蓄,纡徐有致。

高适的五七言古和五律,风格大都偏于沉雄豪壮,而这几首送人的七律,却流利俊爽,风神摇曳,与其主导风格异趣。沈德潜认为这首诗"近酬应诗,因神韵使人不觉",这是很中肯的评论。他在评《送前卫县李寀少府》时更具体指出:"情不深而自远,景不丽而自佳,韵使之然也。"用来评这首诗,也十分确切。

587

营 州 歌 〔一〕

营州少年厌原野〔二〕,狐裘蒙茸猎城下〔三〕。
虏酒千钟不醉人〔四〕,胡儿十岁能骑马。

〔一〕营州，唐河北道郡名。《新唐书·地理志》："营州柳城郡，上都督府。本辽西郡，万岁通天元年为契丹所陷，圣历二年侨治渔阳，开元五年又还治柳城，天宝元年更名。"营州治所柳城县，今辽宁省朝阳县。其地"西北接奚，北接契丹"，系边防重镇和多民族杂居地区。诗当作于开元二十年（732）至二十二年北游燕赵期间。

〔二〕厌，《文苑英华》作"满"。非。按：厌，同餍，饱足，引申为满足、习惯、喜爱之意。

〔三〕狐裘，《高常侍集》各本作"皮裘"。按：《文苑英华》作"狐裘"。蒙茸，杂乱貌，形容狐皮袍子上的毛纷杂之状。《史记·晋世家》："狐裘蒙茸，一国三公，吾谁适从？"裴骃集解引服虔曰："蒙茸以言乱貌。"《诗·邶风·旄丘》："狐裘蒙戎，匪车不东。""戎"与"茸"通。

〔四〕虏，《全唐诗》校："一作鲁。"按："虏酒"与"胡儿"对文，当作虏。钟，清影宋抄本作"杯"。黄滔《送友人游边》："虏酒不能浓。"千钟不醉人，谓其味薄。

笺评

刘辰翁曰：高古。（《唐诗品汇》卷四十八引）

顾璘曰：盛唐侧韵之可法者。（《批点唐诗正音》）

胡应麟曰：王翰《凉州词》、王维《少年行》、高适《营州歌》……皆乐府也，然音响自是唐人，与五言绝稍异。（《诗薮》）

唐汝询曰：此排斥少年之词。猎必于野，今彼厌原野而猎城下者何？乘醉以夸善骑耳。我想虏人饮千钟而不醉，胡儿十岁即能骑马，则又胜汝矣。深贱之，故以胡虏取譬。虏酒、胡儿倒装作对，益见奇绝。（《唐诗解》卷二十七）

邢昉曰：古调。（《唐风定》）

俞陛云曰：高达夫《营州歌》云云，写塞外情状。诗用仄韵，音节亦殊抗健。（《诗境浅说》续编）

鉴赏

这是一幅东北边地少数民族生活习俗的风情画，纯用素描，却写得生动传神，极富生活气息。

营州地处边防前线，向为奚、契丹与汉族杂居地区，因而其生活风习也染上了浓郁的胡人色彩和异域情调。诗选取一位少数民族少年作为描写对象，正是为了突出渲染东北边地的风情。

首句是全诗的一个总冒，用"厌原野"三个字来概括营州少年的特点，深刻地揭示了诗的主人公和这片广袤原野的关系，就像《敕勒歌》中描绘敕勒族生活的"敕勒川，阴山下"一样，这片水草丰美，丛林茂盛的原野是他们生活的摇篮。"厌"的原义是饱足，引申为习惯于、满足于。这个诗歌中不经见的字眼，很好地揭示了营州少年和他生活的原野之间血肉相连的关系。下面描绘的一系列情事都和它有着密切的联系。

第二句是一个特写镜头，也是"营州少年"的一个精彩亮相：穿着毛茸茸的狐皮袍子，在营州城下驰骋射猎。东北边地天气寒冷，"狐裘蒙茸"正是最能体现其地域特征的衣着。这种装扮，在今天的东北少数民族身上仍能看到。营州边地，不像内地城市，城郭往往是人烟密集之地，它的城下就是广大的原野，可以供当地少数民族驰骋射猎的地方。因此，这一句不仅显示了当地少数民族少年幼习骑射的生活习俗，而且透露了边域接连广大原野的地域特征。

三、四两句分别写营州少年饮酒之豪与骑术之精。关外天寒，饮酒的生活习俗实与御寒有关。但在这里则成为少年豪雄之气的一种衬托与表现。"虏酒千钟不醉人"，这句诗很可能是边地的俗谚，其原本的意思或指其酒味之薄，但诗人用在这里，却是为了形容营州少年酒量之大，酒兴之浓，意气之豪，虽饮千钟而不醉。同样，与第三句相对应的"胡儿十岁能骑马"也像是一句俗谚，体现出当地少数民族幼习骑马的尚武精神。"骑马"与"猎"密不可分。因此，三、四两句又不妨看成营州少年射猎图的有机组成部分。在营州城外广阔的原野上，当地的少数民族少年纵马驰骋，腰间悬着酒壶，身上穿着狐裘，一边饮酒，一边射猎，这该是何等威武的气概！酒助猎兴，酒助豪气，插入"虏酒千钟不醉人"这一句，这幅营州少年秋原射猎图便变得分外有生气，分外传神了。四句诗，虽是一幅素描，却体现了边地少数民族少年的精神风貌。

高
适

589

完全是粗线条的写生，朴素得近乎民谣俗谚，又押仄韵，既不讲究细腻的描绘刻画，也不讲究表达的含蓄，与一般绝句的重风神，重情韵明显不同。说它"高古"，不如说它"俚俗"。但正是这种接近原生态的土气和俗气，传神地表现了边地少数民族的生活习俗和精神风貌，表现了其勇武矫健的身姿面影。这种风格，似乎更接近于北朝的少数民族民歌。

和王七玉门关听吹笛[一]

胡人吹笛戍楼间[二]，楼上萧条海月闲[三]。
借问落梅凡几曲[四]，从风一夜满关山[五]。

校注

〔一〕此诗《才调集》卷一作宋济诗，《全唐诗》卷二百十四作高适诗，卷四百七十二作宋济诗。按：《国秀集》卷下收高适诗一首，即此诗，题为《和王七度玉门关上吹笛》。《全唐诗》卷二百十四即据此收入高适诗中而题稍异。《河岳英灵集》卷上亦作高适诗，题为《塞上闻笛》，前两句文字与《国秀集》略同。《文苑英华》卷二百十二亦作高适诗，题为《塞上听吹笛》，文字与《河岳英灵集》《国秀集》明显不同。《高常侍集》各本多从《文苑英华》。王七，即王之涣，有《凉州词二首》，其一（黄河远上白云间）有"羌笛何须怨杨柳，春风不度玉门关"之句，当即《玉门关听吹笛》诗。故此诗为高适作，殆无可疑。岑仲勉《唐人行第录》对此有考证（详该书第十页），可参。孙钦善《高适集校注》云：据靳能《唐故文安郡文安县太原王府君（之涣）墓志铭并序》，王之涣卒于天宝元年（742），时正居文安县尉职。任此职之前，家居十五年。家居之前，又曾沿黄河西游出塞，其《凉州词》即作于游西塞时，约在开元十年（722）至十五年期间，则高适和诗亦当作于此期间。

〔二〕《文苑英华》《高常侍集》作"雪净胡天牧马还"。吹，《河岳英灵集》作"羌"。

〔三〕《文苑英华》《高常侍集》作"月明羌笛戍楼间"。海，《河岳英灵集》作"明"。按：海月，海上升起的月亮。玉门关离海很远，此所谓"海月"，当指玉门关东的大泽升起的月亮。《元和郡县图志·陇右道下·瓜州》："晋昌县……冥水，自吐谷浑界流入大泽，东西二百六十里，南北六十里，丰水草，宜畜牧。玉门关，在县东二十步。"又《肃州·酒泉县》："白亭海，在县东北一百四十里。一名会水，以众水所会，故曰会水。以北有白亭，故曰白亭海。方俗之间，河北得水便名为河，塞外有水便名为海。"可见，"海月"之称，完全符合塞外方俗，而东西二百六十里，南北六十里的玉门关东的大泽，确实可称得上是"海"了。由于在流传过程中不明方俗地理，遂将"海月"改为泛称的"明月"。

〔四〕《河岳英灵集》《文苑英华》《高常侍集》作"借问梅花何处落"。落梅，指笛曲《梅花落》。

〔五〕《河岳英灵集》《文苑英华》《高常侍集》作"风吹一夜满关山"。从，随。

笺评

吴逸一曰："牧马还"而有此笛声，摹写得妙。（《唐诗正声》评）

顾璘曰：此篇却似中唐。（《删补唐诗选脉笺释会通评林·盛五律中上》引）

蒋一梅曰：《落梅曲》用来道地，气工词满。（同上引）

唐汝询曰：《落梅》足起游客之思，故闻笛者每兴咏。（《唐诗解》卷二十七）

黄生曰："间"，读作"闲"方妙，因大雪胡马远去，故戍楼得闲，二语始唤应有情。间用《落梅》事，太白"黄鹤楼中吹玉笛，江城五月落梅花"是直说、硬说，此二句是婉说、巧说，彼老此趣。（《唐诗摘抄》卷四）

范大士曰：闻笛用《落梅》，如《子夜歌》之喻莲子，已成习套，而供奉、常侍诗至今犹新脆，固其气厚，亦洗发不同也。（《历代诗发》）

朱宝莹曰：题为"听吹笛"，首句从吹笛者起，则"听"字方有根。二句楼上自萧条，海月自闲，故听得吹笛之声，而"听"字又有着落。三句从"听"字转，四句发之，纯写"听"字之神。凡下字最要斟酌，如末句出"关山"之字，并上"借问落梅凡几曲"句亦切题矣，若易以"江城"二字，便是黄鹤楼听吹笛诗。（《诗式》）

刘拜山曰：后半以问答出之，极言此夜此曲，洋溢关山，戍卒无人不闻，即李白《春夜洛城闻笛》"此夜曲中闻折柳，何人不起故园情"之意。此用侧写，故更饶馀味。（《千首唐人绝句》）

 鉴赏

这首诗有三种不同的版本，即《国秀集》《河岳英灵集》《文苑英华》三部唐及宋初总集所载的不同文字。其中《国秀集》所载作品时间下限最早（天宝三载，744），而所载此诗的诗题也最近原始状态。如果撇开诗本身的艺术工巧质实不论，单从哪一种版本的文字更接近高适的风格着眼，那么《国秀集》的文字无疑更接近于高适的个人风格。

首句叙事，点出胡人在戍楼上吹笛。"戍楼"即玉门关上的戍楼。羌笛本为胡乐，军中或有胡人，故戍楼上有胡人吹笛。这一句平平叙起，为下面写听吹笛张本。

次句绘景。戍楼上空寂，四周一片静寂，一轮海月，正从东边的大泽徐徐升起，将清光洒向戍楼和空旷的大漠荒野。"闲"字形容海月冉冉升起时的从容闲暇的意态。这一句既描绘出了听乐的环境气氛，也透露了听乐的人全神贯注、侧耳倾听，四周一片空旷静寂的情景，虽未正面写笛声，却传出了听者之神情，是很有神韵意境的写法。

三、四两句方正面写听笛。所奏的笛曲是《梅花落》，系汉乐府横吹曲名。郭茂倩说："《梅花落》，本笛中曲也。按唐大角曲，亦有《大单于》《小单于》《大梅花》《小梅花》等曲，今其声犹有存者。"现存《梅花落》曲辞自梁陈以下多抒思妇念远戍征人之情。这里说"落梅凡几曲"，联系下句来看，当是指戍楼上的《梅花落》笛曲，吹了一遍又一遍，笛声随着风声，一夜之间，传遍了塞上的重重关山。它触动了无数戍边将士的思乡念远之情，"一夜"之间，该有多少征人因听笛而辗转难眠呢？这是写笛声之传远，更是写笛声的感染力和听笛征人的感受。李益《夜上受降城闻笛》云："回乐烽前沙似雪，受降城下月如霜。不知何处吹芦管，一夜征人尽望乡。"同样写塞上闻笛，所写景物与高诗相似，而"一夜征人尽望乡"之句正可移作"从风一夜满关山"所含意蕴的诠释。而李诗直接说出"尽望乡"之意，高诗则情寓景中，似更含蓄耐味。

王之涣的原唱与高适的诗同押平声山韵，且同用"山""间"作韵脚，高诗在这一点上可说是亦步亦趋；王诗借羌笛《折杨柳》曲抒征戍者的复杂感情，高诗亦借笛曲《梅花落》抒征人之思，手法亦复相似。但王诗的背景在白天，境界雄浑阔远；高诗则改为夜间，境界于阔远中带有闲静的色彩。明月之夜于塞上听笛，似乎更能传出笛声的远韵远神。

别董大二首（其一）〔一〕

千里黄云白日曛〔二〕，北风吹雁雪纷纷。
莫愁前路无知己，天下谁人不识君！

校注

〔一〕此题共二首，第二首云："六翮飘飖私自怜，一离京洛十馀年。丈夫贫贱应未足，今日相逢无酒钱。"孙钦善《高适诗注》云："据其二'一离京洛十馀年'句，当作于二十岁西游长安失意而归客居梁宋以来十馀年，时值开元二十五年前后。"（见《增订注释全唐诗》第一册第1793页）董大，或指当时著名琴师董庭兰。李颀有《听董大弹胡笳弄兼寄语房给事》，董大即董庭兰，曾为房琯门客。《敦煌唐诗写本残卷》此诗题作《别董令望》，一、二两句次序互易。董令望是否即董庭兰，目前尚难确定。

〔二〕千，《全唐诗》作"十"，据《高常侍集》明覆宋本改。敦煌唐诗高本残卷作"千"。曛，昏黄、昏暗。

笺评

唐汝询曰：云有将雪之色，雁起离群之悲，于此分别，殆难为情，故以"莫愁"慰之。言君才易知，所如必有合者。（《唐诗解》卷二十七）

蒋仲舒曰：适律诗："莫怨他乡暂离别，知君到处有逢迎"，即此意。（《唐诗广选》引）

《唐诗合选》卷七：慷慨悲壮。

周珽曰：上联见景物凄惨，分别难以为情。下联见美才易知，所如必多契合，至知满天下，何必依依尔我分手？就董君身上，想出赠别至情，

593

妙。当痛饮熟读之。末二语用事化处，唐仲言评其太直，未然。（《删补唐诗选脉笺释会通评林·盛七绝下》）

邢昉曰：雄快。（《唐风定》）

徐增曰：此诗妙在粗豪。（《而庵说唐诗》卷十一）

《葵青居七绝诗三百首纂释》：身分占得高，眼界放得阔。"早有文章惊海内，何妨车马走天涯。"

《别董大二首》，据诗意，"六翮飘飖私自怜"一首系写与董大的相逢，应在前；"千里黄云白日曛"一首方写与董大的相别，应在后。从"丈夫贫贱应未足，今日相逢无酒钱"的诗句看，当时两人的处境都相当困顿。但"千里黄云白日曛"这首送别的七绝，却阔大悲壮，气概豪迈，唱出了时代的强音。

前两句大处落墨，描绘别时景物。"黄云"是指下雪时密布整个天空的昏黄的云层，即所谓"彤云"。"黄云"而曰"千里"，见视野所及，广远的天宇中到处密布暗黄的雪云，因而连白日也变得昏黄无光了。或说"曛"指落日的余光，恐非。送人启程一般不会在落日时分。"白日"之"曛"正因"千里黄云"覆盖所致。次句进一步写北风送雁飘雪的情景。"北风吹雪"，雪总是与"北风"相伴。风从北方来，而冬令正是北雁南飞的季节。在北风的吹送下，雁似乎飞得更急更快了，而雪也纷纷扬扬，从天空洒向大地。上一句写的是静景，这一句则是动景，动静相映，展现出一幅苍茫阔远中带有凄黯悲壮情调的境界。这是送别的环境与背景，也透露出送别双方的心境。它虽然有些凄黯，却不低沉，而是显得阔远而悲壮，这种环境背景，正是丈夫壮别的典型环境。

后两句由环境描写转为直抒别情，但"前路""天下"之语，仍关合着别时景。千里黄云，白日曛黄，北风吹雁，雨雪纷纷，在这种环境下启程，总不免会感到前路茫茫，形单影只，孤子无侣吧。但诗却突然振起，用"莫愁"二字一笔拗转，唱出雄直豪放的时代强音："莫愁前路无知己，天下谁人不识君！"盛唐人喜漫游，爱结交，所到之处都会遇到情投意合的知己，这是当时的风气。但要在送别双方都处于贫贱困顿的境遇下发出这样的豪语，却植根于对自己才能和所处时代的自信。没有这种高度的自信，就不可能对"前路"充满乐观的展望。正是在这个意义上，我们说这首诗鲜明地体现了盛唐士人的乐观豪放的精神面貌，体现了鲜明的时代色彩。

诗的笔致粗犷豪放，但表现的感情并不浅率单薄，而是显得非常朴挚深厚；这是因为在豪语的背后有强大的思想感情支撑。虽直抒豪情，不务含蓄，但并不让人感到一览无余；这是因为透过它能感受到浓郁的时代气息和鲜明的时代精神，唤起人们对那个时代的丰富想象。雄直的歌唱中蕴含了丰富的时代信息。此之谓直而能蓄。

除夜作〔一〕

旅馆寒灯独不眠，客心何事转凄然？
故乡今夜思千里，霜鬓明朝又一年〔二〕。

（校）（注）

〔一〕除夜，除夕。周处《风土记》："至除夕，达旦不眠，谓之守岁。"此诗作年不详。

〔二〕霜，《全唐诗》作"愁"，据《高常侍集》改。

（笺）（评）

谢枋得曰："故乡今夜思千里，愁鬓明朝又一年。"客中除夕，闻此两句，谁不凄然！（《注解章泉涧泉二先生选唐诗》卷二）

胡应麟曰：对结者须意尽，如王之涣"欲穷千里目，更上一层楼"，高达夫"故乡今夜思千里，霜鬓明朝又一年"，添著一词不得乃可。（《诗薮·内编·近体下·绝句》）

顾璘曰：此篇音律稍似中唐，但四句中意态圆足自别。（《批点唐诗正音》）

敖英曰：首句已自凄然，后二句又说出"转凄然"之情。客边除夜怕诵此诗。（《唐诗广选》引）"独"者，他人不然；"转"者，比常尤甚。二字为诗眼。（《唐诗选脉》引作徐充）（《唐诗绝句类选》）

595

谭元春曰：（"故乡"二句）故乡亲友，思千里外人霜鬓，其味无穷；若两句（分）开说，便索然矣。（《唐诗归》卷十二）

钟惺曰：谭此解，从《陟岵》《陟屺》诗中看出。（同上）

唐汝询曰：怀乡方切，衰老继之，客心所以悲。（《唐诗解》卷二十七）

周敬曰：悲调痛快。（《删补唐诗选脉笺释会通评林·盛七绝下》）

蒋一葵曰：无数宛转。（同上引）

郭濬曰：婉转在数虚字。（《增定评注唐诗正声》）

胡济鼎曰："转"字唤起后二句。唐绝谨严，一字不乱下如此。（《唐诗广选》引）

邢昉曰：以中、晚《除夜》二律（指戴叔伦《除夜宿石头驿》、崔涂《巴山道中除夜书怀》）方之，更见此诗之高。（《唐风定》）

王夫之曰：七言绝句有对偶，如"故乡今夜思千里，愁鬓明朝又一年"，亦流动不羁。（《姜斋诗话》）

沈德潜曰：作故乡亲友思千里外人，愈有意味。（《重订唐诗别裁集》卷十九）

黄叔灿曰："故乡今夜"承首句，"霜鬓明朝"承次句，意有两层，故用"独"字、"转"字，诗律甚细。（《唐诗笺注》）

吴烺曰：首二句自问之词，末二句从上生出。（《唐诗选胜直解》）

宋宗元曰：不直说己之思乡，而推到故乡亲友之思我。此与摩诘《九月九日》诗同是勘进一层法。（《网师园唐诗笺》）

李锳曰：后二句寓流走于整对之中，又恰好站得住，令人读之，几不觉其为整对也。末句醒出"除夜"。（《诗法易简录》）

马时彦曰：只眼前景，口边语，一倒转来说，便曲折有馀味。（《挑灯诗话》）

俞陛云曰：绝句以不说尽为佳。此诗三、四句将第二句"凄然"之意说尽，而亦耐人寻味。以流水对作收笔，尤为自然。（《诗境浅说》续编）

鉴赏

在唐人抒写思乡之情的诗作中，这是一首篇幅虽短，却曲折层深，而又一气呵成的名篇。它的特殊魅力，在于选取了除夜这样一个特定的时间。

首句"旅馆寒灯独不眠"，点出思乡的地点——客途中一所旅馆。平常时日，旅馆中人来人往，川流不息，颇为熙攘热闹。但除夕之夜，旅途中的客子都已回到家乡与亲人团聚，只剩下诗人独自一人待在这显得空廓冷清的客房中，面对着一盏散发着寒意的孤灯，难以成眠。除夕之夜，是家人团聚，辞旧迎新的热闹节日。故乡今夜，家人守岁的灯光和笑语喧哗，该是何等温煦和热闹，而诗人此时的处境却正好相反。说"寒灯"，与其说是点明时值严寒的冬天，不如说是渲染诗人因孤馆独处而引起的凄寒感受，和诗人的那份孤寂感。"独不眠"三字，它的反面正是家人团聚共同守岁的热闹场景。总之，这一句虽只正面写诗人"旅馆寒灯独不眠"的情景，但在诗人的意念中，却离不开除夜家人团聚的场景。品味这句诗，也必须结合它的反面，才能真正得其神味。

第二句"客心何事转凄然"，是一个承、转结合的关键性诗句。理解它的含义与作用，关键又在弄清"转"字的含义。"转"有转变、反而、更加等多种含义，这里用的是"更加"之义。韩愈《贺雨表》："青春湛然，旱气转甚。"王翰《春日思归》："杨柳青青杏发花，年光误客转思家。"均为表示程度加深的副词。这就意味着，首句"旅馆寒灯独不眠"时，客心已自凄然，此时愈加凄然。"转"字既承上句，又用设问的口吻逼出了三、四两句。三、四句即就"何事转凄然"的发问而推进一层作答。

"故乡今夜思千里，霜鬓明朝又一年。"三、四两句是流水对句。从形式上看，两句虽对偶而一气流走。但从内容上看，则明显分为两层。第一层"故乡今夜思千里"，当如谭元春、沈德潜所解，指故乡亲友思千里外的自己。因为如果解作身在旅馆的自己思念千里之外的故乡和亲人，则实际上第一句在"旅馆寒灯独不眠"的情景当中已经包含了己思故乡的内容，这里再加申明，岂非重复，且与"转"字所表示的"更加"之义不协。当是诗人在思念故乡的同时自然联想到今夜远在千里之外的故乡亲人肯定也在思念自己，揣测远在异乡的自己此刻不知在何处漂泊。想到这一层，"客心"自然更加凄然，难以为怀了。第二层"霜鬓明朝又一年"，是说过了除夕之夜，明朝又跨入了新的一年，而自己则霜鬓新添，漂泊依旧，年龄徒增，仕进无望。想到这一层，不仅自己愈加伤怀，而且深感有负于家人的思念和期望，是以更加"凄然"了。"霜鬓"之语，在诗歌中并不单纯指年岁的增长和衰老的临近，而是经常与功名事业之无成联结在一起，慨"霜鬓"之徒增，往往蕴含着仕进无望、功业无成的感情。这从"又一年"的"又"字当中也可以品味出来，对照陆游的"万里因循成久客，一年容易又秋风"（《宴西楼》）之句，更可悟出"霜鬓明朝又一年"的诗句中所蕴含的人生感慨。

　　短短四句诗，意凡三转，从"旅馆寒灯独不眠"的凄寒孤寂，到"客心何事转凄然"的设问承转，再到"故乡今夜思千里"的对面设想，最后转出"霜鬓明朝又一年"的深沉感慨，其曲折层深可谓愈转愈深，但虚字（"独""转""又"）的承转连接和设问句的前后勾连，特别是流水对的创造性运用，使得这曲折层深的意蕴组成一个浑然的整体，所谓"寓流走于整对之中"正道出了三、四两句用流水对造成的艺术效果。胡应麟所说"对结者须意尽"，实际上是指在貌似说尽当中所蕴含的无穷韵味，它与含蓄并不矛盾。

岑 参

　　岑参（715？—770或769），荆州江陵（今湖北荆州市）人，出身于"国家六叶，吾门三相"的官僚家庭，曾祖文本、伯祖长倩、堂伯羲均官至宰相。父植，终仙、晋二州刺史。幼丧父，从兄受书。"十五隐于嵩阳，二十献书阙下"。（以上均见其《感旧赋》）此后十年，屡出入于京洛。开元二十七年（739）游河朔，登第前曾隐居终南。天宝三载（744），登进士第。后授右内率府兵曹参军。八载冬赴安西（治龟兹，今新疆库车），在安西节度使高仙芝幕任职。十载秋返抵长安。十三载夏秋间，赴北庭（治所在今新疆吉萨木尔北）为安西北庭节度使封常清幕僚。至德元载（756），领伊西北庭支度副使。二载自北庭东归，六月，为杜甫等所荐，授右补阙。乾元二年（759）三月转起居舍人，四月署虢州长史。代宗宝应元年（762）春，改为太子中允，兼殿中侍御史，充关西节度判官，十月雍王适会诸道节度使于陕州讨史朝义，以参为掌书记。广德元年（763）秋为祠部员外郎，二年改考功员外郎，寻转虞部郎中。永泰元年（765）转库部郎中。十一月出为嘉州刺史，因蜀中乱行至梁州折回。大历元年（766）二月，诏杜鸿渐入蜀平乱，杜表参为僚属，遂入蜀。大历二年赴嘉州刺史任。三年七月罢官东归，受阻于戎、泸州间群盗，淹留戎州。后至成都。约四年岁末（公元已入770年）卒于成都旅舍。岑参两度赴西北边塞，时间长达六年。边塞生活体验之丰富，为历代著名诗家中所仅有。他的"好奇"的思想性格，包括对不平凡事业的向往，对新奇浪漫生活和事物的爱好，对奇伟壮丽风格的美学追求，使他成为中国文学史上艺术成就最突出、艺术个性最鲜明的边塞诗人。七古成就最高，七绝亦多佳作。与高适并称"高岑"，风格同中有异，均以边塞诗著称。唐杜确曾编《岑嘉州诗集》八卷。后世流传者有十卷本（已佚）、宋刊八卷本及明刊七卷本（即丛刊本）。今人陈铁民有《岑参集校注》。

与高适薛据同登慈恩寺浮图〔一〕

　　塔势如涌出〔二〕，孤高耸天宫。登临出世界〔三〕，磴道盘虚空〔四〕。突兀压神州〔五〕，峥嵘如鬼工〔六〕。四角碍白日〔七〕，七层摩苍穹〔八〕。下窥指高鸟，俯听闻惊风〔九〕。连山若波涛〔一〇〕，奔凑似朝东〔一一〕。青槐夹驰道〔一二〕，宫馆何玲珑〔一三〕。秋色从西来〔一四〕，苍然满关中〔一五〕。五陵北原上〔一六〕，万古青濛濛〔一七〕。净理了可悟〔一八〕，胜因夙所宗〔一九〕。誓将挂冠去〔二〇〕，觉道资无穷〔二一〕。

校注

〔一〕诗作于天宝十一载（752）秋。高适，见高适小传。薛据，盛唐诗人，河东郡宝鼎县人。开元十九年（731）登进士第，天宝六载中风雅古调科第一。历官县令、大理司直、太子司议郎，终水部郎中。慈恩寺，贞观二十二年（648）李治作太子时为追荐去世的母亲文德皇后在隋无漏寺基础上所拓建。慈恩寺浮图，即大雁塔，在慈恩寺西院，系永徽三年（652）玄奘所建。初为五层，武则天时重修改为七层，大历年间又增为十层，后经兵火，只剩七层。高适、薛据先作《登慈恩寺浮图》诗，岑参、杜甫、储光羲均有和作（薛诗今佚，余四人之诗均传）。杜甫《同诸公登慈恩寺塔》题下注："时高适、薛据先有此作。"题内"同"字，《全唐诗》无，据《丛刊》本补。

〔二〕涌出，形容塔势从平地上突起，即所谓拔地而起。《妙法莲华经·见宝塔品第十一》："尔时佛前有七宝塔，高五百由旬，纵广二百五十由旬，从地涌出。"

〔三〕世界，犹宇宙。世指时间，界指空间。《楞严经》卷四："何名为众生世界？世为迁流，界为方位。汝今当知：东、西、南、北、东南、西南、东北、西北、上、下为界，过去、未来、现在为世。"

〔四〕磴道，指通向塔的各层的石梯级。梯级盘旋而上，故曰"盘虚空"。

〔五〕神州，此指京都。《文选·左思〈咏史诗〉》："皓天舒白日，灵景耀神州。"吕向注："神州，京都也。"

〔六〕峥嵘，高峻貌。鬼工，形容其构造精妙高超，非人工所能为，犹鬼斧神工之谓。

〔七〕谓塔的四角阻挡了阳光的照射。

〔八〕摩，接近、迫近。苍穹，青苍色的天宇。

〔九〕惊风，猛烈、强烈的风。司马相如《上林赋》："然后扬节而上浮，凌惊风，历骇飙。"

〔一〇〕木华《海赋》："波若连山。"此反用之。

〔一一〕奔凑，奔驰聚集。

〔一二〕驰道，古代供君主行驶车马的御道。此泛指可供车马驰行的大道。道旁植槐树，故云"青槐夹驰道"。

〔一三〕宫馆，离宫别馆。《汉书·元帝纪》："罢角抵，上林宫馆希御幸者。"玲珑，明丽貌。

〔一四〕秋多西风，秋风起而草木凋零，故云"秋色从西来"。古以四时配四方，西属秋。

〔一五〕苍然，形容秋天的苍茫之气。关中，指潼关以西的关中平原地区。

〔一六〕五陵，指西汉高祖、惠帝、景帝、武帝、昭帝的陵园。《文选·班固〈西都赋〉》："南望杜、霸，北眺五陵。"刘良注："宣帝杜陵、文帝霸陵在南，高、惠、景、武、昭帝此五陵皆在北。"故云"五陵北原上"。五陵均分布在渭水北岸今咸阳市、兴平市一带的关中平原上。

〔一七〕濛濛，迷茫不清貌。

〔一八〕净理，佛教的教义。佛教宣扬远离恶行，心不受尘俗垢染的清净之理，故云。

〔一九〕胜因，佛教语，即善因。智𫖮《修习止观坐禅法要序》："止是禅定之胜因，观是智慧之由藉。"佛教认为物生有因，善因得善果，恶因得恶果，胜因为殊妙之善因。夙，平素。宗，宗尚、信仰。

〔二〇〕挂冠，弃官而去。《后汉书·逸民传》："逄萌……之长安，学通《春秋》经。时王莽杀其子宇，萌谓友人曰：'三纲绝矣，不去祸将及人。'即挂冠东都城门（长安东都城北头第一门）。归将家属浮海，客于辽东。"

〔二一〕觉道，佛教指大觉之道、正觉之大道。《维摩经·佛国品》："始在佛树力降魔，得甘露灭觉道成。"肇注曰："大觉之道，寂灭无相，至味和神如甘露。"资，凭借。谓永以佛道为凭借依归。

笺评

高棅曰：唐人倡和之诗，多是感激，各臻其妙……登慈恩寺塔诗，杜甫云："高标跨苍穹，烈风无时休。""俯视但一气，焉能辨皇州。"高适云：“秋风昨夜至，秦塞多清旷。千里何苍苍，五陵郁相望。”岑参云：“秋色从西来，苍然满关中。五陵北原上，万古青濛濛。”此类甚多，是皆雄浑悲壮，足以凌跨百代。（《唐诗品汇》卷十二）

胡应麟曰：唐人每同赋一题，必推擅场……若高适、岑参、杜甫同赋慈恩寺三古诗……皆才格相当，足可凌跨百代。（《诗薮·外编·唐下》）

钟惺曰：岑塔诗唯“秋色”四语可敌储光羲、杜甫。馀写高远处，俱有极力形容之迹。又曰：“秋色”四语写尽空远，少陵以“齐鲁青来了”五字尽之，详略各妙。（《唐诗归》卷十三）

谭元春曰：“秋色从西来，苍然满关中。”“从西来”，妙，妙。诗人惯将此等无指处说得确然，便奇。“五陵北原上，万古青濛濛。”“万古”字入得博大，“青濛濛”字下得幽眇。（同上）

唐汝询曰：此诗首状塔之高，中述望之远，末始有悟道意。言此塔孤立高出世外，足以镇压神州，是非人力，鬼神所建也。穷其巅而窥、听，则高鸟惊风，悉在其下；山陵宫阙，尽入目中。举关中之秋色，靡不在望，所见博矣。因言于此，顿悟禅机，是以夙缘所聚，我若挂冠而皈依，是真资我无穷之觉路者也。（《唐诗解》卷九）

《唐诗训解》：极状塔高，布势有驰骋。

陆时雍曰：形容绝色，语气复雄。（《唐诗镜》）

《唐诗选》：“下窥”二句，调高而古，凄然不堪再读。

周珽曰：唐解此诗，首状塔之高，中述望之远，末始有悟道意。又西为秋，非无指实。岑五律有“出关见青草，春色正东来”，亦是一证。此等诗，真狮子捉物，视兔如象。（《删补唐诗选脉笺释会通评林·盛五古六》）

毛先舒曰：岑棘阳《慈恩浮图》诗，便“东”“冬”通用。“四角”二语，拙不入古，酷为钝语。至“秋色从西来，苍然满关中。五陵北原上，万古青濛濛”，词、意奇上，陈、隋以上人所不为，亦复不辨，此处乃见李唐古诗真色。（《诗辩坻·唐后》）

王尧衢曰：“塔势如涌出，孤高耸天宫。登临出世界，磴道盘虚空。突兀压神州，峥嵘如鬼工。”言此塔之高，势如涌出，上耸天宫。登临者，高出世外，出阁道而盘入虚空。其突兀也，足以镇压神京；其峥嵘也，以属鬼神所建。此以六句为一解……“净理了可悟，胜因夙所宗。誓将挂冠去，觉道资无穷。”今将挂冠辞禄，皈依觉路，资无穷之妙悟也。（《古唐

诗合解》卷二）

吴敬夫曰：形容处皆板拙可憎。（"峥嵘"句下）前幅尘气，后幅腐理，几不成诗，赖有"秋色"四语，一开眼界。（《唐诗归折衷》引）

王士祯曰：老杜、高、岑诸大家同登慈恩寺塔诗，如大将旗鼓相当，皆万人敌。（《唐贤三昧集笺注》引）

沈德潜曰："塔势如涌出"，突兀。登慈恩寺塔诗，少陵下应推此作，高达夫、储太祝皆不及也。薛据诗失传无可考。（《重订唐诗别裁集》卷一）

谢君昆曰：秋色濛濛万古青，慈恩塔势倚珑玲。句奇语俊倾流辈，子美当时重典型。（《读全唐诗仿元遗山论诗绝句·岑参》）

冯继聪曰：慈恩同日咏浮图，高杜清奇自古无。原上濛濛青万古，嘉州此句更难摹。（《论唐诗绝句·岑参》）

黄子云曰：若嘉州与少陵同赋慈恩寺塔诗，岑有"秋色从西来，苍然满关中。五陵北原上，万古青濛濛"四语，洵称奇伟，而上下文不称，末仍逃入释氏，不脱伧父伎俩。而少陵自首至结一气横厉无前，纵横绳墨之外，激昂霄汉之表，其不可同年而语，明矣。（《野鸿诗的》）

赵执信曰：无一联是律者。平韵古体，以此为式。（《赵秋谷所传声调谱·后谱》）翁方纲按：此内所注出律句，皆不可必也。且所云无一联是律，为古体之式，抑又过泥之论耳。

厉志曰：甚矣读诗之难也！昔时观杜、岑二公《慈恩寺塔》诗，觉杜不如岑；又数年，觉杜亦不下于岑。比来细视之，岑只极题中之妙，而杜之所包者甚广。凡人平素郁抱，每值登临，辄欲抒写。少陵胸中所积无尽，所历又极高险，写登望境界，点题面耳。故其前半曰"翻百忧"，曰"追冥搜"，至"回首"以下，皆其"忧"也，皆其"冥搜"也，其生平皆于此而会也。"叫虞舜"者，触于"苍梧"也。其下若可解，若不可解，非解所能解，是即三闾大夫之苦衷也。中间用"羲和""少昊"与"虞舜"隐隐相关动，读之了若无意，吾恐其皆有苦心在也。若以嘉州之作方之，不诚有小大之殊乎！（《白华山人诗说》卷二）

宋宗元曰：（"塔势"二句）句亦如涌出。（《网师园唐诗笺》）

张文荪曰：起句突兀。苍浑似刘司空、颜光禄，气更流逸。（《唐贤清雅集》）

王文濡曰：雄浑悲壮，凌跨百代，而"秋色"四句，写尽空远之景，

尤令人神往不已。(《历代诗评注读本》)

盛唐诗人有两次著名的诗歌唱和活动，一次为天宝十一载（752）秋薛据、高适、储光羲、岑参、杜甫五人的登慈恩寺塔的唱和之作；另一次则为乾元元年（758）春，由贾至首唱，杜甫、王维、岑参奉和的早朝大明宫之作。前一次的诗体为五古，后一次则为七律。这两次唱和之作，除薛据之作已佚之外，其余均流传至今。由于参加两次唱和活动的均为当时著名的诗人，因此，后世评家往往对它们进行比较，评论其思想内容和艺术表现的高下得失。据杜甫《同诸公登慈恩寺塔》自注："时高适、薛据先有此作。"则此次诗歌唱和，系高、薛首唱，其他三位诗人作和。从流传的四首诗看，储作最为平庸，高诗亦少警策。岑、杜二作，就思想感情的深沉和忧患意识的深刻而言，杜作自然远胜于岑作；但就咏慈恩寺的题目本身来说，则二作各有所长，岑作或更多警策。值得注意的是二人之作何以有这种区别。

开头两句先写从塔底平地仰视塔身。不说"塔身"而说"塔势"，仰望中的高塔已有了向上的动感，再加上"如涌出"三字的出色形容，便使它那拔地而起的雄姿突现在眼前。大雁塔高三百尺，唐代在它的周围都是空阔的平地和低矮的房屋，这种如同忽从地底涌出的突兀感、跃动感和惊奇感便特别强烈。由于周围没有其他高建筑，因此它那孤峰高耸、直插云霄的身姿也就分外引人注目，使人产生高接天上宫阙的想象。首句状塔之势，起势突兀；次句状塔之高，夸张渲染中有想象，进一步写出其扶摇直上、高耸云霄的态势。两句气势峭拔，雄奇突兀，可谓先声夺人。

三、四两句写登塔。从先后次序看，"磴道"句在前，"登临"句在后。之所以倒过来写，一是为了突出"登临"之初的感受，二是以逆笔取势。塔共七层，顺着盘旋而上的梯级逐层攀登，由于不时遥望塔外的虚空，虽人行塔中，却有攀登天梯而上虚空之感，及至登上高层，更有超越人间，脱离尘世之感。"出世""盘虚空"虽是一种幻觉，却真切地传达出了诗人登塔过程中的感受，惊奇中复有缥缈之感。

五、六句写登上塔顶时的感受。上句俯视，写高耸于京城之上的塔身突兀而起，就像俯压在神京大地上一样。"压"字突出渲染了塔的俯视一切的态势和压倒一切的重量，造成了一种神奇感，这就为下一句"峥嵘如鬼工"

604

的夸张形容蓄足了声势。"峥嵘"状其高峻，如此气势、重量的高塔定非人力所能建造，而只能是鬼斧神工所致。慨叹中充满了惊奇感乃至景仰感。

七、八两句，从塔的形制角度形容其高峻。塔的四角，伸展高翘，甚至阻挡住了阳光的照射；给人以高天白日与其邻近的感觉，而站在七层的塔顶上，更有上接苍穹的感觉。"七层"句与"孤高"句同写塔之高，但一为从平地上仰望，一为登塔顶仰望，角度有别。

九、十两句，从视、听角度写登塔顶时俯见高鸟飞翔其下，俯听惊风啸掠而过的情景。鸟翔于寥廓高天，而登临塔顶则须"下窥"；风啸于高空之上，而登临塔顶则须"俯听"。由于有高鸟、高风作为参照物，塔的高峻便更加凸显。

自"登临"以下八句，分别从不同角度对登塔后的感受作了生动描写，而用意均在突出渲染塔的高峻。"连山"以下八句，乃转笔描绘登塔所见之广远。这和塔身的高峻固然有密切联系，但用笔的重点已不再黏滞在这一点上，而是侧重于抒写登临望见阔远雄奇景物时的感受。"连山"二句，写群山自西向东伸展绵延，迤逦而去。由于山势有起有伏，总体上又呈自西向东，逐渐降低的态势，因此从高处俯视，便感到连绵起伏的群山像大海的波涛，疾趋奔走而朝向东方。本来是静止不动的连山，由于"若波涛"的比喻和"奔凑似朝东"的形容，仿佛有了生命和跃动感，不仅写出了连山的走势，而且传出了它的气势。

接下来两句，进一步写登临所见道路和官观建筑。"驰道"与"官馆"都是京城的标志性景物。登临俯视，但见大道两旁，绿槐成荫，而平日在地面看去巍峨壮观的宫殿台馆，此刻竟显得明澈而精巧。两句所写景物，颇似今日从飞机上俯视大地所见。

"秋色"二句，结合时令续写登临所见秋色。"秋色"是一个综合性的概念，它只存在于具体的景物之中。单写"秋色"，几乎无从着笔。诗人却化虚为实，化静为动，将"秋色"写成具体可见的、正在运动中的事物，写出"秋色从西来，苍然满关中"这极富想象力而又极真切生动的诗句。古以四方配四时，西与秋对应，而秋天的西风起处，草木黄落，呈现一片秋色。在登临凝望中，这秋色似乎长了脚，自西向东，一路延伸，顷刻之间，那苍茫的秋色就弥漫了整个关中。这是诗人的目光自西向东游眺望中秋色时瞬间产生的幻觉式感受。奇思妙想，可与杜牧的"南山与秋色，气势两相高"（《长安秋望》）媲美。而表现的自然不着力，则更胜小杜一筹。

　　"五陵"二句，承"苍然"句进一步写登临时超越时空的阔大悠远感受。放眼五陵之地，北原之上，思接千载，神游万古，不仅有"秦中自古帝王州"的联想，而且产生千秋万古以来，关中平原之地就一直为苍茫秋色所笼罩的联翩浮想。写到这里，诗思已由眼前所见伸展到超时空的领域，气象之阔远博大已臻极致。

　　"净理"四句，乃就势收束，因所登为佛教浮图，而自然归到对佛家清净之理和善因的领悟信仰上，表示要挂冠而去，皈依觉道。这固然是此类诗的熟套，但登临之际，产生此种超越尘世的念头倒也自然合理，只是抽象议论，不免干枯，与前面两段的生动描写不大相称。

　　同属登临之作，岑诗气势奇峻雄伟，境界高远阔大，体现出盛唐诗歌雄浑高华的风貌；而杜诗则百感茫茫，忧患深沉，充满了身世苍茫之感和对国家前途命运的危机感。之所以如此，主要由于岑、杜二人对时代的感受与体验有别。岑参当时在仕途中虽也并不得意，至有"誓将挂冠去"之念，但他对时代则抱有乐观的看法，这从他天宝末年在北庭期间创作的一系列风格雄奇壮丽，情调昂扬乐观，充满民族自豪感和自信心的边塞诗中可以看得很清楚。而杜甫，在困居长安多年后，对大唐帝国繁荣昌盛表象下孕育的危机已经有了相当深切的感受和体察，因此诗的一开篇就特意表明："自非旷士怀，登兹翻百忧。"从而在登临所见景物的描绘中，处处渗透对国家前途的强烈忧患意识。"旷士"与"翻百忧"的士人之间的区别，正是岑、杜二作思想感情内容显然有别的深刻原因。

白雪歌送武判官归京〔一〕

　　北风卷地白草折〔二〕，胡天八月即飞雪。忽如一夜春风来〔三〕，千树万树梨花开。散入珠帘湿罗幕，狐裘不暖锦衾薄。将军角弓不得控〔四〕，都护铁衣冷难着〔五〕。瀚海阑干百丈冰〔六〕，愁云惨淡万里凝〔七〕。中军置酒饮归客〔八〕，胡琴琵琶与羌笛〔九〕。纷纷暮雪下辕门〔一〇〕，风掣红旗冻不翻〔一一〕。轮台东门送君去〔一二〕，去时雪满天山路〔一三〕。山回路转不见君〔一四〕，雪上空留马行处。

校注

〔一〕陈铁民《岑参集校注》谓此诗"天宝十四载八月作于轮台。据《吐鲁番出土文书》，天宝十三载八月武判官在安西，故此诗当作于天宝十四载八月。说详王素《吐鲁番文书中有关岑参的一些资料》（《文史》三十六辑）"。其时岑参任安西北庭节度判官，此武姓判官当为其幕府同僚，名不详。

〔二〕白草，西域地区所产的一种牧草，干熟时呈白色，故名。《汉书·西域传上·鄯善国》："地沙卤，少田，寄田仰谷旁国。国出玉，多葭苇、柽柳、胡桐、白草。"颜师古注："白草似莠而细，无芒，其干熟时正白色，牛马所嗜也。"白草茎坚韧，不易折。

〔三〕如，《全唐诗》作"然"，据《丛刊》本改。

〔四〕角弓，以兽角作装饰的硬弓。控，拉开。

〔五〕都护，唐代于安西及北庭设都护府，均各设都护一人，为最高军事行政长官。《旧唐书·封常清传》："（天宝）十一载……以常清为安西副大都护，摄御史中丞，持节充安西四镇节度、经略、支度、营田副大使，知节度事。十三载入朝，摄御史大夫……俄而北庭都护程千里入为右金吾大将军，仍令常清权知北庭都护，持节充伊西节度等使。"则此"都护"当即指封常清。铁衣，即铁甲。

〔六〕瀚海，大沙漠。阑干，纵横貌。百丈，《丛刊》本作"千尺"。

〔七〕惨淡，阴暗貌。

〔八〕中军，指主帅所居的营帐。归客，指武判官。

〔九〕胡琴，指曲项琵琶，从龟兹传入。半梨形曲项，四弦四柱（或云五弦五柱），燕乐所用。或指忽雷。唐段安节《乐府杂录·琵琶》："文宗朝，有内人郑中丞善胡琴。内库有二琵琶，号大小忽雷，郑尝弹小忽雷。"

〔一〇〕辕门，军营营门。古代行军扎营时用车环绕护卫，出入处将两车辕木相向交叉竖起如门状，故称。

〔一一〕掣，扯动、摇曳。翻，飘扬、翻卷。隋虞世基《出塞二首》其二："雾烽黯无色，霜旗冻不翻。"

〔一二〕轮台，唐庭州有轮台县（治所在今新疆乌鲁木齐市），属北庭都护府管辖。北庭都护府治庭州金满县（今新疆吉木萨尔北），在轮台县东北。

〔一三〕唐时称伊州（今新疆哈密）、西州（今新疆吐鲁番盆地一带）以北一带的山脉为天山。《元和郡县图志·陇右道下·伊州》：“天山，一名白山，一名折罗漫山，在州北一百二十里，春夏有雪，出好木及金铁。匈奴谓之天山，过之皆下马拜。”自轮台归长安，须翻越天山。

〔一四〕山回，山势回环盘绕。

唐汝询曰：此因雪中送别而歌之也。雪太早，故疑梨花之开树。及入帘幕，则觉寒透骨矣。海冻云凝，大雪之候也。于是时置酒设乐，以送归人。而暮雪不止，涉雪而去，其劳可知，徒使我怅望无已耳。夫望君不见而寻其马迹，思深哉！（《唐诗解》卷十七）

顾璘曰：写得出，末就题说送行好。（《删补唐诗选脉笺释会通评林·盛七古五》引）

吴山民曰：转折回换处，极活脱，有弄丸手段。一结仍在雪上说，不放过，斩截。（同上引）

周启琦曰：“千树万树梨花开”“风掣红旗冻不翻”二语，画出雪景。（同上引）

周珽曰：胡地寒沍，风雪分外早见。前段因形容雪景，极凛冽。至“中军送酒”句，始入“送别”意。“轮台东门”句，又作一转语，俱不脱“雪”意。望君不见而寻其马迹，想出人思表。此等诗真鹤鸣天表，龙吟海底，奇致不从人间来者。（同上）

邢昉曰：细秀袅娜，绝不一味纵笔，乃见烟波。（《唐风定》）

王夫之曰：颠倒传情，神爽自一，不容元白问花源津渡。“胡琴琵琶与羌笛”，但用《柏梁》一句，神采惊飞。（《唐诗评选》卷三）

黄培芳曰：起得势。首尾完善，中间精整。“北风卷地白草折，胡天八月即飞雪。忽如一夜春风来，千树万树梨花开”，四语精致。（《唐贤三昧集》下）

宋宗元曰：入手飘逸，迥不犹人。（首四句下）深情无限，到底不脱歌雪故也。（末二句下）（《网师园唐诗笺》）

张文荪曰：嘉州七古，纵横跌荡，大气盘旋，读之使人自生感慨。有志学古者，自宜留心此种。看他如此杂健，其中起伏转折一丝不乱，可谓刚健含婀娜。后人竞学盛唐，能有此否？（《唐贤清雅集》）

唐诗选注评鉴（一）

范大士曰：洒笔酣歌，才锋驰突，"雪"字四见，一一精神。(《历代诗发》)

方东树曰：奇峭。起飒爽。"忽如"六句，奇才奇气奇情逸发，令人心神一快。须日诵一过，心摹而力追之。"瀚海"句换气，起下"归客"。(《昭昧詹言·王李高岑》)

王寿昌曰：结句贵有味外之味，弦外之音。言情则如……岑嘉州之"山回路转不见君，雪上空留马行处"……是皆一唱而三叹，慷慨有馀音者。(《小清华园诗谈》卷下)

岑
参

鉴赏

岑参用七言歌行形式写作的边塞诗中，有一个以"某某歌送某某"为标题方式的优秀系列。它们是《白雪歌送武判官归京》《热海行送崔侍御还京》《天山雪歌送萧沼归京》《火山云歌送别》。这些诗的描绘歌咏主体，是西北边塞的奇异壮丽风光，送别之意往往只于篇末稍点或于诗的后半略加抒写。正是诗中对边塞奇伟壮美风光的出色描写，使它们成为盛唐边塞诗中最具时代精神和地域特色，最富奇情壮采和艺术魅力的篇章，《白雪歌送武判官归京》尤为其中的杰出代表。

这首诗十八句，可以分为前后两段。前段十句，专咏塞外飞雪的奇观；后段八句，结合咏雪送别。雪在诗中是贯串始终的歌咏的主体，而送别情景则仅于后段中加以抒写，且在抒写过程中始终不离咏雪。这是全篇内容、构思的基本特点，从中略可窥见诗人作诗时感情投注的重点。

起首两句由北风卷地引出八月飞雪。风是雪的前奏。用"卷地"来形容塞外狂风席卷一切的威势，犹嫌未足，又进一步用"白草折"加以突出渲染。"白草"即芨芨草，茎极坚韧，密集丛生。"白草"之"折"，正显现出北风之强劲猛烈。起句突兀而来，有横扫一切之势，次句斩截明快，突出八月飞雪的奇观，其中蕴含了对这种内地从未寓目的景观的惊叹和新奇感。

三、四两句，承上"风""雪"，突发奇想，说纷纷扬扬、洒空积树的雪花，就像一夜春风，催开了千树万树梨花一样。梨花洁白似雪，前代诗人早有"洛阳梨花落如雪，河边细草细如茵"(梁萧子显《燕歌行》)的形容比拟。岑参在另一首《梁园歌送河南王说判官》的七言歌行中也有"梁园二月梨花飞，却似梁王雪下时"的诗句。单纯从梨花与雪花二者之间形状、色泽

609

的相似而生发联想，构成比喻，无论是以雪花喻梨花，还是以梨花喻雪花，应该说都有一定的创造性。但岑参的这两句诗却绝非对萧子显的"梨花落如雪"之喻的翻新，而是在自己生活体验和独特感受基础上创造出来的全新意境。关键就在于诗人是在北风呼啸、白草尽折、八月飞雪、气候酷寒的条件下，想到了一夜温煦春风的吹送，催开了千树万树的梨花，并用这种景象来比喻眼前的塞外飞雪奇观，这就不是单纯的设喻的新颖奇特所能解释的，在它背后有更本质更内在的东西，这就是诗人对塞外军旅生活，对边地奇异风光的热爱。如果视塞外为畏途、视酷寒的环境为难以忍受的折磨，就绝不可能由卷地折草的寒风联想到和煦温暖、化育万物的春风，不可能由胡地的八月飞雪联想到内地的万树梨花，不可能激发出如此鲜妍明丽、富于诗意的想象。从这个意义上说，"忽如一夜春风来，千树万树梨花开"的联想和比喻，正饱含着对生活的热爱，透露出在艰苦环境中豪迈、乐观的精神。尽管客观环境艰苦严酷，但戍边将士心中却永远存在着春天。可以说，开头四句以写实与浪漫相结合的笔法，赞美边地八月飞雪的奇景壮观，不但为下面的描绘、抒情提供了引线，而且为全诗定下了豪迈乐观的基调。

接下来四句，写飞雪散入珠帘，沾湿罗幕，它所带来的严寒，使营帐里面的人穿上狐皮袍子也不觉暖和，盖上厚厚的锦被也觉得很薄，将军的角弓冻得拉不开，都护的铁甲也冷得穿不上身。第一句点明营帐，下三句分别从不同角度极力渲染帐内气候之酷寒。这里用了一系列鲜妍明丽的词语如珠帘、罗幕、狐裘、锦衾、角号、铁衣等来形容渲染，令人感到，尽管气候严寒，但军营的生活色彩是鲜丽多彩的，丝毫没有灰暗冷漠的气氛和情调。在带有夸张渲染色彩的形容中，还隐隐约约透出一种对边地奇寒景象的夸示意味。

"瀚海"二句，转写军营之外笼盖天地的奇寒。一望无际的大沙漠中，到处都结满了厚厚的冰层；浩广无边的天空中，凝聚布满了惨淡的愁云。"百丈冰""万里凝"，仍用夸张渲染手法，但境界之壮阔却使这种铺天盖地的奇寒并不令人畏惧，而是感到无比奇美和壮观。这正是诗人夸张渲染所包含的真实感情，也是诗人所想达到的艺术效果。

"中军"四句，写营帐内设宴饯别。"中军"是主帅所居营帐，这次送武判官归京，可能即由主帅封常清作主人，而作为幕府同僚的诗人则奉命吟诗相送。"中军"句见送别规格之高，场面的隆重，但对饮饯场却不多作铺张渲染，仅以"胡琴琵琶与羌笛"一语带过。而这一意象重叠，似乎累拙的诗句却传出了浓郁的异域情调。这异方之乐给人的感受，诗人并不加以申说，却转笔写营帐外纷纷暮雪，洒落辕门和"风掣红旗冻不翻"的景象。天寒地冻，红旗上结满了冰，变成了一面冰旗，狂风猛烈地扯动着红旗，却始终不能使它飘扬起来。类似的景象，隋代虞世基的《出塞二首》其二中也出现过："雾烽黯无色，霜旗冻不翻。"但岑诗这两句，不仅因白雪与红旗的相互映衬使军营雪景分外鲜艳夺目，而且因"纷纷暮雪下辕门"的气氛渲染，使雪景的描写中蕴含了惜别的感情。

最后四句，写想象中送武判官雪中驰马归京的情景。诗系宴席上即景而赋，故末四句所写景象乃是悬拟的虚景而非实写，但却写得情景交融，极富韵味。在"雪满天山路"的广袤背景下，目送武判官骑马东归，山势回环，道路弯曲，武判官的身影终于随着道路的拐弯而消失在远处的山脚下，只见雪地上空自留下了一道长长的马行的印迹。这个结尾，既展现了以雪为背景的阔远境界，又含蓄地表达了对朋友的依依惜别之情。"山回路转不见君，雪上空留马行处"，诗人目送归骑，神驰天外的情景历历如绘，而在画面之外更蕴含了深永的情味。这空阔浑茫的境界，在电影中是一个情韵深长的空镜头。全篇就在这含蓄不尽的意境中自然收束。

这首诗中的咏雪和送别，既有密切相关的一面（后段），又有若即若离的一面（前段）。前段咏塞外八月飞雪、冰天雪地的奇观，与送别并无直接的联系，它本身自有独立的美学价值，从这方面说，是"离"；但也可以说，它为这场塞外军中送别提供了一个大的环境背景，从这方面说，又是"即"。从咏雪与送别的这种关系可以看出，诗人写这首诗，其表面的目的似乎是为了送别；但其内在的创作动因则主要是通过对塞外风雪严寒、冰天雪地奇观的描绘，表达对这种奇美壮观景象的惊奇、叹赏，抒发不以塞外军旅生活为苦，不以朋友的别离为悲的豪情壮采。诗人对武判官的归京有依恋与向往，却无感伤与悲慨，这本身就是豪情壮采的一种具体表现。对被送者来说，雪中送别的奇美壮观场景固然会成为终生难忘的记忆，朋友以"白雪歌"为临行的馈赠，更将成为永远值得珍藏的礼物，因为这里凝结着自己人生旅程中一段值得自豪和回味的经历。

岑参的边塞诗，特别是七言歌行，多半用粗线条的大笔勾勒手法，很少作细腻婉丽的描绘抒情。这是为了更好地适应他所要表现的生活内容、奇景壮观。因此，粗犷豪放、朴质雄健便成为其边塞诗的主导风格。但这首诗却在粗犷豪放的基调中适当地融入细腻明丽的成分，使诗的风格兼有豪放与明

611

丽的优长，显得分外丰富多彩。诗中像"北风卷地白草折，胡天八月即飞雪""将军角弓不得控，都护铁衣冷难着""瀚海阑干百丈冰，愁云惨淡万里凝""中军置酒饮归客，胡琴琵琶与羌笛""轮台东门送君去，去时雪满天山路"这一系列诗句，都是非常质朴劲健，笔致粗放的，但中间又有"忽如一夜春风来，千树万树梨花开"这样奇丽的想象，"散入珠帘湿罗幕，狐裘不暖锦衾薄"这种色彩鲜妍明丽的描绘，有"纷纷暮雪下辕门，风掣红旗冻不翻"这种白雪红旗交相辉映的壮美景象，更有"山回路转不见君，雪上空留马行处"这样细腻含蓄、韵味深长的描绘抒情，二者交替使用，融为一体，就像在铁马秋风的塞北风光中融入了"杏花春雨江南"的成分一样。岑参早期的诗，受到南朝诗人何逊、谢朓的影响，诗风明丽俊爽，他的这首《白雪歌送武判官归京》正吸收了齐梁诗歌某些方面的长处。

热海行送崔侍御还京〔一〕

侧闻阴山胡儿语〔二〕，西头热海水如煮〔三〕。海上众鸟不敢飞，中有鲤鱼长且肥。岸旁青草长不歇〔四〕，空中白雪遥旋灭〔五〕。蒸沙烁石然虏云〔六〕，沸浪炎波煎汉月〔七〕。阴火潜烧天地炉〔八〕，何事偏烘西一隅〔九〕？势吞月窟侵太白〔一〇〕，气连赤坂通单于〔一一〕。送君一醉天山郭〔一二〕，正见夕阳海边落〔一三〕。柏台霜威寒逼人〔一四〕，热海炎气为之薄〔一五〕。

校 注

〔一〕热海，即今吉尔吉斯共和国东部的伊塞克湖。唐时曾属安西都护府管辖（公元670—692年，安西都护府设在热海西北之碎叶镇，今托克马克）。玄奘《大唐西域记·跋禄迦国》："山行四百余里，至大清池，或名热海，又谓咸海。周四千余里，东西长，南北狭。"《新唐书·西域传》："縠勃达岭北行，赢千里，得细叶川，东曰热海，地寒不冻。"细叶川即碎叶水，流往热海。此湖长185公里，宽57公里，最深处702米，面积6200平方公里，原为我国西部大陆内湖之一。《新唐书·地理志七下》："又五十里至顿多城，乌孙所治赤山城也。又三十里渡真珠河，又西北渡乏驿岭，五十里渡雪海，又三十里至碎卜戍，傍碎卜水五十里至热海。又四十里至冻城，又百一十里至贺猎城，又三十里至叶支城，出谷至碎叶川口，八十里至裴罗将军城，又西二十里至碎叶城，城北有碎叶水。"则热海距碎叶城二百八十里。崔侍御，此指崔姓以监察御史衔供职于安西北庭节度使封常清军幕者，名不详。此诗当作于居北庭期间，具体年月不详。

〔二〕侧闻，从旁听到。谓传闻、听说。贾谊《吊屈原赋》："侧闻屈原兮，自沉汨罗。"阴山，柴剑虹《走马川行考》谓阴山指天山北支博克达山脉（参见元李志常《长春真人西游记》），文载香港大公报《艺林》副刊1983年7月3日。

〔三〕热海之水并不热，岑参此诗所写盖出于传闻。

〔四〕歇，衰黄、凋枯。

〔五〕遥旋灭，远在高空就立即被热海的炎气熏得无影无踪。

〔六〕蒸沙烁石，使沙子被熏得热气腾腾，使石头熔化。然虏云，使胡天的云燃烧。

〔七〕煎汉月，煎烤着天上的月亮。月普照胡、汉，此处为与上句"虏云"对文，故用"汉月"。

〔八〕贾谊《鵩鸟赋》："且夫天地为炉兮，造化为工；阴阳为炭兮，万物为铜。"阴火，指地底的火，地热。或即用贾谊赋"阴阳为炭"意，指阴阳二气交会产生的热气。

〔九〕西一隅，热海远在西域，故云。

〔一〇〕月窟，亦作"月蜡"，传说中月的归宿处。《文选·扬雄〈长杨赋〉》："西厌月蜡，东震日域。"五臣本作"月窟"。刘良注："月窟，月出穴地，在西。"此以"月窟"指西方极远之地。太白，即金星。古代将金星叫作太白星，早晨出现在东方时叫启明，晚上出现在西方时叫长庚。此当指出现在西方之长庚。

〔一一〕赤坂，指火山之西段（在唐西州交河县，今新疆吐鲁番市西），详参王素《吐鲁番文书中有关岑参的一些资料》（载《文史》三十六辑）。单于，指唐单于都护府。唐高宗麟德元年（664）置，辖今内蒙自治区阴山、河套一带。

〔一二〕天山郭，指西州交河县。《元和郡县图志·陇右道下·西州》："交河县……交河，出县北天山，水分流于城下，因以为名。"又，西州有天山县，在交河县南。

〔一三〕热海距交河甚远，"夕阳海边落"是遥望想象之词，非实见夕阳落于热海边。

〔一四〕柏台，御史台的别称。汉御史府中列植柏树，故称，事见《汉书·朱博传》。霜威，以严霜肃杀的威力形况御史的严威。

〔一五〕薄，消减。

许颐曰：岑参诗亦自成一家，盖尝从封常清军，其记西域异事甚多。如《优钵罗花歌》《热海行》，古今传记所不载者也。

岑参在北庭期间，据现存诗文及有关文献资料，足迹并未至热海。此诗所描绘的热海奇观，盖出于传闻及想象。热海古名阗池，见《汉书·陈汤传》，唐时又通称热海。《慈恩传》云："清池亦云热海，见其对凌山（即冰山，为位于伊犁、温宿之间的冰川谷道）不冻，故得此名。"《新唐书·西域传》则谓："（细叶川）东曰热海，地寒不冻。"可见"热海"之名盖因其所处之地虽寒而不冻而得，"水如煮"云云则为因"热海"之名而衍生之想象。如果将这首诗看成对热海的纪实性描写，自不免误以传闻想象当成真实（其实岑参自己已声明诗中所写盖出于传闻），但作为艺术作品，则不仅表现了诗人丰富的想象力和出色的艺术表现力，而且表现了诗人的"好奇"性格，自有其艺术价值。

开头两句总提，一句交代诗中所写热海情况的材料来源，一句突出"热海"的主要表征。"侧闻"二字，说得很老实，也很聪明。诗人并未亲历目睹，所写出于当地胡人所说，用"侧闻"之语，自是实情；如有错误，则早已事先声明，不担虚诳之责；实际上诗中不少描写，是诗人自己在传闻基础上生发的想象，未必是胡人所言，却也一股脑儿全归之于"侧闻"之列了。"水如煮"是对"热海"之"热"最朴实也最夸张、最简练也最传神的描绘。妙在用日常生活中常见的现象来形容，一"煮"字而水之高温、水之沸腾均如在目前。以下的描绘渲染都因"水如煮"生发。岑参好为通俗明快富于表现力之语，"风头如刀面如割""一川碎石大如斗，随风满地石乱走""马走碎石中，四蹄皆血流"及此句之"水如煮"皆其例，虽粗犷朴素，却极传神。

接下来两句，写海上及海中的奇观。因为水沸如煮，热气蒸腾，故海上飞鸟绝迹，不敢飞过，这是形容"热"的威力；然而在沸腾高温的海水中竟然有"鲤鱼长且肥"，这就奇中有奇，近乎不可思议了。鱼游沸鼎，顷刻糜烂，这是人们熟知的常识，而这种神奇的鲤鱼竟在沸腾的海水中活得自由自在，既长且肥，则其神奇的生命力实在令人惊奇。诗人平平道出，但它给予读者的新奇、神奇、惊奇感却十分强烈。"众鸟不敢飞"与"鲤鱼长且肥"正形成鲜明对照，前者衬托后者。如果说前者还只是表现热海之奇热，则后者则进一步表现出了热海之神奇。

"岸旁"二句，一写岸边，一写空中。前者突出其"热"能使绿草长青，虽秋冬而不枯；后者突出其"热"焰使高空中的白雪也瞬间消融。前者写其对物的滋养，后者写其对寒的威力，而归总于其"热"使其地终年温热，改变了一年春夏秋冬四季的轮替。

"蒸沙"二句，极写热海之热气不仅使沙石受到熏烤而销熔，使波浪为之鼎沸而生烟，而且使高空的云彩也被烧得通红，月亮也受到熬煎而清光失色。二句中连用"蒸""烁""然""沸""炎""煎"六个极状炎热，带有强烈动态感的词语，不但将热海本身的热浪翻滚形容得生动逼真，而且将它旁烤沙石、上烧云月的炎威形容得淋漓尽致。在诗人的笔下，这里的一切都热气蒸腾、烈焰炎炎，就连云彩、月亮也被烧成了红色。

"阴火"二句，是诗人对如此神奇的大自然现象发自心底的疑问：天地宇宙就像一座大洪炉，阴火在地底暗中燃烧，为什么偏偏烘烤西边这一角？"天地炉"之语，虽本贾谊《鹏鸟赋》，但"阴火潜烧"的想象，则出自诗人的独创。这一问，颇有屈原《天问》的色彩，表现出诗人对宇宙间神奇现象的好奇、惊喜和穷幽探秘的精神。

"势吞"二句，进一步从高度、广度上写热海炎炎的威力，连用"吞""侵""连""通"四个动词，渲染其上吞星月、广延千里的气势。夸张之词，于此为极。最后四句，转到眼前的送别。

热海远在送人之地"天山郭"数千里之外，如何将热海与送崔侍御勾连起来，颇费踌躇。诗人巧妙地抓住崔侍御的官职特点——"柏台霜威"，将它与"热海炎气"联系起来，先用疏朗有致的笔法画出送别时的阔远之境，继用"柏台霜威"使"热海炎气"消减的比喻和雅谑，对崔侍御加以颂扬，送别时地情景、送别对象（崔侍御）与歌咏对象（热海）一齐收束，收得既干脆利落，又情境俱佳，富于余味。岑参七言歌行，结处每有此种隽永的情境韵味。如《白雪歌送武判官归京》之"轮台东门送君去，去时雪满天山路。山回路转不见君，雪上空留马行处"，《天山雪歌送萧沼归京》之"正是天山雪下时，送君走马归京师。雪中何以赠君别，惟有青青松树枝"及本篇末四句，都是显例。

从诗中所写情况看，"阴山胡儿"所语的内容，可能仅限于热海"水如煮"及"中有鲤鱼长且肥""岸旁青草长不歇"等。"水如煮"固缘于"热海"之名而有此夸张渲染，其他则皆属平常。作为一个内陆高寒地区的大湖，地寒而不冻本身固有些奇特，但很可能由于地热等原因所致。诗人却根据胡儿的简单传闻，想象出如此神奇的景观，可以说是其好奇的思想性格起了决定性的作用。对宇宙间新奇事物、神奇景象的强烈好奇心和热切向往，是盛唐诗人开放心态、浪漫精神的突出表现，岑参在这一点上堪称盛唐诗人之最。他笔下的热海奇观未必符合生活实际，却典型地体现了盛唐的时代精神。

走马川行奉送出师西征 〔一〕

君不见，走马川，雪海边 〔二〕，平沙莽莽黄入天 〔三〕。轮台九月风夜吼，一川碎石大如斗，随风满地石乱走 〔四〕。匈奴草黄马正肥 〔五〕，金山西见烟尘飞 〔六〕，汉家大将西出师 〔七〕。将军金甲夜不脱，半夜军行戈相拨 〔八〕，风头如刀面如割。马毛带雪汗气蒸，五花连钱旋作冰 〔九〕，幕中草檄砚水凝 〔一〇〕。虏骑闻之应胆慑，料知短兵不敢接 〔一一〕，车师西门伫献捷 〔一二〕。

616

校注

〔一〕此诗与《轮台歌奉送封大夫出师西征》为同时同地之作，题内"西征"亦同指一事，而史籍失载。均为天宝十四载（755）九月作于轮台。

走马川，柴剑虹《岑参边塞诗地名考辨》（载《学林漫录》第七辑）认为即唐轮台以西之著名水道玛纳斯河（唐时又称白杨河）。清代徐松《西域水道记》谓此河"冬则尽涸"，故诗中有"一川碎石大如斗"的描写。奉送出师西征的对象为封大夫，即封常清，御史大夫为天宝十三载入朝时所加宪衔。

〔二〕"川"字下原有"行"字，文义不通，当涉题内"行"字而衍。今删。且此诗每三句一转韵，句句押韵，起三句"走马川，雪海边，平沙莽莽黄入天"，"川""边""天"押同韵。雪海，《新唐书·地理志》："雪海，又三十里至碎卜戍，傍碎卜戍五十里至热海。"热海即今吉尔吉斯共和国东部之伊塞克湖。可征雪海距伊塞克湖仅八十里。则"走马川"（玛纳斯河）与"雪海"之间似有相当一段距离，故或以为"雪海"指今准噶尔盆地之广大雪原。然此数句亦可理解为从走马川到雪海边的广大地区。

〔三〕莽莽，无边无际貌。按：此句所写即今所称沙尘暴景象。

〔四〕川，指河床。走，跑。

〔五〕匈奴，古北方游牧民族名，此处借指当时西域地区某个与唐朝作战的民族。游牧民族每于秋天草黄马壮时发动对汉族的侵扰战争，故句云。

〔六〕金山，即阿尔泰山，蒙语意为"金山"。在今新疆北部。或云"金山"即金岭，又称金娑岭，今新疆北部之博格达山。

〔七〕汉家大将，指封常清。西出师，向西出兵征讨。

〔八〕半夜军行，人马均衔枚于口中，以防喧哗被敌方发觉，故寂静中只听到兵器碰撞的声响。

〔九〕五花，唐人喜将骏马鬃毛修剪成瓣以为装饰，分成五瓣者称五花马。连钱，马名。《尔雅·释畜》"青骊驎骓"郭璞注："色有深浅，班驳隐粼，今之连钱骢。"五花马，连钱骢，此处均泛称骏马。旋作冰，指马身上的汗气将落在身上的雪融化，马上又结成了冰。

〔一〇〕草檄，起草讨伐敌人的军事文书。

〔一一〕谓敌人不敢与唐军短兵相接，近距离交锋。短兵，指刀剑一类短兵器，相对于能远距离攻击对方的弓箭弩器一类长兵器而言。句意盖谓敌人慑于唐军强大威势，不敢迎战，闻风而遁。

〔一二〕车师，汉西域国名，此指唐庭州，北庭都护府治所。《旧唐书·地理志三·陇右道·庭州》："金满……后汉车师后王庭。"

黄培芳曰：第一解二句，馀皆三句一解，格法甚奇。"大如斗"者尚谓之"碎石"，是极写风势，此见用字之诀。奇句，亦是用字之妙。（"马毛带雪"二句下）其精悍处以独辟一面目，杜亦未有此。老杜《饮中八仙歌》中，多用三句一解而不换韵，平仄互用，别自一奇格也。（《唐贤三昧集》下）

沈德潜曰：（封大夫）即封常清也。参尝从常清屯兵轮台，故多边塞之作。势险节短。句句用韵，三句一转，此《峄山碑》文法也。《唐中兴颂》亦然。（《重订唐诗别裁集》卷五）

宋长白曰：《弹铗歌》一句，《易水歌》二句，《大风歌》三句。《玄怪录》载唐人三句诗一首："杨柳袅袅随风急，西楼美人春梦中，绣帘斜卷千条入。"以为奇创……岑嘉州《走马川》三句一韵，黄鲁直《画马试院中作》，亦三句一韵，则长篇也。（《柳亭诗话·三句诗》）

宋宗元曰：奇景以奇语状出。（"一川碎石"句下）险绝怕绝，中夜读之，毛发竖起。逐句用韵，每三句一转，促节危弦。无诘屈聱牙之病，嘉州之所以颉颃李、杜而超出于樊宗师、卢仝辈也。（《网师园唐诗笺》）

张文荪曰：本作起笔，忽然陡作"风吼""石走"三句，最奇。下略平叙舒其气，复用"马毛带雪"三句跌荡一番。急以促节收住，微见颂扬，神完气固，谋篇之妙，与《白雪歌》同工异曲。三句一转都用韵，是一格。（《唐贤清雅集》）

方东树曰：奇才奇气，风发泉涌。"平沙"句，奇句。（《昭昧詹言·王李高岑》）

陈仅曰：问：每句用韵，三句一换韵，如岑嘉州《走马川行》，岂其创格，抑有所本邪？答：此体及两句一换韵诗，昔人谓之促句换韵体，实本于《毛诗·九罭》两句一换之格。古辞《东飞伯劳歌》、崔颢《卢姬篇》，皆是本于《匏有苦叶》篇。此格《三百篇》中最多，详见余所作《诗诵》中。大抵后人诗体，无不源出《毛诗》。（《竹林答问》）

王闿运曰：二句一韵，亦取省便。（《手批唐诗选》）

鉴赏

这首诗和《轮台歌奉送封大夫出师西征》所描绘的是同一次史籍失载的军事行动，过去有的学者根据《献封大夫破播仙凯歌六章》，认为此次西征即征播仙（今新疆且末城），诗中的"走马川"即左末河（又称且末河，今新疆车尔成河）。但据诗人《北庭西郊候封大夫受降回军献上》"胡地苜蓿美，轮台征马肥。大夫讨匈奴，前月西出师。甲兵未得战，降虏来如归"等句，这次军事行动是以不战而降人之兵结束的，与《献封大夫破播仙凯歌六章》所描绘的"万箭千刀一夜杀，平明流血浸空城""昨夜将军连晓战，蕃军只见马空鞍"的情景完全不符，当是另一次失载的军事行动。

诗三句一换韵，句句押韵，平仄韵交押，构成六个小节。第一节用"君不见"喝起，紧接着是由两个三字句，一个七字句构成的音节意义单元，展现出此次出师西征所经的地域是从"走马川"到"雪海边"的一片荒漠。远远看去，平沙万里，浩无际涯，大风起处，滚滚黄沙，卷入天空，将整个天宇都染黄了。这正是沙漠地区刮沙尘暴的景象。"入"字写出狂风翻卷黄沙直入天际的动态。

接下来三句，写夜间行军于走马川时狂风走石的景象。"轮台"是出师西征的出发地，"九月"是出师西征的时间，着一"吼"字，写出白天卷沙扬尘的风，到了夜间，更加猛烈，满川大如斗的石头，在狂风的冲击扫掠下，竟满地乱跑。"大如斗"而称"碎石"，自是河川中还有更大的石头；但这"碎石"本身也正是千万年来，狂风吹去冲撞巨石，使之粉身碎骨的结果。而"走"字上冠以"乱"字，又正显示出风力之猛烈。

"匈奴"三句，回笔补叙异族进犯和唐军出师。游牧民族作战多用骑兵，秋天草黄马肥，正是发动掠夺战争的时机，故"草黄马正肥"之后，紧接着就写"金山西见烟尘飞"，表明敌人已经发动了进攻，烽烟战尘正飞扬翻滚而来。而"汉家大将西出师"紧随其后，则显示出所进行的是一场防卫性的战争。"烟尘飞"，写敌人来势汹汹，而"汉家大将西出师"则显得既堂堂正正，又镇定从容。这三句按自然顺序，应放在诗的开头，但那样写，不免平衍，故先极写风沙之狂暴，造成先声夺人的艺术效果，再回过头来从容补叙，并以"西出师"为贯串前后各六句的纽带，点明所写皆西征时行军所见所闻的景象。

"将军"三句，接写夜间行军情景。"金甲夜不脱"，说明军情紧急，也说明将军以身作则，有强烈责任心。"半夜"句实际上交代了"金甲夜不脱"的原因是指挥夜行军。"戈相拨"是个细节，暗示行军时整肃无哗，除了风声外，只偶尔听到兵器轻微碰撞的声响。因为暗夜行军，前后的士兵所持武器不免无意中相撞。"风头"句则突出描绘了将士顶风急速夜行军时的尖锐痛切感受。虽似一句极通俗的大白话，却极真切而明快。

"马毛"三句，进一步渲染半夜行军所遇酷寒。前两句一意贯串，说五花马、连钱骢这样的骏马，马毛上沾满了雪，由于疾速奔驰，却汗气蒸腾；但汗气刚冒出来，马上又结成了冰。将风雪之猛、马驰之快、气候之寒、行军之疾一齐写出。"幕中"句是说如此严寒的深夜，即使是在生着炉火的军幕中起草军事文书，砚台中的水也冻成了冰，更何况是在茫茫雪原中顶风冒雪行军呢？后一句衬托前两句，且顺势带出下三句。

最后三句是对胜利的预期。说在如此纪律严明、威武神勇、不畏艰苦的军队面前，敌人肯定闻风丧胆，不敢与我军短兵相接，我们这些留守后方的幕僚们就在轮台西门等待着将军回师献捷吧。这虽是出师时的祝颂之辞，却真如诗人所料，一个月后就变成了现实。结尾用入声韵，更显示出一种斩截明快的意味，表现出信心百倍、所向披靡的气势。

这首诗标题的方式与《白雪歌送武判官归京》相同，但内容的侧重点却和《白雪歌》正好相反。《白雪歌》的侧重点是抒写塞外八月飞雪的奇丽风光和诗人的豪情壮采，"送别"是次要的，而且它本身就结合着雪景的描写，成为诗人豪情壮采的一个方面。而这首《走马川行奉送出师西征》尽管也写了塞外的飞沙走石、狂风暴雪，但这一切在诗中都只是对"出师西征"恶劣环境的展示，成为唐军将士英勇无畏精神的一种衬托。因此，用艰难酷烈的自然环境衬托豪壮的行军场面、唐军的昂扬士气，就成为这首诗艺术构思和表现手法的一个显著特点。

诗一开始就用重笔勾画出一个翻腾咆哮、凶猛狂暴的自然界。"入""吼""走"三个动词，不但写出风沙逞威肆虐的自然界面貌，而且传出它那带有原始色彩的桀骜不驯的精神和性格。大漠的狂风给人的印象就像是一头发狂的野兽，具有极强的破坏力。这样的自然环境，正显示出这次军事行动的艰苦。下面，又极力渲染夜间的严寒，在风如利刃割面、马汗砚水成冰的情况下急速行军，更显示出唐军不畏艰苦的战斗意志和神勇气概。但用自然界的狂暴、严酷反衬唐军的高昂士气和战斗意志，只是这首诗运用衬托手法的主要方面；与此同时，诗中还用敌人的来势汹汹反衬唐军的镇定从容

（"匈奴"三句），用动来反衬静，用喧腾咆哮的环境来反衬唐军的整肃（"将军"三句），用热来反衬冷（"马毛"二句）。总之，通过多方面的衬托，显示出唐军的浩壮军威、昂扬士气、无畏精神，从而水到渠成地引出"车师西门伫献捷"的胜利预期。

在貌似高度夸张的形容中寓有高度的真实，是这首诗的另一显著特点。诗中诸如"一川碎石大如斗，随风满地石乱走""风头如刀面如割""马毛带雪汗气蒸，五花连钱旋作冰"这些描写，猛一看，会感到都是高度夸张的形容，因为它们与人们日常的感受闻见有很大的距离，但亲历其境，才发现这是高度的真实。这正说明岑诗之"奇"源于真切的生活体验，没有长达数年的边塞生活体验，就不可能写出这样奇警而真实的诗句。

和《白雪歌》在奇丽壮美中融入鲜妍明丽色彩不同，这首诗自始至终都运用粗线条的笔法作大笔勾画濡染，但却又粗中有细，偶亦通过传神的细节描写来表现特定的情境，像"半夜军行戈相拨"就是显例。在狂风怒吼的喧腾声中，连面对面大声说话都不容易听清，因此这"戈相拨"的轻微撞击声只能是在狂风停顿的间隙中听到的，因为在喧腾咆哮的狂风骤停的间隙，环境会显得出奇的静。但如果这支队伍是在人语马嘶的喧闹声中行军，则"戈相拨"之声同样很难被察觉。只有在狂风骤歇，而整个队伍又一直保持高度整肃的情况下，才能听到军戈相碰撞之声。这正是一支纪律严明的队伍暗夜行军时特有的细节。"马毛"二句亦复如此。诚如有的学者所说："写马毛带雪……可知雪之大，雪落在马身上竟不融化，可见寒之烈；就在这样的严寒之中，马身上是蒸腾的汗气，又可见马走之急速；而此蒸腾之汗气，旋即凝结成冰，又衬出寒冷之达于极致。"（罗宗强《唐诗小史》第81页）这种典型的细节所蕴含的信息极其丰富，非亲历而有真正体验者不能道。

历代评家大都注意到此诗句句用韵，三句一转的奇特格式。它有意打破中国传统诗歌以偶数句为一意义、音节单元的格式，破偶为奇，每三句作为一个意义、音节单元，显得节短而势险，别具一种奇峭突兀的风格。这种格式完全适合它所要表达的雄奇气势、紧张军情，体现了内容与形式的高度统一，具有很大的创造性。读这样的诗，如闻战鼓"咚咚咚"之声在有节奏地擂响，节律本身就具有一种催人奋进的力量。

凉州馆中与诸判官夜集〔一〕

　　弯弯月出挂城头，城头月出照凉州。凉州七里十万家〔二〕，胡人半解弹琵琶。琵琶一曲肠堪断，风萧萧兮夜漫漫。河西幕中多故人〔三〕，故人别来三五春〔四〕。花门楼前见秋草〔五〕，岂能贫贱相看老。一生大笑能几回，斗酒相逢须醉倒。

校注

　　〔一〕诗作于天宝十三载（754）秋，诗人赴北庭途经武威时。凉州，《岑嘉州集》诸本均误作"梁州"，据诗中"河西幕"，当为凉州。《全唐诗》作"凉州"。唐陇右道凉州武威郡，河西节度府所在地（治所在今甘肃武威市）。馆，宾馆。判官，节度使僚属。据闻一多《岑嘉州系年考证》及陈铁民《岑参集校注》附岑参年谱，天宝十载暮春岑参自安西至武威，有《武威送刘单判官赴安西行营便呈高开府》《武威送刘判官赴碛西行军》《武威春暮闻宇文判官西使还已到晋昌》《河西春暮忆秦中》《戏问花门酒家翁》《登凉州尹台寺》等诗，约五月始离武威东归长安。此诗有"河西幕中多故人，故人别来三五春"之语，当与天宝十载春夏间在武威停留之事有关。又据戴伟华《唐方镇文职幕僚考》，天宝十二载至十四载，哥舒翰任河西节度使期间，判官有吕諲（度支判官）、田良丘、萧昕、贺兰进明、严武（节度判官）等人，诗题内之"诸判官"，或为上述诸人中为诗人之故交者。

　　〔二〕《元和郡县图志·陇右道下·凉州》："武德二年讨平李轨，改为凉州。置河西节度使，备羌胡……天宝元年，改为武威郡……州城本匈奴所筑……城不方，有头尾两翅，名为鸟城。南北七里，东西三里。"里，《全唐诗》校："一作城。"《通鉴》卷二百十九："武威大城之中小城有七。"则作"里"作"城"各有所据。而《新唐书·地理志》："凉州武威郡……户二万二千四百六十二，口十二万二百八十一。"与岑诗所言"十万家"，相差甚远，或岑参作诗时凉州已增至十万户。

　　〔三〕天宝十载春夏间，岑参东归途中在武威羁留近三个月，当与河西幕中僚属结识；而作此诗之天宝十三载，在河西幕任职之僚属中，除十载结识现仍在河西幕者以外，或有新入幕之其他故交。

〔四〕自天宝十载至十三载，首尾四载，故约称"三五春"。或故人中有别来三春者，有别来五春者。不限于天宝十载羁留武威期间所结交之"故人"。

〔五〕花门楼，岑参天宝十载春夏间在凉州时，有《戏问花门酒家翁》诗，陈铁民《岑参集校注》谓此"花门"即"花门楼"，系凉州客舍之名。按：花门为回纥之别名，回纥西南千里有花门山堡。杜诗有《留花门》诗（诗云："花门天骄子，饱食气勇决。"），"花门"即指回纥。则岑诗之花门酒家翁或指回纥人开酒店者，此"花门楼"或亦可能指回纥人居住之楼舍，与上"胡人"相应。

 笺 评

王夫之曰：出落无一字虚设。（《唐诗评选》卷三）

鉴 赏

在岑参的边塞诗中，这是一首将时代精神、地域特色和诗人个性结合得非常完美的篇章，也是一首极富民歌情调而又生动地展现出军幕文士真率豪爽、洒脱浪漫风貌的篇章，其艺术魅力之强烈，丝毫不亚于《白雪歌送武判官归京》《走马川行奉送出师西征》等最杰出的诗篇。但一千多年来，注意及此的评家却少得出奇。王夫之可算得上是此诗的知音，只可惜他过于惜墨如金，七字之评不免使人感到难尽其妙。

诗共十二句，可以分为前后两段。前段六句，主要写边城凉州的风情。一上来是两个极具民歌风韵的诗句："弯弯月出挂城头，城头月出照凉州。"一弯新月，高挂城头。这城头的月亮，又渐次升高，悬在天空，照亮了整个凉州。两句中"月出"重见，"城头"顶针，固是民歌格调，清新流丽，令人宛见新月清光如水银泻地的态势，同时也显示两句所写景象，有一个时间上的间隔、接续过程。即上句所写是新月初出、挂在城头时的景象，下句所写则是城头的月亮高挂中天、映照全城的景象。两个"月出"，写的是不同时段的景象，词虽相同，却包含了时间的推移和景象的变化。这样来理解，方能品味其风神摇曳之美，而无繁复芜累之弊。

623

三、四两句，再用顶针格紧承次句，展现出在月亮清光映照下"凉州七里十万家"的全景。唐代的凉州，由于其地处中西交通要冲，不仅是军事重镇，而且是繁华的都会和中外文化交流的枢纽。"七里"既是实写，"十万家"当亦为唐代全盛时期凉州繁盛景象的真实反映。但由于地处西北边陲，向为胡汉民族杂居之地，因此它的风貌又显别于内地的繁华都市。"胡人半解弹琵琶"，便是这个胡汉杂处都会异域风情的生动写照。琵琶本为胡乐，故当地胡人之善弹琵琶自属常情。音乐向来是民族风情的鲜明体现，故这"七里十万家"的凉州城中，在月亮清光映照下，到处响起一片参差错落的琵琶声乃至伴随的胡歌声时，这边城的异域情调、民族风情便显得十分浓郁。由于是在月夜，对边域风貌的感受主要诉之听觉，故写"胡人半解弹琵琶"，正是写异域情调的简洁传神之笔。两句境界开阔，情调安闲，体现出全盛时期的唐代凉州繁华而安定的面貌，其中闪现着时代的面影。

五、六两句，三用顶针格，写月夜闻琵琶声的感受。"肠堪断"，是形容琵琶声感染力之强烈。"风萧萧"用荆轲《易水歌》中成语，"夜漫漫"用宁戚《饭牛歌》"长夜漫漫何时旦"而稍加变化，均随手拈来，自成妙趣，无原作中之悲壮与苦闷，却渲染出了一片西北边域特有的神韵。在寒风萧萧、长夜漫漫的环境中聆听这参差起伏的琵琶声，那种身处边域异乡的阔远中带点凄清的感受便变得十分强烈了。

后段六句，转写"与诸判官夜集"。"河西幕中"二句，点明"夜集"者除了身为客人的诗人自己外，多为河西幕中昔日相识的故交，而自己同这些故交别来已经三年五载了。"三五春"是不定之词，意在说明分别时间不尽相同，而时光倏忽、一别经年的感慨自寓其中，这便自然引出下面的人生感慨。

"花门楼前见秋草，岂能贫贱相看老。"花门楼前，秋草已衰，时光倏忽，人生有限，但自然界的盛衰荣枯在诗人心中引起的却不是消极的感叹，而是"岂能贫贱相看老"的豪情壮志。诗人天宝八载（749）首次赴边，是怀着"万里奉王事，一身无所求。也知边塞苦，岂为妻子谋"（《初过陇山途中呈宇文判官》），"功名只向马上取，真是英雄一丈夫"（《送李副使赴碛西官军》）的雄心前往的，但首尾数载，竟未实现夙愿。此番重赴西北边塞，仍抱着"勤王敢道远"（《发临洮将赴北庭留别》）的壮怀，故有此语。话说得率真坦荡，是盛唐文人的本色语。

"一生大笑能几回，斗酒相逢须醉倒。"结尾两句，由"岂能贫贱相看老"句对前途的执着与乐观，转出对当前处境的豪爽旷达态度。尽管彼此目前仍身处贫贱，但均志存高远，相信定会有建功立业抱负实现之时，则自当笑对人生，想到一生之中有多少次能尽情大笑，故友相逢，自当开怀痛饮醉倒于宴席之上。这一结，将故友相逢宴集的淋漓兴会和豪情逸兴推至极致，诗人的浪漫情怀和不羁个性、骏爽风采也得到了生动的表现。

这是典型的盛唐之音。它的豪旷不同于苏轼的作品，在旷达中蕴含着人生的悲慨，而是表现出更多的洒脱和浪漫。它的背后，有"天生我材必有用"的乐观自信作支撑。

邯郸客舍歌〔一〕

客从长安来，驱马邯郸道。伤心丛台下〔二〕，一带生蔓草〔三〕。客舍门临漳水边〔四〕，垂杨下系钓鱼船。邯郸女儿夜沽酒〔五〕，对客挑灯夸数钱〔六〕。酩酊醉时月正午〔七〕，一曲狂歌垆上眠〔八〕。

校注

〔一〕据陈铁民《岑参年谱》，开元二十七年（739），岑参游河朔。春自长安经古邺城至邯郸。邯郸，战国时赵国都城，旧址在今河北邯郸市西南。唐于邯郸置县，属洺州。

〔二〕丛台，战国时赵国所筑台观，在邯郸城内。因数台相连，故名。《汉书·高后纪》颜师古注："连聚非一，故名丛台，盖本六国时赵王故台也，在邯郸城中。"又《地理志》："丛台在邯郸，赵武灵王筑。"东汉时犹存。

〔三〕一带，犹一片、到处。带，《丛刊》本作"旦"。

〔四〕漳水，发源于今山西南部，有清漳、浊漳两水，东南流至今河南、河北两省边境，合为漳河（水）。漳水离唐时邯郸县有一段距离，此云"客舍门临漳水边"，或系邯郸道旁之客舍。

〔五〕沽，卖。

〔六〕《后汉书·五行志》载桓帝时京都童谣曰："河间（战国时赵地）姹女（少女）工数钱，以钱为室金为堂。"

〔七〕月，《全唐诗》原作"日"。《丛刊》影明本注云："本作月。"兹据改。月正午，指月至天中，午夜。

〔八〕垆，酒肆中安放酒瓮的炉形土台。辛延年《羽林郎》："胡姬年十五，春日独当垆。"《世说新语·任诞》："阮公（籍）邻家妇有美色，当垆沽酒。阮与王安丰常从妇饮酒，阮醉，便眠其妇侧。夫始殊疑之，伺察终无他意。""垆上眠"当暗用阮籍之事，以表现浪漫不羁之情怀个性。

唐汝询曰：此记客中之事。言我来自长安，而睹丛台之荒没，就客舍而值春景之方佳，因沽酒而识当垆之窈窕。凡此三者，不足痛饮乎！是以夜醉而昼犹卧，且寄情于歌云。（《唐诗解》卷十七）

郭濬曰：妙于写事，不复为愁语。（《增定评注唐诗正声》）

周珽曰：远过赵地，致慨故台之荒没。以初至客舍叙起。门临漳水，柳系渔舟，客舍之景足佳也。沽酒女儿挑灯夸钱，客舍之事可趣也。狂歌痛醉，昼而犹卧，客舍之乐自得也。逸调，却有神色。（《删补唐诗选脉笺释会通评林·盛七古五》）

吴山民曰：女儿夸钱，东汉童谣语，拈入诗便是诗料。（同上引）

王夫之曰：浅而不短，较张谓《湖上对酒作》，岂不有都野之别。看他转韵，不用承合，自然浃洽处，岂非歌行独步？（《唐诗评选》卷三）

徐增曰："客从长安来"，当是关中大侠。"驰马邯郸道"，驰马而过，意若不欲于邯郸暂一顿足者。见赵武灵王所建之丛台，一旦生此蔓草于其上，霸图已矣，为之伤心。于是觅酒家大醉以消之。乃见客舍，门临漳水，垂杨一带，下系渔船，尽是有酒之处。邯郸女儿当垆，至夜犹沽酒。每对客，挑灯明亮，在光中卖弄数钱之快。邯郸女儿无检束至此，而此从长安来之客，自午间已在此沽酒，饮至大醉，不知高下，便横卧于垆上，到此挑灯时方醒。一曲狂歌，响若鲸吼，直使女儿手中钱惊落地上，遑知其夸数钱不夸数钱哉！疏辣爽快，的是汉子语。（《而庵说唐诗》卷六）

王尧衢曰：此篇五七言互用，如《登（古）邺城》，此多二句（略）。"邯郸女儿夜沽酒，对客挑灯夸数钱。酩酊醉时日正午，一曲狂歌垆上眠。"（略）此长安来之客，自午间酒醉横眠垆上，至此挑灯时始醒。一曲高歌，依先倒著，将夸数钱之女儿猛吃一惊，夸个甚么。此皆从作诗者所

见写出。(《古唐诗合解》卷三)

唐人漫游诗，是唐诗中一个卓有成就的艺术品种。它不仅生动地描绘了各地的山川风物、风土人情、名胜古迹，而且表现了诗人的生活情趣和精神风貌。岑参的这首《邯郸客舍歌》，记录了他北游河朔途中的一个生活片段，写得极其灵动跳脱，俊逸流丽，富于新奇浪漫的生活气息和生活情趣。

诗采用五七言杂用的短古形式。前四句五言叙写自己从长安来驱马邯郸道上的经历和丛台访古的见闻感受。纯用简笔叙事抒情，即使是丛台怀古这样一个可以写一首长篇七古的题目，也只用"伤心丛台下，一带生蔓草"二语轻轻带过。这一方面固然是由于题为"邯郸客舍歌"，前四句主要是用来交代行程，引出"邯郸客舍"，笔墨不宜在丛台怀古上黏滞；另一方面也可能由于在此之前已写过一篇《登古邺城》的登临怀古诗，此处再写丛台访古，意蕴、笔法均易重复。

后六句改用七言句式，押韵也由前四句之押去声转为平声韵，显示出所写内容、意蕴的转换。五、六句先写客舍所在：门临漳水，水边垂柳挂丝，下系渔船。寥寥二语，信笔点染，风光如画。而这钓鱼船所钓的鱼又正是乡间旅舍现成的下酒佳肴。从而自然过渡到下句的"沽酒"，衔接自然，有神无迹。

七、八句正面写客舍主人——"邯郸女儿"，却不对她的容貌装束风姿作任何具体描绘，而是别出心裁地选取了一个"夸数钱"的镜头。这位年轻的女店主，一边卖酒，一边在面对客人挑亮灯盏，在灯下数着酒钱。"夸"字或谓是"大"的意思，恐非。夸即夸耀、夸示，"夸"字要和"对客"联系起来品味。这位邯郸女儿生长于客舍，见惯邯郸道上来来往往的行人客商，有少女的天真无邪，却无半点少女的羞怯，她对自己的经营颇为自豪，竟面对着陌生的旅客在夸耀式地大声数钱，展示自己的业绩。"数钱"的字面也许跟"河间姹女工数钱"有些关系，但"对客挑灯夸数钱"这个细节绝对是来自亲历的生活体验。这幅素描，将"邯郸少女"的神情姿态、口吻性情描绘得极生动、逼真而传神，而且把中世纪路边客舍之夜的气氛也渲染得极富情趣，称得上是写生妙笔，较之前两句纯写客舍景物显得更富生趣。

在这种气氛熏染下，生性好奇而浪漫的诗人不禁为之心醉。于是而沽酒

岑
参

627

买醉，痛饮狂歌，喝到尽兴时酩酊大醉，于一曲狂歌声中颓然眠卧于酒垆边。这时一轮明月，正挂中天。这两句写身为客子的诗人身心俱醉的快感，写得情景交融，畅快淋漓，极具浪漫色彩。

诗的前后两段，一写邯郸访古，一写客舍夜饮，一简一繁，适成鲜明对照。从对比中可以明显感到，较之访古，诗人对现实生活中的新奇浪漫情事的兴趣要浓厚得多。这跟高适诗多怀古之作有明显区别。岑参日后两度出塞，诗中充满对塞外奇异风光的好奇和浪漫情趣的抒写，在早期的行旅诗中已经有明显的表现。而这首诗中充溢着的浓郁的生活气息，也使得它虽历经千余年的时光，却仍然新鲜如在目前。

奉和中书舍人贾至早朝大明宫〔一〕

鸡鸣紫陌曙光寒〔二〕，莺啭皇州春色阑〔三〕。
金阙晓钟开万户〔四〕，玉阶仙仗拥千官〔五〕。
花迎剑珮星初落〔六〕，柳拂旌旗露未干〔七〕。
独有凤凰池上客〔八〕，阳春一曲和皆难〔九〕。

校注

〔一〕此诗作于乾元元年（758）春暮，系和中书舍人贾至之作。贾至（718—772），字幼邻（一作幼几），洛阳人。天宝元年（742）明经擢第。安史乱起，从玄宗入蜀，迁中书舍人。乾元元年春，贾至作《早朝大明宫呈两省僚友》，杜甫、岑参、王维均有和作。岑参时任右补阙。大明宫，初建于贞观八年（634），名永安宫，九年改名大明宫。有三十三门。正门（南门）为丹凤门，正殿为含元殿，其北为宣政殿。自唐高宗龙朔三年（663）迁往大明宫听政，直至唐末，历代皇帝大都在此听政，国家大典多在此举行。故址在今陕西西安市北龙首原上，有大明宫遗址公园。《丛刊》本题作《奉和中书贾至舍人早朝大明宫》。

〔二〕紫陌，指京城的街道。

〔三〕皇州，指帝都、京城。阑，晚、尽。

〔四〕金阙，华美的宫阙。万户，指皇宫的千门万户。《史记·孝武本纪》："于是作建章宫，度为千门万户。"

〔五〕玉阶，皇宫中以玉石砌成或装饰的台阶。《文选·班固〈西都赋〉》："玄墀扣砌，玉阶彤庭。"张铣注："玉阶，以玉饰阶。"仙仗，指皇帝的仪仗。

〔六〕剑珮，指上朝官员佩戴的剑和佩饰。《旧唐书·舆服志》："朝服，冠、帻、缨……剑、珮、绶。一品已下，五品以上，陪祭，朝飨、拜表大事则服之。七品已上，去剑、珮、绶，馀并同。"

〔七〕旌旗，指皇帝仪仗中的旗帜。

〔八〕凤凰池，指中书省。《晋书·荀勖传》："勖自中书监除尚书令，人贺之，勖曰：'夺我凤凰池，诸君何贺邪？'"凤凰池本为禁苑中池沼。魏晋南北朝时设中书省于禁苑，掌管机要，接近皇帝，故称中书省为凤凰池。此以"凤凰池上客"指时任中书舍人的贾至。

〔九〕《阳春》，古代乐曲名，系高级曲调。宋玉《对楚王问》："客有歌于郢中者，其始曰《下里》《巴人》，国中属而和者数千人。其为《阳阿》《薤露》，国中属而和者数百人。其为《阳春》《白雪》，国中属而和者不过数十人……是其曲弥高，其和弥寡。"此以《阳春》一曲指贾至的原唱曲高和难。

笺评

胡仔曰：老杜《和早朝大明宫》诗，贾至为唱首，王维、岑参皆有之。四诗皆佳绝。（《苕溪渔隐丛话·前集·杜少陵五》）

杨万里曰：七言褒颂功德，如少陵、贾至诸人倡和《早朝大明宫》，乃为典雅重大。和此诗者，岑参云："花迎剑珮星初落，柳拂旌旗露未干。"最佳。（《诚斋诗话》）

方回曰：按此四诗倡和在乾元元年戊戌之春。唐肃宗至德二载丁酉九月，广平王复长安。子美以是年夏间道奔凤翔，六月除左拾遗。十月肃宗入京师，居大明宫，贾至为中书舍人，岑参为左补阙。十二月六等定罪，王维降授太子中允。四人早朝之作，俱伟丽可喜，不但东坡所赏子美"龙蛇""燕雀"一联也。然京师喋血之后，疮痍未复，四人虽夸美朝仪，不已泰乎！（《瀛奎律髓》卷二）

谢榛曰：贾则气浑调古，岑则词丽格雄，王、杜二作，各有短长，其次第犹是一辈行。（《四溟诗话》卷一）

胡应麟曰：岑通章八句，皆精工整密，字字天成。颈联绚烂鲜明，早朝意宛然在目。独颔联虽极壮丽，而气势迫促，遂至全篇音韵微乖。不尔，当为七言律冠矣。王起语意偏，不若岑之大体；结语思窘，不若岑之自然；颈联甚活，终未若岑之骈切；独颔联高华博大，而冠冕和平，前后映带，遂令全首改色，称最当时。大概二诗力量相等，岑以格胜，王以调胜；岑以篇胜，王以句胜；岑极精严缜匝，王较宽裕悠扬。（《诗薮》）

顾璘曰：岑参最善七言，兴意音律不减王维，乃盛唐宗匠。此篇颉颃王、杜，千古脍炙，贵乎皆见"早朝"二字，中间二联分大小景。结引故实，亲切条畅。（《批点唐音》）

郭濬曰：雄浑足敌王、李，而神彩独胜。（《增定评注唐诗正声》）

田子艺曰：诸公倡和，此当为首，惜"寒""阑""干""难"四韵不佳耳。（《唐诗广选》引）

唐汝询曰：此言趣朝而鸡始唱，故曙光犹寒，既而闻莺声，则知春将暮矣。斯时也，钟鸣而宫门辟，仗出而朝班齐。花柳芳菲，星沉露滴，早朝之景丽矣。然能赋此景者，其惟凤池之舍人乎？舍人之诗，真《阳春》寡和者也。……然岑、王矫矫不相下，舍人则雁行，少陵当退舍。盖尺有所短，寸有所长，不当以一诗议优劣也。（《唐诗解》卷四十三）

陆时雍曰：唐人《早朝》，惟岑参一首，最为正当，亦语语悉称，但格力稍平耳。老杜诗失"早"字意，只得起语见之。"龙蛇""燕雀"，亦嫌矜拟太过。"眼前有景道不得，崔颢题诗在上头"，此语可参诗家妙语。朱晦翁云："向来枉费推移力，此日中流自在行。"乃知天下事枉费推移者之多也。（《诗镜总论》）

周敬曰："皇""紫"假对。"星""露"二字实诗眼。通篇心灵、脉融、语秀，作廓庙古衣冠法物，令人对之魂肃神敛。不特《早朝》诸什此为首唱，即举唐七律取为压卷，何让？（《删补唐诗选脉笺释会通评林·盛七律上》）

周珽曰：鸡鸣天曙，莺啭春深，钟动宫辟，仗出班齐，花柳芳菲，星露沉莹，赋早朝之景，无如此富丽，无如此勘切。贾诗固称难和，而此宁非《阳春》《白雪》乎！雄浑秀朗，王、杜虽与并称，自当让一马头。或谓早朝诗用"寒""阑""干""难"险韵，似属吹毛。诸家取唐七言律压卷者，或推崔司勋《黄鹤楼》，或推沈詹事《独不见》，或推杜工部"玉树凋残""昆明池水""老去悲秋""风急天高"等篇，然音响重薄、气格高下，俱前有确论。斑谓冠冕庄丽，无如嘉州《早朝》；淡雅幽寂，莫过右丞《积雨》，澹斋翁以二诗得廊庙、山林之神髓，欲取以压卷，真足空古准今，质之诸家，亦必以为然也。（同上）

黄家鼎曰：说"朝"是朝，说"早"是早，说"和"是和，题中一意不漏。（同上引）

蒋一梅曰：冠裳珮玉，擅美千古。（同上引）

邢昉曰：早朝诗第一，在右丞上，杜公不足骖驾。（《唐风定》）

金圣叹曰：（前解）此亦全依贾舍人样，前解通写早朝，后解通写两省也。若其争奇竞秀，又各有不同者。看他欲写千官入朝，却将一、二反先写千官未入朝时。夫千官未入朝时，则只须"鸡鸣"七字，便写"早"字无不已尽，而今又更别添"莺啭"七字者，意言如此风日韶丽，谁不诗情满抱！然而下朝以后各供乃职，王事蹇蹇，竟成不暇，便早为结句"独有"字、"皆难"字反衬出异样妙色。此又为右丞之所未到也。（后解）五、六不惟星落露干，只就看见花柳，便是朝散解严之役也。此时合殿千官，无不纷纷并散，而独有凤池诸客，共以和曲为难。呜呼！因读书得作官，既作官仍读书，言和曲虽难，然此难岂复他官之所有哉？（《贯华堂选批唐才子诗》卷二）

王夫之曰：刻写入冥，如两镜之取影，《毛诗》"庭燎有辉""言观其旂"，以状夜向晨之象，景外独绝，千载后乃得"花迎剑佩"一联，"星落"乃知花之相迎，旂之拂柳也。《三百篇》后不可无唐律者以此。（《唐诗评选》卷四）

毛先舒曰：《早朝》倡和，舍人作沈婉秾丽，气象冲远，自应推首。"衣冠身"三字微拙。右丞典重可讽，而冕服为病，结又失严。嘉州句语停匀华净，而体稍轻飏。又结句承上，神脉似断。工部音节过厉，"仙桃""珠玉"近俚，结使事亦黏滞，自下驷耳。四诗互有轩轾。予必贾、王、岑、杜为次也。（《诗辩坻·唐后》）

周容曰：《早朝》四诗，贾舍人自是率尔之作，故起结圆亮而次联强凑。少陵殊亦见窘。世皆谓王、岑二诗，宫商齐响。然唐人最重收韵，岑较王结更觉自然满畅。且岑是句句和早朝，玉、杜未免扯及未朝、罢朝时矣。（《春酒堂诗话》）

王谦曰：又闻研之者谓，诸公倡和，此当为首，唯"寒""阑""干""难"四韵不佳。此虽不必论，然应制作中最恐有人摘破也。（《碛砂唐诗纂释》）

黄生曰：此题贾至首倡，王维、杜甫、岑参三人和之。贾作平平耳，王衣服字太多，杜五句遽云"朝罢"，稍觉伤促，固当推此诗擅场。看他"紫陌""春色""莺""柳""剑珮""凤池"等字皆公然取之贾诗，则运用不同，气色迥别。与此诗并观，低昂不待辨矣。结美其首倡，唐人和诗必如此。又曰：尾联补题。凡题中字，题中意有未尽者，于尾联补足之。此七句补"贾舍人"，八句补"和"字。（《唐诗摘抄》卷三）

朱之荆曰：首句点"早"字，次补"春"字。三、四则大明宫之早朝也。五、六写早朝之景，合首二句而摹之也。七点舍人，八点和意。唐制：每朝会，以四十六人立内廊外，号曰"内仗"，朝罢放仗。曰"仙仗"，曰"天仗"，皆颂辞也。"迎"一作"明"，似与晓光较切。重一"春"字，而意义不同，不见重复，反有借应之妙。（《增订唐诗摘抄》）

查慎行曰：首联对句不觉，五、六两句不脱早朝。（《瀛奎律髓汇评》引）

何焯曰：倡和诸篇，斯为稍弱。（同上）又曰："曙光"下接一"寒"字，"早"意生动。"皇州"以"黄"字借对"紫陌"，平起却不觉其板。（《唐律偶评》）

纪昀曰：五、六句方说晓景，末二句如何突接？究竟仓皇少绪。（同上）

许印芳曰：首联对起，借"皇"为"黄"也。末句"春"字复次句。又曰：中四句原佳，晓岚不取，未免苛刻。（同上）

无名氏（甲）曰：此首虽不及杜，然较之于王，又觉通利，无夹杂之病。（同上）

无名氏（乙）曰：精工著题，论者推此为四诗之异，然人工则跻极，天峻不可羁，当逊贾、王。（同上）

杨逢春曰：首二对起，一领"早"字。（《唐诗绎》）

吴昌祺曰：此诗用意周密，格律精严，当为第一。"花迎"二句或谓为两截语，非也。盖言迎于星落之时，拂于露湛之际耳。"独""皆"二字相唤。（《删订唐诗解》）

屈复曰：一明写"早"字，二暗写"朝"字，又点春时。三、四分写，五、六合写。七、八"和"，"独""皆"字又相呼应。题是"早朝"，"早"字最要紧。看其分合照应，花团锦簇，天衣无缝。诸《早朝》诗此首第

一。(《唐诗成法》)

赵臣瑗曰：此诗亦是六句专写早朝，末联才归重两省者。而其写早朝也，正大之中，复饶风致。其归重两省也，则专主称美贾舍人之作。虽各出手眼，固可并垂不朽。(《山满楼笺注唐诗七言律》)

沈德潜曰：《早朝》倡和诗，右丞正大，嘉州明秀，有鲁、卫之目。贾作平平。杜作无"朝"之正位，不存可也。(《重订唐诗别裁集》卷十三)

翁方纲曰：古人唱和，自生感激。若《早朝大明宫》之作，并出壮丽；《慈恩寺塔》之咏，并见雄宕。率由兴象互相感发。(《石洲诗话》卷一)

冒春荣曰：施愚山闰章论王维、岑参、杜甫和贾至《早朝》诗，惟杜甫无法。既题《早朝》，则"鸡鸣""晓钟""衣冠""阊阖"，律法如是矣。王维歉于岑参者，岑能以"花迎""柳拂""阳春一曲"，补舍人原唱"春色"二字，则王稍减耳。其他无不同者。(《葚原诗说》卷二)

黄叔灿曰：结语王、杜俱收到舍人，此独以和贾说，亦各见笔墨。(《网师园唐诗笺》)

吴烶曰：赋诗之妙，如《阳春》高曲，和者几人哉！(《唐诗选胜直解》)

梅成栋曰：如仙乐之竞作，似丹凤之长鸣。(《精选七律耐吟集》)

靳荣藩曰：唐人七律或以岑嘉州"鸡鸣紫陌"为压卷，或以杜子美"风急天高"为压卷，或又以《黄鹤楼》诗为压卷，迄难定论。然岑诗乃台阁第一，杜诗乃山林第一，崔诗乃游览第一。若于二诗强作甲乙，则偏矣。(《绿溪语》)

方东树曰：起二句"早"字。三、四句大明宫早朝。五、六正写朝时。收"和"。诸句称，原唱及摩诘、子美，无以过之。(《昭昧詹言·盛唐诸家》)

施补华曰：和贾至舍人《早朝》诗，究以岑参为第一。"花迎剑珮""柳拂旌旗"，何等华贵自然。摩诘"九天阊阖"一联，失之廓落；少陵"九重春色醉仙桃"，更不妥矣。诗有一日短长，虽大手笔不免也。(《岘佣说诗》)

胡本渊曰：《早朝》唱和诗，明秀莫过于嘉州。王右丞亦正大。原唱平平。杜作无"朝"之正面，自是不及。(《唐诗近体》)

阙名曰：《早朝大明宫》诗，以嘉州为第一，精神色泽，种种绝妙，"明秀"二字不足以尽之。(《唐诗五七言近体五七言绝句选评》)

岑参

633

吴汝纶曰：庄雅秾丽，唐人律诗，此为正格。（《唐宋诗举要》卷五引）

王闿运曰：合沓无变化。（《湘绮楼说诗》卷一）

杨秀莺曰：霭霭春云丽绛霄，龙池柳色映千条。侍臣想象岑王集，正有新篇赋早朝。（《论诗绝句》十二）

许奉恩曰：紫陌春明事早朝，舍人得句和群僚。玉阶仙仗开金阙，应许嘉州气象超。（《兰苕馆论诗》六十三）

曾习经曰：兼工众体盛唐时，屈指王岑有定辞。强与较量聊举似，玉阶仙仗早朝诗。（盛唐众体皆工，数右丞、嘉州。《早朝》诗岑尤特绝。元端欲推右丞，余未许也。）（《壬子八九月间所读书题诗十五首》十）

　　附：贾至原唱《早朝大明宫呈两省僚友》：
　　　　　　银烛朝天紫陌长，禁城春色晓苍苍。
　　　　　　千条弱柳垂青琐，百啭流莺绕建章。
　　　　　　剑珮声随玉墀步，衣冠身惹御炉香。
　　　　　　共沐恩波凤池上，朝朝染翰侍君王。

　　王维《和贾舍人早朝大明宫之作》：
　　　　　　绛帻鸡人报晓筹，尚衣方进翠云裘。
　　　　　　九天阊阖开宫殿，万国衣冠拜冕旒。
　　　　　　日色才临仙掌动，香烟欲傍衮龙浮。
　　　　　　朝罢须裁五色诏，佩声归到凤池头。

　　杜甫《奉和贾至舍人早朝大明宫》：
　　　　　　五夜漏声催晓箭，九重春色醉仙桃。
　　　　　　旌旗日暖龙蛇动，宫殿风微燕雀高。
　　　　　　朝罢香烟携满袖，诗成珠玉在挥毫。
　　　　　　欲知世掌丝纶美，池上于今有凤毛。

634

在盛唐诗坛上，天宝十一载（752）秋的登慈恩寺塔唱和，乾元元年

（758）春的早朝大明宫唱和，称得上是后先辉映的诗坛盛事。两次唱和的诗人中，除薛据、储光羲和贾至外，高适、岑参、王维、杜甫四人都是当时第一流的大诗人。这种诗歌唱酬活动，参与的诗人本身自然有各自施展诗才的竞赛意识，后代的诗评家也就因此纷纷评其高下优劣，甚至为之排列名次。这些评论，虽因评论者本身的艺术眼光、趣味的不同而有参差，但越到后来，总体的看法逐渐趋于一致。如果说，争论唐人七律、七绝孰为第一殊属无谓，也根本不可能得出一致的结论，那么，这种同题同体的唱和诗思想艺术的高下却是大体上可以得出比较一致的结论的。如登慈恩寺塔诗，杜作思深虑远，象征手法运用亦出神入化，自非馀作可及，岑诗亦气势雄伟奇峻，境界高远阔大，体现出盛唐诗雄浑高华的风貌，为高、储二作所不及。而早朝大明宫唱和诗，则贾至原唱平平，杜作亦未见出色，已成公论。王、岑二作，虽各有短长，但就整体而言，岑作较为匀称，亦为共识。

起联点"早""春"，系写"早朝"前情景。细味诗意，当是写参加早朝者循京城大道前往大明宫路上所见所闻：在华美的京城大道上骑马行进，传来鸡鸣的报晓声，清晨的曙色还略带寒意；皇州京城之中，流莺鸣啭，春色已经很深。之所以要点明季节，是因为贾至的原唱中即标明"春色"，故岑、杜二作亦均点明这个季节背景，下面的有关描写亦与此密切相关。

领联正面描绘大明宫早朝景象，上句写金阙晓钟响过，大明宫的千门万户纷纷开启；下句写玉饰的台阶上排列着皇帝的仪仗，上朝的官员聚集排班。"金阙""玉阶"，见宫殿之华美壮丽；"开万户""拥千官"，见宫殿规模之广大与上朝官员之众多。两句词采华丽，境界壮阔，气象博大，体现出大唐王朝泱泱大国的宏伟气度。而上下句之间，时间上有先后，显示出正在进行中的活动场景。

腹联仍写早朝景象，却转从侧面，借春晨物色加以烘托渲染。官员身上的"剑珮"，仪仗队中的"旌旗"，是上朝者身份与皇家威仪的象征，点出这两种物象，作为两句的核心意象，正紧扣宫廷早朝，而"花迎""柳拂"二语，不但点明时令、春色，而且使全联在华美庄严中显出了轻清流动的意致。"星初落""露未干"则进一步点明"早"字。全联色彩鲜明绚丽，对仗工整，风致天然。早朝诗不专从华美庄严着笔，而是点染出一片俊逸风流的意致，可称别具手眼。

早朝景象至此已作了充分的描绘，尾联转笔写"奉和中书舍人"之意。"凤凰池上客"点"中书舍人贾至"，"阳春一曲"指贾之原唱，赞美其诗如

《阳春》《白雪》之高唱。"和皆难"，不但点明"和"字，而且连同王维、杜甫的难以继和的意思也包括进去了。这是奉和诗必有的笔墨，用典雅切，结得也很得体。但五、六句与七、八句之间，确有纪昀所评的转接突兀之病，而王、杜二作，则收束承接得比较自然。

四首早朝大明宫诗，都有一个共同的特点，就是极力渲染宫廷早朝的华贵庄严气象，这自是早朝诗常见的风貌。但结合当时两京初复，安史之乱仍在继续的情势，四位诗人都不免有刻意渲染盛世景象的意向。这虽然也表现了诗人们的美好愿望，但不免有粉饰太平之感。尤其是像"九天阊阖开宫殿，万国衣冠拜冕旒"的诗句，若作于开元盛世，庶几近似；作于疮痍满目的乾元初年，就有些故意张大其词，不免遭肤廓之讥了。

行军九日思长安故园 时未收长安 [一]

强欲登高去 [二]，无人送酒来 [三]。
遥怜故园菊，应傍战场开 [四]。

校注

〔一〕行军，即行营，此指唐肃宗设在凤翔的行营。岑参《行军二首》之一："我皇在行军，兵马日浩浩。"又有《凤翔府行军送程使君赴成州》诗，"行军"均指凤翔行营。据题下自注，此诗当作于至德二载（757）重阳节。九日，即九月九日重阳节。这一年的九月二十八日，唐军收复长安。隋江总有《于长安归还扬州九月九日薇山亭赋韵》诗曰："心逐南云逝，形随北雁来。故乡篱下菊，今日几花开？"岑参此诗用韵、构思均仿江总诗，系追步其原韵之作。时岑参在凤翔行在任右补阙。

〔二〕登高，指重阳节登高的习俗。吴均《续齐谐记·九日登高》："汝南桓景随费长房游学累年。长房谓曰：'九月九日汝家中当有灾，宜急去，令家人各作绛囊盛茱萸以系臂，登高、饮菊花酒，此祸可除。'景如言，齐家登山。夕还，见鸡犬牛羊一时暴死。长房闻之，曰：'此可代也。'今世人九日登高饮酒，妇人带茱萸囊，盖始于此。"

〔三〕《艺文类聚》卷四引《续晋阳秋》："陶潜尝九月九日无酒，出宅边

636

菊丛中，摘菊盈把，坐其侧。久之，望见白衣人至，乃王弘送酒也。即便就酌，醉而后归。""送酒"暗用其事。

〔四〕《通鉴·至德二载》："（九月）丁亥，元帅广平王俶将朔方等军及回纥西域之众十五万，号二十万，发凤翔……壬寅，至长安西，陈于香积寺北，沣水之东。李嗣业为前军，郭子仪为中军，王思礼为后军，贼众十万，陈于其北……贼伏精骑于陈东，欲袭官军之后，侦者知之。朔方左厢兵马使仆固怀恩引回纥就击之，剪灭殆尽，贼由是气索。李嗣业又与回纥出贼陈后，与大军夹击，自午及酉，斩首六万级，填沟堑死者甚众，贼遂大溃……迟明谍至，守忠归仁与张通儒、田乾真皆已遁矣。癸卯，大军入西京。"是年重阳节，正是收复长安前夕唐军与叛军准备在长安城下决战的时刻，故有"遥怜故园菊，应傍战场开"之想象。

岑参

ⓐ 评

方回曰：悲感。（《唐诗品汇》卷四十引）

顾华玉曰：妙在（《唐诗选脉》引作"所贵于"）二十字中备见题意。（《唐诗广选》引）

唐汝询曰：客中寂寞，未若故园之惨。菊傍战场，佳景安在！悲歌可以当泣者此也。时至德二载，禄山陷长安。（《唐诗解》卷二十二）

徐中行曰：但点"战场"二字，无限悲怆。（《删补唐诗选脉笺释会通评林·盛五绝》引）按：叶羲昂《唐诗直解》云："点'战场'字，无限悲怆。"当袭徐氏之评。

徐增曰：此诗以看菊为主，登高为宾。登高昔以避灾，今以行乐，于家为常。今在军中，何必登高？"强欲登高"，以身不在故园，无人送酒，寂寞不过，欲借以消遣。且故园有菊，我遥怜之。时方丧乱，故园之处，皆为战场。昔我在家，菊花相对，大不寂寞。今我身在戎马之间，不能赏菊，而菊开只好傍战场而已。人寂寞，我亦寂寞，我亦怜菊，菊亦遥怜我，我岂有登高之心哉！（《而庵说唐诗》卷八）

637

沈德潜曰：可悲在"战场"二字。（《重订唐诗别裁集》卷十九）

宋顾乐曰：但见"战场"二字，便无限悲怆，非泛泛故园之思。（《唐人万首绝句选》评）

俞陛云曰：花发战场，感时溅泪，况未休兵，谁能堪此！嘉州《见渭

水思秦川》诗云云，亦思乡之作。心随水去，已极写乡思，而此作加倍写法，感叹尤深。（《诗境浅说》续编）

刘永济曰：此诗因欲登高而感于无人送酒，又因送酒无人而联想及故园之菊，复因菊而远思故乡在乱中。所谓弹丸脱手，于此诗见之矣。（《唐人绝句精华》）

重阳节有登高、饮菊花酒、赏菊的传统习俗，这首作于重阳节的小诗即围绕上述情事展开抒写。但由于是在一个特殊的地点（凤翔行营）和特殊的背景（时未收长安）中度过重阳节，诗人想起上述情事时却完全是另外一番滋味。

首句先说登高。重阳佳节登高，都是全家人一起进行。这从节俗的起源（为避灾而齐家登山）以及王维的《九月九日忆山东兄弟》"遥知兄弟登高处，遍插茱萸少一人"都可看出。登高之俗也就带有全家欢聚团圆的意味。但这次是自己独自一人在凤翔行营，而妻子女儿兄弟却在长安故园，因此虽因时逢重阳而想到登高，却丝毫没有登高的兴致，诗人用"强欲登高去"这个诗句，写出了因国破家离、战乱纷扰而无心登高但又勉强随俗的矛盾心情和苦闷心理。

登高必饮酒，但却"无人送酒来"。次句暗用了陶潜九月九日得王弘送酒的故实，来反托自己当前的处境与心情。身在凤翔行营，与安史叛军在长安附近的大战迫在眉睫。戎马倥偬之际，战火纷飞之时，"无人送酒来"固是实情；即或有人送酒，又何尝有那份情致。这句用事，如同信手拈来，不仅令人浑然不觉，而且真切地传达了诗人在当时特殊背景下独自过重阳节的孤孑处境和无憀心绪。

由酒而又想到菊花，想到重阳节对酒赏菊的习俗。但故园长安，远在数百里之外，此时仍在叛军盘踞之下，而这一带，正是唐军与叛军反复进行战斗的主战场。"遥怜故园菊，应傍战场开。"遥想故园长安的菊花，恐怕只能独自傍着战场开放了。重阳对酒赏菊，是和平时期佳节才能享受到的一种生活乐趣，而今故园沦于叛军之手，故园的菊花命运也因此而带上了战场的气息而与和平安宁、家人团聚的生活绝缘。说"遥怜故园菊"，固然是对菊花命运的同情，但言外则更包含了对故园亲友的怀念，对和平安宁生活被战乱所破坏的感伤。联系诗人在此前不久写的《行军二首》之一中"胡雏尚未灭，诸将恳征讨。昨闻咸阳败，杀戮净如扫。积尸若丘山，流血涨丰镐。干戈碍乡国，豺虎满城堡。村落皆无人，萧条空桑枣"这些诗句，还不难体味出其中含有更大范围的人事感慨。"故园菊"在这里已经被典型化了，成为战乱中故乡一切美好人事的一个标志。因此，诗虽写得很朴质，感情内涵却很深广，感慨也很深沉。

岑
参

武威送刘判官赴碛西行军〔一〕

火山五月行人少〔二〕，看君马去疾如鸟。
都护行营太白西〔三〕，角声一动胡天晓〔四〕。

校注

〔一〕武威，即凉州，河西节度使治所。刘判官，作者另有《武威送刘单判官赴安西行营便呈高开府》，与此诗为同时之作，诗题中之刘单判官当即刘判官。据徐松《登科记考》，刘单系天宝二年（743）状元。天宝六载九月，高仙芝讨小勃律还，曾命刘单草拟告捷书。作此诗时，单在安西节度使高仙芝幕为判官。碛西，此指安西。《唐会要》卷七十八："（开元）十二年以后，或称碛西节度，或称（安西）四镇节度。至二十一年十二月，王斛斯除安西四镇节度，遂为定额。"行军，即行营，碛西行军，即安西行营。《武威送刘单判官赴安西行营便呈高开府》有"置酒高馆夕，边城月苍苍"之语，系刘判官赴安西前夜设宴饯别时所作，此则清晨送刘时作。二诗均天宝十载五月作于凉州。

〔二〕行人，《丛刊》本作"人行"。火山，即今新疆吐鲁番向东延伸至鄯善县以南的火焰山。山为红砂岩构成，炎暑天气远望如火焰燃烧蒸腾，故称。诗人天宝八载赴安西途中有《经火山》诗云："火山今始见，突兀蒲昌（今鄯善）东。赤焰烧虏云，炎氛蒸塞空。不知阴阳炭，何独然此中。我来严冬时，山下多炎风。人马尽流汗，孰知造化功？"

〔三〕都护行营，指安西节度使兼安西都护高仙芝的行营。太白，即太白金星。古代以太白为西方之星、西方之神。

639

〔四〕角，军中乐器，出西北游牧民族，鸣角以示晨昏。军中多用作军号。

 评

唐汝询曰：此见刘之急于功名也。言以炎方而当夏月，经历者稀而君行迅疾如此，真急于功名者矣。然君之行营居太白之西而近胡地，藉令闻将晓之角声，能无客思乎！（《唐诗解》卷二十七）

宋宗元曰：音节清越。（《网师园唐诗笺》）

俞陛云曰：首二句言火山当五月之时，黄沙烈日，绝少行人，判官独一骑西驰，迅于飞鸟，见其豪健气概。后二句言所赴行营远在太白之西，想其在军幕内闻角声悲奏，正胡天破晓之时。诗意止此，而绝域之军声，思家之远念，自在言外。绝句中意义、神韵、音节各有所长。此诗用仄韵，故音节弥觉高亮。（《诗境浅说》续编）

刘拜山曰：通首写刘单别后赴碛西情景。马疾如鸟，写出旷野独行神理；角声满天，尤有气摄强胡之概。措词警辟，音节高亢，故豪健绝伦。（《千首唐人绝句》）

 赏

这首作于天宝十载（751）五月的送别诗，涉及唐军与大食国（西域国名，在今伊朗）之间即将进行的一场战争。据《通鉴·天宝十载》：“（夏四月）高仙芝之虏石国王也，石国王子逃诣诸胡，具告仙芝欺诱贪暴之状，诸胡皆怒，潜引大食，欲共攻（安西）四镇。仙芝闻之，将蕃汉三万众击大食。”高仙芝自安西发兵在五月，与此诗同时作的《武威送刘单判官赴安西行营便呈高开府》云：“都护新出师，五月发军装。”因此，刘单此次自武威赴安西行营，乃是奔赴军幕，参与同大食等作战的一次紧急行动。

从凉州出发到安西，路途遥远，险阻重重，其中最著名的险阻当数火山。天宝八载（749）隆冬，岑参赴安西节度使高仙芝幕途中，经过火山，写下《经火山》诗：“火山今始见，突兀蒲昌东。赤焰烧虏云，炎氛蒸塞空。不知阴阳炭，何独然此中。我来严冬时，山下多炎风。人马尽流汗，孰知造化功？”隆冬尚且炎风灼人，人马汗流，则五月的火山当更热浪滚滚，使人视为畏途了。首句着重点出“火山五月行人少”，目的正是为了衬起下一句。

"看君马去疾如鸟"。次句用一"看"字领起，统摄全句，明点送别。在茫茫大漠的广阔背景上，刘判官单骑疾驰而去，顷刻之间，就已消失在遥远的天际。用"疾如鸟"来形容马行之迅疾，既切合大漠地区空旷浩茫，所见唯有空中飞鸟的情况，又突出表现了马驰的飘忽，在视觉印象中仿佛一掠而过的情景，而诗人伫立凝望其身影倏忽消失在视野中时的惊奇感也隐隐传出。言外自含有对刘单判官勇赴前线，不畏险阻、一往无前的气概的赞扬。

"都护行营太白西"，点明刘判官此行的目的地是设在龟兹的安西都护府行营，说"太白西"，是极状其远，意即极西之地。第四句紧接，解者多认为是对都护行营情景的遥想，甚至认为其中含有比兴象征之意，这自然也不失为一种理解。但细味此句，似仍以理解为写当下情景为宜。送别时正在清晨，其时军营中吹响了号角，边地的天空似乎一下子被雄浑高亢的号角声惊醒了，露出了明亮的晨光。"胡天"，是岑诗对西北边塞天空的习惯称呼（如《白雪歌送武判官归京》之"胡天八月即飞雪"），并不一定实指胡地之天空。本来是友人驰马西去，其时正当清晨，军营中吹响了号角。但这样叙述，便令人感到意境平常，现在这样写，则把号角声描绘成仿佛具有神奇的力量，它的雄浑高亢的声响，似乎能将边地的天空一下子变亮。平常的景色被涂抹上了一层富于想象的神异浪漫色彩，整首诗的意境也因此而变得警动雄奇，令人神远。

七绝多重含蓄、重情韵，这首诗却雄直明快，不务含蓄。且特用仄韵，造成音律的高亢朗爽之感。它的结尾令人神远，是由于表现的奇警所造成，而非务为含蓄之辞所致。

虢州后亭送李判官使赴晋绛得秋字〔一〕

西原驿路挂城头〔二〕，客散红亭雨未收〔三〕。
君去试看汾水上，白云犹似汉时秋〔四〕？

641

校注

〔一〕乾元二年（759）四月，岑参自起居舍人署虢州长史，在郡三年，至代宗宝应元年（762）春始改太子中允，兼殿中侍御史，充关西节度判官。

诗当作于官虢州期间之某年秋。唐虢州治所在今河南灵宝市南。虢州后亭，据诗中"西原驿路"及"红亭"字，疑即岑居官虢州期间诗中常提及的虢州西亭。或指郡斋南池之水亭，但似与首句不合。李判官，名不详。晋、绛，均唐州郡名。晋州治所在今山西临汾，绛州治所在今山西新绛，二州治均濒汾河。"得秋字"，《丛刊》本无。此系送李判官赴晋绛时，诸人分韵赋诗，诗人拈得"秋"字为韵。

〔二〕西原，指灵宝西原，在今河南灵宝市西南。

〔三〕红亭，即题内之虢州后亭，亭漆以红色，故称。

〔四〕汉武帝元鼎四年（前113）秋，"行幸河东，祠后土。顾视帝京，忻然中流，与群臣饮宴。帝欢甚，乃自作《秋风辞》曰：'秋风起兮白云飞，草木黄落兮雁南归。兰有秀兮菊有芳，怀佳人兮不能忘。泛楼船兮济汾河，横中流兮扬素波。箫鼓鸣兮发棹歌，欢乐极兮哀情多。少壮几时兮奈老何！'"（《文选》卷四十五）三、四句"汾水""白云"，暗用汉武帝《秋风辞》。

笺 评

谢枋得曰：此诗为去国者作。末句隐然富贵不足道。汉公卿往来汾阳，不知几人在，唯白云似汉时秋耳。所以开广其襟胸抑郁也。（《唐诗品汇》卷四十八引）

桂天祥曰：谢注佳，然只论理致。若此诗清思逸音，独不及一言，是未足以论正声矣。（《批点唐诗正声》）

《唐诗训解》：末二句以洞观千古之意宽之。

唐汝询曰：路在原上，挂城头者，状其高也。登陟既烦，加以霏雨艰难，可知李之此行当有失意之事，则又慰之曰：君看汾水之上，惟白云犹似汉时，向之泛楼船而发棹歌者有否？观此则世荣尽为空花，足芥蒂耶！（《唐诗解》卷二十七）

钟（惺？）曰：于到日用事生意。"犹"字用力。（《唐贤三昧集笺注》引）

王尧衢曰："白云犹似汉时秋"。汉武帝济汾河，赋《秋风辞》，此时车驾所至，何等威严，今何如哉！惟有白云来去，犹似汉时秋而已。观此知世情消散，人事虚空，一切离合悲欢，又何足以介怀也！（《古唐诗合

解》卷五）

吴瑞荣曰：李峤《汾阴（行）》长篇，较此首词繁而意反狭。（《唐诗笺要》）

宋宗元曰：切定"晋绛"生情。（《网师园唐诗笺》）

黄培芳曰：高视阔步，二十八字牢笼一切言语，此诗高迈可见，其深思不可见也。（《批唐贤三昧集笺注》）

朱宝莹曰：以"去"对上"散"，以"汾水"对上"江亭"（按："红亭"一作"江亭"，误），以"云"对上"雨"，须知诗律之细也。（《诗式》）

富寿荪曰：此诗作于乾元二年（759），时唐军已收复长安、洛阳，国势稍振，诗中以汉武巡游河东比开天盛日，深望唐室复兴，而措语特为微婉。（《千首唐人绝句》）

 鉴赏

这首诗的风调情韵之美，读者自能感受领略；是否寓有深意，则看法颇不一致。关键在如何理解三、四两句。

一、二两句写送别时情景。"虢州后亭"，从字面看，似应指虢州府署内的园亭（郡斋南池有水亭）；但在府署内的池亭中，恐怕很难看到"西原驿路挂城头"的景象。而诗人虢州诗中多次提到的西亭则地势高敞，可以望见上述景象。《早秋与诸子登虢州西亭观眺得低字》云："亭出高鸟外，客到与云齐。树点千家小，天周万岭低。"《西亭子送李司马》亦云："高高亭子郡城西，直上千尺与云齐。盘崖缘壁试攀跻，群山向下飞鸟低。"《虢州西亭陪端公宴集》："红亭出鸟外，骏马系云端。万岭窗前睥，千家肘底看。"《虢州西山亭子送范端公得浓字》云："百尺红亭对万峰，平明相送到斋钟。"可见虢州西亭系建在郡城西的西山之上，高达百尺，故可眺望周围景色，系当地名胜，亦常作为送客宴饯之所。身处高峻的西亭之上，可以看到宽广的驿路挂在城头之上，蜿蜒逶迤而去。这条驿路，正是李判官赴晋绛的道路（由虢州西行至潼关渡黄河再北行至晋、绛）。头一句视野广阔，正因身处高亭之故。写景中自含"友人从此去"的意蕴。驿路在原头之上蜿蜒伸展，与虢州城头约略平齐，站在西山上的亭中俯视，驿路就好像挂在城头一样，"挂"字正真切生动地描绘出了在西山亭上俯瞰所看到的景象。

次句目光由远处的驿路收归送别的"红亭"，亦即题内的"虢州后亭"。送别的宴席已经进行多时，送行的客人已经散去，友人就要分手上路，可开宴时已在下着的雨却还没有停歇。"客散"而"雨收"，则友人正好上路；而"雨未收"三字，虽是当时即景，却隐隐约约透出了一丝依依惜别的气氛。以上两句，写送别情景，极具画意。

三、四两句就题内"赴晋绛"抒情，作送别语。汉武帝全盛时期行幸河东，泛楼船济汾河，作《秋风辞》，歌唱"秋风起兮白云飞"的情景，历代传为盛世美事，而今，时移世迁，昔日的君臣饮宴，横汾奏乐的盛事皆已成为一去不复返的往事。君此去晋绛河汾旧地，试看汾水之上，秋空白云还像汉武帝时那样悠然飘飞吗？故以问语作收，不但摇曳生姿，增添了全诗的风调情韵之美，而且留下了悠然不尽的余味。说"白云犹似汉时秋"，其中固然包含了对往日盛世美事的追缅遥想，也寓含了"人事有代谢，往来成古今"的感喟。但这种感喟，并不是沉重的感慨，未必有李峤《汾阴行》结尾处"山川满目泪沾衣，富贵荣华能几时"这种悲慨，这是从三、四二句的音情语调可以感受到的。它和岑参的另一首梁园咏古的七绝"梁园日暮乱飞鸦，极目萧条三两家。庭树不知人去尽，春来还发旧时花"的情调也并不相同。一首送别普通朋友的诗，作送行语时结合友人要去的地方有关史事典故稍作点染，以增诗的风调情韵，未必会借此寓含更深广的政治含意和时代感怆。至于说借汉武巡游河汾比开天盛日，深望唐室复兴，就恐怕更求之过深了。

逢入京使〔一〕

故园东望路漫漫〔二〕，双袖龙钟泪不干〔三〕。
马上相逢无纸笔，凭君传语报平安〔四〕。

〔一〕天宝八载（749），安西四镇节度使高仙芝表岑参为幕僚，岑参于初冬启程赴安西（今新疆库车）。诗为赴安西途中适逢入京之使者时所作。

〔二〕故园，此指长安。岑参系荆州江陵人，但自开元末至天宝八载，大部分时间均在长安。

〔三〕龙钟：沾湿貌。蔡邕《琴操·信立退怨歌》："空山巇欿，涕龙钟兮。"

〔四〕凭，烦劳、请求。

笺评

刘辰翁曰：辞达。（《唐诗品汇》卷四十八引）

敖英曰：丘文庄公尝言，眼前景致口头语，便是诗家绝妙词。以上三诗（指本篇及贺知章《回乡偶书》、贾岛《渡桑干》）良然。（《唐诗绝句类选》）

凌宏宪编《唐诗广选》：直不着意。

钟惺曰：只是真。（《唐诗归》卷十三）

谭元春曰：人人有此事，从来不曾写出，后人蹈袭不得，所以可久。（同上）

唐汝询曰：思家方迫，适逢此人，无纸笔以作书，而传语以通音息。叙事真切，自是客中绝唱。（《唐诗解》卷二十七）

周敬曰：家常语，人却说不来，妙处只是真。（《删补唐诗选脉笺释会通评林·盛七绝下》）

徐增曰：参，南阳人，时在玉关。"故园东望"，玉关在西，则故园在东矣。"路漫漫"，地广人稀，唯见漫漫而已，言不辨路头矣。"双袖龙钟"……此则状双袖之不成模样，为拭泪故也。玉关外，人不离马，故在马上相逢，军中纸笔不便，故曰"无"。此句人人道好，唯在玉关，故妙；若在近处，则不为妙矣。家信，谓之"平安"，岂参往玉关，而寄家于长安耶？嘱其口传，更妙，见使者不能少停，参又一时来不及也。真是在玉关外光景。（《而庵说唐诗》）

王尧衢曰：此诗以真率入情。"马上相逢无纸笔，凭君传语报平安。"无纸笔，故只得传语相报。塞外相逢，匆匆来去。平安，即家信也，此惟在玉门关外，故见其妙。（《古唐诗合解》卷五）

沈德潜曰：人人胸臆中语，却成绝唱。（《重订唐诗别裁集》卷十九）

吴瑞荣曰：俚情真语，却极老横。（《唐诗笺要》）

宋宗元曰：不必用意，只写得情景真耳。（《网师园唐诗笺》）

此诗给人的突出印象是平易自然、朴素本色，但又经得起反复咀味。这是因为它具有以下几个特点。

平中见真。诗人在《初过陇山呈宇文判官》诗中曾豪迈地宣称："万里奉王事，一身无所求。也知塞垣苦，岂为妻子谋。"而这首诗中出现的诗人形象却是频频回望故园、两袖泪湿不干的怀乡者，二者间形成极大反差。诗中直抒强烈的怀乡思家之情，毫无讳饰。唯其如此，愈见情之真。同为勤劳王事，"功名只向马上取"的英雄气概与普通人的怀乡情怀原是统一的。而三、四两句所描叙的马上相逢、烦传平安口信的细节则见事之真，非有亲身经历者不能道。真情、真事，又均用白描手法，不稍雕饰，是为文之真。

平中见厚。前两句平平叙起，出语虽平淡，感情却深厚而强烈。"路漫漫"，不仅见故园之遥远，亦传出怀乡之情的悠长；"泪不干"更显出怀乡之情的强烈，迹近夸张而愈见情之深厚。如此深厚强烈的乡思，似当有千言万语的倾诉，而马上相逢，行色匆匆，无纸笔亦无时间，千言万语，最后都浓缩成了一句最简单的话："凭君传语报平安。""报平安"三字中包含了千言万语，其情之深厚可知。

平中有曲。前两句极言怀乡之情的强烈浓重，后两句却将满腔乡思化作最简单的三个字，重提而轻放，这是笔势之曲。一提一顿之间正显示出"报平安"的感情含量之重。不说自己如何思念家人，而从家人方面着想，想到家人最挂念的是征人的平安。透过一层，这是笔意之曲。

真、厚、曲，都与三、四两句所描叙的极富包孕的典型细节有密切关联。诗的耐味，主要得力于此。但诗人并非刻意求工，而是在真切的生活体验的基础上如实描写，故能显示其整体的本色之美。

碛中作〔一〕

走马西来欲到天，辞家见月两回圆。

今夜不知何处宿，平沙万里绝人烟。

（校）（注）

〔一〕天宝八载（749）赴安西途中作。碛（qì），沙漠、戈壁。《通典》卷一百九十二："（焉耆）东去交河城（西州）九百里，西至龟兹九百里，皆沙碛。"诗有"辞家见月两回圆"之句，途中两见月圆，计其程途，此沙碛当在阳关之外。据陈铁民《岑参年谱》，天宝八载岑参赴安西，系出阳关，经蒲昌海（今新疆罗布泊）北行至西州（今吐鲁番），复由西州西南行，经银山碛、铁门关抵安西（今库车）。

（笺）（评）

叶羲昂曰：马上真境，未尝行边者，不知此苦。（《唐诗直解》）

《唐诗训解》：久旅远行，哀而不伤。

唐汝询曰：地既绝远，天亦将尽，欲到天者，甚言之也。见月思家，投宿无所，穷亦甚矣。按七古《轮台歌》疑嘉州居常清幕下，观此又若独行而至西域者。二史无考，姑阙焉。（《唐诗解》卷二十七）

周敬曰：起句惊人语，落句凄凉语，奇隽自别。（《删补唐诗选脉笺释会通评林·盛七绝下》）

陈继儒曰：转语与权德舆《舟行夜泊》同。权落句韵，岑落句惨。（同上引）

王尧衢曰："今夜不知何处宿，平沙万里绝人烟。"此言碛中萧条，一望平沙，人烟断绝。曰"万里"者，亦甚言之也。（《古唐诗合解》卷五）

沈德潜曰：投宿无所，则碛中无人可知矣。（《重订唐诗别裁集》卷十九）

俞陛云曰：此诗但言沙碛茫茫。而回首中原，自有孤客投荒之感。（《诗境浅说》续编）

（鉴）（赏）

这是岑参首次赴边途中所作。碛中，当指今阳关以西一片大沙漠。

首句突兀而起，直抒西行大碛中的突出感受。在浩瀚无垠的大沙漠中驱马驰行，向西极望，但见远处地平线上，天地相接，混茫一体，仿佛再往前奔驰，就要到达天边地头，故说"欲到天"。"欲"字正传出走马大沙漠中的诗人对这种仿佛快到天地尽头的境界似真似幻的感受，以及那份陌生、新奇感。这种的感受的产生，和我国地势西北高、东南低的客观走势，以及天倾西北、地不满东南的传统说法大概也不无关系。作者另一首《过碛》说："黄沙碛里客行迷，四望云天直下低。为言地尽天还尽，行到安西更向西。"所描绘的情景与此句类似，而侧重点则在表现沙漠的浩瀚和旅程的遥远。

"辞家见月两回圆"，这是诗人西行碛中望见一轮圆月升起于天际时所引起的联想与回顾。表面上看，这似乎只是交代旅程历时之长——自从离别家乡到现在，已经两见月圆了。但内涵很丰富，写得也极真切，其中有对家乡、亲人的思念，有历程遥远的回顾，也暗含前路方长的意蕴——驰行这样长的时间，几乎快到天地尽头了，却仍然没有到达目的地，漫漫长途，什么时候才是终结？这后一种意蕴，联系上句，自可默会。以见月再圆来计时，固然是由于旅途即景所致，但更主要的是因为：长期经行于茫茫无垠的沙漠中，像是回到了太古洪荒的历史年代，时间观念无形中变得很不分明了，或者说计时的单位被无限放大了，记不清自出发以来已经过了多少时日，也弄不清今天是哪月哪天，只依稀记得出发以来已经两度见到月圆。可以说，这特殊的计时方式恰恰是符合西行碛中这样一个规定情景——在茫茫大漠中，极目所见，都是平沙无垠，一样的地形地貌和色调，没有任何别的可以让人记起具体时间的标志，唯一让人意识到时间更迭流逝的就是月亮的圆缺变化。如果说上一句是空间的前瞻，那么这一句便是时间的回顾。而时间的回顾又扩大了"走马西来"的空间范围。读者面前不但鲜明地浮现出一片无边的广漠之上，挂着一轮圆月，一个人在骑马寂寞独行的图画，而且由此进一步联想到迢迢万里的来路。

"今夜不知何处宿，平沙万里绝人烟。"三、四两句，时间上由次句的回顾收归眼前的"今夜"，空间上由首句的极目前瞻转为前后左右四顾，视野更见空阔。上面提到月圆，说明时间已经入夜，但瞻望前路，天地相接，目的地还远在天外，这就自然浮现出"今夜不知何处宿"的问题。想到这一点，诗人的目光不禁从瞻望前方到茫然四顾，但见平沙万里，杳无人烟，不仅不知何处投宿，连自己的来路也模糊不清，不知从何而来了。诗写到这里，便黯然而收，在读者脑海中留下一幅在无边广漠和荒凉月色中孑然茫然前行的图景。

整首诗所展示的境界既广阔无垠、苍莽雄浑，又不免带有荒寒、苍凉、孤寂的情调。这两方面相互渗透、交融，表现为西北大漠特有的一种壮美。荒寒孤寂能和壮阔辽远一起被视为一种美，归根结底，是盛唐那样一个国力强盛、疆域辽阔，民族自豪感得到充分发扬的伟大时代的产物。诗人并没有回避旅途的孤子、大漠的荒凉，但当这一切被统一于"万里奉王事"的壮志豪情和对祖国疆土无限广阔的新鲜感受中时，它们就成为壮美境界的有机组成部分了。因此，尽管是"平沙万里绝人烟"，它却并不将读者引向畏怯与伤感，而是激起对广阔新奇境界的赞叹。在这以前，只有《敕勒歌》中曾描绘过这种广袤之境，但那是游牧民族歌唱自己的摇篮，而在这里，却是一个统一的华夏民族的代表带着自豪感、新奇感在歌唱自己的边疆了。

岑参

春 梦 〔一〕

洞房昨夜春风起〔二〕，遥忆美人湘江水〔三〕。
枕上片时春梦中，行尽江南数千里。

(校)(注)

〔一〕此诗初见于殷璠编选的《河岳英灵集》，是编收诗终于天宝十二载 (753)，诗当作于此前，具体年份不详。《文苑英华》卷一百五十七题作《春夜所思》。

〔二〕洞房，幽深的内室，多指卧室、闺房。《楚辞·招魂》："娇容修饰，絙洞房些。"

〔三〕遥忆美人，《全唐诗》原作"故人尚隔"，据《河岳英灵集》《文苑英华》改。美人，品德美好的人。《诗·邶风·简兮》："云谁之思，西方美人。"此指所思念的人。

649

(笺)(评)

唐汝询曰：感春而忆，因忆而梦，行数千里至所思者之居也。此美人必有所指，意亦桑中卫女之俦耳。若为思友之作，便觉无味。（《唐诗解》

卷二十七）

胡应麟曰：嘉州"枕上片时春梦中，行尽江南数千里"，盛唐人近晚唐者，然犹可藉口六朝至中唐。"人生一世长如客，何必今朝是别离"，则全是晚唐矣，此等最易误人。（《诗薮》）

周珽曰：善于写梦。（《删补唐诗选脉笺释会通评林·盛七绝下》）

贺裳曰：诗有同出一意而工拙自分者，如戎昱《寄湖南张郎中》："寒江近户漫流声，竹影临窗乱月明。归梦不知湖水阔，夜来还到洛阳城。"与武元衡"春风一夜吹乡梦，又逐春风到洛城"，顾况"故国此去千馀里，春梦犹能夜夜归"同意，而戎语之胜，以"不知湖水阔"五字，有搔首弄姿之态也。然皆本于岑参"枕上片时春梦中，行尽江南数千里"。至方干"昨日草枯今日青，羁人又动故乡情。夜来有梦登归路，不到桐庐已及明"，则又竿头进步，妙于夺胎。（《载酒园诗话》）

王尧衢曰：此用仄韵，亦绝句一法也。"枕上片时春梦中"，因忆之切，故梦之速也。"片时"与下"行尽"二字应。"行尽江南数千里"，此所谓千里神驰者矣。片时而行数千里，此正是春梦，不足为凭也。（《古唐诗合解》卷五）

方南堂曰：唐人最善于脱胎，变化无迹，读者唯觉其妙，莫测其源。如谢惠连《捣衣》云："腰带准畴昔，不知今是非。"张文昌《白纻词》则云："裁缝长短不能定，自持刀尺向姑前。"裴说《寄边衣》云："愁捻银针信手缝，惆怅无人试宽窄。"非皆本于谢语乎？又金昌绪"打起黄莺儿，莫教枝上啼。啼时惊妾梦，不得到辽西"，岑嘉州则脱而为"枕上片时春梦中，行尽江南数千里"。至家三拜（方干）先生，则又从岑诗翻出云："昨日草枯今日青，羁人又动故乡情。夜来有梦登归路，不到桐庐已及明。"或触影生形，或当机别悟，唐人如此等类，不可枚举。解得此法，《五经》《廿一史》，皆我诗心也。（《辍锻录》）

刘永济曰：三、四句写梦境入神。（《唐人绝句精华》）

鉴赏

岑参的边塞七绝，如前面所选的《碛中作》，写得粗犷豪放，雄奇苍莽，富于北国情调；而这首《春梦》，由于题材不同，别具一种风流旖旎、蕴藉婉丽的情致，极具南国风调。从这里可以看出他诗歌风格的多样性和兼具南北诗风的特点。

这首诗的内容，正如题目所标示的，是写一位闺中女子的春梦。第一句中的"洞房"，是深邃的房室的意思，指女子所居；第二句中的"美人"，指她所思念的男子。两句是说，昨天夜间，深邃的房室里荡漾起和煦的春风，深屋闺房的女主人公不由得遥想起远在湘江之畔的意中人来。时序的转换往往容易触动离人思绪，春天的到来自然更易引发对爱情的思慕。"春风起"与"遥忆"紧相承接，显示了春风对心灵活动的微妙作用。着一"起"字，不仅传出春风暗起于帘帏之间的动态感，而且仿佛可以感受到春风的温馨气息，和充溢在整个洞房中的盎然春意。在这种气氛浸染下，女主人公的缱绻柔情自不免如春风骀荡，不能自已，遥忆远人而积思成梦了。因此，这里的"春风"虽实指自然界中的春风，但同时又使读者产生许多美好的联想，非常富于象外之致。不妨说，它同时是女主人公春情春思的一种象喻。"遥"字是个关键性的字眼，因为双方相隔遥远，这才有"忆"和"梦"，才会有"行尽江南数千里"的梦境。"湘江水"指明了所思慕的远人目前所居之地。这个词语本身，也很容易引发有关爱情和离别方面的联想。作为诗歌意象，它的内涵是极丰富的。

以上两句，写洞房中人春夜的思忆。三、四两句，由"忆"而"梦"，进一步写春夜的梦寻。"枕上片时春梦中，行尽江南数千里。"女主人公和她的意中人之间，遥隔着数千里的路程。在现实生活中，这迢递的关河对于一个闺中女子来说，几乎是不可逾越的，但在梦中，这通往江南的数千里程途却在片刻之间便已度越。梦境的特点之一是不受时空限制，寻梦者甚至会感到自己身轻如燕，得以凭虚御风而行，所以有"片时春梦""行尽千里"的真切描写。时间之短暂与空间度越的遥远适成对照，突出了梦行的迅疾。一般写梦，往往着眼于梦中相会的具体情事，因为这正是寻梦者心中向往已久的。这首诗却别开生面，只写梦中行程之迅速，而于梦中相见的情景不置一词。这正是作者构思新颖独到之处。原来，女主人公之所以"忆"，原因就在于双方的遥隔。而"梦"正使之消除了空间的悬隔。梦境给她留下的最深刻的印象和最愉悦的感受，也正是这种片时行尽千里的幻境。诗人抓住这一点来写"春梦"，不仅生动地表现了梦境的飘忽迷离、变化迅疾，梦行的欣喜愉悦，而且透露了平日对遥隔的怨恨和相思之情的强烈。

"行尽江南数千里"以后的情事，诗人没有明写。或引晏几道《蝶恋花》"梦入江南烟水路，行尽江南，不与离人遇"之句，以为终未梦遇所思之人，但从"春梦""行尽"等富于暗示性的词语看，梦遇似已实现，只不过诗人意不在此，故而略去不提了。梦是风流旖旎的"春梦"，梦行所经，又是千里江南的锦绣之地，则梦遇情境的美好，便自然可以想见了。